루몽

1

남영로 씀 ─리헌환 고쳐 씀

보리

겨레고전문학선집을 펴내며

우리 겨레가 갈라진 지 반백 년이 넘어서고 있습니다. 그러나 함께 산 세월은 수천, 수만 년입니다. 겨레가 다시 함께 살 그날을 위해, 우리가 함께 한 세월을 기억해야 합니다.

예부터 우리 겨레가 즐겨 온 노래와 시, 일기, 문집 들은 지난 삶의 알맹이들이 잘 갈무리된 보물단지입니다.

그동안 남과 북 양쪽에서 고전 문학을 되살리려고 줄곧 애써 왔으나, 이제껏 북녘 성과들은 남녘에서 좀처럼 보기 어려웠습니다.

북녘에서는 오래 전부터 우리 고전에 깊은 관심과 사랑을 보여 왔고 연구와 출판도 활발히 해 오고 있습니다. 그 가운데 〈조선고전문학선집〉은 북녘이 이루어 놓은 학문 연구와 출판의 큰 성과입니다. 〈조선고전문학선집〉은 가요, 가사, 한시, 패설, 소설, 기행문, 민간극, 개인 문집 들을 100권으로 묶어 내어, 고전을 연구하는 사람들과 일반 대중 모두 보게 한, 뜻 깊은 책들입니다. 한문으로 된 원문을 현대문으로 옮기거나 옛글을 오늘의 것으로 바꾼 성과도 놀랍고 작품을 고른 눈도 참 좋습니다. 〈조선고전문학선집〉은 남녘에도 잘 알려진 홍기문, 리상호, 김하명, 김찬순, 오희복, 김상훈, 권택무 같은 뛰어난 학자분들이 머리를 맞대고 연구한 성과를 1983년부터 펴내기 시작하여 지금도 이어 가고 있습니다.

보리 출판사는, 조선민주주의인민공화국 문예 출판사가 펴낸 〈조선고전문학선집〉을 〈겨레고전문학선집〉이란 이름으로 다시 펴내면서, 북녘 학자와 편집진의 뜻을 존중하여 크게 고치지 않고 그대로 내는 것을 원칙으로 삼았습니다. 다만, 남과 북의 표기법이 얼마쯤 차이가 있어 남녘 사람들이 읽기 쉽게 조금씩 손질했습니다.

이 선집이, 겨레가 하나 되는 밑거름이 되고, 우리 후손들이 민족 문화 유산의 알맹이인 고전 문학이 지니고 있는 아름다움을 제대로 맛보고 이어받는 징검다리가 되기 바랍니다. 아울러 남과 북의 학자들이 자유롭게 오고 가면서 남북 학문 공동체가 이루어지는 날이 하루라도 앞당겨지기 바랍니다. 그리고 이 자리를 빌려, 어려운 처지에서도 이 선집을 펴내 왔고 지금도 그 작업에 몰두하고 있는 북녘의 학자와 출판 관계자들에게 고마운 마음을 전합니다.

2004년 11월 15일
보리 출판사

차례

옥루몽 1

옥루몽 2

홍혼탈이 연화봉에서 달을 바라보다
축융 왕이 귀신장수를 불러내다
쌍창 춤추며 달려 나온 여장수 일지련
싸움길 반년에 승전고를 울리고
자객, 한 점 앵혈을 보나니
봄바람에 미친 나비, 꽃을 탐하누나
선랑은 은인을 만나고, 창곡은 또 싸움길로
자고새 소리 처량하구나
"쌍검아, 나를 도우려거든 쟁강 소리를 내어라."
북소리, 나팔 소리 천지를 뒤흔드누나
바람결에 들려오는 생황 소리
뜬구름이 밝은 해를 가리도다
"저는 충신이고 짐은 나라 망친 임금인고?"
창곡, 세 번 죽을 고비를 넘기니

옥루몽 3

"우리 임금 허황한 도를 믿으신다."
선랑이 음률로 임금을 깨우치누나
빈 도성을 틈타 흉노가 처들어오니
간신은 역신이라더니
동초가 일천 군사로 수만 흉노에 맞서다
임금도 군마도 굶주린 연소성 싸움
"삼 년 산중 옛정을 생각할지어다."
홍혼탈 홀로 수천 적병을 물리치누나
돈황성의 괴이한 죄수
노균은 두 쪽 나고, 선우는 목이 베이고
연왕의 진법과 홍 사마의 검술
추자동으로 쫓겨난 위 씨 모녀

지옥을 구경하고 오장을 씻어 내니
선랑과 창곡 운우의 즐거움이 무르녹아
덕으로 원수를 갚나니
상춘원 꽃놀이
연왕과 일지련 혼례를 올리누나
동초, 마달이 연옥, 소청과 맺어지고
여인들이 풍류를 겨루누나
벌주라도 즐거이 마시리

옥루몽 4

동짓달의 우렛소리
연왕이 물러나기를 청하니
보리밥에 들나물 산나물로 배부르고
풍채는 아비를, 곱기는 어미를 닮았구려
벗이 멀리서 찾아오니 이 아니 기쁠쏘냐
자개봉으로 산놀이 가십시다
오선암에 신선이 내리셨나
세 살 때 헤어진 아비를 예서 만났구나
충신은 효자 가문에서 구한다 하였으니
아들마다 요조숙녀와 맺어 주고
풍정에 몸을 맡겨 질탕하게 노는구나
매랑의 풍정과 빙랑의 지조
양기성, 청루 발길 끊고 벼슬길에 올라
양장성, 북방 오랑캐를 누르다
관세음보살이 다시 오시도다

■일러두기

1. 《옥루몽 1》은 북의 문예출판사에서 2000년에 펴낸 《옥루몽 1》을 보리 출판사가 다시 펴내는 것이다.

2. 고쳐 쓴 이와 북 문예출판사 편집진의 뜻을 존중하는 것을 큰 원칙으로 했으나, 맞춤 법과 띄어쓰기는 '한글 맞춤법'을 따랐다.
   ㄱ. 한자어들은 두음법칙을 적용했고, 모음과 ㄴ 받침 뒤에 오는 한자 '렬'은 '열'로 '률'은 '율'로 고쳤다. 단모음으로 적은 '계'나 '폐'자를 '한글 맞춤법' 대로 했다.
   예: 륜리→윤리, 리성→이성, 군률→군율, 우렬→우열, 전폐→전폐

   ㄴ. 'ㅣ' 모음동화, 사이시옷, 된소리 따위의 표기도 '한글 맞춤법' 대로 했다.
   예: 엎디여→엎디어, 뒤동산→뒷동산, 서리발→서릿발, 널다랗다→널따랗다

3. 남에서는 흔히 쓰지 않는 표현이지만, 북에서 쓰는 입말들은 다 살려 두어 우리 말의 풍부한 모습을 살필 수 있게 했다.
   예: 강구다, 두리, 맹하다, 모대기다, 모래불, 물젖다, 바재다, 별찌, 불초리, 소곳하다, 쓰겁다, 앙칼, 우럿하다, 웅심깊다, 이시미(이무기), 인차, 일없다, 저마끔, 태가락, 하늘소(나귀), 한모, 허거프다, 호졸곤하다

4. 북의 문예출판사가 펴낸 책에 실려 있던 원문을 그대로 실었다. 다만, 오자를 바로잡 고, 표기를 지금 독자들이 알기 쉽도록 고쳤으며, 몇몇 낱말은 한자를 병기하였다.

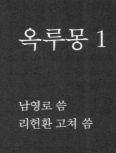

옥루몽 1

남영로 씀
리헌환 고쳐 씀

선관 선녀가 달구경하며 술에 취하였구나

아득한 옛날, 하늘나라 서울 옥경玉京에 누각이 열둘 있었다. 그 하나가 백옥루인데 몹시 웅장하고 화려할 뿐 아니라, 사방으로 경치가 환히 열려 있어 서쪽으로는 도솔궁과 이웃하고 동쪽으로는 광한전을 바라보았다. 옥이며 구슬로 장식해 울긋불긋 아름다운 궁들에 상서로운 기운이 어려 있고, 파란 기와를 이고 붉은 기둥이 떠받치는 누각이 푸른 하늘에 우뚝 솟았으니 하늘나라 누각 가운데 으뜸이었다.

어느 날 하늘나라 임금 옥황상제가 백옥루를 고쳐 짓고 나서, 모든 선관을 데리고 크게 잔치를 베풀었다. 음악이 낭랑히 울리고, 무지갯빛 날개옷이 바람결에 하늘하늘 나부꼈다. 옥제가 빙그레 웃으며 수정 잔에 실안개 감도는 유하주流霞酒를 남실남실 부어 문창성군文昌星君에게 주면서 백옥루를 두고 시 한 수 지으라 하였다.

문창성은 술이 거나한 참이라 붓을 멈추지 않고 단숨에 지어 올렸다.

바람결 맑고 가을 기운 새로운데
옥제께서 백옥루에 낙성연을 베푸셨네.
멋들어진 춤사위에 날개옷 펄럭일 제
신선 향기 널리널리 온 하늘에 퍼지도다.

난새 타고 밤 깊어 자미성에 들어가니
계수나무 달빛이 백옥경을 흔드는가.
허공엔 뭇별들 깜빡이고 이슬은 맑은데
오색구름 소리 없이 내리도다.

구름 속 푸른 용을 옥으로 멍에 메워
밝을 무렵 타고 나와 선계로 가는도다.
한가로이 구슬 창문 열고 엿보니
한 점 가을 연기 사람 세상 분명쿠나.

옥제가 크게 칭찬하며 이 시를 누각에 새기라 명하고는 다시 두세 번 읊었다. 허나 문득 얼굴에 그늘이 지더니, 나이 많고 덕이 높은 태을진군太乙眞君을 돌아보며 말하였다.

"문창이 지은 시가 매우 아름다우나 셋째 시에 잠깐 인간 세상과 인연이 있음이 보이도다. 문창은 젊고 명망 높은 선관으로 늘 내가 사랑한 터이니 어찌 안타깝지 않으리오."

"요즈음 문창 얼굴에 인간 세상을 그리는 기색이 보이오니 잠깐 세상에 내려 보내시어 인간 고락을 한번 겪게 하심이 좋을까 하옵니다."

태을진군이 아뢰자, 옥제가 고개를 끄덕이며 빙그레 웃었다.

이윽고 잔치를 마친 뒤 옥제가 영소보전으로 돌아가면서 문창에게 말하였다.

"오늘 밤은 달빛이 아름다울지니 그대는 백옥루에 남아 달구경을 하며 술기운을 풀고 돌아오라."

문창은 옥제를 정중히 배웅하고 다시 백옥루에 올랐다. 때는 바로 칠월 칠석이라. 가을바람 산들산들 불고 은하수 맑게 흐르는데 가없이 푸른 하늘에 구름 한 점 없다. 문득 동북쪽에서 시꺼먼 구름이 타래쳐 일어나더니 북해 용왕이 우레를 울리며 수레를 몰아 백옥루 아래로 지나간다. 문창이 와락 성을 내었다.

"한창 달빛을 아껴 보고 있거늘 어찌 늙은 용이 구름을 일으켜 달빛을 막는고?"

"죄송하옵니다. 오늘은 칠월 칠석이 아니옵니까? 직녀께서 견우를 만나러 가시는 날이오니 네 바다 용왕이 모두 가서 수레를 씻어 드려야 하옵니다."

문창은 그제야 성이 풀려 빙긋이 웃으며 말하였다.

"어서 구름을 걷으라."

이윽고 아득한 하늘에 맑은 기운이 새로워지며 초승달이 북두칠성 사이로 밝은 빛을 뿌리며 떠오른다. 문창은 취흥을 못 이겨 난간에 기대어 달을 보며 혼잣말을 하였다.

"옥경이 좋긴 하나 그저 깨끗하고 조용하기만 하니 도리어 심심하구나. 진진한 재미야 어디 있나. 우리 월궁항아도 외로이 광한전만 지키고 있으니 어찌 지루하지 않으리오?"

이때 문득 누각 아래서 수레 소리 은은히 들리더니 동자가 아뢰었다.

"제방옥녀帝房玉女께서 오시나이다."

'옥녀는 옥제 궁중에 계신 시녀인데, 어찌 이곳에 오신단 말인고?'

문창이 놀라 이상히 여기는데, 옥녀가 벌써 누각에 올랐다. 문창과 옥녀는 인사를 나눈 뒤 서로 예를 차려 동쪽과 서쪽으로 갈라 앉았다. 옥녀가 먼저 입을 열었다.

"옥제께서 문창성군이 너무 취하지는 않았나 걱정하시어, 저에게 선계의 복숭아 여섯 개와 약술 한 병을 보내시며 오늘 밤 달구경을 도우라 하시더이다."

문창이 번쩍 일어나 절을 하고 복숭아와 술을 받았다. 그러면서 눈을 흘려 피끗 옥녀를 보니, 별처럼 빛나는 관을 쓰고 달 모양의 고운 노리개를 찼는데 몸가짐이 단아하며 맑고 아리따워 달빛과 다투는 듯하였다.

"옥녀는 꽃다운 나이에 깊고 깊은 궁중에 살며 울적한 때가 많을 터인데, 이제 옥제께서 내리신 뜻을 받자와 이곳에 이르셨으니, 잠깐 머물러 달구경이나 하시면서 평소 적적하던 회포를 마음껏 풀고 가소서."

문창이 웃으며 말하니 옥녀도 따라 웃었다.

"오다가 홍란성紅鸞星을 만났사온데, 오늘은 직녀님이 견우님을 만나는 날이라 직녀님께 치하하러 간다 하며 돌아오는 길에 여기서 만나자 하였나이다. 홍란성은 본디 풍류에 재주가 많으니 오늘 밤 문창성군께 맑은 흥취를 돋우어 드릴까 하나이다."

바로 이때 서쪽 하늘에서 한 선녀가 고운 구름을 타고 오거늘 자세히 보니 제천선녀諸天仙女라. 제천선녀는 손에 연꽃 한 송이를 들고 나는 듯이 누각 아래로 지나가고 있었다. 문창은 얼른 일어나 제천선녀를 불러 물었다.

"제천선녀는 어디로 가오?"

제천선녀가 구름 수레를 멈추더니 문창을 보며 대답하였다.

"영산회에 가서 부처님 설법을 듣고 돌아오는 길이온데, 마하 연못을 지나다가 연꽃이 하도 곱기에 한 가지 꺾어 도솔궁으로 가나이다."

문창이 환히 웃으며 말하였다.

"꽃이 매우 기이하니 잠깐 구경코자 하오."

제천선녀가 방실방실 웃으면서 손에 든 연꽃을 누각 위로 던지자 문창이 넝큼 받아 보고 빙긋이 웃고는, 곧 시 한 수를 지어 연잎에 써서 누각 아래로 던졌다.

어여쁠사 한 떨기 연꽃이여!
마하 연못 맑은 정기 꽃으로 피었는고.
봄바람이 얄궂어

그대 손에 한 가지 꺾이었구나.

연꽃을 도로 받아 든 제천선녀가 문창에게 넌지시 고맙다는 뜻을 보였다.

이때 문득 동쪽에서 또 한 선녀가 고운 봉황새를 타고 쏜살같이 날아드니 천요성天姚星이라. 천요성이 큰소리로 제천선녀를 꾸짖었다.

"제천선녀는 도를 닦는 선녀로서 어찌 사내를 가까이하여 행실을 그르치려 하오?"

그러고는 제천선녀 손에서 연꽃을 빼앗아 꽃잎에 쓰인 시를 이윽히 보더니 쌀쌀하게 말하였다.

"꽃이며 글귀가 천상에 다시없는 보배구려. 내 마땅히 옥제께 올려 구경하시도록 하리라."

제천선녀가 낯을 붉히며 어쩔 줄 모르는데, 마침 남쪽에서 또 다른 선녀가 붉은 난새를 타고 날아들었다. 머리에는 칠보관을 쓰고 무지개를 휘감은 듯 화려하고도 하르르한 옷차림에 슬기로운 기상이며 명랑한 모습이, 묻지 않아도 홍란성이라. 홍란성이 낭랑한 목소리로 두 선녀더러 물었다.

"두 분 선녀는 무얼 그리도 다투시오?"

천요성이 대답하였다.

"제천선녀와 문창성군이 꽃을 주고받았구려. 게다가 문창이 그 꽃잎에 시를 적어 건네 제천선녀를 은근히 희롱하니 하늘나라 맑은 풍기가 다 흐려졌소."

홍란성이 깔깔 웃고 나서 말하였다.

"마고할미는 나이 많고 덕이 높으나 왕방평王方平을 만나 희롱하였고, 서왕모西王母는 지위도 명망도 높았으나 주나라 목왕穆王을 만나 백운요白雲謠를 지어 주었다 하거늘, 제천선녀가 문창에게 꽃을 던지고 문창 또한 시를 써 준 것이 무슨 잘못이리오. 또 문창은 지위며 명망이 높은 선관이거늘 어찌 맑은 풍기를 흐리리오?"

그러더니 천요성이 든 연꽃을 빼앗아 제 머리에 꽂고는 오른손으로 제천선녀 손을 다정히 잡고, 왼손으로는 천요성 소매를 당기며 말하였다.

"오늘 밤 달빛이 참으로 밝으니 우리 함께 백옥루에 올라 달구경이나 하사이다."

두 선녀는 홍란성을 따라 백옥루에 올랐다. 문창과 옥녀가 세 사람을 반가이 맞아들여 차례를 정하여 앉았다. 맨 첫자리에 문창이 앉고, 다음 자리에는 옥녀가, 세 번째 자리에는 천요성이, 네 번째 자리에는 홍란성이 앉고, 제천선녀는 끝자리에 앉았다. 자리가 정돈되자 문창이 웃으며 말하였다.

"백옥루 풍경이야 어느 밤엔들 좋지 않으리오마는, 오늘 밤 선랑들이 이렇게 모이니 참으로 기이한 인연인가 하오."

홍란성이 방실 웃으며 입을 열었다.

"이는 다 옥제께서 문창성군에게 내리신 복이 아닌가 하나이다. 다만 저는 그사이 한바탕 풍파를 겪었나이다."

풍파란 말에 옥녀는 호기심이 일었다.

"아니, 무슨 일이 있었소?"

"아까 직녀님을 뵙고 돌아오다가 은하수를 지나는데, 까막까치들이 서로 어우러져 다리를 이루고 있기에 호기심으로 다리에 올라 보았더이다. 때마침 북해 용왕이 직녀님 수레를 씻어 드리고 돌아오던 길이라 우렛소리가 요란하더이다. 그 소리에 그만 까막까치 한 떼가 놀라 흩어지고, 그 바람에 저는 물에 빠져 하마터면 물귀신이 될 뻔하였나이다."

"오작교는 일 년에 한 번씩 직녀와 견우가 서로 만나는 다리인데 홍란성이 건너려 하니 하늘이 그만 희롱을 하셨구려."

문창이 빙그레 웃으며 말하자 모두 크게 웃었다. 홍란성이 또 웃으며 말하였다.

"제가 아까 혼자 있는 도화성桃花星을 만나 같이 오자고 하였으나, 도화성이 아직 어려 구경 다니는 것을 좋아하여 광한전에 가서 신선 춤을 보겠다고 하더이다. 도화성이 돌아오는 길에는 반드시 여기를 지날 것이니, 도화성도 오늘 밤 함께 즐김이 좋을까 하나이다."

말을 채 마치기도 전에 한 선녀가 노을 수레를 타고 오는 것이 보였다. 구름무늬 수놓은 비단 치마를 입고 얼굴은 마치 봄바람에 반쯤 핀 복사꽃같이 황홀하니 바로 도화성이다.

홍란성은 반가워 선뜻 백옥루 난간머리에 나서며 소리 높여 도화성을 불렀다.

"도화성은 왜 이리 더디 오시오? 여기에 제방옥녀며 제천선녀, 천요성이 다 모였으니 함께 달구경을 하고 가면 어떠하오?"

도화성이 방긋 웃고 올라와 여섯 번째 자리에 앉으니 선관 선녀가 모두 여섯이 되었다.

문창이 흥겨워 웃으며 말하였다.

"백옥루는 하늘나라에서 첫째가는 누각이요, 칠월 칠석은 일 년 가운데 가장 좋은 명절이라. 내 옥제께서 내리신 명을 받자와 좋은 밤 밝은 달을 혼자 즐길까 하였더니 뜻밖에 여러 선랑들과 더불어 이렇게 만날 줄 어이 알았으리오. 이는 참으로 쉽지 않은 기회이나 이 자리에 술이 없는 것이 흠이오그려. 혹시 무슨 방도가 없겠소?"

홍란성이 상냥한 얼굴에 웃음을 띠고 대답하였다.

"전날 마고할미께 들으니 군산에 새로 익은 천일주千日酒가 맛이 꽤 좋다 하더이다. 헌즉 옥녀께서 시녀를 보내시면 얻어 올 수 있을까 하나이다."

옥녀가 곧바로 시녀를 천태산 마고할미한테 보냈다.

마고할미는 옥녀가 술을 청한다는 말에 깜짝 놀랐다.

'제방옥녀는 일찍이 술을 청한 적이 없거늘 오늘은 무슨 일로 술을 다 청하시누?'

마고할미는 마노 병에 겨우 두어 말이 될까 말까 하게 술을 담아 보냈다.

시녀가 가져온 술을 보고 홍란성이 마고할미를 나무랐다.

"천태산 할미는 동해가 뽕밭으로 변하는 것을 세 차례나 보았다고 하지만, 인색한 마음은 여전하도다. 요까짓 한두 말 술을 가지고서야 무엇 하리오? 제가 듣자오니 옥제께서 음악을 들으면서 술에 잠깐 취하셨을 때 창순성蒼鶉星이 반란을 일으켰음을 알고 후회하면서 술을 맡은 주성酒星을 가두고 다시는 술을 받지 않으신다 하니, 아마 주성의 술 곳간에 쌓아 둔 술이 바다와 같을 것이오이다. 문창성군께서 바라시면 얻어 올까 하나이다."

그 말을 듣고 문창이 곧 동자를 주성부로 보냈다. 이윽고 천사성天馹星이 술이며 안주를 실어 오고 북두성이 잔을 씻어 옥같이 맑고 금같이 귀한 술에 어포, 육포, 산적, 누름적 온갖 안주를 다 갖추어 놓으니, 금세 술판이 벌어지고, 끝내 모두가 흐뭇이 취하였다.

홍란성이 눈을 깜빡이더니 달을 가리키면서 말하였다.

"저 허공에 밝은 달빛은 하늘나라와 인간 세상이 다름없는지라. 비록 하늘나라 세월이 인간 세상보다 길기는 하나 이 또한 영원한 것이 아님을 알리로다. 이제 넓고 넓은 우주에 한번 변화가 오면 월궁항아 귀밑에도 서리가 내린다 하오니 어찌 담담한 신선 세계만을 말하며 이렇듯 좋은 밤을 심심히 보낼 수 있으리오. 만일 이 자리에 술을 사양하는 이가 있다면 벌이 있으리라."

그 말에 문창이 크게 소리 내어 웃고 취흥이 도도하여 잔을 들어 차례로 권하였다. 온 자리에 화기가 넘쳐흐르고 흥에 겨워 밤이 깊어 가는 줄 모르며 즐겁게 놀더니, 어느덧 곤하여 여섯 신선이 모두 난간을 베고 잠이 들었다. 풍채 좋은 문창은 옥으로 된 산이 드러누운 듯하고, 아름다운 선녀들은 꽃떨기가 흩어져 핀 듯한데, 밝은 달빛이 고요히 난간에 비쳐 들고 맑은 이슬이 호졸곤히 옷깃을 적시니, 백옥루 밤 풍경은 어느새 꿈나라로 변하였다. 다만 시녀와 선동이 난간머리에 지켜 서 있고 봉새와 난새는 누각 아래서 어정거릴 뿐이더라.

이때 석가세존은 연화대에 앉아 제자들과 불법을 강론하고 있었다. 그때 마침 마하 연못을 지키는 중이 석가세존에게 와서 말하였다.

"마하 연못에 연꽃 열 송이가 시방세계를 마주하고 곱게 피어 있었는데, 오늘 한 송이가 사라져 간 곳을 모르나이다."

묵묵히 생각에 잠겼던 세존이 관음보살에게 일렀다.

"그 꽃은 하늘과 땅과 해와 달이 주는 맑은 정기를 받아 생긴 것이어서 기이한 향기며 빛나는 광채가 두루 비칠지라. 보살은 간 곳을 살필지어다."

관음보살이 명을 받고는 곧 구름을 타고 공중으로 올라가 위로는 열두 하늘을 우러러보고, 아래로는 삼천 세계를 굽어 살피었다. 옥경 열두 누각에서 한 오리 이상한 빛이 뻗는 것이 보였다. 보살이 곧 그 빛을 따라 백옥루로 가 보니 술상이 어지러이 벌여 있고, 술잔이며 술병이 여기저기 흩어져 뒹굴며, 여섯 신선이 모두 취하여 난간을 베고 여기 누워 있고 저기 쓰러져 있었다. 그리고 향기로운 연꽃 한 송이가 자리 위에 놓여 있다.

관음보살이 지혜로운 눈으로 한번 살펴보고 빙긋이 웃으며 연꽃을 집어 들고 다시 구름을 타고 돌아왔다. 보살은 연꽃을 세존에게 바치면서 여섯 신선이 취해 누워 있던 광경을 그대로 아뢰었다.

세존이 꽃잎에 쓰인 시를 보고 빙그레 웃으면서 불경 한 대목을 외웠다. 그러자 꽃잎에 쓰인 시 한 자 한 자가 낱낱이 떨어져 어느덧 구슬 스무 알로 변하였다. 세존이 다시 주문을 외우며 수정 막대를 들어 상을 치니, 구슬 스무 알이 쌍쌍이 데굴데굴 구르다가 다시 구슬 다섯 알로 변하며 더욱더 밝은 빛을 뿌렸다. 세존이 구슬과 연꽃을 거두어 앞에 놓고 대자대비하신 얼굴로 조용히 앉자, 관음보살이 싱긋 웃으며 곧 시 한 구를 읊었다.

묘하도다 연꽃이여!
기묘한 뜻 한껏 지니고
봄바람에 떨기떨기 아울러 피었으니
이 또한 인연임을 알리로다.

세존이 감탄하여 머리를 끄덕이며 말하였다.
"노래가 아름답도다. 모두가 알아듣도록 한마디로 일러 주어라."
보살이 세존에게 절한 다음 연꽃을 들고 설법을 하였다.
"이 연꽃은 바탕이 맑고 깨끗하나 하늘땅 사이에 봄기운을 얻어 어느새 호탕한 기운을 띠었으니, 사람에 비긴다면 천성이 고지식하여도 여러 사람들과 사귀는 과정에서 온갖 욕망이며 갖은 번뇌가 생겨나 여러 가지 계율을 어긴 것과 같도다.

우리 불법이 한없이 넓고 커서 정근情根으로 말미암아 인연을 말하고, 인연으로 말미암아 본성을 깨닫게 하나니, 무릇 사람 마음이 연꽃 같고, 정욕은 봄바람 같도다. 봄바람이 아니면 연꽃이 필 수 없고, 정욕이 없으면 마음을 깨닫기 어려우니라.

연꽃이 이미 피었으니 모든 대중이며 선남선녀들은 마음을 가다듬고 눈을 밝혀 봄바람이 이르는 곳에 어떤 일이 일어나는가 볼지어다. 하늘땅이 맑아 정가롭고 강산이 적막하니 이것이 바로 묘한 이치이며 본성을 올바로 깨달음이니라."

설법이 끝나자 세존이 크게 기뻐하였다.

"설법이 심오하도다. 뉘 능히 이 뜻에 따라 이 연꽃과 구슬로 인연을 맺으려는고?"

제자 아난이 나서서 세존에게 두 손 모아 절을 하고 말하였다.

"제가 비록 법력은 없사오나 청컨대 이 연꽃 잎을 패다라나무*로 바꾸어 잎새마다 사십팔만 대장경을 써서 세상 사람들이 밝고 넓은 세계로 돌아오게 하겠나이다."

세존은 빙그레 웃기만 하고 말이 없었다. 이를 보고 관음보살이 다시 일어나 연화대 앞에 나가서 세존에게 고하였다.

"산해진미를 먹어 보면 조밥 맛이 깨끗함을 알게 되며, 비단옷을 입어 보면 무명옷이 소박함을 깨닫게 되오니, 저는 이 연꽃과 구슬을 가지고 인연을 무어 주고 복잡한 인간 생활을 보여 줌으로써 이성을 잃고 번뇌와 정욕에서 헤매는 이들로 하여금 본성을 깨달아 맑고 넓은 세계가 있음을 알게 하겠나이다."

세존은 크게 기뻐하며 연꽃 한 송이와 구슬 다섯 개를 보살에게 주었다. 보살은 손을 모아 두 번 절을 하고, 어깨에 염주를 메고 금실로 꾸민 가사를 떨쳐입었다. 그러고는 왼손에 구슬을 들고 오른손에는 연꽃을 가지고 남천문에 올라 세상을 굽어보았다. 끝없이 넓은 이 세상은 욕심 사나운 거센 물결에 휩쓸려 참된 이치를 깨달

---

* 인도에 있는 나무로, 옛날에 그 잎에 불경을 썼다.

지 못하고 흐린 꿈속에 잠겨 있었다.

보살이 웃음을 띠고 오른손에 쥔 연꽃과 왼손에 든 구슬을 한꺼번에 공중으로 던지니, 구슬이 사방으로 흩어져 간 곳을 알 수 없었다. 다만 연꽃 송이는 흰 구름 사이로 둥실둥실 날아 저 아래 세상에 내려앉더니 커다란 산이 되었다. 관음보살이 부린 조화가 장차 어떤 인연을 만들며 그 인연은 어떻게 되는지…….

압강정에서 지기를 만나니

남쪽 고장에 빼어난 산이 하나 있으니 둘레가 오백여 리나 되고 높이가 일만 팔천 길이나 되었다. 바위들은 하얀 옥을 묶어세운 듯하고 멀리서 바라보면 연꽃 같았다. 사람들은 이 산을 옥련봉玉蓮峯이라 하였다.

옛날 한 도사가 이곳을 지나다 옥련봉에 올라 산세를 보고 감탄하여 이렇게 말하였다.

"아름답도다, 옥련봉이여! 우뚝 솟은 형세는 봉황이 나래를 펼친 듯하고 용이 서린 듯 맑은 정기 담뿍 받았으니, 이는 아득한 옛날부터 있던 산이 아니라 갑자기 날아온 봉우리니 불가에서 이르기를 비래봉飛來峯이라. 앞으로 삼백 년 안에 반드시 이 산의 맑은 정기를 받은 인재가 태어나리라."

그 뒤 수백 년이 지나는 동안 이 산 아래에 차츰 마을이 몇 생겼다. 그 마을에 양현이라는 처사가 살았다. 양 처사는 안해 허 씨와 더불어 산에 올라 나물을 캐고, 물에 나가 고기를 낚으면서 세상 공명을 뜬구름처럼 여겼다. 양 처사는 참으로 세속에 물들지 않은 고상한 선비였다. 다만 나이 마흔이 되도록 자식이 없어 적막하니 부부가 정답게 마주 앉았다가도 문득 서글퍼짐을 어쩔 수 없었다.

화창한 봄, 아지랑이 아물거리고 바람결 따사로운 어느 날이었다. 허 씨가 창문을 열고 내다보니, 처마 밑에 깃들인 제비들이 새끼를 돌보느라 쌍쌍이 날아예고 있다. 허 씨가 멍하니 보다 한숨을 쉬며 혼잣말을 했다.

"미물들도 새끼를 낳아 어미와 새끼가 저렇듯 정답건만, 나는 사람으로 자식이 없어 이렇듯 처량하니 저 제비만도 못하구나. 어찌 애달프지 않으리오."

허 씨는 절로 눈물이 흘러 옷깃을 적시는 것도 알지 못했다. 그때 양 처사가 들어왔다.

"부인은 어찌하여 그렇듯 심란히 앉아 있는 것이오이까? 오늘은 날씨가 화창하고 바람결이 맑으니 우리 나가서 소풍이나 하는 것이 어떻겠소? 여기 산 지 오래되었으나 아직 저 옥련봉에 올라보지 못했으니, 가서 울적한 회포를 풀고 돌아옵시다."

허 씨가 기뻐하며 따라나섰다. 부부가 지팡이를 끌며 비탈길을 따라 느릿느릿 올라가는데 살구꽃은 벌써 다 지고 철쭉이 한창이다. 곳곳에 나비들 춤추고 벌들이 노래하니 봄빛을 오로지 나비며 벌이 독차지한 듯하다.

올라가다가 맑은 시내를 희롱하여 손도 씻고 발도 씻고 나무 그늘을 찾아 다리쉼도 하였다. 이윽고 한 곳에 이르니 뾰족뾰족한 바위벼랑이 까마득하고 오불꼬불 뻗은 비탈길이 갈수록 더 험하여 허 씨는 그만 바위 위에 털썩 주저앉았다. 숨이 턱에 닿아 헐떡거리고 구슬땀에 적삼이 흥건히 젖었다.

"부인은 약골이라 끝내 저 산봉우리엔 오르지 못하겠구려."

양 처사가 웃으며 말하였다.

"저는 좋은 산수를 구경할 만한 인연이 없거니와 낭군께서도 기색이 그리 왕성한 것 같지는 않사옵니다. 그러다가는 아마도 강산풍월을 즐기다가 신선이 되었다는 옛사람에게 웃음거리가 될까 하나이다. 잠깐 이 널따란 바위에 앉아 쉰 다음 마저 오르심이 좋을까 하나이다."

허 씨가 싱그레 웃으며 대답하자 양 처사가 또 호탕하게 웃었다. 그러고는 지팡이를 들어 가리키며 말하였다.

"벌써 예까지 올라왔으니 부인 말대로 잠깐 쉬고 저 산봉우리까지 올라가 보고 돌아갑시다."

한참 바위에 앉아 쉰 다음 부부가 다시 일어나 중턱에 올랐다.

산은 높고 골은 깊어 잎이 퍼진 나무들이 어우러져 그늘지고, 기이한 바위들이 양옆으로 둘렸는데 노루, 사슴, 잔나비들이 사람을 보고 놀라 여기저기서 얼씬거렸다. 허 씨는 겁이 더럭 났다.

"여기서부터는 산이 몹시 험하고 깊어 더 오르기 어려우니 저는 구태여 꼭대기까지 오르지 않겠나이다."

양 처사가 빙긋이 웃고 바위 위에 잠깐 멈춰 섰다. 그사이 허 씨는 눈을 들어 한 곳을 바라보았다. 그곳에는 깎아지른 듯한 바위벼

랑이 곧추 솟아 있고, 그 높은 꼭대기에 늙은 솔이 가지를 드리웠
다.

"저기가 참 기이하니 한번 가 보사이다."

양 처사가 머리를 끄떡이고 부인과 함께 덤불을 헤치며 걸음을
옮겼다. 과연 이끼 돋은 바위가 아찔하게 곧추 솟아 높이가 무려 수
십 길은 될 듯하고, 앞면에는 무엇을 새긴 자취가 있다. 허 씨가 가
까이 다가가서 조심스럽게 이끼를 긁어 내렸다. 곧 관음보살 형상
이 또렷이 드러났다. 조각이 지극히 정교하여 다래 덩굴이 얼기설
기한 사이로 관음보살의 귀며 눈이 살아 움직이는 것 같았다.

"이 불상이 사람 발자국이 미치지 않는 명산 그윽한 곳에 있어
반드시 신령스러우리니 우리가 이 불상에게 아들을 빌어 보면 좋
겠나이다."

양 처사는 본디 불공을 좋아하지 않았지만, 그 말에 감동하여 허
씨와 함께 지팡이를 놓고 앞으로 나아가 공손히 절하며 마음속으
로 가만히 아들 얻기를 빌었다. 그러고는 잠잠히 부부가 마주 대하
니 문득 마음이 서글퍼져서 허 씨 눈에는 눈물이 글썽하였다.

부부가 서로 위로하며 손목을 이끌고 희미한 길을 더듬어 내려오
노라니, 깊은 산은 호젓하고 들리나니 솔잎을 스치는 바람 소리뿐
이다. 허 씨는 고적한 심사며 쓸쓸한 회포를 달래지 못하여 걸음을
옮기면서도 속으로 빌어 마지않았다.

'돌이켜 생각건대 우리 부부가 평생에 악한 일을 한 적이 없건만
깊은 산속 외진 곳에 살면서 스님이나 도사같이 혈육 하나 없는
몸이오니 세상에 나온 보람이 없나이다. 원컨대 보살께서는 저희

를 불쌍히 여기사 남은 생을 적막하지 않게 해 주소서.'

그러는 사이에 어느덧 산을 내려와 집 앞에 이르렀다.

이날 밤 허 씨가 꿈을 꾸었는데, 꿈에 관음보살이 꽃 한 송이를 들고 옥련봉에서 내려와 허 씨에게 주었다. 허 씨가 꽃을 받고 문득 깨어나니 아직도 방 안에 꽃향기가 그대로 풍기는 듯하였다.

허 씨가 꿈 이야기를 하니 양 처사가 놀라면서 말하였다.

"과연 희한하구려. 나도 꿈을 꾸었는데, 한 줄기 금빛이 하늘에서 내려오더니 문득 잘생긴 사내가 되어 '나는 하늘나라 문창성이란 별로 이 댁에 인연이 있사옵기에 의탁하고자 왔나이다.' 하고 내 품에 안기는데 향기가 방 안에 가득하고 빛이 눈부시어 놀라 깨었다오. 우리 두 사람 꿈이 참으로 희한하구려."

이에 부부가 속으로 은근히 기뻐하더니 과연 그달부터 태기가 있어 열 달 만에 옥동자를 낳았다. 이날부터 옥련봉 위에서는 신선 음악이 맑게 울리고, 빛 고운 구름이 사흘 낮 사흘 밤 머물러 있었다.

아이는 얼굴이 옥같이 맑고 이마에는 산천 정기를 띠었을 뿐 아니라 두 눈에는 해와 달처럼 광채가 어려, 뛰어난 자질이며 훤칠한 풍채가 짐짓 영웅 군자의 기상이더라. 처사 부부 기쁨을 이루 다 말할 수 없거니와 누구든 양씨 집 옥동자를 보고는 칭찬하지 않는 사람이 없었다. 첫돌에 벌써 말을 하고, 두 살에는 옳고 그름을 분별하였으며, 세 살 때는 이웃 아이를 좇아 문밖에서 놀다가 땅에 금을 그으면서 글자를 쓰고, 돌을 옮겨 놓으며 진 치는 놀이도 하였다.

어느 날 지나가던 중이 아이를 유심히 보고 크게 놀라더니,

"이 애는 하늘나라 문창성과 무곡성의 정기를 타고났으니 반드

시 큰 인물이 되리로다."

하고는 어디론가 사라졌다. 처사는 그 말을 듣고 더욱 기이하게 여겨 아이 이름을 고쳐 지으며 문창과 무곡에서 따서 창곡昌曲이라 하였다.

하루는 창곡이 여러 아이들과 뒷동산에 올라가서 꽃싸움을 하며 놀고 있었다. 양 처사가 아이들 노는 것이 귀여워 가까이 가 보니 다른 아이들은 다 산꽃을 꺾어 머리에 가득 꽂았으나 창곡만은 꽃을 꽂지 않고 홀로 앉아 있었다. 이상하여 까닭을 물으니 창곡이 서슴없이 대답하였다.

"저는 이름난 꽃이 아니면 머리에 꽂지 않겠나이다."

"그러면 어떤 꽃이 이름난 꽃인고?"

"조는 듯한 침향정 해당화와 깨끗한 절개를 지닌 서호 매화, 호화로운 기상을 지닌 낙양 모란을 모두 겸한 꽃이 이름난 꽃인 줄로 아옵니다."

창곡이 이같이 대답하자 양 처사는 웃으면서 저 애가 뒷날 반드시 풍류를 아는 호걸이 되리라 생각하였다.

창곡이 대여섯 살이 되자 벌써 글자를 모아 시를 지으니, 양 처사는 신통한 재주로 산골에 묻혀 있음을 안타까이 여겨 더 가르치지 않았다.

하루는 밤이 깊어 맑은 하늘에 달빛이 가득 흐르고 별들이 반짝이는데, 양 처사가 창곡을 안고 뜨락을 거닐다가 달을 가리키며 말하였다.

"창곡아, 저 달을 두고 시를 지을 수 있겠느냐? 어디 한 구절 지어 보아라."
창곡이 곧 시를 지어 읊었다.

　큰 별은 번쩍번쩍
　작은 별은 반짝반짝
　한 조각 밝은 달이 높이 솟아
　큰 거울 매단 듯 온 천하 비추도다.

양 처사는 아들이 몹시 대견스러워 부인보고 말하였다.
"이 아이 기상이며 도량이 이렇듯 뛰어나니, 적막하게 사는 아비
를 본받지 않겠구려."
　며칠 뒤 양 처사가 창곡을 데리고 옥련봉 아래 시냇가에서 낚시
질을 하다가 무슨 생각이 떠올라 아이를 보며 말하였다.
"옛적에 두보라는 시인이 시내에 나가 낚시질을 하는데, 어린 아
들이 아버지를 따라 또드락또드락 바늘을 뚜드려 낚시를 만들더
라는구나. 두보가 그것을 보고 '어린것이 바늘 뚜드려 꼬부랑 낚
시 만들었네.' 하고 읊었단다. 이 또한 산속에 사는 시인 문사가
지닌 고상한 재미라. 너도 그 아들을 본떠서 이 아비 흥을 돋워
줄 수 있겠느냐?"
　양 처사는 창곡을 사랑 어린 눈길로 바라보았다.
"아버지, 그 아들이 커서 해 놓은 일이 무엇이었나이까?"
"별로 뛰어난 일은 없느니라."
"고기잡이는 한가한 사람이 즐기는 낙일 뿐이옵니다. 대장부로

서 나이 젊고 혈기 왕성하여 용맹이 한창 솟구칠 때 분연히 떨쳐 나서 만백성을 도탄에서 건져야 하거늘, 어찌 간들거리는 낚싯대 하나를 들고 산속에 놀아 귀중한 한생을 헛되이 보내겠사옵니까?"

이제 겨우 여섯 살 잡힌 창곡인지라, 양 처사는 한없이 기쁘고 대견스러웠으나 아이 속마음을 좀 더 알아보려고 짐짓 꾸짖듯 말했다.

"옛날 한신이라는 신하는 걸출한 인재였으나 가난할 적에 성 밖에서 고기를 낚고, 또 강태공은 어진 이였으나 때를 만나기까지 강에서 낚시질하며 기다렸으니, 사람 일이란 마음대로 되는 것이 아니니라. 네 어찌 낚시질하는 이의 적막함을 조롱하느냐?"

이에 창곡은 다시 공손히 꿇어앉으며 입을 열었다.

"일이 성공하고 실패하는 것은 하늘에 달려 있으나 잘하고 못하기는 사람에게 달린 것이옵니다. 제가 비록 어리석으나 마땅히 예부터 백성을 사랑하고 나라에 충성을 다한 현인 재사를 본받아 공을 길이 빛내려 하옵나니, 어찌 그런 옛사람의 늘그막 출세며, 구차스러움을 부러워하리까?"

이 말을 들은 양 처사는 더욱더 아들이 기특하였다.

세월이 흘러 어느덧 창곡이 열여섯이 되었다. 자랄수록 더욱 의젓하여 문장은 사람을 놀래고, 지혜 또한 뛰어나며, 효성이 지극하고, 학문도 한층 더 깊어져 현인군자의 기풍을 갖추었을 뿐 아니라 훤칠한 풍채에 호방한 기상이니 영웅호걸의 자질을 두루 갖추었다.

이 무렵 황제가 새로 즉위하면서 온 나라에 사면령을 내리고, 인재를 등용하기 위하여 온 나라 선비들을 불러 과거를 보인다는 방이 곳곳에 나붙었다.

밖에 잠깐 나갔다가 이 방을 보고 들어온 창곡이 아버지 앞에 꿇어앉아 청하였다.

"예부터 전해 오는 풍습으로, 아들을 낳으면 뽕나무 활에 쑥대 화살을 메워 하늘땅 사방으로 쏘는 것은 커서 사면팔방으로 움직이라는 뜻이오며, 또 옛글을 읽고 옛일을 배우는 것은 장차 임금을 섬기고 백성들에게 혜택이 미치게 하여 온 천하와 더불어 복락을 함께 누릴 방도와 식견을 닦기 위한 것인 줄로 아옵니다.

제가 비록 못났사오나 나이 벌써 열여섯이오니, 마땅히 옛 성현들 말씀처럼 먼저 천하 사람들 근심을 제 근심으로 삼아 결연히 나서야 할 때이온지라, 어찌 집에만 묻혀 부모님께 근심을 끼치오리까. 바라건대 서울에 올라가 과거에 급제하여 벼슬길에 나아가 나라에 충성을 바치고자 하나이다."

양 처사가 그 장한 뜻을 기특히 여겨 창곡을 데리고 안방으로 들어가서 허 씨와 의논하였다. 허 씨가 말을 다 듣고 길게 한숨을 쉬더니 창곡을 보고 조용히 타일렀다.

"우리 부부가 늦도록 자식이 없음을 한탄하다가 하늘이 도와 너를 낳으니, 그저 옥련봉 아래에서 나물이나 캐고 고기나 낚으면서 평생을 서로 이별 없이 즐기면 그만이다. 무슨 부귀공명을 탐하여 어린 너를 멀리 떠나보내겠느냐? 또 네 나이 겨우 열여섯이요, 서울이 여기서 수천 리인데 내 어찌 너를 홀로 보낸단 말이냐?"

창곡이 꿇어앉아 어머니가 하는 말을 공손히 듣고는 다시 말하였다.

"제 비록 옛날 성인들처럼 만 리 밖에 나가 공을 세울 지혜며 용맹은 없사오나 붓대를 던지고 나라를 위해 떨쳐나섰던 기개를 깊이 흠모하옵니다. 세월이 덧없으니 때를 잃지 말아야 할 것이온데, 이번 기회를 놓치면 하늘이 또다시 저에게 때를 주지 않을까 하나이다."

양 처사가 감개무량하여 머리를 끄떡이고 부인을 돌아보았다.

"사나이로 태어나서 큰 뜻을 품었으니 부인은 한때 이별을 그다지 어려이 여기지 마시오."

부인은 하릴없이 아들 손을 잡고,

"우리 부부 아직 그리 늙지 않았으니 네 잠깐 떠남이 어찌 그리 슬프리오마는 나는 네가 아직도 젖먹이 어린애로만 보이는구나. 처음으로 곁에서 떠나보내려니 네가 간 뒤 아침저녁으로 문간에 기대서서 먼 하늘을 바라보며 하염없이 너를 그리워할 이 어미 마음은 장차 어찌한단 말이냐."

하며 한숨을 내쉬었다.

"어머니! 소자 비록 불효하오나 몸조심하여 조금이라도 근심을 끼치지 않겠사오니 잠깐 섭섭하심을 참으시고 부디 평안하시기만 바라옵니다."

창곡은 어머니를 위로하고 곧 과거 보러 갈 채비를 하였다. 허 씨는 궤에 넣어 두고 아끼던 옷가지며 비녀를 팔아 하늘소(나귀) 한

필을 사고, 동자 하나를 따라가게 하였으며 은전 수십 냥을 노잣돈으로 준비해 주었다.

드디어 창곡이 떠날 날이 되었다. 처사 내외가 동구 밖까지 나와 아들을 바래다주었다. 허 씨는 애틋한 마음에 아들에게 다시금 이것저것 당부하느라 말이 그치지 않는다. 처사는 동자에게 어서 행장을 챙겨 떠나라고 하였다.

창곡은 도량이 남다르긴 하나 아직 어린 나이라 부모 곁을 처음으로 멀리 떠나자니 문득 눈물이 앞을 가렸다. 억지로 참고 하늘소 등에 올라앉아 서울로 떠났다.

때는 늦은 봄 초여름이었다. 푸른 나뭇잎이 곱게 한들거리고 파릇파릇 돋아난 풀들이 주단처럼 깔렸는데, 봄바람에 지저귀는 뻐꾹새 소리가 길 가는 나그네 시름을 더한층 돋워 준다.

창곡이 천천히 하늘소를 몰아 산천도 구경하고 글귀도 고르면서, 부질없이 일어나는 집 생각을 털어 버리며 열흘 만에 소주 땅에 이르렀다.

소주 땅에 들어가 보니 큰 흉년이 들어 곳곳에 도적들이 설쳐 댔다. 창곡은 각별히 조심하여 저녁이면 일찌감치 객줏집을 찾아 쉬고 아침에는 느직이 길을 떠나곤 하며, 한 마을을 거쳐서 또 한 마을을 지나 끊임없이 걷고 또 걸었다.

하루는 길에 사람이 드물고 주막들도 보잘것없어 별로 들 만한 데가 없었다. 그래 바삐 하늘소를 몰아가노라니 어느덧 해는 지고 땅거미가 내리는지라, 어둡기 전에 인가를 찾아 서둘러 앞만 바라보며 갔다. 한 곳에 이르니, 나무숲이 하늘에 닿았고 우뚝 솟은 고개가 앞을 막았다. 창곡은 할 수 없이 하늘소에서 내려 한 걸음 두 걸음 고개를 올랐다.

한참을 걸어 숲이 우거진 곳에 들어섰을 때, 갑자기 동자가 질겁하며 채찍을 땅에 던지고 뒤로 물러섰다.

창곡이 곡절을 물으니 동자가,

"이곳에 도적이 많다더니 저기 서 있는 것들이 도적이 아니오이까?"

하며 앞쪽 덤불을 가리켰다.

창곡이 그쪽을 자세히 보니 오랜 세월 비바람에 썩다 남은 고목들이 달빛을 받아 허옇게 우뚝우뚝 서 있을 뿐이었다. 창곡이 웃으면서 동자에게 경솔하다 나무라고 다시 하늘소를 몰아 수십 걸음을 더 갔다.

이때였다. 과연 도적 대여섯 놈이 숲 속에서 내달아 서릿발 같은 칼날을 달빛 아래 번쩍이며 달려들었다.

동자가 그만 질겁하여 "흐윽!" 소리 한 번에 뒤로 넘어졌다. 도적하나가 칼을 뽑아 들고 막 창곡을 찌르려는 순간, 창곡이 한 걸음 다가서며 낯빛도 변치 않고 조용히 말하였다.

"보아하니 그대들은 평시에는 모두 선량한 백성인데, 흉년을 만나 먹고 입을 것이 없어 길 가는 사람들한테서 재물을 빼앗게 되었구나. 가엾구나. 내 가진 물건이며 의복을 아끼지 않고 다 내어 주리라. 그런데 그대들이 재물만 취하지 아니하고 사람까지 마구 해치는 것은 도대체 어찌 된 일인고?"

우두머리인 듯한 놈이 허허 웃고 나서 말하였다.

"세상 사람들이 재물을 목숨보다 더 귀중히 여기고 아끼니, 죽이지 않고서야 어떻게 빼앗겠소?"

창곡이 머리를 끄덕이며 크게 소리 내어 웃었다.

"군자는 거짓말을 하지 않으니 그대들이 잠깐 물러서면 의복이며 행장을 죄다 내어 주리라."

도적들이 곧 칼을 거두고 물러섰다.

창곡은 동자를 시켜 행장을 풀게 한 다음 물건을 하나하나 꺼내 도적에게 다 주고 입은 옷마저 벗어 주는데, 기색이 태연하고 조금도 당황하지 않으니 도적들은 서로 쳐다보며 머리를 기웃거렸다.

창곡이 옷을 다 벗어 준 다음 홑옷 한 벌만 입은 채로 말하였다.

"자, 이 홑옷 한 벌은 값을 쳐도 볼 게 없고 또 사람이 알몸으로는 다닐 수가 없으니 이것쯤은 용서하라."

도적들이 쾌히 응낙하고,

"우리가 이런 짓을 해 오고부터 담 큰 장부를 많이 보았으나 어린 선비로 이렇듯 담대한 사람은 처음 보노라."

하고는, 서로들 크게 감탄하며 숲 속으로 사라졌다.

창곡이 동자를 데리고 하늘소를 몰아 고개를 넘어 내려와서 객줏집을 찾았을 때는 벌써 밤이 깊어 샐녘이 가까웠다. 문을 두드리자 주인이 나오더니 그들을 보고 크게 놀랐다.

"아니, 이 밤중에 도적 소굴을 지나오셨소이까?"

동자가 도적을 만난 일을 대강 말했더니, 주인이 또 흠칫 놀라 눈을 크게 떴다.

"오가는 길손으로 도적에게 죽은 사람이 얼마나 많은지 모르오이다. 날이 저물면 당최 고개를 넘지 못하고 대낮에도 여럿이 아니면 다니지 못하는데 오늘 선비님은 천행으로 목숨을 보존했소이다."

주인이 하는 말을 듣고 창곡이 물었다.

"전에 들으니 소주는 강남에서도 가장 살기 좋은 고을이라던데, 자사가 어쩌자고 백성들 살림을 돌보지 않아 곳곳에 도적이 일어나게 하는지요?"

주인은 서글피 웃을 뿐 아무 대답도 하지 않고 방 한 칸을 내어 주었다. 그런 다음 등잔불을 켜 들고 들어와서 다시 도적을 만났던 일을 묻고 머리를 설레설레 흔들었다.

"관가가 여기서 멀지도 않건만, 자사가 주색에 빠져 도무지 정사를 돌보지 않으니 도적이 나건 말건 어느 누가 아랑곳이나 하오리까."

주인은, 도적을 만나 다 빼앗겨 초라한 행색을 한 창곡을 가엾이 여겨 찬밥일망정 들여왔다.

창곡은 그 집에서 밤을 지내고 날이 새자 길 떠날 채비를 하였으나 어디로 갈지 앞길이 아득하였다. 오도 가도 못하게 된 창곡을 두고 주인도 걱정을 하였다.

그때 웬 젊은이 둘이 불쑥 마당으로 들어섰다. 손에는 저마끔 활을 들었고, 얼굴에는 호걸 기풍이 넘쳤다. 젊은이들은 주인을 불러 술을 청하고는 쓸쓸히 앉아 있는 창곡과 동자를 물끄러미 바라보더니 말을 걸었다.

"어디로 가는 선비시오?"

"서울로 가오."

"지금 몇 살이오?"

"열여섯이오."

"먼 길 가는 차림새가 왜 그리도 초라하오?"

"집이 가난하여 별로 준비도 못 한 데다가 길에서 도적을 만나 옷이며 짐을 죄다 빼앗겼으니, 서울까지 갈 일이 참으로 막막하오."

이 말에 젊은이들이 한바탕 크게 웃고 말하였다.

"대장부로서 몇 사람을 능히 대적지 못하여 저렇듯 낭패를 당하니 과연 그대가 지닌 용맹을 알리로다. 서울로 간다니 분명 과거 보러 가는 선비라. 글은 잘하시오?"

"먼 시골서 나고 자라 듣고 본 게 적고, 부모덕에 글자깨나 배우기는 했어도 아는 게 별로 없소."

이에 한 젊은이가 웃으며 말하였다.

"겸손이 지나치구려. 내가 그대를 위해 좋은 수를 일러 주리다. 내일 소주 자사가 압강정鴨江亭에서 큰 잔치를 차리고, 소주며 항주에 사는 시인 문사들을 모아 시를 짓게 하여 으뜸으로 뽑힌 선비한테는 큰 상을 준다 하더이다. 그대가 과연 시에 재주가 있다면 서울 갈 노자쯤이야 무슨 걱정이겠소?"

다른 젊은이가 그 말에 동을 달았다.

"어디 그뿐인가. 또 재미있는 일도 있다오. 도령이 어리기는 하지만 또한 장부라 이런 일도 알고 가는 게 좋으리다. 강남 서른여섯 고을 가운데 항주 기생이 으뜸이고, 또 항주 교방 서른여섯 곳

가운데 가장 이름난 기생이 강남홍江南紅이라 하는데, 노래 잘하고 춤 잘 추고 글 잘하고, 또 뜻이 높고 얼굴 아름답기로 강남에서 으뜸이라오. 자사나 고을 관장들이 마음을 아니 두는 자가 없지마는 강남홍은 뜻이 갸륵하여 제 뜻에 맞지 아니하면 죽어도 몸을 허락지 않으니 지금 나이 열네 살이지만 감히 가까이한 자가 없다오.

지금 소주 자사는 승상 황의병黃義炳의 아들로 나이 서른이라. 사람이 난봉기가 있어 놀음 즐기고, 재물 넉넉하고, 풍채 좋기로 서울까지 소문이 났다오. 그런 데다 본디 풍류를 즐기고 주색을 좋아하는 위인이라 마음이 바싹 강남홍에게 쏠려 기어이 강남홍을 달래어 제 노리개로 삼으려고 무진 애를 쓴다 하오. 내일 압강정 놀이를 벌이는 것도 실은 그 뜻이 오로지 강남홍에게 있으니 반드시 구경거리가 있을 것이오. 우리는 무인이라 시인 문사들 자리에는 참여할 수 없으나 도령은 가서 구경하는 것이 좋을까 하오.”

창곡이 그 말을 듣고 허허 웃었다.

“나는 본디 재주도 없거니와 아직 어린 몸으로 그런 성대한 모임에 어찌 참여하겠소?”

그러자 두 사나이가 껄껄 웃고 나서 주인에게 술값을 치르고는 가 버렸다.

창곡은 속으로 생각하였다.

‘황 자사가 조정에서 신임 받는 지방관으로 정사는 돌보지 않고 주색에 빠져 있으니, 그렇듯 방탕한 사람을 내 어찌 상대하랴. 허나 지금 내 사정이 가도 오도 못 하게 되지 않았는가. 그러니 저 두 사람 말대로 구경 삼아 가서 한번 글 솜씨를 시험해 보는 것도 그리 나쁘지 않으리라. 또 강남은 천하에 이름난 곳이니 선비들 문장이며 문물이 반드시 볼만할 것이요, 강남홍이 재주며 자색이 뛰어나 풍류남아 애를 태운다 하니 과연 어떠한가 내 알아보리라.'

마음을 정한 창곡은 주인을 불렀다.

"여기서 압강정까지 몇 리나 되오?"

"삼십 리올시다."

"대단히 미안한 말이지만, 노자가 없어 지금은 떠날 수 없으니 이 하늘소를 맡아 두고 며칠 동안만 우리 두 사람 아침저녁 끼니를 지어 줄 수 있겠소?"

"그건 걱정할 게 없소이다. 보통 길손이라도 노자가 없다고 괄시할 수 없을 터인데, 하물며 제가 범상치 않은 풍채를 사모하는 터에 며칠 변변치 못하나마 상을 올리는 일쯤이야 어려울 게 무어 있겠소이까."

창곡이 안심하고 하루를 더 묵고 이튿날 아침 주인더러 압강정에 구경 간다고 말한 뒤 동자를 데리고 객줏집을 떠났다. 동쪽으로 수십 리를 가니 산수가 맑고 아름다워 곳곳이 절경이라. 압강정이 반드시 강가에 있으리라 하여 강을 따라 몇 리를 더 갔다.

강물이 시원히 넓어지고 산세가 더욱 아름다워, 구름이 푸른 물에 어리고 흰 갈매기가 모래불에 졸고 있는지라 압강정이 멀지 않음을 짐작할 수 있었다. 걸음을 재촉하여 얼마쯤 더 나아갔다. 한

곳에 이르자 바람결에 거문고 소리, 젓대 소리 가까이 들려오더니 과연 덩그렇게 높이 솟은 정자 하나가 나타났다.

강기슭에 자리 잡은 정자 아래 수레며 말들이 들끓고 구경꾼들로 저자를 이루었다. 정자 위를 바라보니 웅장하고 화려하기 이를 데 없고, 푸른 기와며 붉은 난간이 허공에 아득히 빛나고, 가운데 누런 색 큰 글자로 '압강정'이라고 새긴 현판이 걸려 있다.

구불구불 쳐 놓은 비단 장막은 바람에 나부껴 고운 구름이 이는 듯하고, 무잇무잇 일어나는 향기로운 연기는 강물 위로 흩어져 파란 안개가 이는 듯한데, 무르녹는 음악 소리며 맑은 노랫소리에 누대가 맑은 물 위에서 조용히 흔들리는 것 같았다.

창곡은 동자더러 강가에서 기다리라 하고는 선비들을 따라 정자에 올랐다. 넓이가 수백 간이요, 조각이며 단청으로 온갖 기교를 부려 꾸몄는지라 과연 강남 으뜸가는 누각이 분명하다.

창곡이 가만히 둘레를 살폈다.

동쪽 의자에 거나하게 취하여 붉은 도포에 검은 사모를 쓰고 앉아 있는 사람이 분명 소주 자사 황여옥黃汝玉이요, 서쪽 의자에 홍안백발로 점잖이 앉아 있는 이는 소문에 듣던 대로 항주 자사 윤형문尹衡文이다. 윤 자사는 사람이 너그럽고 점잖아 비록 황 자사와는 나이도 비슷하지 않고 뜻도 맞지 않으나, 이웃 고을 자사가 간곡히 청하기에 별수 없이 오게 되었다.

선비들은 단정한 옷차림으로 종이와 필묵을 준비해 동쪽과 서쪽에 갈라 앉았다. 그런가 하면 두 고을 기생 백여 명이 화려하게 단장하고 좌우에 벌여 앉아 갖은 아양과 교태를 부리면서 서로들 곱게 보여 눈길을 끌려고 하였다.

창곡이 맑은 눈길을 흘려 하나하나 보았다. 무리 가운데 말도 하지 않고 웃지도 않고 심란히 앉아 있는 기생이 하나 눈에 띄었다. 옥 같은 두 뺨에 귀밑머리 드리운 그 기생은 파리한 얼굴에 봄빛은 간데없고, 냉담한 기색이 맑은 가을 달 같다. 총명한 자질이 은은히 비치니 푸른 바다 속 빛나는 구슬 광채를 받은 듯하였다.

창곡은 속으로 감탄해 마지않았다.

'절세가인을 옛글에서나 보았더니 오늘 이곳에서 보는구나. 분명 범상한 여자가 아니니 어젯밤 듣던 강남홍이란 기생이 분명하렷다.'

창곡은 선비들이 앉은 맨 끝자리에 가 앉았다.

한편, 강남홍도 가만히 앉아 맑은 눈길로 선비들을 살펴보았다. 방탕한 거동이며 상스러운 말버릇을 보니 모두 하잘것없는 자들이었다. 오직 맨 끝자리에 앉은 선비 하나가 초라한 옷차림으로 보아 가난한 집 자제인 것이 분명하나, 풍채며 기상이 온 좌중을 뒤덮어 마치 화려한 봉황새 한 마리가 닭 무리에 섞인 듯하고 푸른 바다 신기한 용이 구름 속에 나타난 듯하였다.

'내 일찍이 청루에 몸을 두고 숱한 사람을 보았으나 저리 뛰어난 남자를 여기서 볼 줄을 어이 뜻하였으랴!'

이렇게 되어 홍랑은 자꾸 창곡을 보고 창곡 또한 은근한 눈길로 홍랑을 보곤 하였다.

이윽고 황 자사가 자리를 정돈한 다음 홍랑을 돌아보며 일렀다.

"압강정은 강남에서 아름답기로 으뜸가는 누각이라. 오늘 이처

럼 소주며 항주의 문인 재사들이 다 모여 앉았으니 네 맑은 노래
한 곡조로 선비들의 흥취를 돋우는 것이 어떠하냐?"

홍랑은 소곳이 듣더니 고개를 들었다.

"상공께서 오늘 풍류와 문장을 빛내시기 위하여 이 모임을 베푸
시어 지금 문인 재사들이 가득히 모였사온데, 어찌 늘 부르던 속
된 노래로 상공과 여러 선비들의 밝으신 귀를 흐리오리까. 외람
된 말씀이오나 마땅히 이 자리에 모인 선비들이 시를 지으시면
그중에서 마음에 드는 것을 골라 맑고 새로운 노래를 부를까 하
나이다."

선비들은 기뻐 손뼉을 치며 행여나 제 시가 뽑혀 홍랑의 입에 오
르기를 바라나, 황 자사는 속으로 좋아하지 않았다.

이 압강정 놀이는 오로지 풍류로 홍랑의 마음을 끌려던 것이다.
그러니 이 자리에 저보다 글 잘하는 선비가 있다면 제 낯은 무엇이
되랴. 그래도 홍랑 뜻이 그러하고, 선비들도 좋아하니 이를 반대하
면 제가 오히려 용렬한 사람이 될 터였다. 차라리 먼저 시 한 편을
지어 좌중을 놀래어 홍랑에게 자기 재주를 알리는 게 좋으리라고
생각하였다. 황여옥이 흔연히 웃으며,

"홍랑이 말한 바가 내 뜻에 맞으니 시 짓기를 하겠노라."

하고는 또 여러 선비들을 돌아보며 일렀다.

"지금 고운 종이를 한 장씩 나눠 줄 터이니 모두 압강정을 두고
시를 지으라."

선비들은 행여나 재주를 빛내 보려고 저마끔 붓을 뽑아 들고 시
를 지었다. 황 자사는 혼자 조용한 곳에서 시를 지어 호기스럽게 재

주 자랑을 할 작정으로 얼른 자리에서 일어났다. 조용한 뒷방으로 들어가서 홀로 앉아 무진 애를 쓰나 도무지 시상이 떠오르지 않는다. 속만 바질바질 타고 점점 초조해졌다.

황 자사가 눈썹을 찡그리고 안절부절못하고 있을 때 선비들이 시를 다 지었다는 말이 들려왔다. 하릴없이 방을 나와 짐짓 태연히 자리에 가 앉아 좌우를 돌아보며 입을 열었다.

"옛날에 조식曹植은 일곱 걸음 걷는 동안 시를 지었다거늘 지금 제군들은 시 지으라는 영이 떨어진 지 한나절이나 걸려서야 한 편을 지으니 어찌 그리도 더딘고."

황여옥이 그러거나 말거나 홍랑은 가만히 양창곡이 하는 거동만 눈여겨보았다. 창곡은 시 지으라는 말을 듣자마자 빙긋이 웃으며 종이를 펼친 뒤 붓을 들어 잠깐 사이에 능숙히 시를 써서 자리에 놓았다.

홍랑은 일부러 다른 선비들이 지은 시를 먼저 집어 수십 장을 얼른 훑어보았다. 글들이 하나같이 신통치 않은 소리뿐이고 뛰어난 시구는 찾을 수 없었다. 그래서인지 눈썹이 자연 찡그러지며 싫증나는 기색을 감추지 못했다.

이윽하여 홍랑이 창곡이 지은 시를 집어 들었다. 언뜻 보니 우선 글씨부터 용이 살아 꿈틀거리며 비바람을 일으키는 듯 황홀하였다. 게다가 시구는 고금에 이름난 시인들에게서 보이는 훌륭한 점이 잘 살아 있는지라, 힘차고 웅심깊고 아름답고 고우며 또 청신하고 발랄하였다. 창곡이 지은 시야말로 물에 비친 달이요, 거울에 비친 꽃이었다.

높고 높은 정자 하나 강 머리를 눌렀구나.
아롱진 구슬 난간 물속에 비꼈는데
갈매기는 풍경 소리 귀에 젖어 들기로
저무는 석양 녘에 점점이 물가로 내려앉네.

백사장에 달빛 어리고 숲 속에 안개 흐르는데
강물은 환히 열려 하늘과 한 빛이라.
좋구나, 들판에서 이쪽을 바라보면
그림 속 누각이요, 거울 속 신선일세.

강남 팔월에는 향기 멀리 풍기나니
일만 송이 연꽃 가운데 한 송이 뛰어나네.
꽃 밑에 노는 원앙 무단히 쫓지 마라.
원앙새 나래 펴면 꽃떨기 상할세라.

　홍랑이 시를 보고 문득 솟구치는 감흥을 못 이겨 머리에 찌른 금비녀를 뽑아 들었다. 붉은 입술을 반쯤 열고 맑은 소리를 굴려 술병을 치면서 노래를 부르는데 낭랑한 소리 참으로 맑아 파란 하늘에 외로운 학이 구름 사이에서 짝을 찾는 듯, 화창한 봄날 흥겨운 꾀꼬리가 버들 숲에서 벗을 부르는 듯, 들보 위 티끌이 날리며 맑은 바람이 살랑거리는 듯하였다. 그러니 온 좌중이 황홀하여 물 뿌린 듯 조용하다. 한참 만에야 정신이 든 선비들이 모두 눈이 둥그레져서 서로 돌아보며 누가 지은 시인 줄 몰라 웅성거렸다.

창곡이 지은 시를 다 노래한 홍랑은 두 손으로 시가 쓰인 종이를 받들어 두 자사 앞에 바쳤다. 시를 본 황 자사는 매우 언짢은 기색이나, 윤 자사는 두세 번 거듭 읊으면서 무릎을 치며 감탄하였다. 그러고는 어서 그 이름을 밝히라 하였다.

홍랑이 언뜻 두 자사와 두 고을 선비들을 둘러보았다. 무엇인가 상서롭지 못한 기운이 떠도는 것 같았다. 홍랑이 이마를 숙이고 잠깐 생각했다.

'내 비록 사람 볼 줄은 모르나 평생지기를 만나 일생을 의탁함이 소원이라. 오늘 뜻밖에도 이 시인 문사들이 가득 모인 자리에서 인품으로 보나 시로 보나 가장 뛰어난 선비를 만났으니, 이는 하늘이 내게 배필 없음을 불쌍히 여겨 영웅 군자를 만나 평생소원을 이루게 함이 아니랴. 그런데 차림새가 이 고장 선비가 아니니, 만일 이름이 알려지면 방탕하고 음흉한 황 자사와 오만하고 경우 없는 문사들이 저이의 재주를 시기하여 무슨 욕을 보일지 모르리라. 어찌하면 좋을꼬?'

한참이 지나 홍랑이 고개를 살며시 들었다. 그럴듯한 꾀가 하나 떠올랐다. 홍랑이 곧 두 자사 앞에 공손히 나아가 아뢰었다.

"오늘 제가 당돌하게도 여러 선비들이 지은 시를 골라 노래로 부른 까닭은 성대한 시회에 화락을 도우려 함이옵고, 감히 우열을 밝힘으로써 여러 선비들을 부끄럽게 하려 함이 아니옵니다. 원컨대 그 이름을 드러내지 말고 오늘 해가 다 지도록 즐기시다가 날이 저물거든 떼어 보심이 좋을까 하옵니다."

두 자사가 그 말을 옳이 여겨 허락하였다.

총명한 창곡이 어찌 그 뜻을 모르랴! 창곡은 홍랑의 슬기에 탄복하여 마지않았다.

얼마 뒤 음식상이 들어왔다. 산과 바다에서 난 진귀한 것으로 솜씨 부린 가지가지 음식들이 줄지어 교자상에 그득히 올랐다. 황 자사는 기생들을 시켜 술을 따르게 했다. 술잔이 수없이 오고 가며 바야흐로 술판이 무르익을 무렵 생황과 젓대 소리와 맑은 노래, 멋진 춤이 어울려 강과 하늘을 들었다 놓았다 했다.

창곡은 본디 주량도 남보다 큰지라 연거푸 오는 술잔을 사양치 않고 마셨다. 홍랑은 창곡이 혹시 실수나 하지 않을까 하여 일어나 여러 기생들과 함께 선비들에게 술을 권하기 시작하였다. 차례로 잔을 들어 권해 나가다가 창곡 앞에 가서는 짐짓 술을 엎지르며 놀라는 척하였다. 창곡이 곧 그 뜻을 알아차리고, 일부러 몹시 취한 척하며 무시로 돌아오는 잔을 굳이 사양하였다.

술이 또 여남은 차례 돌자 모두 취하여 거동이 망측스럽고 말이 거칠어지더니, 선비들 가운데 두 사람이 일어나 자사에게 청을 드렸다.

"저희들이 분에 넘치게도 성대한 모임에 참가하여 졸렬한 시구로 홍랑 눈을 속이지 못하였사오니 원망할 것은 없삽거니와, 듣건대 오늘 홍랑이 부른 시가 소주나 항주 선비가 지은 것이 아닌 듯하니, 그 시의 주인을 찾아 다시 자웅을 겨룸으로써 우리 두 고을이 입은 수치를 씻을까 하옵니다."

홍랑은 속으로 크게 놀랐다.

'저 설익은 작자들이 취중에 우쭐대며 저렇듯 말썽이니 그대로

둔다면 저 선비는 분명 화를 입을 것이로다. 내가 구하지 않으면 안 되리라.'

홍랑은 황 자사가 미처 대답도 하기 전에 손에 박자를 치는 단판을 들고 가운데로 나섰다.

"황송하오나 제가 한 말씀 여쭈오리다. 소주, 항주 문사들이 지은 풍류 문장이 천하에 유명함은 온 세상이 다 아는 바이오니, 오늘 선비들이 울분에 찬 것은 실로 제가 시를 제대로 보지 못한 죄로소이다. 하오나 해가 벌써 저물고 모두들 취하셨사오니 다시 시문을 말씀하심은 아니 되올까 하기로, 제가 노래 두어 곡을 불러 취흥을 돋움으로써 시 볼 줄 모르는 죄를 씻으려 하옵니다."

윤 자사가 빙긋이 웃으면서 머리를 끄덕여 좋다고 하였다. 홍랑은 곧 옷깃을 여미고 단판을 치며 시조 강남곡 삼장을 불렀다.

전당호 밝은 달 아래 연 캐는 아이들아
십 리 청강 배를 띄워 물결 세다 말을 마라.
네 노래에 잠든 용 깨면 풍파 일까 하노라.

청노새 바삐 몰아 저기 가는 저 사람아!
해는 지고 길은 멀다 주막에서 쉬지 마소.
네 뒤에 비바람 서둘러 오니 옷 젖을까 하노라.

항주성 돌아들 제 길가 청루 몇몇인고.
문 앞에 복사꽃은 우물가에 피어 있고

담 머리 누각에는 강남 풍월 분명하다.

아이 불러 나오거든 연옥인가 하여라.

이 노래는 홍랑이 방금 지어 부른 것으로, 첫 장은 황 자사와 여러 선비들이 창곡이 재주가 빼어남을 시기하여 풍파가 일어나리라고 미리 알려 준 것이며, 둘째 장은 창곡더러 빨리 피하라는 것이고, 셋째 장은 홍랑이 자기 집을 알려 준 것이다.

황 자사와 선비들은 모두 취해 지껄이며 떠들썩하는 판이라 새겨듣지 못하였으나, 남다른 총명으로 주의 깊게 들은 창곡이야 어찌 홍랑이 뜻하는 바를 모르랴! 창곡은 얼른 깨닫고 깜짝 놀라 자리에서 일어나 뒷간에 가는 척하고 누각에서 내려왔다.

모두 취흥이 도도하여 소란스레 떠드는 사이에 날이 저물었다. 누각에 등불을 밝히고 화려한 연회를 끝내려다가 황 자사는 홍랑이 노래로 부른 시가 문득 생각났다. 하여 아까 그 시를 가져오라한 뒤 봉한 이름을 떼었다. '여남 양창곡'이라는 활달한 글씨가 또렷이 드러났다. 황 자사가 양창곡을 찾으나 도무지 대답이 없었다.

"아까 저 끝자리에 앉았던 선비가 간 곳이 없나이다."

선비들이 앞을 다투어 아뢰었다. 황 자사는 버럭 성을 냈다.

"어린 녀석이 감히 우리를 업신여기고, 옛 시를 베껴서 모두를 속이고는 제 본색이 드러날까 꺼려 도망치고 말았으니 그런 당돌한 놈이 어디 있단 말인고?"

황 자사가 창곡을 잡아들이라 호령하였다. 그 바람에 선비들 가운데 불량한 무리들이 일어나 팔을 내두르며 큰소리를 쳤다.

"소주, 항주 우리 두 고을은 시문과 풍류로 천하에 이름이 났거늘 비렁뱅이 놈한테 농락당하여 자리가 부끄럽게 되었으니 이는 우리 모두에게 수치라. 이놈을 기어이 잡아 요정을 내리라!"

무뢰배들은 당장 양창곡을 잡으려고 떨쳐나섰다.

양 공자와 홍랑, 항주에서 엇갈리다

홍랑은 양창곡이 슬며시 자리에서 일어나 누각 아래로 내려가는 것을 보고 뒷일이 몹시 걱정되었다.

'애젊은 선비가 초라한 행색에 술까지 취했으니 혹시 무슨 잘못이나 없을까? 벌써 내 집을 가르쳐 주었으니 총명한 이라 반드시 내 뜻을 알고 찾아가겠지만, 타향에다 번화한 고장에서 집을 찾느라 얼마나 고생이 많을까? 또 집을 찾는다 해도 아직 나는 여기서 바재고 있으니 주인이 없어 얼마나 옹색하랴!'

홍랑은 마음이 자꾸만 초조해져서 얼른 뒤를 따르고 싶으나 도무지 빠져나갈 방도가 없어 안타깝기만 하였다.

황 자사는 몹시 취하여 곤드레만드레하면서도 양창곡을 잡아들이라 호통을 치고, 좌중은 온통 들끓어 당장에 뒤쫓아 가서 무슨 일을 저지를 것만 같았다.

홍랑은 여느 때와 달리 가슴이 두근거리는 것을 멈출 수 없었다. 무뢰배들이 저렇듯 날치는데 길손 혼자 어찌 화를 면할 수 있으랴. 생각 끝에 우선 이 자리를 진정시켜 놓고 보리라 작정하고 황 자사 앞으로 나아가 나직한 목소리로 말하였다.

"제가 당돌하게도 시를 잘못 골라 노래한 탓으로 이렇듯 잔치가 어지러워졌사오니, 어찌 버젓이 앉아 있사오리까. 마땅히 물러가 죄주시기를 기다리겠나이다."

황 자사는 취중에도 이 말을 듣고 얼른 생각하기를,

'내가 오늘 이 놀이를 꾸민 것은 오로지 홍랑을 어르기 위한 것이요. 선비들 시문을 말하자는 것이 아니지. 지금 홍랑이 야무진 성질로 끝내 이 자리를 피하려 고집한다면 이 어찌 살풍경이 아니리오.'

하고는, 짐짓 성난 빛을 감추고 애써 웃어 보이며 선비들을 타이르 듯 말하였다.

"양창곡은 아직 젖비린내 나는 어린애거늘 무슨 겨루어 볼 나위가 있는가? 나도 처음에는 성이 울컥 났으나 다시 생각하니 한갓 우스운 일이로다. 마땅히 자리를 정돈하고 등불을 밝힌 뒤 다시 시제를 내려 밤놀이를 계속할까 하는데 어떠한고? 그대들은 다들 마음을 돌려 조용히 앉으라."

홍랑은 이 말을 듣고 더욱 놀랐다. 만일 황 자사 말대로 밤을 이어 놀게 되면 양 공자가 주인 없는 집에 가서 홀로 초조히 기다릴 것이요, 방탕한 황 자사가 또 자기에게 무슨 짓을 할는지도 모를 일이다.

'여기서 밤을 지내서는 절대로 안 된다. 허나 이 자리를 벗어날 방도가 없으니 이를 장차 어찌하랴.'

한참이나 곰곰 생각하던 홍랑은 문득 꾀가 떠올라 웃음을 띠고 다시 황 자사에게 말하였다.

"상공께 다시 여쭈옵니다. 상공께서 넓으신 도량으로 당돌한 저를 용서하시고, 다시 주연을 베푸시어 밤으로 낮을 이어 즐기려 하시니 이 어찌 아름다운 자리가 아니오리까! 진실로 감격함을 이기지 못하옵니다. 하오나 듣건대 시를 짓는 자리에는 시령詩令이 있고, 술을 마시는 자리에는 주령酒令이 있다 하니, 원컨대 저에게 주령을 내게 하신다면 삼가 좌중에 흥을 돋우어 드릴까 하옵니다."

이 말에 황 자사는 크게 기뻐하였다.

"홍랑이 한번 입을 열면 반드시 재미있는 말이 나오거든. 그래 홍랑이 말한 주령이란 어떤 것인고?"

빙긋이 웃으며 홍랑이 대답하였다.

"제가 비록 어리석으나 아까 선비들이 지은 아름다운 시를 보고 가슴속에 깊이 새겨 두었사오니 지금 차례대로 시를 읊어 보겠사옵니다. 제가 시 한 편을 읊거든 모두 술을 한 순배씩 마셔서 선비들 주량과 제 총명함을 서로 시험하여 우열을 겨루면 어찌 시인 문사를 위한 주연답고, 가장 재미있고 즐거운 주령이 아니오리까?"

선비들이 그 말에 무릎을 치며 좋다고 홍랑을 칭찬하고는 황 자사에게 청하였다.

"저희들 시가 홍랑의 입에 한번 오르지 못한 것이 한이더니, 홍
랑이 지금 저희 시를 하나하나 읊어 준다면 서운한 마음을 씻어
버릴 수 있사오리다."

황 자사가 머리를 크게 끄덕이고 허락하였다.

홍랑이 가운데로 나아가 눈썹을 내리깔고 맑고 고운 목소리로 수
많은 시를 하나씩 읊는데, 한 자도 틀리지 않았다. 고금 천하에 이
처럼 총명할 수 있으랴 하여 좌중이 모두 놀라 입에 침이 없이 칭찬
하였다.

홍랑은 시 한 편을 낭송하고는 기생들을 시켜 술을 돌리곤 하였
다. 그 바람에 선비들은 몹시 취하였다. 그래도 제 시가 홍랑 입에
오르는 게 기뻐 다투어 술을 마셔 가며 낭송을 재촉하였다. 홍랑이
연거푸 시 오륙십 편을 읊으니 술 또한 오륙십 순배로 돌게 되었다.
그러고 보니 좌중이 그저 잔뜩 취해 동쪽으로 넘어지고 서쪽으로
쓰러졌다. 술을 토한다, 잔을 엎지른다 하다가 결국 녹초가 되어 여
기저기 모두들 퍼드러졌다.

황 자사도 눈이 게슴츠레하고 말소리마저 얼버무려,

"호옹랑 초옹명 초옹명……."

하고는, 책상을 기대어 곯아떨어졌다. 윤 자사는 이미 술을 피하여
다른 방에 가 있었다. 홍랑은 이 틈을 타서 가만히 정자 아래로 내
려와 사내종을 보고,

"내가 오늘 술자리에서 실수하여 항주 자사께 죄를 저질렀구나.
이제 내 목숨이 경각에 달린지라 바삐 도망해야겠으니 잠시 네
옷 좀 빌리자."

하며 머리에 찌른 금비녀를 뽑아 주었다.

"이 비녀는 값이 천금이라. 이걸 줄 테니 내가 항주로 갔단 말을
누구에게도 하지 마라."

그 사내종은 한 고향 사람으로 의리도 있고, 또 천금을 받으니 그
저 좋아 머리에 썼던 푸른 베수건과 입고 있던 푸른 옷과 짚신까지
벗어 준다.

홍랑은 서둘러 옷을 바꾸어 입고 바삐 빠져나와 길을 나섰다. 십
여 리나 종종걸음을 치니 벌써 밤이 깊어 자정도 지났는지라 안개
비가 호졸곤히 옷을 적시고, 달빛이 희미하여 길이나 겨우 알아볼
수 있었다.

홍랑은 길가에 있는 주막집 문을 두드렸다. 한참 만에 나온 주인
은 깊은 밤중에 나타난 길손을 의아한 눈길로 살피다가 웬 사람이
냐고 물었다.

홍랑은 무척 공손한 태도로 대답했다.

"저는 항주 관아의 창두*인데, 급한 일로 소주에 왔다 가는 길이
옵니다. 아까 초저녁에 어떤 젊은 선비가 이 길로 지나가지 않던
가요?"

주인은 머리를 흔들며 말하였다.

"우리가 문을 닫은 지 그리 오래지도 않고, 내가 술 파는 사람이
라 밤들도록 길가에 앉아 있었으나 젊은 선비는 보지 못했다네."

홍랑은 마음이 더욱 초조해서 얼른 돌아섰다. 또 십여 리를 가면

---

* 사내종을 일컫는 말.

서 사람을 만날 적마다 젊은 선비를 못 보았는가 물었다. 모두 보지 못했다는 대답뿐이었다. 홍랑이 그만 가슴이 철렁하고 온몸에 맥이 탁 풀리며 아랫도리가 후두두 떨려 끝내 행길 가에 털썩 주저앉고 말았다.

'웬일일까? 양 공자가 이 길로 갔다면 반드시 본 사람이 있을 터인데 오는 사람마다 못 보았다고만 하니, 일이 어설프게 되어 저 무뢰배들한테 욕을 보았나? 이는 다 내 탓이니 어찌 홀로 편안히 집으로 돌아가랴.'

홍랑은 다시 소주로 돌아갔다.

한편, 뒷간에 가는 척하고 슬쩍 정자에서 내려온 양창곡은 동자를 데리고 전날 그 주막집으로 돌아와서 주인에게 작별 인사를 하였다.

"나는 갈 길이 바빠 곧 떠나겠소. 그런데 노자를 변통치 못했으니 이 하늘소를 맡겨 두었다가 돌아오는 길에 셈을 치르고 찾아가리다."

주인은 펄쩍 뛰었다.

"아니 그게 무슨 말이오이까? 한때라도 주인과 나그네 사이에 정이 있거늘 어이 그렇게 하오리까. 저는 오로지 선비님이 먼 길 조심히 올라가 과거에 장원 급제하기만을 바라오니 밥값은 조금도 걱정 마옵소서."

창곡이 이 말을 듣고도 기어이 하늘소를 맡겨 두려고 하였으나, 주인이 한사코 듣지 아니하였다. 창곡은 하릴없이 뒷기약을 남기고 떠나갔다. 창곡은 하늘소 등에 올라앉아 동자에게 하늘소를 몰게 하고 가만히 생각을 더듬었다.

'홍랑이 분명하게 자기 집을 가르쳐 주기는 하였으나 내 처음 가는 길이니 어찌 찾으리오. 그렇다고 바로 서울로 가자 해도 노자가 없으니 이 또한 난처한 일이로구나.'

이리저리 곰곰이 따져 본 끝에 홍랑 집을 찾아가기로 마음을 정하였다. 홍랑이 절세미인으로 높은 뜻과 기개를 지녔고, 사리에 밝으며 민첩하고, 그렇듯 간곡히 만나기를 언약하였으니 찾아보는 것이 옳으리라 여긴 것이다.

정신이 번쩍 든 창곡이 채찍을 높이 들었다. 야무진 소리가 허공에서 몇 번 울리고 하늘소는 항주를 보고 달리기 시작했다. 한참 호기 있게 달리던 하늘소가 차츰 걸음이 느려졌다. 창곡은 길을 바르게 잡았는지 알지 못해 채찍질을 그만두었다. 밤은 깊고 지나가는 사람도 없어 길을 물을 데도 없다.

길가 주막집 앞에서 하늘소를 멈춰 세우고 가볍게 뛰어내린 창곡이 주막집 문을 두드렸다. 주인이 얼른 나와서는 창곡의 행색을 꼼꼼히 살피더니,

"이제야 오는군."

하고 혼잣말로 중얼거렸다. 창곡이 괴이히 여겨,

"나는 주인과 안면이 없는데, 어찌 내가 오는 걸 미리 알았소?"

하고 물으니, 주인이 빙그레 웃었다.

"아까 어떤 창두 놈이 급한 일로 항주에 간다면서 도령과 같은 이가 지나가더냐고 물었기에 내 혼자 하는 말이외다."

창곡은 호기심이 바싹 동하였다.

"무슨 일로 간다던가요?"

"그건 미처 묻지 못했으나 형세가 매우 급한가 보더이다."

창곡은 더 묻지 않고 서둘러 하늘소 등에 올라 또 채찍을 들었다. 홍랑이 부르던 노래에서 "주막에서 쉬지 마소." 하던 구절이 떠올랐다. 그러니 공연히 주막에 들른 것이 아닌가. 창두란 분명 황 자사가 보낸 자일 터이니 만일 창두를 만나는 날엔 무사할 것 같지 않았다.

어쩌면 좋을지 마음을 정하지 못하고 하늘소에 몸을 맡긴 채 얼마를 더 갔다. 먼 마을에서 닭 우는 소리가 들려오고, 벌써 새벽빛이 동녘 하늘에 어슴푸레 비껴 왔다. 그런 중에 멀리서 한 창두가 이쪽으로 마주 오는 것이 눈에 띄었다.

창곡은 창두가 저를 찾으러 되짚어 오는 줄 알고, 잠깐 피할 작정으로 동자더러 하늘소를 되돌리라고 하였다. 이윽하여 하늘소에서 내린 창곡은 길가 숲 속에 숨어 동정을 살폈다. 얼마 뒤 그 창두가 창곡이 숨어 있는 곳을 서둘러 지나갔다.

창곡은 창두가 멀리 가기를 기다렸다가 하늘소를 탔다. 동자와 함께 잠자코 수십 리 길을 가는 사이에 날이 환히 밝았다. 이제는 길 가는 사람들이 눈에 띄었다. 사람들에게 항주가 몇 리나 되는가 물으니 삼십 리만 더 가면 된다고 하였다.

창곡은 한동안 길을 재촉하여 한 곳에 이르렀다. 산이 나직하고 물이 맑아 물가에 있는 누각이 청신한 조화를 이루고, 큰 다리가 하나 놓여 있어 허공에 휘우듬히 무지개가 비낀 듯한데 열두 굽이 돌

난간은 백옥을 다듬은 듯 황홀하였다.

홍랑을 그리는 마음에 창곡은 바로 성안으로 들어가서 큰길을 따라 걸었다. 오가는 사람들로 붐비고 사람마다 옷차림이 깨끗하고 화려하니 참으로 번화하여 소주에 댈 바가 아니다.

어느 한 곳에 이르니 술집이며 청루가 빼곡히 늘어서 있고, 집집마다 앞에 붉은색 깃발을 꽂았다. 창곡이 하늘소를 타고 가면서 문 앞에 복사꽃 핀 곳만 찾았으나 그런 집은 보이지 않았다.

'웬일일까? 길을 잘못 들었나?'

창곡은 자꾸 의심이 생겼다. 그래도 애젊은 선비가 청루를 찾는 것이 괴이쩍은 일이라 물어보기도 어렵고, 난처하기 이를 데 없었다. 어떻게 할까 망설이다가 길가 주막집 앞에 이르자 하늘소에서 내렸다. 그러고는 슬그머니 문 앞으로 다가가서 잠깐 쉬어 가는 체하며 술 파는 할멈에게 슬쩍 말을 걸었다.

"저 길가에 깃발 꽂은 집들엔 어떤 사람들이 사오?"

할멈이 싱긋 웃으며 말하였다.

"선비님은 여길 처음 온 게로군. 저 깃발 꽂은 집들은 모두 기생들이 사는 청루라우. 우리 항주에는 청루가 모두 일흔두 채가 있으니, 내교방에 속하는 것이 서른여섯 채요, 외교방에 속하는 것도 서른여섯 채가 있다우. 외교방에는 창녀가 있고, 내교방에는 기생이 있지요."

"창녀나 기생이나 다 같은 무리라 하던데 어떻게 가르오?"

창곡은 놀라는 척하며 물었다.

"다른 데는 어떤지 모르겠으나 우리 항주는 창녀와 기생 분간이 아주 엄격하다우. 외교방에 있는 창녀는 지나가는 길손이건 누구건 돈만 있으면 쉽게 볼 수 있으나, 내교방 기생은 등급이 네 층이라, 첫째는 지조를 보고, 둘째는 문장을 보고, 셋째는 노래와 춤을 보고, 넷째는 얼굴을 보지요. 손님이 금덩이와 비단 필을 산더미처럼 가지고 왔다 해도 인품과 문장이 보잘것없다면 얼굴을 보는 것조차 어렵다우. 허지만 가난한 선비라도 뜻이 서로 맞으면 기생은 절개를 지켜 종신토록 변함이 없으니 어찌 구분이 없다고 하리오."

"그러면 내교방은 어디 있으며, 기생 수는 얼마나 되오?"

"여기 붉은 기가 꽂혀 있는 곳은 다 외교방 청루이고, 남문으로 들어올 때 바른쪽으로 돌아드는 길이 있으니 그 길로 내려가면 양옆으로 쭉 벌여 서 있는 집이 곧 내교방 청루라우. 또 외교방 창녀는 수백 명도 넘지만, 내교방 기생은 한 서른 명밖에 안 된다우. 그중에서도 가무 자색이며 지조 문장을 다 갖춘 기생은 제일방에서 살고, 다만 지조와 문장만 가진 기생은 제이방에 살고 있어 제가끔 품위가 아주 엄격합지요."

할멈 입에서 창곡이 알고 싶은 말이 실꾸리 풀리듯 흘러나왔다. 창곡은 이때다 하고 슬쩍 또 물었다.

"그러면 지금 제일방 기생은 누구요?"

"강남홍이라고 한다우. 항주 사람들 말이 지조 문장과 가무 자색이 세상에 다시없으리라고 소문이 대단하다우."

창곡은 웃음이 절로 나왔다.

"할멈은 항주 자랑을 너무 마오. 나는 지금 갈 길이 바쁘니 뒷날 다시 만납시다."

창곡이 동자와 함께 다시 남문 길을 따라 얼마쯤 나아가니 과연 바른쪽으로 에도는 길이 있었다. 홍랑이 노래에 "항주성 돌아들 제 길가 청루 몇몇인고." 하였으니 과연 분명치 않은가! 창곡은 그 길을 따라 내려가며 이리저리 두루 살폈다. 골목길까지 정가로울 뿐 아니라 누각이 화려하기도 외교방에 견줄 바 아니었다. 푸른 기와 며 붉은 난간이 저녁노을에 아롱지고, 흐느적거리는 버들과 기이한 꽃들이 군데군데 피어 서로 어울려 조화를 이루었다. 그런 가운데 비파 소리와 노랫소리가 집집마다 바람을 타고 맑게 울려오며 사람 마음을 호탕하게 하였다.

창곡은 하늘소가 가는 대로 천천히 청루 서른다섯을 지났다. 한 곳을 바라보니, 하얗게 칠한 담벼락이 유난히도 말쑥하고 정교하게 아로새긴 누각이 푸른 하늘에 빛났다. 맑은 시내가 뜰 앞으로 따라가며 하얀 모래를 깔았는가 하면, 물 위에는 돌로 자그마한 무지개다리를 놓았다. 창곡은 돌다리를 건너 열 걸음쯤 더 나아갔다. 그곳에는 과연 한 그루 복사나무가 우물가에 피어 있다. 하늘소에서 내려 문 앞에 이르니 처마 밑에는 금빛 글자로 '제일방'이라 쓴 현판이 붙어 있다. 동쪽에는 한 굽이 잘 꾸민 담장이 수양버들 사이로 은근히 둘러 있고, 안에는 두어 층 누각이 금방이라도 날아갈 듯 솟아 있다. 누각 하얀 벽이며 깁창에는 구슬발을 드리웠고, 그 위에는 '강남 풍월'이란 현판이 뚜렷이 걸려 있다.

창곡이 동자를 시켜 문을 두드리니 풀빛 저고리에 빨간 치마를 입은 어린 계집종이 나왔다.

"네 이름이 연옥이냐?"

"어디 사시는 공자이신데 제 이름을 아시옵니까?"

"네 주인 홍랑이 지금 집에 있느냐?"

"어제 이곳 자사를 모시고 소주 압강정 놀이에 갔사온데, 아직 돌아오시지 않았사옵니다."

"네 주인과 일찍이 친분이 있기에 찾아왔더니 만나지 못하여 섭섭하구나. 어느 때쯤 돌아오겠느냐?"

"오늘 돌아오신다 하더이다."

"주인 없는 집에 머물 수 없으니, 이 앞 주막에서 기다려야겠구나. 주인이 돌아오거든 바로 알려 주겠느냐?"

"모처럼 찾아오셨는데 딴 집에 머무르시다니요. 제 방이 누추하오나 조용하오니 잠깐 쉬시면서 주인 돌아오실 때까지 기다리소서."

허나 창곡은 생각이 달랐다.

'청루는 본디 복잡한 곳이라, 나이 어린 선비가 머물러 있으면 어찌 다른 사람 눈에 거리끼지 않으랴.'

창곡이 다시 하늘소를 타고 연옥을 돌아보며,

"주인이 돌아오거든 내 다시 오리라."

하고는, 가까운 주막에 가서 쉬면서 홍랑이 돌아오기만 기다렸다.

한편, 소주 길로 다시 오는 홍랑은 발이 부르트고 다리가 아파 더 걸을 힘도 없는 지경에 이르렀다. 이젠 날이 밝아서 용모와 자태를 숨길 수도 없었다. 홍랑은 하는 수 없이 저녁에 들렀던 주막집으로 다시 들어갔다. 주인은 홍랑을 곧 알아보고 웃으며 물었다.

"어제저녁에 여기를 지나가지 않으셨소?"

"밤에 얼핏 본 사람을 잊지 않고 있다니 다정함을 알겠소이다."

"댁이 웬 젊은 선비가 지나가지 않았냐고 묻더니만 과연 첫닭 울녘에 한 선비가 이 길을 지나 항주로 갔다우."

홍랑은 그 말을 들으니 놀랍기도 하고 반갑기도 하였다.

"그분 차림새와 모습이 어떻던가요?"

"밤이라 자세히 알아보기는 어려웠으나 다만 동자 하나와 하늘소 한 필로 차림새가 허름한데 얼굴과 풍채만은 참으로 뛰어납디다. 허허, 참 모를 일이로다. 헌데 어찌하여 아직 그 선비를 만나지 못했소?"

"깊은 밤 먼 길이니 어긋날 수도 있지요. 그 선비가 틀림없이 항주로 가더이까?"

"항주로 간다면서 길을 몰라 두세 번 묻는 것으로 보아 아마 초행길인 것 같더이다."

홍랑은 속으로 생각하였다.

'양 공자가 벌써 항주로 갔다면 화를 면했겠으나 내 집에 가도 주인이 없으니 얼마나 서운하랴.'

이쯤 되니 마음이 초조하기 그지없으나 걸음을 한 치도 옮길 수 없어 그저 딱할 뿐이었다. 그럴 때 문득 문밖에서 행인을 물리는 벽제 소리 들려오며 관가 행차가 지나갔다. 홍랑이 얼른 창틈으로 내다보니, 수레에 앉은 이는 바로 항주 자사 윤 공이었다.

이날 압강정 놀이에 참석한 윤 공은, 소주 자사가 여러 선비들과 함께 술에 만취해 난장판이 되자 차마 그 꼴을 볼 수 없어 속으로 무척 언짢았다. 그러다가 잠에서 깨어난 황 자사가 창곡과 홍랑이 없어진 것을 알고 벼락같이 성을 냈다. 서둘러 구실아치들을 풀어 두 패로 갈라서 한 패는 서울 길로 보내어 창곡을 잡아 오라 하고, 한 패는 항주 길로 보내어 홍랑을 잡아 오라 하였다. 온 고을이 떠들썩하고 거나하게 취한 선비들이 창곡을 잡겠다고 미친 듯 날뛰니 형세가 몹시 험악하여 무슨 일이 벌어질지 몰랐다.

이를 보고 윤 자사가 황 자사에게 엄숙히 말하였다.

"내 늘그막에 천은을 입어 공과 함께 풍류로 이름난 큰 고을 자사를 맡고 있으니 다같이 고을을 잘 다스려 백성을 편안케 하는 것이 나라 은혜에 보답하는 길이 아니겠소. 다행히 백성들 살림이 넉넉하고 관가 일을 하다 틈이 나면 잔치를 베풀고 시문과 풍류로 즐기는 것도, 위로는 어진 정사에 도움이 되고 아래로는 백성들이 부르는 격양가에 화답이 될 것이오.

허나 지금 압강정 놀이를 소주와 항주 고을 안에서 모르는 사람이 없거늘, 점잖으신 공과 늙은 내가 한낱 창기를 탐하여 소란을 빚고 어린 선비의 재주를 시기하여 망동을 일으킨다 하면, 듣는 사람들이 다들 두 고을 자사가 정사는 내던지고 주색에만 빠져 체면이며 지조를 잃었다 하지 않겠소? 그러니 어찌 나라가 베푼 은혜에 보답하며 백성들 기대에 응하려는 관장이라 하리오.

또 강남홍은 우리 고을 기생이오. 그 아이가 도망한 것은 반드시 까닭이 있을 것이니 조용히 조치를 취해도 늦지 않을 것이오. 그리고 다른 고장 선비인 양창곡이 과거 보러 가는 길에 잠깐 자취를 숨기고 재주를 자랑하여 시로 희롱함도 시인 문사들이 흔히 하는 일이거늘, 공이 지금 관속들을 풀어 패를 지어 뒤쫓아가며 소란을 피우는 것이 어찌 해괴치 않으리오. 내 이 자리에 참석한 것이 참으로 부끄럽기 짝이 없구려."

말을 마쳤으나, 엄숙한 빛이 사라지지 않았다.

황 자사는 자못 무안하여,

"제가 젊은 혈기로 미처 생각지 못하였소이다."

하고 나서, 덤비는 자들을 모두 꾸짖어 물리쳤다. 황 자사가 이리 돌변하자 놀란 선비들이 항주 자사에게 따지듯 말하였다.

"상공이 한낱 창기를 위하여 선비들의 분노를 위로하지 않으시니 저희는 섭섭하옵나이다."

이에 윤 자사는 얼굴빛을 바꾸어 서릿발같이 꾸짖었다.

"선비는 학업에 힘쓰고 재주를 닦아 저보다 나은 사람을 시기하지 말고 제 도리를 지켜야 하거늘, 지금 그대들이 어찌 다른 이의 재주를 시기하여 해괴망측한 꼴을 보이는고! 늙은 내가 비록 어리석으나마 백성을 대한즉 법관이요, 선비를 대한즉 스승이 되나니, 만일 내 말을 듣지 않는 자가 있다면 마땅히 회초리를 들어 사제 간 존엄을 알게 하리라."

말을 마친 윤 자사는 행장을 수습해 떠나려고 서둘렀다. 황 자사는 애써 말리면서 잠깐이라도 집 안으로 들기를 간청하였다. 윤 자사는 청을 뿌리칠 수가 없어서 황 자사를 따라 집 안으로 들어갔다. 황 자사는 술을 권하면서 은근하게 말하였다.

"제가 상공께 감히 청할 말씀이 있사오니 부디 제 당돌함을 용서하소서.”

윤 자사가 웃었다.

“그래 청이란 대관절 무엇이오?”

황 자사는 더욱 은근한 기색으로 말하였다.

“제 나이 아직 서른이 넘지 않으나 남자로서 일처 일첩은 어디나 있는 일이 아니오이까. 제가 천하 여자를 다 보지는 못했사오나, 지금 강남홍 같은 미인은 고금 천하에 다시없을 것이오니 지금 강남홍을 곁에 두지 못한다면 제명껏 살지 못하겠나이다. 옛말에 ‘색계에는 영웅 열사가 없다.’ 더니 지금 당해 본즉 과연 그러하옵니다. 부디 선생께서는 강남홍을 잘 타이르셔서 제 소원을 이루게 해 주소서.”

윤 자사가 그 말을 듣고 허허 웃었다.

“속담에 ‘백만 군중에 상장군 머리를 베기는 오히려 쉬워도, 한 사람 뜻을 빼앗기는 어렵다.’ 하였으니, 강남홍이 비록 미천한 기생이나 제 뜻이 있으니 낸들 어찌하겠소. 나는 다만 방해나 하지 않으리다.”

“그러시다면 저는 아마도 이 세상 사람으로 남아 있기 어려울까 하옵니다. 제가 꾀를 하나 생각한 게 있으니 허물없이 선생께 먼저 터놓고 말씀드리겠사옵니다. 우선 홍랑에게 금은과 비단을 보내어 마음을 산 다음 제가 오월 오일 단옷날 전당호에 뱃놀이를 벌이고 선생을 청하면서 강남홍을 부르면 아마 아니 오지 못할 것이옵니다. 그때를 타서 묘수를 얻을까 하옵니다.”

황 자사는 윤 자사에게 도움을 구하려는 태도이나, 윤 자사는 어줍게 웃을 뿐 아무 말 없이 곧 몸을 일어 작별했다.

윤 자사 일행이 항주로 돌아가는 길에 주막 앞을 지나가는 것을 홍랑이 본 것이다.

홍랑은 바로 주막을 나와 윤 자사가 탄 수레 앞으로 달려갔다. 뜻밖에 일어난 일에 놀랐는지 수레가 멈칫 섰다. 홍랑은 수레 앞으로 다가가 반색하며 문안드렸다. 그래도 윤 자사는 관가의 사내종 차림을 한 홍랑을 얼른 알아보지 못하고 수레에서 몸을 반쯤 일으키며 물었다.

"웬 사람인고?"

"항주 기생 강남홍이옵니다."

자사가 놀라 눈을 치떴다.

"강남홍? 네 잔치가 끝나기도 전에 변복을 하고 도망했으니 무슨 곡절인고?"

"제가 아무리 천한 몸일지라도 지기知己를 만나기 전에는 누구도 따르지 않으리라는 마음만은 옛사람들을 본받아 단단하옵니다. 하오나 소주 상공이 저를 천한 사람이라 업신여겨 위세로 꺾으려 하시니 하릴없이 도망하여 치욕스러운 고비를 넘기려 하였나이다. 상공께 아뢰고 나오지 못한 죄는 만 번 죽어도 아깝지 않사옵니다."

잠잠히 말이 없던 윤 자사가 불쌍히 여겨 말하였다.

"항주 길이 머니 어찌하려느냐?"

"제가 밤을 타 걸어오니 다릿심이 다하고 몸이 불편하여 더 못 가겠나이다."

윤 자사가 따뜻이 말하였다.

"네가 전날 타고 간 수레가 뒤따라오니 그걸 타고 오너라."

홍랑은 자사에게 사례한 다음 옷을 바꿔 입고 뒤에 오는 수레를 타고 자사 뒤를 따라 항주로 돌아왔다.

항주 관아에 이르자 홍랑은 윤 자사가 수레에서 내리는 것을 보고 물러 나오려 하였다. 그때 윤 자사가 황 자사 일이 생각나서 홍랑을 불러 세웠다.

"애, 홍랑아, 소주 자사가 오월 단오에 너를 다시 불러 전당호에서 뱃놀이를 하겠다 하니 알아 두거라."

홍랑은 머리를 다소곳이 숙인 채 대답이 없었다. 윤 자사는 그 심정을 알고 가엾이 여겨 어서 물러가라고 하였다. 분부를 들은 홍랑은 다시 문밖으로 나와 수레를 탔다.

홍랑은 창곡 소식을 몰라 수레에서 줄곧 길가를 살폈다. 수레가 남문 안에 들어섰을 때, 조그마한 주막 앞에서 한 동자가 하늘소 곁에 있고, 주막 안에 한 선비가 앉아 있는 것이 눈에 띄었다. 분명 양창곡이었다. 홍랑은 그지없이 반가워서 달려가고 싶으나 달리 생각했다.

'내가 번잡한 압강정 술자리에서 갑자기 양 공자를 만나 뭇시선을 꺼려 말 한마디 건네 보지 못하였으니, 얼굴과 문장은 대략 알겠으나 언행과 지조는 알 길 없다. 앞으로 지기로 백 년을 의탁하자면, 헛되이 믿고 속을 줄 수는 없지. 내 방도를 써 그 마음을 시험해 보리라.'

홍랑은 마음을 다잡아 주막집을 그냥 지나쳐 곧바로 집으로 갔다. 집에 이르러 문안에 들어서자 여느 때처럼 연옥이 바삐 나와 반겨 맞았다.

"연옥아, 그동안 별일 없느냐? 나를 찾아온 손님은 없더냐?"

홍랑이 은근히 물었다.

"아까 어떤 선비가 아씨를 찾아왔다가 아씨가 소주에 가고 안 계신다 했더니 저 앞 주막집에서 기다리겠노라 하더이다."

연옥이는 고운 눈을 동그랗게 뜨며 스스럼없이 대답했다. 그 모양을 보고 홍랑이 웃으며 가볍게 꾸짖었다.

"모처럼 오신 손님을 주인이 없다고 대접을 못 했으니 도리가 아니구나. 연옥아, 너는 술이며 과일을 가지고 가서 공자께 올리고 오너라."

그런 다음 연옥이 귀에 대고 이리이리하라고 일렀다. 연옥은 상냥스레 웃으면서 술이며 안주, 과일들을 가지고 사뿐사뿐 걸어 나갔다.

창곡이 홀로 주막집에 앉아 무료히 한나절을 보내는 사이에 해는 벌써 서산에 걸리고, 저녁연기가 뭉게뭉게 사방에서 피어올랐다.

'사람을 기다리기란 이렇듯 어렵구나!'

창곡이 애를 태울 때 갑자기 문밖이 떠들썩해지며 웬 행차가 지나갔다. 옆 사람더러 물으니 이 고을 자사가 소주 갔다가 돌아오는 것이라 하였다.

창곡은 항주 자사가 연회를 마치고 오니 홍랑도 머지않아 돌아오리라 짐작하고, 동자더러 하늘소에 솔질을 하라 이르고는 기별이 오기를 기다렸다.

한동안이 지난 뒤에 웬 처녀가 술이며 안주를 가지고 종종걸음으로 다가왔다. 연옥이었다.

창곡이 몹시 반가워서 물었다.

"네 주인이 돌아왔더냐?"

"방금 이곳 자사가 돌아오셨기에 알아보니 아씨는 소주 상공께서 보내시지 않아 아마 대엿새 뒤에나 돌아오리라 하더이다."

창곡은 그만 가슴이 털렁 내려앉고 온몸에 맥이 빠지는 것 같았다.

"그런데 이 술이며 과일은 웬 것이냐?"

"공자께서 타관 객지에 오죽이나 쓸쓸하실까 싶어 제가 아씨 대신 술상을 봐 왔사옵니다."

"음."

창곡은 머리를 끄덕였다. 연옥은 공손히 앞에 앉으며 술과 안주를 권했다. 일이 그쯤 되니 마다할 수도 없고 또 그 정성이 기특하여 창곡은 술 한잔을 마셨다. 그렇지만 애달픈 마음을 진정하지 못하여 더는 마실 뜻이 없었다. 잔을 놓고 얼마간 잠자코 앉아 있던 창곡이 조용히 입을 열었다.

"나는 갈 길이 바빠 오래 묵을 수 없다마는 오늘은 날이 벌써 저물어 떠나지 못하겠구나. 내 아직 머물 곳을 정하지 못했으니 네가 하나 골라 다오."

연옥은 고개를 숙이고 곰곰 생각하다가 천천히 머리를 들었다.

"저희 집이 주인 댁과 멀지도 않고, 그리 옹색지도 않사오며, 또 공자께서 여러 날 묵으셔도 괜찮사오니 그리로 가시는 게 좋을까 하옵니다."

연옥은 그럴밖에 없다는 듯이 가볍게 일어났다. 창곡은 기꺼이 따라나섰다. 창곡은 연옥이 이끄는 대로 따라와서는 하늘소와 동자를 부탁한 뒤 조용한 방에 들어가 앉았다.

창곡을 방에 들어앉힌 연옥은 홍랑에게 가서 낱낱이 고하였다. 홍랑은 저녁상을 차려 줄 테니 공자에게 가져다 드리되 조금도 다른 눈치를 보이지 말라고 일렀다. 연옥은 잘 차린 음식상을 바삐 손님방으로 날랐다. 뜻밖에 훌륭한 음식상을 마주한 창곡이 몹시 감동하여 말하였다.

"주인도 없는데 지나가던 손을 이처럼 환대하니 내 마음이 퍽 불안하구나!"

연옥이 짐짓 부끄러워하며,

"주인이 없어서 공자를 누추한 방에 모시고 변변치 못한 진지를 대접하오니 제가 죄송하옵니다."

하고는, 입을 가리고 살짝 웃었다. 연옥은 편히 주무시라 인사를 하고 홍랑에게 돌아왔다.

연옥에게서 전말을 다 들은 홍랑이 웃으며,

"내가 공자를 보니 녹록한 서생이 아니고, 풍류남아다운 기상을 지녔더라. 허나 오늘 밤에는 기묘한 꾀에 들어 한번 애를 태우시리라."

하고 연옥에게 동정을 엿보고 오라고 일렀다.

연옥은 말이 떨어지기 바쁘게 그곳으로 달려가서 창밖에 몸을 숨기고 가만히 동정을 살폈다. 방 안은 숨소리조차 없이 고요하더니 얼마 지나 등잔불 심지를 돋우는 기척이 들렸다.

연옥은 문창호지에 침을 발라 손가락으로 구멍을 뚫고 방 안을 들여다보았다. 희미한 등잔불 아래서 벽에 기대고 앉아 있는 공자가 또렷이 보였다. 누군가를 그리워하는 듯 애달파하는 기색이며 외로움이 얼굴에 또렷하였다. 공자가 더는 견디기 어려웠던지 자리에 누웠다. 그러고도 가끔 긴 한숨을 내뿜고, 몸을 자주 뒤척이며 잠을 이루지 못하였다.

연옥이 이제 돌아갈 작정으로 발소리를 한껏 죽이며 창문에서 물러났다. 그 순간 방문이 벌컥 열렸다. 연옥이 얼른 담장 뒤로 몸을 숨기면서, 공자가 하는 대로 놓치지 않고 살폈다. 뜰에 내려 오락가락 거니는 공자의 그림자가 달빛을 받아 외로이 흐늘거렸다. 밤은 깊어 어느덧 삼경이 지나니 한 조각 쇠잔한 달은 서쪽으로 기울어 싸늘한 이슬 기운을 더욱 돋우는가 싶었다.

뜨락을 조용히 거닐던 공자가 갑자기 걸음을 멈추고 달을 쳐다보았다. 그러더니 입에서 문득 시를 읊듯 낭랑한 소리가 흘러나왔다.

밤은 깊고 깊어
은하수도 기울었는데
빈방에서 외로운 길손
등잔불 심지만 돋우어라.

어찌하여 갈바람은
뜬구름을 일으켜

달 속 고운 항아

볼 수 없이 하단 말고.

연옥은 뜨락을 거닐던 공자가 방 안으로 들어간 뒤에 슬그머니 자리를 떠났다. 연옥은 본디 총명하여, 홍랑이 시 짓는 것을 곁에서 익히 보고 뜻을 깊이 터득한 터라, 창곡이 읊은 시를 조금도 틀림없이 기억하여 돌아왔다.

연옥은, 그때까지 잠들지 못하고 있는 홍랑더러 제가 본 것을 눈앞에 보이듯 말하였다.

홍랑이 깊은 생각에 잠겼다가 나직한 목소리로 물었다.

"연옥아, 그래 네 보기엔 용모며 기상이 어떻더냐?"

연옥이 홍랑을 한번 살펴보더니 낯빛을 고치며 입을 열었다.

"본 대로 말하리다. 어제는 얼굴이며 기상이 환하고 아름다워 봄바람에 피어난 꽃이 봄비를 머금은 듯 화려하더니, 하룻밤 사이에 얼굴이 수척해져서 마치도 찬 서리에 시든 듯, 글쎄 웬일인지 괴이쩍더이다."

"원 저것 보지, 어린것이 말을 보태는구나!"

홍랑이 가볍게 꾸짖으니 연옥은 방글방글 웃었다.

"보태다니요. 제가 오히려 말할 줄 몰라 이루 다 형용을 못 했사와요. 공자는 자리에 누워서도 신음 소리가 끊이지 않고, 등잔불을 마주해서도 처량한 빛을 띠고 있으니 만일 병이 아니라면 반드시 무슨 애달픈 사연이 있는가 하옵니다."

홍랑은 예부터 여자에게 속지 않는 남자가 없다는데 공자를 지나치게 희롱한 것이 아닌가 생각하면서 몸을 일으켰다.

　"네 말대로 공자께서 그렇듯 심란해하신다면 내 어찌 위로해 드리지 않으랴."

　홍랑이 농에서 남자 옷 한 벌을 꺼내었다.

강남홍이 사내도 되고 계집도 되는구나

홍랑은 남자 옷 한 벌을 꺼내 입고 거울 앞에 섰다. 이를 데 없는 미남자요, 영락없이 선비 모습이다.

"연옥아, 옛날 무산선녀는 아침엔 구름으로 되고 저녁엔 비로 되어 왕을 속였다더니, 오늘 이 강남홍이 사내도 되고 계집도 되어 양 공자를 희롱하면 어찌 재미나지 않겠느냐."

"아씨께서 남복을 하시니 얼굴이며 풍채가 꼭 양 공자와 비슷하나 얼굴에 화장하신 자취가 있어 아마도 본색을 감추기는 어려우실까 하나이다."

"옛날 반악潘岳이라는 사람은 남자였지만 얼굴이 분 바른 것같이 희다고 하였으니, 세상에는 얼굴 뽀얀 서생도 많으니라. 하물며 밤중에 보는 이로서야 어찌 가려볼 수 있겠느냐."

둘은 깔깔 웃었다. 그러고는 홍랑이 귓속말로 무엇인가 연옥에게 이르고 이내 문밖으로 나갔다.

한편, 양창곡은 압강정에서 홍랑을 잠깐 본 뒤 사모하는 정을 이기지 못하여, 홍랑이 은근히 비친 뜻만 믿고 허위단심 찾아왔건만 좋은 일엔 헤살이 많다고, 만날 기약이 늦어지니 외로운 등잔불에 애달픈 회포를 풀 길 없어 밤 깊도록 잠 못 이루고 뜨락을 서성거렸다.

언뜻 떠오르는 대로 시 한 수 읊고 보니 애간장은 더욱 타들고 찬 이슬에 옷 젖는 줄도 알지 못했다. 한참을 거닐던 창곡이 고개를 들며 우뚝 섰다.

어디선가 글 읽는 청아한 소리가 바람결에 실려 와, 귀를 강구고 가만히 가늠해 보니 분명 서쪽에서 들려왔다. 목소리가 남자인지 여자인지 분간하기 어려워도 글은 구절구절 음률에 맞으니, 가을 하늘에 외기러기가 짝을 찾아 부르는 듯 범상한 사람이 읊조리는 것이 아니었다.

호기심이 동한 창곡은 얼른 방 안으로 들어와서 자기도 옛 시 한 구절을 소리 높이 읊었다. 낭랑히 글 읽는 소리가 동서에서 화합하여 한쪽에서 부르면 또 한쪽에서 답하는데, 서쪽 소리는 맑고 아름다워 옥쟁반에 구슬 구르는 듯하고, 동쪽 소리는 호방하여 전장에서 창검을 번뜩이며 적병을 쳐부수는 듯하였다.

그렇게 주고받기 한참 만에 서쪽 소리가 먼저 끊어졌다. 창곡도 시 읊기를 그쳤다. 그러고는 밖으로 나가 글 소리 나던 쪽으로 걸어가며 정신을 모아 바라보니 달빛 아래 누가 서 있다. 달빛에 비치는 자태가 참으로 황홀하다. 별 같은 눈은 보석인 양 반짝이고, 풍채 또한 비길 데 없이 뛰어나니, 아마도 이 세상 사람이 아니라 하늘나라 신선이 금방 여기에 내렸나 싶었다.

창곡이 기쁜 마음으로 그를 맞았다.

"밤이 이리 깊은데, 외로운 길손을 이처럼 수고롭게 찾아오시다니 뉘시온지요?"

창곡이 읍하며 인사를 하자 신선 같은 그 도령도 읍을 하며 겸손하게 고개를 숙였다.

"저는 서천 땅에 사는 사람으로, 부질없이 산수를 좋아하여 천하에 이름 높은 소주, 항주를 한번 구경코자 왔소이다. 마침 숙소가 가까이 있어, 형이 화답하는 소리를 듣고 달빛을 따라 찾아왔사오니 둘 다 적적한 이 밤에 서로 길손의 회포를 나누면 어떠하오리까?"

창곡이 크게 기뻐 자기 방으로 들어가자고 청하나 손이 굳이 사양한다.

"이렇듯 다정한 달빛을 두고 방 안 깊이 들어가다니요. 달빛 아래 앉아 서로 흉금을 터놓고 재미나게 이야기나 하사이다."

창곡이 빙그레 웃고 도령과 마주 앉았다. 총명이 남다른 창곡이 반날 동안이나 한자리에서 마주 본 홍랑을 어찌 모르랴만, 달빛이 밝다 해도 대낮과 다르고, 또 남자 옷을 입고도 어색한 티가 조금도 없는지라, 그만 황홀하여 조금도 의심하지 않았던 것이다.

창곡이 속으로,

'강남은 산수가 아름다우니, 남자도 맑은 정기를 받아 아름답기

가 여자 같은 사람이 있기는 하려니와 어찌 이리 고운 남자가 있
을까?'

생각할 때, 도령이 맑은 목소리로 물었다.

"형은 어디로 가시는 길이오이까?"

"나는 여남 사람으로 과거 구경이나 할까 하고 서울로 올라가는
길이지요. 헌데 여기 친구가 하나 있어 찾아왔더니 그 친구가 어
디 가고 없기에 이곳에 묵고 있소이다."

창곡이 이같이 대답하자 도령이 호탕하게 웃었다.

"집 떠나 객지를 떠돌다 이렇게 우연히 만나니 이는 길지 않은
인생에 얻기 어려운 인연인지라, 어찌 쓸쓸히 마주 앉아 유정한
달빛을 무료히 보내오리까. 내 주머니에 돈냥이나 있고 문밖에
데리고 온 아이도 있어 술을 사러 보내겠으니 형은 마땅히 한잔
술을 사양치 마소서."

창곡이 반기는 기색으로 말을 받았다.

"비록 주량이 크지 않지만 술에 남다른 흥취가 있으니 내 어이
사양하리까."

도령이 비단 주머니에서 돈을 꺼내더니 조용히 동자를 불러 술을
사 오게 하였다.

이윽하여 소담한 술상이 차려졌다. 마주 앉아 한잔 주고 한잔 받
고 하여 어느덧 두 사람 얼굴에는 은은히 술기운이 돌았다.

도령이 얼굴에 홍조를 띠고 말하였다.

"우리가 오늘 만나 십 년 사귄 친구처럼 정다우니 무슨 자취라도
남겨야 하지 않겠소? 헌데 예사로운 한담이 몇 구절 시만 못할

것이오이다. 내게 옛 성인들 같은 재주는 없어도 시 짓기를 즐기니 형은 내 재주 없음을 탓하지 말고 좋은 시로 화답해 주시오."

도령이 싱긋 웃으며 말을 끝내더니 주머니에서 자그마한 벼루를 꺼내어 먹을 갈았다. 그런 뒤에 창곡에게 부채를 달라 하고는 잠깐 생각하더니 달빛 아래 시 한 수를 썼다.

서른여섯 교방 중에 동이런가 서이런가
안개비 가리어 찾을 길 아득하네.
꽃 속에 숨은 새를 무심하다 말을 마오.
목소리 다듬어 마음껏 울자노라.

창곡은 시를 받아 보고, 말을 엮은 것이 정묘하고 시정이 간곡한 것에 감탄하나, 글에 또 무슨 깊은 뜻이 숨어 있음을 느끼고, 도령에게 부채를 달래서 시 한 수를 썼다.

꽃다운 풀 비단 같고 석양 노을 비꼈는데
복사나무 아래서 뉘 집을 찾았는고.
강남으로 가는 길손 인연 없는 탓이런가.
전당호만 보았을 뿐 꽃은 보지 못하더라.

도령은 시를 보고 낭랑한 소리로 읊고 나서 물었다.

"형의 재주는 참으로 제가 미칠 수 없소이다. 헌데 둘째 구에 '복사나무 아래서 뉘 집을 찾았는고.' 한 것은 뉘 집을 말하는지요?"

"그저 어쩌다가 무심히 나온 말이라오."

창곡의 입가에는 웃음이 비껴 있었다.

홍랑이 문장은 더 시험할 필요 없으니 마음을 좀 더 떠보리라 생각하고, 남은 술을 마저 권하면서 천천히 말하였다.

"이렇듯 밝은 달 아래 우연히도 좋은 벗을 만났으니 취하지 않고 무엇 하리오. 들으니 항주 청루 기생이 유명하다 하니 오늘 밤 우리 둘이 달빛을 띠고 잠깐 구경 가면 어떠하리까?"

창곡은 조용히 머리를 흔들었다.

"선비가 청루에 가서 노는 것도 옳지 못하거니와 형도 나도 나이 어리니 난잡한 곳에 갔다가 뭇사람들 눈에 띄면 그런 창피가 또 어디 있으리오."

도령이 웃으면서 스스럼없이 창곡의 어깨를 툭 쳤다.

"말씀이 너무 지나치오이다. 옛말에 '사람을 논할 때 주색을 말하지 말라.' 하였지요. 한나라 충신 소무도 흉노 땅에서 열일곱 해 동안 잡혀 있을 때 오랑캐 여인을 가까이해 아들을 얻었고, 또 사마상여가 탁문군을 꾄 것을 보면, 여자를 좋아하는 것이야 학문과 도덕이 높은 사람도 마찬가지 아닐까 하오이다."

그 말에 창곡이 낯빛이 변하였다.

"아니, 그것은 그렇지 않소이다. 사마상여가 문군을 꾀어 쇠코잠 방이를 입고 길가에서 술을 팔며 주색으로 방탕하였다고 하지만, 뜻은 비길 데 없이 높았거늘 어찌 세월을 헛되이 보냈다고 하리오. 만일 보통 사람이 그 뜻은 취하지 않고 방탕함만 취한다면,

그자는 풍기를 흐리는 죄인으로 천추에 버림받을 것이외다. 사마상여로 말하면, 문장이 당대에 뛰어났으며 충성이 족히 임금을 깨우칠 만하여 글이 뒷날까지 전해지는 것이 아니리까. 그러니 한때 풍류와 주색을 즐겼다는 작은 허물이 큰 명성을 가리지는 못하리다. 물론 그러한 허물이 옥에 티라고는 할 수 있으나 지금 형이나 내 학문이 옛 선비를 따르지 못하고 명망 또한 그에 미치지 못하거늘, 옛사람의 덕이며 업적은 말하지 않고 허물만을 본뜨려 하니 그르지 않겠소이까?"

홍랑이 공자를 풍류남아로만 알았더니 도덕군자로서 풍모까지 갖춘 줄 어찌 알았으랴. 속으로 감탄을 누르지 못하면서도 전혀 내색하지 않고 물었다.

"그 말이 과연 옳거니와, 옛말에 '선비는 지기知己를 위해 죽는다.' 하였으니 '지기'란 무엇을 말하오이까?"

창곡은 서운하다는 듯 눈을 치떴다.

"설마 형이 지기를 몰라서 묻는 것은 아닐 터이니, 분명 내 마음을 떠보자는 것이구려. 남과 더불어 친히 지내되 능히 그 사람 마음을 온전히 알아주는 사람이 있다면, 그게 아마 지기인가 하오."

"나는 그 마음을 알지만, 그 사람은 내 마음을 모른다면 이도 또한 지기라 할 수 있소이까?"

창곡은 여전히 진지하게 대답한다.

"백아가 거문고를 타니 종자기가 생겨나오. 사람이 재주를 닦으면 문장으로 드러나니, 구름은 용을 따르고 바람은 범을 따르며 같은 소리는 서로 응하고 같은 마음은 서로 통하게 마련이라, 어찌 모를 리가 있으리오."

"그것은 그러하나 풍속이 야박해지고 도덕이 땅에 떨어져 신의가 없어진 지 오래니, 궁한 때 사귄 정을 부귀해지면 잊는 자가 세상에 많은지라, 부귀빈천에 변화가 있어도 정이 한결같은 사람을 형은 혹시 보았는지요?"

"옛말에 '가난할 때 사귄 벗은 잊을 수 없고, 겨죽 먹으며 함께 고생한 안해는 괄시 못 한다.' 하였으니 부귀빈천에 따라 마음을 바꾼다면 이는 이미 사람이 아니지요. 어찌 이런 자들이 몇몇 있다 하여 세상 사람을 다 의심하리오."

"형 말은 과연 충의롭고 관대하외다. 옛말에 '나는 새도 나무를 가려 깃들인다.' 고 하였으니 신하로서 임금을 섬기며, 선비로서 벗을 사귀는 사람 가운데 명망을 닦고 예절을 지켜 떳떳한 길로 가는 사람도 있으며, 혹은 재주를 나타내 보임으로써 출세를 도모하는 사람도 있으니 형은 이를 어떻게 생각하오?"

창곡이 잠깐 생각해 보고 나서 거침없이 말하였다.

"세상에 나아가고 아니 나아감과 임금을 섬기고 아니 섬기는 것을 같은 선비로서 어찌 쉽게 논할 수 있으리오. 옛 성인도 '곧은 길'과 함께 '굽은 길'도 취했나니 임금과 신하 사이, 벗과 벗 사이에 다만 한 조각 밝은 마음이 서로 비출 따름이외다. 허나 과거 보러 가는 나 자신을 놓고 돌이켜 보면, 덕을 닦아 이름을 떨치기에 힘쓰지 못하고 옛사람들이 남긴 글줄이나 외워 요행으로 임금 은혜를 받으려 하니, 이 어찌 규중처녀가 제 낮을 가리고 스스로 중매를 서는 것과 다르리오. 이렇게 본다면 진퇴를 도리에 맞도록 맑고 고결히 하여 능히 옛사람들에게 부끄러움이 없을 사람 몇이나 되겠소."

이 말을 들은 도령은 방글방글 웃으며 자리에서 일어났다.

"밤이 벌써 깊었구려. 객지에서 잠 못 자고 밤을 새우는 것은 몸을 돌보는 도리가 아니외다. 이야기가 끝이 없으니 다시 내일을 기약함이 옳을까 하오."

창곡은 차마 헤어지기가 싫어 도령의 손을 잡고 밤하늘에 둥실 뜬 달을 바라보았다. 도령이 시 한 수를 읊었다.

별은 점점이 반짝이고 은하수 흐르는데
우물가 복사꽃은 비단 창문 가리었네.
그 뉘 알았으랴 오늘 밤 달 보는 손
그날의 하늘나라 월궁항아인 줄.

창곡은 시가 이상하게 느껴졌다. 분명 무슨 깊은 뜻이 있는 것 같았다. 하지만 그 뜻을 물어볼 새 없이 도령은 소매를 떨쳐 가벼이 사라지고 말았다.

양창곡을 만나 잠깐 이모저모로 이야기해 본 강남홍은 과연 그가 학문과 인품이 높음을 알 수 있었다. 그래서 오늘 창곡에게 마음을 바쳐 백년지기로 인연을 맺으리라 생각하고 곧 시 한 수로 슬며시 제 자취를 남기고는 얼른 돌아와 남복을 벗고 차림새를 고쳤다. 산뜻한 옷과 무르녹는 단장으로 본색을 나타내고는 등잔불을 돋우고 연옥을 객관에 보내 양창곡을 청하였다.

창곡은 도령을 보낸 뒤로 그 모습이 눈에 삼삼하고 취한 듯 꿈인 듯하여 무엇을 잃은 사람처럼 한참이나 멍하니 서 있다가 방에 들어와 누웠다. 그러고는 도령 얼굴이며 도령이 읊던 시를 다시금 되살려 보다가 환히 깨달았다. 창곡은 벌떡 일어나 앉아,

"내가 홍랑한테 깜빡 속았구나! 내가 홍랑을 몰라보다니."
무릎을 치며 혼자 웃었다.

그럴 때 연옥이 찾아와서 방글거리며 주인이 방금 돌아와 양 공자를 청하니 함께 가자고 하였다. 창곡이 웃으면서 아무 말 없이 연옥을 따라갔다. 강남홍은 이미 중문에 나와 기다리고 있다가 방긋 웃음을 머금고 창곡을 맞이하였다.

"제가 뜻밖에도 일이 생겨 늦게야 돌아와 도령님께서 적막한 객관에서 고생하시게 하였사오니 죄를 피할 길 없사옵니다. 그러하오나 좋은 밤, 밝은 달 아래 다행히 새 벗을 사귀어 시와 술로 즐기셨으니 진심으로 치하하여 마지않사옵니다."
양 공자가 웃으면서 그 말을 받았다.

"사람이 살면서 모였다가 흩어지고 만났다가 헤어짐이 모두가 꿈이라. 압강정에서 미인과 약속함도 꿈이며, 달 아래에서 도령과 만남도 꿈이 아니리오. 꿈이 이렇듯 끝없이 변화하는지라 옛날 장주는 '꿈에 나비로 되어 너울거리며 노닐 때는 나비가 나이더니 깨어나매 문득 장주여라.' 하였으며, 또 '장주가 꿈에 나비로 되었는가, 나비가 꿈에 장주로 되었는가? 장주와 나비는 서로 다르나 어느 것이 참인지는 모르겠노라.' 하였으니, 금세 미인도

되고 도령도 되는 것을 누가 능히 가려내리오?"

말을 마치며 환하게 웃으니, 홍랑도 따라 웃었다.

이윽고 홍랑은 창곡을 이끌어 대청을 거쳐 방으로 들어가 자리를 권해 앉힌 뒤 옷깃을 여미고 사례하였다.

"저는 천한 기생이라 길가 버들이나 담장 밖 꽃처럼 제 본색을 감추지 못하여 노래로 공자께 약속을 하니 이것만도 벌써 외람된 일이온데, 또 변복하고 밤중에 나가 당돌히 도련님을 희롱하였으니 어찌 군자가 용납하실 일이오리까. 허나 미친바람에 꽃이 뒷간에 떨어져 향기를 잃는 것이 한스러우나 옥은 티끌 속에 묻혀도 고운 빛을 잃지 아니하나니, 제 애절한 소원은 구구한 제 뜻을 지키다가 다행히 지기知己를 만나서 바다와 산을 두고 맹세하여 이 몸을 의탁하고 백 년 고락을 같이하자는 것이옵니다. 지금 공자께서 제 마음을 살피셔서 귀한 말씀을 아끼지 않는다면, 저는 십 년 청루에서 지켜 온 한 조각 붉은 마음을 바쳐 평생소원을 이룰까 하옵니다."

홍랑이 하는 말은 마디마디 애절함이 실려 있으나, 낯빛은 강건하였다. 창곡이 홍랑 앞으로 다가앉아 손을 잡았다.

"내 아무리 호탕한 남자라 해도 옛글을 읽어 신의를 알고 있으니, 내 어찌 한때 꽃을 탐하는 미친 나비로 되어 그대 가슴속 깊이 간직한 소중한 마음을 마다하리오."

"공자께서 이처럼 천한 몸을 더럽다 아니 하시고 사랑하여 주시니 저는 마땅히 정성을 다하여 받드오리다. 헌데 고향은 어디시고, 양친께서는 계시오며 무고하시온지요? 또 먼 길 떠나신 공자께서 차림새는 어찌 그리 초라하시옵니까?"

"나는 본디 여남 사람으로 부모님께서는 아직 그리 늙지 않으시었으나 집안이 변변치 못하여 외람된 생각으로 공명에 뜻을 두고 서울로 과거 보러 가던 길이라오. 도중에 도적을 만나 옷가지와 노자를 죄다 털어 주고, 다른 방도가 없어 주막에 머물던 중, 압강정 놀이 소식을 풍문에 넌짓 듣고 구경 갔다가 우연히 낭자를 만나게 되었으니 이 어찌 기이한 인연이 아니리오. 그런데 낭자는 어떤 사람이며, 이름은 어찌 되오?"

"저는 본디 강남 사람으로 성은 사씨옵니다. 세 살 적에 고향에 도적이 일어 난리 통에 부모를 여읜 뒤 이 손에서 저 손으로 정처 없이 굴러다니다가 마침내 청루에 팔렸으니 이 또한 운명이라 하오리다. 그래도 성질이 본디 괴이하여 지기가 아니면 몸을 허락지 않기로 굳이 작정하였더이다. 청루에 팔린 지 어언 십 년에 수많은 남자를 보았으나, 지기를 만나지 못하여 외로이 지내더니 뜻밖에도 공자를 만나 첫눈에 벌써 세상을 떨칠 분이신 줄 알았는지라, 이 한 몸 의탁하고 천한 허물을 씻을까 하옵니다."

이윽고 술상이 들어왔다. 서로 권하고 받으며 살뜰한 정과 따사로운 속삭임으로 밤이 깊어 가는 줄 모르니, 마치도 봄 물결을 희롱하는 원앙새 한 쌍 같았다.

밤이 이슥하여 상을 물린 뒤 비단 이불을 펴고 바야흐로 한 이불에 들었다. 홍랑이 비단 적삼을 벗으니 옥같이 흰 팔에 한 점 앵혈鶯血이 등불 아래 뚜렷이 드러나니 마치 봄바람에 핀 복사꽃 한 점 봄눈 위에 떨어진 듯, 구름 덮인 아침 바다에 붉은 해 불끈 솟은 듯

하였다.

창곡이 다시금 감탄하였다.

"내가 처음에는 홍랑 얼굴을 보고 마음을 보지 못하였으며, 뒤에
도 마음은 알았으나 지조가 이렇듯 높으리라고는 믿지 못하더니,
청루 명기 풍류로운 몸으로 어찌 규중처녀처럼 맑은 정조를 지켜
온 줄 뜻하였으리오?"

홍랑은 절대가인이요, 창곡은 소년 재사라, 첫날 잠자리 애정인
들 어찌 범연하랴. 새벽을 알리는 쇠북 소리 요란히 울고, 날이 장
차 밝아 오니 야속타, 이 밤이 어이 이리도 짧은고. 창가에 어리는
새벽빛을 보고 홍랑이 가는 한숨을 내쉬며 속삭이듯 말하였다.

"공자 나이 벌써 혼기에 이르렀으니 이름난 가문에 장가를 드셔
야 할 터이온데, 정혼하신 데는 있사옵니까?"

"집이 본디 한미하고, 또 시골 외진 고장이라 아직 정한 데가 없
다오."

홍랑이 조용히 웃더니 낯빛을 고치고 말하였다.

"제가 충심으로 한마디 드리고 싶은 말씀이 있는데, 주제넘다고
나무라지 않으시리까?"

"내 이미 그대를 믿는 터라 무슨 허물할 게 있으리오. 마음에 품
은 대로 말해 보구려."

"저는 공자에게 술 석 잔을 얻어 마실지언정 뺨 석 대는 맞지 않
으리다."

홍랑이 낭랑히 웃고 나서 말을 이었다.

"옛글에 '나뭇가지 휘늘어져 그늘 짙은 나무여, 너를 타고 칡덩

굴이 뻗어 성해지누나.' 하였으니, 공자께서 현숙한 부인을 정하시는 것이 제게도 복이오이다. 지금 이곳 자사 윤 공께 따님이 하나 있어 나이 열일곱인데, 달 같은 자태, 꽃 같은 얼굴로 성품도 어지니 과연 군자에게 어울리는 배필이옵니다. 윤 공이 지금 사윗감을 구하고 있으나 아직 정혼한 데가 없고, 공자께서 이번 과거에 장원 급제하실 것은 제가 짐작하고도 남음이 있으니 다른 데서 배필을 구하지 마시고 윤 소저를 택하소서."

창곡이 귀 기울여 듣고 머리를 끄덕였다.

어느덧 동녘이 훤히 밝아 왔다. 홍랑이 일어나 새벽 단장을 하고 거울을 들여다보았다. 얼굴이 발그레하니 마치 한 송이 모란꽃이 봄바람에 피어난 듯하였다. 하룻밤 사이에 보름달인 양 환해진 아리따운 모습에는 월궁항아도 빛을 잃을레라. 홍랑 스스로도 놀랍고 기뻤다.

창곡이 아쉬운 마음을 애써 누르며 말하였다.

"내 갈 길이 바빠 예서 오래 머물 수 없으니 내일 떠나려 하오."

홍랑도 서운한 마음 달랠 길 없으나 말은 달리 하였다.

"어찌 군자가 아낙의 구구한 사정을 헤아리느라 큰일을 그르칠 수 있으리까. 마땅히 떠나실 채비를 갖추어 드리겠사오니 모레쯤 떠나소서."

창곡은 그 말을 기꺼이 받아들여 하루 더 묵기로 하였다. 그 뒤로 하루 낮 하루 밤은 빨리도 흘러갔다. 허나 이별을 아끼는 창곡과 홍랑 사이 정은 첫날보다 더 살뜰하고 각별하였다.

다음 날 저녁에 홍랑이 창곡에게 간곡히 말하였다.

"먼 길 떠나시는 공자 행색이 너무도 말이 아니옵니다. 제가 비록 가난하나 떠나시는 공자께 옷 한 벌과 은자 조금 장만해 드릴 터이오니 더럽다 마소서. 또 서울이 여기서 천여 리라 하늘소 한 마리와 동자 하나로는 마음이 놓이지 않아 제집 창두에게 모시고 가라 하였사옵니다. 믿음직한 놈이니 행장도 잘 살필 것이옵니다. 채찍을 들고 하늘소 뒤에 따라가게 하소서."

창곡은 홍랑의 마음 씀이 고마워 그렇게 하기로 하였다.

드디어 떠나는 날이 되었다. 창곡이 하늘소를 타고, 홍랑이 조그마한 수레에 올라앉아 집을 떠났다. 연옥과 창두가 뒤를 따랐다. 홍랑이 먼 길 가는 창곡을 다정히 배웅하는 것이다.

일행은 한참을 지나 십여 리 밖 역참에 있는 연로정燕勞亭에 이르렀다. 이곳은 고을 사람들이 길손을 맞고 떠나보내는 곳이다. 연로정이란 이름도, '동쪽으로는 까치가 날고, 서쪽으로는 제비가 나는구나.〔東飛伯勞西飛燕〕' 하는 옛 시에서 제비와 까치를 따와 이별하는 뜻으로 붙인 것이다.

큰길가에 서 있는 연로정 양옆에는 수양버들이 천 오리 만 오리 실실이 늘어져 바람에 흐느적거리고, 앞으로는 맑은 시내가 흐르며 무지개 같은 다리가 그 위에 놓여 있다.

홍랑과 창곡이 정자 아래에 수레를 끌어다 놓고, 그 곁 버드나무에 하늘소를 매 놓은 뒤 손잡고 누각에 올랐다. 때는 사월 초순이라 버들 숲에서는 꾀꼬리가 벗을 부르고, 시냇가에는 풀들이 파릇파릇 돋아나니 여느 길손이라도 감회가 각별하겠거든, 하물며 미인이 옥 같은 도련님을 떠나보내고 도련님이 미인과 이별하는 것이야 더 말해 무엇 하랴. 창곡과 홍랑이 마주 앉으나 한동안 아무 말도 할 수 없었다.

얼마 뒤 연옥이 술상을 차려 드리니 홍랑이 꿋꿋이 술병을 잡고 남실남실 송별주를 부어 창곡에게 권하며 시 한 수를 읊었다.

까치는 동쪽으로 날고 제비는 서쪽으로 날아가니
휘늘어진 실버들 천 오린가 만 오린가.
실실이 끊어질 듯 바람결에 지쳤더니
술잔에 흐느적이며 이별을 설워하네.

창곡이 술을 받아 마시고, 다시 잔에 술을 가득 채워 홍랑에게 주면서 화답하였다.

까치는 동쪽으로 날고 제비는 서쪽으로 날아가니
버들은 푸르고 푸르러 이별 눈물 돋우도다.
어찌타 세상길 남북으로 나뉘어서
보내는 정 가는 정 이별이라 생겼던고.

잔을 받은 홍랑은 창곡이 시 읊기를 마치자 눈물을 흘리며 말하였다.

"제 사연을 공자께서 거울같이 아시니 다시 말씀드릴 바 아니오나 부평초 같은 신세에 천행으로 만났다가 남북 천 리에 구름같이 흩어짐을 무어라 이르오리까. 이제 멀고 먼 앞날에 다시 만날 날이 없지는 않으리다만, 세상사에는 풍파도 많아 헤어지고 만남을 뜻대로 못 하오니 뒷날 만남을 어찌 기약하오리까! 하물며 관가에 매인 몸이라 권세로 누르는 이가 많아 앞일을 알 수 없으니, 공자는 귀중하신 몸 보중하셔서 객지살이 삼가시고, 과거 준비에 힘을 다하여 장차 크게 뜻을 이루시고, 고향으로 돌아오시는 날에 저를 잊지나 말아 주사이다."

창곡 또한 애달픔을 견디지 못하여 홍랑 손을 부여잡았다.

"세상만사가 다 사람 마음대로 되는 것이 아니고 스스로 풀려 나가게 마련이라. 내가 그대를 만나 인연을 맺은 것도 뜻밖이요, 또 오늘 이렇게 애끓는 이별이 있을 줄은 어찌 생각이나 하였겠소. 허나 다시 그리운 정을 이어 부귀영화를 누릴 날이 머지않아 올 것이니 잠깐 이별을 너무 상심 말고 떠나가는 사람 마음을 설레게 마오."

창곡이 말을 마치고 천천히 일어났다. 홍랑도 같이 일어나며 창두를 불러 일렀다.

"고생스럽겠지만, 먼 길 조심히 모셔라. 다녀온 뒤 상을 주리라."

창곡이 정자에서 막 내려가려 할 때 홍랑이 다시 잔을 들어 마지막으로 권하였다.

"지금 이별한 뒤로는 첩첩한 산천이 아득히 막히고, 소식조차 통하지 못하리니 바람 부는 아침과 비 오는 저녁, 쓸쓸한 객관, 가물거리는 등불 앞에 홀로 앉아 계실 적에 제 애끓는 심정을 헤아려 주시오소서."

창곡은 그만 억이 막혀 대답을 못 하고, 홍랑이 주는 술잔을 선자리에서 받아 쭉 들이켰다. 그러고는 정자에서 내려와 하늘소 등에 훌쩍 올라앉았다. 동자는 하늘소 고삐를 끌고, 창두도 동자와 나란히 걸음을 옮겼다. 일행은 돌다리를 건너 멀어져 갔다.

홍랑이 난간머리에 홀로 서서 창곡 일행이 차츰 멀어지는 뒷모습을 멍하니 바라보았다. 겹겹이 먼 산은 저녁노을 아래 푸르고, 아득한 들판에 은은한 저녁 안개 피어오르는 가운데 가물거리던 하늘소가 까마득한 점으로 보이더니 스러지듯 사라졌다. 이제는 숲 속에서 지저귀는 새소리만 바람을 타고 들려올 뿐 하늘가에 떠도는 구름마저 시름에 잠긴 듯 무겁게 드리웠다.

홍랑은 적삼 소매를 들어 얼굴을 가리고 흐르는 눈물을 닦고 또 닦았다. 연옥은 술상을 거두고는 슬픔에 잠긴 홍랑을 다정히 위로하며 그만 돌아가자고 살뜰히 재촉하였다. 그제서야 홍랑도 눈물을 거두고 수레에 올라 집으로 돌아왔다.

창곡은 얼마 못 가 날이 저무는지라 객관에 들었다. 이날 밤은 가물거리는 외로운 등잔불 곁에서 홍랑을 그리며 거의 뜬눈으로 밝히다시피 하였다. 그래도 날이 밝자 서둘러 길을 떠났다. 길을 가노라니 하늘소 발굽 소리는 가락 맞게 뚜벅거리고, 동자와 창두도 묵묵히 말이 없고, 높은 산 흐르는 시내마저 고독과 서글픔을 자아내니 도무지 마음 다스릴 길이 없다.

일행은 십여 일 만에 서울에 닿았다. 서울은 웅장하고 화려한 궁궐하며 번화한 거리며 과연 듣던 대로였다.

창곡은 숙소를 정하여 행장을 정돈하고, 며칠 쉬고 나서 창두를 불러 홍랑에게 전할 편지와 은 닷 냥을 주며 이제 집으로 돌아가라

고 하였다. 창두는 창곡을 열흘 넘게 보며 정든지라 서운해하며,

"소인이 이제 숙소를 알았사오니 다시 아씨 편지를 가지고 와서 뵈옵겠나이다. 부디 객지에서 귀하신 몸 보중하시기 바라옵니다."

하고는, 세 번 절하고 물러났다. 동자가 십 리 밖까지 바래다주었다.

그날 뒤로 강남홍은 문을 닫고 병이라 핑계하며 손님을 받지 않았다. 허름한 옷을 걸치고, 머리도 빗지 않은 채 열흘이 지났다. 홍랑은 문득 처음 창곡과 평생을 같이할 인연을 맺던 날 윤 자사 댁 소저를 천거하던 일이 떠올랐다. 창곡이 이를 잊지 않을 터이니, 그러면 윤 소저도 장차 저와 더불어 백 년 고락을 같이할 사람이 틀림없을 것이다. 생각이 이에 미치자 홍랑은 윤 소저를 사귀어 정을 두터이 할 마음을 먹었다.

홍랑이 곧바로 엷은 화장에 수수한 옷차림으로 관아에 들어가 윤 자사에게 문안을 드렸다.

자사는 반기는 얼굴로 웃으며 인사를 받았다.

"오, 홍랑이 왔구나! 요새 앓는다더니 어떻게 좀 나아서 이 늙은 이를 보러 왔느냐?"

"황송하옵니다. 관가에 매인 몸으로 부르시지 않으시어 들어와 뵈옵지 못하였사오나, 오늘은 저에게 간절한 소망이 있사옵기로 감히 들어왔사옵니다."

홍랑이 고개를 숙이고 나직이 말하니 자사가 껄껄 웃었다.

"요새 관가에 별로 일이 없어 늘 한적한 때가 많기에 너를 불러

심심풀이 이야기나 할까 하고 생각도 했다만 앓는다기에 부르지
않았구나. 그래 네 소망이란 무엇이냐?"

그래도 홍랑이 더욱 어려워하는 기색이다.

"말씀드리옵기 황송하오나 제가 요새 속병이 생겨 떠들썩한 청
루에 마음이 몹시 괴롭사오니 원컨대 부중에 나들며 소저를 모셔
시중을 들고, 바느질이며 여자들 일을 배우면서 조용히 병을 조
리할까 하옵니다."

자사는 본디, 홍랑이 타고난 기품이 맑고 지조가 갸륵하여 규중
처녀 같은 기풍이 있음을 사랑하던 터라 흔연히 허락하고, 내당으
로 데리고 들어가 딸을 불러 일렀다.

"늙은 아비가 늘 네 고적함을 걱정하였더니, 마침 강남홍이 복잡
하고 번거로운 제집을 싫어하여 여기 드나들며 너와 가까이 지내
고 싶어 하는구나. 나는 허락하였는데 네 생각은 어떠냐?"

윤 소저는 기생 강남홍이 지조가 있다는 소문은 들었으나 기생
티가 전혀 없지는 않을 것이고, 규중처녀로 기생과 어울리는 것도
마뜩잖았다. 그렇지만 아버지가 벌써 허락하고 몸소 데리고 들어
왔으니 싫다 할 수도 없는 노릇이다. 소저는 마지못해 분부대로 하
겠다고 대답하였다.

자사가 만족한 듯 웃고는 홍랑을 옆자리에 앉히고, 한나절이나
이야기를 나누다가 나갔다. 홍랑이 그제야 소저에게 인사말을 하
였다.

"제가 나이 어리고 배운 게 없이 다만 청루에서 방탕한 것만 보
고, 여자로서 마땅히 알아야 할 가정 규범과 예절을 듣지 못하였

삽기에 늘 소저를 모시어 가르침을 듣기 원하였나이다. 소저께서 곁에 두기를 허락하시니 고맙사옵니다."

소저는 방긋이 웃을 뿐 대답하지 않았다. 날이 저물어 홍랑이 소저에게 내일 다시 오겠다고 인사한 뒤 집으로 돌아왔다.

이튿날 연옥을 불러 집을 잘 보라고 당부하고는 다시 들어가 소저를 찾으니, 소저는 마침 《열녀전》을 읽고 있었다.

"지금 보시는 책이 무엇이옵니까?"

"《열녀전》이라네."

"듣건대 《열녀전》에는 옛날 주나라 왕후 태사太姒가 덕이 높음을 찬양하여 첩들이 지은 시가 올라 있다 하더이다. 모르기는 하나, 태사가 덕으로 잘 이끌어 첩들이 화목하였사옵니까? 아니면 첩들이 섬기기를 잘하여 왕후 이름이 나게 되었사옵니까? 옛말에 '여자가 곱든 밉든 궁궐에 들어가면 투기가 일어난다.' 하였으니, 여자가 강샘을 내는 일은 예부터 있던 바라 한 사람이 덕으로 여러 첩의 투기심을 막으리라고는 믿어지지 않사오이다."

소저가 그 말을 주의 깊게 듣더니, 가만히 눈을 들어 홍랑을 보고 머뭇거리다가 대답하였다.

"속담에 '윗물이 맑아야 아랫물이 맑고, 모양이 반듯해야 그림자도 바르다.' 는 말이 있듯이, 자기 수양이 높으면 오랑캐 땅에 가서라도 존경을 받을 것이어든, 하물며 한집안에서랴."

"《주역》에, '구름은 용을 따르고, 바람은 범을 따른다.' 하지 않더이까. 이는 성군에겐 어진 신하가 따르기 마련이라는 뜻이오라, 옛날 이름 높은 어진 임금들도 그 밑에 어진 신하들이 없었다면 어찌 그런 어진 정사를 할 수 있었으리까. 이로 미루어 볼 것 같으면 왕후가 지닌 덕이 아무리 크다 하더라도 첩들 가운데 요망한 여자가 있었다면, 그러한 시들도 나오지 못했을까 하옵니다."

홍랑이 하는 말은 흐르는 물처럼 거침이 없다. 소저는 그 총명함이 마음에 들어 웃음을 지었다.

"어질고 어질지 못함은 다 저에게 달린 것이고 행불행은 하늘에 달린 것이니, 군자는 제 할 도리를 말할 뿐 하늘에 달린 운명은 따지지 않는 법이지. 요망한 첩을 만났다 해도 이는 운명이라. 왕후는 다만 자기 덕을 닦을 따름이지 무슨 다른 길이 있겠나."

홍랑은 소저가 하는 말에 탄복하였다. 이때부터 홍랑은 소저가 지닌 현숙함을 흠모하고, 소저는 홍랑이 지닌 총명함을 사랑하여 정이 날로 깊어졌다. 둘은 앉으면 자리를 같이하고, 누우면 베개를 잇대어 예부터 전해 온 일과 문장을 이야기하면서, 이제야 만난 것을 한탄하였다.

하루는 홍랑이 연옥이더러 서울에 간 창두가 돌아올 때가 지났는데도 오지 않으니 괴이쩍은 일이라 하고는, 심란함을 누르지 못하여 난간에 기대어 뜨락에 휘늘어진 버들을 멍하니 바라보고 있었다.

문득 까치 한 쌍이 날아와서 버드나무에 앉았다가 난간머리에 내려앉았더니 "깍깍깍" 울어 댔다.

홍랑이 까치를 바라보며 저도 모르게 혼잣말을 하였다.

"우리 집에 기쁜 소식 올 일이 없는데, 오늘 서울 간 창두가 오려

나 보구나."

바로 그때 창두가 언뜻 대문 안에 들어섰다. 엎어질 듯 달려와 절을 하니, 홍랑은 몹시 기뻐 눈물이 글썽거린다.

"먼 길에 고생 많았겠구나. 도련님께서는 무사히 황성에 도착하시고, 몸도 편안하시냐?"

창두는 편지 하나를 얼른 꺼내어 주고, 양 공자가 황성에 무사히 도착하여 객관에서 편히 지내고 있음을 자세히 아뢰었다. 홍랑은 한편 기뻐하고 한편 서글퍼하면서 바삐 편지를 뜯어보았다.

여남 양창곡은 강남 풍월루 주인에게 글월을 부치노라.

나는 옥련봉 아래 한미한 백면서생이요, 홍랑은 강남에서도 가장 번화한 고을 청루 가인이라. 하늘이 도적 떼를 보내어 우리가 인연을 맺게 하니, 압강정에서 꽃을 보고 연로정 아래에서 버들을 꺾은 것은 진실로 풍류와 여색에 뜻을 둠이 아니고, 내 마음을 알아주는 지기를 만났음이라.

만나자 이별이라, 객지 여관 외로운 등잔불 아래 홀로 누워 새벽녘 쇠북 소리와 쇠잔한 물시계 소리를 듣기까지 그리운 회포로 잠을 이루지 못하니, 압강정 아름다운 풍경과 청루에서 함께 즐기던 홍랑 얼굴이 눈앞에 삼삼하여 하염없이 남쪽 하늘을 바라보며 애간장을 다 녹이노라.

이제부터 남북 천 리에 산천이 겹겹이 막혀 소식조차 전할 길 없겠기에 돌아가는 창두 편에 편지 한 장 부치노니 좁은 종잇장에 어찌 끝없는 이 마음을 다 쓸 수 있으리오.

내 간절한 부탁은 아무쪼록 끼니 잘 챙겨 먹어 꽃다운 몸 천만 보중하여 천 리 밖에 있는 길손이 안심하도록 하기 바라노라.

홍랑은 눈물이 옷깃을 적시는 줄도 모르고, 편지를 읽고 또 읽고는 더욱 애달파 잠잠히 말이 없더니 창두를 불렀다. 서울에 다녀온 상으로 열 냥을 주면서 뒷날 다시 서울에 다녀올 것을 미리 일렀다.

그러고는 관아로 들어가려고 막 일어날 때였다. 문득 연옥이 들어와 문밖에 소주에서 심부름꾼이 와 있다고 하였다. 홍랑은 깜짝 놀라 금세 낯빛이 새파랗게 질렸다.

질탕한 뱃놀이, 떨어지는 꽃 한 송이

홍랑을 꾀려고 압강정 놀이를 꾸몄던 소주 자사 황여옥은 뜻을 이루지 못한 것이 몹시 분하나 어느덧 그 마음은 사라지고, 자나 깨나 홍랑을 그리며 불타는 욕심을 걷잡지 못하였다. 권세로는 홍랑 뜻을 굽힐 수 없음을 아는지라 부귀로 달래 보려 하였다. 황 자사는 편지 한 장과 황금 백 냥, 갖가지 고운 비단 백 필에, 온갖 패물을 제대로 갖춰 믿음직한 창두에게 들려 홍랑에게 보냈다.

황여옥이 보낸 편지를 받아 본 홍랑은 마음이 무거워졌다. 황 자사가 비록 방탕하여도 사리를 모르는 아둔한 자는 아닐 터이고, 한낱 천한 기생이 말없이 도망해 왔으니 크게 노했을 것이다. 그래도 짐짓 노여움을 돌려 좋은 말로 달래려는 것을 보면, 그 뜻이 자못 음흉하지 않은가. 그렇다면 장차 그 올가미에서 어떻게 벗어날 것인가. 또 소주, 항주가 이웃인 마당에 지금 황 자사가 보낸 물건들을 그냥 돌려보내면 윗사람을 받드는 도리가 아니니 어이하면 좋으랴.

홍랑은 그저 답답하기만 하였다. 여러 가지로 궁리하던 끝에 마음을 굳게 먹고 황 자사에게 보내는 답장을 썼다.

항주 천기 강남홍은 소주 상공에게 글월을 올리나이다. 저는 본디 심한 속병을 앓고 있어 약으로는 고칠 수 없는 바이옵기에 전일 연회에서 미처 사정을 아뢰지 못하고 돌아왔사옵니다. 그런데도 상공께서 죄를 다스리지 않으시고 도리어 상을 주시니 진실로 무엇이라 이르오리까. 그 상은 감히 받을 수 없음을 밝히 아오나 소주와 항주는 형제 같은 고을이고 천기에게 웃어른을 섬기는 도리는 부모와 다름이 없는지라, 주신 것을 돌려보내면 불효하기 그지없는 일로 되겠기에 감히 그대로 봉하여 두고, 황공한 마음으로 죄주시기를 기다리나이다.

홍랑은 편지를 봉하여 심부름꾼 편에 부치고 나서 제 신세를 못내 설워하였다. 그러다가 하루가 지나서야 마음을 가라앉히고 윤 소저를 찾아갔다.

소저는 창 밑에 앉아 빨간 비단에 원앙을 수놓느라고 한창 골똘하여 홍랑이 온 것도 모르고 있었다. 기척을 내지 않고 살그머니 곁에 다가서서 보니 옥같이 고운 손으로 코바늘에 금실을 꿰어 수놓는데 그 솜씨가 마치도 채반 위에 봄누에가 실을 토하는 듯, 바람 앞의 나비가 꽃송이를 어르는 듯하였다. 그 모습을 이윽히 지켜보니 홍랑은 서글픔이 눈 녹듯 사라지고 웃음이 저절로 떠오른다.

"소저는 수놓는 것만 아시고, 사람이 곁에 와도 아랑곳도 않으시네."

소저 놀라 뒤를 돌아보니 홍랑이라, 환하게 웃으며 반겼다.

"에그, 깜짝이야! 마침 혼자이기에 심심풀이로 하였더니 홍랑에게 들키고 말았구나."

둘은 눈이 마주치자 깔깔 웃었다. 웃음을 그치고 수놓은 것을 보니, 원앙새 한 쌍이 꽃 아래 정답게 앉아 포근히 졸고 있다. 그 고운 모양을 보니, 홍랑 얼굴이 다시 침울해졌다.

"저 원앙이라 하는 새는 반드시 정한 짝이 있어 제짝이 아니면 건드리지 않건만, 만물 가운데 으뜸가는 사람은 도리어 저 새만도 못하여 제 몸을 마음대로 못 하니 어찌 불쌍하지 않으리까?"

태도며 말이 심상치 않음을 알아챈 소저가 눈을 동그랗게 뜨며 물었다.

"왜, 무슨 일이 있었느냐?"

홍랑은 소주 자사가 자기를 농락하고 협박한 일을 낱낱이 말하며 눈물을 흘렸다. 소저는 홍랑 처지가 한없이 가여웠다.

"홍랑이 지닌 지조는 내 이미 아는 바이나 그렇다고 청춘을 홀로 보낼 수는 없는 일 아니냐."

그러자 홍랑이 쌀쌀한 낯빛으로 말하였다.

"제가 듣건대 봉황새는 대나무 열매가 아니면 먹지 않고 오동나무가 아니면 깃들이지 않는다는데, 지금 봉황이 주린다고 썩은 쥐를 던져 주거나 집이 없다고 가시덤불로 이끈다면 어찌 지기라 하오리까?"

그리 말하는 홍랑 얼굴이 슬픔과 노여움으로 붉게 타올랐다.

'내가 도리어 마음을 아프게 하였구나.'

이렇게 생각하고 소저는 다정하게 홍랑 손을 잡았다.

"그 뜻을 내 어이 모르겠느냐. 그냥 해 본 말이니 나쁘게 생각지 마라. 기색을 보니 무슨 난처한 일이 있는 듯하구나. 규중 여자가 논할 바는 아니나 내 조용히 아버님께 말씀드려 보리라."

홍랑이 이에 감격하여 버릇없음을 사과하였다.

같은 시각, 홍랑이 쓴 편지를 받아 본 황여옥은 크게 노하여, 한낱 천기가 감히 저를 조롱하니 이년을 법으로 요정을 내겠다고 펄펄 뛰었다. 좌우 사람들이 그 사나운 기세를 보고 쩔쩔매었다.

황 자사는 그 꼴들이 보기 싫어 손짓으로 모두 물러가게 하고, 혼자 남아 침착하게 생각을 굴렸다.

'아무래도 홍랑이 쓴 편지는 교만 방자한 여인이 지닌 태가락인 게야. 예부터 명기란, 사람 낚는 꾀로 지조를 내세우고, 짐짓 교만을 부려 스스로 뜻을 지키는 척하나, 분명코 재물을 탐내며 권세를 등에 업고 향락을 다하자는 것이 아니랴. 그러고 보니 실없이 화를 낸 셈이구나.'

어이없는 듯 혼자 웃고 나서 묘한 꾀를 하나 생각해 냈다.

황여옥은 곧, 오월 초나흘 압강정 아래 배를 띄워 초닷샛날 이른 새벽에 전당호에 댈 터이니 강남홍을 비롯한 여러 기생이며 악공들을 데리고 나오라는 내용으로 윤 자사에게 편지를 띄웠다.

황여옥이 보낸 편지를 뜯어본 윤 자사는 그 자리에서 홍랑을 불러 편지를 보였다. 홍랑은 편지를 한 번 읽어 본 뒤 말없이 집으로 돌아왔다.

그날부터 관아에는 들어가지 않고, 제 방에서 한 가지 생각에만 골몰했다. 방탕하기 짝이 없는 황 자사는 지난번 편지에서도 압강정의 한을 또렷이 보였으니 이번 놀이에도 반드시 불측한 꾀가 만만치 않으리라. 결국 그 그물에서 벗어날 방도가 없을 것이 분명했다. 그럴진대 차라리 틈을 보아 만경창파에 몸을 던져 깨끗이 죽으리라고 결심을 굳혔다.

이렇게 마음먹고 나니 도리어 마음이 편안해지고 든든해졌다. 다만 양 공자를 다시 보지 못하고 저승길을 택하는 것이 한일 뿐이다. 또한 살고 죽는 갈림길에서 한마디 말도 남기지 않는다면, 얼마나 무정하랴 하는 생각에 몹시 괴로웠다.

어느 날 홍랑은 저녁밥을 먹고 누각에 올랐다. 양 공자를 그리며 멀리 북쪽 하늘을 바라보노라니 하염없이 눈물이 흘러내렸다. 가느다란 초승달이 처마에 걸려 있고, 반짝이는 별들이 하늘 가득 빛을 뿌렸다. 홍랑은 난간에 기대어 쓸쓸히 이별가 한 곡조를 불렀다.

'지금 내가 부른 이 노래는 영원히 이별하는 노래가 되리라.'

홍랑은 길게 탄식하고는 누각에서 내려와 집으로 돌아왔다. 그리고 방에 들어가기 바쁘게 등잔불을 돋우고, 고운 종이를 꺼내어 창곡에게 보낼 편지 한 장을 써 놓고는 두 번 세 번 다시 보며 터지는 가슴을 달래지 못하였다. 괴로움에 지쳐 자리에 든 뒤에도 이런 수심 저런 걱정으로 잠을 이룰 수 없었다.

동창이 훤히 밝아 왔다. 부질없이 잠을 청하기를 그만두고 홍랑은 자리에서 일어나 창두를 불렀다. 편지를 주면서 황성에 빨리 다녀오라 당부하고 노자로 은자 백 냥을 주었다.

"소인이 아무쪼록 바삐 다녀와서 공자께서 평안하시다는 소식을 전해 드리겠사오니 아씨께서는 너무 상심치 마소서."

창두는 바로 떠났다.

어느덧 오월 초나흘이 되었다. 황여옥은 홍랑에게 제가 지닌 부귀를 보여 줄 마음으로 지극히 호화로이 차려입고 위의를 갖추고 배에 올라 항주로 떠났다. 십여 척을 서로 이은 큰 배에, 열두 패로 나눈 소주 기생들과 악공들이 올랐으니, 요란스런 북소리며 질탕한 노래와 음악 소리에 물속 고기들이며 용들이 다 놀랄 지경이었다. 비단 돛이 부풀고 오색 깃발 나부껴 장강을 뒤덮은 듯, 사품치는 물결이 하늘을 삼킬 듯, 흘러가는 놀잇배 행렬이 참으로 장관을 이루었는지라, 이르는 곳마다 강 양쪽 언덕으로 구경꾼들이 구름처럼 모여들었다.

이 무렵 항주 윤 자사는 황 자사가 온다는 소식을 듣고 홍랑을 불렀다. 홍랑은 관가에 이르자 먼저 소저부터 찾아갔다.

오래간만에 얼굴을 보자 윤 소저는 몹시 반기며 물었다.

"홍랑은 무슨 일이 있어 발길을 끊었는고?"

홍랑의 낯빛은 처량하면서도 서글펐다.

"며칠 발길 끊음이 한평생 발길 끊음으로 될는지 어이 아오리까?"

"아니, 그게 대체 무슨 소린가?"

몹시 놀란 윤 소저가 되물었다. 홍랑은 목소리까지 떨면서 말하였다.

"천한 저를 소저께서 불쌍히 여기시고 돌보아 주시오니, 그 은덕을 참으로 잊을 길 없사옵니다. 몸을 마치도록 소저 곁을 떠나지 않고 정성을 다해 섬기고자 하였더니, 천한 신세 자유롭지 못하여, 이제 기약 없는 이별을 하지 않을 수 없사옵니다. 바라건대, 소저께서는 장차 군자를 맞으셔서 영화를 즐기시는 날, 오늘 제 심정을 생각이나 해 주소서."

말을 마친 홍랑은 소저 손을 붙들고 눈물을 비 오듯 흘리며 흐느꼈다.

비록 까닭은 모르나, 소저도 절로 슬퍼져 고운 눈에 눈물이 가랑가랑 맺혔다.

"홍랑이 일찍이 불길한 말을 입 밖에 내지 않더니, 오늘 하는 말은 심상치 않구나. 어서 속 시원히 말을 해 다오."

홍랑은 울음이 북받쳐 대답을 못 하고, 밖으로 나와 자사를 찾았다. 자사는 홍랑 얼굴에서 눈물 흔적을 보더니 얼굴에 안쓰러운 빛을 띠었다.

"홍랑아, 황 자사가 오늘 벌이는 놀음으로 말하면, 나도 그 속뜻을 알고 있으나 불행히도 이웃 고을이 돼서 어리석은 간청을 단호히 거절하지 못했구나. 네 너무 좁게만 생각지 말고 형편을 보아 좋은 방도를 찾도록 하여라."

윤 자사 목소리가 갈린 듯 탁하였다.

홍랑은 살뜰한 마음에 사례하고, 집으로 돌아와서 떠날 채비를 하였다. 채비란 그저 빛 바랜 옷에 타고 갈 자그마한 수레뿐이었다.

마치 병든 여자처럼 파리하고 창백한 얼굴에 화장도 아니 하고, 천연히 수레에 올랐다. 연옥이가 어딜 가시느냐 물으니 홍랑은 대답 대신 팔소매로 얼굴을 가리고 울기만 하였다. 맑은 눈물이 하염없이 흘러 수레 위에 방울방울 떨어져 고이는데, 곡절을 모르는 연옥은 감히 더 물을 생각을 못 하고 안타깝게 지켜볼 뿐이다.

홍랑 집에서 그런 일이 벌어지고 있을 때, 윤 자사는 딸에게 자기가 황 자사 청을 받아 별수 없이 전당호로 나가게 되었음을 이야기하였다. 아버지가 침울한 낯으로 하는 말을 듣고 윤 소저는 그제야 홍랑이 한 말이 생각났다.

"아버님, 아까 강남홍도 전당호로 가노라고 하면서 기색이 창백하고 심상치 않았사온데, 오늘 전당호 놀이에 무슨 곡절이 있사옵니까?"

윤 자사가 잠깐 머뭇머뭇하다가 입을 열었다.

"소주 자사가 홍랑을 몹시 욕심내더니 아마 꾀를 써 농락하려나 보더라."

소저가 깜짝 놀랐다.

"그러면 홍랑은 반드시 죽을 것이옵니다. 성질이 꼿꼿하고 남다른 지조와 기개를 가진지라, 결코 방탕한 남자한테 욕을 보지는 않을 것이옵니다. 아버님, 죄 없는 여자가 물속 원혼이 되지 않게 해 주소서."

소저 눈에서는 눈물이 하염없이 흘러내렸다.

윤 자사는 잠자코 말이 없었다. 한동안 생각에 깊이 잠겨 있던 윤 자사는 그저 머리를 몇 번 끄덕이고는 나갔다.

소저는 방 안에 홀로 앉아 홍랑에게 닥칠 일을 생각하며 마음을 놓지 못하고, 자사도 뜨락을 오락가락 거닐었다. 한참 만에 윤 자사는 대문 밖에 대령한 수레에 몸을 실었다.

윤 자사 일행이 전당호에 다다르니 정자에서 기다리고 있던 황여옥이 달려 나와 반겨 맞았다. 황여옥은 홍랑 소식부터 물었다.

윤 자사가 웃으면서 대답했다.

"홍랑이 따라오기는 하여도 요즈음 몸이 좋지 않아 도무지 흥이 없어 하는구려."

황 자사가 손을 저으며 호탕하게 웃었다.

"그 병은 제가 아나니 바로 풍류 명기가 사내를 홀리는 수단이라, 선생같이 무던한 어른은 속일 수 있어도 저는 속이지 못하리다. 선생은 오늘 일이 어떻게 되는가 제가 부리는 수완을 보소서."

윤 자사는 어이가 없어 그저 웃고 말았다.

한참 그러고들 있는데, 조그마한 수레 하나가 멀리 보였다. 황 자사는 얼른 난간머리로 옮겨 앉았다. 수레가 차츰 가까이 다가왔다. 얼마 뒤 사내종 둘이 그 수레를 정자 아래 멈추었다. 수레에서 미인 하나가 나와 땅에 내려서는데, 흐트러진 머리칼은 검은 구름이 봄바람에 날리듯 하고, 풀 죽은 얼굴은 밝은 달이 가을 안개에 가린 것 같았다. 타고난 맑은 자질에 파리한 빛을 띠어, 어찌 보면 푸른 못에 한 송이 연꽃 봉오리가 서리를 맞은 것 같고, 한바탕 거친 바람이 불어 가냘픈 버들개지가 진흙탕에 떨어진 것 같기도 하였다. 비록 풍성하고 화려하지는 않아도 오히려 이러한 자태가 더욱 아리땁게 돋보였다. 보이는 모든 것이 황여옥의 넋을 잃게 만드는 미인은 바로 홍랑이었다.

홍랑을 본 황여옥이 입을 헤벌리고 웃으면서, 어서 정자로 올라오라 재촉하였다. 정자에 오른 홍랑이 눈길을 잠깐 흘려 황 자사가 하는 거동을 보았다. 이 풍류객은 머리에 까만 생견으로 뿔을 꺾어 만든 오사절각모를 기웃이 젖혀 쓰고, 몸에는 붉은 비단으로 지은 학창의를 앞을 헤쳐 걸쳐 입었다. 또한 허리에는 야也 자 모양 띠를 느직이 띠고, 한 팔은 난간에 걸쳤으며 또 다른 손에는 빨간 접이부채를 들었다. 게슴츠레 취한 눈으로 흔들거리면서 앉아 있는 황여옥이 보이는 방탕스러운 거동과 추잡스러운 몰골은 보기만 해도 징그러웠다. 그래도 처지가 처지인지라 홍랑은 하릴없이 앞으로 나아가 인사하고는 항주 기생들 자리로 가서 앉았다.

소주 자사 황여옥이 홍랑을 보고 짐짓 점잔을 빼며 나무랐다.

"홍랑아! 소주와 항주는 이웃 고을이어늘 너는 나를 다시는 안 보려고 했더냐? 전날 압강정에서는 연회가 마치기를 기다리지 않고 몰래 달아나 버렸으니, 그게 무슨 도리냐?"

홍랑은 옷깃을 여미고 사죄하였다.

"달아난 죄는 병이 더치었기 때문이오니 상공께서 용서하시리라 생각하오나, 그날 제가 지은 죄가 셋인 줄로 아뢰옵니다. 문풍을 높이는 시회로 많은 선비들이 모이신 자리에 천한 몸으로 감히 참석하였사오니 그 죄 하나이옵고, 여러 선비들이 지은 시를 제가 당돌히 입에 올려 논한 것이 그 죄 둘이옵고, 창기 본분은 누구에게나 다정히 응대하여 지조를 논할 수 없거늘 감히 구구한 제 뜻을 지켜 마음을 돌리지 못함이 그 죄 셋이옵니다. 제가 이 세 가지 큰 죄를 저질렀으나, 어질고 너그러우신 상공께서는 고을 원의 체모를 돌아보시어 덕으로 백성을 대하시고 예절로 고을을 돌보시는 터라, 이제 미천한 이 몸을 불쌍히 여기시고, 천기 뜻이 그르지 않음을 살피셔서 도리어 상을 베푸셨사오니 저는 더욱 몸 둘 바를 모르겠사옵니다."

황 자사가 이 말에 그만 부끄러워서,

"그까짓 지난 일은 더 말할 것 없느니라. 내가 이미 강가에 고깃배 몇 척을 대어 두었으니 한나절 뱃놀이를 사양치 마라."

하고 웃었다. 그런 다음 모두를 돌아보며 윤 자사를 모시고 다들 배에 오르라고 하였다. 말이 떨어지기 바쁘게 두 고을 기생들과 악공들이 다투어 배로 올라갔다. 이윽하여 배들이 소리 없이 물결 위로 미끄러져 떠갔다. 강은 고요하여 거울같이 잔잔하고, 고운 물결이 천 리에 잇닿았고, 갈매기는 배 위로 넘나들며 너울너울 춤추는데 은은한 강물은 노랫소리와 함께 쉼 없이 흘렀다.

배들은 강 복판에서 흥겨운 듯 둥실둥실 기우뚱거리고, 산해진미 상에 그득하고 거문고며 피리며 악기 소리로 자리가 무르녹았다. 황 자사는 호탕한 흥을 이기지 못하여 술을 여러 잔 거듭 마시고 나서 뱃전을 치며 노래를 불렀다.

미인을 이끌고 창파에 둥실 떠서
흐르는 강물을 거슬러 오르도다.
물결아 너 가지 마라.

노랫소리 춤가락도 이제부터 시작이라.

노래를 마친 황 자사는 홍랑더러 화답하라고 재촉하였다. 홍랑이
사양하다 못해 자리에서 일어나 맑은 소리로 노래를 불렀다.

맑은 강물에 두둥실 뱃놀이 즐겁구나.
언덕에는 단풍나무 물가에는 난초로다.
배 안이 넓고 넓어 초나라 같고 보면
충신은 그 뉘며 그 넋은 어디 있누.
그대 서둘러 부르지 말라.
충신의 외로운 넋 단잠 들었도다.

홍랑이 노래를 끝내고 조용히 앉았다.
"홍랑은 강남 사람으로 단옷날 뱃놀이에 무슨 뜻이 있는지 아는
고?"
황 자사가 빙그레 웃으며 오만하게 물었다.
눈에 뜨이는 모든 풍물이 오직 울분을 도울 뿐이니 기막힌 심정
을 속 시원히 털어놓을 길 없어 안타깝던 차라, 홍랑이 하는 대답은
자못 비분강개하였다.
"들자오니 굴원屈原은 초나라 충신으로 충성을 다하여 회왕을 섬
기었다 하옵니다. 그래도 회왕이 간신이 올린 참소를 듣고 굴원
을 강으로 쫓으니, 깨끗한 충성과 맑은 절개를 가진 충신도 흐린
세상에서는 몸조차 보존할 수 없음을 알고, '어부사'를 짓고는

오월 오일에 돌을 안고 멱라수에 몸을 던졌다고 하더이다.

후세 사람들이 그 원통한 죽음을 안타까이 여겨 그날이 오면 강에 배를 띄우고 외로운 넋을 건진다고 하는 것이 이른바 이 뱃놀이인가 하옵니다. 허나 만일 굴원의 넋이 있다면, 맑은 강을 헤엄치는 고기 배 속에 그 깨끗한 몸을 맡겨 흐린 세상이 저를 더럽히는 것을 피할 것이오며, 스스로 유쾌함을 즐길 것이온지라, 부화 방탕한 자가 벌이는 뱃놀이로야 무슨 굴원의 충혼을 건지리까?"

홍랑이 하는 말은 참으로 마디마디에 힘이 실려 있다. 배 안 사람들도 그 당돌함에 놀라 모두 눈이 휘둥그레졌다. 허나 소주 자사 황여옥만은 술에 취하여 몽롱한지라 그 말에 날카롭고 침통한 풍자가 들어 있음을 알아채지 못하였다. 오히려 제 흥에 겨워 희떱게 말하였다.

"나는 위로는 어진 임금을 섬겨 어려서 공명을 이루고 자사 자리에 올라 부귀와 영화를 겸한지라, 말라빠지고 불우한 굴원을 비웃느니라. 왼팔로는 강산풍월을 끌어당기고, 바른팔로는 천상 선녀를 이끌어 한번 웃으면 봄바람이 호탕하고, 한번 노하면 찬 서리가 흩날리니, 내 뜻과 귀와 눈이 즐기는 바를 감히 막을 자 누구겠느냐? 하물며 적막한 강물 속 처량한 충혼이야 말해 무엇 하랴."

말을 마친 황여옥이 미치광이같이 눈을 희번덕거리며 둘레를 돌아보더니 풍악을 크게 울리라고 소리쳤다. 명이 떨어지자마자 여러 기생들과 악공들이 재주를 다하여 거문고며 비파를 뜯고 피리며 생황을 불고 춤을 추었다. 질탕한 풍악 소리 허공에 메아리치고, 어우러진 춤 소매들이 강바람에 너울너울 나부꼈다. 그런 데다가 진주 달린 옷하며 알쏭달쏭 비단옷 차림들이 물에 고이 비쳐 십 리 전당호가 온통 꽃 바다를 이루었다.

황여옥이 다시 큰 술잔을 기울여 열 잔도 넘게 마시고 취흥이 더욱 도도하여 홍랑의 어깨를 어루만졌다.

"홍랑아, 인생 백 년이 저 흐르는 물 같아서 청춘이 잠깐이니 속절없이 늙어지면 이 아니 한이랴. 하잘것없는 지조는 말해 무엇 하겠느냐. 이 황여옥은 풍류 재사요, 강남홍은 절대가인이라. 재사가인이 아름다운 풍경 시원스런 강 위에서 흥겹게 서로 만나니 이 어찌 하늘이 준 인연이 아니랴!"

그래도 홍랑은 돌부처처럼 움직이지 않고 차가운 얼굴로 앉아 있었다.

미친 기운이 뻗친 여옥은 시간이 흐를수록 안하무인이 되고 형세는 차츰 긴박해졌다. 이 방탕무도한 자는 시중꾼들을 시켜 건너편 쪽에 작은 배 한 척을 띄워 놓았다. 그러고 나서 소주 기생들에게 명하여 홍랑을 그 배에 옮겨 태우도록 하였다.

홍랑은 입을 꼭 다물고 그들이 하자는 대로 호화롭게 꾸민 배에 올랐다. 소주 기생들은 홍랑을 배에 떨구어 놓고 슬그머니 물러갔다. 뒤따라 황여옥이 배 안에 바삐 뛰어들어 다짜고짜 홍랑 손을 덥석 잡았다.

"홍랑아, 네 아무리 철석간장을 가졌기로 이 불타는 정욕에야 어찌 녹지 않으랴! 오늘은 옛날 오호에서 월나라 범려范蠡가 쪽배에 서시西施를 실었던 일을 본떠서* 평생 낙으로 삼으리라."

홍랑은 다급했다. 어름대다가는 손쓸 사이도 없이 더러운 욕을 당할 판이다. 홍랑은 막다른 골목에 부닥쳤음을 알았으나 오히려 낯빛을 태연히 하고 말하였다.

"상공 체면으로 겨우 창기 따위를 겁탈하고자 하시니 점잖지 못한 일이오이다. 청루의 천한 몸이 감히 지조를 말할 수 없사오나 다만 평생에 지켜 오던 바를 오늘에 와서 헐어 버리게 되었사오니, 원컨대 거문고를 잠깐 빌려 주시면 두어 곡 아뢰어 시름도 털어 버리고 상공의 흥취도 돋우어 드릴까 하옵니다."

황여옥은 홍랑이 제 위풍에 눌려 마음을 돌린 것이라 생각하며 거머쥐었던 손을 놓고 너털웃음을 쳤다.

"암, 그래야지! 그대는 과연 여중호걸이요, 풍류를 아는 명기로다. 내 일찍이 황성에서 청루를 두루 다니며 놀아 이름난 기생과 지조 있는 여자라도 내 수완을 벗어나지 못했나니, 네가 끝내 고집하여 순종치 않았다면, 네게 무슨 일이 닥쳤을지 모르느니라. 그런데 지금 이렇게 순순히 마음을 돌려 이른바 화를 복으로 바꾸니 참으로 여걸다운 기지로다. 내 비록 부귀하다고는 못 하나 총애받는 승상의 아들이며, 한 고을을 다스리는 방백이라. 그러니 마땅히 황금으로 집을 지어 네가 부귀를 누리게 하리라."

여옥이 껄껄 웃고 거문고를 들어 안겨 주며 말을 이었다.

---

* 월나라 사람 범려가 월왕 구천句踐을 도와 오나라를 멸망시키고는 서시와 함께 오호로 돌아가 은거했다고 한다.

"평생 배운 재주를 다하여 우리 사랑을 흐뭇이 노래하라."

홍랑은 입가에 가벼운 웃음을 짓고, 거문고를 받아서 한 곡 타기 시작하였다. 그 소리 화창하여 늦은 봄 따스한 바람에 온갖 꽃이 만발한 듯 장안 부호들이 사는 오릉의 젊은이들이 준마에 덩실 올라 흥겹게 달리는 듯하고, 언덕 위 버들도 생기를 머금어 실실이 흥청거리는가 하면, 강물 위 물새들도 어지러이 날아 춤을 추니, 황여옥은 호탕한 흥을 이기지 못하여 장막을 걷고 술상을 들이라 하였다. 명이 떨어지기 바쁘게 시중꾼들은 지체 없이 호화로운 상을 차려 놓고 물러갔다. 여옥은 기분이 좋아서 혼자 연거푸 술잔을 기울었다.

홍랑은 다시금 옥 같은 손으로 거문고 줄을 골라 또 한 곡을 탔다. 섬섬옥수가 거문고 줄 위를 나는 듯 달리고, 흘러나오는 소리는 간절하고 처절하여 강 머리에 서 있는 나뭇잎도 우수수 설레고, 하늘가에 떠도는 기러기도 슬피 우니 건너편 배에 탄 사람들도 서글픔에 휩싸이고, 소주와 항주 모든 기생들은 저도 모르게 눈물을 흘렸다.

홍랑이 이번에는 곡을 바꾸어 잔 줄은 놓고, 큰 줄을 울려 높은 소리를 울리니 그 소리 비장하여 격렬한 기개와 침통한 원한이 사무치게 하며 사람 가슴을 찔렀다. 그래서인지 듣는 사람들 가운데 울지 않는 이가 없었다.

갑자기 소리가 뚝 그쳤다. 거문고를 밀어 놓고 일어난 홍랑 얼굴에 날카롭고 매서운 빛이 가득 차고 눈썹은 까칠하게 일어섰다.

"아득한 저 하늘이여, 강남홍을 세상에 낼 때 어찌하여 미천케 하고 품성은 남달리 빚으셨나이까. 넓으나 넓은 세상에 이 몸 하나 둘 땅이 없어 맑은 강물 물고기 배 속에 몸을 맡긴 굴원을 따르겠사오니, 바라옵건대 나 죽은 뒤에 이 몸을 건져 내지 못하게 하여, 죽어서라도 외로운 이내 혼 깨끗한 곳에서 놀게 하소서."

말을 마친 홍랑은 누가 어쩔 새도 없이 몸을 날려 강물에 풍덩 떨어졌다.

죽을 고비 넘기고 아득한 바다를 떠도누나

강남홍이 별안간 강물에 몸을 던지니 배에 있던 사람들이 놀라 들끓으며 서둘러 붙들려 하였다. 허나 몸이 워낙 날래서 붙잡을 수도 없고, 물에 떨어지자 비단 치마가 한 번 펄럭였을 뿐 그만 사나운 물결이 삼키니 간 곳을 알 수 없었다. 소주와 항주 기생들이 치마로 얼굴을 싸고 울며, 파랗게 질린 두 자사는 사공들을 호령하여 홍랑을 얼른 건지라 하였다. 사공들은 서로 이어 놓았던 배를 풀고 온 강에 흩어져서 샅샅이 찾아보았지만, 도무지 흔적을 찾을 수 없었다.

"사람이 물에 빠지면 반드시 한 번은 물 위로 떠올랐다 가라앉기 마련인데 영 떠오르지 않은 채 간 곳이 없으니 이상하구나."

사공들은 서로 얼굴만 쳐다보며 두런거렸다.

두 자사가 별도리가 없어 사공들과 어부들더러 하류에서 물목을 지키라고 하니, 그들이 난처해하며 말하였다.

"이 호수에서 찾지 못하면 도리가 없사옵니다. 하류는 바닷물이 밀려와 물살이 몹시 급한 곳이오라 모래 속에 묻힐 터이니 거기서는 찾지 못하옵니다."

두 자사는 하릴없이 돌아갔다.

한편, 윤 소저는 홍랑 걱정에 속을 태웠다. 오늘 정황으로 보아 홍랑은 구차하게 살려 하지 않을 것이 분명하고, 뜻이 통하여 지기로 사귄 홍랑이 원통히 비명에 죽으리라는 것을 알면서도 구하지 않는다면, 이는 의가 아니었다. 어찌하면 좋을지 골똘히 방책을 찾아보지만 도무지 좋은 수가 떠오르지 않았다.

그때 유모 설파가 들어왔다. 소저는 유모를 보자 문득 좋은 궁리가 떠올랐다. 설파는 서울 사람으로 그닥 영리하지 못하나 마음만은 성실하고 정직하였다. 소저를 따라 항주로 내려와 함께 지낸 지도 벌써 여러 해 되어 여기서 사귄 사람도 많았다.

"할멈! 내가 할멈한테 부탁할 것이 한 가지 있는데, 들어줄 수 있겠소?"

"무슨 부탁인지는 모르겠지만, 아가씨를 위한 일이라면 섶을 지고 불로 들라 하시어도 사양치 않을 것이오이다. 대체 무슨 일이옵니까?"

"내 들으니 강남 사람들은 물에 익숙하여 자맥질로 수십 리라도 간다고 하는데, 혹 그런 사람을 알고 있소?"

설파는 가만히 생각하더니 대답하였다.

"널리 알아보면 있을까 하오이다."

"할멈! 형세가 몹시 급해서 때를 놓치면 헛일이니 지금 빨리 나가 찾아보오."

설파는 이 말을 듣고 이상해서 소저 얼굴을 빤히 쳐다보았다.

"아니, 규중처녀가 그런 사람을 구해서 무엇 하시려고 그러시옵니까? 저는 도무지 무슨 영문인지 알 수가 없소이다."

소저가 눈썹을 찡그리며 말하였다.

"할멈은 어서 빨리 사람을 구해 오오! 곡절은 나중에 들어요. 지체해서는 아니 되오. 어서요. 꼭 구해 오오."

설파가 일어나 나갈 적에 소저는 쫓아가며 오금을 박았다. 설파는 머리를 끄덕이고 바삐 나갔다.

얼마 안 지나 설파가 웬 여인네를 데리고 왔다.

"마침 남자로는 그런 사람이 없고 여자 한 사람을 만났는데, 오랫동안 강호에서 구슬 캐는 것으로 먹고살아 온 사람이라 물속으로 오륙십 리쯤은 쉽게 오가니 사람들이 물속 야차 손삼랑이라고들 부른다 하옵니다."

소저는 기이하게 여기며 어서 들이라고 일렀다.

유모가 곧 문밖에서 나이 든 여인네를 데리고 들어왔다.

여인은 키가 팔 척이나 되고, 머리카락은 노랗고 얼굴은 검으며 몸에서는 비린내가 확 끼쳤다.

윤 소저가 놀라며 물었다.

"그래 손삼랑이라고? 삼랑은 물속에서 얼마나 갈 수 있소?"

"제가 비록 늙었으나 지금도 물속을 평지같이 다닐 수 있소이다.

소싯적에 절강 어귀에 살며 구슬을 캘 적에는 물속에서 이시미 (이무기)를 만나 싸우며 삼십여 리를 쫓아가서 기어코 그놈을 잡아 어깨에 메고 나오다가 저녁 조수에 밀려서 다시 수십 리를 기어서야 물 밖으로 나온 적도 있소이다. 홑몸이라면 칠팔십 리는 갈 수 있고, 무엇을 가졌다 해도 수십 리는 갈 수 있소이다."

"내가 지금 그대 힘을 빌려야 할 일이 있으니 수고를 아끼지 마시게나."

"제힘을 빌리실 일이 있다면 말씀하소서. 마땅히 힘을 다하리다."

소저는 그 자리에서 백금 스무 냥을 주며 말하였다.

"얼마 되지는 않네만, 내 뜻이니 받아 두게. 일이 잘되면 더한 상을 주겠네."

삼랑은 좋기는 하나 많은 돈을 주는 것이 이상하여 다시 물었다.

"저를 무슨 일에 쓰려 하시옵니까?"

소저는 사람을 물리고 조용히 일렀다.

"오늘 전당호에서 두 고을 상공이 뱃놀이를 하실 것인데, 그 놀잇배에서 어떤 여자 하나가 물속에 몸을 던질 것이네. 삼랑은 미리 강가에서 기다리고 있다가 낌새가 보이거든 얼른 물 밑으로 들어가 그 여자를 구해서 물속으로 멀리 가서 뭍으로 나오시게. 만일 소주 사람 눈에 띄면 큰일 나니, 조심 또 조심하시게. 일을 해내면 상을 넉넉히 받을 뿐 아니라 사람을 살린 은인이 될 것이니 힘을 다해 주시게."

삼랑은 기꺼이 응낙하였다. 삼랑이 나갈 때 소저는 말이 새나가지 않도록 두 번 세 번 거듭 당부했다.

삼랑은 집에 들러 백금 스무 냥을 간직해 두고, 곧 전당호 물가로 나갔다. 온 한겻을 앉아서 뱃놀이를 지켜보고 있노라니 저물녘에 소주 기생들이 한 미인을 부축하여 일엽편주에 옮겨 태우는 것이 눈에 띄었다. 삼랑은 반드시 무슨 곡절이 있으리라 하고 물속에 뛰어들어 배 밑까지 기어가서 엎디어 있었다. 배 안 낌새를 엿보려고 가만히 얼굴을 물 밖으로 내미니 배 안에서 거문고 소리가 은은히 들려왔다.

삼랑이 귀를 기울여 가만히 듣고 있는 중에 갑자기 배 안이 소란스러워지더니 한 여인이 뱃머리에서 몸을 날려 물에 떨어졌다. 삼랑은 재빨리 물 밑으로 잠겨 들어 그 여인을 얼른 받아 업은 다음 쏜살같이 물속을 헤엄쳐 순식간에 멀리 벗어났다. 한참을 가서야, 등에 업힌 여자 목숨이 걱정되어 솟아올랐다.

마침 고깃배 한 척이 눈에 띄었다. 어부 두 사람이 배 위에서 낚싯대를 드리우고 노래를 부르며 이쪽으로 배를 몰아오고 있었다. 삼랑이 큰 소리로 외쳤다.

"여보시오, 사람 살리오!"

어부들이 노래를 그치더니 바삐 노를 저어 왔다. 삼랑은 여인을 업은 채로 무작정 배에 올라서 살살 내려놓았다. 손을 조심스럽게 놀려 여인을 눕히고 그제야 찬찬히 살펴보았다. 머리칼이 산산이 흐트러지고 얼굴은 푸른빛을 띠었다. 숨결이 가늘게조차 느껴지지 않으나 지금 당장은 어쩔 수가 없었다. 삼랑은 볕이 잘 드는 마른 곳을 가려 낭자를 옮겨 눕히고, 오직 살아나기만 기다렸다.

한 어부가 혀를 끌끌 차며 말하였다.

"원, 이런 변이 있나. 어쩌다가 이리되었소?"

홍랑의 얼굴만 들여다보던 삼랑은 고개를 들었다.

"나는 구슬 캐는 사람으로 마침 물에 빠져 죽는 이를 보고 서둘러 구하기는 하였으나 웬 여자고 무슨 일 때문에 그랬는지는 모른다오. 여기서 다행히 은인을 만났으니 살릴 수만 있다면 오죽이나 좋겠소."

"우리는 뱃사람들이라 강호에서 자라며 물에 빠진 사람을 여럿 보았으나, 이런 참상은 처음이구려. 헌데 이곳엔 인가가 없으니 어찌 하려오?"

다른 어부가 걱정스럽게 말했다.

"조금 기다려 보아 살아날 가망이 있으면 그때 다시 의논해 봅시다."

삼랑은 저 혼자 줄곧 여인이 먹은 물을 토하게 하고 입에다 숨을 불어 넣었다. 한참 뒤에야 찬 기운이 빠지는지 온기가 돌고 깨어나는 듯하였다. 낭자가 눈을 떴다. 그러고는 기운 없이 눈을 감았다 떴다 하며 삼랑을 쳐다보더니 들릴락 말락 하는 목 안 소리로 간신히 말하였다.

"할멈은 뉘시온데 죽은 목숨을 살리시오?"

삼랑은 어부들의 눈과 귀를 꺼려 가만히 낭자 귀에 대고 말하였다.

"우선 정신을 차린 뒤에 곡절은 차차 들으소서."

그러고는 어부들을 돌아보며 말하였다.

"날은 벌써 저물고, 인가는 없으니 어쩔 수가 없구려. 배 안에서 신세를 좀 져야겠소. 그런데 이 낭자는 연약한 규중처녀이고, 이제 금방 피어난 처지이니 그대로 두어서는 안 될 것 같소. 이렇게 한데서 찬 바람이며 찬 이슬을 줄곧 맞으면 목숨이 위태로울 수 있소. 이 배 안에 바람막이 할 것이 있으면 좋겠구려."

어부들은 머리를 끄덕이며 갈대로 엮은 뜸자리 몇 장으로 사방을 둘러막아 어설프게나마 거처를 만들고는 닻을 내려 배를 세워 놓았다.

삼랑은 두 어부가 잠들기를 기다려 낭자에게 물었다.

"항주 자사 댁 윤 소저를 아시옵니까?"

이젠 퍽 기운을 차린 홍랑은 그 말에 놀라 일어나 앉더니 윤 소저는 어떻게 알며, 어떻게 저를 구하였느냐고 되물었다.

이때야 삼랑은 윤 소저가 자기를 보내어 홍랑을 구하게 한 사실을 자세히 말하였다. 홍랑은 못내 감격하여 길게 한숨을 짓고 나서, 죽는 길을 택할 수밖에 없었던 사연을 대강 들려주었다.

삼랑은 깜짝 놀랐다.

"아, 그러면 아씨가 제일방 청루 홍랑이시오?"

"할멈이 어찌 나를 아는지요?"

홍랑도 또한 놀랐다.

삼랑은 그 말에는 대답도 않고 또 물었다.

"그러면 아씨 몸종이 연옥이가 아니오이까?"

"그렇다오."

삼랑은 매우 반가워하며 홍랑의 손을 덥석 잡았다.

"제가 바로 연옥이 이모이옵니다. 옥이가 늘 낭자의 지조와 인물을 자랑하기에 저도 흠모하는 마음이 간절하여 한번 보기를 원하였습지요. 허지만 이 늙은것이 사는 게 괴이하고 몰골이 너무 추한지라 다만 마음뿐으로 찾아보지를 못했더이다. 이제 우리가 막 다른 골목에서 만났으니 하늘의 뜻인가 하옵니다."

삼랑은 그리던 사람을 비로소 만난 듯 기쁜 얼굴이었다. 홍랑 또한 궁지에 빠진 때 뜻밖에도 가깝고 미더운 혈육이 찾아온 것처럼 삼랑을 보았다. 둘은 뜸 안에 나란히 누웠다.

달은 서쪽으로 기울고, 밤은 더욱 깊어 갔다. 뜸 밖에서는 두 어부가 수군거리고 있었다. 삼랑은 어쩐지 수상스러워서 뜸 바깥쪽으로 머리를 조금 내밀고 두 사람이 하는 수작을 엿들었다.

"분명히 알지 못하면서 경솔히 덤벼서는 안 되지."

"아니야, 이 사람, 내가 일찍이 생선 팔러 항주 청루를 지날 때 누각 위에 몹시 빼어난 미인이 앉아 있었는데 꼭 이 여자 같았다고. 지금 할망구가 하는 말을 듣고 보니 저 젊은 여자는 분명 항주 제일방 홍랑이야. 틀림없어, 틀림없단 말이지."

"그렇다면 좋아. 우리가 몇 해를 강호로 떠다니며 도적질로 살아오면서도 내내 홀아비라 부부 사이 정이 뭔지 모르는 것이 한이지. 강남 명기를 그저 놓아 보낼 수는 없지. 이 기회를 결코 놓칠 수 없으니 우리 둘이 힘을 합쳐 저 할망구를 죽여 버리세. 그러면 저 가냘픈 여자쯤이야 우리 차지가 아니겠나."

삼랑은 깜짝 놀라 굳어졌다가 홍랑이 누운 방향으로 돌아누워 홍랑 귀에 대고 속삭였다.

"겨우 위태한 고비를 넘기자 또 죽을 고비에 든 것 같사오이다. 오늘 밤, 한 배 안 사람이 적일 줄을 어찌 알았으리까."

"나는 이미 죽은 사람이오. 다시 사는 것을 하늘이 허락지 아니하니 할 수 없거니와 할멈이라도 어서 살길을 찾으시오."

홍랑도 겨우 가려들을 수 있게 귓속말을 하였다.

"내 비록 용맹은 없으나 한 놈은 당해 낼 수 있겠는데, 두 놈을 대적하기는 어려우니 이를 장차 어찌하리오."

홍랑이 잠깐 생각하더니 말하였다.

"나야 구차히 사는 것이 죽는 것보다 못하지만, 나 때문에 할멈이 화를 당해서는 안 되지요. 나한테 꾀가 있어요."

홍랑이 소곤소곤 일러 주는 말을 들은 삼랑은 곧 깊이 잠든 것처럼 코를 골기 시작했다. 그런지 얼마 안 되어 두 놈이 뜸을 와락 잡아 제꼈다.

이에 놀라 "악!" 소리를 지르며 벌떡 일어난 삼랑은 누가 볼 새도 없이 물에 뛰어들고, 홍랑은 일어나 앉았다. 두 놈은 삼랑이 자맥질하여 도망한 것으로 여기고는 안심하고 홍랑 앞에 쭈그리고 앉았다.

"네 목숨이 우리 손에 달렸으니 순순히 말을 들으면 살 것이고, 그렇지 않으면 죽으리라. 계집이 우리를 어찌 당하겠느냐?"

홍랑은 뱃머리에 나앉으면서 비웃으며 말하였다.

"나는 화류계에 놀아 수많은 남자를 겪어 본 바라 순순히 말을 듣고 말고가 있으리오마는 두 사람이 한 여자를 다투고 있으니 부끄러운 일 아니겠소? 누구든 한 사람이 나선다면 내 흔연히 몸을 허락하리다."

그 말에 나이 젊고 건장한 놈이 손에 작살을 틀어쥐고, 홍랑 앞으로 썩 나섰다.

"이 여자는 내 거야!"

그 말이 떨어지자마자 뒤에 섰던 놈이 어느새 작살로 그놈을 찔러 물속에 던졌다. 물속에 숨어 있던 삼랑은 어부 한 놈이 죽어 떨어지는 것을 보자, 그놈이 쥔 작살을 앗아 가지고 배 위로 뛰어올라 번개처럼 남은 한 놈을 찔러 물속에 던졌다.

이리하여 아슬아슬하게 죽을 고비를 넘긴 두 여인은 놀란 가슴을 눅잦히며 닻을 거두고 배를 저어 언덕을 찾아 나아갔다. 새벽 조수가 차츰 밀려들며 문득 모진 바람이 일어났다. 워낙 조그마한 쪽배가 돛을 달고 바람에 몰려 살같이 달리니, 홍랑은 정신이 혼미해져 배 안에 쓰러진 채 어디로 가는지도 모르고, 삼랑도 제아무리 물에 익숙하다 하나 배 부리는 법을 잘 몰라 배 가는 대로 맡겨 둘 수밖에 없었다. 날은 훤히 밝아 오고 바람은 더욱 거세어 하늘이 돌고 땅이 꺼지는 듯하는데 미친 파도가 겹겹이 산처럼 뒤번져서 배가 곤두박였다 솟구쳤다 가랑잎처럼 나부끼며 불려 나아간다. 삼랑도 정신을 차리지 못하여 홍랑을 안고 쓰러졌다.

한낮이 되자 바람이 차츰 자고 파도도 가라앉기 시작했다. 홍랑과 삼랑은 그제야 비로소 정신을 차려 사방을 살펴보았다. 눈앞은 아득한 바다일 뿐 끝이 보이지 않았다. 방향을 도무지 가늠할 수 없어 물결 따라 배 가는 대로 몸을 맡길 수밖에 없었다.

멀리 하늘과 바다가 맞붙은 곳에 산 모양이 어렴풋이 나타났다.

삼랑은 힘을 내어 그쪽으로 배를 몰아갔다. 쉼 없이 노를 저어 한나절을 가서야 비로소 뭍이 보였다.

배가 뭍에 가까이 이르자 빼곡한 갈대와 참대 숲 사이로 오막살이 두어 채가 아련히 보였다. 몹시도 반가워 노를 바삐 저어서 맞춤한 곳에 배를 대고 땅에 올라섰다.

둘은 갈대숲을 헤치며 어느 집으로 다가갔다. 문을 두드리자 검은 얼굴에 눈이 우묵한 사람이 안에서 나왔다. 그 사람은 입은 옷도 별나고 말씨도 괴이했다.

"웬 사람들인데 뉘 집을 찾는 게요?"

그 사람이 퉁명하게 물었다.

"우리는 강남 사람으로 폭풍에 불려 예까지 왔소이다. 대체 이곳은 어디인가요?"

삼랑이 되물으니 그 사람이 크게 놀랐다.

"이 바다는 남방 나타해이고, 나라 이름은 탈탈국이외다. 강남에서 여기까지 뭍길로는 삼만여 리이고, 물길로는 칠만여 리나 된다오."

삼랑이 주저주저하다가 간곡히 부탁했다.

"미안하오나 우리는 사나운 풍파를 만나 몇 번이고 죽을 고비를 넘긴 사람들이오이다. 낯선 고장에 불려 와서 갈 곳을 모르니 하룻밤 쉬어 가게 해 주시기를 바라옵니다."

주인은 두 여인을 가엾이 여겨 곧 방 한 칸을 내어서 두 사람을 들였다. 그 집은 지붕에 갈대 이엉을 얹었고, 벽은 돌로 쌓아 막았으며, 자리는 대로 엮었다. 이런 데서는 잠깐도 앉아 있기가 어려웠지만, 날이 벌써 저물어 다른 데로 갈 수도 없었다.

잠깐 앉아 있노라니 저녁상이 들어왔다. 밥은 나무 열매로 지은 것이고, 반찬이란 비린 고기와 씁쓸한 나물이어서 먹을 수가 없다. 그래도 삼랑은 좀 먹어 시장기를 면했으나 홍랑은 한 술도 들지 못하였다. 정신이 혼미해서 누워 있자니 습기 찬 방바닥은 끈끈하고, 풍겨 드는 바닷바람은 무더워서 도무지 잠들 수가 없었다.

홍랑이 돌아누우며 말하였다.

"할멈이 나 때문에 산 설고 물 설고 풍습도 맞지 않는 만 리 밖 머나먼 곳까지 표류해 와서 그사이에 죽을 고생도 많이 겪었거니와 장차 돌아갈 길이 막연하니 이런 딱할 데가 또 어디 있겠소. 나는 죽어도 한이 없으나 할멈은 살아 돌아갈 방도를 생각해야지요."

삼랑은 머리를 흔들고 얼굴에 처량한 빛을 띠었다.

"아씨는 왜 자꾸 그런 생각을 하시옵니까? 저는 평소에 아씨를 흠모하여 왔고, 지금도 아씨와 함께 생사고락을 같이하게 된 것을 오히려 기쁘게 여길 뿐이옵니다. 내가 어찌 아씨를 버리고 혼자 돌아가오리까? 이곳은 산이 높고 물이 맑아 반드시 도관이나 절간들도 있고 도사나 스님들이 있으리니 내일은 산을 톺아 들어가 보사이다."

이렇게 말을 주고받으며 가물거리는 등잔불 밑에서 밤을 지새웠다.

날이 밝자 삼랑이 주인더러 물었다.

"이곳에 혹 절간이나 도관이 없소?"

"이곳에 본디 도사나 중은 없고, 혹 산중에 처사는 있으나 떠다니는 구름 같아서 정처가 없소이다."

두 여인은 곧 주인과 작별하고, 짚신감발에 지팡이를 끌고서 산골 오솔길을 찾아 무작정 걸어 들어갔다.

오솔길은 얼마 안 가서 끊어지고 마침 앞에 바위가 보여 두 사람은 거기 앉아 잠깐 쉬기로 하였다. 어디선가 도란도란 흘러내리는 시냇물 소리가 들려왔다. 홍랑과 삼랑은 일어나서 물소리를 따라갔다. 한 줄기 맑은 시냇물이 높은 봉우리에서 흘러내리고 있었다. 둘은 시냇물 줄기를 따라 숲 속으로 들어갔다. 정가로운 샘 앞에 다다르자 홍랑은 손을 씻고 두 손으로 물을 움켜 마셨다. 샘물이 몸에 들어가자 가슴이 시원히 열린다.

"참 이상도 하오. 이 샘물 향기가 아주 좋은 걸 보니 반드시 무슨 까닭이 있을 것이오. 우리 이 시내를 따라 끝까지 올라가 보는 것이 어떨지요?"

삼랑도 샘물을 마셔 보고는 그 말이 옳다고 하였다.

둘은 곧 시냇물을 거슬러 올라가기 시작했다. 두어 마장쯤 더 가 둔덕에 올라서자 넓은 계곡이 나오고, 갖가지 빛깔의 기이한 꽃들이 활짝 피어 경치가 그지없이 아름다웠다. 또한 남쪽 고장의 무덥고 습한 기운이라고는 전혀 없어 정신이 맑아지고, 마음이 무척 상쾌해졌다.

"우리가 고국을 떠난 지 며칠 되지도 않았는데 무덥고 습한 남방 풍토에 숨이 막히고 기가 질려 도무지 살 것 같지 아니하더니, 오늘 여기 오니 갑자기 기분이 상쾌해 인간 세상이 아닌 신선 세계에 온 것만 같구려."

홍랑이 또 감탄하였다.

두 사람은 새로운 기분으로 얼마쯤 더 나아갔다. 시냇가 굽이진 곳에 이르니 너럭바위 위에서 동자 하나가 차를 달이는 모습이 보였다.

홍랑이 너럭바위 앞에 가서 동자를 보고 말을 걸었다.

"우리는 아름다운 산수에 이끌려 어디가 어딘지도 모르고 깊이 들어왔다가 길을 잃었단다. 인가로 가는 길을 가리켜 주면 고맙겠구나."

동자가 무엇인가 이상히 여기는 듯 한동안 홍랑의 얼굴만 쳐다보더니 웃으며 입을 열었다.

"이곳에는 본디 다른 길이 없어, 일찍이 세상 사람 발길이 미치지 못하였답니다. 그런데 어떤 분들이기에 여기까지 오셨는지요?"

홍랑이 미처 대답도 하기 전에, 백발이 성성하고 얼굴이 불그레한 도사가 얼굴 가득 다사로운 웃음을 띠고 대숲에서 걸어 나왔다. 그 도사는 신선 같은 풍채에 머리에는 갈건을 쓰고, 손에는 하얀 깃털 부채를 들었다. 홍랑은 노인 앞으로 나아가 인사를 하고 꿇어앉았다.

"도사님, 저희는 다른 나라 사람으로 바다에서 떠돌며 백번 죽다 남은 목숨이옵니다. 만 리 밖 땅에 들어서기는 하였으나 지금 갈 곳을 몰라 이처럼 헤매고 있사옵니다. 부디 저희가 살길을 알려 주소서."

두 여인을 익도록 보던 도사는 빙그레 웃더니 동자더러 길을 인도하라 하였다. 홍랑은 삼랑과 함께 동자를 따라 대숲 안쪽으로 들어갔다.

그곳에는 두어 칸짜리 초당이 정가롭게 서 있다. 초당 두리 숲 그늘에서는 백학 한 쌍이 졸고, 사슴 두어 마리가 뜰 가장자리에서 노닐고 있다. 평생 번잡한 큰 고을에서 살아온 홍랑은 이렇듯 맑고 아름다운 풍경을 마주하고는 정신이 새로워지고 몸마저 가벼워져 모든 시름이 말끔히 사라지는 것 같았다.

초당에 이르자 한발 먼저 들어선 도사가 부드러이 말하였다.

"이 산중 늙은이를 조금도 허물 말고 어서 방으로 들어오시오."

홍랑이 삼랑과 함께 공손히 인사하고 방 안으로 들어서자 도사가 조용히 말하였다.

"그대들을 보니 묻지 않고도 명나라 사람임을 알겠소이다. 여기는 다른 사람이 없어 조용하거니와 이 고장 풍습이 아직도 미개하여 다른 나라 사람이 어울리기 어려우니, 우선 내 집에 머물러 있다가 본국에 돌아갈 때를 기다리시오."

홍랑이 감격하여 공손히 사례한 다음 도사에게 호를 물었다. 그러니 도사가 웃으면서 말하였다.

"늙은것이 구름처럼 떠다니는 처지에 무슨 호가 있으리오만 사람들이 나더러 백운도사라 한다오."

홍랑과 삼랑은 그제야 마음이 놓였다.

한편, 윤 소저는 홍랑이 무사하기를 빌며 소식 오기만 초조히 기다렸다. 윤 자사는 날이 저물어서야 집에 돌아와, 기운 없이 침울한 낯으로 홍랑이 죽은 사연을 이야기했다. 소저는 가슴이 철렁하여 한동안 입도 열지 못하였으나, 곧 슬픔에 잠겨 흐느껴 울었다.

"아이고, 이 일을 어쩐담. 아버님, 그런 변이 어디 있겠사옵니까? 생사람을 죽였으니 그 죽음이 불쌍하고 원통할 뿐 아니라 홍랑이 참으로 아깝나이다."

소저는 그래도 한 가닥 희망을 놓지 않고, 삼랑이라도 돌아와 좋은 소식을 알려 줄까 하여 하루하루를 간절한 마음으로 기다렸다.

어느 날 자사가 들어와 소저에게 말하였다.

"애야, 암만 생각해 봐도 모를 일이다. 홍랑 생김새며 인품을 보면 그렇게 속절없이 물에 빠져 죽을 리가 있겠느냐? 도무지 믿어지지가 않는구나."

소저는 이젠 정말 죽었는가 하는 생각에 다시금 가슴이 철렁했다.

"아버님, 그럼 홍랑 시체는 건져 냈사옵니까?"

자사는 괴로운 듯 눈을 꾹 감았다 떴다. 말소리가 더욱 침통하게 울렸다.

"오늘 절강 어귀를 지키던 사공 말이 강가에 조수가 밀려 나가는 언저리에 시체 둘이 나타났는데, 모래와 돌에 긁히고 상해서 남녀노소를 분간할 수도 없고, 또 그조차 이내 조수에 밀려 나갔으니 간 곳을 모른다 하더구나. 그러니 아마도 그중 하나는 홍랑 시체일 게다."

자사가 못내 안타까워하였다. 소저는 소저대로 찢어지는 가슴을 달랠 길이 없었다.

연옥 또한 홍랑이 죽었다는 소식을 듣고 발을 동동 구르며 통곡하다가 관아로 달려가서 윤 자사에게 호소하였다.

"저는 이번에 비명에 간 강남홍을 모시는 몸종 연옥이로소이다. 우리 아씨 홍랑도 부모 친척이 없사옵고, 저도 부모 친척이 없사와 둘 다 외로운 신세로 서로 의지하며 친형제나 다름 없사옵더니, 뜻밖에도 아씨가 강에 빠져 물속 귀신이 되고, 그 시신마저 거둘 수 없이 되었사오니 부디 관가 힘을 빌리어 남은 몸이라도 찾아 묻게 하여 주시옵소서."

윤 자사는 이 애절한 뜻을 가엾이 여겨 곧 관가 배 수십 척을 움직여 시체를 찾게 하였다. 배들이 강을 샅샅이 훑고 연옥도 열흘 넘도록 울며 강물 속을 두루 더듬었으나 아무런 흔적도 찾아낼 수 없었다.

하릴없이 집에 돌아온 연옥이 제사 준비를 갖춰서는, 강에 나가 홍랑의 혼을 부르고 홍랑이 생전에 입던 옷이며 패물들을 강물에 던지며 하늘을 우러러 통곡하니 지나가는 길손들과 사공들치고 눈물 흘리지 않는 사람이 없었다.

초혼제를 마친 뒤 적막한 풍월루엔 티끌만 어지럽고 쓸쓸한 문 앞에는 풀만 우거져 전날 풍류 넘치던 자취를 찾을 길 없었다. 연옥은 문을 닫아걸고 홀로 빈방을 지켜 밤낮으로 울며 서울 간 창두가 돌아오기만 기다릴 뿐이었다.

이즈음 객관에 홀로 머물러 있는 양창곡은 시간이 갈수록 홍랑이 그립고 외로운 회포가 날로 더하였다. 지루하게 하루하루를 보내면서 오직 과거 날을 손꼽아 기다렸다. 바로 그때 변방에서 난리가 일어났다는 급보가 조정에 들이닥쳤다. 과거 날짜를 뒤로 미룬다는 방도 나붙었다. 또다시 두어 달을 기다려야 했다.

창곡은 부모 생각, 홍랑 생각으로 밤마다 잠을 이루지 못하였다. 어느 날 창곡이 책상에 기대어 혼곤히 잠이 들었다.

드넓은 강에 어인 일인지 연꽃이 한창이다. 꽃이 하도 곱고 향기로워 가지 하나를 꺾으려 하자 문득 거센 바람이 일어나고 성난 물결이 기승을 부린다. 연약한 연꽃 가지는 거센 바람에 위태롭게 휘고 흔들리며 바르르 떤다. 아차, 끝내 꽃가지가 꺾여 날아가니, 연꽃이 그만 강물로 떨어졌다. 소스라쳐 놀라 깨니 한바탕 꿈이다. 창곡은 무언가 상서롭지 못한 조짐을 느꼈다.

며칠 뒤에 항주에서 창두가 올라와 홍랑이 보낸 편지를 전하였다. 바삐 떼어 보니 사연은 이러하였다.

저 강남홍은 어려서는 부모 가르침을 받아 보지 못하고, 자라서는 청루에 몸을 의탁하였으니 세상에서 가장 천한 신세이온지라 군자라면 그 뉘라서 돌아보오리까? 허나 외람하게도 오직 일편단심은 한번 지기를 만나 세상 사람들이 알아보지 못하는 형산의 고운 옥이 지닌 가치를 말하고, 영문郢門의 '백설곡白雪曲' 같은 고상한 노래에 화답하여 평생소원을 이루려 하였더이다. 그런 중에 공자를 만나 흉금이 서로 비쳐 통하고, 제 마음에서 솟구치는 사모의 정을 받아 주시어 곁에서 모심을 허락하시니 한없는 감격으로 몸 바치기를 기약하였더이다. 이때 군자 말씀은 금석같이 굳고, 제 소원은 바다같이 깊었사옵니다.

하지만 세상일에는 야속하게도 헤살이 많아 방탕한 소주 자사가 이 몸을 창기라 업신여겨 노리개로 삼고자 재물로 달래고 권세로 눌러 압강정에서 일어난 풍파가 다시 전당호에서도 이어지게 되었사옵니다. 오월 오일 단옷날 자사가 뱃놀이를 미끼로 한낱 천기를 낚으려 하오니 실낱같이 가냘픈 목숨이 조롱 속 새요, 그물 안 고기로 되온지라, 마땅히 푸른 물에 몸을 던져 옛사람을 좇으려 하옵니다. 허나 망부산 꼭대기에서 기다리던 사람을 보지 못하니 이 어찌 한이 아니오리까. 물고기 배 속에 부친 외로운 넋은 비록 세상 영욕을 잊을 수 있을지언정 흘러내리는 차디찬 강물에 남은 한이야 그 어이 씻길 길이 있사오리까.

바라옵건대 공자께서는 저를 생각지 마시고, 과거에 오르신 뒤 영화롭게 고향으로 돌아가시는 날 행여 옛정을 그리며 종이돈 한 꿰미로 강 위 외로운 넋이나 불러 주소서. 제가 죽은 뒤 아무것도 모른다면 말할 바 아니거니와 조금이라도 넋이 남아 있다면, 저승에라도 하소연하여 이승에서 못다 한 인연을 다시 이어 볼까 하옵나이다.

은자 백 냥을 보내오니 노자에 보태 쓰시고 이승을 영원히 떠나가는 제가 저승에 가서도 차마 못 잊는 구구한 회포를 덜어 주소서. 붓을 드니 억이 막혀 살아 이별 죽어 이별, 한없는 정을 다 쓰지 못하옵니다.

편지 글줄을 따라 읽어 내려가던 창곡은 깜짝 놀라 머리를 쳐들었다.

"홍랑아, 네가 죽는다니 웬 말이냐?"

울음 섞인 목소리가 한없이 비통하게 울렸다. 창곡은 눈물을 걷잡지 못하여 편지를 보고 또 보며 취한 듯 미친 듯 어쩔 줄 몰라 하였다. 창곡은 한참 만에야 정신을 수습하고 창두를 쳐다보면서 물었다.

"네 언제 집을 떠났느냐?"

"초나흗날 떠났사옵니다."

창두도 울먹이는 소리로 대답하였다.

"소주 자사가 어느 날 항주로 온다더냐?"

"초닷샛날 전당호에 와서 뱃놀이를 한다고 야단이었사옵니다."

"아아, 홍랑은 벌써 죽었겠구나."

창곡이 기가 막혀 책상 위에 덜컥 엎디어 흐느껴 울었다. 한참 지나 마음을 가라앉히고는 곰곰이 생각해 보았다. 홍랑은 절대가인으로 인품 또한 출중하나 처지가 미천하여 기구한 운명에 시련을 맞지 않을 수 없을 것이다. 홍랑은 올맵고 협기가 있어 꺾일지언정 권세에 굽히지 않을 것이니 죽음을 택하기가 십상이다. 하지만 명랑하고 아름다운 기상이며 얼굴로 보아 설마 물속 외로운 넋으로 되었으리라고는 정녕 믿고 싶지 않다. 창곡은 편지에 쓰인 사연도 창두가 하는 말도 죄다 꿈같기만 하였다.

창곡은 불길한 꿈을 털어 버리려는 듯 머리를 세차게 흔들고는 종이를 꺼내어 놓고 회답을 쓰기 시작하였다. 허나 몇 줄도 쓰지 못하고 붓을 던지며 탄식했다.

"홍랑은 죽었으리라. 아, 정말로 죽었으리라. 내가 압강정 시에
'원앙새 나래 펴면 꽃떨기 상할세라.' 한 게 과연 불길할 징조였
구나. 또 연로정에서 이별할 때 세상만사가 다 마음대로 되는 것
이 아니라고 한탄한 것도 불길함을 예언한 것이 아니던가. 그렇
다면 답장을 써 보낸들 볼 사람이 그 누구랴!

아아, 이 심정을 누구에게 말하며 창두를 차마 어이 그냥 보내
랴!"

혼자 속으로 말을 주고받던 창곡은 다시 붓을 집어 들었다.

홍랑아, 이 어찌 나를 속이는 것이 아니더냐. 만남은 어이 그리도
기이하며, 떠남은 어이 그리도 덧없던고. 정답기 어이 그리 살뜰하
며, 버리기는 어이 그리도 무심한고? 사랑할 때는 어이 그리 깊으
며, 잊을 땐 어이 그리 쉽단 말인고? 만일 나를 속이는 것이 아니라
면 이 어찌 꿈이 아니랴? 네 명랑한 기상이며 영특한 생김새로 어찌
적막한 강에 외로운 넋이 되느냐? 총명한 자질이며 슬기로운 성품
으로 설마 쓸쓸한 저승길에 참혹한 귀신이 되랴!

홍랑아, 이게 꿈이냐 생시냐? 네 글을 보고 창두 말을 들으면 생
시라 하겠으나, 네 얼굴을 그려 보고 네 모양을 생각하면 그럴 리가
없으리니 꿈인가 생시인가 누구더러 물어보며 누가 분간하랴!

사람으로 지기知己를 소중히 여김은 생사고락을 같이하기 때문
이라. 지금 남북 천 리에 생사를 모르니 이는 내가 너를 저버림이
고, 잠깐 협기로 백년가약을 검불처럼 잊으니 이는 네가 나를 저버

림이 아니고 무엇이랴.

내 오늘 피눈물로 두어 줄 글월을 써서 부치노니, 홍랑아 네 능히 죽지 않고 살아 이 글을 볼 수만 있다면…….

창곡은 편지를 접어서 창두더러 주며 바삐 돌아가 다시 소식을 알아보라고 신신당부하였다. 이에 창두는 눈물을 뿌려 하직을 아뢰고 떠나갔다.

이때 연옥은 주인 없는 빈집에서 낮이면 눈물로 해를 보내고 밤이면 외로운 등잔불만 마주하여 잠을 이루지 못하는 적이 많았다. 창두가 돌아오기를 고대하였으나 그 또한 아득히 소식이 없다.

어느 날 연옥은 몹시 심란하여 문 앞에 나와 큰길 쪽을 멍하니 바라보고 있었다. 교방 앞 길가에는 수레며 말들이 쭉 매여 있고, 청루마다 거문고와 피리 소리 여전히 질탕하다. 오직 제일방 문 앞만 쓸쓸하였다. 우물가 복사나무는 꽃이 지고 열매가 맺혔건만 사람 자취 끊어져 까막까치만 우짖는가 싶었다. 연옥은 설움에 겨워 저물어 가는 석양에 목 놓아 울었다.

바로 이때 서울 갔던 창두가 바삐 들어섰다. 연옥은 창두를 보자 더욱 설움에 겨워 그만 땅에 엎어져서 혼절하였다. 창두는 비로소 양 공자가 하던 말이 생각나 울음을 터뜨리며 연옥을 일으켜 앉히고 그동안에 일이 어찌 되었나 물었다. 연옥은 목이 메어 간신히 그동안의 형편을 이야기하였다. 그 말을 다 들은 창두는 품에서 편지 한 장을 꺼내 놓고,

"우리 아씨는 평생에 다른 지기는 없고, 오직 양 공자 한 분뿐이

었거늘 내 어찌 이 편지를 놓고 아씨 넋을 위로치 않으랴."
하니, 그 말에 울음이 젖어 있었다.

연옥과 창두는 초를 켜고 향탁 위에 편지를 놓은 다음 절을 하며
목 놓아 통곡하였다. 그런 뒤에 편지를 깊이 간직하였다.

윤 소저는 홍랑이 원통하게 죽은 것을 불쌍히 여기는 한편, 연옥
과 창두가 의탁할 곳이 없음을 생각하여 아버지 윤 자사에게 말하
여 그들을 집으로 불렀다.

이 무렵 조정에서는 윤 자사를 병부 상서로 불러올렸다. 윤 공 일
가가 서울로 올라가게 되자 연옥과 창두도 따라가기를 바라는지라
윤 공과 소저는 이를 승낙하였다.

연옥과 창두는 곧 집에 가서 행장을 꾸려 가지고 소저를 모시고
서울로 갔다.

서울에 머물던 창곡이 홍랑 소식을 알아보려고 동자를 항주로 보
내려던 참에, 항주 창두가 연옥과 함께 들어섰다. 연옥은 파리한 얼
굴과 처량한 기색으로 댓돌 밑에서 양 공자를 쳐다보고는 소매로
얼굴을 가리며 목메어 흐느꼈다. 창곡도 흐르는 눈물을 가누지 못
하며 나직이 말하였다.

"네 모양을 보니 그동안 상전벽해 같은 참변이 있었음은 묻지 않
아도 알 수 있구나. 내 구태여 물어서 무엇 하랴만 전후사연을 대
강 듣고 싶구나."

연옥이 더욱 서러워 목멘 소리로 그동안 일을 이야기하였다. 홍
랑이 공자와 이별하고는 병이라 하며 문을 닫아걸고 누구와도 만
나지 않다가 윤 소저를 사귀어 지기로 지낸 일이며, 황 자사가 꾸민

음흉한 강박을 못 이겨 전당호에 몸을 던져 죽은 사연하며 시체마저 건지지 못한 것까지 낱낱이 고하였다.

창곡은 천지가 아득해지는 듯하여 눈물을 흘리며 탄식했다.

"그게 참말이냐? 그래 홍랑이 아주 죽었단 말이냐? 아아, 불행할손. 내가 홍랑을 죽였구나."

한동안 애달픈 마음을 가누지 못하던 창곡이 갑자기 생각난 듯 연옥을 돌아보았다.

"그런데 너는 어떻게 여길 왔느냐?"

연옥은 울음을 그치고 공손히 머리를 숙였다.

"이번 윤 사또께서 병부 상서로 오르시어 윤 소저께서 의지가지 없이 된 저희들을 불쌍히 여기어 데려오셨나이다."

창곡은 윤 소저가 규중처녀로서 이렇듯 신의를 저버리지 않으니 홍랑이 사람 보는 눈이 밝다고 감탄하였다. 그러고는 연옥과 창두를 보고 말하였다.

"내 어찌 주인이 없다 하여 너희들을 저버릴 수 있으랴마는 아직 너희들을 거두어 줄 힘이 없구나. 우선 윤 소저한테 의탁하여 때가 오기를 기다려 다오."

연옥과 창두는 울면서 절하고 돌아갔다.

하늘소 타고 오던 길, 살진 말 타고 돌아간다

어느덧 몇 달이 지나갔다. 그동안 변방에 일어난 난리가 평정되어 나라에서는 다시 온 나라 선비들을 불러 과거를 보였다.

천자가 친히 연영전延英殿에 나앉아 책문策問으로 물으시니 이러하였다.

예부터 나라를 다스리는 방도가 시대마다 같지 않으며, 시책도 반드시 차례가 있었다. 그러면 하, 은, 주 삼대 이전에는 어떤 방도로 다스렸기에 천하 사람이 다 태평함을 노래하였으며 한, 당 이후는 또 어찌하였기에 천하가 어지러웠던고? 짐이 새로 왕위에 올라 자그마한 몸으로 만백성이 우러르는 어버이가 되었으나, 밤낮 근심하고 걱정할 뿐 장차 천하를 다스려 나갈 뚜렷한 방도를 찾지 못하였노라. 오늘 모인 선비들은 평상시에 글을 많이 읽어 고금 사적들을 알 터이니, 오늘의 실정에 쓸 방도며 대책을 연구함이 분명 깊을 것이라. 저마다 품은 바를 숨기거나 꺼리지 말고 바른말로 극진히 간하여 짐이 지닌 허물을 씻게 하라.

양창곡이 댓돌 아래 엎드려 잠깐 동안 다음과 같이 써내었다.

신이 듣건대 임금이 천하를 다스리는 방도는 마땅히 하늘을 따를 뿐이옵니다. 《주역》에는 "바람과 비로 윤택하게 하고 우레와 번개로 북돋워 준다." 하였으며, 또 "네 계절이 순환하며 만물이 성장한다." 하였사옵니다. 하늘이 만물의 변화를 움직이되, 그저 바람과 비로 그를 윤택하게 하는 덕을 베풀 뿐 아니라 반드시 우레와 벼락으로 호령하여 깨우치고 격려하는 위엄을 보이나니, 이리하여 네 계절이 잘 순환하여 막힘이 없고, 따라서 만물이 생장하고 발전하옵니다.

그러므로 봄과 여름에 만물이 나서 자라게 하고, 가을과 겨울에는 시들고 마르게 함은 우주 기운을 열었다가는 닫고, 닫았다가는 열어, 거기서 끊임없는 창조와 변화 발전을 이루어 나가는 것이옵니다. 옛적 성군들은 능히 이 법칙을 따랐으므로 자애로운 덕화와 어진 정사가 봄과 여름을 본받고, 엄숙한 법과 명철한 벌은 가을과 겨울을 본떠서 당겼다 늦추었다 하며 살리기도 죽이기도 하며, 명확한 정책과 단호한 시행이 있었나이다. 이로 말미암아 도덕 교양이 이루어지고, 지시 명령이 바른길로 가고, 민생을 위한 혜택과 정사가 나오고, 기강과 풍속이 서게 되었나이다. 만일 어진 덕으로 백성들을 아껴 돌보지 않고, 엄한 법으로 징계하고 격려하지 않는다면, 이는 네 계절 변화가 없는 것과 같으니 네 계절이 없다면 만물이 어찌 나서 자라며 어찌 변화 발전하오리까.

옛사람들은 나라를 사람 몸에 견주었나이다. 임금은 마음이요, 신하는 손발이라. 평소 아무 일이 없을 때는 마음이 안일하고 손발 움직임도 느슨해지고, 갑자기 환란을 당했을 때는 마음이 긴장되며 손발이 민첩해지니, 이로 보건대 천하만사가 나태한 데서 엉클어지고, 긴장 속에서 혁신을 가져오게 되옵니다. 그러므로 옛날 성군들은 위로는 하늘의 이치를 따르고, 아래로는 사람의 일을 살펴 나태함을 경계하고 혁신을 생각하였나이다.

지금 폐하께서 그 방도를 들으려 하시고, 또 오늘의 시책으로 먼저 할 것과 뒤에 할 것, 급한 것과 급하지 않는 것을 물으시니, 폐하께서 묻는 뜻이 참으로 거룩하시옵니다. 나라를 다스리는 방도에 있어서 급하고 급하지 않는 것을 가리지 못하면, 신하가 하는 충성스러운 말이며 현명한 방책도 쓸모없이 버려질 것이고, 또 먼저 할 일과 뒤에 할 일을 엇바꾸면 계획과 성과가 서로 어긋나 효과를 거두지 못할 것이옵니다. 그러므로 요순 시절의 정사를 역대 임금들이 다 흠모하면서도 이루지 못함은 바로 일의 선후와 완급을 가리지 못하기 때문이옵니다.

신이 생각건대, 오늘 조정이 무엇보다 먼저 해야 할 일은 기강을 세우는 일이오니, 옛일을 가지고 아뢰겠사옵니다. 요순시절까지는 덕으로 가르치고, 하은夏殷 뒤로는 공적으로 다스리니 이를 왕도 정치라 이르며, 진秦나라는 힘으로 일어나 힘으로 지키니 이를 패도霸道 정치라 이르며, 한漢나라는 지혜로 나라를 창건하고 지혜로 지키니 이는 이른바 왕도와 패도를 아울러 쓴 것이옵니다. 그 뒤 진 쯤과 당唐에 와서는 부화한 겉치레에 빠지고, 송나라 때에 와서는 명예와 지위를 중하게 여기는 것이 탈이어서 흔히 왕도에 쏠리기도 하고 패도에 쏠리기도 하며 갈팡질팡하여 성공과 실패가 반반이었 나이다.

요순 이전은 풍속이 순박하여 덕으로 가르치고, 하은 뒤로는 문화가 발전하기 시작하였으므로 공적으로 다스렸으며, 전국 시대 이래 진나라에 이르기까지는 기풍이 몹시 사나워졌는지라 힘으로 일어나고, 한, 당, 송 뒤로는 기풍이 쇠약하여 순진함과 간사함이 반반이므로 왕도와 패도를 실정에 맞게 그때그때 써서 다스리게 되었 나이다. 왕도는 일어남이 더디므로 누림이 오래가고, 패도는 일어남이 빠르므로 패망이 급하며, 왕도는 끝내 무능과 무지에 떨어질 수 있고, 패도는 끝내는 기만과 혼란에 빠지게 되오니, 이는 어제와 오늘이 같지 않고 정치가 나아가는 길이 달라지기 때문이옵니다.

왕도는 원칙이요 패도는 방편이니, 원칙과 방편을 현실에 잘 적용하면, 이 또한 성인이 가는 길이옵니다. 신이 생각건대, 왕도와 패도를 아울러 적용함이 후세에 와서는 바꿀 수 없는 법칙이옵니다. 허나 실정과는 아주 동떨어진 괴이한 논의가 요사이 머리를 쳐들어 말로는 패도를 배척하고 왕도를 행한다고 내걸지마는, 잘 들어 보면 요순 정치에 가까운 듯하나 본질을 따져 보면 당송 정책에도 미치지 못하옵니다. 낡아 빠진 사람은 인재 타령으로 흰소리만 치고 있으며, 지혜로운 자는 꾀만 자랑하옵니다.

조정으로 말하면, 직책과 체모가 중하다 하여 치밀히 검토해야 할 실무는 아랑곳도 하지 않고, 태평성대라고 노래하며 안일을 일삼을 뿐 원대한 계획이란 없나이다. 대신들로 말하면, 옳고 그름과 충직과 반역을 알고 있으면서도 눈치만 보아 말과 태도를 명확히 못 해서, 벼슬이 오르고 내리고 나아가고 물러남을 오직 전례대로 따를 뿐이라 하며, 말할 때인지 들을 때인지 모르고들 있으니 아무런 주견을 찾아볼 수 없나이다. 자사나 수령으로 말하면, 오직 벼슬 품계만 따지고 인재가 현명한지 어리석은지 묻지 않고, 봉록이 많은가 적은가에만 관심이 있을 뿐 백성들 형편은 예사로 보옵니다.

선비로 말하면, 힘써 글 읽는 것을 비웃고 요행으로 벼슬자리나 얻기 바랄 뿐이고, 옹졸한 자는 오막살이에서 가난에 쪼들려 기개를 잃고, 과격한 자는 자포자기하여 울분을 터뜨리고 있사옵니다. 풍속으로 말하면, 윤리가 무너지고 염치는 없어져 사치를 좋아하고 가난을 한탄할 뿐 아침에 저녁 일을 생각지 않는 형편이라 앞날을 내다보지 못하옵니다.

변방 형편으로 말하면, 사방에 낙후된 종족들이 조정이 베푸는 덕화를 모르니 그들이 움직이는 향방이 걱정스러운데, 오랫동안 태평 시절에 물젖은 장군들과 병사들이 평상시 그들을 어루만져 품을 줄도 모르면서 방비마저 소홀히 하옵니다. 재정 정책으로 말하면, 항간에는 가렴주구를 원망하는 소리가 끊이지 않고, 나라에는 일용할 재정이 모자라고 곳간이 비었나이다.

폐하께옵서는 비록 거룩하심과 슬기로움을 지녔사오나 궁중에 깊이 계시오니 어진 신하들이 충성으로 받들지 않는다면, 어찌 천하가 편안한지 위태로운지 아시리까? 곁에서 모시는 신하들이 사방에서 나는 풍부한 물자를 앞 다투어 바치며 임금의 존귀하심만 내세워 화려한 궁궐에서 포근한 방석에 앉아 편안하심만 돕기 급급할 뿐, 만백성 위에 위엄스레 군림하시는 길이 몹시 어려우심에 관해서는 진정으로 간하는 이가 없사옵니다. 궁궐 안에 새벽 물시계 소리가 잦아들 때까지 잠을 이루지 못하시면서 백성을 생각하시고 나라를 근심하시나, 어제도 오늘도 그날이 그날 같아 별로 새로운 계획과 시책이 없지 않사옵니까? 이는 곁에서 모시고 있는 신하들이 임금을 도와 밝음과 덕을 떨치도록 하지 못하기 때문이옵니다.

아, 천하 만민의 행불행이 오직 폐하께 달렸거늘 어찌 마음을 느슨하게 가지시어 용단을 내리지 않을 수 있겠사옵니까.

《서경》에 쓰기를, "오직 임금만이 벌을 줄 수도 있고 상을 줄 수도 있다."고 하였으니 죄를 주는 것과 상을 주는 것은 임금의 처분이요, 나라를 다스리는 법이옵니다. 법을 틀어쥐고 기율을 세운 다음에야 법령이 시행되고 교화가 이루어지나니 이를 기강이라 하옵니다. 옛사람들이 기강을 그물에 비긴 것은 그물을 들면 모든 그물코가 따라 움직이기 때문이옵니다.

폐하께서 천하를 잘 다스리려 하실진대 먼저 조정 기강을 세우실 것이오며, 만백성을 잘 교화하고자 하실진대 먼저 임금으로서 법도를 잃지 마소서. 예컨대, 장수가 백만 군대를 거느리고 전장에 나가 적과 마주하였을 때, 반드시 상과 벌을 자신이 주장하며 병권을 틀어쥐어 전군, 중군, 후군 곧 삼군을 모두 장악하여야만 공을 이룰 수 있는 것이옵니다. 지금 폐하께서 억조창생을 거느리고 천하를 다스리려 하시면서 죽이고 살리는 권한과 깨우치고 격려하는 위업을 밝히지 못하시므로 일이 마음과 서로 어긋나며 생각과 서로 멀어지오니, 이러시고야 기강을 어떻게 세우시며, 풍속을 어떻게 고치시고, 관리들을 어떻게 다스리시며, 폐단을 어떻게 고쳐 내시리까.

엎드려 생각하옵건대 우리 태조 황제께옵서 나라를 세우신 뒤 폐하께 이르기까지, 오랫동안 나라가 태평하며 모든 신하들이며 관료들이 다 옛일만 고수하고 전례만을 답습하여 자연 마음이 안일하고 생각이 나태해졌사오니 이는 당연한 결과이옵니다.

비유하자면, 큰 집을 지을 때 뒷산에서는 돌을 옮겨 오고, 앞산에서는 나무를 베어다가 설계에 마음을 쓰고 건축에 힘을 기울여, 마침내 완성을 보게 된 뒤에야 이를 근거로 생활이 편안히 뿌리내리는 법이옵니다. 허나 후대 자손들이 이 집을 물려받아 다만 편안함만 알 뿐 집 짓는 수고가 어떠하였는지 알지 못하여, 담이 무너지고 용마루가 꺾여도 처음에는 근심만 하고 나중에는 한탄만 하다가 결국 집이 무너지게 되는 경우도 있나이다. 자손이 만일 아버지나 할아버지가 지닌 마음을 만분의 일이라도 가지고 집을 살피고 고치고 매만졌더라면, 어찌 이 지경에 이르오리까.

지금 '천하'라는 큰 집이 낡았는데도 폐하께옵서 무너지거나 쓰러질 걱정을 아니 하신다면, 신하로서 감히 말씀드릴 바 아니옵거니와, 폐하께옵서 지금 마치 살얼음판을 걷듯이 조심스럽고 걱정이 되셔서 선비들을 부르시와 그중에 더러 채택할 만한 정견이 하나라도 나올까 물으시니, 신이 어찌 틀을 차리기에만 급급하여 전례만을 좇아 실속 없는 답변을 드리오리까? 물론 자질구레한 조목이며 시급한 정책은 짧은 붓과 좁은 종이에 갑작스럽게 다 적을 수 없사오나, 혹 신이 올리는 말씀이 그르지 않다고 믿으시면 다시 천장각 天章閣을 여시고 붓과 종이를 내리사, 제가 가슴에 품고 있는 생각을 다 펼 기회를 주신다면 감히 사양치 않겠사옵니다.

많은 선비들이 낸 글을 보아 나가던 임금은 내용이 대체로 비슷하여 별로 볼만한 것이 없으므로 낯빛이 좋지 않더니 창곡이 쓴 글을 보자 크게 기뻐하면서,

"장하도다. 이 글을 올린 선비는 과연 한나라 충신 가의賈誼와 당나라 충신 육지陸贄에 비기리로다. 짐이 오늘에야 나라의 기둥이 될 인재를 얻었도다."

하고는, 일등을 매기고 이름을 부르라 명하였다.

임금이 양창곡이 쓴 글을 크게 칭찬하고, 일등으로 뽑아 놓으니 먼저 각로 황의병黃義炳이 나서며 임금께 아뢰었다. 소주 자사 황여옥의 아비 되는 이다.

"창곡은 아직 어린아이에 지나지 않으니 제 어찌 정책을 논할 수 있사오리까? 다시 폐하 앞에서 칠보시를 짓게 하여 재주를 한 번 더 시험함이 좋을까 하옵니다."

황 각로가 말을 끝내기 바쁘게 또 한 재상이 일어나서 아뢰었다.

"창곡은 어린 소년으로서 오늘날 나랏일을 알지도 못하면서, 폐하게 아뢰는 글에 가벼이 떠든 말이 몹시 많사오니 낙제케 하심이 옳을까 하옵니다.

옛 성인 말씀에, '요순의 도가 아니면 임금께 아뢰지 말라.' 하였사온데 이제 창곡은 패도를 임금께 권하니 이것이 첫째로 옳지 못하옵고, 상과 벌을 말한 것은 신하를 경계한 것이온데, 지금 창곡은 도리어 임금을 경계하는 말로 그릇 간하니 이것이 둘째로 옳지 아니하옵니다. 원컨대 폐하께옵서는 창곡을 과거 급제자에서 제명하시와 천하 선비들에게 임금께 고하는 글과 말을 부디 삼가게 하소서."

참지정사 노균盧均이었다. 노균은 당나라 때 사람인 노기盧杞의 후손으로 천성이 간사하고 교활하였다. 총명과 잔재주로 임금께 아첨하고, 말솜씨와 위세로 조정을 제압하며, 소인을 가까이하고 군자를 시기하여 조정 기풍을 흐려 놓은 지 벌써 오래다. 허나 나이도 많고, 지난 일을 많이 알고 있으며, 또 원로대신이라 하여 새로 즉위한 천자에게 대접을 받고 있는 터이다. 이날 노균은 창곡이 문장과 정견이 뛰어난 데 놀라고, 또 천자가 크게 칭찬하는 것을 보고 언짢아서 이렇게 아뢴 것이다.

천자가 둘의 말을 듣고 속으로 달갑지 않던 차에, 한 젊은 재상이 나섰다.

"신이 듣자오니 당나라 왕발王勃은 아홉 살에 문장으로 이름이 났고, 송나라 구준寇準은 열아홉에 과거에 급제하여 재주와 정견으로 조정을 놀랬으니, 예부터 재주와 학문은 나이가 많고 적음으로 논할 바 아니옵니다. 하오니 각로 말씀이 옳지 못하오며, 또 폐하께옵서 지금 천하 선비를 부르시사 알맞은 정책을 물으시니, 나라와 백성을 생각하는 선비가 충성을 다하여 제가 품은 바를 죄다 아뢰는 것이 당연하옵거늘, 각로는 지금 그것을 막고자 하오니 몹시 안타깝사옵니다. 또 나라를 다스리는 길은 시대에 맞게 달라야 할 것이오니 어찌 '곧은 길'과 '굽은 길' 둘 다를 알맞게 고려하지 않사오리까. 또 참지정사가 고루한 말씀으로 창곡을 억눌러 과거장에 처음 나온 선비의 기개를 꺾으려 하오나 이는 선비를 격려하는 도리가 아니오며, 또 옛글을 따와서 지금 사람의 말문을 막고자 하오니 이는 옳은 말씀이 아니옵니다.

신이 생각건대 창곡이 쓴 문장은 옛날 그 누구에게도 견줄 바 없으므로 이는 과연 하늘이 좋은 인재를 폐하께 보내심인가 하옵니다."

뭇사람들 시선이 모두 그 젊은 재상에게로 집중되니, 바로 부마 도위로 진왕이 된 화진花珍이었다. 화진은 개국 공신 화운花雲의 증손자로 나이 스물에 벌써 군사와 정치에 밝고 기개 또한 호방하니, 지금 천자의 매부이며 일찍이 토번을 평정한 공로가 있어 진왕으로 봉해졌다. 때마침 조정에 올라왔다가 창곡을 한 번 보고는 곧 뛰어난 인재임을 알아보고, 노균이 헐뜯자 막아선 것이다.

간악한 노균이 앙심이 나서 진왕과 더불어 말다툼을 하고 있을 때, 창곡이 임금 앞에 나아가 엎드려 아뢰었다.

"어린 나이에 얕은 학문으로 분에 넘치게도 과거에 뽑혔사오니 인재를 구하시는 폐하 뜻에 맞지 아니하오며, 또 선비로서 임금을 섬기는 첫걸음에 임금께 아뢰는 글을 삼가 제대로 쓰지 못하여 임금을 속인다는 지목을 받고 대신들이 서로 논박하게 하오니, 어찌 태연히 은총을 탐하여 염치를 돌보지 않겠사옵니까. 원

컨대 폐하께옵서는 과거 급제자에서 신을 제명하시와 천하 선비
들이 임금을 속이는 일이 없게 하여 주옵소서."

이때 창곡 나이 겨우 열여섯인데도 말이 조리가 있고 태도가 당
당하며 말소리 또한 분명하여 대를 쪼개는 듯하니 감탄치 않는 사
람이 없었다.

천자 마음이 시원하니 얼굴에 기쁨이 넘쳐흘렀다.

'창곡이 나이는 어리나 임금에게 아뢰고 대하는 그 예모가 노숙
한 선비도 당하지 못하리라.'

천자 곧 명을 내려 창곡에게 붉은 도포에 옥으로 꾸민 띠와 금은
으로 치레한 말과 궁중 악대며 비단으로 만든 고운 꽃 한 떨기를 내
리고, 한림학사를 임명하여 자금성 제일방에 가장 좋은 집을 내렸
다.

그리하여 양 한림은 붉은 도포에 옥띠를 차려입고, 임금께 사례
하는 예식을 마친 뒤, 하사받은 말을 타고 일산 한 쌍과 궁중 악대
가 베푸는 주악을 앞세우고 자금성 사택으로 나왔다. 어느새 모였
는지 구경꾼들이 길을 가득 메우고, 옥 같은 얼굴이며 훤칠한 풍채
며 영화로움을 칭찬해 마지않았다. 문 앞에 이르니 수레와 말 들이
구름처럼 모여들고 대청에 오르자 손님들이 자리에 가득 찼다.

이때 뜻밖에 황 각로가 찾아왔다. 양 한림이 바삐 뜰로 내려 맞아
들였다. 서로 인사가 오간 다음 각로가 웃으면서 사과하였다.

"학사가 온 세상에 소년 공명을 떨치니 머지않아 이 늙은 사람의
지위에 이를지라. 인재를 얻은 기쁨이 과연 그지없도다. 이 늙은
사람이 임금 앞에서 잘못함이 많으나 이는 학사가 지닌 재주를

빛냄이니 아둔하다 허물하지 말게."

이튿날 한림이 인사차 여러 재상들을 뵈러 나섰다.

먼저 황 각로 집에 이르니 대단히 반가이 맞이하고 친절히 대하나 말이 매우 수다스러웠다. 술상을 차리고 한사코 권하여 한림이 마지못해 두어 잔 들자, 각로가 자리를 옮겨 한림 곁에 와서 손을 잡고 다정스레 말하였다.

"내 조용히 할 말이 있는데, 학사 뜻이 어떨는지? 내가 늦게 딸을 하나 두어 군자의 좋은 짝이 될 만한지라. 학사 아직 정혼한 데가 없을 터이니 혼인을 맺음이 어떠한고?"

한림은 속이 철렁하였다.

'황 각로는 권세를 탐내는 사람이라 좋게 볼 수 없고, 또 홍랑이 벌써 윤 소저를 천거한 바 있으니, 홍랑이 없다 하여 어찌 그 말을 저버릴 수 있으랴.'

한림은 공손히 대답하였다.

"황송한 말씀이오나, 위로 부모가 계시오니 그런 일을 어찌 제 마음대로 하오리까?"

하지만 각로는 끈질기게 달라붙었다.

"그야 나도 알지. 다만 학사 뜻은 어떤지 그것만 알자는 것이니, 바라건대 한마디 하는 것을 아끼지 말게."

이에 한림이 엄숙한 태도로 단호히 잘라 말하였다.

"혼인은 인륜대사라 아무리 못난 자식이기로 어찌 제 마음대로 할 수 있사오리까?"

각로가 무안해서 얼굴을 붉히더니 더는 말 못 하였다.

한림이 돌아올 때 큰 길거리에서 길잡이가 길 물리라 외치는 소리가 나더니 웬 재상 행차가 나왔다. 참정 노균이었다.

노균이 한림을 보더니 수레를 세우고 인사를 건넸다.

"내가 학사를 찾아가려 했더니 이렇게 길에서 만났구려. 내 집이 멀지 않으니 잠깐 들렀다 가면 어떠한고?"

한림은 마다할 수 없어 따라갔다. 노 참정은 한림을 자기 집에 데리고 가서 방으로 들인 뒤 웃는 얼굴로 말하였다.

"내가 학사를 잠깐 논박한 일이 있으나 이는 의견이 좀 달랐기 때문이니 너무 노여워 말게."

"제가 아직 어린데 어찌 가르치심을 탓하오리까?"

참정은 허허 웃으며 한림 손을 잡았다.

"경사를 축하할 때 혼인을 청함은 옛사람들 풍습이라. 학사가 아직 장가 전이라 하는데, 과연 그러한가?"

"그렇소이다."

"내게 누이동생이 하나 있어 어느 모로 보든지 남에게 뒤지지 않을지니 학사와 더불어 인연을 맺음이 어떠한가?"

한림은 잠깐 괴로운 마음이 드나 자연스러이 말하였다.

"이는 부모가 명하실 바라 제가 마음대로 정할 일이 아니옵고, 또 일찍이 듣자오매 부모들끼리 벌써 혼인을 정한 데가 있는가 하옵니다."

참정은 한림의 태도를 보자 다시 말이 없었다. 참정은 과거장에서 창곡을 논박하여 낙방시키려다 뜻대로 되지 않자 이번에는 제 누이로 미인계를 삼아 앞으로 부귀영화를 꾀하는 데 이용해 볼까 하였던 것이다. 허나 그것마저 뜻대로 되지 않자 속으로 앙심이 더욱 북받쳐 올라 이를 갈았다.

집으로 돌아온 한림은 생각이 몹시 번거로웠다. 노 참정과 황 각로가 이렇듯 급히 혼인을 청하니, 만일 윤 소저와 혼인하는 일이 늦어지면 저들 중 무슨 계책이 있을는지 모를 일이다. 그러니 지체 말고 윤 상서를 찾아가서 뜻을 알아본 뒤, 바삐 고향 집에 돌아가 부모님께 아뢰어 곧 윤 소저와 혼인하는 것이 어느 모로 보나 옳을 것 같았다.

이튿날 한림은 아침 일찍이 윤 상서 집에 가서 명함을 들였다. 윤 상서는 곧 한림을 반가이 맞아들여 자리에 앉히고 나서 따뜻이 웃으며 말하였다.

"이 늙은이를 알아보겠는가?"

"시생이 한때 유랑하는 시인으로 압강정에서 뵈온 바 있사오니 어찌 잊을 수 있사오리까?"

상서도 반가움을 못 이기는 듯 껄껄 웃고 조용히 머리를 끄덕였다.

"학사 얼굴이 몇 달 동안에 활짝 피고 아주 점잖아져서 거의 몰라보게 되었으니 마땅히 신혼 재미가 있어야 하리로다. 과연 뉘 집과 정혼하려는고?"

"시생 집안이 한미하여 아직 정하지 못하였사옵니다."

"음……."

상서는 알겠다는 듯 고개를 끄덕였다.

"학사가 부모님 곁을 떠난 지 오래되었으니 어느 때쯤 부모님을 뵈러 갈꼬?"

"조정에서 잠깐 말미를 얻으면 곧 가려 하옵니다."

한림이 이렇게 대답하자 상서는 매우 기뻐하는 기색이었다.

"학사가 떠나는 날 학사 쪽으로 가서 작별하리라."

상서가 이같이 말하자 한림은 상서가 인연 맺으려는 뜻이 있음을 짐작하였다.

한림은 곧 조정에 상소하여 고향에 부모님 뵈러 갈 말미를 청하였다. 임금이 친히 양 한림을 불러 각별한 분부를 내렸다.

"짐이 경을 새로이 만난 터에 경이 오랫동안 짐 곁을 떠나게 되니 몹시 섭섭하구나. 이제나저제나 하고 문간에 기대어 기다리고 있을 부모를 위로하고자 한다니, 두어 달 말미를 주겠노라. 양친을 모시고 빨리 황성으로 올라오도록 하라."

그러고는 특별히 은혜를 베풀어 창곡의 아버지 양현을 예부 원외랑으로 임명하고, 수레며 말을 내어 황성으로 올라올 채비를 갖추어 주었다.

이튿날 새벽 날이 밝을 무렵에 윤 상서가 한림을 작별하려고 찾아왔다. 한림 집에는 벌써 황 각로가 한발 먼저 와 있었다. 한림과 조용히 인사를 나눌 형편이 못 되자 윤 상서는 말없이 몸을 일으켜 작별 인사를 하였다.

"학사는 먼 길 조심히 다녀오라. 돌아오는 날 반가이 다시 만나보리라."

윤 상서는 짧게 말하고 곧 돌아갔으나, 황 각로는 말을 늘어놓다가 한참 뒤에야 자리를 떴다.

다음 날, 사람이며 말에 이르기까지 모든 채비를 다 갖춘 한림은 동자를 데리고 길을 떠났다. 따르는 사람도 여럿이요, 간소하면서 위엄스러운 행차였다. 일행이 지나는 곳마다 사람들이 떨쳐 나와 구경하느라 웅성거렸다.

"몇 달 전 초라한 행색으로 동자 하나만 데리고 지나던 어린 선비가 오늘은 이렇듯 영화롭게 되었으니, 사람 앞길이란 정말 모르겠군."

"모르긴 무얼 몰라? 다 제게 달린 게지."

사람들은 이런 말을 주고받으며, 행차를 맞기도 하고 바래기도 하였다.

부러워하는 뭇사람들 눈길을 받으며 길을 재촉하여 열흘 지나 한 곳에 이르자 동자는 사방을 둘러보며 말하였다.

"여기서 이리로 바로 가면 소주로 가게 되고, 저리로 오십 리를 돌아가면 항주를 거쳐 가게 되옵니다."

이 말을 듣고 보니 한림은 갑자기 서글퍼졌다.

"내 일찍이 과거 보러 갈 적에 항주를 거쳤으니 어찌 옛길을 잊으랴. 항주로 가도록 하라."

한림 뜻을 알아차린 동자가 더 묻지 않고 앞서서 항주 길로 이끌었다.

갈수록 점점 산천이 아름답고 인물들도 깨끗하였다. 멀리 보이는 맑은 물과 우뚝 솟은 멧부리며 그림 같은 서호西湖 전당 풍경들이 하염없는 감회를 자아냈다.

항주가 가까워지자 길가에 낯익은 정자가 눈앞에 우렷이 안겨 왔다. 꿈에도 잊지 못하는 연로정이다. 늙은 버들은 의연히 천 오리 만 오리로 휘늘어져 옛 빛을 띠고 있건만, 한번 이별한 뒤 가슴에 맺힌 사랑은 다시 볼 길 없으니 아무리 대범한 장부라 한들 어찌 애 달프지 않으랴. 가슴이 미어지고 창자가 끊어지는 듯하여 눈물이 흐르는 것을 애써 참고, 항주성 밖에 숙소를 정하여 들었다. 밤이 되어 외로운 등잔불을 마주하고 보니 자연 쓸쓸한 마음을 누를 길 없었다.

'내가 전날에 과거 보러 갈 때 이곳 객점에서 서천 선비를 만나 밝은 달 아래서 시를 주고받으며 지기知己 얻음을 즐겼건만, 오 늘은 다시 만날 길 없으니 이 애달픔을 뉘라서 위로하리. 홍랑이 넋이라도 남아 있다면 꿈에라도 나타나 애타는 이내 심정을 생각 하리라.'

한림은 아픈 가슴을 달래며 베개를 베고 누웠으나, 잠이 오기는 커녕 정신이 더욱 맑아지기만 하는지라 종일토록 지친 몸을 일으 켰다.

그 순간 밖에서 인기척이 나더니 그곳 자사가 한림을 접대하고자 기생과 악공을 데리고 술이며 안주를 차려서 들어왔다. 한림은 몸 이 불편하다고 핑계 대어 모두 사양하고, 늙은 기생 한 명만 곁에 남게 하였다. 늙은 기생이 술잔을 들어 권하면서 노래를 한 곡 부른 다.

꽃다운 풀 비단 같고 석양 노을 비꼈는데
복사나무 아래서 뉘 집을 찾았는고.

강남으로 가는 길손 인연 없는 탓이런가.

전당호만 보았을 뿐 꽃은 보지 못하더라.

한림은 처음엔 아무런 흥도 나지 않아 무심히 대했으나, 늙은 기생이 부르는 노래가 일찍이 홍랑 부채에 써 준 자기 시라는 것을 깨닫고는 놀랍고 반가워서 누가 지은 것이냐 물었다.

기생이 서글픈 듯 길게 한숨을 짓더니 울먹이는 소리로 말하였다.

"이는 죽은 명기 강남홍이 즐겨 부르던 노래이옵니다. 홍랑은 지조가 높아 평생에 지기가 없더니, 지나가는 공자를 만나 그이한테 시를 받았다 하는데, 바로 이것이라 하더이다."

이 말에 한림은 더욱 슬픈 감회를 감추지 못하나 기생은 영문을 알 리 없다.

이윽고 닭이 울고 북두칠성이 기울어 동녘이 희뿌옇게 밝아 왔다. 한림은 동자를 불러 향과 초, 술과 과일들을 갖추어 가지고 전당호 물가로 나갔다.

강과 마을은 적막하고 달빛마저 싸늘한데 새벽안개는 물 위를 덮었다.

한림이 향을 사르고, 홍랑 넋을 불렀다.

모년 모월 모일 한림학사 양창곡은 나라 은혜를 입어 영화롭게 고향으로 돌아가면서 전당호에 이르러 한잔 술로 홍랑 혼을 부르노라.

아, 홍랑아! 오늘 내 창자가 돌 같음을 알리로다. 내 어찌 차마 항주 길을 다시 오며 서호 풍경을 다시 마주하랴. 넘실거리는 저 물결은 밤낮으로 동쪽으로만 흘러 어드메로 가는고. 한없는 내 회포 물결 따라 끝없는데, 옥 같은 뼈는 강 속에 묻혔구나! 꽃다운 혼이 강위에서 놀리로다. 지기知己를 그리는 간절한 그대 뜻인 듯 소슬바람이 불어와 옷깃을 날리는구나.

아아, 홍랑아, 네 평생에 지기 없어 그리도 안타까워하더니 한 번 만난 뒤 두 번 다시 만나지 못하고 그대는 어디로 갔는고? 서산에 지는 달 술잔에 비치도다. 눈물로 두어 줄 쓰려니 목이 메어 이 마음 다 적지 못하겠노라.

읽기를 마친 한림은 흐르는 눈물, 터져 나오는 울음을 걷잡지 못하더니, 동자와 둘레 사람들도 목메어 울고, 따라온 늙은 기생도 비로소 홍랑이 사모하던 바로 그 공자임을 깨닫고 흐느껴 울면서 탄식하였다.

"홍랑은 죽었어도 한이 없으리라."

한림은 종이돈과 향촉을 거두어 강물에 던지고는 또 설움이 새로워 강가에 멍하니 섰다가 한참 뒤에야 숙소로 돌아왔다.

행장을 수습하여 길을 떠날 때 한림이 늙은 기생에게 얼마간 은자를 주면서 별로 지닌 것이 없어 이것으로나마 정을 표한다고 하였다. 기생이 사양하며,

"제가 어찌 이런 것을 바라오리까. 다만 상공께서 지으신 그 제문을 얻어 강남 청루의 아름다운 사적으로 삼을까 하옵니다."

하니, 한림이 허락하였다. 그러고는 곧 길을 떠나 소주 땅에 이르러 전날 들었던 객점을 찾아드니 주인은 바로 몇 달 전에 머물다 간 선비임을 알아보고는, 반기면서도 몹시 놀라 얼른 나와서 문안을 드렸다.

"집안 모두 평안하시오? 내가 주인에게 두터운 신세를 지고도 오랫동안 갚지를 못했소그려."

한림이 웃으면서 백금으로 사례하니 주인은 못내 사양하며 하룻밤만이라도 쉬어 가라고 붙잡았다. 한림은 고마운 정을 치하하고 또 길을 재촉하였다. 몇 마장 더 가서 큰 고개에 이르자 동자가 한림을 돌아보며 말하였다.

"이 험악한 고개에서 전날 떼도적을 만나 옷이며 노자를 온통 잃었더니, 지금은 도적들이 어디로 가고 넓고 환한 길로 되었나이다. 참으로 희한한 일이옵니다."

한림이 머리를 들어 살펴보니 과연 전날 넘었던 그 고개였다. 그 사이에 우거진 나무들을 베고 길을 넓혀 지금은 군데군데 주막집까지 생겨나 전과는 딴판이었다. 한림 행차도 좋은 수레며 살진 말을 갖추어, 전날 동자 한 명과 하늘소 한 마리로 한 걸음 한 걸음 오를 때와 달리 시원스럽게 나아갔다.

고향이 가까워 오니 부모님 생각이 더욱 간절해지고 조급해져서 아침에는 이슬을 털며 일찌감치 길을 떠나고 저녁에는 늦도록 길을 달렸다.

어느 날 앞서 걸어가던 동자가 갑자기 채찍을 들어 가리키면서 기쁨에 넘쳐 외쳤다.

"반갑다, 옥련봉아!"

한림이 앞을 바라보니, 자나 깨나 그리던 고향 산천이 반기는구나. 행차가 마을 어귀에 들어서자 한림은 동자더러 어서 먼저 가서 부모님께 알리라고 이르고는 천천히 뒤따라갔다.

처사 부부는 창곡이 장원 급제를 하여 한림학사가 되었다는 소식만 듣고, 아들이 집에 돌아올 기약은 모르던 터라 반가움이 이루 다 말할 수 없었다. 처사 부부는 엎어질 듯 밖으로 달려 나와 지팡이를 짚고 사립문을 기대어 앞을 바라보았다.

붉은 도포를 입고 검은 사모에 임금이 내리신 꽃을 꽂고, 마을 어귀에 이르러 말에서 내리니, 활달한 기상이며 점잖은 거동이 지금까지 어린애로만 알던 것과는 아주 달랐다. 창곡은 바로 달려와서 부모님께 큰절을 올렸다. 처사 부부는 너무도 반가워 아들 손을 양쪽에서 덥석 잡았다.

"나이 쉰에 너를 얻어, 한 오리 양씨 맥이 끊이지 않은 것만 다행으로 여겼으니 어찌 영화와 부귀를 바랐겠느냐. 네가 이제 조정 관원으로 되었구나. 이 어찌 우리 분에 넘치는 일이 아니더냐."

처사 말소리가 적이 떨렸다. 어머니도 아들 손을 어루만지며 말하였다.

"네가 학문을 닦더니 끝내 뜻을 이루고 한미한 우리 집안을 빛내는구나."

한림은 부모님 손을 공손히 받들어 잡았다.

"어린 자식이 불효하와 부모님 곁을 떠난 지 반년이니 두 분이 퍽 늙으셨사옵니다. 아침저녁 문간에 기대 자식 기다리느라 얼마나 속을 태우셨는지 알겠나이다."

그러고는 이어 천자의 명을 말씀드렸다.

"임금께서 아버님께 원외랑 벼슬을 내리시고 서울에 집까지 내
리시며 빨리 부모님을 서울로 모셔 오라 하셨나이다."

"오냐오냐, 우린 그저 기쁘기만 하구나."

며칠 뒤 관아에서 이사 채비를 모두 갖추어 보내왔다. 양씨 일가
는 바로 행장을 꾸려 수레에 싣고 고향을 떠나 서울로 갔다.

윤 소저와 혼례하자마자 귀양 길에 올라

이 무렵 윤 상서는 부인 소 씨와 마주 앉아 딸의 혼사를 의논하였다.

"내가 지난번에도 말했지만, 우리 딸을 위해 사윗감을 늘 톺고 있어도 마땅한 사람이 없더니 이번 과거에서 장원한 양창곡이 꼭 마음에 드는구려. 헌데 창곡은 드문 인재고, 듣자니 뜻이 고상한 선비 집안 아들이라 내 집과 혼인하려 할지 그 속내를 알 수가 없소. 지금은 창곡이 부모를 모셔 오려고 고향엘 갔으니, 올라오기를 기다려서 믿을 만한 중매 할멈을 보내어 뜻을 알아보는 것이 좋을까 하는데 부인 생각은 어떠오?"

소씨 부인도 이미 소문을 들은 터라 양 한림을 사위 삼고 싶은 마음이 간절하였다.

"요새 중매 할멈이야 어디 믿을 수 있답니까? 차라리 유모 설파가 잘나진 않았으나 남을 속이지는 않으니 양씨 일가가 올라오기를 기다려 그이를 보내는 것이 좋을까 하옵니다."

상서가 부인 말에 머리를 끄덕였다.

때마침 창밖에 서 있던 연옥이 상서 부부가 주고받는 말을 들었다. 연옥은 이 일을 기이하게 여기며, 만일 양 공자가 윤 소저와 혼인을 맺는다면 홍랑의 혼이라도 기뻐하리라 생각했다. 하여 저 혼자 알고 있는 홍랑 생전의 뜻을 윤 소저에게 알릴 작정을 하였다. 방 안에서는 말소리가 더는 들려오지 않았다. 연옥은 엿들은 것이 죄스러워 발소리를 죽이며 조용히 물러났다.

이날 밤이었다. 마침 윤 소저 방에 촛불이 가물거리는데 불빛이 밝지 않았다. 연옥은 그 핑계로 방에 들어가서 촛불 심지를 돋우는 척하고 돌아서 나오면서 슬그머니 무엇을 떨어뜨렸다. 양 공자가 홍랑에게 보낸 편지로 연옥이 늘 품고 간직하던 것이다.

그것을 보고 소저가 얼른 편지를 집어 들더니 방을 나서는 연옥을 불러 세웠다.

"연옥아, 이 종이가 네 품에서 떨어졌구나. 이게 무엇이냐?"

나가다 말고 돌아선 연옥이 소저가 손에 들고 있는 종이를 눈여겨보더니 짐짓 놀라는 척하였다.

"이는 옛 주인 홍랑에게 양 공자가 보낸 편지이옵니다."

소저 얼굴빛이 금세 달라졌다.

"내가 너와 더불어 마음을 속임이 없었거늘 네가 내게 숨기는 것이 있으니 어찌 서로 믿는 사이라 하겠느냐?"

연옥이 그 말에 눈물이 글썽해졌다.

"소저께서 이처럼 물으시니 어찌 속이오리까. 제 옛 주인 홍랑이 지조가 높았음은 소저도 아시는 바이옵거니와 홍랑은 여간한 남자에게는 몸을 허락할 뜻이 없더니 뜻밖에 여남 양 공자를 만나 압강정에서 한 번 보고 백년가약을 맺었사옵니다. 허나 세상일이 뜻 같지 않아 그만 부질없는 꿈으로 되고 마니, 홍랑이 원통함은 이루 말할 것도 없사옵니다. 그래 소녀 마음에, 이 편지 한 장을 귀중히 간직해서 이를 정표 삼아 행여나 양 공자 댁 종이 되리라, 그리하여 홍랑에게 못 갚은 은덕을 양 공자께 갚음으로써 홍랑의 혼이 이승과 저승에서 서로 변함없음을 알게 할까 함이었나이다."

흑흑 느껴 우는 연옥을 바라보노라니 소저도 홍랑 생각으로 마음이 아팠다. 조금 뒤 눈물을 거둔 연옥이 촛불 아래서 얼굴을 가리고 소리 없이 웃었다. 소저는 그만 눈이 휘둥그레졌다.

"금방 울던 아이가 갑자기 웃으니 도대체 무슨 까닭이냐?"

그래도 연옥은 짐짓 머리를 숙이고 대답하지 않았다.

"연옥아, 무슨 영문인지 숨기지 말고 말하여라. 어디 좀 들어 보자꾸나."

연옥은 그제야 다시 웃으며 소저 눈치를 슬쩍 살폈다.

"그럼 말씀드릴까요?"

"그래, 어서 말해 보아라. 나도 좀 웃어 보자."

"아까 마님 처소에 갔더니 상공께서 마님과 소저 혼사를 의논하시는데, 아무래도 양 한림께 마음을 두시는 듯하니 양 한림이 곧 양 공자시라……"

말이 여기에 이르니 소저가 얼굴을 붉히며 화를 내었다.

"요망한 것이 아무 말이나 엿듣기를 잘하니 그게 무슨 버르장머리냐?"

소저가 성난 얼굴로 꾸짖으니 연옥이 배쭉 돌아앉았다.

"제가 그렇게 웃은 것은 마음속에 늘 품고 있는 소원이 있기 때문이온데, 소저께서 무슨 말이건 다 하라고 하시고는 말을 다 들으시기도 전에 나무라시니, 그럼 다시는 입을 열지 않으오리다."

그제야 소저는 빙그레 웃었다.

"그래 네가 품고 있는 소원이 무엇이냐?"

연옥이 새침해서 대답하지 않으니, 소저가 연옥을 붙들었다.

"얘야, 내 다시는 나무라지 않을 터이니, 네 속에 품은 바를 다 말하여라."

그러니 연옥이 갑자기 눈물이 글썽해지며 하던 말을 계속했다.

"오늘 양 한림은 전날 양 공자이며, 전날 양 공자는 곧 홍랑 지기知己이옵니다. 홍랑은 일찍이 양 공자한테 어지신 소저를 천거하고, 공자는 머리를 끄덕이며 마음 깊이 새기셨나이다. 제가 직접 듣고 보았사오니, 이제 만일 혼사를 양 한림께 정하신다면, 옛 주인의 뜻을 사모하는 저이니 그윽이 기쁘겠나이다. 다만 홍랑의 간곡한 정성을 이제는 알 사람이 없사온지라 어찌 애달프지 않사오리까."

연옥은 말을 마치고 소매를 들어 두 볼에 흐르는 눈물을 씻었다. 소저는 침통한 기색을 지을 뿐 잠잠히 말이 없다.

양 씨 일행이 서울에 이르렀다. 창곡의 아버지 양 원외는 황성 거리에 들어서자 아들과 함께 곧바로 대궐에 들어가서 임금을 뵈었다. 임금은, 탑전에 엎드려 바다 같은 은덕에 사례하는 원외를 굽어보며 다정히 말하였다.

"경이 비록 세상 공명을 바라지 않고 산수를 즐기며 한가로이 지내 왔으나 아직 기운이 쇠하지는 않았으니 조정에 가끔 나와 짐을 도우라."

원외는 머리를 조아리며 아뢰었다.

"신은 나라에 아무런 공로도 없사온데 이렇듯 벼슬을 주시니 높으신 은덕에 보답하올 길이 없사옵니다. 엎드려 바라옵건대, 원외라는 이 벼슬을 거두사, 하는 일 없이 녹을 받는 부끄러움이 없도록 하여 주소서."

임금이 웃으며 머리를 흔들었다.

"경이 나라를 위하여 인재를 낳아 바쳤으니 어찌 공로가 없다 하리오. 몸을 잘 돌보아 짐의 마음을 저버리지 말지어다."

이렇게 말하는 임금 얼굴에 밝은 웃음이 비껴 있었다.

그 뒤로도 원외가 벼슬을 거두어 주십사 아뢰는 상소를 여러 차례 올리자, 황제는 마지못해 허락하였다. 벼슬을 면한 원외는 뒤뜰 별당에서 거문고와 책을 벗 삼아 나날을 이어 갔다.

하루는 한림이 부모님을 모시고 있는 자리에서 허씨 부인이 원외를 돌아보며 말하였다.

"창곡이가 벌써 열여섯 살이나 되었고, 또 조정 벼슬자리에 있으니 혼인이 급하오이다. 이제 어찌하려 하시옵니까?"

원외가 막 입을 열려고 하는데, 한림이 먼저 꿇어앉아 말하였다.

"미처 말씀 올리지 못하였사오나 소자 마음에는 벌써 정한 바가 있사옵니다."

이렇게 이야기 꼭지를 뗀 한림은 과거 보러 가던 도중에 도적을 만나 의복과 노자를 모두 내주고 오도 가도 못하게 되어 압강정에 간 일과 강남홍이 윤 소저를 천거하던 일, 그리고 홍랑은 지조가 높고 보는 바도 명철하여 틀림없으리라는 것을 낱낱이 고하였다. 그런 다음 황 각로가 청혼하던 이야기도 하였다.

원외와 부인은 신기하고 신통스러워서 감탄해 마지않았다. 다른 한편으로는 근심되는 바도 없지 않았다.

"이는 하늘이 정한 연분이라 하겠으나 윤 상서는 명망 높은 재상이라 과연 우리같이 한미한 집안과 아무 꺼림 없이 인연을 맺을꼬?"

원외가 걱정스럽게 말하였다.

"제가 보건대 윤 상서는 마음이 성실하고도 너그럽고 두터운 어른으로 시속 재상이 아니오니, 우리 집안이 한미함을 탓하지 않을까 하옵니다."

원외는 머리를 끄덕이고, 허 부인은 서글픈 기색으로 말하였다.

"사람은 신의가 있어야 하느니라. 홍랑이 그처럼 성심성의로 천거했는데, 만일 윤 자사 집과 혼인을 이루지 못하면 홍랑이 생전에 바란 간곡한 뜻이 어찌 가엾지 않겠느냐."

한림은 어머니 말을 공손히 들었다.

소씨 부인은 양씨 댁 뜻을 알아볼 작정으로 설파를 불렀다.

"할멈이 양씨 집에 가서 있는 수단을 다해 그 집 뜻을 알아 올 수 있겠는가?"

설파가 머리를 흔들며 웃었다.

"이 늙은 할미가 그래도 세상을 칠십 년이나 살았으니 설마 눈치를 모르겠소이까."

곁에 있던 연옥이도 웃으며 참견했다.

"아니, 할머니는 왜 눈치만 보려 하나요?"

"세상 사람들이 반가운 말은 눈으로 듣고 괴로운 말은 코로 대답하나니, 내 어두운 눈을 씻고 다른 사람 큰 눈을 한번 살피면 귀신같이 알 수 있느니라."

설파가 하는 말에 모두들 크게 웃었다. 소씨 부인이 다시 당부하였다.

"시속에 중매 서는 자는 너무 수다스러워 실수가 많으니 할멈은 그 댁에 가서 우리 집에 있는 체 말고 다만 그 집 뜻만 살피고 오게나. 알았나?"

설파가 고개를 끄덕이고는,

"만일 그쪽에서 저보고 어디 있는지 물으면 어찌할까요?"

하고 머리를 기웃거리니, 연옥이 웃으며 또 한 수 거들었다.

"대답하기 어려운 말을 묻거든 귀먹은 체만 하시어요."

모두들 또 한바탕 웃었다. 소씨 부인은 그래도 마음이 놓이지 않아 한마디 더 하였다.

"그야 때로는 좀 변통할 줄도 알아야지. 할멈이 너무 고지식해서

안 되겠어."

설파는 머리를 설레설레 흔들었다.

"바른말 해서 죄 되는 법 없으니 천성을 어찌 고치오리까, 원."

그러더니 그냥 훌떡 일어나 가려고 하다가 또 물었다.

"이 혼인이 뉘 혼인이오니까?"

소씨 부인이 대답하지 않으니 연옥이 생긋 웃으며 말하였다.

"양씨 댁엔 처녀 없고, 윤씨 댁엔 신랑 없으니 할머니가 한번 생각해 보시구려."

설파는 그제야 비로소 깨닫고 물러났다.

소씨 부인이 설파를 눈으로 바래고 나서 연옥을 보고 할멈을 따라가서 만일 실수할 듯하거든 깨우쳐 주라고 하였다. 마침 연옥은 양 한림 일행이 서울로 올라온 뒤 한번 가 보고 싶던 터라 좋아라고 명을 받들어 설파를 따라갔다.

설파가 들어오자 허씨 부인은 어디서 온 할멈이냐고 물었다. 그러자 설파가 당황하여 그만,

"이 늙은 할미는 윤 상서 댁에 있지 않고, 지나가던 중매 할미로소이다."

하고 말하였다. 옆에 있던 연옥이 하도 딱해 눈짓을 하며 귓속말로 일렀다.

"윤 상서 댁이란 말은 다시는 하지 마오."

그러자 설파가 머리를 끄덕이더니 말하였다.

"그래서 내가 먼저 윤 상서 댁에 있지 않노라고 하지 않던."

연옥은 그만 웃음을 참지 못하고 돌아섰다.

"저 아이는 누구인가?"

허 부인이 설파에게 물었다. 연옥은 설파가 또 본색을 드러낼까 하여 마음이 조여 들었다.

"저는 이 할멈 딸이옵니다."

연옥이 대답을 하자 허씨 부인은 빙그레 웃고 설파를 돌아보았다.

"자네 말이 중매 할멈이라 하니 누구를 위해 중매하러 왔는가?"

설파는 대답할 바를 몰라 한참이나 머무적거리다가 입을 열었다.

"시속 중매 할미들은 말이 수다스러우나 이 늙은이는 고지식하오니 얼른 곧이곧대로 아뢰오리다. 지금 병부 상서 윤 공이 딸이 있어 귀댁에 혼인하고자 하여 이 늙은이를 보내면서 윤 상서 댁에 있다는 말은 말라고 하셨나이다. 하오나 쇤네 생각에 혼인은 인륜대사라, 연분이 있으면 될 것이지, 윤 상서 댁에 있다 안 있다에 달린 것이 아닐지라 숨겨 무엇 하오리까? 이 늙은이는 윤 소저 유모이옵고, 저 애는 소저 몸종 연옥이로소이다. 이 늙은이 말이 다 진실하오니 의심치 마소서. 우리 소저는 여중군자女中君子로 세상에 다시없을 것이요, 글도 잘하고 여자들 일에도 막힘이 없으나, 다만 한나라 때 양홍梁鴻이란 사람 안해 맹광孟光처럼 절구를 들어 옮길 힘이 좀 모자랄 뿐이옵니다. 하오나 제갈 부인처럼 노랑머리에 검은 얼굴은 아니오니 혼인 뒤 조금이라도 틀림이 있거든 쇤네를 혀를 빼는 지옥에 보내소서."

이 말을 듣는 양씨 집 사람들이 배를 안고 한바탕 웃어 댔다. 허부인은 설파를 기특히 여기며 웃었다.

"이 할멈은 과연 수단 좋은 중매 할멈이로다. 다만 우리 집안은 한미하고 윤 상서는 높은 재상이니, 무엇을 보고 우리와 혼인을 맺으려는고?"

"혼인은 가풍과 신랑감을 보아야지, 또 무얼 보오리까. 지금 부인을 뵈오며 우리 소저가 어지신 시부모를 만나는가 보다 하오니 그 밖에 무얼 또 바라리까."

설파 하는 말을 들으니 위인이 성실하고 정직한 것에 감동하여 허 부인은 잠자코 고개를 끄덕이더니 할멈에게 술을 대접하며 말하였다.

"혼사가 되면 푸짐한 안주에 술 석 잔 대접하겠네. 자, 우선 이것으로 내 정을 보이네."

술을 몇 잔 마신 설파가 연옥이와 함께 좋은 기분으로 허 부인을 하직하고 나올 적에 마침 양 한림이 사랑에서 안채로 들어왔다. 뜻밖에 연옥을 만난 한림은 무척 반가워했다.

"아, 연옥이 네가 어찌 여길 왔느냐?"

한림이 인사로 말하였으나 연옥은 고개를 숙인 채 아무 말도 못하였다. 그러자 허 부인이 얼른 그 아이가 온 까닭을 이야기하였다. 연옥과 설파는 빙그레 웃는 한림에게 하직 인사를 하고, 그 집을 나와 윤 상서 댁으로 돌아왔다.

윤씨 집에 돌아온 설파가 소씨 부인에게 말하였다.

"시속 중매쟁이는 발꿈치가 닳도록 말재주를 허비해도 혼사가 그리 순조롭지 못하건만, 저는 한 번 걸음하여 인륜대사가 뜻대로 이루어졌으니 한번 보소서."

곁에서 그 모양을 본 연옥은 손으로 입을 막으며 한참 웃고 나서 설파가 하던 양을 낱낱이 아뢰었다. 소씨 부인도 그 말을 듣고 허리가 부러지게 웃었다. 그러거나 말거나 설파는 태연하였다.

"우리 소저 백년가약을 맺는데 무엇 하러 간사한 거짓말을 섞으오리까."

설파가 하는 말을 듣고 소씨 부인도 탄복하여 몇 번이고 머리를 끄덕였다.

그때 소저가 방 안에 들어섰다. 설파는 느닷없이 다가들어 손을 덥석 잡았다.

"일이 잠깐 새에 순조롭게 이루어지니 이게 다 우리 아가씨 복이야."

소저는 영문을 모르고 설파가 지껄이는 거동을 보고 눈을 흘기더니,

"아니, 할멈은 무슨 일로 그렇게 떠들어 대오?"

하며 손을 뿌리쳤다. 그래도 설파는 무안을 타지 않았다.

"아가씨가 오늘은 비록 귀찮으나 뒷날 군자를 맞아 원앙같이 사랑하여 아들 낳고 딸 낳고 백 년을 즐길 적에 이 늙은 할미 말이 재미있음을 알리다."

설파는 농담처럼 말하였으나 진실한 마음에서 우러나온 말이다. 소저는 그제야 할멈이 하는 말귀를 알아차리고 얼굴이 빨갛게 달아올랐다. 설파는 웃으며 또 말하였다.

"양 한림을 잠깐 보니 눈이 샛별 같고 얼굴이 고와서 반드시 여자를 좋아하리니 소저는 조심하소서. 허나 허 부인을 보매 부드

럽고 겸손하니 까다로운 시어머니는 되지 않으리다."

잠자코 있던 연옥이 그 말을 듣더니 한마디 했다.

"눈도 어둡다더니 어찌 그렇게도 잘 보셨던가요?"

이번에는 설파가 웃지도 않고 연옥을 흘겨보며 말하였다.

"그때 가장 수상한 것은 양 한림이 연옥이를 눈여겨보던 것이니 뒷날 연옥이를 아예 데려가지 마소서."

이 말을 듣자 소저는 부끄럽고도 우스워 얼른 제 방으로 가 버렸다.

이튿날 윤 상서가 양 원외를 방문하였다. 서로 인사를 마치고, 윤 상서가 먼저 말하였다.

"선생을 사모한 지 오래되었으나 늙은 몸이 부질없이 명예와 잇속에 얽매여 한번 뵐 기회도 얻지 못하였소이다. 이제야 만나니 참으로 늦었소이다."

"저야 산속에 묻힌 사람으로 나라에서 내린 은혜가 지극하사 자식이 입은 은택이 아비한테 미치니 보답할 길이 없는지라, 어린 자식이 분에 넘치게도 조정 반열에 나드오니 아비 된 마음에 밤낮으로 걱정밖에 할 수가 없소이다. 바라건대 합하께서는 우리 아이를 자식같이 아시고 모든 일에 밝은 가르침을 주소서."

양 원외가 이리 대답하자 윤 상서도 겸손하게 말하였다.

"한림은 이 나라의 기둥이외다. 임금께서 아끼시고 조정에서도 기대가 크오니, 저 같은 사람이 앞을 사양해야 마땅할 터인즉 어찌 가르칠 바가 있으리까."

원외는 상서의 점잖은 기풍을 존경하고, 상서는 원외의 청렴한

지조에 탄복하여 처음 만난 사이에도 정답기가 십 년 사권 벗과 같았다.

말들을 주고받으며 허물없이 이야기를 나누게 되었을 즈음에 윤 상서가 속에 품은 생각을 터놓았다.

"한림이 벌써 장성하였으니 혼인이 급하리다. 제게 딸이 하나 있어 행실 규범이며 예절 교양은 모자라나 성품은 부드럽고 착하니 아비 마음으로 이 댁에 혼인시키고자 함이 간절하오이다. 형 뜻은 어떠하시오이까?"

원외는 화기 어린 얼굴에 기쁨을 가득 담고, 옷깃을 여미며 고마운 뜻을 표했다.

"한미한 집안이라 탓하지 않고 사랑하는 따님을 혼인시키고자 하시니 참으로 저희 집안의 복이 아닐 수 없소이다. 어찌 다른 말이 있으리까. 자식이 이미 벼슬자리에 나아가고, 나이도 열여섯으로 예를 치르기 급하오니, 어서 날을 정하여 예를 거행하게 하사이다."

이리하여 서로 뜻이 통하고 마음이 맞아서 은근한 정과 재미스러운 이야기로 헤어질 생각을 못 하였다.

그때 뜻밖에도 황 각로가 찾아왔다. 윤 상서는 서둘러 돌아가고, 원외는 뜰에 내려 황 각로를 맞아들였다.

인사를 나눈 뒤 황 각로가 대뜸 혼사를 청하였다.

"이 늙은 사람이 아드님과 혼인을 의논하여 본인 의향을 들었으나 다만 대인께 말씀드리지 못하여 그 먼 곳에서 올라오시기를 기다리기로 하였더이다. 다행히 이제 선생도 서울로 오셨으니 아드님한테 말씀을 들었으리라 생각하오이다. 이 늙은이 집이 부귀치는 못하나 가난하지는 않으며, 딸자식이 배운 것은 없으나 얼굴이 못나지는 않고 예의범절도 남만 못지않으니 두 집이 걸맞아서 다른 말씀이 없으리라 믿으오이다. 언제쯤 혼례를 행함이 좋을지 의논하고자 하오이다."

원외는 본디 세속에 물젖지 않은 고결한 선비여서, 황 각로가 보이는 비속한 태도며 누르는 듯한 말투가 몹시 거슬릴 뿐 아니라 벌써 윤 상서와 혼인을 약속한 처지라 정중하게 말하였다.

"상공께서 사랑하시는 따님을 한미한 저희 집안에 혼인시키고자 하심은 고맙사오나 자식놈 혼사는 벌써 병부 상서 윤형문 댁과 정하였사오니, 늦게야 들음을 한하오이다."

이쯤 되자 황 각로는 아무 거리낌 없이 불만을 드러냈다.

"내가 이미 한림과 혼사를 정해 놓은 바 있으니 어찌 늦음을 한한다 하시오?"

각로가 이렇듯 권세로 위협하니 원외는 낯빛을 더욱 반듯이 하고 대답하였다.

"자식이 못나서 아비에게 고하지 않고 큰일을 제 마음대로 정하였다면, 이는 아들을 잘못 가르친 이 아비의 죄인가 하옵니다."

각로는 선웃음을 쳤다.

"선생 말이 글렀소. 아들이 어찌 아버지에게 상의치 않았겠소? 선비로서 대수롭지 않은 일이라도 한 번 뱉은 말을 어길 수 없거든 하물며 인륜대사를 그렇게 하겠소? 이 늙은이가 한림과 이미 정한 것인즉 내 딸이 설혹 규중에서 헛되이 늙을지언정 다른 집

안에는 보내지 않을 터이니 그리 아시오!"

이런 말을 남기고 황 각로가 투덜거리며 가 버리니 원외는 쓰겁게 웃었다.

윤 상서가 돌아가서 집안 식구들에게 소저와 한림의 정혼을 알리고, 모두들 기뻐하는 가운데 잔칫날을 정했다. 두 집에서 모든 준비가 다 되자 드디어 혼례를 올리게 되었다.

한림이 붉은 도포에 옥띠를 두르고 윤 상서 집에 가서 기러기를 상에 놓고 신부와 맞절을 하니, 그 훤칠한 풍채와 빼어난 모습을 보고 뉘 아니 칭찬하랴. 혼례 마당에 모인 손님들이 하나같이 새신랑 인물을 칭찬하는데, 상서는 환하게 웃을 뿐 하나하나 대답을 못 하고, 한림 얼굴과 풍채에 황홀해진 소씨 부인도 기쁨을 말로 다 못 하였다.

이날 한림이 소저를 맞아 돌아갈 제, 아름답게 꾸민 신혼 행차와 앞뒤로 따르는 호화로운 행렬이 찬란하게 길을 덮었다. 은 안장에 금빛 말과 아롱진 수레들이 햇빛에 빛나고, 비단으로 꾸민 휘장이며 곱게 치레한 깃발이 바람에 번뜩여, 윤씨 집에서 양씨 집에 이르기까지 잇닿았다.

신랑 신부가 집 안에 들어서자 원외 부부는 안채 넓은 대청에 잔치 자리를 베풀고 신부에게 절을 받았다. 윤 소저는 머리에 칠보 부용관을 쓰고, 원앙을 수놓은 비단 치마를 입고 큰절을 올렸다. 의젓한 태도며 단아한 모습이 보름달이 구름 속에서 솟아난 듯, 한 떨기 연꽃이 물 위에 새로 핀 듯 화기로운 기상에 아름다운 자질을 겸하여 참으로 천고에 드문 여중군자라, 원외 부부의 기쁨을 어찌 다 이르랴.

이날 밤 동방화촉에 한림과 소저가 느끼는 즐거움이야 이루 다 말할 수 없었다. 다만 두 사람 다 홍랑 생각이 다시금 새로워져 한편으로는 서글픔을 이기지 못하였다.

이즈음에 황 각로는 임금에게 높은 총애를 받는 양창곡이 앞날에 누릴 부귀는 자기가 미칠 바 아니라고 여기는 터였다. 그런 인재를 사위로 삼지 못한 것이 몹시 아까웠으며, 먼저 말을 내고도 끝내 윤 상서에게 빼앗긴 것이 부끄러웠다.

속을 앓던 각로는 곧 부인 위 씨에게 이런 사정을 이야기하였다. 위 씨는 이부 시랑 위언복의 딸이다. 그리고 위 시랑 부인 마 씨는 황태후의 외사촌이다. 태후는 현숙한 마 씨를 사랑하여 친형제와 다름없이 정이 두터웠다. 마 씨가 늦게야 외동딸 하나를 둔 것이 곧 황 각로 부인 위 씨이다. 마 씨가 일찍 세상을 떠나고, 그에게 아들이 없음을 불쌍히 여긴 태후가 늘 마 씨의 딸 위 씨를 돌보아 주나 위 씨에게 덕이 없음을 안타까이 여겼다.

위 씨는 각로가 울분하자 비웃으며 말하였다.

"원로대신이 딸아이 혼사 하나 성사시키지 못하고 그렇듯 속을 태우시오이까?"

"딸 혼사를 근심하는 게 아니라 실은 내 신세를 서러워하는 것이라오. 장인 장모가 세상에 계실 때에는 황태후 마마께서 돌보아 주시어 그 덕이 우리한테까지 미치더니, 장인 장모가 세상을 떠나신 뒤로는 우리가 그만 볼 것 없이 되어 남에게 수모를 받음이 적지 않구려. 이번 딸아이 혼사도 말은 내가 먼저 떼어 놓고, 끝내 윤 상서에게 발등을 밟혔으니 어찌 분하지 않겠소."

각로는 말을 마치고 한숨을 지었다. 그 말을 들은 위 씨도 낯빛이 좋지 않았다.

"그만한 일로 속 태우실 것 없으니 상공은 마음 놓으소서."

위 씨는 이 한마디 말을 하고 바로 몸종을 불러 궁녀 가 씨를 청하였다. 가 궁인은 황태후의 시녀로 전날에는 위 씨한테도 가끔 다녔으나 마 씨가 세상을 떠난 뒤에는 예전 같지 않았다. 허나 옛정을 생각하여 안부는 끊지 않고 지내더니, 이날도 거절하지 못하고 곧 찾아왔다.

위 부인은 가 궁인을 맞아 인사를 나눈 뒤에 말하였다.

"이 늙은것이 아무리 못났기로 그래 어찌 전날 정리를 저버리고 발길을 끊는단 말인가?"

가 궁인이 웃으면서 그 말을 받았다.

"요새 궁중에 일이 많아 바깥출입이 쉽지 않았나이다. 오늘도 마님이 청하시지 않았다면 어찌 함부로 궁 밖으로 나오리까."

위 부인은 곧 술상을 차리게 하고, 가 궁인과 마주 앉았다. 권커니 잣거니 하며 서너 잔씩 마신 뒤에 위 부인이 은근한 태도로 말하였다.

"오늘 갑자기 오시라 청한 것은 구차스러운 일이 있어 태후 폐하께 아뢰고자 함이니 부디 예사로이 생각지 마시게. 내 딸이 지금 열다섯 살로 얼굴이며 재주가 뉘게도 빠지지 않아 좋은 배필을 구하려 하니 이는 당연한 일이 아니겠나. 그래서 지금 한림학사 양창곡과 혼인하기로 하고 납채는 비록 받지 않았으나 날을 잡아 혼례를 하고자 하였네. 한데 양씨 집에서 중도에 변하여 병부 상서 윤형문 딸과 혼례를 치른다 하니 이런 법이 어디 있겠나.

이는 반드시 우리 상공이 늙으셔서 앞을 볼 게 없다 여기는 것이네. 차라리 다른 곳에 정혼하는 것이 좋겠다고 생각도 해 보았으나 이웃이며 친척들이 다 퇴혼당했다고 의심하고 괴이쩍게 여겨 내쫓긴 소박데기처럼 보니, 상공께서 그만 울분 끝에 병이 되어 식음을 전폐하시고, 딸년은 부끄러워 낯을 못 들고 죽겠다 하고 있네그려. 나도 늘그막에 이 지경을 당하여 살고픈 생각이 없으나 전날 돌봐 주시던 태후 마마 은덕을 우러러 사모한 끝에 그대더러 오십사 청한 것일세.

그대가 태후 마마께 잘 아뢰어 주시게. 양 원외가 권세를 좇아 배신한 일이며, 윤 상서가 다른 사람 혼인을 앗아 풍속을 어지럽히니 선비와 군자가 감히 할 바가 아니라는 것을 세상에 알리사, 그 죄로 윤 씨 딸을 둘째 부인으로 하고 우리 딸과 다시 혼인을 이루게 하여 주시면 태후 마마 은혜를 저승에서라도 갚을까 하네."

가 궁인은 머리를 숙이고 잠잠히 생각한 뒤,

"이는 몹시 중대하고 어려운 일이니 다시 생각하소서."

하고 부인을 쳐다보았다.

위 부인도 가 궁인을 마주 보며 머리를 가로흔들었다.

"어머니께서 살아 계실 적에는 태후 마마께 이런 말씀쯤 사뢰기 어렵지 않더니 어머니 무덤에 풀이 마르기도 전에 이처럼 수모를 받으니 우리 신세가 어찌 이리될 줄 알았으리오."

부인은 얼굴을 싸쥐고 서럽게 우는 시늉을 하였다. 궁인은 딱하게 여겨 애써 위로하더니 조용히 말하였다.

"일이 되고 아니 됨은 모르겠사오나 어쨌든 마님이 하신 말씀을 태후께 사뢰리다."

그러자 위 부인은 거짓 눈물을 거두고 태후께 잘 말씀드려 달라고 거듭거듭 당부하였다.

며칠 지나 가 궁인은 태후에게 위 부인이 하던 말을 그대로 아뢰었다. 그러나 태후의 뜻은 달랐다.

"제 어미를 생각해서 저를 돌보기도 했으나 어찌 내가 이런 일에 끼어들어 간섭하리오. 원로대신이면서 이렇듯 체모를 모르니 답답한 일이로다. 지금 만일 그 어미가 살아 있다면 이런 말이 어찌 내 귀에 들어오리오."

가 궁인은 황공하여 어쩔 줄 몰라 하며 물러났고, 다음 날 황 각로 댁에 태후 뜻을 알렸다.

각로는 태후 뜻이 이러하니 말을 꺼내지 않은 것만도 못하게 되었다고 한탄하였다. 위 씨는 조금도 숙어 들지 않고 각로에게 근심 말고 이리이리하라고 일러 주었다.

각로는 이날부터 병이 들었다 하고, 문을 닫아건 채 조회에도 나가지 않았다. 임금은 원로대신을 예우하는 마음으로 의약을 보내고 뒤이어 그를 불렀다. 황 각로는 그제야 대궐에 나아가 임금 앞에 엎드려 아뢰었다.

"신이 나이가 옛사람들이 벼슬에서 물러나던 때이옵니다. 나이도 이미 그러하옵거니와 요새 병도 들고 여러 사정이 복잡하와 세상에 머무를 생각이 없사옵나이다. 그저 아침이든 저녁이든 얼른 죽어 모르기가 원이므로 오래 조정 반열에 참여치 못하였나이다. 바라옵건대 시골로 돌아가 남은 생을 보내게 하여 주시옵소서."

임금이 크게 놀라 까닭을 물었다. 각로는 흰 수염을 눈물로 적시면서 또 아뢰었다.

"임금과 신하 사이는 아버지와 아들 같사오니 신이 어찌 숨기오리까. 신이 나이 일흔에 아들 하나 딸 하나가 있사오니 아들은 지금 소주 자사로 있는 황여옥이옵고, 딸은 아직 출가 전이오나 일찍이 한림 양창곡과 정혼하여 세상이 다 아는 바이옵니다. 그러하온데 양씨 집에서 까닭 없이 혼인 약속을 어기고, 병부 상서 윤형문의 딸과 서둘러 혼례를 치렀다 하옵니다. 이웃과 친척들이 이 소문을 듣고 의아스레 여겨, 신의 딸이 병신인가, 덕스럽지 못한가 생각하여 처녀 앞길이 막혔사옵니다.

좁은 소견에 딸애는 머리를 싸매고 누워 죽기로 작정했사옵고, 늙은 처는 근심 끝에 갑자기 병이 나 목숨이 아침저녁에 달렸사옵니다. 늙은것이 오래 살아 밖으로는 사람들 비웃음을 받고 안으로는 집안의 환난을 당하고 있사오니 다만 얼른 죽어 아무것도 모르고자 하나이다."

각로는 말끝을 흐리며 맺는데 눈물이 비 오듯 하였다.

태후한테서 이미 들어 알고 있는 임금은 한참 생각하다가, 그 일은 어려울 것 없으니 마땅히 승상을 위해 중매를 하리라 하고는 곧 양 한림 부자를 불러 타일렀다.

"황 승상은 대를 이어 충성하고 있는 원로대신이요, 짐이 믿는 신하라오. 듣건대 경의 집과 혼인하고자 하다가 경이 벌써 윤 상서 집과 혼인을 이루었다 하니, 예부터 한 사람이 두 처녀를 맞은 예가 많은지라, 거리낄 것 없이 두 집이 다시 혼인하기 바라오."

이때 한림이 일어섰다가 다시 엎드려 아뢰었다.

"부부로 인연을 맺어 가정을 이룸은 오륜에 드는 중대한 바로서 인간 생활에서 기본이옵니다. 그러므로 비록 천민들 간에도 믿음으로 맺어야 하지, 위세로 눌러서는 아니 되옵니다. 이제 승상 황의병이 원로대신으로 체면과 사리를 돌아보지 아니하고, 규중 여자들의 사정을 어전에 들고 나와 흐린 생각과 비루한 말로 폐하의 귀를 더럽히며, 폐하의 권위를 빌려 억지 혼인을 하고자 하오니 몹시 안타까운 일이옵니다. 원컨대 폐하께옵서는 하교를 거두시사 높으신 성덕에 누가 됨이 없게 하옵소서."

그 말에 임금은 크게 노하였다.

"이제 막 조정 일을 시작한 어린 사람이 원로대신을 함부로 논박하고, 임금이 내린 명령을 감히 거역하니 그 죄 어찌 용납하랴! 여봐라, 금의옥에 내려 가두라!"

원외와 한림은 황공하여 어전에서 물러 나와 처분을 기다렸다.

그때 참지정사 노균이 임금께 아뢰었다.

"황 승상은 선왕 이래 원로대신이온데, 나어린 창곡이 당돌히 어전에서 논박하다 못해 폐하께 불경한 죄를 짓는 데까지 미쳤사오니, 폐하께서는 부디 창곡을 멀리 귀양 보내시어 신하 된 자의 불경한 버릇을 징계하시고 원로대신의 마음을 위로하여 주소서."

임금은 노균이 한 말을 옳이 여기어 학사 양창곡을 강주 땅으로 귀양 보내라 명하고, 황 각로를 위로하였다.

"양창곡은 젊은 사람이라 한때 객기로 임금 앞에서 말을 삼가지 않기에 짐이 짐짓 그 예기를 꺾으려고 우선 그런 조치를 취했노라. 짐이 이미 경을 위하여 딸을 중매하기로 하였으니 경은 마음 놓으라."

각로는 머리를 조아려 사례하였다.

임금이 내전에 들어가서 태후께 이 일을 고하니 태후는 낯빛을 흐리며,

"폐하가 오늘 한 처사는 원로대신 때문에 사사로운 정에 매여 흐려지신 게 아닌가 싶소이다."

하니, 임금이 웃으면서 말하였다.

"황 각로가 늘그막에 마음고생을 하는 것이 안타까울 뿐 아니라 다시 혼인을 시킴이 구태여 의리에 어긋날 것은 없사오니 마음 놓으소서."

양 한림은 귀양살이 명을 받고 집에 나와 부모님께 하직을 아뢰었다. 어머니는 절을 하는 아들 손목을 잡고 땅이 꺼지게 한숨을 내쉬며 탄식하였다.

"네가 벼슬살이를 시작한 지 몇 날이 못 되어 이런 풍파를 겪으니 옥련봉 아래서 밭 갈고 농사지으며 평생을 시비 없이 지내던 것만 못하구나."

"어머니, 제가 지은 죄가 크지 않아 쉬 돌아올 터이니 너무 걱정 마시고 편안히 지내시오소서."

한림이 위로하자 이번에는 원외가 한마디 당부하였다.

"강주란 곳은 습하여 풍토가 좋지 못하고, 또 네 몸이 아직 어리고 약하니 몸조심 잘하여 부질없이 상하지 마라."

한림은 두 번 절하고 명심하겠다고 아뢴 뒤, 곧 길을 떠났다.

단출한 행장에 조그마한 수레를 타고 가니, 딸린 사람이란 하인과 동자뿐이다. 열흘 좀 넘어 유배지에 도착하여 어촌에 두어 칸 초가집을 빌려 몸을 부쳤다.

한림이 죄인을 자처하여 강주에 온 지 몇 달이 지나도록 문밖을 나다니지 않으니, 주인이 하루는 조용히 말을 하였다.

"이곳은 예부터 충신열사로서 귀양 온 이가 퍽 많으니 강산 누대에 고적이 많사옵니다. 상공은 너무 자중하시어 방 안에만 들어앉아 계시니 심신에 해롭소이다. 바람이라도 좀 쐬소서."

한림이 웃으면서 대답하였다.

"나는 조정에 죄를 지은 사람인 데다 본디 그다지 구경을 좋아하지 않네."

어느덧 여름이 지나고 가을이 되었다. 맑은 하늘은 아득히 높아 가고 깨끗한 바람이 살랑거리는데, 기러기 남으로 날며 울어 예고 나뭇잎 우수수 떨어지니 여느 길손이라도 심란함을 가누지 못하련만 하물며 젊은 나이에 외로운 나날을 보내는 한림 심사가 오죽하랴. 집에만 들어앉아 있으니 절로 우울해지고, 몸도 좋지 못하니 한림은 생각을 돌려먹었다.

'내 성품이 너무 옹졸하지 않은가. 내가 유배 오긴 했으나 죄가 크지 않고, 또 예부터 귀양살이한 사람들이 산수를 사랑하며 풍경을 찾지 않았던가. 내 구태여 방에만 있어 몸을 해친다면, 이 어찌 나라에 불충하고 부모에게 불효함이 아니랴.'

한림은 주인더러 구경할 만한 데가 어디냐고 물었다. 주인이 그 말을 듣고 매우 반가워하며 앞에 있는 큰 강이 심양강인데, 강가에 풍경 좋은 정자가 있으니 가 보라고 권하였다.

한림은 동자를 데리고 나가서 정자에 올랐다. 정자는 웅장하지도 화려하지도 않으나 두리 풍경과 잘 어울렸다. 큰 강이 시원스레 환히 열려 먼 포구로 돌아가는 배들은 비단 물결을 덮었고, 바닷가 마을 집들은 노을에 졸고 있어 그림인 양 아름다웠다.

창곡은 자연 풍물에 취하여 모든 시름을 잊고 이때부터 날마다 정자에 나와서 노닐곤 하였다.

추석 다음 날이다. 달빛을 따라 정자에 오르니 강가에 갈꽃이 하얗게 피고, 고기잡이 등불이 군데군데 깜빡이며 원숭이 휘파람과 뻐꾹새 울음마저 구슬피 들려왔다. 난간에 기대어 홀로 시름에 잠겨 있던 한림은 문득 바람결에 실려 오는 소리가 하도 기이하여 가만히 귀를 기울였다.

벽성산에서 새 인연을 얻다

심양정에 올라 하염없이 가을 수심에 잠긴 한림이 문득 바람결에 들려오는 맑은 소리를 듣고 동자더러 물었다.

"네 저 소리를 알겠느냐?"

"분명 거문고 소리인가 하옵니다."

"아니다. 큰 줄 소리는 우렁차고, 잔 줄 소리는 간드러지게 속삭이니 어찌 비파 소리가 아니랴."

한림은 동자를 데리고, 소리 나는 곳을 찾아 산으로 올라갔다. 얼마 뒤 사립문 닫힌 두어 칸 초당 앞에 이르렀다. 초당은 참대 숲을 이웃하고 정가롭게 서 있다. 동자를 시켜 주인을 찾으니 초록 저고리에 다홍치마를 입은 어린 계집종이 나왔다.

"달구경 하다가 비파 소리를 듣고 찾아왔으니 네 주인 좀 만나보게 하여라."

계집종은 대답도 않고 이윽히 한림을 보고는 안으로 들어갔다. 한참 만에 계집종이 나오더니 방긋 웃으며 공손히 안내하였다. 한림은 동자를 데리고 곧 계집종을 따라 안으로 들어섰다. 절묘한 경치가 눈을 끌었다. 푸른 솔이며 싱그러운 참대 숲이 저절로 울타리를 이루고, 바야흐로 피기 시작한 국화와 반쯤 물든 단풍이 뜨락을 아름답게 수놓았으며, 띠풀로 이은 처마와 참대로 돌려 붙인 초당 난간은 그윽하였다.

마루에는 미인이 달빛 아래 비파를 안고 난간에 기대어 앉아 있는데, 말쑥한 차림이며 아리따운 자태에 속된 티가 한 점도 없어 하늘나라 선녀가 금방 내린 듯했다. 미인은 자리에서 살며시 일어났다. 그러고는 바람에 하늘거리는 비단 치맛자락을 가벼이 여미며 머리를 다소곳이 하고 한림을 맞았다. 한림은 난간 앞에서 걸음을 멈추고 어쩌면 좋을지 몰라 잠깐 망설였다. 미인이 웃음을 지으며 불을 밝히더니 청하였다.

"어디서 오신 분이시온데, 이 외진 곳에 쓸쓸히 사는 사람을 찾으시옵니까. 저는 이곳 기생이오니 허물치 마시고 어서 오르소서."

마루에 오른 한림은 미인 얼굴을 가까이에서 다시 바라보았다. 고운 눈매며 아리따운 자태는 얼음처럼 맑은 가을 달 같고, 갓 피어 탐스러운 모란꽃 같았다. 과연 절세가인으로 이 세상 인물이 아닌 것만 같았다.

미인 또한 눈길을 흘려 한림을 보았다. 옥 같은 얼굴이며 비범한 기상이 세상을 덮을 군자이며, 풍류스러운 호걸이다. 미인은 여느 나그네가 아님을 알고 조용히 살필 뿐 말이 없었다.

"나는 타향에 귀양 온 사람이라 울적한 회포를 풀 길 없어 달빛 따라 나섰다가 바람결에 비파 소리를 듣고 느닷없이 찾아왔네. 비록 초면이지만 한 곡조 얻어 들을 수 있겠는가?"

미인은 사양치 않고, 비파를 무릎에 당기어 놓더니 줄을 골라 한 곡 탔다. 그 소리 애절하고 서글퍼서 한없는 회포를 자아내는지라 한림은 크게 감탄하였다.

"곡이 묘하도다! 꽃이 뒷간에 떨어지고, 옥이 티끌에 묻혔으니, 이는 한나라 궁녀 왕소군王昭君이 뜻하지 않게 흉노 땅으로 갈 때 원한과 설움을 읊은 '출새곡出塞曲'이 아닌가!"

미인이 방긋 웃고 줄을 골라 또 한 곡을 탔다. 이번에는 소리가 호탕하고 강건하여 세속을 벗어난 고상한 뜻이 담겨 있었다. 한림은 또 감탄하였다.

"곡이 아름답도다! 청산은 우뚝하고 녹수는 맑디맑아 지기知己가 서로 만나도다. 한 곡을 부르면 또 한 곡을 화답하니 이른바 종자기 앞의 '아양곡峩洋曲'이 아닌가!"

그제야 미인은 비파를 옆으로 밀어 놓고, 옷깃을 다시 여미며 자리를 고쳐 앉더니 입을 열었다.

"제가 비록 백아의 거문고는 없사오나 매양 종자기를 만나지 못함이 한이옵더니, 이제 비파를 통하여 상공을 뵈오니 감격스럽기 그지없나이다. 상공께서는 무슨 일로 젊은 나이에 귀양살이를 하시옵니까?"

한림에게 귀양 온 곡절을 대강 듣더니 한숨을 지으며 말하였다.

"저는 본디 낙양 사람으로 성은 가 씨요, 이름은 벽성선碧城仙이라 하옵니다. 난 지 몇 해 안 되어 난리를 만나 부모를 잃고, 정처 없이 굴러다니는 신세로 마침내 청루에 몸을 의탁하게 되었더이다. 불행히도 헛된 이름이 나서, 시기하는 낙양 기생들을 피하여 이곳에 왔사옵니다. 제 뜻은 외진 곳에 몸을 감추어 평생을 한가로이 보내고자 함이옵니다. 허나 숲 속 사향노루가 제 냄새를 감추지 못하고, 서릿발 장검이 제 빛을 숨기지 못하듯 제 본색을 감추지 못하여 이곳 기생 명단에 오르니 길가 버들과 담장 너머 꽃이 되기를 제 어찌 원하였으리까. 하물며 이곳 풍속이 잇속에만 밝아, 집집이 장사하고 사람마다 고기 사냥이니 이 또한 싫소이다."

이 말을 듣고 한림 또한 탄식하여 마지않았다. 선랑은 촛불 아래서 눈길을 흘려 한림을 유심히 보며 잠깐 생각더니 물었다.

"상공은 조정에 계실 때 무슨 벼슬을 지내셨사옵니까?"

"나는 과거에 오른 지 오래지 않아 벼슬은 다만 한림을 지냈을 뿐이네."

"당돌한 말씀이오나 성함을 들을 수 있사오리까?"

한림이 조용히 웃고 나서 말하였다.

"내 성은 양이요, 이름은 창곡이라. 선랑은 어찌 그리 자세히 묻는고?"

선랑이 대답 대신 더욱 반기며 다시 비파를 어루만졌다.

"제가 요새 새로 얻은 곡이 있사오니 상공은 들어 보소서."

선랑이 천천히 한 곡을 탔다. 비파 줄을 퉁기어 울리는 소리가 참으로 애절하여 사무친 원한이 하늘과 더불어 그윽하고, 바다와 더불어 아득하여 지기를 잃음을 서러워할 뿐 조금도 방탕함이 없으니, 한림이 숨죽이고 더욱 귀 기울였다. 정신을 가다듬고 가만히 들어 보니 이는 곧 자기가 홍랑을 위해 지은 제문이라.

한창 높이 떠오르던 맑고 청아한 소리가 긴 여운을 남기며 아련히 스러졌다. 선랑은 비파를 밀어 놓고, 얼굴빛을 고치며 말하였다.

"제가 듣건대, 난초가 불타면 혜초가 슬퍼하고, 소나무가 우거지면 잣나무가 기뻐한다 하옵니다. 같은 병을 앓는 사람끼리 서로 가여워하고, 같은 뜻을 가진 사람끼리 서로 그리는 법인지라, 강남홍을 만나 본 적은 없으나 자연 뜻이 맞고 마음을 알아, 꽃다운 풀이 서리를 만나고 맑은 구슬이 바다에 빠짐을 슬퍼하였나이다. 요즈음 청루에 이 글이 이목를 끌고 있기에 구해 보니 과연 홍랑은 죽었어도 죽지 않았나이다. 양 학사가 뉘신 줄 몰라도 한번 만나 흉금을 털어놓기가 원이었는데 어찌 그날이 올 줄 기약하였으리까. 다만 홀로 노래하며 비파를 울림은 풍정을 부러워함이 아니고 지기를 사모함이옵니다.

옛적에 공자님이 사양師襄한테 거문고를 배우실 적에 타신 지하루 만에 마음을 생각하고, 이틀 만에 기상을 알고, 사흘 만에 얼굴에 나타나 완연히 눈앞에 있어 지척을 대한 듯하셨다 하옵니다. 제가 상공을 비록 오늘 처음 뵈오나 뛰어난 풍채며 훤칠하신 얼굴을 이미 석 자 비파 속에서 여러 차례 뵈었나이다."

선랑이 하는 말을 듣고 한림은 길게 한숨을 지었다.

"내 일찍이 홍랑을 예사로운 창기로 대하지 않고 지기로 사귀었더니, 이제 선랑을 보매 말이며 행동거지가 어찌 그리 홍랑과 똑같은고. 반갑고도 서글픈 마음 누를 길 없도다."

이윽고 상이 들어왔다. 한림이 귀양살이 온 뒤 술에 취한 일이 없었으나 이날 밤은 풍류를 즐기는 가인을 만나 즐겨 잔을 들거니와 서로 마음을 열고 지난 일도 말하며 문장도 나누니, 선랑은 분명 여중군자요 풍류 재사라. 민첩한 자질하며 뛰어난 총명이 어찌 그리도 홍랑과 같은지 거듭 감탄하였다.

"내 선랑이 뜯는 비파를 들으니 실로 범상한 수법이 아니로다. 틀림없이 다른 풍류에도 깊으려니, 선랑은 나를 위해 또 무엇을 들려주려는가?"

한림이 새 음률을 청하자 선랑이 뜻 깊게 웃었다.

"속된 음악은 들으실 바 없으나 제게 옥통소가 하나 있나이다. 출처는 모르오나 전설에 따르면 본디 한 쌍이었다 하온데, 하나는 간 곳을 모르고 하나만 제게 있사옵니다. 유래를 따진다면 옥통소가 범상한 악기는 아니옵니다. 옥통소는 옛날 옛적 황제 헌원씨軒轅氏가 해곡에서 나는 대를 베어 만든 것이옵니다. 봉황이 내는 소리를 듣고 그 암수 소리를 모으고 엮어 십이율을 만들었사온데, 세속에 떠도는 음악은 다만 그 소리만 간신히 본떴을 뿐이옵니다. 허나 이 옥통소는 오로지 봉, 곧 수컷 소리를 얻은 것으로 그 소리가 웅장하며 호방하여 가녀리지 않사옵니다. 이제 제가 시험 삼아 들려 드리고 싶사오나 이곳이 번거롭사오니, 내일 밤 달빛을 띠고 집 뒤 벽성산에 올라 불고자 하옵니다. 그러니 부디 내일 밤 다시 저희 집을 찾아 주소서."

선랑이 하는 말은 뜻이 깊으면서도 신비스러웠다.

한림은 그렇게 하기로 하고 처소로 돌아왔다.

이튿날 한림이 동자를 데리고 선랑 집을 찾아가니 계곡이 그윽하고 풍경이 절승하여 밤에 볼 때보다 더욱 좋았다.

선랑이 참대 사립을 반쯤 열고 생글생글 웃으면서 맞으니 고운 태도며 맑은 기상이 하늘에서 신선이 내려온 듯하였다. 한림은 선랑 손을 잡고 말하였다.

"선랑, 과연 그 이름이 헛되지 않구나. 이곳 풍경은 참으로 신선이 머물 곳이요, 청루 물색은 아니로다."

선랑이 웃으면서 그 말을 받았다.

"제가 본디 산수를 좋아하여 이곳에 별당을 지었으니 참으로 벽성산 풍경을 사랑하옵니다. 다행히 강주에는 방탕한 호화자제가 없어 속세의 티끌이 이곳 문앞까지 이르지 아니하나, 매양 이름뿐 실상이 없음을 스스로 부끄러워하더니, 다행히도 상공께서 오셔서 오막살이가 빛이 나고, 저는 가슴속 십 년 묵은 티끌을 씻게 되었사옵니다. 오늘에야 이 벽성선이 과연 신선과 그리 멀지 않은가 하옵니다."

두 사람은 웃으며 나란히 대청에 올랐다. 차를 마시며 이야기로 시간 가는 줄 모르더니 이윽고 해가 지고 달이 떠올랐다. 선랑이 먼저 옥퉁소를 찾아 쥔 뒤 시중드는 계집종에게 술과 안주, 과일 따위를 들리고, 한림과 동자와 더불어 벽성산 중봉에 올라갔다. 맞춤한 바위를 골라 이끼를 쓸고 계집종과 동자에게 가랑잎을 주워 차를 달이라 하고는 한림에게 말하였다.

"벽성산은 강주 명승이고, 한가위 달빛은 한 해 중 으뜸이옵니다. 상공은 귀양살이로 마음이 외롭고, 저는 떠도는 신세로 부평초 같은 처지라, 우연히 상공을 만나 이 강산에서 이 달을 대하니 어찌 기약한 일이오리까. 술이 변변치 못하오나 이 술로 먼저 맺힌 것을 털어 내고 옥퉁소를 들으소서."

한림은 선랑이 자기 심정을 바로 말한 듯하여 웃으며 고개를 끄덕였다.

선랑이 달빛 아래 옥퉁소를 높이 들었다. 한 번 부니 산이 울어 골에 메아리치고 풀이며 나무들이 모두 떨어 산마루에 잠든 학이 놀라 날아 나며, 두 번 부니 하늘땅이 어두워지고 그 소리 세차 천 봉우리 만 골짜기가 한꺼번에 흔들렸다.

선랑이 가는 눈썹을 찡긋하고 빨간 입술을 모아 다시 한 곡을 불었다. 문득 미친바람이 크게 일어 모래를 흩날리고 달빛은 희미해져 물 속에 숨었던 교룡蛟龍이 춤추고 범이 휘파람 부는 듯한 소리가 사방에서 일어나며, 산속 온갖 귀신들이 두런거리며 울었다. 한림이 놀라 옹송그리고, 동자와 계집종은 겁에 질려 어쩔 줄 몰랐다.

문득 온 천지에 가득 찼던 옥퉁소 소리가 긴 여음을 남기며 멎었다. 이마에 구슬땀이 맺힌 선랑이 힘겨운 기색으로 옥퉁소를 내려놓고 나직이 말하였다.

"제가 일찍이 신선을 만나 이 곡을 배웠사온데, 그 이름은 '운문광악雲門廣樂' 이고, 지금 들려 드린 것이 첫 장이옵니다. 이는 헌원씨가 처음으로 창과 방패를 만들어 군사를 훈련시킬 때 흩어지는 것을 모아 내고 풀리는 것을 죄는 곡조이옵니다. 진실로 귀한 곡이오나, 제가 이를 배운 뒤 타 본 지가 오래되어 다만 흉내만 냈을 뿐이옵니다."

한림이 난생 처음 듣는 소리에 감탄해 마지않으니, 선랑이 한림에게 옥퉁소를 주며 말하였다.

"이 옥퉁소는 보통 사람이 불면 소리가 나지 않으니 상공께서 불어 보소서."

한림이 옥퉁소를 받아 입에 대고 가만히 불어 보았다. 맑고 부드러운 소리가 울리며 한 곡 이루니, 저절로 음률에 맞았다. 선랑이 탄복하여 말하였다.

"상공은 이 세상 사람이 아니고, 반드시 천상 어느 별의 정기를 받아 나신가 보옵니다. 저는 어려서부터 음률에 남달리 밝아 외람하게도 춘추 때 이름난 악사 사광師曠과 계찰季札에게 지지 않으리라 하였더이다. 이제 상공이 내신 옥퉁소 소리를 들으니 오래지 않아 무기를 잡고 적을 물리칠 기상이 있는지라, 이 옥퉁소를 배워 두시면 장차 쓸 때가 있을까 하옵니다."

선랑이 몇 곡을 더 가르치니, 한림이 총명하여 잠깐 동안에 익혀 곡조들을 능숙하게 불었다. 선랑이 기뻐하더니 소리를 낮추며 말하였다.

"과연 하늘이 내린 재주이옵니다. 제가 미칠 바가 아니옵니다."

밤은 소리 없이 깊어 갔다. 삼라만상이 고요 속에 잠기고 별들마저 조는 듯했다. 한림과 선랑은 말없이 손을 잡고 달빛을 밟으며 돌아왔다.

한림이 날마다 선랑 집을 찾으니, 정이 날로 깊어 갔다. 하지만 한림이 금침을 같이하고자 청하면, 선랑이 굳이 사양하여 허락지 않았다. 한림은 어느 날 선랑에게 정색하며 말하였다.

"내 비록 못난 사람이나 선랑과 더불어 지낸 지 벌써 한 달이라. 굳이 몸을 허락지 아니함은 무슨 곡절인가?"

선랑이 웃으나 기색은 엄정했다.

"'군자의 사귐은 맑기가 물과 같고, 소인의 사귐은 달기가 꿀과 같다.' 하였나이다. 저는 평생지기로 사귀기를 원하옵고 범부에게는 마음을 주지 않나니, 오늘 상공은 제 지기이온지라, 어찌 감히 청루 천기들의 음란한 풍정으로 상공을 사귀리까. 상공께서 버리시지만 않는다면, 부부의 인연을 맺는 것은 앞으로도 날이 무궁하리니, 오늘은 다만 마음을 주고받는 벗으로만 아소서."

선랑은 말을 마치고 한림을 정답게 바라보며 웃었다. 한림은 선랑의 지조를 귀중히 여기나 풍정이 냉정함을 의심하였다.

하루는 한림이 여느 때처럼 선랑을 찾아갔으나 선랑은 관아에 가고 초당이 비어 있었다. 하릴없이 발길을 돌려 쓸쓸히 돌아오다가, 벽성산을 밤에 보아 참된 모습을 제대로 구경치 못하였으니 한번 보리라 하는 생각이 불쑥 떠올라 산으로 올랐다. 아름다운 나무며 기이한 바위들이 곳곳에 나타나고, 맑은 시내며 우뚝 솟은 봉우리들이 골짜기마다 둘러 있어 절경을 이루었다.

한림은 다릿심이 다하고 곤함을 이기지 못하여 바위에 올라앉았다. 잠깐만 쉬려고 하였으나 온몸에서 기운이 빠지더니 갑자기 정신이 혼미해졌다.

꿈인 듯 생시인 듯, 비단 가사를 입고 지팡이를 짚은 웬 보살이 보였다. 보살은 옥 같은 얼굴, 맑은 눈썹에 화기로운 빛을 띠고 한림더러 인사를 하였다.

"문창성은 헤어진 뒤로 평안하시오?"

한림이 어리둥절하여 미처 대답지 못하니 보살이 웃으며 지팡이를 들어 흔들었다.

"문창성, 문창성! 그대 홍란성은 어디 두고 제천선녀와 노시는가? 나는 남해 수월암 관음보살이라. 옥제 명을 받자와 무곡武曲의 병서를 그대에게 전하러 왔으니 천하 백성을 전란과 도탄에서 구하고, 빨리 하늘나라로 돌아오시오."

보살은 지팡이로 바위를 치며 목소리를 높였다.

"길이 바쁘니 빨리 돌아갈지어다!"

우렁찬 소리가 벽성산 골에 우레같이 메아리쳤다.

그 바람에 한림이 소스라쳐 놀라 깨었다. 한바탕 꿈이다. 정신을 차려 보니 몸은 그대로 바위에 누워 있고, 앞에 책 한 권이 놓여 있다. 한림은 놀랍고 기이하여 책을 집어 소매에 넣고 내려왔다. 선랑은 아직 돌아오지 않았다.

하릴없이 처소로 돌아온 한림은 병서를 펴 보았다. 책에는 과연 천문과 지리, 전술과 전략이며 모든 진법에, 귀신 부리는 법까지 온갖 비결이 다 있었다. 한림은 한 번 읽고 환히 알게 되었다.

책을 깊이 간직해 둔 다음 자려고 하니 문득 밖에서 신 끄는 소리가 났다. 한림이 방문을 열고 나서니 선랑이 두 계집종을 데리고, 달빛 아래 걸어오는 모습이 황홀하게 어리어 왔다. 아리따운 자태는 월궁항아가 광한전에 내리는 듯, 은하수 직녀성이 견우성을 찾는 듯하였다. 이 절대가인을 맞는 한림은 그만 황홀하여 선랑이 티끌세상 사람임을 깨닫지 못하였다.

한림 앞에 다가온 선랑은 자기를 찾아 두 차례나 헛걸음한 것을 사례한 다음 낭랑한 목소리로 말하였다.

"인생 백 년에 한가한 날이 며칠 못 되거늘 이렇듯 좋은 달을 그저 두고 무심히 주무시려 하시옵니까? 강가에 달빛이 얼마나 좋으리까. 잠깐 심양정에 올라 달구경을 하고 저희 집으로 가사이다."

선랑은 바로 걸음을 옮겼다. 한림은 동자더러 집을 보라 이르고 선랑을 따라나섰다. 선랑과 한림은 강가에 이르러 강기슭을 거닐었다. 십 리 모래톱은 하얗게 눈이 내린 듯하고, 맑은 가을 달은 허공에 걸려 있다. 달빛 싣고 흐르는 강물, 조는 듯 조용한 마을, 멀고 가까운 산수풍경이 밤노을에 어울려 꿈속같이 아름답다. 출렁이는 강물은 웃고 떠들며 웅얼거리고, 모래 위에 졸고 있던 갈매기가 인기척에 놀라 달빛 아래 껑충 날아 너울거렸다.

달빛을 밟으며 모래톱을 거닐던 선랑이 한림을 돌아보며 말하였다.

"강남 풍속에는 여인들이 삼월 삼짇날이나 청명 날에 돋아나는 고운 풀판을 밟으며 '답청 놀이'를 한다 하나, 달 아래 하얀 모래판을 밟는 '답백 놀이'만 못할까 하옵나이다."

선랑이 문득 적삼 소매를 들어 갈매기를 날리며 높고 맑은 청으로 노래 한 곡을 불렀다.

갈매기야 무단히 훨훨 날지 마라.
달도 희고 모래도 희고 너 또한 희니
두어라 시비 흑백을 나는 몰라 하노라.

한림이 화답하였다.

강에 나는 저 갈매기야 나를 보고 날지 마라.
명사십리 저 달빛을 너 혼자 누릴쏘냐.
나 또한 유배객으로 달빛 보러 예 왔노라.

노래를 마친 뒤 한림과 선랑은 서로 손을 잡고 심양정에 올랐다.
조용히 두리를 살피니 강과 마을은 고요한데, 번뜩이는 고기잡이
불빛과 닻 감는 소리가 수심을 돕는다. 한림은 난간에 기대어 탄식
하였다.
"강물은 동쪽으로 흐르고 달빛은 서쪽으로 기우니, 예부터 지금
까지 재자가인으로 이 정자에 오른 사람 얼마이던고. 지금 자취
를 물어볼 곳 없고, 다만 빈산 잔나비와 대숲 뻐꾹새가 고금 흥망
을 조롱하니 사람 한평생이 어찌 가엽지 않으리오."
선랑도 역시 서글퍼하며 말하였다.
"제 집에 두어 말 술이 있사오니 달빛을 밟으며 저희 집으로 가
셔서 고요한 밤 심심풀이 이야기로 처량한 회포를 달래는 것이
좋겠나이다."
한림은 선랑이 이끄는 대로 선랑 집으로 갔다. 방 안에 들어가 앉

기 바쁘게 술상이 차려지고, 다정하고 은은한 선랑의 마음이 가득하다. 미인이 곁에 앉아 비파를 타고 퉁소도 불면서 외롭고 고독한 귀양살이에서 오는 수심을 가시게 하는지라, 한림은 이때만은 모든 시름을 잊었다.

한림은 날마다 선랑 집에 가서 밤에 낮을 이어 이야기며 풍류로 회포를 풀고, 선랑도 가끔 한림을 찾아와서 돌아가기를 잊곤 하였다.

가을비 내려 종일 개지 않던 어느 날, 한림이 적적히 앉아 상자 속에 간직해 둔 병서를 꺼내 보다 깜빡 잠이 들었다. 깨어 보니 밤이 벌써 이슥하고, 하늘은 맑게 개어 비 온 뒤 유정한 달빛이 뜰에 가득하였다. 선랑 생각이 나서 동자도 깨우지 않고, 혼자 선랑을 찾아 나섰다. 얼마쯤 가서 멀리 바라보니 두 계집종이 청사초롱에 불을 켜 들고 뒤에는 여인 하나가 신을 끌며 오고 있었다. 선랑이었다.

"하도 심심하기에 낭자를 찾아가던 길인데 그대는 어디로 가는고?"

"밤이 깊어 비가 멎으니 휘영청 달이 밝고, 바람 또한 맑고 쓸쓸해 객실 쇠잔한 등불에 외로우실 상공 회포를 위로하고자 나섰나이다."

선랑이 웃으며 말하였다.

선랑의 안내를 받으며 한림은 초당에 이르렀다. 선랑이 술상을 차려 들여오는지라 한림은 기꺼이 몇 잔을 거푸 마셨다. 그런데 선랑은 한림이 권하는 잔을 들고 갑자기 슬픈 빛을 띠며 고개를 숙였다.

"지금 무슨 생각을 하고 있는고?"

한림은 괴이쩍어 물었다.

선랑은 들었던 잔을 놓고 입을 열었다.

"십 년 청루에 일편단심을 바칠 데 없더니 뜻밖에 상공을 모시고 객지에서 쓸쓸한 회포를 달래게 되었사옵니다. 허나 이는 부평초같이 잠깐 얻은 연분이라 만남과 헤어짐이 기약이 없으니 자연히 애달파지는 마음을 어이하오리까. 저 밝은 달을 대하니 그 또한 한 번 둥글고 나면 이지러지는지라 슬프옵니다."

"그러면 그대는 내가 쉬 돌아갈 것을 짐작하는고?"

"제가 아까 잠깐 잠이 들었더니, 꿈에 상공이 푸른 구름을 타시고 북방으로 가시며 저를 돌아보시기에 함께 가자고 하였으나, 별안간 천둥소리 요란히 일어나고 번개가 제 머리를 쳐서 소스라쳐 깨었나이다. 이 꿈이 비록 제게는 불길하오나 상공께서는 오래지 않아 영화롭게 돌아가실까 하옵니다."

한림은 가슴이 서늘해졌다. 곰곰이 생각해 보니 선랑이 꾼 꿈이 무심히 스쳐 들을 일이 아닌 것 같았다.

"이달 스무날은 황제 폐하 생신이라, 황태후께서 해마다 이날에는 황제 폐하를 위하여 방생지放生池에 새로 고기를 놓아주게 하시고, 또 천하에 사면령을 내려 죄인을 풀어 주시니 그대 꿈이 헛되지는 않겠구면."

한림이 하는 말을 들은 선랑은 더욱 서글픈 기색을 지었다.

"제가 비록 어리석으나 상공이 영화로이 돌아가심을 어이 기뻐하지 않으오리까. 허나 한번 이별하고 보면 뒷기약이 아득하오니 대범하신 군자로서야 구태여 생각하실 바 아니오나 옹졸한 저로서는 애달픔을 누를 수 없사옵니다. 들으니, 남방에 기이한 새가 있어 이름을 난새라 하는데, 이 새는 제짝이 없으면 울지 아니하므로 우는 소리를 듣고자 하는 자가 거울을 들어 제 모습을 비춰주면, 그 새는 거울에 비친 자기를 보고 온종일 날며 울다가 마침내 기가 다 빠져 죽는다고 하는데, 제 신세가 바로 그러하옵니다. 청루에 사는 천한 몸으로 짝을 만나지 못함을 한탄하다가 뜻밖에 상공을 꿈결같이 만나니 반갑고 황홀함이 마치도 난새가 거울 속 제 모습을 보는 것과 같나이다. 그런데 저는 한 번 날고 울었사오니 비록 오늘 죽은들 무슨 한이 있으리까. 상공과 이별한 뒤에는 마땅히 깊은 산으로 들어가 자취를 감추고 욕됨을 면할까 하옵니다."

선랑 눈에는 눈물이 가랑가랑 고였다. 한림도 자연 마음이 쓸쓸해졌다.

"나는 그대 뜻을 아나 그대는 내 뜻을 모르는구먼. 나는 마음에 정한 바 있어 그대와 더불어 고락을 같이하리니 저 벽성산 둥근 달이 우리 두 사람 마음을 비추어 평생 변함이 없으리라."

"군자가 하는 한마디 말이 천금보다 중한지라 저는 지금 죽어도 한이 없으리다."

선랑이 웃고 잔을 들어 권하였다. 한림은 기꺼이 그 잔을 받았다. 잔이 오고 갔다.

한동안이 지나 술이 반쯤 취한 한림은 선랑 손을 정답게 잡고 말하였다.

"내 부처가 아니고 그대 또한 보살이 아니어늘 만난 지 몇 달이 되도록 너무 담담히 지내니 이는 사랑하는 남녀의 정이 아니니 이 좋은 밤 아름다운 때를 어찌 헛되이 보내리오."

선랑은 부끄러워 두 뺨이 발그레해졌다.

"제가 일찍이 들으니, 옛날 춘추 시대 증자曾子는 효성이 지극하건만, '증자가 사람을 죽였다.'는 허튼 소문이 나자 어머니가 아들을 의심하여 베를 짜던 북을 내던지고 달아났다 하더이다. 전국 때 위나라 악양樂羊이란 장수는 충성이 지극하여 십 년 악전고투로 큰 공을 세웠으되 그를 헐뜯는 말이 임금에게 거듭 들렸다 하더이다. 하물며 저는 풍류장에 놀아 과거가 비천한 사람이라 만일 앞으로 상공 문하에 비방하는 말이 이르고, 증자 어머니가 북을 내던지는 것과 같은 일이 생긴다면, 천한 제 신세는 오도 가도 못할 궁지에 빠져 해명할 길이 없을 것 아니오이까. 제가 십 년 청루에서도 굳이 지켜 온 앵혈을 오늘에도 구구히 지킴은 앞으로 군자가 변함없이 믿어 주기 바람이요, 남녀 간 애정이 담박하기를 바라서가 아니옵니다."

이 말을 들은 한림이 선랑 팔을 당겨 소매를 걷어 올리고 보니 옥 같은 팔에 빨갛게 찍힌 한 점 앵혈이 달빛 아래 또렷하였다. 한림은 놀랍고 기특하여 얼굴빛을 고치고 감탄하였다. 그 뒤부터 선랑을 사랑하고 공경함이 한층 더하였다.

세월은 덧없어 한림이 귀양 온 지도 다섯 달이 지나고 임금 생신 날이 되었다. 모든 신하들에게서 축하를 받은 천자는 하교를 내렸다.

"한림 양창곡이 강주에 내려가 있은 지 벌써 오래니 그 죄를 사하고 병부 시랑으로 부를지어다."

이 무렵 양 한림은 선랑과 더불어 날을 보내면서 유배살이에서 오는 고달픔을 얼마간 잊고 있었으나, 아침저녁 서글픈 마음으로 북쪽 하늘을 우러러 임금을 생각하고 부모를 생각하는 마음이 간절하였다.

하늘에 티 한 점 없고 바람도 잠잠해져 유달리 쾌청한 날이었다. 이른 아침 문밖이 전에 없이 소란스럽더니 동자가 바삐 뛰어 들어와 조정 관원이 내려왔다고 알리고, 집에서 온 편지도 바쳤다.

뒤이어 한 관원이 이르러 폐하의 뜻을 전하였다.

창곡은 성지를 받들어 병부 시랑으로 부르심을 듣고는 향을 사르며 북쪽으로 네 번 절한 뒤, 집에서 온 편지를 뜯어보았다. 창곡은 웅심깊은 부모님 사랑에 목이 메어 눈물을 걷잡지 못하였다.

이날 밤 양 시랑은 선랑과 작별하고자 동자를 데리고 선랑 집으로 찾아갔다. 이때 선랑은 벌써 모든 것을 알고 시랑을 각별히 다정하게 맞아들였다.

"상공께서 천은을 입사와 영화롭게 돌아가시니 감축하옵나이다."

선랑 목소리는 명랑한 듯하면서도 서글펐다.

시랑은 선랑 손을 잡고 떨리는 목소리로 말하였다.

"내 이제 그대와 더불어 수레에 함께 올라 같이 떠나고 싶으나 그렇게 되면 유배살이 왔다가 기생첩을 싣고 왔다는 질책을 면할 수 없을 것이요, 또한 그대와 맺은 인연은 부모님께도 알리지 못

한 일이라. 내 마땅히 황성에 올라가서 부모님께 고한 뒤 인차 말
과 수레를 보내어 데려갈 터이니, 그대는 이별의 회포를 삭여 꽃
다운 얼굴에 봄빛이 이울게 하지 마시오."

말을 마친 양 시랑은 선랑 등을 살뜰히 쓰다듬었다. 선랑은 얼굴
에 슬픈 빛을 가득 머금고 말하였다.

"상공과 제가 풍류로 만났으니 마땅히 풍류로 이별을 고하리다."

그러고는 책상 앞에 놓인 거문고를 당겨 이별가를 아뢰었다.

오동잎 너풋너풋 퍼짐이여
대 열매 주렁주렁 달렸도다.
봉과 황이 찾아 모임이여
짝 지어 정다웁게 노래하도다.

강 위에 아득히 구름 덮임이여
강물은 유유히 흐르도다.
가는 님 떠나고자 말을 먹임이여
이내 님 따라 한가지로 가고 지고.

애끓는 한을 거문고에 실음이여
비단 줄 목메어 흐느끼도다.
끝없는 생각 가슴에 얽힘이여
밝은 달만 하염없이 바라보도다.

선랑은 거문고를 밀어 놓고, 애절히 눈물을 머금을 뿐 말이 없다. 시랑은 선랑을 거듭 위로하고 몸을 일으켰다. 시랑이 밖으로 나올 때에도 선랑은 따라 나와 소매를 들어 눈물만 씻을 따름이다.

시랑은 객실에 돌아와서 행장을 수습하여 서울로 떠났다. 때는 이미 동짓달이라 산천도 쓸쓸하고 하늘땅이 비었는데, 갑작스레 북풍이 눈을 몰아 잠깐 사이에 대지를 덮어 버리니 온 세상이 은백색이다. 일행이 눈을 헤치며 겨우 오륙십 리쯤 가서는 더 나아가지 못하고 객줏집에 들었다.

밤이 되자 눈이 멎고 날이 개어 달빛이 휘영청 밝았다. 시랑은 동자를 데리고 문밖에 나와 달 아래 거닐며 설경을 구경하였다. 봉우리들은 백옥을 묶어세운 듯하고, 빈 들에는 은 비단을 깔아 놓은 듯하고, 산마다 나뭇가지는 봄바람에 배꽃이 만발한 듯하여, 그 깨끗한 풍경이며 산뜻한 기상이 말쑥하게 차린 선랑을 보는 듯하였다. 시랑은 마음이 부질없이 서글퍼져 산천 설경을 넋 없이 바라보고 섰다가 객점으로 돌아왔다.

외로운 회포를 이기지 못하며 고단한 몸을 베개에 기대어 자리에 누웠다. 그때 문 두드리는 소리가 나더니 웬 소년이 계집종 둘을 데리고 들어왔다. 소년은 말쑥하고 아름다워 남자 같은 기상이 전혀 없는데, 맑은 목소리로 양 시랑이 묵는 방을 찾았다. 시랑이 의심스러워 자세히 바라보니, 바로 벽성선이다. 선랑은 방그레 웃으며 자리에 앉았다.

"제가 비록 청루에 놀았으나 나이 아직 어려 이별이 무엇인지 모르옵니다. 다만 상공을 길이 모실까 하였더니 하루아침에 동문

밖 버들가지를 꺾고 이별곡을 부르게 될 줄 어이 짐작하였으리까. 억이 막히고 수줍어 마음속에 쌓인 회포를 만에 하나도 말씀드리지 못한 채 상공과 총총히 이별하니 더욱 슬프더이다. 때마침 북풍이 눈을 날려, 분명 멀리는 못 가셨으리라 생각하고 쓸쓸한 객관 가물거리는 촛불 앞에 적막하실 상공을 위로해 드리고자 찾아왔사옵니다."

선랑은 낭랑히 말하고 은은히 웃었다.

시랑이 그 살뜰한 뜻을 기특히 여겨 선랑을 이끌고 금침을 같이하여 탐탁한 풍정으로 몸을 희롱코자 하자 선랑이 이번에는 사양치 않고 수줍어하면서 말하였다.

"세상 여자들이 지아비 섬기는 법이 세 가지가 있사온데, 첫째는 마음으로 섬기는 것이오니 정성을 다해 섬기는 것이며, 둘째는 눈치로 섬기는 것이오니 지아비 기분에 맞춰 섬기는 것이며, 셋째는 얼굴로 섬기는 것이오니 곧 얼굴을 곱게 하여 섬기는 것이옵니다. 제가 비록 못났사오나 마음으로 군자를 섬기고자 하였더니 아마도 세상 남자란 모두 그 얼굴을 취하고 마음을 모르는가 보옵니다. 서로 만난 지 몇 달 동안 담담히 지내다가 헤어지매 상공이 서운해하심은 물론이고, 저도 또한 군자를 받드는 도리가 아닌지라, 객관 외로운 촛불 아래 상공을 찾아와 구차스레 화촉을 밝히려 하오니 상공은 이 가여운 뜻을 아시옵니까?"

이 말을 듣고 시랑이 팔을 늘여 선랑 허리를 안고자 하는 순간,

"상공은 무엇을 찾으시오니까?"

하는 동자의 목소리가 들렸다.

깜짝 놀라 깨니 덧없는 꿈이라. 시랑이 허거프게 웃으며 때를 물으니 동자가 벌써 새벽이라고 하였다. 가물거리는 등잔불은 벽에 걸려 있고, 멀리서 닭 우는 소리가 들렸다.

임금이 양창곡과 황 소저를 중매하다

양 시랑은 자리에서 일어나 앉아 무심코 방 안을 살폈다. 끄지 않고 두었던 촛불은 꿈인 듯 여전히 가물거리고 있었다. 초는 한 치밖에 남지 않았으나 불초리는 여전히 날름거렸다. 선랑이 방금 자리를 뜬 듯 향기며 체취도 그대로 남아 있는 것 같았다. 아마도 지조 있는 선랑이 순종치 않음을 섭섭히 여겨 꿈으로 나타났을 것이다. 하물며 임금과 신하 사이라니, 조정에 이제 막 나온 젊은 관원이 날카로이 제 뜻만 고집하다 임금을 거슬렀으니 어찌 장차 임금 뜻을 얻어 나랏일에 큰 포부를 펼 수 있으랴 싶기도 하였다.

날이 밝자 서둘러 길을 떠났다. 시랑 일행은 여러 날 고생한 끝에 아무 탈 없이 서울에 닿았다. 집에 오니 모두 나와 반겨 맞았다. 부모 곁을 떠난 지 거의 반년이라, 임금의 은혜를 입어 다시 부모를 모시게 된 기쁨을 어찌 다 말로 하랴.

사위가 돌아왔다는 소식을 들은 윤 상서가 곧바로 찾아와서 치하하였다. 그러고는 양창곡에게 물었다.

"황상께서 황 씨 혼사를 다시 말씀하시면, 자네는 어찌하려는고?"

시랑이 대답하기 전에 원외가 입을 열었다.

"그 일이 본디 의리에 크게 어긋나지 않으니, 신하로서 어찌 여러 번 임금 뜻을 거스르겠나이까?"

윤 상서도 거듭 시랑에게 폐하 뜻을 받아들이라 하고 돌아갔다.

이튿날 시랑이 대궐에 들어가니 임금이 시랑을 위로하였다.

"경이 오랜 귀양살이로 고생이 많았으리라. 아름다운 옥은 닦을수록 빛이 나고 보배로운 검은 불릴수록 날카롭나니 경은 뜻과 기개를 떨어뜨리지 말고 앞일을 힘쓰라."

시랑이 황공해서 머리를 조아리니 임금이 하교하였다.

"황 각로 집 혼사는 짐이 이미 말을 내었고, 또 예절에도 어긋나지 않으니 경은 다시 사양치 말라."

"하교가 이에 이르시니 마땅히 분부대로 하겠나이다."

시랑이 머리를 조아리며 아뢰었다.

임금은 크게 기뻐하며 곧 천문이며 점술을 맡아보는 관리를 불러 택일을 명하고,

"짐이 이미 중매하였으니 혼례식 날 조정 백관들은 신랑 신부 집에 가서 잔치에 참여하라."

하며, 호부에 명하여 갖가지 고운 비단 백 필을 내렸다.

잔칫날이 되자 두 집에서 혼례식을 하는데, 차림새가 성대함은

말할 것도 없고 조정 백관이 모두 와 치하하니 두 집 앞 너른 마당이 수레며 말로 붐비었다.

봉관을 쓰고 용잠을 찌르고 수놓은 비단옷에 갖은 패물로 차린 황 소저가 예법대로 시부모께 뵈올 적에 그 광채가 사람을 놀랬다. 얼굴은 고우나 날카롭고도 가벼운 거동이 요조숙녀의 자질은 아니었다.

시랑은 사흘 동안 화촉 예를 마친 뒤, 윤 소저 방에 가서 근심스러운 빛을 띠고 자리에 누우며 물었다.

"부인은 여러 날 황 소저를 보았으니 그 됨됨이가 어떻다고 보시오?"

윤 소저는 잠잠히 아무 말도 없었다. 그러자 시랑이 또 말하였다.

"내가 부인을 한갓 부부로만 알지 않고 서로 마음을 아는 지기知己로 믿기에 이렇듯 묻거늘, 이제 좀 혐의쩍다 하여 마음에 드는 바를 말하지 않으니 이 어찌 내가 바라는 바겠소?"

그제야 윤 소저가 입을 열었다.

"저야 그저 머리 차림과 패물 차림, 얼굴 모습이나 살필 따름이옵니다. 사람의 성정이며 인품이 어떤지는 비범한 이들도 알지 못하거늘, 이제 총명하신 상공이 아둔한 여자에게 같은 여자를 평하라 하시니 저는 상공의 뜻을 알지 못하겠나이다."

"내가 임금 명을 어기지 못하여 황 소저를 맞았으나 앞날에 집안을 어지럽힐 조짐이 보이는구려. 부인 말은 예절에 옳고 도리에는 당연하지만 진심을 말하지는 않는구려."

한림은 탄식했다.

이 무렵 남만南蠻이 자주 반란을 일으켜 조정이 어수선하였다. 천자는 이를 근심하여 병부 상서 윤형문을 우승상으로 삼고, 참지정사 노균에게 평장군국중사를 겸하게 하여 이들을 날마다 편전에 불러 군사 일을 의논하였다. 하루는 익주 자사 소유경蘇裕卿이 상소를 올렸다.

남만이 세력이 커져 우리 남방 십여 고을을 차지하였사옵니다. 남만 무리가 백여 만이라 산골짜기에 근거지를 두고 사방에 흩어져 노략질을 하오나, 그들이 부리는 괴이한 요술이며 처음 보는 무기들을 당해 낼 방략이 없사옵니다. 또한 여러 고을 군사들이 남만의 기세에 기왓장 무너지듯 차례로 패하여 오래지 않아 적들이 익주 땅을 침범할지라, 원컨대 폐하는 황성의 병사를 보내시어 적을 물리쳐 주소서.

이 상소문을 보고 천자가 크게 놀라 황, 윤 두 각로와 노 참정, 양 시랑을 불러 어전 회의를 열고 방략을 물었다.

윤 각로가 엎드려 먼저 아뢰었다.

"남만은 예부터 천자의 교화가 미치지 않아 풍속이 사납고 거칠어 금수와 다름없으니, 덕으로 달래야지 힘으로 싸워서는 어려울 것이옵니다. 신이 생각건대 형주와 익주의 군대를 출동시켜 중요한 곳을 지키게 하고, 순무사를 보내어 은혜로 달래고 위엄으로 깨우치며 이익과 손실이 무언지 알게 하여도 저들이 항복하지 않거든, 그때 폐하의 군사를 보내시는 것이 좋을까 하나이다."

각로가 말을 끝내자 양 시랑이 여쭈었다.

"승상 말씀은 옛날 하, 은, 주 삼대 때 군사를 쓰던 도리인 줄 아옵니다. 허나 오늘 남만 기세를 보면, 먼 변방 오랑캐로서 감히 우리 중국을 엿보니, 오랫동안 모반을 꾀하였을지라 쉽사리 병기를 놓지 않을 것이옵니다. 또 지금 우리 군사는 오랫동안 평화를 누린 까닭에 갑자기 적들과 싸우기 어려울 것이옵니다. 지금 모든 고을에 조서를 내리사 군대를 점검하고 병기를 수리하여 예상치 못한 변고를 미리 방비케 하소서."

말이 끝나기 바쁘게 참지정사 노균이 반대 의견을 아뢰었다.

"양 시랑이 하는 말은 임기응변을 모르는 소리옵니다. 어려운 때를 당하여는 먼저 민심을 진정시켜야 하거늘, 지금 만일 조서를 내려 군대를 훈련한다, 병기를 준비한다 하면 민심이 소란해지지 않겠사옵니까? 소유경이 올린 상소를 아직 알리지 마시와 민심을 가라앉히는 것이 좋을까 하나이다."

양 시랑이 또 정중히 아뢰었다.

"요즈음 조정 논의가 오직 한때만 무사히 넘기려고 꾀하고 뒷일은 생각지 않으니 신이 개탄하는 바이옵니다. 민심이 소란할까 걱정하여 가만히 앉아 있다가 하루아침에 남만이 깊이 쳐들어오면 온 나라가 어지러우리니, 그때 가서는 어찌하겠사옵니까."

이 말을 들은 노균은 천자 앞에서도 거리낌 없이 얼굴을 굳히고 소리를 높여 시랑을 꾸짖었다.

"저 남방 오랑캐의 짓거리는 하잘것없는 좀도둑질에 지나지 않거늘, 무엇이라 그렇듯 과장하는가? 또한 군대를 움직이는 큰일

은 경솔히 할 수 없소이다. 도적을 힘으로 막다 민심이 소란스러
워지면 그때는 무엇으로 막겠소?"

시랑은 웃었다. 그러고는 목소리를 더욱 낮추었다.

"참정 말씀은 과연 아침에 저녁 일을 생각지 못하는 것과도 같소
이다. 작은 소란만 근심하고 큰 소란은 생각지 못하시니, 이른바
제 그림자가 무섭다고 피해 달아날수록 그림자는 더욱 빨리 따라
와 마침내 쓰러지고 말았다는 옛말과도 같소이다."

논박할 여지 없이 말문이 막힌 노균은 얼굴이 붉으락푸르락하더
니 와락 성을 내며 내뱉듯 말하였다.

"성상께서 이 못난 신에게 군사 일을 맡기셨으니 만일 백관 가운
데 제 소견을 고집하여 민심을 어지럽히는 자는 응당 법으로 처
단하리라."

노균이 하는 거동을 보고 양 시랑은 입을 다물고, 두 각로는 같은
말만 지루하게 되풀이하였다. 천자도 한참 잠잠히 있다가 결국 노
참정이 한 말을 좇아, 소유경이 올린 상소를 모두에게 알리지 말고
조정에서는 순무사를 가려 뽑으라 하였다.

이에 윤 각로가 정중히 여쭈었다.

"상소를 알리지 않고 순무사를 보내신다면 민간에 소문이 어찌
퍼지지 않겠사옵니까. 익주 자사 소유경은 신의 처조카이온데,
문무를 두루 갖추고 장수 될 지혜와 책략이 뛰어나니 순무사를
겸하게 하여 익주 군대를 거느리고 적의 정세를 탐지하여 올리게
함이 좋을까 하나이다."

천자는 이 의견을 좇았다.

이날 어전을 물러 나와 집에 돌아온 양 시랑은 아버지께 남만의 반란과 노 참정이 한 말을 낱낱이 고하고, 나랏일을 걱정하며 말하였다.

"요즈음 천기를 보니 태백이 남두를 범하여 남방에 병란이 일어날 징조가 있사오니, 이는 나라에 큰 근심거리이옵니다."

원외 또한 걱정하였다.

"내 비록 알지 못하나 요즈음 사람들이 나약해져 문무를 갖춘 인재가 없으니, 만일 불행히도 남방을 쳐서 물리쳐야 할 형편에 이르면, 누가 장수로 삼을 만하느냐?"

고개를 숙이고 잠잠히 생각하던 시랑이 머리를 들었다.

"제가 강주에 있을 때 한 여자를 만났사온데, 그곳 기생으로 음률이 총명하여 소리를 듣고 능히 길흉을 알아맞히옵니다. 저더러 '오래지 않아 반드시 병기를 잡을 일이 있으리라.' 하더니 그 말이 맞을까 하옵니다."

원외가 매우 놀라며 아들 얼굴을 똑바로 쳐다보았다.

"나 또한 속으로 걱정하던 바라. 그 여인 이름이 무엇이냐? 과연 총명이 남다르도다."

시랑이 머리를 숙이며 공손히 말하였다.

"이름은 벽성선이옵니다. 소자가 반년 귀양살이에 울적한 회포를 이기지 못하여 그와 더불어 사귀었사오며, 앞으로 함께하기를 허락하고 쉬이 데려오기로 언약하였사오나, 미처 말씀드리지 못하였사옵니다."

원외는 묵묵히 듣고 나서 엄하게 말하였다.

"군자는 본디 여색에 뜻을 두지 말아야 하느니라. 허나 벌써 약속하였다 하니 신의를 잃어서는 아니 될 것이다."

시랑이 곧 안방으로 들어가 이 사연을 어머니께 고하니 허 부인이 나무랐다.

"네 나이 어려 앞길이 구만리 같거늘, 여자에게 신의를 잃으면 어찌 원한이 없겠느냐. 내 강남홍 일을 지금까지 잊지 못하노니 오늘이라도 벽성선을 데려오너라."

시랑은 곧바로 편지를 써서 동자와 사내종에게 주어 강주로 보내었다.

선랑은 시랑을 보낸 뒤 사립문을 닫고 병을 핑계로 손님을 사절하고 황성에서 기별 오기만 기다렸다. 하지만 몇 달이 지나도록 편지 한 장 없는지라 마음이 자연 언짢아, 낮이면 벽성산을 보며 멍하니 앉아 있고 밤이면 등잔불을 대하여 잠을 이루지 못하였다.

하루는 사또가 부르는데 병을 앓는다는 핑계로 가지 않았더니, 뜻밖에 사또가 약까지 보내며 위문하였다. 선랑은 사또 성의가 고맙기는 하나 한편 미심쩍었다.

'사또는 어찌 이리도 마음씨가 후하며 양 시랑은 어찌 그리도 인정이 박한고! 모두가 뜻밖이라. 만일 후함은 뜻이 있고, 박함은 정이 없기 때문이라면 내 어찌 구차히 살아 욕을 받으리오.'

선랑은 마음이 몹시 울적하고 어수선하였다.

그날도 난간에 기대어 먼 산을 바라보며 한숨만 짓고 있었다. 그런 중에 밖에서 인기척이 나니, 관아에서 사람을 보냈는가 하였는데, 뜻밖에도 한 동자가 들어와 절을 하고 편지를 내놓았다. 전날 양 시랑이 데리고 왔던 동자였다. 선랑이 편지를 떼어 보았다.

구름 덮인 산을 이별한 뒤 옥 같은 그대 얼굴 꿈속같이 선하도다. 공명에 얽매인 몸이 부질없이 일에 묻혀 아름다운 기약을 지금까지 물리었으니 부끄럽기 그지없도다. 요전 그곳 관가에 기별하여 선랑 이름을 기생 명부에서 지우라 하였는데 혹시 알고 있는가? 지금 부모님 명을 받들어 말과 수레를 보내니, 그동안 쌓인 정은 다음날 동방에 화촉을 돋우고 원앙침을 같이하여 나누려 하노라.

선랑은 며칠 뒤 행장을 꾸려 황성으로 떠났다.

이즈음, 익주 자사 소유경은 황명을 받들어 적의 정세를 탐지하고는 밤낮으로 말을 달려 황제에게 다음과 같은 장계를 올렸다.

신이 황명을 받자와 적진에 이르러 우두머리를 만나 회유해 보기도 하고 위세로 달래 보기도 했으나, 전혀 항복할 뜻이 없고 거만한 기색과 무례한 언동이 이를 데 없었사옵니다. 적장은 신을 속임수로 꾀어 자기 진중에 가두어 놓고, 비장 한 사람을 제 눈앞에서 목을 베었으며, 또 위급한 형세와 흉측한 꾀가 장차 제게 미치게 되었나이다.
신은 다행히 비상시를 대비해 무기를 지니고 있었기에 적과 싸워 겨우 목숨은 구하였사오나, 신이 황명을 받은 몸으로 한낱 오랑캐한테 욕을 당하였사오니 마땅히 죽을죄를 면치 못할 줄 아옵니다. 다만 남만 기세가 이렇듯 강성함은 일찍이 없던 일이오니, 바라건 대 폐하께서는 대군을 서둘러 출동시켜 외로운 익주 성이 위기에서 벗어나게 해 주소서.

장계를 보고 황제는 크게 놀라 바삐 모든 신하들을 불러 대책을 의논하였다. 그러는데 형주 자사가 보낸 표문이 또 올라왔다.

남만이 강성하여 이미 동주표를 지나 광서성을 점령하였으며, 계 림, 형양 등지에서 가축을 약탈하고 양민을 마구 죽이니 변방 여러 고을이 평소에 방비가 없다가 갑자기 적병이 쳐들어옴을 보고 소동 하여 형주, 익주 이남에는 모두 빈집뿐으로 굴뚝 연기가 끊어졌사 옵니다. 이로 하여 적병이 아무 저항을 받지 않고 물밀듯 들이닥치 는지라, 군사를 수습하여 모으려 하나 태평을 누려 온 지 오래이고, 일찍이 단속과 훈련이 없었으므로 흩어져 나가는 것을 걷잡을 수 없삽기에 삼가 표문을 올리오니, 천병 출동을 더는 미루지 마소서.

황제는 표문을 보고 낯빛이 질려 윤 각로를 불러 방략을 물었다. 윤 각로는 조용히 아뢰었다.
"형세가 이렇듯 급하니 토벌을 잠시도 늦출 수 없사옵니다. 문무 모든 신하를 모아 상의함이 좋을까 하나이다."
황제는 명을 내려 신하들을 다 불러들였다. 이리하여 원임 각로 황의병과 우승상 윤형문과 참지정사 겸 평장군국중사 노균, 호부 상서 한응덕, 병부 시랑 양창곡, 호분장군 뇌천풍 등 문무 관원들이 동서로 나뉘어 모두 제자리에 앉았다. 자리가 정돈되자 황제가 하교를 내렸다.

"남만이 강성하여 감히 침범하니 어찌하면 좋으리오? 정세가 몹시 급박하니 경들은 대책을 말하라."

황제가 하교를 내리자 장내는 물을 뿌린 듯 조용해졌다.

"조그마한 오랑캐가 하늘 높은 줄 모르니 대군을 발동시키면 한번 토벌에 평정될지라, 무슨 근심할 것이 있겠나이까."

황 각로가 먼저 정적을 깨뜨리고 아뢰자, 참지정사 노균이 여쭈었다.

"변방을 지키는 자들이 방비를 소홀히 하여 적이 이렇게 강대해졌으니 우선 형주, 익주 두 자사와 광서 성주가 지은 죄를 물으시고, 북으로 하북성에 있는 요새 거용관을 고쳐 든든히 하였다가, 불행히 급한 일이 생기거든 성상께서 북으로 가시어 거용관을 지키심이 허술함이 없는 계책일까 하나이다."

노균이 한 말에 윤 각로가 웃었다.

"당당한 만승천자로서 한낱 오랑캐 무리가 준동하는 것을 보고 어찌 도성을 버리고 나가 자그마한 외딴 성을 지키리오."

그러고는 황제에게 아뢰었다.

"성상께서 바삐 군사를 보내시어 적을 침이 옳을까 하옵나이다."

황제는 윤 각로의 말을 옳이 여겨 머리를 끄덕이고는 좌우를 돌아보았다.

"그 누가 능히 원수 되어 위태로운 나라를 반석같이 붙들꼬?"

하지만 온 좌중이 잠잠히 말이 없고 서로 얼굴들만 바라보고 있을 뿐이었다. 항간에서는 "적병이 머지않아 물 밀듯 황성으로 쳐들어올 것이다." "오랑캐 무리가 몇백만인지 모른다." 하여 듣는 이들이 모두 담이 떨어지고 기가 질리는 판국이라 조정에 그득한 벼슬아치들도 모두 나서기를 꺼렸다.

"짐이 덕이 없어 변방 오랑캐들을 감화치 못하여 수백 년 이어온 이 나라 운명이 아침저녁에 달렸고 온 백성이 도탄에 들겠거늘, 우국충정으로 짐을 도울 자 한 사람도 없으니 짐의 허물이지 누구를 탓하리오."

황제가 탄식하며 눈물을 흘려 곤룡포를 적셨다.

이때 한 재상이 반열에서 나와 아뢰었다.

"신이 비록 충성이 모자라나마 다함없는 천은을 입사와 보답할 길이 없삽더니, 마땅히 나라를 걱정하는 마음 하나로 작은 힘이나마 바쳐 남만을 다스리고 폐하의 근심을 덜까 하나이다."

모두의 눈길이 한곳으로 쏠리니 옥 같은 얼굴에 위풍이 당당하고, 별 같은 눈에 정기가 빛나며, 말소리 또한 낭랑한지라, 이는 곧 병부 시랑 양창곡이다.

이를 보고 황 각로가 속으로 생각하되 지금 적의 기세가 저렇듯 험악하거늘, 제 사랑하는 사위가 출전하였다가 불행한 일이 생기기라도 하면 제 딸 평생을 그르치리라 하고 나가 아뢰었다.

"양창곡은 나이 어리고 경험 없는 백면서생이라 중대한 책임을 맡지 못할지니, 폐하께서는 용맹 있고 기개 있고 지략과 경험 있는 사람을 가리사 나랏일이 그릇되지 않게 하소서."

말이 채 끝나기도 전에 무관들이 앉은 반열에서 한 늙은 무관이 허리에 찬 검을 어루만지며 큰소리로 말하였다.

"승상 말씀이 그르외다. 옛적에 항우項羽는 스물네 살에 강동에서 군사를 일으켰고, 손책孫策은 열일곱 살에 천하를 두루 다녔으니, 용맹과 지략은 재기에 달려 있지 나이에 있지 않으며, 한나라 제갈량과 송나라 조빈曹彬은 서생 기풍이 있었으나 천고의 명장이 되었소이다. 양 시랑이 소년 서생이라 하나, 본디 나랏일을 위해 몸을 돌아보지 아니하니 그 충성을 알 수 있고, 또 지금 결연히 위태로운 변방에 출전하기를 스스로 청하니 그 용맹이 큼을 알 수 있나이다. 신이 생각건대 만일 양 시랑이 출전치 않으면 우리 나라가 남만 군사에 짓밟혀 끝내 오랑캐 소굴로 될까 걱정이옵나이다."

모두들 그 장수를 보니 하얀 머리털이 귀밑을 덮었으며, 우레 같은 소리와 번개 같은 눈이 사람을 위압하니, 곧 호분장군 뇌천풍雷天風이었다. 뇌천풍은 당나라 때 안록산의 난리에 싸우다가 장렬히 전사한 뇌만춘의 후손이니, 적이 만 명이라도 혼자 당해 낼 만큼 용맹스러우나 평생 권세에 아부하지 않아 벼슬이 호분장군에 지나지 못하였다.

뇌천풍이 하는 말에 노 참정이 화를 내며 소리 높여 꾸짖었다.

"하찮은 무부武夫가 어찌 감히 조정 대사에 참견하는가? 지략이 없어 그 좀도적을 평정치도 못할 위인이 그렇듯 불근거리니, 만일 두 번 말하면 네 머리를 먼저 베어 삼군을 호령하리라."

천풍이 하도 어이가 없어 껄껄 웃고 말하였다.

"늙은 놈이 아무런 공도 없이 나라의 녹을 먹고 터럭이 허옇게 셌으니 어찌 제 한 몸 돌보아 나랏일을 피하리오. 이제 개 같은 오랑캐가 쥐같이 장난하여 남방을 짓밟거늘, 재상부터 저 아래 낮은 벼슬아치들까지 종일 머리 맞대고 의논해 봐야 분명한 대책 하나 세우지도 못하고, 의기가 떨어져 도성을 버리고 거용관이나 지키자고 하니 이 무슨 신하 된 자의 도리라 하리오.

이제 만일 불행하여 백만 적군이 황성으로 다가들면 온 신하가 처자를 업고 저마끔 도망하여 폐하를 돌아볼 자 없을까 하니 어찌 한심치 않으리오. 늙은 제가 비록 용맹은 없으나 원컨대 양 시랑을 따라 도끼를 메고 선봉이 되어 반드시 남만 머리를 베어다가 폐하께 드릴까 하오이다."

말하는 위풍이 늠름하고 기세가 등등하여, 서리 같은 터럭이 창 끝같이 일어서니 모인 이들이 다들 그 장함을 칭찬하고, 황제 또한 크게 기뻐하며 곧 양창곡을 병부 상서 겸 정남도원수로 삼아 절월과 활, 붉은 도포와 금빛 갑옷, 말 한 필, 황금 이만사천 냥을 주고, 뇌천풍을 파로장군 겸 선봉장군을 삼았다. 그러고는 출전하는 날 남문 밖에 나가 황제가 친히 전송하리라는 분부가 내리니 양 원수 머리를 조아려 명을 받들고 물러 나왔다.

양 원수가 집으로 돌아오니 휘하 장수들이 벌써 문 앞에 가득 모였다. 원수는 중군사마를 불러 영을 내렸다.

"정황이 다급하니 행군을 지체하지 못하리라. 내일 행군하리니 아침 진시까지 남문 밖에 모이되 만일 시각을 어기면 반드시 군율로 다스리리라."

중군사마 이하 장수들이 영을 듣고 물러간 뒤 양 원수는 아버지와 어머니 앞에 나아가 하직 인사를 드렸다.

"소자 나라에 몸을 바쳤으매 집안을 돌볼 수 없사와 이제 싸움터로 떠나려 하옵니다. 지금 남만이 천명을 거슬러 우리 나라를 침노하였으나 적은 반드시 패하고 말 것이오니, 부디 두 분 다 귀중한 몸 잘 돌보시고 자식 걱정은 마소서."

원외는 머리를 끄덕이고는 근엄한 기색으로 말하였다.

"오냐! 우리 부자 더없는 은덕을 입어 보답할 길이 없더니 네 이제 황명을 받들어 만 리 변방에 출전케 되었구나. 집안 걱정 말고 나라 위해 힘쓰거라."

허 부인은 눈물이 글썽해서,

"아직 우리가 그다지 늙지 않았고, 또 두 어진 며느리가 있으니 집 걱정은 하지 말고 공을 세우고 돌아오너라."

하면서 눈물을 참지 못하여 말끝을 맺지 못하였다.

원수 또한 눈물을 머금거늘, 이를 본 원외는 엄한 얼굴로 아들을 나무랐다.

"군자는 충성을 다하여 나랏일에 몸 바치는 것이 곧 효도이거늘, 장수 된 몸으로 아녀자들처럼 눈물을 보이니 이 어찌 아비가 평소에 가르친 바리오."

원수는 바로 일어나 두 번 절하고, 원외 가르침을 받은 뒤 윤 부인 방에 들어갔다.

"이 몸이 왕명을 받자와 장수로 출정하게 되었소. 처자에게 사사로운 이별 회포를 말할 때 아니나, 다만 부인에게 부탁하니 부모님 공대 잘하여 효를 다하며 동기간에 화목하고 건강히 잘 계시오."

작별 인사 끝에 원수는 또 웃으면서 덧붙였다.

"또 부탁할 것이 있소. 내가 풍정에 뜻을 두지는 않았으나 귀양살이 동안 외로운 회포로 벽성선이란 기생을 사귀어 그와 지기로서 평생을 약속하였기에, 부모님께 아뢰어 이미 데려오기로 사람을 보냈소. 곧 올 것이니, 부인이 잘 돌보아 주소서."

윤 씨는 서운함을 애써 누르고 공손히 말하였다.

"마땅히 명하신 바를 잊지 않으리다. 부디 삼가 몸 상치 마시고 잘 돌보소서."

원수는 윤 부인 방을 나와 황 부인 방으로 갔다.

"옛말에, '여자는 오직 살림살이만 잘하면 그만이다.' 하였으니 부인은 부모님을 받들어 윤 씨와 함께 집안을 잘 꾸려 멀리 싸움터에 나간 지아비가 걱정하지 않게 하시오."

"저는 비록 재주가 모자라오나 윤 씨가 현숙하니 부모님 받들 염려는 없는 줄 아옵니다. 저는 본디 배운 것이 적고 유순한 덕이 부족하온지라, 들으니 군자께서 풍정을 사모하여 한때 사귄 여자가 첩으로 들어온다 하오니, 이때를 타서 친정에 가 있어 허물 됨이 없게 할까 하옵니다."

원수는 그 말에 낯빛을 바로 하고는 아무 대답도 하지 않고 사랑으로 나갔다.

이튿날, 남문 밖에 단을 쌓았다. 원수는 붉은 도포와 금빛 갑옷에 새 깃을 붙인 큰 화살을 차고, 흰 깃발과 황금 도끼를 양옆에 세우고 단에 올랐다. 이때 원수 나이 열여덟이라, 호령은 서릿발 같고 기상은 큰 산 같으니, 모든 장수와 삼군이 감히 쳐다보지 못하였다.

이윽고 황제가 몸소 진문 밖에 이르러 신분을 증명하는 표신을 보이니 원수가 단에서 내려 임금의 수레를 맞았다.

"갑옷 입은 사람은 절하지 않는다 하오니 군례로 뵈옵나이다."

황제가 얼굴을 더욱 정중히 하고 친히 술을 따라 권하였다.

"지금부터 도성 안은 짐이 다스리고, 도성 밖은 양 장군이 다스리되, 만일 장군이 내리는 명을 좇지 않는 자가 있거든 자사 이하 모든 관원 그 누구라도 먼저 베고 나중에 보고할 권한을 주노니 그리 알고 양 장군 뜻대로 처리하라."

예식을 마친 뒤 황제는 걸어서 진문 밖으로 나가 수레에 올라 떠나갔다.

원수는 다시 단에 올라, 임금께 받은 황금을 군사들에게 상으로 주고 술이며 고기를 푸짐히 먹였다.

모든 준비를 갖추고 대군이 행군을 시작하였다. 북소리, 나팔 소리 하늘땅을 뒤흔들고, 갖가지 깃발이 햇빛을 가렸다. 대오는 질서 있고 군령은 엄했다. 대군이 지나가는 곳마다 백성들이 모두 감탄하였다.

"우리 황제께서 어진 장수를 얻으사 대오가 저렇듯 끌끌하니 남만이 준동함을 어찌 근심하리오."

이리하여 민심이 안정되어 갔다.

원수가 대군을 거느리고 행군을 시작한 것과 때를 같이하여 벽성선은 강주를 떠났다. 황성 길을 재촉하는 사이 날이 저물어 어느 객점에 머무니, 길가에서 백성들이 다리를 고쳐 놓는다, 길을 닦는다 하며 들끓고 있었다. 벽성선이 한 사람을 붙들고 곡절을 물으니, 오늘 도원수가 군사를 거느리고 행군하여 이곳에 머무른다고 한다. 도원수가 누구냐 묻자 병부 상서 양 공이라고 하니, 선랑은 일이 이처럼 빨리 닥친 데 놀랐다. 양창곡이 원수가 되어 싸움터로 나갈 줄은 짐작했으나, 이렇듯 빨리 일이 벌어질 줄은 몰랐던 것이다.

선랑은 이제 무엇을 어찌하면 좋을지 궁리하였다. 지금 형편에서는 낯선 집 문을 두드릴 수도 없고, 도원수를 여기서 만나는 것도 그리 쉽지는 않을 것이 분명했다.

선랑은 안타까웠다. 더욱이 옥퉁소는 진중에서 반드시 요긴하게 쓸데가 있으련만, 그것을 도원수에게 전할 방도마저 없는 것 같았다. 군율이 엄하여 남자도 출입하지 못하려든 하물며 여자이랴. 한참 궁리하던 선랑은 언뜻 꾀가 떠올라, 동자를 불러서 객점 문 앞에 서 있다가 원수 행차가 이르거든 알리라고 하였다.

얼마 안 되어 나팔 소리가 하늘땅을 흔들더니 동자가 바삐 들어와서 알렸다.

"원수께서 행군하여 오시옵니다."

"진 치는 곳을 자세히 보고 와서 알리어라."

선랑이 침착하게 분부했다. 한참 만에 동자가 다시 들어왔다.

"원수께서 진을 치셨는데, 여기서 남으로 백여 걸음 밖에 산을 등지고 냇물이 가까운 너른 들판에 치시더이다."

이 말을 듣고 선랑은 고개를 끄덕였다.

밤이 이슥해지자 선랑은 동자를 불러 말하였다.

"상공이 진 치신 형세를 구경코자 하니, 네가 앞장서거라."

동자는 빙긋 웃고 자신만만하게 앞서 걸어 나갔다. 선랑은 옥통소를 쥐고 동자를 따라나섰다. 얼마 뒤 선랑과 동자는 진 앞에 이르렀다. 맑은 하늘에는 달이 유난히도 밝았다. 깃발과 창검이 당당하게 방위를 지키고, 부대와 행렬이 중중첩첩하여 군영을 이루어 위의가 엄숙하고 군율이 탄탄함을 묻지 않고도 알 수 있었다.

"내 잠깐 산에 올라 진세를 굽어보리라."

선랑이 산길을 찾아 중턱으로 올라가면서 동자더러 밑에서 기다리다가 올라오는 사람이 있거든 알리라 일렀다. 그러고는 산 중턱 바위 위에 높이 올라앉아 진중에서 시각을 알리는 북소리가 나기만 기다렸다. 한참 있노라니 삼경을 알리는 북소리가 둥둥둥 울렸다. 선랑은 북소리가 끝나기를 기다려 옥통소를 들어 한 곡 불었다.

장막 속에서 책상을 의지하여 무곡 병서를 보고 있던 원수는 난데없는 퉁소 소리가 바람결에 들려오자 병서를 덮고 귀를 기울였다. 퉁소 소리는 허공에 맑게 울려 퍼져 갔다. 가을바람을 헤가르며 날아가는 기러기가 무리 지어 우는 듯, 맑은 하늘에 떠도는 외로운 학이 짝을 찾아 부르는 듯, 그 소리는 여느 나무꾼이 부는 소리가 아니었다. 총명한 원수가 어찌 벽성산의 그 곡을 모를 수 있으랴.

놀랍고 반가운 마음에 생각하기를 이는 반드시 선랑이 지나다가 나를 보려 함이라 하고 곧바로 중군사마를 불렀다.

"군대가 처음으로 이곳에 와서 밤을 지내니 대오와 말들이 편안하여야 한다. 내 평상복으로 한 번 순시코자 하니, 비밀을 누설치 말고 장막 안을 지키라."

원수는 가까운 비장 한 사람과 큰 화살을 빼어 들고, 문지기에게 표신을 보인 다음 진문 밖으로 나갔다. 밤은 깊고 달은 밝은데, 퉁소 소리는 밤 고요를 흔들며 애절하게 울려 듣는 사람 마음 깊이 파고들었다.

원수가 진을 전후좌우로 한 바퀴 돌도록 저 위에서 흘러오는 퉁소 소리는 그칠 줄 몰랐다. 원수는 비장을 돌아보며 "내 뒤를 따르라." 이르고는 앞서서 소리가 들리는 쪽으로 산길을 톺기 시작했다. 얼마쯤 가니 산에서 기다리던 동자가 반겨 맞았다. 선랑이 보낸 동자다. 비장더러 기다리라 한 뒤에 동자를 따라 산으로 올랐다.

산 중턱에 올라서니 기다리고 있던 벽성선이 바위에서 내려와 원수를 반가이 맞이하였다. 원수는 감격하여 선랑 손을 다정하게 잡았다.

"상공이 가시는 길이 어찌 이다지도 바쁘시옵니까?"

선랑이 원수 기색을 살피며 물었다.

"남만이 서둘러 침범하여 늦출 수 없었소. 정세가 이럴 줄 알았던들, 어찌 그대를 바삐 오게 하여 불편하게 하였겠소?"

선랑은 눈물을 머금었다.

"저는 천한 몸으로 그 댁에 안면이 없사오니 이제 당돌히 들어가 누구에게 의탁하오리까?"

원수는 서글픈 기색으로 선랑 손을 잡고 그동안 황 씨네와 혼사한 일을 대강 말하였다. 선랑은 원수가 말을 마친 뒤에도 눈을 내리깔고 잠자코 있다.

"내 선랑이 식견 있음을 아나니, 비록 난처한 일이 있더라도 조심하여 내가 돌아올 때를 기다려 주오."

"상공께서 중책을 띤 몸으로 저 때문에 오래 군막을 비우니 불안하옵니다."

선랑은 원수에게 옥통소를 주며 말을 이었다.

"군중에서 혹 쓰일 바가 있을까 하옵니다."

원수는 통소를 받아 소매에 넣고, 선랑을 돌아보며 애틋함을 이기지 못하였다.

"집에 들어가 혹 어려운 일이 있거든 윤 부인과 상의하오. 윤 부인은 천성이 어질고, 내 부탁한 바도 있으니 저버리지 않을 것이오."

원수가 마음을 다잡고 돌아서려 하니, 선랑이 눈물을 뿌렸다.

원수는 이튿날 날이 밝자 대군을 거느리고 남쪽으로 떠났다. 선랑도 이른 아침에 행장을 수습하여 다시 길을 떠났다. 선랑 일행은 여러 날 만에 드디어 황성에 들어섰다.

양씨 집에 당도하자 수레를 세우고 먼저 동자를 들여보내 알렸다. 원외가 허 부인과 함께 나와 선랑을 맞아들였다. 선랑을 보니, 아리땁고 의젓한 태도하며 고운 얼굴은 조금도 꾸밈이 없고 한없이 맑고 깨끗해 한 점 티끌도 없으며, 순진하고 명랑하기가 가을 달이 맑은 하늘에 솟은 듯하였다. 그러니 집안사람들이 위아래로 뉘아니 칭찬하랴.

원외는 마음이 흡족하여 선랑을 앞에 앉히고 두 며느리를 불렀다. 이윽고 윤 부인이 들어오자 원외는 웃으면서 물었다.

"또 한 며늘아기는 어찌 아니 오는고?"

"갑자기 몸이 불편하여 오지 못하옵니다."

윤 씨가 난처한 기색을 애써 감추며 대답하였다. 원외는 불쾌하여 머리를 수그리고 있다가 윤 씨더러 일렀다.

"군자가 첩을 둠은 예부터 있는 바요, 부녀가 투기함은 악풍이라. 현숙한 며느리에게 더 말할 것 없으나, 화목하여 집안의 법도를 어지럽히지 말라."

그러고는 곧 뒤뜰 별당에 선랑의 처소를 정하라고 하였다. 윤 부인은 명을 받들어 연옥에게 앞서 가라 하였다.

연옥은 공손히 안내하여 뒤뜰로 가면서, 걸음걸이며 몸매에서 신통히도 선랑이 홍랑 같은 데가 많은 것을 보고 눈물이 솟는 것을 참을 수 없었다.

"네 어찌 나를 보고 슬퍼하느냐?"

선랑이 궁금해하니, 연옥이 울음 섞인 소리로 말하였다.

"제 가슴속에 맺힌 한이 있더니, 이제 잠깐 아픔이 되살아나 감추지 못하옵니다."

"너는 부귀한 집안에 어진 주인을 모셨거늘 무슨 한이 있느냐?"

선랑이 걸음을 멈추고 물었다. 연옥도 멈춰 섰다.

"저는 본디 강남 사람으로 옛 주인을 잃고 이곳에 왔는데, 오늘 아씨 얼굴을 뵈오니 옛 주인과 똑같으시어 자연 서글픈 마음을 누르지 못하옵니다."

"네 옛 주인이 누구더냐?"

"항주 제일방 청루에 있던 홍랑이옵니다."

선랑은 놀라 눈을 크게 떴다.

"홍랑을 모시던 몸종이라면 어찌 이곳에 있느냐? 내 홍랑과 한 번도 만나 본 적은 없으나 마음속으로 사모함이 형제 같더니, 어찌 반갑지 않으랴."

그러면서 정답게 쳐다보았다. 연옥은 하염없이 흐르는 눈물을 더욱 걷잡지 못하였다.

"우리 아씨가 원통히 죽었으니 그 후신이 아씨시오니까? 세상에 아름다운 분이 우리 아씨밖에 없는가 하여 꿈에라도 다시 한 번 뵈옵기를 축원하였더니, 생김뿐 아니라 몸가짐도 꼭 같으신 분을 여기서 만나 뵈올 줄 어찌 알았으리까. 아씨께서 세상 떠나신 우리 아씨를 사모하셨다니, 하늘이 제가 주인을 잃고 외로이 살아가는 것을 불쌍히 여기사 아씨 같은 분을 보내신 모양이옵니다."

그런 다음 연옥은 윤 부인이 자신을 거두어 주어 여기에 와 있다는 것도 이야기하였다. 선랑은 연옥이 하는 이야기를 듣고 윤 씨가 지닌 어진 덕에 탄복해 마지않았다.

이튿날 선랑은 시부모님께 문안한 뒤 윤 부인 방에 들어가서 인사하고 조용히 말하였다.

"저는 청루에서 천한 생활을 하와 예법을 모르오나, 일찍이 듣건대 부인이 두 분 계신다 하오니 한 분께는 뵈옵지 못하였사와 감히 뵈옵기를 청하옵니다."

윤 부인이 대답을 서두르지 않고 얼마간 가만히 생각하더니, 연옥을 불러 황 부인 거처로 안내하라 하였다.

그 시각에 황 씨는 울화가 치미는 것을 참지 못하여 독을 품고 앉아 있었다. 가까이 부리는 심복을 시켜 선랑에 관해 소문을 알아보니, 흠집을 말하는 사람이 없을 뿐더러 얼굴이며 자질을 칭찬하기 바빴다. 결국 지나친 강샘은 앙심으로 변하여 밤새도록 잠을 이룰 수 없었다. 뜬눈으로 밤을 밝힌 황 씨는 일찌감치 일어나 세수하고 거울을 마주하여 눈썹을 그리면서도 한탄밖에 나오지 않았다.

"하늘이 나를 내실 적에 어찌 아름다운 자색을 아껴 위로는 윤 부인만 못하고 아래로는 천기만도 못하게 하였는고."

생각할수록 살이 떨리고 뼈가 바서지는 듯하였다.

이럴 즈음에 계집종이 들어와 선랑이 뵈옵기를 청한다고 하니, 황 부인은 갑자기 걷잡을 길 없는 앙칼이 치밀었다. 금세 낯빛이 파랗게 질리고 독기가 뚜렷이 떠올랐다.

여인의 간계가 더없이 흉악하구나

황 부인은 선랑이 만나러 온다는 말을 듣고 독살이 치밀어 오르던 것을 누르고, 생각을 돌렸다.

'고기를 낚으려면 먼저 미끼를 달아야 하고, 토끼를 잡으려면 먼저 그물을 숨겨야 하나니, 제아무리 지혜롭고 눈치가 빠르더라도 내가 웃고 달래어 재치 있게 농락하면, 분명 내 손에서 벗어나지 못하리라.'

황 부인은 다사로운 얼굴과 다정한 인사로 선랑을 맞았다. 선랑은 공손히 인사하고 나서 잠깐 눈길을 흘려 황 부인을 살폈다. 옥 같은 얼굴은 알 듯 말 듯 푸른빛을 띠고, 별 같은 눈에는 약은 빛이 내비치며, 얇은 입술과 가는 눈썹은 첫눈에도 덕이 없어 보였다.

황 부인이 선랑을 보고 웃으면서 말하였다.

"선랑 이름을 들은 지 오래나 얼굴을 보니 군자께서 사랑하심이 당연한 일이구나 싶네. 오늘부터 백 년을 기약하여 함께 한사람을 섬길지니 서로 속을 주고 정답게 지내며 속임이 없도록 하세나."

선랑은 머리를 숙이고 공손히 들었다.

"저는 길가에 늘어진 버들이나 담장 밖에 핀 꽃처럼 천한 몸으로 규중 예절이며 바른 가르침을 받지 못하온지라, 행동거지가 버릇없고 처신도 어색하온데, 이렇듯 단정하고 엄숙하신 얼굴을 뵈오니 부끄럽기 그지없사옵니다. 예의범절에 어긋나는 일은 너그러이 용서하시고, 모르는 것은 가르쳐 주시기 바라옵니다."

황 소저가 깔깔 웃다가 문득 그치더니 눈을 반뜩였다.

"너무 겸손할 것 없네. 나는 사람을 사귀면 뼛속을 온통 털어놓고, 사람을 미워하면 이내 낯빛에 나타나니, 선랑은 허물없이 사귀어 꺼림을 두지 말게."

선랑은 사례하고 조금 더 앉아 있다가 조용히 일어났다. 뒤뜰 별당으로 돌아오니 마음이 몹시 불안하였다. 옛적에 간신 이임보李林甫는 웃음 속에 칼을 두었다더니, 오늘 황 씨 말 속에는 분명 그물이 있었다. 칼은 오히려 피할 수도 있으려니와 그물은 정녕 벗어나기 어렵지 않은가.

이튿날 황 부인이 선랑을 찾아와서 이야기를 나누다가 계집종 둘이 선랑 양옆에 서 있는 것을 보고는 물었다.

"저 아이들은 누구인가?"

"제가 데리고 온 몸종이옵니다."

선랑이 웃으며 대답하였다. 황 부인이 계집종을 한참이나 눈여겨

보더니 선랑 쪽으로 고개를 돌렸다.

"선랑은 계집종들도 이렇듯 기특하니 적지 않은 복이로다. 그래 이름은 무엇인고?"

"이쪽 애는 이름이 소청이고 나이는 열세 살이오며 그리 미련하지는 않사옵니다. 저 애는 이름이 자연이고 나이는 열한 살이온데 애가 좀 뗑하여 제 근심이옵니다."

선랑은 웃으며 말하자, 황 부인도 웃으며 말하였다.

"나도 몸종 둘이 있어 하나는 춘월이고 하나는 도화라. 둘 다 사람됨은 미련하나 마음은 충직하니 지금부터는 함께 씀이 좋을까 하네."

두 여인은 별로 긴요치 않은 말을 주고받다가 헤어졌다.

며칠 뒤 선랑이 소청을 데리고 답례로 황 부인을 찾아갔다. 황 부인은 반가이 맞으며 선랑 손을 잡았다.

"마침 갑갑하던 중인데 선랑이 이렇게 날 보러 오니 반갑구면."

그러고는 춘월이를 손짓으로 불렀다.

"내 오늘은 선랑과 종일 심심풀이로 이야기나 나누겠다. 별당에 자연이가 혼자 심심하겠으니, 네가 가서 함께 놀다 오너라."

춘월이는 분부 내리기 바쁘게 밖으로 나갔다.

자연이는 난간에 내려앉는 범나비를 잡으려다가 놓치고, 뒤뜰 꽃밭으로 날아간 그놈을 쫓아 이리저리 뛰어다니고 있었다. 그러는 중에 춘월이 꽃밭 건너편에서 불쑥 솟아올랐다.

"자연아, 너는 꽃만 알고 동무는 모르느냐?"

자연이는 그 말을 듣고 반기며 마주 달려가서 춘월이 앞에 섰다.

"춘월아, 너는 어찌 한가히 다니느냐?"

"우리 아씨가 마침 너희 낭자와 한담하시기에 그 틈을 타서 너와 놀려고 왔단다."

"그래, 마침 잘됐다. 혼자서 심심하던 차인데."

자연이는 생글생글 웃으며 춘월이 손을 잡았다. 두 계집종은 서로 손을 맞잡고 숲 속에 들어가 앉았다.

"자연아, 너는 강주에서 이런 동산과 꽃 숲을 구경하였댔냐?"

"내가 전에 듣기에는 서울이 좋다고들 하더라만 막상 와서 보니 우리 강주만 못한 것 같구나. 강주에 있을 때 심심하면 집 뒤 벽성산에 올라 동무들과 꽃싸움도 하고 강가에 나가 물 구경도 하였단다. 그런데 서울 온 뒤에는 갑갑한 때가 많으니 우리 강주만 못한 것 같아."

"네가 말하는 벽성산이란 어떤 산이고, 강은 또 무슨 강이냐?"

"벽성산은 바로 집 뒤에 있는 높고 경치 좋은 산이고, 강은 심양강이야. 벽성산 언덕엔 정자가 있어 경치가 아주 훌륭하단다. 춘월이 네가 그곳에 가면 좋아서 깡충 뛸 거야."

"너희 아씨는 강주에서 무얼 하시며 지내셨느냐?"

"우리 아씨는 청루에서 손님도 보시고 별당에서 비파도 타셨으니 여기서처럼 적적하진 않았지."

"그럼 아씨 별당은 어떠하였느냐?"

"네 귀에 기둥 박고, 앞뒤에 문을 내고, 흙으로 벽을 치고 종이로 바른 것은 집집이 비슷하지. 그런데 왜 그리 물어?"

춘월이는 그 말에 짐짓 성을 내며,

"내가 심심해서 물었는데 이렇듯 핀잔을 주느냐? 나 돌아갈래."

자연이 일어서는 춘월이 손을 잡아 앉히고 말을 계속했다.

"내 하나하나 그림으로 그리듯이 말할 터이니 골내지 말려무나. 우리 아씨 별당은 띠풀로 처마를 덮고, 대로 사립문 만들고, 하얀 회벽이며 비단 창에는 서화가 가득히 걸려 있고, 뜰에는 노란 국화, 빨간 단풍, 푸른 솔과 참대를 심었으니 보는 사람마다 칭찬하지 않는 사람이 없었단다."

"우리 상공이 몇 번이나 가셨댔느냐?"

"날마다 오셔서 매양 밤이 깊어서야 돌아가시더라."

"몇 번이나 함께 주무시더냐?"

"나는 여직껏 함께 주무시는 것은 보지 못하였단다."

춘월이는 히히 웃더니 자연이 손을 잡아 흔들었다.

"자연아, 내 누구한테도 말하지 않을 테니 속이지 말고 말해."

"무얼 속여?"

춘월이는 자연이 귀에 대고 몇 마디 가만히 물었으나 자연이는 머리를 가로흔들었다.

"그것은 내가 모르지만, 우리 아씨는 상공 말씀을 듣지 않으시고, '오늘은 그저 벗으로만 아소서.' 하셨으니 나는 그밖엔 정말 모른단다."

춘월이는 또 무엇인가 물어보려고 하였으나 건너편에서 오던 연옥이가 꽃 숲 뒤에서 멈춰 서는 것을 보고는 곧 일어났다.

"아씨가 찾으실 것 같아 나는 돌아가야겠다."

"그럼 잘 가. 또 놀러 오너라."

자연이는 서운한 기색으로 말하고, 춘월이는 해해 웃으며 꽃밭을 에돌아 뛰어갔다.

그때 황 부인은 일어서는 선랑을 붙들어 앉히고 쌍륙을 같이 치며 이야기를 나누다가, 돌연 쌍륙판을 물리고 정색하여 말하였다.

"선랑 재주가 이러하니 응당 서화에도 서투르지는 않겠네. 글씨는 어떠신가?"

선랑은 부끄러운 듯 가만히 웃었다.

"창기가 쓰는 글씨가 한껏 해야 정을 둔 사내에게 편지나 할 만한 정도니 어찌 글씨 쓴다 하오리까."

황 부인이 깔깔 웃은 뒤에 도화를 시켜 붓과 벼루를 가져다 놓고 말하였다.

"내 요사이 심심하기에 글씨 쓰기로 소일하고 있으니 선랑도 두어 줄 쓰기를 사양 말게."

그래도 선랑이 내키지 않아 하니 황 씨가 붓을 들어 먼저 두어 줄 쓰고는,

"내 이미 서투르나마 썼으니 선랑도 써 보게."

하며 자꾸 졸랐다. 선랑이 마지못하여 한 줄 쓰자 황 씨는 그 글씨를 주의 깊이 두세 번 뜯어보고 칭찬하였다.

"선랑이 쓴 글씨는 내가 미칠 바가 아니니, 또 다른 체로 한 줄 더 써 보게."

"천한 재주 이뿐이라, 어찌 두 가지 체가 있사오리까."

"오늘은 정말 소일을 잘하였어. 그럼 내일 다시 찾아와 주게."

황 부인이 밝은 낯으로 다정히 말하였다.

선랑은 인사를 하고 물러나 별당으로 돌아왔다. 본디 총명한 선랑이 어찌 황 씨가 품은 간교함을 모르리오마는 나이 어리고 품성이 어진 데다가 강남홍처럼 올맵지 못한지라, 또 처지가 처지인지라 차마 거절을 못 하여 날마다 어울리는 수밖에 없었다. 이를 알게 된 윤 부인이 은근히 걱정하며 마음을 놓지 못하였다.

그러던 어느 날 원외가 황 씨를 불러 앉히고 근심스레 말하였다.

"네 부친이 보내신 편지를 보니, 갑자기 대부인 병환이 중하시어 너를 보고 싶다 하시니 며칠 친정에 가 있으면서 약을 달여 드리고 차도가 있거든 서둘러 돌아오너라."

시아버지의 분부가 내리자 황 부인은 곧 친정으로 가서 부모를 뵈었다.

황 각로는 딸을 맞아들여 먼저 시부모들 안부를 묻더니 이어서 좋지 않은 낯으로 말하였다.

"네 편지를 보니 병이 꽤 중하다 하였더구나. 그래서 데려오려하니, 네 어미 말이 시집에서 보내지 않을 것이니 어미의 병이 중하다 해야 한다더라. 그 말을 옳이 여겨 내가 그렇게 편지를 하였다. 헌데 이제 보니 병색이 그리 대단치 않은 것 같구나. 너는 왜 그리도 지나치게 써 보내 아비를 놀래느냐?"

"밖으로 나타난 병색은 약으로 고치려니와 가슴에 숨은 병은 부모도 모르시니 그 위태함이 조석에 달려 있는가 하오이다."

이렇게 말하는 목소리에 참을 수 없는 분함과 서글픔이 젖어 있었다.

"네 무슨 병이 그다지도 깊은 게냐?"

각로가 크게 놀라 눈을 껌벅거리며 목소리를 높였다. 황 씨는 고개를 숙이고 눈물을 흘리더니 갑자기 낯빛을 바꾸고 입술을 깨물며 머리를 번쩍 들었다.

"아버님은 딸을 사랑하시와 훌륭한 사위를 맞는다고 하셨건만, 뜻밖에 방탕한 사람을 만나 오작다리는 은하에서 끊어지고 항아 신세 월궁에서 적막하여 꽃 같은 청춘으로 깊은 규중에서 '백두음白頭吟'* 을 부르고 있사오니, 이 불쌍한 딸자식 차라리 병들어 죽음만 못하다 하오리다."

"이 늙은 아비가 말년에 너를 얻어 금이야 옥이야 고이 길렀더니 아마도 네 신세를 내 손으로 그르치는가 싶구나. 곡절을 자세히 말해 보아라."

각로 얼굴이 급작스레 어두워지고 목소리도 떨렸다. 황 씨는 크게 소리 내어 울다가 앙칼지게 말하였다.

"양 원수 강주에 귀양 갔다가 기생 하나를 데려왔사온데, 음란한 행실과 요망한 태도로 사내를 홀리며 간사한 웃음과 교묘한 말로 사람들을 부추겨 모두 한속이 되어서 이 못난 딸자식을 업신여기오니 정말로 참기 어렵사옵니다. 그 천기가, '황 씨는 나중 들어온 사람이라, 내 어찌 정실이니 첩이니 하여 아랫사람 노릇을 하랴.' 하니 이젠 둘이 함께 살 수 없는 형편이옵니다. 그래서 차라리 제가 먼저 죽어 아무것도 모르고자 하오이다."

딸이 하는 말을 듣고 황 각로는 왈칵 성을 냈다.

---

* 한나라 때 탁문군이 남편 사마상여가 첩을 두려 할 때 부른 노래.

"뭐, 그 천기 년이 그리도 당돌하단 말이냐? 내 딸이 비록 재주는 없으나 황상께서 명하시어 혼례를 올렸거늘, 양 원수라도 박대치 못하려든 하물며 천기 따위가 그런단 말이냐? 내 마땅히 양씨 집에 가서 천기를 잡아내어 제 소굴로 쫓아 보내리라."

각로는 말을 마치고도 솟구치는 화를 가라앉힐 수 없어 가쁜 숨을 톺았다. 그 모양을 보고 위 부인이 조용히 말하였다.

"상공은 분을 참으시고, 사태가 벌어지는 낌새를 찬찬히 보아 움직이소서."

부인이 말리자 황 각로는 더 말하지 못하였다. 각로는 위 부인의 기승스러움과 독살스러움을 잘 알고 있는지라, 이날부터 황 각로는 부인과 함께 딸을 부추겨 선랑을 모해하고자 하였다. 쥐도 새도 모르게 은밀히 꾸미고 있는 그들의 간계며 흉악한 음모는 누구도 짐작할 수 없었다.

열흘 넘어 시집으로 돌아가는 딸의 손을 잡고 황 각로가 말하였다.

"시집에 돌아가서 만일 어려운 일이 생기거든 바로 알리거라. 늙은 아비가 아무리 무능하다 하여도 한낱 천기는 검불처럼 보나니 어찌 그만한 일로 근심하겠느냐?"

그 말을 듣고 위 부인이 선웃음을 쳤다.

"출가한 여자는 생사고락이 시집에 달렸거늘 상공이 어찌하시리오? 네 돌아가 만일 욕됨이 있거든 차라리 목숨을 끊어 웃음거리나 되지 마라."

부인이 이렇듯 비꼬는 말로 붙는 불에 키질을 하니, 각로는 북받

치는 분노를 억제치 못하였다. 각로가, 눈물을 뿌리며 가마에 오르는 딸을 차마 볼 수 없어 부인을 꾸짖고 딸을 위로하였다.

세월은 쏜살같아 양 원수가 출전한 지도 벌써 서너 달이 지났다. 여름이 가고 가을이 되자 하늘은 맑고 바람은 쌀쌀해졌다.

선랑은 뒤뜰 별당에서 시름없이 난간에 기대 멀리 남쪽 하늘을 바라보았다. 저 아득한 하늘 아래 그 어디에서 양 원수가 군사들을 거느리고 온갖 고초를 겪으며 적과 싸우고 있을 것이었다. 싸늘한 서리가 허공에 차고, 밝은 달빛은 엷으나 엷은 구름을 헤치고 하늘과 땅에 고요히 흐르며, 남으로 날아가는 기러기는 구슬피 울어 가뜩이나 시름 깊은 마음을 휘저어 놓았다.

선랑은 하염없는 회포를 이기지 못하며,

"슬프다. 이 몸에 두 날개 없어 저 기러기를 따라가지 못하는구나."

하며 글귀를 외웠다.

가엾다, 규중 달빛이여!
님 계신 진영에도 저 달은 비치련만.

옛사람이 읊은 시이건만 선랑은 제 심사를 노래한 것 같아 입속으로 여러 번 외었다. 그러노라니 눈물이 자꾸 샘솟아 비단 소매를 적셨다. 선랑은 누군지 종종걸음을 치는 소리를 듣고 정신을 차렸다. 그 순간 춘월이 앞에 있는 것이 보였다.

"우리 아씨께서 저를 보내시면서 소청과 자연을 잠깐 바꾸어 보내라고 하시더이다."

춘월이 숨을 할딱거리며 말했다. 선랑은 고개를 끄덕이고 이내 소청과 자연을 불렀다.

"부인께서 매양 너희들을 칭찬하시었고, 지금 이렇게 친히 부르시니, 만일 시키시는 일이 있거든 조심하여 받들어라."

두 계집종은 선랑이 하는 명을 듣고 지체 없이 황 부인 처소로 달려갔다. 춘월은 소청과 자연을 눈으로 바래고 나서 해죽거리며 선랑에게로 돌아섰다.

"아씨는 평생 적막지 않게 지내시다가 이제 이 별당에 외로이 계시니 이는 다 우리 상공께서 싸움터에 나가신 탓이옵니다."

선랑은 그저 웃을 뿐 대답하지 않았다. 춘월은 또 해해 웃고 제멋대로 지껄였다.

"제가 재상집에서 자라 규중 여자를 여럿 보았으나 아씨같이 아름다운 분은 처음이오이다. 집안사람들이 위아래 할 것 없이 황 부인보다 아랫사람 된 것이 원통하다 하더이다."

"내 십 년 청루 생활에서 배운 바는 없으나 다소 말귀를 알아듣나니, 오늘 네 희롱은 받지 않으려다."

선랑이 웃으면서 말하니 춘월이 부끄러워 다시 입을 열지 못했다.

그 시각에 황 부인은 바삐 달려온 소청과 자연을 시켜 농어 국을 끓이게 하였다.

"마침 친정에서 송강 농어를 보냈기에 맛을 좀 보려고 하나, 춘월이도 도화도 솜씨가 없어서 너희들을 불렀느니라."

두 아이는 명을 받들어 애쓰고 있었다.

소청과 자연을 대신하여 잠깐이나마 선랑 시중을 들게 된 춘월은, 쓸데없는 말을 하여 무안을 당한 뒤에도 해죽해죽 웃으면서 비위를 맞추느라고 무진 애를 썼다. 그렇지만 선랑은 말마다 음흉함을 알아채고는 어이가 없어 등잔불만 돋우며 말없이 앉아 있었다. 두 계집종이 늦도록 돌아오지 않으니, 춘월은 선랑을 보고 근심스러운 듯이 말하였다.

"소청이와 자연이가 한번 가서는 소식이 없으니 제가 보고 오겠나이다."

선랑은 묵묵히 고개를 끄덕였다. 춘월은 살그머니 문을 열고 나갔다.

밤은 괴괴한 적막에 잠겨 있었다. 선랑은 자리에 누웠으나 부질없는 생각으로 이리 뒤척 저리 뒤척 잠을 이루지 못하였다. 그때 방문 밖에서 발자국 소리가 들려왔다. 선랑은 두 계집종이 돌아오는가 하여 일어나 앉아 기다렸다.

바로 그때 갑자기 외마디 고함 소리가 나며 소청과 자연이 들어섰다. 선랑은 놀라서 서둘러 창을 열고 밖을 내다보았다. 눈앞에는 뜻밖의 정경이 벌어졌다. 춘월은 댓돌 아래 엎어지고, 웬 남자 하나가 신을 벗어 들고는 담장을 넘으려다가 돌아다보더니 중문을 차고 내달았다. 그 순간 춘월이 서둘러 일어나,

"별당에 수상한 사내가 들었다!"

소리치고 쫓아 나갔다.

때마침 사랑방에서 잠들지 않고 있던 원외도 그 소리를 듣고 깜짝 놀라 일어나서 창을 열고 내다보았다. 달빛 아래 웬 사내가 기세 펄펄하여 사랑방 앞 담을 훌쩍 뛰어넘는 것이 눈에 띄었다. 바삐 쫓아가던 춘월이 그자 허리띠를 붙드니, 그자는 뿌리쳐 끊고 달아났다.

원외는 종아이더러 종적을 살피라 하였으나 그자는 벌써 온데간데없었다. 원외는 사내종들을 불러서 단속하여 일렀다.

"이는 반드시 도적놈이라. 너희들은 자지 말고, 날이 새기까지 집 두리를 돌보라."

원외는 놀란 가슴을 가라앉히고 문을 닫았다. 그때 춘월과 사내종들이 지껄이는 말들이 들려왔다.

"도적이 떨군 주머니에서 이상한 향내가 나니 이는 반드시 재상 집 물건이야."

"그것 참 괴이한 주머니로구나."

"그놈을 꼭 붙들었어야 하는데, 다 잡은 걸 놓치니 아쉽다."

원외는 듣다 못하여 다시 문을 열고 내다보며 쓸데없는 말 말라고 꾸짖고는 모두 물러가라고 호령했다. 춘월은 찔끔하여 사내종들을 끌고 달아났다.

사랑방 문밖에 나서자 춘월은 도적에게서 떼어 낸 주머니를 뒤졌다. 주머니 안에서는 고운 종이에 쓴 편지 한 장이 나왔다. 춘월은 편지를 흔들면서 깔깔 웃었다.

"그놈은 반드시 글할 줄 아는 도적이야. 이것이 어찌 도적놈의 글이 아니랴? 어서 마님께 보여 드려야지."

사내종들이 그 말을 듣고는 고개를 끄덕이기도 하고 머리를 가로 젓기도 하였다.

춘월은 마치 보물이나 얻은 듯이 좋아하며, 주머니를 손에 들고 안방으로 들어갔다. 허 부인이 아닌 밤중에 허락도 없이 계집종이 들어오는 것을 보고 놀라 물었다.

"웬일이냐?"

춘월은 어려움도 잊은 듯 거침없이 말하였다.

"아까 소청이와 자연이가 와서 밤늦도록 놀다가 돌아갔사온데 제가 그 애들을 바래다주려 별당 섬돌 아래까지 갔댔사옵니다. 그런데 뜻밖에도 젊은 미남자가 신을 벗어 들고 별당 마루를 내려오는 게 아니겠습니까. 저를 보자 대뜸 발길로 차서 꺼꾸러뜨리고는 담을 넘으려다 못 넘고 돌쳐 사랑 쪽으로 내달아 사랑 앞 담을 넘기에, 그놈을 쫓아가서 주머니 하나를 떼었사옵니다. 주머니를 자세히 보니 사치스러운 비단 주머니인데, 그 속에 종이가 있사오니 마님께서 보옵소서."

춘월은 말을 마치고 눈을 할끔거리며 허 부인이 대꾸하기를 기다렸다.

"도적은 이미 쫓았는데 주머니 물건을 보아 무엇 하겠느냐."

허 부인은 대수롭지 않게 말하였다. 춘월이 또 입을 열려 하는데, 황 씨가 바삐 달려와서 시어머니께 얼마나 놀랐느냐고 위로하였다. 허 부인은 그 거동이 이상스러워 물었다.

"네 어찌하여 잠들지 않았던고?"

"소란한 소리가 사방에서 들리기에 놀라 깨었는데, 들리는 말이

어머님 방에 도적이 들었다고 하여 더욱 놀라서 서둘러 왔나이
다."

"그런 게 아니라 별당에 도적이 들었다가 벌써 달아났다니, 안심
하고 돌아가 자거라."

허 부인은 태연히 말하면서 손짓으로 어서 돌아가라 재촉했다.

그런데도 황 씨는 더욱 놀라는 체하면서 춘월을 돌아보았다.

"별당에 재물이 없거늘 무엇 때문에 도적이 들었을꼬?"

"꽃이 향내를 풍기면 나비 스스로 오나니, 어찌 금은, 채단만이
재물이오리까?"

"쓸데없는 소리 말라! 손에 쥔 것은 무엇이냐?"

황 씨가 눈을 흘기며 짐짓 엄하게 물었다.

춘월은 웃고 나서 주머니를 황 부인에게 넘겨주었다. 황 부인이
촛불 밑에서 뒤져 보려 하였다.

"도적놈이 흘린 물건을 규중 여자가 볼 바 아닌가 한다."

허 부인이 가볍게 꾸짖자 황 씨가 그것을 도로 춘월에게 주고 그
길로 윤 씨를 찾아갔다. 윤 씨 방에 들어가니, 춘월이 뒤따라와서
또 재잘거리며 주머니에서 편지를 꺼내 놓으려 하였다. 윤 씨가 도
적 물건을 보지 않으리니 어서 가지고 가라고 엄히 말하였다.

황 씨는 윤 부인 태도가 흔들리지 않자,

"선랑이 새로 들어와 가뜩이나 외로울 터인데 낯선 집안에서 뜻
밖의 변까지 당하였으니 위로해야겠구려."

하며 춘월을 데리고 별당으로 갔다.

선랑과 두 계집종은 놀란 가슴이 채 가라앉지 않아 촛불 아래 그

대로 앉아 있었다. 황 부인이 선랑 손을 잡고 눈물을 머금었다.

"선랑이 이 집안에 들어와 다정한 재미는 못 보고, 이런 괴변을 당하니 얼마나 놀랐는가?"

선랑은 이같이 위로하는 황 씨를 한 번 보고는 쓸쓸히 웃었다.

"저는 천기라 세상 남자를 수없이 보았고 천지 풍파도 수도 없이 겪었으니, 이만 일쯤에 어찌 놀라리까. 다만 부인께서 저 때문에 지나치게 걱정하시니 도리어 불안하오이다."

황 부인은 머리를 젓고 잠잠히 말이 없는데, 춘월이 웃으며 끼어들었다.

"집 안에 도적이 드는 것은 예삿일이려니와 도적 물건을 되찾는 것은 제가 수단이 좋아서인가 하옵니다."

"그 물건이란 무엇이냐?"

선랑이 묻자 춘월은 그 편지를 꺼내었다. 이를 보고 황 부인이 짐짓 나무라는 얼굴로,

"쓸데없는 물건을 자꾸 들고 다녀 뭣 하겠느냐? 빨리 불에 넣어 없애 버려라."

하고 눈을 흘겼다. 선랑은 그 말이 수상하여 춘월이 손에 든 종이를 빼앗았다. 자잘한 글씨로 쓴 편지였다.

군자를 보지 못하니 하루가 삼 년 같도다. 깜박이는 등잔불에 그리움이 끝없도다. 양 상서는 박정하여 벌써 변방으로 나갔고, 적막한 뒤뜰에 가을 달이 둥글어 꽃이 담 머리에 떨어지니 님이 오나 자주 보는도다. 내 양 상서와 더불어 몸을 허락한 일 없고 다만 벗으

로 사귀었나니, 서울 올라온 것은 구경이나 한번 하자고 한 것이라. 우리 두 사람 백 년을 약속함은 심양강같이 깊고 벽성산같이 높으니 마땅히 별당 사립을 닫고 비파를 타며 솔과 참대, 국화와 단풍으로 옛 인연을 이을 것이로다. 이제 나는 끝없는 정을 의지하여 보름달을 고대하노라.

편지를 다 본 선랑이 태연히 말하였다.

"이는 도적 물건이 아니라 바로 벽성선의 물건이오이다. 사랑 편지란 창기가 늘상 주고받는 바이니 부인은 괴이히 여기지 마소서."

황 씨가 어이없어 한마디도 못 하고 돌아갔다.

선랑은 황 씨와 춘월을 보내고 자리에 누웠으나 잠을 이룰 수 없었다.

'비록 청루에서 자랐으나 일찍이 더러운 말을 들어 본 적이 없는데, 지금 간악한 사람이 모해하여 더러운 누명을 씻을 길 없으니 이 한을 장차 어찌할 것인가. 그는 그렇다 치고, 글씨쯤은 혹 흉내 낼 자 있다 해도 벽성산, 심양강과 별당에서 사립문 닫고 양 상서와 주고받은 이야기는 알 자 없거늘 본 듯이 썼으니, 간악한 사람이 부리는 조화가 참으로 헤아리지 못할 일이 아닌가.'

선랑은 이리 뒤척 저리 뒤척 속을 태우던 중, 무슨 어려운 일이 있거든 윤 부인과 의논하라던 양 원수 말이 문득 떠올랐다. 윤 부인과 마음을 터놓고 의논하면, 이 변괴에 대처할 방도가 설 수도 있을 것 같았다.

이튿날 아침 일찍 선랑은 혼자 윤 부인한테 갔다. 선랑이 조용히 방에 들어서니 윤 부인이 반기며 맞아 주었다.

서로 인사를 마친 뒤에 윤 부인이 선랑 낯을 살피며 말하였다.

"선랑이 밤새 한바탕 소동을 겪었으니 어찌 마음이 온전하겠나."

선랑은 서글픔을 머금고 속을 털어놓았다.

"제가 상공을 쫓아 천 리 길을 마다 않고 올라온 것은 진실로 풍정風情을 탐내서가 아니라 지기知己로 사모함이 있었을 따름이옵니다. 그러하건만 이 댁에 들어온 지 얼마 못 되어, 해괴한 소동과 더러운 말들이 법도 있는 집안을 어지럽히고 조용한 집을 들레게 하오니, 뒷날 무슨 얼굴로 다시 상공을 대하리까. 고향으로 돌아가려 하나 진퇴를 마음대로 못 하겠고, 이 집에 있자 하니 뒤탈이 끝없을 듯하여, 어찌해야 할지 방도를 모르겠사옵니다. 부인은 밝히 가르쳐 주소서."

윤 씨는 조금도 놀라는 기색이 없었다. 오히려 이러한 일이 벌어지리라는 것을 벌써 알고 있는 듯했다.

선랑 얼굴을 찬찬히 살피다가 조용히 입을 열었다.

"내 무슨 지혜 있어 선랑을 가르치리오마는, 일찍이 들건대, '군자는 변고 때 처신하기를 평상시와 같이 한다.' 하니 내 몸을 닦고 내 뜻을 지켜 오직 천명을 기다릴 따름이라. 선랑은 안심하여 자신이 할 도리에 힘쓰시게."

하면서 은은히 웃었다. 선랑은 속으로 생각했다.

'참으로 여중군자라. 어찌 우리 상공께 좋은 배필이 아니겠는가.'

그럴 때 문밖에서 무슨 인기척이 났다.

"춘월은 거기서 무엇을 듣고 있니?"

연옥이 소리가 들렸다.

"응, 아무것도 아니야. 네가 여기 있나 해서."

춘월이 당황하여 쩔쩔매었다. 황 소저가 춘월을 보내어 두 사람이 하는 말을 엿듣게 한 것이다.

선랑은 짐작되는 바가 있어 윤 씨에게 인사하고 방을 나왔다.

문밖에 있던 춘월은 선랑이 저희들을 거들떠보지도 않고 돌아가는 모양을 멀거니 바라보더니,

"연옥아, 내 너를 찾아왔단다."

하고 깔깔 웃었다. 연옥은 말없이 춘월을 바라보기만 하였다. 더 말할 거리가 없게 된 춘월은 살살 눈웃음을 치고는 물러나 종종걸음을 치며 황 부인한테 가 선랑과 윤 부인이 주고받던 말을 낱낱이 고하였다.

황 부인은 그 말을 듣더니,

"지혜로운 윤 씨와 요사스러운 천기가 일이 벌어진 낌새를 짐작하고 이처럼 쑥덕공론을 하니, 나 또한 설불리 잡도리해서는 안되겠구나."

하고는 선웃음을 쳤다.

윤 씨를 만나고 돌아온 선랑은 별당에 시름없이 홀로 앉아 있었다. 고개를 숙이고 이런저런 생각을 하던 선랑은 인기척을 듣고 머리를 들었다. 밖을 내다보니 웬 할멈이 들어선다.

"할멈은 무엇 하러 오신 사람이오?"

선랑이 한마디 물으니 할멈은 체머리를 흔들며 바구니에 담긴 물건들을 들어 보이면서 말하였다.

"이 늙은이는 방물장수이옵니다."

먼발치서 이를 본 자연이 달려와서 할멈 앞에 주저앉았다.

"무슨 고운 노리개가 있나요?"

"달 같은 명월주며 별 같은 진주부채며 불꽃 같은 산호주며 꽃 같은 칠보, 없는 것이 없으니 마음대로 골라 보아라."

할멈이 싱긋 웃더니 주섬주섬 꺼내 보였다. 자연이 하나를 짚었다.

"이건 무엇인가요?"

"어디 한번 냄새를 맡아 보렴."

자연이 한참 들여다보았다. 구슬같이 둥근 것이 향내를 물씬 풍기었다.

"이것은 요사스러운 귀신을 쫓는다는 약으로 벽사단辟邪丹이란다. 이걸 몸에 지니고 있으면 밤에 다녀도 귀신들이 나타나지 못하고 나쁜 병이 돌 때에도 옮지 않는단다. 그러니 규중 부인에게는 그리 요긴하지 않으나 노복이나 계집종들은 저마다 가지고 싶어 하지. 너도 마음에 들면 하나 사거라."

자연은 할멈의 말을 듣고 그것을 선랑에게 보이면서 가지고 싶어 했다. 선랑은 웃으며 한 개를 사 주고는 소청을 돌아보았다.

"너도 가지고 싶으냐?"

선랑이 한 마디 물으니 소청은 낭랑한 목소리로 말하였다.

"행동이 밝고 뚜렷하면 귀신이 어찌 나타나며 신수 불행해 만나는 병을 어찌 면하리까? 저는 가지고 싶지 않사오이다."

선랑은 그 말을 듣고 기특하여 방그레 웃었다. 허나 자연은 그 단약을 가지고 만지작거리며 못내 아껴 손에서 놓을 줄을 몰랐다. 소청이 그 모양을 보고 야무지게 쏘아붙였다.

"네가 쓸데없는 것을 가지고 장난으로 세월을 보내니 빼앗아야겠구나."

자연은 소청이 나무라자 겁이 나서 더욱 깊이 간수했다.

이런 일이 있고 며칠이 지났다.

자연이 별당 문밖에서 서 있는데 춘월이 놀러 왔다며 다가오더니 자연 손을 잡으며 불쑥 말하였다.

"내 들으니 네게 이상한 단약이 있다는데, 좀 보여 주렴."

자연은 저고리 속에서 약을 꺼내어 보여 주었다. 그러자 춘월이 웃음을 띠며 물었다.

"이걸 왜 저고리 속에 찬다더냐?"

"몸에 지니면 귀신도 붙지 못하고 병도 옮지 않는다더라."

자연은 놀림받는 것 같았던지 눈이 동그래서 대답했다.

"그래? 그러면 나도 하나 사서 차야겠네."

때는 팔월 중순이라 달빛이 유난히 밝았다. 뜰에는 찬 이슬 내리고 벽 밑에선 귀뚜라미 처량히 울어 댔다. 맑은 하늘에 달은 휘영청 밝고 가을바람 쓸쓸하여 나뭇잎이 흩날리니 만 리 변방 싸움터에 지아비를 보낸 규중 젊은 부녀라면 누구인들 애가 끊이지 않으랴.

별당 난간에 기대 달 밝고 별 총총한 하늘을 하염없이 바라보던 선랑은 처량한 회포를 풀 길 없어 방 안에 들어와 누웠다. 소청과 자연은 벌써 깊은 잠에 들어 있었다.

바로 이때 누군가 문을 두드렸다. 선랑이 일어나 문을 여니 춘월이 한 손에 불초리가 날름거리는 초롱을 들고 방 안으로 들어와서 말하였다.

"아씨가 갑자기 병이 나서 누웠사온데, 일어나지도 못하면서 다시는 보지 못하리라 하옵나이다."

"무슨 병이관데 그렇듯 급하시냐?"

선랑이 놀라서 묻자 춘월은 초롱을 놓고 소청과 자연이 자고 있는 앞에 앉으며 말하였다.

"무슨 병인지는 저도 모르옵니다. 그런데 날은 맑으나 서풍이 설렁거려 매우 추우니, 아씨 본가에 다녀올 일이 걱정되옵니다."

"무슨 일로 가느냐?"

"약 지으러 가옵니다."

선랑은 곧 황 부인 처소로 가겠다고 말하고, 소청을 깨워 초롱불을 밝히라 하였다. 그러자 춘월은 소청이 깊은 잠에 곯아떨어졌으니 천천히 깨우라고 하였다. 제가 촛대를 찾아 불을 켜다가 우정 죽이고는 짜증을 내었다.

"바삐 먹는 밥에 목이 멘다더니 과연 빈말이 아니오이다. 저는 바빠서 먼저 가나이다."

춘월은 얼른 밖으로 뛰어나갔다.

춘월이 훌쩍 가 버리자 선랑은 곧 소청을 깨워 불을 켜라 하였다. 자리에서 일어난 소청은 어둠 속에서 제 저고리를 찾지 못하여 서둘러 입다 보니 자연이 저고리를 입고 선랑을 따라나섰다.

자리보전을 하고 누워 앓는 소리를 하던 황 씨는 선랑을 보고 반겨 맞았다.

"본디 앓는 사람이란 정다운 사람을 찾게 마련인데, 선랑이 이렇게 와서 문병하니 과연 다정함을 알겠구먼."

선랑은 그 말에 사례하고 방 안을 살폈다. 방 안 가운데 덩그렇게 놓인 화로 위에서 탕약이 끓고 있을 뿐 아무도 없었다.

"도화는 어디 갔사옵니까?"

"춘월은 내 본가에 가고, 도화는 밖에 나갔는데, 아직도 들어오지 않으니 모를 일이네."

"약이 다 된 것 같나이다."

"미안하네만 소청을 시켜 약을 따라 주었으면……."

황 씨가 해 달라는 대로 소청이 곧 약을 짜서 주었다. 황 씨는 벽을 보고 누웠다가 고쳐 돌아눕더니 눈썹을 찡그리며 혼잣소리로 도화를 자꾸 꾸짖었다.

선랑과 소청이 어찌할 바를 몰라 하는데 춘월이 바삐 들어와서 깜짝 놀라며 이 약을 누가 짰느냐 물었다. 황 씨가 기어드는 목소리로,

"나는 정신이 혼미하여 어떻게 되었는지 모르겠다만, 아마 선랑이 소청이를 시켜 약을 짠 것 같구나."

하였다.

춘월은 한편으로는 도화를 꾸짖으며, 한편으로는 약을 식혀 소저에게 권하였다. 소저는 간신히 일어나 앉아 들이마시려다가 얼굴

을 찌푸리고 고개를 돌렸다.

"이번 약은 웬일인지 괴이한 냄새가 나서 비위에 거슬리는구나."

"약이 쓰지 않으면 병이 낫지 않는다는데, 부모님께서 걱정하시는 것을 생각해서라도 어서 드소서."

춘월이 한사코 권하자 소저는 다시 약그릇을 입에 대다가 땅에 던지고 엎어져 기절하였다. 선랑과 소청이 놀라 바삐 붙들고자 하니 춘월이 발을 동동 구르며 가슴을 쳤다.

"우리 아씨가 이게 어찌 된 일인가. 약에 혹시……."

그러더니 머리에서 은비녀를 뽑아 약탕관에 담갔다. 은비녀가 금세 푸른빛으로 변하자 춘월은 큰 소리로 도화를 불렀다. 어디서 그 소리를 들었는지 도화가 황급히 들어왔다.

"네 그새 어델 가서 아씨를 나쁜 사람 손에 맡겨 이 지경이 되게 한단 말이냐?"

춘월이 목을 놓아 울면서 도화를 꾸짖더니, 소청의 몸을 뒤졌다. 소청은 옷을 벗으며 억울하여 소리 내며 울었다.

"밝고 밝은 하늘이여, 우리 아씨와 저를 죽이고자 하실진대, 하필이면 이 지경에 이르게 하시나이까?"

소청이 울며 저고리를 벗어 춘월에게 주는데, 환약 한 봉지가 옷 속에서 떨어졌다. 춘월은 그 약봉지를 내어 보이며 길길이 뛰었다.

"우리 아씨가 이런 간사한 것들을 몰라보고 속을 주어 너그러이 대하시더니 이런 일을 당하여 젊은 나이에 원혼이 된단 말이냐! 하늘이여, 어찌 차마 이럴 수 있단 말이냐!"

한참 미친 듯이 날치던 춘월이 갑자기 침착해지더니 도화에게 일렀다.

"소청이 주인과 소청이는 우리와 한 하늘 아래 살 수 없는 원수이니 단단히 붙들고 놓지 마라."

선랑은 묵묵히 그 모양을 보면서 녹아 붙은 듯 앉아 움직일 줄을 몰랐다.

입가에 매서운 웃음을 띤 춘월은 선랑을 한번 얼핏 보고는 문을 차고 밖으로 달려 나갔다. 곧바로 허 부인을 찾아가 눈물을 이리 씻고 저리 씻으며 말하였다.

"아씨께서 저녁 밥상을 물린 뒤 몸이 불편하시어 본가에서 약 두 첩을 지어다가 한 첩은 제가 달여 드리고, 또 한 첩은 제가 본가에 가고 없는 새 선랑과 소청이 온단 말도 없이 와서 바삐 달여 드렸더이다. 그때 아씨는 정신이 혼미한 중에 한 모금 마시고는 그만 기절하시었사옵니다. 그래서 제가 은비녀를 뽑아 약탕관에 담가 보니 바로 퍼레져서 다급히 소청 몸을 뒤져 본즉, 남은 약이 그때까지 품속에 있었사옵니다. 이런 변이 어디 있사오리까?"

춘월은 말을 마치고 엉엉 소리 내어 울었다. 허 부인은 아무 말 없이 가만히 앉아 있다가 몸을 일으켜 윤 씨에게 건너가 윤 씨를 데리고 황 씨가 기절해 있는 곳으로 갔다.

방 안에 들어가 보니 선랑은 침상 아래 얼없이 앉아 있고, 소청은 도화에게 붙들려 있다가 허 부인과 윤 씨를 보자 눈물이 비 오듯 하였다. 윤 씨는 그 모습이 가엾어 차마 바로 보지 못하고, 고개를 수굿한 채 황 씨께로 가서 몸을 만져 보았다. 열은 없으나 숨결이 급하니 위태로운 것도 같았다.

윤 씨가 말없이 뒤로 물러서고 허 부인이 다가섰다.

"아가, 하룻밤 사이에 이 무슨 일인고?"

허 부인이 조용히 물으니, 황 씨는 대답도 하지 않고 헛구역질을 하고는 목메어 흐느꼈다. 그 모습을 이윽히 보던 허 부인은 곁에 있는 사람들을 돌아보며 일렀다.

"법석거리지 말고 조용히 아씨를 구완하여 안심시키고 소생하게 하라."

그러자 춘월은 목 놓아 울면서 바로 선랑에게 달려들었다.

"네 우리 아씨를 독약 먹여 죽이려 하고, 무슨 낯으로 자리에 앉아 있느냐?"

춘월이 선랑을 마구 끌어내려 하자 윤 씨가 엄히 꾸짖었다.

"천비는 무례히 굴지 말라! 죄가 있고 없음은 위로 어른들이 계시니 자연 알게 될 것이며, 선랑으로 말하면 상공께서 둔 소실이거늘, 네 어찌 이렇듯 당돌한 게냐?"

낯빛이 서릿발 같았다. 춘월과 도화는 두려워 뒤로 한 걸음 물러섰다.

허 부인과 윤 씨는 오래 앉아 황 씨 동정을 살펴보았으나, 별로 위태해 보이지 않았다. 그래서 허 부인이 먼저 일어서고 윤 씨도 뒤따라 일어나며, 선랑에게 눈짓으로 소청을 데리고 빨리 제 방으로 가게 하였다.

허 부인한테서 전후사연을 대강 들은 원외는 곧 황 씨의 방에 들어가 맥을 짚어 본 뒤, 춘월과 도화를 불러 엄히 일렀다.

"너희가 할 도리는 다만 아씨를 잘 구완할 따름이니, 만일 방자히 수선을 떨면 엄히 다스리리라."

원외가 돌아오자 기다리고 있던 부인이 근심스럽게 말하였다.

"보시기에 며늘아기 상태가 어떠하옵니까? 집안이 이리 어지러우니 장차 어찌 조처코자 하시오니까?"

"중독이라 하나 다행히 무사하니 다시 생각하여 조처하겠소."

원외는 말을 이렇게 하였지만 생각은 번거로웠다.

이때 황 씨는 교활한 모략과 간악한 수법으로 선랑을 모해하려고, 우선 시부모를 놀라게 하고 눈에 든 가시를 뽑겠다고 제 몸도 돌보지 않았으나, 집안 동정을 살펴보니 위아래 모두 선랑을 의심하지 않는지라, 제풀에 애가 타고 독살이 치밀어 견딜 수 없었다. 그래서 늙고 어리석은 아비를 구슬리고자 춘월을 본가에 보내었다.

춘월은 황 씨 집 문 앞에 이르자 목을 놓아 통곡하고 땅에 엎드려 기절할 듯이 하였다. 위 부인과 황 각로가 크게 놀라 까닭을 물으니 춘월은 하늘을 우러러 원망하고 땅을 치며 울부짖었다.

"하늘이여, 하늘이여, 어인 일로 우리 아씨 목숨을 앗아 가느냐! 어이하여 우리 아씨를 황천길로 끄느냐! 아, 불쌍하여라. 우리 아씨는 무슨 죄로 청춘 원혼이 되셔야 하느냐!"

춘월이 통곡하며 울부짖자 황 각로는 호통을 쳤다.

"느닷없이 이게 무슨 말이냐? 자세히 말해 보거라."

황 각로가 다그치니 춘월은 입에 거품을 물고 말하였다.

"아씨가 어젯밤에 몸이 편치 않아 약 두 첩을 지어다가 한 첩을 제가 달여 드렸나이다. 그런데 제가 밤에 잠깐 나간 사이에 벽성선이 몸종 소청이를 데리고 와서 남은 한 첩을 달여 드렸사옵니다. 아씨는 정신이 혼미한 중, 그 약을 한 번 마신 뒤 길길이 뛰다가 정신을 잃으셨사옵니다. 제가 은비녀를 뽑아 남은 약에 담그자 빛이 푸르게 변하므로 소청의 몸을 뒤져 보니, 독약 한 봉지가 품속에 남아 있었사옵니다. 상공께서는 이 원수를 갚으사 우리 아씨 돌아가신 혼이라도 원한을 풀게 해 주소서."

춘월은 말을 마치고 또 땅바닥을 치고 몸부림을 치며 통곡하였다. 위 부인은 분을 토했다.

"내 딸이 잘 죽었구나. 살아 욕됨이 죽어 편함만 같지 못하리로다. 다만 한심한 것은 한 나라의 원로를 아비로 둔 딸이 죄 없이 한낱 천기 손에 독살당한 것이로구나."

갑자기 각로가 손으로 방바닥을 탕 치고 일어섰다.

"내 당장 양씨 집으로 달려가서 원수를 잡아내어 처치하리라!"

그러자 위 부인이 소매를 붙잡고 각로를 말렸다.

"춘월이 말을 들으니, 양씨 집 위아래가 다 그 간악한 계집과 부화뇌동하여 우리 딸을 의심한다 하니 상공은 가지 마소서."

"부인은 소심한 아낙 같은 소리 마시오."

각로는 소매를 뿌리치고 사내종 여남은 명을 거느리고 양씨 집으로 달려갔다.

황 각로는 사내종들을 거느리고 길을 가득 메우며 양씨 집에 들이닥쳐 원외를 보고 울분을 터뜨렸다.

"내 오늘 원통하게 죽은 딸 원수를 갚으러 왔으니 부디 그 간악한 년을 집 안에 두지 말고 빨리 내어 주시오! 내 비록 늙었으나 한낱 천기를 죽이고 살릴 만한 권한은 있소이다."

원외는 빙그레 웃으며 손을 저었다.

"말씀이 지나치시외다. 이번 일은 집안일이니 제가 모자라나마 마땅히 스스로 처리하려니와 며늘아기 또한 별 탈 없으니 걱정하지 마소서."

천둥같이 화가 난 황 각로는 이 말에 얼굴이 더 험상궂게 일그러졌다.

"내 벌써 알고 왔거늘 사돈은 어찌 간악한 천기를 싸고돌아 사람 목숨이 상한 것을 숨기려 하시오? 사돈이 원수를 내놓지 않으면, 마땅히 안사람을 보내 내당을 뒤져서라도 오늘 이 원수를 갚고야 돌아가겠소."

황 각로는 분이 더욱 치받쳐 거칠게 씨근거렸다. 그 경망한 거동을 본 원외는 어이가 없었다.

"승상이 생각지 못하심이 이처럼 심하니 참으로 놀랍소이다. 제가 아무리 어질지 못해도 승상 댁 따님이 제게는 며느리오이다. 사랑하는 마음이야 부모와 시부모가 다를 바 없을지니 목숨에 관계되는 일이 있다면, 제가 이렇게 태연하게 있을 리 있으리까? 또 여자가 출가하면 시집이 중한 것인데, 이제 승상이 근거 없는 말을 믿고 앞뒤를 생각지 않고 서두르시니 따님을 사랑하시는 도리가 아닐까 하외다."

그제야 황 각로는 좀 누그러졌다.

"사돈 말씀을 들으니 딸아이 목숨이 아직 세상에 그저 있는가 싶으니 내 잠깐 보고자 하오."

원외는 그러마 하고 곧 안에 알린 뒤 황 각로를 이끌어 황 씨 처소로 갔다. 방 안에 들어가 보니 황 씨가 눈을 감고 자리에 누워 있다. 각로는 곁에 다가가서 어두운 눈을 부비며 찬찬히 살펴보았다. 구름 같은 머리칼은 산산이 흩어져 옥 같은 얼굴을 덮었고, 눈썹은 바짝 찡그려 화기가 사라졌으며, 손발도 제대로 가누지 못하고, 숨마저 붙어 있는지 모를 지경이었다. 각로는 바투 다가가 몸을 어루만지며 말하였다.

"내 딸아, 이 무슨 곡절이냐? 아비 여기 왔으니 눈을 좀 떠 보아라."

황 씨가 갑자기 구역질하는 척하더니 혀아랫소리로 대답하였다.

"소녀 불효하와 이같이 걱정을 끼치오나 너무 염려 마소서."

"춘월이가 와서 마구 험한 소리를 하기에 바삐 왔더니만 살아 있는 것을 보니 천행이구나. 네가 죽었다면 몰라도 이만이라도 하니, 그 간악한 년을 처치함은 네 시집에서 할 바이고, 늙은 아비 일이 아닌가 보다. 출가한 여자로서 중한 것은 시집이니라. 내 어찌 간섭하겠느냐?"

각로가 위로하는 말에 황 씨는 목이 메었다.

"이 지경이 되고 보니 죽고 살기는 예삿일이오나 잠깐 친정에 가 있어 다시 악독한 이한테 당할지 모를 화를 면할까 하옵니다."

각로가 또 가엾은 생각이 들어 원외를 보고 딸을 친정으로 보내 달라고 청했다. 원외는 선선히 허락하였다.

각로는 곧 집으로 돌아와서 위 부인을 보고 말하였다.

"딸애가 살아 있거늘 춘월이가 괜히 소란을 피워 늙은것이 하마

터면 사람을 잘못 죽일 뻔하였소."

위 부인 얼굴에는 싸늘한 빛이 떠올랐다.

"그래 상공은 다만 사후 복수만 아시고 생전 설욕은 생각지 않으시오이까?"

"딸애가 곧 올 터이니 그 애 말을 들어 보고 다시 의논합시다."

금세 주눅 든 각로는 혼잣말로 중얼거리듯 말하고 부인 눈치를 슬쩍 살폈다.

딸한테 벌어진 일을 놓고 황 각로 내외간에 창끝 같은 말이 오가고 있을 때, 원외 집에서도 황 씨와 선랑 사이에 벌어진 괴이한 일을 두고 처리 방도를 의논하고 있었다. 먼저 허 부인과 윤 씨가 선랑이나 소청이 죄 없음을 주장하고, 원외도 수긍하여 이 일을 어떻게 처리하면 좋겠는가 할 적에 허 부인이 말하였다.

"한 사람 죄를 벗기려 하면 한 사람 허물이 나타나고, 한 사람 허물을 덮고자 하면 한 사람 죄가 억울하니 상공은 깊이 생각하여 처리하소서."

원외도 이를 옳이 여겨 머리를 끄덕이며 말하였다.

"나 또한 짐작한 바라. 마땅히 아들이 돌아오기를 기다려 처리하겠소."

이윽고 연옥이 들어와 황씨 집에서 가마를 보내왔다고 알렸다. 밖으로 나오니 황 씨가 간다는 말도 없이 벌써 가마로 다가가고 있었다. 허 부인이 얼른 달려가서 황 씨 손을 잡고 한숨을 지으며 말하였다.

"내가 덕이 모자라 가풍을 바로 세우지 못한 탓으로 이런 일이 생겼으니, 누구를 탓하겠느냐!"

황 씨는 아무 말 없이 눈물을 흘리며 가마에 올라 제 본가로 갔다. 독살스런 성품과 요사스러운 심사로 강샘 부리는 딸을 부추겼던 위 부인은 딸이 돌아오니 더욱 기승을 부렸다.

선랑을 찢어 죽일 년이라고 하는가 하면, 양 원외 부부와 그 집안 사람들을 놓고 입에 담지 못할 욕을 퍼붓기도 하였다. 또한 애먼 조상을 탓하고 하늘을 원망하였으며, 체면도 돌보지 않고 미친 듯 몸부림을 쳤다. 위 부인이 한창 그러고 있는데, 황 각로가 방 안에 들어와서 그 정경을 보았다. 위 부인은 각로를 보자 이번에는 각로 마음을 다시 움직여 보려고, 일부러 딸 손목을 잡고 통곡하였다.

"네 아버지가 애당초 사위를 잘못 골라 늘그막에 사랑하는 딸이 어린 나이에 죽을 뻔하고, 또 간사한 첩에게 걸려 고초를 겪지 않았더냐. 그러고도 원수를 갚지 못하여 언제 또 끔찍한 해를 입는지 모르니, 우리 모녀 차라리 먼저 죽어 아무것도 모르리라."

모녀가 서로 부둥켜안고 몸부림쳐 울고, 춘월이 또한 아씨를 붙들고 목 놓아 통곡하니 울음판이 크게 벌어졌다. 각로가 부인과 딸을 위로하느라 쩔쩔매었다.

"부인은 울음을 그치고 다시 원수 갚을 생각을 합시다. 양 원외는 보잘것없는 사람이라 내 다시 말하지 않으려니와 내일 황상께 아뢰어 마땅히 큰 처단을 내리시게 할 터이니, 부인은 근심 마시오."

이튿날 황 각로는 조회가 끝난 뒤 어전에 나아가 아뢰었다.

"도원수 양창곡은 신의 사위로, 창곡이 전쟁터로 나간 뒤 집안의

법도가 어지러워져 요사스러운 첩이 본실을 죽이고자 독약을 썼
사오니, 해괴한 소문과 망측한 행동이 삼강오륜을 거스르는 변괴
에 가깝사옵니다. 신이 감히 폐하께 집안일을 아뢰는 것은 결코
사사로운 정 때문이 아니옵고, 창곡이 폐하께 팔다리와 같은 신
하이기 때문이옵나이다. 창곡이 밖에 있어 집안이 이렇듯 어지럽
사오니 폐하께서 만일 그 간악한 첩을 법으로 다스리사 집안 법
도를 바르게 하지 않으시면, 그 해가 반드시 창곡에게 미칠까 하
나이다."

황제가 그 말을 듣자 얼굴에 어두운 빛을 띠고 윤 각로를 돌아보
았다.

"경도 창곡과는 남이 아닌데 어찌 듣지 못하였으리오."

윤 각로는 침착하게 아뢰었다.

"신도 들었사오나 규중 일을 조정이 간섭할 바 아니므로 여쭙지
못하였나이다. 이제 물으시니, 신은 창곡이 돌아옴을 기다려 처
리하게 하심이 옳을까 하나이다."

황제가 이 말을 좇으니, 황 각로는 물러나 궐문 옆 쉬는 곳인 대
루원待漏院에 나와서 윤 각로를 만났다.

"상공이 다만 천기만을 생각하고 장차 따님에게도 화가 미침을
생각지 아니하니, 어찌 그리도 앞을 보지 못하시오?"

"허허, 그 말씀은 진실로 그릇되오이다."

윤 각로는 어이없어 웃고 말을 이었다.

"제가 비록 못났으나 벼슬이 대신 자리에 있거늘 무엇 하러 사사
로운 일로 조정 일을 흐리리오. 이제 양 원수도 없으니 우리가 외

려 그 집안 풍파를 가라앉힘이 옳지, 이렇듯 일이 번지게 함은 좋지 못하외다."

사리 정연한 말에 황 각로는 말문이 막혔으나 계속 씩씩거렸다.

선랑은 죄인을 자처하여 별당을 떠나 행랑채 좁은 방에서 거적자리와 베 이불로 지내며 세수마저 아니 하고 소청, 자연과 의지하여 지내며 문밖을 전혀 나가지 않았다. 그 불쌍한 신세와 해쓱한 모양을 보고는 집안 누구도 가엾이 여기지 않는 사람이 없었다. 하지만 원통함을 헤아린다 해서 나서서 말리기도 어려웠다.

양 원수, 천기를 읽어 흑풍산을 불태우니

양 원수는 구강 땅에서 먼 길을 행군해 온 군사들을 쉬게 하였다. 그리고 남방 여러 고을에 격문을 보내어 군대와 말들을 동원하는 한편 크게 사냥을 벌였다.

선봉 뇌천풍이 간하였다.

"남만 정세가 급박하여 남방 여러 고을이 한시가 바쁘게 천병이 오기를 고대하고 있으니, 대군을 거느려서 낮에 밤을 이어 곱잡아 행군은 못 해도 이곳에 오래 머무르시면 아니 될 것인데, 소장은 그 뜻을 알지 못하옵니다."

"이는 장군이 알 바 아니오. 지금 모든 병사들이 먼 길에 고단하니 잠깐 쉬게 하고 음식을 베풀어 위로한 뒤, 남방 여러 고을에서 군사가 오기를 기다려서 사냥 솜씨며 무예를 구경하겠소."

이때 남방 여러 고을이 격문을 보고 군마를 가리고 장정들을 뽑왔다. 나흘 만에 수많은 장정과 군마가 한꺼번에 구강 땅에 들이닥쳤다.

닷새째 되는 날 대군을 거느린 양 원수가 무창산 아래 군사들을 집합시키고, 장수들더러 무예를 뽐내라 하며 먼저 활을 쏘게 하였다. 수많은 군사들이 넓은 들에 나와 활을 들고 재주를 다투니, 시위 소리는 밝은 한낮에 별같이 떨어져 황홀하였다. 문득 장정 두 사람이 달려오더니 원수가 있는 장막 아래 이르러 큰 소리로 호기롭게 말하였다.

"원수께서 장수감을 뽑고자 하시면서 어찌 약한 활과 가는 살로 아이들 놀음같이 하시나이까? 원컨대 도끼와 긴 창으로 용맹을 시험코자 하오이다."

모두들 두 장정에게 눈이 쏠렸다. 두 장정은 여덟 자 큰 키에 위풍이 늠름하고, 호기로운 기상이며 장쾌한 기백이 호걸스러운 얼굴에 나타나 있었다.

원수가 어디에 사는 누구인가 물으니, 한 장정이 우렁차게 대답하였다.

"저희들은 본디 소주 사람으로 하나는 평생 의협심이 있어 남을 위해 원수를 많이 갚아 주었으므로 소살성小殺星 마달馬達이라 하고, 하나는 담대하고 날래어 가는 데마다 당할 자 없는 고로 낮에 나타난 표범, 백일표白日豹 동초董超라 하옵니다."

원수가 어렴풋이 생각나는 일이 있어 자세히 보니, 전날 소주 객점에서 압강정 놀이가 있다고 알려 주던 그 젊은이들이었다. 원수 얼굴에 반기는 기색이 떠올랐다.

"너희들은 일찍이 소주, 항주 청루에서 방탕히 놀더니 어찌 여기에 이르렀느냐?"

원수가 묻자 두 젊은이는 잠깐 우러러 유심히 보더니 놀라며 머리를 숙였다.

"저희가 사람을 볼 줄 몰라 객점에서 실없는 소리도 하였사옵니다. 이제 원수는 청춘으로 막부에 명성이 드높으신데, 저희들은 한낱 술집을 돌아다니는 불량배가 되어 사람을 죽이고 이곳에 피해 와서 사냥질이나 하며 지내던 중이옵니다. 그러다가 원수께서 장수 될 인재를 구하신다는 말을 바람결에 듣고 한달음에 달려왔나이다."

원수는 크게 기뻐하며 군마를 주어 두 사람 무예를 시험하였다. 동초와 마달은 창검을 들고 말에 올라 종횡무진 달리더니, 원수가 있는 장막 앞에 이르러서는 말을 달리면서 앉기도 하고 서기도 하며 칼을 휘둘러 무지개를 그리는가 하면 분분히 눈을 날리는 듯 창질도 하며 온갖 재주를 다 보였다. 전진과 후퇴, 적과 더불어 싸우는 법, 돌격하는 동작을 하며 곰과 같이 뛰고 범과 같이 획획 나니, 좌우 여러 장수들이 감탄해 마지않았다.

원수 또한 크게 칭찬하여 곧바로 동초를 좌익장군으로 삼고 마달을 우익장군으로 삼아 바로 군사를 지휘하여 무창산을 에워싸고 크게 사냥을 벌였다.

북소리, 나팔 소리, 포 소리가 하늘땅을 뒤흔들고 알록달록한 깃발과 창검이 햇빛에 번득이니 산천초목도 살기를 띠고, 뛰는 짐승, 나는 새들도 하나같이 그림자를 감추었다. 밤에 낮을 이어 수풀을

에둘러 불을 놓고, 사방에서 짐승들을 쫓고 내몰아 범, 표범, 승냥이, 이리와 꿩, 토끼, 여우, 삵 들을 산더미같이 잡아다 쌓아 놓았다. 원수는 군사들을 배불리 먹인 뒤 기세등등하게 남쪽으로 행군을 시작하였다.

한편, 대군을 몰아 국경에 이른 남만 왕 나탁邪吒은 국경 방비가 미약한 것을 보고 크게 기뻐하였다. 운남, 당진 두 고을을 쳐서 손에 넣은 뒤 형주, 익주, 연주, 양주 네 고을을 엿보면서 군사를 세 길로 나누어 바로 남경을 침범코자 하였다. 허나 양 원수가 이끄는 대군이 구강 땅에 와서 사흘 동안 사냥을 크게 벌였다는 첩보를 듣고는 크게 놀라 생각을 바꾸었다.

"명나라 군사가 칠천여 리를 달려왔으나 오히려 그처럼 용맹이 넘치니 사기가 왕성함을 알 수 있고, 변방이 소란하지만 그렇듯 태연하여 한가로이 사냥까지 하니 믿을 만한 전략이 있음이 분명하며, 거기에 오나라, 초나라 전통을 잇는 남방의 강한 병력이 합세하였으니 가벼이 대적지 못할 것이 아닌가."

남만 왕은 세 길로 두었던 병력을 거두고 일이 장차 어떻게 되는지 보기로 하였다.

익주 자사 소유경이 밤낮을 이어 행군해 온 원수와 대군을 멀리 나와 맞이했다. 양 원수는 소유경을 만나자 먼저 적의 동태와 형편부터 물었다.

소유경이 말하였다.

"원수가 짠 전략은 옛날 명장들도 당할 자 없을까 하옵니다. 만일 구강 땅에서 사냥을 벌이지 아니했다면, 세 길로 나뉘어 들어

오는 남만 병졸을 어찌 앉아서 물리쳤으리까. 지금 만왕 나탁은
군사를 물리고 흑풍산에 웅거하고 있소이다. 그 무리가 몇만인지
는 아직 모르거니와 독화살과 괴이한 무기를 가졌사옵니다. 남만
병졸이 싸움을 할 때에는 바람을 일으켜 모래를 흩날리는지라 지
척을 분간하기 어려워 군사들이 눈을 뜨지 못하옵니다. 하여 형
주, 익주 두 고을에서 세 번 싸워 세 번 다 패하고 할 수 없이 긴
한목을 지키며 대군을 기다렸사옵니다."

"흑풍산이 여기서 몇 리나 되오?"

"삼백여 리이옵니다."

"군사 일이란 멀리서 헤아릴 수 없으니 서둘러 행군해야겠소."

뇌천풍에게 익주 기마병 오천을 주어 선봉으로 삼고, 소유경을
중군사마로 삼고, 동초와 마달을 후군 삼아 흑풍산으로 다가갔다.
이리하여 대군은 사흘 만에 흑풍산 아래 십 리 밖에 진을 쳤다. 양
원수는,

"흑풍산 지형을 알아보고, 나탁을 사로잡으리라."

하더니, 그날 밤 삼경에 소 사마와 동초, 마달과 더불어 단검을 지
니고 남방 군사 몇 명을 앞세워 은밀히 흑풍산 밑에 가 닿았다.

흑풍산은 흙산이라 돌이며 흙의 빛이 검어 재 같고 사방 십 리에
풀 한 포기 없었다. 원수는 지형과 흙 빛을 자세히 살펴보고 나서
산 위에 올라 적진을 굽어보았다. 흑풍산 동남 백여 걸음 밖에, 남
만 병졸이 백여 명에서 수백 명씩 대오를 짓고 전후좌우에 병기를
거듭거듭 잇달아 두고 있었다.

원수는 그것을 보고 놀라 소 사마를 돌아보았다.

"장군은 이 진세를 알고 있소?"

"소장이 병서를 조금 보았으나 이러한 진은 보도 듣도 못하였소이다."

원수가 탄식하며 말하였다.

"나탁이 비록 남만 사람이나 과연 영걸한 재주를 지녔구려. 이 진은 천창진天槍陣이니, 하늘에 천창성이란 별이 있어 세상이 태평하면 그 광채를 북방에 감추어 현무 곧 북쪽 방위를 지키고, 세상이 불안하면 중원을 침범하여 주검을 많이 낸다는 흉한 별 적시성積尸星이 되나니, 지금 나탁이 보이는 진법은 이것이 아닌가. 허나 천창성은 '죽임'을 주장하는 별이라 '살림'의 방위인 생왕방生旺方을 크게 꺼리나니, 지금 나탁이 진 머리를 생왕방으로 두었으니 반드시 지고 말리라."

원수는 흑풍산 지형을 다시 살펴보고, 적의 형세를 더 상세히 알아본 뒤 본진으로 돌아왔다.

날이 밝자 원수는 군사를 삼십 리 밖에 물려 진을 고쳐 치고 삼군을 쉬게 했다. 그리고 밤마다 하늘을 우러러보더니, 나흘째 되는 날에 흑풍산 서북쪽 백여 걸음 밖으로 옮겨 일자로 진을 치고는 군중에 영을 내렸다.

"오늘 오시에 싸움을 시작하고 미시에 그칠 것이니" 동초는 오천 기를 거느리고 흑풍산 동남쪽 백 걸음 밖에 매복하고, 마달은 오천 기를 거느리고 흑풍산 서남쪽 수백 걸음 밖에 매복하여 나탁

• 오시午時는 오전 11시에서 오후 1시까지이고 미시未時는 오후 1시에서 3시까지다.

이 달아나는 길을 막으라."

두 장수가 영을 듣고 물러 나와 군사를 거느리고 명령한 곳으로 갔다.

이때 만왕 나탁은 흑풍산 남쪽에 진을 치고 사기를 돋우었다. 양 원수는 붉은 도포와 금빛 갑옷 차림으로 진 위에 나와 앉아 병사를 시켜, 명나라 원수가 만왕에게 할 말이 있으니 잠깐 진 앞에 나서라고 전하였다.

나탁은 진 앞으로 나왔다. 원수는 큰 장승같이 우뚝 서 있는 나탁을 이윽히 바라보았다. 만왕은 아홉 자나 되는 큰 키에 허리통이 두어 아름은 될 듯했다. 그런 데다가 눈이 깊고 코가 높으며 둥근 얼굴에 붉은 수염이 더부룩하여 매우 험상궂었다. 나탁이 오른손에 긴 검을 짚고, 왼손으로 깃발을 휘두르며 승냥이 소리로 크게 외쳤다.

"명나라는 우리 나라와 형제 나라라. 이제 갑옷을 입고 상대하게 되니 어찌 불행이 아니리오."

우레가 우는 듯 목소리가 우렁찼다. 원수가 노하여 나탁을 꾸짖었다.

"네 남방을 지켜 남만 왕으로 부귀를 누리고, 또 중국이 너희를 예로 대함이 변함없거늘, 어이하여 무단히 변방을 침범하여 큰 벌을 받으려 하느냐? 나는 황제의 명을 받들어 백만 대군을 거느리고 네 머리를 베고자 예까지 왔다. 허나 네 만일 순순히 항복하면 죄를 용서하고 황상께 아뢰어 만왕의 부귀를 그대로 누리게 하려니와, 그렇지 않으면 네 머리를 베어다가 대궐 밖에 달아매고 사방의 모든 오랑캐들에게 본을 보이리라."

나탁이 크게 웃었다.

"내 듣건대, 천하는 공평한 것이라. 덕을 닦으면 왕이 되고 덕을 잃으면 망하나니, 오십 년 정병을 기른 나는 중원을 취코자 하느니라. 이제 천운이 과인에게 돌아와서 명나라를 쳐 없애고, 천하를 통일함이 이번 출병의 뜻이라, 내 때를 잃지 않으리니 원수는 어서 군사를 물리어 하늘의 뜻을 거스르지 말고 부질없이 사람을 죽이지 말라."

원수가 그 말에 크게 노하여 좌우를 돌아보았다.

"누가 능히 나가 싸우리오?"

"소장이 한달음에 적장 머리를 베어 바치리다."

벼락같은 소리가 울리더니 선봉장 뇌천풍이 앞에 나섰다.

천풍은 도끼를 들고 춤추듯 휘두르며 곧바로 나탁을 바라고 나갔다. 뇌천풍은 본디 벼락도끼라는 것만 써서 사람을 대적하는 용맹이 있었다. 남만 진영에서도 한 장수가 마주 달려 나왔다. 두 장수가 서로 맞서 싸워 겨우 삼 합에 천풍이 휘두르는 벼락도끼가 한 번 빛나더니 남만 장수가 피를 쏟으며 말에서 떨어졌다. 그러자 남만 진영에서 북소리가 요란히 울리며 다시 장수 둘이 한꺼번에 말을 달려 나왔다. 그것을 보고 명나라 진영에서는 소 사마가 맞서 나갔다. 본디 소 사마는 방천극을 쓰는데 창법이 귀신같았다. 양쪽 네 장수가 서로 맞서 싸워 십 합 넘도록 승패를 가르지 못했다.

이를 보고 나탁이 크게 노하여 왼손에 든 깃발을 한 번 휘둘렀다. 불현듯 남만 진영에서 미친바람이 일어나며 흑풍산 모래가 흩날려 하늘을 가렸다. 흑풍산에서 자욱이 일어나는 검은 먼지가 양 원수의 진을 뒤덮는지라 지척을 분간할 수 없고 군사들이 눈을 뜰 수 없었다.

원수는 징을 쳐 두 장수를 들이고, 바로 등사기騰蛇旗*를 진 앞에 꽂아 진을 바꿀 뜻을 보인 뒤, 무곡성 팔괘진을 치고 동남쪽 문을 닫았다. 진중이 평온하여 바람과 먼지가 들어오지 못하였다.

원수가 자주 군사를 불러 시각을 묻더니, 오시를 알리자 다시 진문을 열고 궁노수들에게 화살 끝에 불심지를 달고 있다가 서북풍이 일거든 일제히 불을 붙여 흑풍산 쪽으로 쏘라 하였다. 명령을 받은 궁노수 수백 명이 활을 메우고 기다렸다. 과연 오시가 다 지나고 미시가 되니 서북풍이 크게 일어나면서 나무가 부러지고 집이 쓰러지며 자욱이 먼지가 일더니 먼지며 모래가 남만 진영으로 날아가 들씌웠다.

명나라 진영에서는 그것을 보고 궁노수 수백 명이 기세충천하여 불화살을 일제히 쏘았다. 공중에 나는 수많은 살이 바람세를 따라 별같이 흘러서 흑풍산에 떨어지니 검은 흙에 불이 타 번지고, 잠깐 동안에 흑풍산이 온통 불바다로 변하고 말았다. 울부짖는 바람은 더욱 기승을 부리고, 바람에 날리는 티끌마저 불에 활활 타며, 남만 진영을 더욱 뜨거운 불면지로 뒤덮었다.

나탁은 당황하여 바람 일으키는 수레를 바삐 돌려 동남풍을 일으켜 보려고 하였다. 하지만 어림도 없었다. 인력으로 부르는 바람이

---

* 진영 가운데 세워 중군中軍을 지휘하는 데에 쓰는 깃발.

어찌 하늘이 부리는 조화를 당해 내랴.

나탁은 하는 수 없이 바람 수레를 거두고 말 등에 올라 동남쪽으로 달아나는데, 군마 한 떼가 티끌을 날리면서 달려와 길을 막았다. 한 장수가 앞으로 말을 달려 나오며 외쳤다.

"명군 좌익장군 동초가 여기 있으니 만왕은 꼼짝 마라!"

나탁은 싸울 용기마저 잃어 말을 돌려 서남쪽으로 달렸다. 그쪽에서도 또 군마 한 떼가 나타나 길을 막았다.

"명군 우익장군 마달이 여기 있으니 쥐 같은 오랑캐는 도망칠 생각을 말라!"

마달이 벼락같이 소리치고 언월도를 번쩍이며 달려드니 화가 머리끝까지 솟은 나탁이 마주 나가 칼을 어울렸다. 두 장수가 수십 합 넘게 싸웠을 즈음에 나탁 등 뒤로 문득 요란한 함성이 일어나며, 양 원수가 대군을 몰아 짓쳐들어왔다. 나탁은 서둘러 말을 빼어 남쪽으로 달아났다.

원수는 나탁을 쫓지 않고, 대군을 옮겨 흑풍산 남쪽으로 오십 리를 나와서, 진을 치고 밤을 지새우기로 하였다.

이때 소 사마가 원수를 보고 말하였다.

"원수가 벌이신 군사 작전은 제갈공명도 당치 못할까 하옵니다. 헌데 이번 흑풍산 싸움에서 궁금한 것이 두 가지 있사옵니다. 미시에 서북풍이 불 줄 어찌 아시며, 흑풍산 흙에 불이 붙어 화약과 다름없었으니 어인 곡절이오니까?"

원수가 조용히 웃고 나서 입을 열었다.

"장수가 되어 천문 지리를 통달하지 못하면, 어찌 장수 노릇을 할 수 있겠소. 내가 흑풍산을 살펴보니 가없는 벌판에 뻗어 나간 산줄기가 없고, 전후좌우에 풀 나무가 드무니 이는 여느 산이 아니었소. 남방 불기운이 이곳에 모였으니 별자리로 보면 불기운을 가진 천화심성天火心星이 비치고, 방위로 보면 땅에서 나오는 불기운이 한복판에 모인 곳이라, 위아래로 불기운을 받아 돌이 타고 흙이 재로 되며 못에서도 불이 일 판이니, 만일 이 산에 불이 붙으면 어찌 번지지 않겠소.

내가 또한 어젯밤에 천문을 잠깐 보니 바람을 내는 기성箕星이 달에 가깝고, 북두칠성의 자루 되는 별에 검은 구름이 끼는 것이었소. 기성은 바람을 맡고 있는데, 위치가 정남방 오위에 있으니 이는 오후에 바람이 일 징조이며, 검은 구름이 북두칠성의 자루 별을 덮으니 이는 서북풍이 일 징조로 볼 수 있소. 허나 오로지 천문 지리만을 믿어도 안 되나니 반드시 사람의 일까지 두루 합하여 살펴보아야 할 것이오. 그래서 나는 나탁이 지친 것이며, 목성이 흉한 방위를 범하여 검은 기운이 진영 위로 어리는 것을 보고 그자가 패할 것을 알았소."

좌우 장수들이 원수가 하는 말을 듣고 모두 탄복하였다.

"오늘 밤 나탁이 반드시 남으로 달아나리니, 장수 한 사람만 보내어 정남방에 매복시켰더라면 반드시 나탁을 사로잡을 것이어늘 어찌 그리하지 않사옵니까?"

동초가 마달에게서 눈짓을 받고 묻는 말이었다. 원수는 호탕하게 웃더니 말하였다.

"나는 남만이 충심으로 감복함을 보고자 하오. 이번은 첫 싸움이

라 나탁을 짐짓 놓아주어 그 재주를 다하게 함이오. 장군은 제갈
공명이 옛날 남만 왕 맹획을 일곱 번 놓아주었다가 일곱 번 잡음
으로 해서, 마침내 마음으로 굴복하게 한 전술을 모르시오?"

장수들이 또 이에 탄복해 마지않았다.

이튿날 원수는 대군을 거느리고 남쪽으로 행군하면서 나탁이 간
곳을 알아냈다. 나탁은 이미 오록동五鹿洞에 들어가 남만 병졸을
수습하고 있었다.

본디 남만 땅에는 험한 골짜기가 모두 다섯 곳이라. 첫째는 철목
동이요, 둘째는 태을동이고, 셋째는 화과동, 넷째는 대록동, 다섯째
가 오록동이라. 각기 군대와 양식과 무기를 둔 창고를 갖추고 있고,
길이며 산천이 험악하였다.

원수가 이곳 군사에게 오록동 가는 길을 물으니 그 사람이 손을
들어 가리키면서 오록동은 여기서 백여 리이고, 가는 길이 험하며
반사곡盤蛇谷을 지나야 한다고 하였다.

원수는 우익장군 마달을 불러 기병 이천을 거느리고 앞장서서 길
을 열라고 명하였다. 마달은 명을 받자 대오를 이끌고, 행군을 다그
쳐 어느 곳에 이르렀다. 산세가 가파르고 바위너설이 험하여 군마
가 지나갈 길이 없었다. 마달은 군사를 지휘하여 나무를 찍어다가
다리도 놓고, 돌을 옮겨다가 길을 닦으면서 한 걸음씩 나아갔다.

어느덧 해는 서산에 지고 어둠이 차차 짙어지기 시작하였다. 길
은 험하고 날은 어두우니 더는 한 걸음도 나아갈 수 없어, 골짜기
어귀 편편한 곳에 군사들을 머무르고 대군을 기다릴 작정을 하였
다.

한동안이 지난 뒤 대군이 당도하였다. 원수는 앞으로 나아가 지형을 살펴보고는 또 마달을 불러 명령했다.

"여기는 험하고 좁아서 대군이 머물지 못하리니, 어스름 달빛을 타서 몇 마장 더 나아가라."

그 순간 갑자기 난데없이 미친바람이 일어나며 함성이 요란스레 들려왔다. 원수가 크게 놀라 남방 군사 서넛을 데리고 바삐 산에 올라가서 멀고 가까운 곳을 두루 살폈다. 허나 어찌된 셈인지 산마루에 올라선 뒤에는 바람과 함성이 가뭇없이 잦아들고 몹시 고요해서 아무런 기척도 없었다. 이상히 여긴 원수가 군사더러 지명을 묻자 반사곡이라 대답했다. 원수는 불길하게 느껴 대군을 이끌어 십여 리 평지로 내려와 진을 쳤다.

밤이 퍽 깊어지자 또 미친바람이 세차게 일어나면서 함성이 들려왔다. 원수는 곧 동초, 마달 두 장수를 불러 멀리 나가 염탐해 보고 오라고 하였다. 하지만 역시 아무것도 알아낼 수 없었다. 두리는 더욱 짙은 적막이 깃들 뿐이었다.

원수는 군사들을 단속하여 자지 말라 하고, 군막 안에 앉아 책상을 의지하여 병서를 읽어 내려갔다. 문득 군중이 몹시 설레며 온통 앓는 소리가 소란스럽게 들려왔다. 원수가 곧바로 군중을 돌아다니며 살펴보았다. 군사가 모두 머리를 부둥키고 앓는데 물 끓듯 하였다.

양 원수가 한참 생각하다가 또 군사를 불러 물었다.

"이곳에 혹시 옛적 싸움터가 있느냐?"

"저희가 이곳까지 오는 일이 드물어 반사곡이 있는 것만 알 뿐이옵고, 옛적 싸움터가 있단 말은 듣지 못했사옵니다."

"적막한 빈산에 함성이 일어나고, 건장한 군사들이 한꺼번에 병이 나니 이는 반드시 곡절이 있구나. 산속에 귀신이라도 있어 장난을 하는 것이 아니겠느냐."

원수가 말을 마치자 또 요란한 함성이 크게 일어났다. 뇌천풍이 더는 참을 수 없는지 수염을 날리며 벼락도끼를 들고 내달았다.

"소장이 함성을 찾아가서 곡절을 알아보고 오리다."

뇌천풍이 원수에게 이같이 외쳐 말하며 함성 소리를 찾아 달려 나갔다. 뇌천풍이 웬 곳에 이르니 산 높고 골 깊고 나무숲 우거진 데서 괴상한 소리가 구슬피 들려오고 있었다.

천풍이 걸음을 멈추고 소리 나는 곳을 가만히 살폈다. 숲 사이 바위틈 어딘지 모르겠으나 그 둘레에서 괴상한 바람과 음산한 기운이 풍겨 사람을 습격하는 것 같았다. 천풍이 더욱 분노하여 벼락도끼를 들어 바위를 온통 바수고, 나무숲을 모조리 베어 벌거숭이 언덕을 만들어 버렸다.

허나 뇌천풍이 원수가 있는 군막으로 돌아오자 미친바람이 더욱 크게 일어나며 군사들이 앓는 소리는 몇 곱절 더 심해졌다.

원수는 근심스러워서, 쉬던 차림으로 진문에 나가 달빛 아래 거닐었다. 어떻게 할지 결단을 내리지 못하고 있는데, 문득 또 한 번 미친바람과 함성이 지나간 끝에 난데없이 맑은 거문고 소리가 멀리서 들려왔다. 원수가 이상히 여기며 거문고 소리가 나는 곳을 찾아 걸음을 옮겼다. 백여 걸음을 더 나아가니 산 아래 있는 두어 칸 되는 옛 사당이 보였다. 조심스럽게 다가갔다.

원수는 곧 무너진 담장 앞에 마주 섰다. 담장에는 청미래덩굴이 얽혀 있고 담장 곁 수백 년 묵은 고목에는 학이 깃들어 있는지라, 오래된 사당임을 알 수 있었다. 사당 문을 열고 안으로 들어가 보았다. 맞은편 벽 쪽 평상에 흙으로 빚은 사람 형상이 하나 놓여 있었다. 자세히 보니 천하 통일을 이루지 못하여 생긴 무궁한 한이 눈썹에 가득히 어려 있고, 만고에 전할 맑고 높은 기상이 얼굴에 보이는지라, 묻지 않고도 제갈공명임을 알 수 있었다. 원수는 크게 기뻐 앞으로 나아가 공손히 두 번 절한 뒤 속으로 가만히 빌었다.

'후학 양창곡이 황제의 명을 받들어 대군을 이끌고 이곳에 이르오니 옛날 선생께서 오월에 노강을 건너시던 곳이라. 창곡은 선생이 지니신 재덕이 없고, 다만 선생과 같은 직책이 있사옵니다. 황명을 받은 이래 밤낮으로 걱정하오나 보답할 바를 알지 못하오니 만일 선생이 돕지 않으시면 우리 나라가 오랑캐에게 짓밟히는 치욕을 면치 못할까 하나이다.

엎드려 생각건대, 선생은 일찍이 한나라를 위하여 몸 바쳐 우국충절을 다하였으나 통일의 위업을 이루지 못하시었으니, 분명 그 한을 품은 넋이 계실 것이옵니다. 이제 우리 나라가 한나라와 당나라를 이어 수백 년을 내려오다가 오늘에 이르러 위태롭기가 한 오리 터럭 같사옵니다. 선생의 넋이 계실진대 한나라를 위하시던 그 충성으로 저희들을 도우사 우리 명나라를 높이고 오랑캐를 물리치면, 그 뜻이 살아 계실 때와 다름없을까 하나이다.

이제 대군이 멀리 여기까지 와서 까닭 없이 병이 나고 적막한 빈산에 함성이 일어나니 창곡은 어리석고 우둔하여 그 빌미를 모

르겠사옵니다. 부디 선생은 우리 군대를 지휘하사 모진 바람과 괴상한 병을 물리쳐 공을 이루게 하소서.'

원수가 빌기를 다하고, 다시 탁자 위를 보니 점치는 거북이 놓여 있다. 점을 쳐 보니 크게 길한지라, 기뻐하며 다시 두 번 절하고 사당 문을 나섰다. 그러자 공중에서 벼락 소리가 일어나며 미친바람과 함성을 몰아내어 씻은 듯이 평온해졌다.

"양 원수가 넷 있음을 모르는고?"

군중으로 돌아온 원수는 밤이 어느 때쯤 되었는가 물었다. 시중드는 군사가 오경 삼점"이라 대답하였다. 원수가 곤하여 잠깐 책상에 기대앉았는데, 한줄기 맑은 바람에 장막이 걷히며 밖에서 발자국 소리가 났다. 원수는 장막 밖을 보았다. 웬 노인이 곧 눈에 띄었다. 노인은 윤건을 쓰고 학창의를 입고 흰 깃털 부채를 들었으며 얼굴이 맑고 풍채가 점잖았다. 묻지 않아도 제갈공명 선생임을 알 수 있었다.

원수는 바삐 일어나 장막 안으로 선생을 맞아들여 자리에 앉으시라 권했다.

"선생의 높으신 옛일을 전해 듣삽고 우러러 사모하오나, 이승과

▪ 새벽 4시 45분.

저승이 다르고 예와 지금이 같지 못하여 이렇게 뵈옵기를 바라지 못하였삽더니, 오늘 어찌 이 오랑캐 땅에 오셨나이까?"

노인이 은은히 웃으며 흰 수염발을 날렸다.

"여기는 내가 남만을 격파하던 곳이라. 남방 사람들이 나를 생각하여 사당을 한 칸 지어 향불이 끊이지 아니하매 혼령이 거침없이 오갔느니라. 오늘은 마침 원수가 이끄는 대군이 이곳에서 고생함을 알고 위로코자 왔노라."

원수는 꿇어앉아 와룡 선생을 우러렀다.

"사람 없는 빈산에 함성이 크게 일고 하룻밤에 삼군이 까닭 없이 앓으니 이 무슨 곡절이옵니까?"

"내가 일찍이 남만의 등갑군藤甲軍 수만 명을 이곳에서 죽였더니, 매양 흐린 날과 비 오는 날이면 그 넋들이 구슬피 울어 지나가는 사람을 괴롭히고, 지금은 함부로 대군을 침범하는구나. 내 이미 그 넋들을 막았으니 원수는 두어 마리 소와 양을 잡아 주린 원혼들을 먹이고 감이 좋을까 하노라."

와룡 선생이 한없이 맑고 쩌렁쩌렁한 목소리로 말하더니 조용히 눈을 감았다.

"만왕 나탁이 오록동에 들어 있어 격파할 방략이 없사오니 선생은 밝히 가르쳐 주소서."

원수가 엎드려서 이같이 비니 와룡 선생은,

"지략이 뛰어난 원수가 어찌 그만한 적을 근심하리오마는, 먼저 미후동을 치라."

하고는 문득 간 곳이 없었다.

원수가 소스라쳐 놀라 깨어 보니 한바탕 꿈이었다. 진중 나팔 소리, 북소리가 새벽을 알리고 동녘 하늘에 새벽빛이 밝아 왔다. 곧바로 장막을 걷고 군중 형편을 물은즉 병세가 수그러들고 모진 바람세도 자서 한결 조용하다고 했다.

원수는 기뻐서 동초와 마달 두 장수를 보내 반사곡 어귀에 단을 쌓고 등갑군 전사자들에 제사하라 하였다. 제문은 이렇게 썼다.

아무 해 아무 달 아무 날에 명군 도원수는 우익장군 마달을 보내어 전사한 등갑군 혼을 불러 고하노라.

슬프다, 시국이 불안하고 천하가 소란하여 전쟁이 사방에서 일어나고 민생이 도탄에 빠짐이여! 너희들 비록 만 리 밖 외딴곳에 살던 미개인들이었으나, 또한 한 하늘 아래 백성으로 쟁기를 버리고 창검을 들고서 처자를 떠나 군대에 들어가니, 몸은 타서 재로 되고 깊은 산 그윽한 골짜기에 영혼만 남아 서로 모여 있구나. 주인 없는 외로운 넋을 부를 자 없고, 변변찮은 음식으로라도 그 뒤라서 위로하리!

허나 죽음과 삶이 운명에 있고 성공과 실패가 하늘에 있거늘, 부질없이 모진 바람을 일으키며 괴상한 병을 퍼뜨려 지나는 군사들에게 해를 입히니, 내 비록 모자란 사람이나 황명을 받들어 한번 호령하면 백만 대군이 한 사람같이 힘차고 날쌔어 산천을 뒤집고 너희들 남은 넋이 의지할 바 없게 만들 것이로되, 생각건대 너희들이 살아서는 임금이 베푸는 덕화를 입지 못하고, 죽어서는 원귀 되어 주리고 의지할 곳 없는 것이 한없이 불쌍한지라, 술 두어 섬과 소와 양 수십 마리로 특별히 주린 혼을 먹이노니, 만일 다시 장난하면 살았을 때와 다름이 없이 군율로 다스리리라.

동초와 마달은 제문을 읽고 술과 고기를 단 아래 묻었다. 그 순간 침울한 구름이 골안에서 날아 흩어지고 음산한 바람은 골짜기 밖으로 빠져나갔다.

이튿날 아침 원수는 삼군에 출발 명령을 내렸다. 맑은 바람이 넌지시 불어 깃발을 가벼이 날리고 산천초목이 모두 출정을 돕는 듯하였다.

원수가 도망가던 남만 병졸을 잡아 나탁이 간 곳을 물으니, 지금 오록동에 있다고 대답했다. 원수는 꿈에서 노인이 한 말이 떠올라 물었다.

"미후동은 여기서 몇 리냐?"

"남방에 본디 미후동이란 없사옵니다."

곁에 섰던 익주 출신 병사가 남만 병졸을 꾸짖으며 말하였다.

"내가 일찍이 들은 게 있느니라. 전에 남만 상인이 우리에게 복숭아를 팔러 와서 미후동에서 난 것이라 하였으니, 어찌 미후동이 없다고 하느냐?"

원수가 크게 노하여 남만 병졸을 군영 앞에 내다 목을 베게 하고, 다시 한 놈을 끌어내었다.

"내 벌써 알고 묻는 것이니 바로 말하지 않으면 또 베리라."

남만 병졸이 그제야 더럭 겁이 나서 부들부들 떨며 사실대로 말하였다.

"나탁 왕이 군대를 두 패로 나누어 한 패는 왕이 직접 거느려 미후동에 매복하고, 또 한 패는 가짜인데 왕으로 가장하고 오록동에 있사오이다. 원수께서 이끄는 대군이 오록동에 있는 가짜 왕을 치거든 미후동에 있는 진짜 왕이 매복한 군대로 뒤를 엄습하여 안팎에서 서로 공격하려 하고 있사오이다."

원수는 과연 제갈 선생 말이 헛되지 않음을 알고, 소 사마를 불러 가만히 귓속말로 이리이리하라 하였다. 소 사마가 영을 듣고 곧 대군을 넷으로 나눈 다음 비밀리에 임무를 주었다.

미후동은 만왕의 별궁으로 오록동 동쪽에 마주 보고 있었다. 이때 나탁은 남만 장수 철목탑을 가짜 만왕으로 꾸며 오록동에 두고, 자신은 뛰어나고 강한 병사를 거느리고 미후동에 매복하여 원수의 대군이 오록동을 치기만 기다리고 있었다.

나탁이 예상한 대로 드디어 오록동 쪽에서 공격하는 함성이 요란하게 일어났다. 북소리, 나팔 소리가 하늘을 뒤흔들고, 함성이 온 땅을 울리는 가운데 양 원수가 대군을 몰아 바로 오록동을 치러 왔다. 철목탑은 나탁의 깃발과 복색을 갖춘 뒤 동문을 열고 내달아 거기서 원수 군대와 싸웠다. 미후동에 있던 나탁은 이를 보고 철목탑 옷차림으로 매복한 군대를 거느리고 뒤로 양 원수를 엄습코자 동문을 나왔다. 그럴 때 미후동 서쪽에서 또 양 원수가 군사 한 떼를 지휘하여 길을 막고 공격하였다. 나탁이 몹시 놀라는데, 미후동 동쪽에서 또 양 원수가 군사를 이끌고 달려왔다. 그리하여 양 원수의 군사가 양쪽에서 죄어들며 나탁 군사를 에워쌌다.

나탁이 위험에 처하자 철목탑은 오록동을 버리고 바삐 달려가 나탁을 구하려고 싸움을 걸었다. 이렇게 되어 두 만왕과 세 양 원수가 각각 군대를 호령하여 한나절을 싸웠다. 아무런 계책도 없는 나탁은 마침내 힘이 다하여 더는 버틸 수 없는 지경에 이르렀다. 두 양 원수가 거느린 군대는 이 틈을 타서 전후좌우로 더욱 맹렬히 들이쳐 포위망을 조여들었다. 남만 병졸은 모두 몸이 지치고 정신이 혼미하여 승승장구하는 명나라 대군을 도저히 당해 낼 수가 없었다.

만왕은 드디어 말 한 필을 몰아 포위를 뚫고 달아났다. 나탁이 오록동으로 들어가고자 동구 앞에 이르니 굳게 닫힌 동문이 앞을 막았다. 성문 위에는 또 양 원수가 앉아 있다.

"나탁아, 네 어찌 만왕이 둘 있는 것만 자랑하고, 양 원수가 넷 있음을 모르는고? 내 벌써 오록동을 차지했으니 어서 항복하라."

말을 마친 양 원수는 큰 살을 뽑아 쏘아 나탁 투구에 얹힌 붉은 꼭지를 떨어뜨렸다. 나탁이 그만 넋을 잃고 말을 돌려 남으로 달아나니 늙은 장수가 또 길을 막고 크게 꾸짖었다.

"뇌천풍이 여기서 기다린 지 오래니라! 흑풍산에서 죽지 않고 남은 넋이 오늘 내 벼락도끼 끝에 사라지리라."

나탁이 대답할 새도 없이 달려들어 십여 합을 싸우다가 무서운 함성을 듣고 뒤를 돌아보았다. 철목탑도 패하여 달려오는데, 그 뒤로 티끌이 하늘을 덮고 함성과 포 소리가 천지를 뒤덮으며, 양 원수 대군이 닥쳐오고 있었다. 나탁이 또 크게 놀라 다시 말을 돌려 서남쪽으로 달아났다. 미후동 서쪽에서 나오던 양 원수는 마달이며, 미후동 동쪽에서 나오던 양 원수는 동초이며, 오록동을 치던 양 원수는 소유경이며, 나중에 오록동 성문 위에 앉았던 양 원수가 곧 진짜 양 원수였다.

　나탁은 꾀를 쓰다가 도리어 낭패하니 마침내 혼자 도망하여 대록 동으로 들어갔다. 그렇지만 양 원수는 나탁을 쫓지 않고 대군을 거 두어 오록동으로 들어갔다. 거기에는 소와 양을 비롯한 양식과 물 자가 곳간에 그득했고, 말이며 무기도 적지 않았다.

　이튿날 양 원수는 소 사마를 데리고 오록동 뒷산에 올랐다. 높은 산마루에서 멀리 바라보니 서남쪽으로 십여 리 밖에 높은 산이 하 나 있는데 산세가 몹시 험악하였다. 겹겹이 솟아오른 봉우리는 창 끝 같아 흉한 기운을 띠었고, 빽빽이 우거진 나무숲이 검은 연기에 잠겼으며, 산 앞에는 너른 들이 펼쳐져 풀빛이 짙으니 묻지 않고도 그곳이 만왕이 있던 골짜기임을 알 수 있었다.

　원수가 소 사마를 돌아보며 말하였다.

　"남만 산천이 이렇듯 흉험하니 어느 날에나 이 땅을 평정하고 개 선가를 부르며 황성으로 돌아가겠소?"

　소 사마가 웃으며 손을 저었다.

　"지략이 뛰어난 원수께서 어이 그것을 근심하옵니까. 소장은 원 수께서 마땅히 머지않아 평정하시리라 생각하옵니다."

허나, 원수는 어두운 얼굴을 하고 머리를 저었다.

　"북방은 순전히 음기가 모인 곳으로 한 오리 양기가 살아 움직이 므로 사람들이 어리석고 고지식하나 남을 속이는 일은 적소. 남 방은 순전한 양기가 모인 곳으로서 한 오리 음기가 살아 움직이 므로 사람들이 모질고 사납고도 교묘하게 속이는 일이 많으니, 예부터 장수 된 자 북방에서 성공하기는 쉬우나 남방에서 성공하기는 어려웠소. 내 이제 백면서생으로 중책을 지고 충의로 나라에 보답하는 길이 오직 여기에 있으니, 깃발 한 번 휘두르고 북한 번 치는 것을 어찌 가벼이 하겠소. 이제 대록동을 보니 참으로 험한 요새라, 힘으로는 깨치지 못할 것 같소. 오늘 밤에는 내 마땅히 꾀로 깨뜨릴 것이오."

원수는 소 사마와 같이 자리를 옮겨 가며 대록동 지세를 더 자세히 살핀 다음 산을 내려왔다.

얼마 뒤 장막에 돌아온 원수는 군중에 사로잡혀 있는 남만 병졸을 다 동여 장막 앞에 꿇어앉히고 엄하게 말하였다.

"너희들은 다 이 나라 백성으로서 나탁에게 속아 죽을 곳에 빠졌으나, 진심으로 항복하면 죄를 용서하고 수하로 부리리라."

이 말이 떨어지자 남만 병졸 수십 명이 일제히 머리를 조아려 살려 달라고 빌었다. 원수는 크게 기뻐 동인 것을 모두 풀어 주고, 술과 고기를 먹이면서 달래었다.

"너희들은 항복하였으니 이제 다 내 군사로다. 내 이곳 길이며 산천이 모두 눈에 서니 너희들이 길잡이를 해야겠다."

남만 병졸들이 모두 기뻐하며 명령대로 할 것을 다짐했다.

남만 병졸들을 돌려보낸 원수는, 나탁이 이미 골짜기를 잃고 멀리 달아났으니 병사들을 편히 쉬게 한 뒤 행군토록 하리라 하고, 군중에 며칠 자유로이 쉬라고 명령했다. 그러고는 여러 장수들과 더불어 술을 마시고 바둑을 두며 군사들을 단속하지도 않았다. 그쯤되니 모든 장졸들이 깃발을 뉘어 두고 활시위를 내렸으며, 말들은 안장을 떼 내어 풀어놓았다. 그뿐 아니라 많은 군사들이 대열을 떠나 창을 베고 낮잠도 자며, 산에 올라 노래 부르는 등 군중이 몹시 느슨해지고 무방비 상태로 되어 버렸다. 이쯤 되자, 남만 병졸들은 은근히 도망할 생각을 하였다. 그런 데다가 또 명나라 장졸들이 술에 취하여 함부로 욕하고 조롱하며 혹은 칼을 빼어 치려 들기도 하면서 갖은 구박과 모욕을 하는지라, 남만 병졸들이 끼리끼리 모여 수군대었다.

"원수 비록 우리를 너그러이 용서하나 장졸들이 이렇듯 우리를 들볶으니 어찌 이때를 타서 도망치지 않으리오."

이렇게 해서 남만 병졸들은 산을 타 달아나기도 하고 행길로도 도망하여 반날도 되기 전에 절반이나 없어졌다. 원수는 다시 북을 쳐 군사를 모으고 깃발들과 무기들을 정돈하고는 방비를 더욱 철통같이 하였다.

이때 나탁은 오록동을 잃고 대록동에 들어가서 장수들을 모아 놓고 오록동을 되찾을 방략을 의논하고 있었다.

나탁이 벌써 십여 차례나 의견을 내놓으라고 하였으나 입을 여는 자가 하나도 없었다. 모두 묘안이 떠오르지 않아 전전긍긍하고 있을 때, 문득 포로로 잡혔던 병사 하나가 도망쳐 와서 양 원수 진이 기강이 풀리고 나태해졌다고 낱낱이 고하였다.

이때에야 장수들이 저마다 이 기회를 타서 적진을 서둘러 습격하자고 떠들어 대었다.

허나 나탁은 그럴듯도 하고 의심스럽기도 하여 결단을 내리지 못하고 망설이기만 하였다. 그런 가운데 남만 병졸 또 몇이 도망쳐 와서 꼭 같은 말을 하였다. 그 뒤를 이어 오륙 명씩, 십여 명씩 끊임없이 도망쳐 오는 포로병들이 하는 말들도 하나같았다. 나탁은 더욱 의심스러워 끈끈히 캐물었다.

"양 원수는 그래 무엇 하더냐?"

"술을 마시고 바둑을 두며 군사 일은 묻지 않으니, 군중이 모두 기강이 풀려 있더이다."

"그러면 장수들은 무엇 하더냐?"

"늙은이는 낮잠만 자고, 젊은이는 술에 취해 주정만 부리더이다."

"군사들은 무엇 하더냐?"

"병든 자는 누워 앓고, 성한 자는 장난질로 칼을 빼어 들고 서로 치고받는데 조금도 규율과 질서가 없더이다."

"성문은 어느 장수가 지키더냐?"

"남문은 마달이 지키고 북문은 동초가 지키나, 날마다 술에 취해서 곤드레만드레하여 성문 출입을 아랑곳하지 않으니, 저희들이 무리 지어 꾸역꾸역 도망쳐도 막는 자가 없었나이다."

나탁은 한참 생각하다가 껄껄 웃었다.

"양 원수는 풋내기 장수가 아니거든 군사들을 그렇게 내버려 둘 리 있겠느냐? 이는 분명 계교로다."

이 말을 듣고 곁에 있던 철목탑이 선뜻 나섰다.

"소장이 오록동에 가서 적진 동정을 가만히 살펴보고 오리다."

나탁이 기뻐하며 허락하니, 철목탑이 혼자서 말을 타고 달빛 아래 오록동으로 떠나갔다.

양 원수는 군중을 단속하고, 장수들 가운데 영리한 자 몇 명을 불러서 오록동 어귀에 숨어 있다가 남만 장수가 오고 가면 가만히 살 피다가 알리라 하였다.

이를 알 리 없는 철목탑은 오록동에 당도하자 은밀히 산에 올라 골짜기 안을 굽어보았다. 성안을 자세히 살피니 깃발과 창검이 줄 지어 있어 어긋남이 없고 등불이 빛나고 있으며, 시간을 알리는 북 소리며 나팔 소리가 분명하여 삼군이 잠든 기색이 전혀 없었다. 크 게 놀란 철목탑은 가만히 언덕을 내려 서남북문 들을 엿보았다. 오 고 가며 몇 차례 눈을 밝혔으나 문마다 장수 두 명과 군사 한 패씩 지켜 창검을 별 겯듯 하고 서 있었다. 철목탑은 이렇듯 물샐 틈 없 는 방비에 놀라움을 이기지 못했다. 더 알아볼 것도 없는지라, 곧바 로 대록동 본진으로 돌아와서 명나라 군사들의 방비가 철통같다고 보고하였다.

나탁은 그 말을 듣고 크게 노하여 도망쳐 온 병사들을 잡아들여 다시 캐물었다. 그러자 겁이 더럭 난 병졸들은 단속이 그렇게 심했 다면 저희들이 어찌 감히 도망쳐 올 수 있었겠느냐면서 벌벌 떨었 다. 이를 보고 이번에는 장수 아발도가 나서며 제가 다시 가 보고 오겠다고 하였다. 만왕이 허락하자 아발도는 망설임 없이 오록동 쪽으로 말을 달렸다.

이보다 앞서 명나라 진영에서 척후병으로 나와 있던 장수들은 철 목탑이 하는 거동을 다 보고 돌아와서, 철목탑이 혼자 말을 타고 여 기저기 다니며 골짜기 동정을 엿보고 갔다고 상세히 고하였다. 원 수는 웃고 나서 곧 소 사마와 뇌천풍, 동초와 마달을 불러 가만히 일렀다.

"뇌 장군과 소 사마는 오천 기씩 거느리고 나가 은밀히 대록동 남문 밖에 매복하고 있다가, 본진에서 함성이 일어나고 남만 병졸이 대록동을 비우고 나탁을 구하러 나오거든, 그때를 타서 함께 들이닥쳐 대록동을 빼앗으라. 좌익장군 동초와 우익장군 마달은 각 오천 기를 거느려 대록동에서 오록동으로 오는 중간에 가만히 매복하고 있으라. 나탁이 분명 오록동으로 올 것이니 내달아 에워싸되, 구태여 잡으려 하지 말고 다만 빠져나가지 못하게 철통같이 하고 대군을 기다리라."

이렇게 지휘하여 장수들을 보낸 뒤, 남은 군사들더러 기를 뉘고 갑옷을 벗되, 늙은 군사 몇 명으로 성문을 지키게 하라고 군중에 영을 내렸다.

이와 때를 같이하여 아발도가 오록동에 와서 성안 동정을 조심히 엿보고 있었다. 아발도가 보기에 성안은 과연 무방비 상태였다. 등불도 드물고 군졸들은 세상모르게 잠들어 있었다. 남문과 북문에는 늙은 군졸 둘만이 앉아 졸고 있었다.

아발도는 매우 기뻐하며 바삐 돌아와서 나탁에게 과연 명진의 방비가 허술하다 고했다. 나탁은 두 장수 말이 다르니 더욱 의심스럽고 미심쩍어 갑자기 칼을 빼어 들고 일어났다.

"과인이 친히 가 보고 어찌할지 결정하리라."

나탁은 장수 한 명과 병졸 몇을 데리고 오록동으로 떠났다. 얼마쯤 천천히 말을 타고 달리던 나탁은 번개처럼 스치는 깨달음이 있어 말을 멈춰 세웠다.

'내가 양 원수 속임수에 들었구나. 철목탑과 아발도는 내 심복

장수들인데, 어찌 그렇듯 말이 서로 다르겠는가. 이는 반드시 양 원수가 나를 유인하는 것이다.'

나탁은 그 자리에서 말 머리를 돌리려고 하였다. 그때 갑자기 요란한 함성이 일어나며 군마 한 떼가 길을 막았다.

"대명 우익장군 마달이 여기 있으니 만왕은 꼼짝 말라!"

이 말이 채 끝나기도 전에 뒤에서 또 함성이 크게 일어나며 군마 한 떼가 길을 막고 한 장수가 나타나 큰 소리로 벼락같이 외쳤다.

"좌익장군 동초가 예 있다. 나탁은 달아날 생각을 말라!"

두 장수가 합세하여 전후좌우로 몰아치니, 나탁이 칼을 뽑아 춤추며 한모를 뚫고 나가려고 말을 달려 앞으로 나아가는 순간, 양 원수가 또 오록동에서 대군을 거느리고 나와 나탁을 철통같이 에워싸며 기세를 올렸다. 십만 대군이 내지르는 드높은 함성과 포성이 하늘땅을 뒤흔들었다.

우레같이 일어나는 함성에 대록동에 있는 철목탑과 아발도는 크게 놀랐다. 왕이 돌아오기를 기다리던 두 장수는 일이 심상치 않음을 느꼈다. 척후로 나갔던 병사도 바삐 달려와서 대왕이 포위에 들어 형세가 몹시 급하다고 보고하였다.

마음이 다급해진 아발도와 철목탑은 군사 수백 명만 성안에 남겨 두고는 대군을 휘몰아 오록동으로 달려 나갔다. 허나 오록동에 채 이르기 전에 마달을 만났다. 그들은 마달과 십여 합을 싸우고 말 머리를 돌려 채찍을 울리며 명진을 헤치려고 무작정 앞으로 내달렸다. 양 원수는 대오 한쪽을 열어 길을 내주었다. 그러자 필마단창으로 죽을힘을 다하여 황망히 빠져나온 나탁은 얼마 안 가서 철목탑과 아발도를 만나 함께 대록동으로 말을 달렸다.

　나탁을 둘러싸고 비바람같이 몰려가던 만군 병사들이 대록동 성문 앞에서 무춤 멎어섰다. 성문 누각 위에 위풍당당하고 우람한 늙은 장수가 벼락도끼를 들고 앉아서 웃고 있다.

　늙은 장수는 나탁을 보자 흰 수염을 거스르며 우레 같은 소리로 말하였다.

　"늙은 내가 남방에 와서 이 벼락도끼를 오래 시험해 보지 못하였구나. 오늘 네 골짜기를 차지했으니, 네 감히 싸우려 든다면 내 도끼에 낀 티끌을 시원히 씻어 보겠구나."

　화가 난 나탁이 크게 호령하며 성문을 깨뜨리려고 할 때, 갑자기 등 뒤에서 함성이 울리며 양 원수가 대군을 몰아 들이닥쳤다. 나탁이 군사를 돌려세워 싸운 지 몇 합을 못 가, 소 사마와 뇌천풍이 또 성문을 열고 내달아 안팎으로 공격해 왔다. 나탁은 이를 대적지 못하여 동남쪽으로 서둘러 말 머리를 돌려 달아났다.

　대록동을 별로 힘들이지 않고 얻은 양 원수는 그날 밤 골짜기로 들어가자 군사들을 푸짐히 먹였다. 이번 승전을 놓고 여러 장수들이 저마끔 감탄하는 가운데, 소 사마가 원수를 보고 마음 깊이 감탄하여 말하였다.

　"옛날 명장들도 한 달에 세 번 승리하기 어렵다 하였거늘, 원수는 겨우 며칠 동안에 만왕이 있던 골짜기 둘을 점령하되 대군을 수고롭게 하지 않고 장수 한 명도 잃지 아니하니 천고에 다시없는 명장인가 하옵니다."

　그렇지만 원수는 머리를 흔들며 어두운 얼굴로 말하였다.

"공들은 오직 쉬움만 보고, 어려움은 생각지 못하고 있소. 지금 나탁이 죽기로 싸우지 않고 골짜기 둘을 쉽게 버리니 반드시 믿는 바가 있음이라. 마땅히 더 조심해야 할지니 어찌 쉬이 마음을 놓겠소."

장수들은 이 말에 새로이 깨달은 듯 저도 모르게 머리를 끄덕이고 마음을 더욱 가다듬었다.

원수가 한 말은 신기하리만치 옳았다. 대록동을 잃은 나탁은 세 번째 골짜기로 들어갔다. 지세가 험한 화과동이었다. 사방에 깎아지른 벼랑이 둘러싸고 골짜기 안에는 풀이 우거져 문을 닫으면 십만 대군이 밀려온다 해도 두렵지 않은 철옹성이 바로 이 화과동이다.

골짜기 안에 숨은 나탁이 장수들을 모아 놓고 말하였다.

"명 원수가 지닌 재능이며 지략은 당해 내기 어려운 것 같구나. 허나 내 이제 꾀가 있으니, 동문을 굳게 닫고 적군이 양식을 운반하는 길만 끊어 놓으면 수십 일이 못 되어 대록동을 도로 찾을까 한다."

장수들도 모두 그렇게 하는 것이 좋겠다고 하였다. 나탁은 곧바로 장수 한 사람을 불러 성문을 굳게 닫고 어떤 일이 있어도 열지 말라고 명령했다. 나탁은 골짜기에 깊숙이 들어박혀 나오지 않고, 장수와 군졸들도 성문 밖에는 얼씬도 하지 않았다.

양 원수는 나탁이 화과동에 들어앉아 나오지 않으니 무슨 꾀가 있음을 짐작하고 화과동 지형을 자세히 알아본 뒤 대책을 세울 작정을 하였다. 원수는 먼저 대군을 거느리고 화과동 앞에 가서 싸움을 걸어 보았다. 예상대로 나탁은 나올 생각을 하지 않고 문을 굳게 닫고 있을 뿐이었다.

원수가 이번에는 군사를 호령하여 나무와 돌을 쌓아 올리고, 남문 언덕에 오르는 체하였다. 그제야 나탁이 군사를 호령하여 활을 쏘고 돌을 굴리며 저항하였다. 원수는 군중에 일제히 북을 치라는 영을 내리고, 대군이 요란하게 북소리를 내면서 공격하는 듯이 화과동 주위를 에돌게 하였다. 그러는 동안에 원수는 화과동 지형을 자세히 살폈다. 대군은 날이 저물어서야 물러나 본진으로 돌아왔다.

그 뒤 원수는 날마다 동초와 마달을 시켜 수천 기씩 거느리고 화과동을 치는 척하였다. 그래도 나탁은 더욱 성을 굳게 지킬 뿐 나오지 않았다.

닷새째 되는 날 원수는 소 사마를 불러 낙타 오십 필과 늙고 약한 병졸 오백 명을 주며 이리이리하라고 명령을 내리고, 또 동초와 마달을 불러 군사 삼천 기씩 주면서 역시 조용히 명령을 내렸다. 세 장수가 명령을 받자 곧 떠나갔다.

나탁은 양 원수가 닷새 만에 하릴없이 그저 돌아가는 것을 보고 크게 기뻐하였다. 수하 장수들에게,

"열흘 넘기 전에 명나라 백만 대군이 모두 대록동에서 굶어 죽은 귀신 신세를 면치 못하리라."

하고, 병졸 수십 명에게 명진 동정을 정찰하여 양식을 운반하는 기척이 있거든 곧 알리라 하였다.

어느 날 밤이 이슥하였을 즈음, 양식을 운반하는 수레가 밤을 타

서 연달아 온다는 보고를 받고 나탁은 직접 산에 올라 길게 뻗은 길을 굽어보았다. 곧 십여 리 밖에 깜빡이는 불이 셋씩 또는 대여섯씩 띄엄띄엄 오는 것이 뚜렷이 보였다. 나탁은 서둘러 장수 둘을 불러서 각각 일천 기씩 거느리고 양식을 운반하는 명나라 수레를 모두 빼앗아 오되, 만일 막아서는 병사가 많고 의심스러운 징조가 있거든 함부로 내닫지 말고 곧 돌아오라고 했다.

두 장수는 영을 듣고 길을 나누어 떠나갔다. 얼마 안 가서, 어스름한 달빛 아래 양 원수 군사 수백 명이 군마 입에 자갈을 물려 소리를 못 내게 하고 등불도 없이 수레 십여 채를 몰아 조심스레 오는 것이 보였다. 뒤따라오며 어서 가자고 재촉하는 장수 하나도 눈에 띄었다. 남만 장수가 이를 보고,

'밤을 타고 기척을 내지 않고 오는 것은 상대가 빼앗을까 저어함 이요, 손에 병기가 없으니 대적하기 어렵지 않으리라.'

생각하고는 군사들을 이끌고 내달아 길을 막았다.

너무도 급작스러운 일에 놀랐는지 수백 군사들이 수레를 버리고 황황히 달아나고 말았다. 이를 본 만장이 칼을 빼어 들고 호통 치며 뒤따라가서 수십 합을 싸우고, 그 사이 군졸 십여 명이 빼앗은 수레를 바삐 몰아 금세 화과동으로 돌아와 만왕에게 고했다.

나탁은 크게 기뻐하며 빼앗은 수레들을 부리게 하였다. 수레와 짐을 부려 놓고 헤쳐 보니 하나같이 깨끗한 알곡이라 장수들은 서로 치하하여 마지않았다.

얼마 안 되어 병졸 서넛이 또 바삐 달려와서 양식을 운반하는 수레 십여 채가 온다고 알렸다. 나탁은 좋아서 껄껄 웃고 장수 둘을

불러 일천 기를 거느리고 달려가서 수레들을 빼앗아 오라고 명했다.

두 장수가 곧바로 군사를 휘몰아 길목으로 나가 그곳에 군사를 숨기고 수레가 오기를 기다렸다. 조금 있자니 과연 늙은 군졸들 칠팔십 명이 낙타 수십 필이며 수레 수십 채를 몰고 오며 저희들끼리 원망하는 말을 하였다.

"앞서 가던 수레는 보이지 않고 당최 어두우니, 대체 대록동은 어드메뇨?"

만군 장수들이 그 불쌍한 모양을 보고 좋아하며 군졸들을 지휘하여 내달으니, 명군들이 놀라 수레를 버리고 달아났다. 만군은 손쉽게 수레를 얻어 화과동으로 벼락같이 몰아갔다.

수레를 몰아 얼마쯤 갔을 때 문득 공중에서 시위 소리가 나며 남만 장수 둘이 다 말에서 떨어졌다. 왼쪽에서는 마달이 호통 치며 달려 나오고, 오른쪽에서는 동초가 칼춤 추며 나타났다. 두 장수는 대군을 지휘하여 눈 깜짝할 사이에 만군을 에워쌌다.

동초는 앞으로 나와서 쇠북을 울리는 소리로 말하였다.

"항복하는 자는 살 것이요, 도망하는 자는 목을 벨 것이니라!"

남만 병졸들이 벌벌 떨며 무릎 꿇고 항복하자 그들의 옷을 모두 벗겨 명나라 군사들이 입도록 하였다. 그리고 남만 병졸들을 묶어 놓고 지키게 한 뒤에, 군사를 거느리고 수레를 그냥 몰아 화과동 성문 앞으로 갔다.

두 장수를 보낸 뒤 돌아오기를 기다리던 나탁은 병사들이 수레 수십 채를 몰고 오는 것을 보자 동문을 바삐 열고 맞아들였다. 수레들이 성문 안에 다 들어선 순간 크게 외치는 소리가 들렸다.

"나탁아, 양 원수가 숱한 수레를 보내시니 네 머리를 바쳐 고맙 다 사례하라!"

말이 채 끝나기도 전에 수십 수레에서 불이 확 일어나며 별찌같 이 빠르게 번져 나갔다. 불은 벌써 동문에도 달려 연기와 불길이 허 공을 덮었다. 동초와 마달이 군사를 호령하여 동에 번쩍 서에 번쩍, 모든 것을 짓부수며 불찌를 흘어 놓으니 번개같이 불이 번져서 동 쪽 나무숲에도 불이 달렸다. 이리하여 화과동은 온통 불구덩이에 들었더라.

어찌할 바를 몰라 하던 나탁이 죽기로 싸울 요량으로 말에 올라 칼을 빼어 들자, 성문 밖에서 함성이 크게 일어나며 한 늙은 장수가 도끼를 휘두르면서 말을 달려 성안으로 뛰어들었다.

"원수 대군이 골짜기 앞에 다다랐으니 나탁은 빨리 나와 항복하 라!"

성을 통째로 뒤흔드는 듯한 우렁찬 소리가 우레 못지않았다. 뇌 천풍이었다. 골짜기 안에 들어온 천풍은 당황하여 넋이 빠진 나탁 은 거들떠보지도 않고 동초와 마달 등 장수들과 합세하여 동쪽을 어르다가는 서쪽을 치고 남쪽을 어르다가는 북쪽을 치며 남만 병 사와 장수들을 정신 못 차리게 하였다. 포성과 함성이 천지를 뒤흔 들고, 불꽃과 연기가 골짜기를 뒤덮어 지척을 분간하기 어려운 지 경에 이르렀다.

나탁은 마침내 화과동을 구하지 못할 줄 알고 혼자서 말을 달려 동문 밖으로 겨우 빠져나왔다. 하지만 성 밖에서도 원수 대군이 길을 막는지라 어디도 갈 곳이 없었다. 형세가 몹시 다급하고 궁하자 나탁은 말 위에서 애걸하였다.

"과인이 들으니, 호랑이는 엎딘 고기는 먹지 않는다 하니 원수는 길 하나를 빌려 주어 내일 다시 자웅을 결단케 하소서."

"네 지금 꾀도 바닥나고 힘도 다했거늘 항복하지 않고 무슨 딴소리냐?"

소 사마가 꾸짖자 나탁이 또 말하였다.

"한 번만 길을 열어 살려 주오. 오늘은 내가 속임수에 빠졌거니와 내일은 정정당당히 한 번 싸우기를 청하나이다."

양 원수는 빙그레 웃고 기를 돌려 진 머리를 열어 주었다. 나탁은 길이 열리기 바쁘게 말을 채쳐 달아났다.

이렇게 하여 원수는 또 화과동을 얻었으나 골짜기 안에 들어가서 지형을 돌아보고 나서는 이곳은 대군이 오래 머물 곳이 못 된다면서, 화과동 북쪽 수백 걸음 밖에 나가 산을 등지고 물을 이웃한 곳에 진을 쳤다. 소 사마는 원수가 내는 신기한 꾀에 감탄해 마지않았다.

"나탁이 군량 실은 수레를 빼앗으러 올 줄 어찌 아셨사옵니까?"

"나탁이 동문을 굳게 닫고 나오지 않음은 우리 양식이 떨어지기를 기다림이었소. 그러니 어찌 양식 수레를 보고 빼앗으러 오지 않겠소. 나는 이때를 타서 이른바 남이 낸 꾀를 가지고 내 꾀로 삼은 것이오. 나탁이 이제 골짜기 셋을 잃었으니 궁지에 몰린 도적이오. 내가 염려하는 바는 나탁이 반드시 죽을힘을 다하여 싸움을 걸 테니 쉽지 않으리라는 것이오. 그러니 우리도 병기를 살펴 정비하고 군사를 잘 먹이며 적이 오기를 기다려야 하리다."

이때 나탁은 화과동을 잃고 넷째 골짜기로 들어갔으니 곧 태을동이다. 태을동은 다섯 골짜기 가운데 가장 크고 산천도 아름다우나 너무 넓고 지형이 헤벌어져 지키기 어려운 곳이었다. 그런 까닭에 나탁은 마음을 놓지 못하더니 장수들을 불러 앉히고 말하였다.

"우리 다섯 골짜기는 선조에게 물려받은 땅으로 대대로 전하여 고스란히 지켜 왔건만 내게 이르러 하루아침에 잃게 되었으니 어찌 그냥 앉아 아무런 대책 없이 죽기를 기다리겠느냐? 내일은 마땅히 죽기로 싸워 승패를 결정짓겠다."

나탁이 말을 마치자마자 성미 급한 장수가 큰 소리로 아뢰었다.

"명 원수는 하늘에서 내린 이 같으니 사람의 힘으로는 겨루지 못할 것이옵니다. 대왕은 꾀를 내어 거짓으로 항복하고, 틈을 타서 안팎으로 호응하여 손을 씀이 좋을 듯하나이다."

그 말에 만왕 나탁은 크게 노하였다.

"대장부 시운이 불행하면 차라리 한 번 죽어 장쾌한 귀신이 될지언정 어찌 구차스레 간사스러운 잔꾀를 부리리오! 다시 그런 소리를 하는 자가 있으면 목을 베리라!"

무서운 기상에 눌린 장수들은 목을 움츠리고, 하고 싶은 말도 감히 하지 못하였다.

이튿날 나탁은 골짜기에 있는 병사를 모두 내어 태을동 앞에 진을 치고 맞설 태세를 갖추었다. 양 원수 또한 대군을 거느리고 와서 진을 베푸니, 나탁은 성난 사자같이 외쳤다.

"과인이 여러 번 속임수에 들어 낭패하였으나, 오늘은 양 원수와 한번 싸워 자웅을 겨루고자 하노니 원수는 나오라!"

그 말에 응하여 뇌천풍이 말을 달려 나오며 꾸짖었다.

"우리 원수 황명을 받들어 삼군을 지휘하시는 중임을 띠셨으니 어찌 너 같은 만왕과 마주 서서 칼날을 겨누시리오! 내 비록 늙고 병들었으나 이 도끼를 시험하여 네 무례한 주둥이를 찍으리라."

말을 마치자 천풍이 벼락도끼를 춤추듯 휘두르며 곧바로 나탁을 치려 달아드니, 나탁이 크게 화를 내며 옆을 돌아보았다.

"뉘 능히 나가 적장을 베겠느냐?"

말이 끝나기 바쁘게 왼쪽 철목탑과 오른쪽 아발도가 한꺼번에 내달아 뇌천풍에게 달려들었다. 그것을 보고 또 동초와 마달이 나가니 다섯 장수가 어우러져 큰 싸움이 벌어져 여러 합에 이르렀다. 이를 바라보던 나탁은 붉은 수염을 거스르고 푸른 눈을 부릅뜨더니 우레 같은 소리를 지르며 말을 놓아 달려 나왔다. 그 기세가 몹시 험악함을 보고 원수는 소 사마를 돌아보며 말하였다.

"나탁이 흉포하기 짝이 없으니 쉽사리 사로잡지 못하리라."

그러고 나서는 진을 바꾸고 꽹과리를 쳐 불러들였다. 이를 이윽히 바라보던 나탁이 크게 웃었다.

"너희 만일 속임수가 아니면 과인을 어찌 당하리오. 내 이미 너희들이 겁이 많음을 알고 있나니 여느 장수들은 말할 것도 없고 양 원수가 나와도 두렵지 않노라."

나탁은 이렇게 비웃고 천천히 본진으로 돌아갔다.

원수는 멀어져 가는 나탁을 눈으로 바래고 소유경, 뇌천풍, 동초,

마달을 불러 은밀히 지시하였다. 네 장수가 영을 듣고 물러난 뒤에, 뇌천풍이 벼락도끼를 들고 적진 앞으로 달려 나가며 외쳤다.

"미욱한 오랑캐가 제 미련함만 믿고 나를 늙었다고 업신여겨 마냥 우쭐대니 나탁은 다시 나와 승패를 겨루어 보자."

분이 울컥 치민 나탁이 말에 올라 칼을 휘두르며 달려 나와서 뇌천풍과 칼을 어울렸다. 두 사람이 싸워 두어 합이 되자 뇌천풍이 차츰 뒤로 물러섰다. 나탁이 휘두르던 칼을 멈추고 우뚝 서서 눈을 부릅떴다.

"이 졸장부가 음흉하게 나를 또 꾀려고 하는구나."

나탁이 말을 채 끝내기도 전에 양 원수 진영에서 동초가 말을 달려오며 꾸짖었다.

"수염 붉은 오랑캐 놈아, 네 겉으로는 큰소리치나 속은 겁쟁이로다. 내 들으니 남방 사람들은 열기를 많이 받아 심장이 크다 하는데, 오늘 내가 네 심장을 꺼내어 소 염통 대신 술안주를 하리라."

나탁은 더욱 성이 나서 칼을 휘두르며 와락 달려들었다. 그렇지만 동초는 나탁과 몇 번 싸워 보고는 차츰 물러났다. 이를 보고 나탁이 껄껄 웃었다.

"과인이 벌써 양 원수의 속임수를 알았으니 하찮은 것들이 부질없이 나를 유인하지 말라."

그 말이 채 끝나기 전에 마달이 말을 몰아 달려 나와 이십여 걸음 앞에 우뚝 섰다.

"내 들으니 남방 오랑캐들은 어미만 알고 아비를 모른다 하니 이는 다섯 구멍 중 한 구멍이 막힘이라. 내 마땅히 그 구멍을 뚫어

통하게 하리라."

마달이 허리춤에서 화살을 뽑아 나탁이 입은 갑옷을 맞혔다. 나
탁은 더욱 노하여 긴 칼을 휘두르며 말을 몰아 달려들었다. 마달이
맞서 싸우기 몇 합에 차츰 물러가고, 뒤이어 소 사마가 방천극을 휘
두르며 말을 달려 앞으로 썩 나섰다.

"나탁아, 빨리 돌아가라. 우리 원수는 위로는 천문에 통달하고
아래로는 지리에 밝으며 풍운조화를 모르는 게 없으니, 네 만일
우리 진에 들게 되면 벗어나지 못하리라."

말을 마치자 소 사마는 말을 돌려 달아나고, 그 뒤로 양 원수가
진문을 열고 조그마한 수레에 앉아 느릿느릿 나와서 말하였다.

"만왕 나탁은 듣거라. 네 비록 하찮은 용맹이 있어 나를 대적하
고자 하나 내 마땅히 지혜로 싸울 것이라. 어찌 시시하게 너 같은
것과 힘을 다투겠느냐?"

나탁은 눈앞에서 겁내지 않고 태연히 비웃으며 저를 모욕하는 양
원수를 보고 왈칵 분통이 터지고 가슴에서 불길이 활활 타올라 죽
고 사는 것을 가릴 형편이 못 되었다. 나탁이 더는 참을 수 없어 크
게 외마디 소리를 지르고는 말을 놓아 범같이 달려들었다. 양 원수
는 빙그레 웃으면서 수레를 얼른 돌려 진중으로 들어갔다.

나탁은 더욱 분이 치받쳐서 앞뒤를 돌보지 않고 바삐 뒤쫓아 들
어가다가 그만 어리둥절하여 말을 멈춰 세웠다. 양 원수가 눈앞에
서 온데간데없이 사라졌다. 진문이 굳게 닫히고 수없는 칼과 창이
서리같이 빛나는지라, 뒤로 돌아설 수도 없었다. 나탁은 분을 못 이
겨 미친 듯이 칼을 마구 휘두르며 좌충우돌하였다. 그러나 어느 한

곳도 뚫을 수 없고 원수 진영을 도저히 벗어날 길이 없었다.

　나탁을 찾아 헤매던 철목탑과 아발도는 나탁이 명진 속으로 들어
간 것을 알고는 크게 놀라 용맹스러운 군사 수백을 거느리고 양 원
수 진을 뚫어 보려 하였다. 그렇지만 사방이 철통같아서 이리 닫고
저리 달릴 뿐이었다. 그러다가 진문 한쪽이 조금 열린 것을 보고,
두 장수가 군졸들을 뒤에 달고 번개같이 들이쳤다. 있는 힘을 다하
여 만왕을 구해 보려 하나 칼과 창이 수풀 같고 화살과 돌이 비 오
듯 하여 방금 들어온 문도 찾을 수가 없었다.

　이렇게 해서 나탁, 철목탑, 아발도가 다 명나라 진중에 갇히고 말
았다. 세 사람이 힘을 합쳐 진 한 귀퉁이를 허물어 보려고 하였지
만, 번번이 허탕을 치기만 하였다. 동문을 쳐 나가면 다른 한 문이
굳게 나타나고, 북문을 쳐 열고 나서면 또 다른 문이 굳게 닫힌 채
나타나고, 종일토록 수많은 문을 나들어 보았으나 도무지 진 밖으
로 나가지 못하였다. 하늘에 닿도록 분이 치받친 나탁은 범같이 날
뛰며 어쩔 줄 몰라 하였다.

　그럴 때 문득 가운데 있는 문이 열리며 단 위에 높이 앉은 양 원
수가 나타났다.

　원수가 웃으면서 말하였다.

　"나탁아, 네 이제도 항복하지 않을쏘냐?"

　나탁이 또 화가 왈칵 치밀어 그 문으로 달려들려고 하자 양 원수
가 웃으며 기를 휘둘렀다. 그러자 문이 도로 닫히고 칼과 창끝이 서
릿발 같아 뒤로 물러나지 않을 수 없었다. 나탁은 다른 길을 찾아
헤덤비며 방황하였다. 철목탑과 아발도도 나탁과 더불어 부질없이

오락가락하였다. 그러는 동안 남쪽에 있는 문이 열렸다.

원수는 조금 전과 다름없이 높이 앉아 세 사람을 굽어보았다.

"나탁아, 네 이제도 항복하지 않을쏘냐?"

원수가 이같이 조롱하자 나탁은 분을 참지 못하여 그 문으로 뛰어들려고 사자처럼 달려들었다. 원수가 나직이 웃으며 기를 저으니 또 문이 닫히고 칼과 창끝이 또한 서리 같았다. 이렇게 다섯 문을 지나자 용맹한 나탁으로도 어찌할 도리가 없었다. 나탁은 가슴이 터지는 듯하여 하늘을 우러러 한탄하였다.

"내 비록 죽기는 두렵지 않으나 다섯 골짜기를 도로 찾지 못하면 무슨 낯으로 지하에 가서 조상님들을 뵈오리오."

나탁이 말을 마치고 칼을 들어 자결하려고 하였다. 철목탑과 아발도가 얼른 붙들었다.

"큰일을 생각하는 사람은 작은 부끄러움을 돌보지 않는다 하오이다. 양 원수는 의기 있는 장수이니 다시 잠깐 살길을 빌어 봄이 마땅할까 하나이다."

이 말이 끝나자 앞에 있는 진문이 열리며 먼저보다 더 높은 단에 앉은 양 원수 모습이 신령처럼 솟아났다.

아발도는 울면서 머리를 조아렸다.

"원수께서 황명을 받들어 남방을 덕으로 항복받고자 하심은 소장들이 다 아는 바이옵니다. 지금 소장들이 한때 분김에 일을 그르쳐 이같이 진중에 들었사오나 재주를 다하지 못하고 죽는다면, 비록 넋이라도 한이 있어 마음으로 항복지 않을까 하나이다."

"내 이미 너희를 여러 번 놓아주었으나 끝내 항복하지 않으니,

오늘은 용서치 못하리라."

원수의 목소리는 나직하나 마디마디 또렷하고 분명하였다. 아발도는 입을 열지 못하고 철목탑이 원수를 우러르며 고하였다.

"저희가 만일 이다음 다시 패하면 죽어도 한이 없을까 하오니, 어찌 항복하지 않으리까?"

원수는 조용히 웃고 나서 서문을 열어 주었다. 나탁은 서문을 나와 두 장수를 데리고 본진으로 돌아왔다.

본진에 온 나탁은 장수들 앞에서 긴 한숨을 내쉬며 말하였다.

"내 이제 구차히 목숨은 건졌으나 계책도 궁하고 힘도 다 빠졌으니, 장수들은 꾀를 내어 오늘의 치욕을 씻게 하라."

이때 뜰아래서 한 사람이 나와 아뢰었다.

"소장이 마땅히 대왕을 위하여 사람 하나를 천거해, 다섯 골짜기를 며칠 안에 회복케 하겠나이다."

나탁은 잠깐 그 사람을 바라보았다. 그는 바로 우부 추장으로 있는 맹렬이었다. 제갈공명에게 일곱 번 잡힌 맹획의 형 맹절의 후손이다. 나탁은 대단히 기뻤다.

"맹 추장은 어떤 사람을 천거하고자 하는고?"

맹렬은 공손히 대답하였다.

"오계군 채운동에 한 도사가 있으니 도호는 '운룡도인'이라 하옵는데, 도술이 비상하여 바람과 비도 부르며 귀신과 맹수도 마음대로 부리옵나이다. 만일 대왕께서 도사를 지성으로 청하사 도사가 오기만 한다면, 어찌 적을 두려워하시리까?"

나탁은 이 말을 듣고 기뻐 자리에서 일어났다. 나탁은 곧 맹렬을 데리고 채운동 운룡도인을 찾아갔다. 나탁은 운룡도인을 만나자 눈물을 흘리며 말하였다.

"다섯 골짜기는 우리 남방에서 대대로 전해 내려오는 땅이오나 이제는 뺏기게 되었소이다. 선생은 비록 세상 밖 고상한 도인이시나 본디 남방 사람이오니, 바라건대 도술을 아끼지 마사 과인이 땅을 되찾게 해 주소서."

운룡도인은 나탁을 이윽히 바라보더니 입을 열었다.

"영용하신 대왕께서 그렇게 잃으신 땅을 산골 사는 사람이 어찌 찾으리까."

나탁은 다시 두 번 절한 뒤 읍하고 나서,

"선생이 구원치 않으시면, 과인은 차라리 죽어 돌아가지 않겠나이다."

하고서는 자결코자 하였다.

운룡은 할 수 없이 허락하고 곧바로 의관을 차린 뒤 사슴을 타고 만왕을 따라 태을동으로 갔다. 태을동에 이르자 운룡은 눈을 들어 둘레를 한 번 살펴보았다. 그러고는 만왕을 돌아보며 말하였다.

"내가 진세를 한 번 보고자 하니, 대왕은 양 원수에게 싸움을 돋우소서."

나탁은 곧바로 나아가 양 원수에게 다시 한 번 싸우기를 청하였다. 그러자 양 원수는 호탕하게 웃으며 말하였다.

"만왕이 분명 구원병을 얻었구나."

양 원수는 곧바로 대군을 거느리고 나아가 태을동 앞에 진세를 베풀었다.

멀리서 이를 바라본 운룡도사는 놀라 머리를 설레설레 저었다. 그런 다음 잠깐 망설이는 듯하나 인차 자세를 바로하고 주문을 외며 칼을 들어 사방을 가리켰다. 그러자 갑자기 큰바람이 불고 비가 쏟아지고 우렛소리 요란하게 울리며 수없는 귀신장수와 귀신군사들이 달려 나와 양 원수 진을 에워싸고 들이쳤다. 도사가 이렇게 한 겻 동안 공격하나 끝끝내 견고한 진을 허물지 못하였다. 일이 이쯤 되니 도사는 맥없이 칼을 던지며 탄식하였다.

"양 원수는 보통 사람이 아니옵니다. 능히 하늘땅 조화를 부릴 줄 아는 재주를 지녔으니 대왕은 그와 힘을 겨루려 하지 마소서. 저 진법은 곧 하늘나라 무곡 선관이 부리는 선천음양진先天陰陽陣이오이다. 진손방震巽方이라 하여 진은 동쪽으로 우레를, 손은 동남쪽으로 바람을 상징하는데, 진과 손 방위의 문을 닫았으니 바람과 우레가 침노치 못하옵니다. 또 곤방은 곧 서남쪽 방위로 음에 속하여 귀신이 들 수 있는 방위옵니다. 곤방에 귀신 막는 거북뱀을 그린 현무 깃발을 꽂고 징과 북을 울리는지라, 귀신장수와 귀신군사라 해도 어찌 범접하리까. 이는 다 정정당당한 원리라 제 술법이 통하지 않나이다."

도사가 하는 말을 듣고 나탁은 공손히 절을 하고 나서 목을 놓아 울며 애걸하였다.

"그러면 과인이 다섯 골짜기를 언제 찾으오리까. 바라건대 선생은 과인을 불쌍히 여기사 방도를 가르쳐 주소서."

그래도 도사가 아무 대답도 없으니, 나탁은 다시 일어나 두 번 절하고 애원하였다.

"선생이 끝내 가르치지 않으신다면, 과인은 남방 백성을 대할 낯이 없으니 차라리 선생을 좇아 산속에 가서 숨고자 하나이다."

도사는 나탁이 금세 무슨 일을 칠 것 같은 기색을 보고 마지못해 입을 열었다.

"방도가 하나 있으나 만일 말이 새면 일을 이루지 못할 뿐 아니라 또한 저한테도 해로움이 미치리니, 대왕은 깊이 헤아리소서."

이 말뜻을 헤아린 나탁은 사람들을 물리고 방도를 물었다. 그제야 도사는 조용히 말하였다.

"탈탈국 총황령 백운동이란 곳에 스승이 있어 도호를 '백운도사'라 하는데, 그분은 음양 조화를 다루는 술법이며 천지 오묘한 이치를 모르는 것이 없나이다. 그런즉 백운도사가 아니면 양 원수를 대적지 못하려니와, 그분은 맑은 덕과 높은 뜻으로 평생 산에서 나오지 아니하시니, 대왕이 온 마음을 다하지 않으면 오시지 않을까 하나이다."

말을 마친 운룡도사는 사슴을 타고 채운동으로 돌아갔다. 나탁은 예물을 넉넉히 갖추어 가지고 백운동을 찾아갔다.

소년 장수 홍혼탈

여러 번 죽을 고비에서 살아난 강남홍은 이역만리에 표류해 다행히도 백운도사에게 의탁하고 있노라니 몸도 편하고 시름도 잊었으나, 오직 고국이 그리워 아득히 먼 북녘 하늘을 바라보며 자주 한숨 짓곤 하였다.

하루는 도사가 홍랑을 불러 말하였다.

"내가 네 얼굴을 보매 앞으로 부귀할 기상이 있으니, 내 비록 아는 바 없으나, 일찍이 들어 둔 술법 몇 가지만 너에게 전하려 하노라."

홍랑은 옷깃을 여미며 고개를 숙였다.

"여자가 할 일은 다만 술 빚고 밥 짓기나 배울 따름이라 하였으니, 술법은 배워서 무엇 하오리까?"

"그렇게 볼 것이 아니다. 네가 세상을 아주 잊어버리고 한평생 산속에서 지내려면 배워 두는 것이 쓸데없겠으나, 기필코 고국에 다시 돌아가려 할진대 두어 가지 술법은 배워 두는 것이 좋을 게 다. 그래야 돌아갈 기틀도 마련할 수 있느니라."

도사가 한사코 권하여 홍랑은 이날부터 스승과 제자로 의를 맺어 가르침을 받았다. 도사는 먼저 의약과 점술, 천문과 지리를 차례로 가르쳤다. 홍랑이 총명하여 하나를 들으면 열을 깨달아 아는지라, 배우는 것이 쉽고 가르치기도 어렵지 않았다. 그래서 도사는 홍랑을 기특히 여겼다.

"내 남방에 온 뒤로 제자 둘이 있노라. 하나는 채운동 운룡이니, 술법을 다 이루지 못했을 뿐 아니라 사람됨이 어리석고 나약하여 내가 늘 걱정하는 바이니라. 하나는 여기서 차를 달이는 아이 청운이니, 재주는 좀 있으나 천성이 요망하고 간사하여 잡된 술법으로 들어갈까 걱정스러워 내가 배운 바를 다 넘겨주지 않았다. 한데 이제 네 재주와 성품을 보니 운룡이나 청운에 댈 게 아니구나. 너는 앞으로 배운 바를 요긴하게 쓸 곳이 있을 터이니, 힘써 배워 두어라."

도사는 속생각을 털어놓더니 얼마 지나서는 병법도 자상히 가르쳐 주었다.

"육도삼략六韜三略이라는 병서에 나오는 병법은 세상에 전하므로 배우기 어렵지 않으나, 내게 있는 병법은 세상이 모르는 비서秘書이니라. 그 책에 든 것을 바르게 쓸 만한 사람이 아니면 나는 가르치지 않노라. 그 술법이란 오로지 삼재, 곧 물과 불과 바람의 재앙을 이기는 법과 오행 상극五行相剋, 곧 금목수화토 오행이 서로 물리치는 원리를 쓸 뿐 조금도 권모술수가 없다. 또한 풍운 조화를 일으키는 오묘한 이치와 신비한 술법이 지극히 정교하니, 한평생 이 술법을 쓰더라도 실수가 없을 게다."

도사는 이처럼 참된 술법이 지니는 심오한 원리와 오묘한 이치를 설명하며 정성스레 가르쳐 주었다. 홍랑 또한 이 모든 것을 하나하나 열심히 배우고 있는 힘껏 익혀 나갔다. 홍랑이 몇 달 동안에 적지 않은 술법들을 다 통달하여 모르는 것이 없자, 도사는 탄복해 마지않았다.

"과연 천재로다. 나도 이젠 너를 당하지 못하겠으니 이만하면 세상에서는 너를 당할 자 없을 게다. 이제 무예 한 가지만 더 배우도록 하여라."

하며, 얼굴 가득 환한 웃음을 띠고 손수 상자 하나를 가져다가 홍랑 앞에 놓았다.

"내가 너에게 가르치려는 무예는 하늘나라 선관이 가진 비결인데, 날래기가 바람결 같고 변화가 구름과 비를 마음대로 불러오니 혼자서 만 사람을 대적할 수 있느니라. 그리고 이 상자 속에는 부용검이라 하는 칼 두 자루가 있다. 이 칼은 해와 달에서 정기를 받고 별들이 뿜는 광채를 띠어, 돌을 치면 돌이 갈라지고 쇠를 찍으면 쇠가 끊어지니, 옛 명검들에도 비길 바가 아니다. 내 예사로 아무에게나 주지 않고 감추어 둔 것을 너에게 주노니, 쓸 날이 반드시 올 게다."

그런 뒤에 도사는 잠깐 하늘을 우러러보더니 상자 뚜껑을 열고 눈부시게 빛을 뿜는 부용검 두 자루를 꺼내어 홍랑 손에 쥐여 주었다. 그 뒤부터 홍랑은 이 부용검을 가지고 밤이면 병법과 검술을 배우고, 낮이면 손삼랑과 함께 산속에 터를 닦아 만든 연무장에서 진법도 익히고 검술도 닦으며 날을 보냈다. 그러노라니 자연 모든 시름을 잊고 지낼 만했다.

하루는 홍랑이 부용검을 들고 연무장에서 검술을 익히고 있는데, 청운이 무슨 책을 들고 나와서 웃으며 말하였다.

"검술을 배우는 것도 좋지만 이것 좀 보오. 귀신을 부리며 몸을 감추는 법을 쓴 선천 둔갑 방서先天遁甲方書라는 책이오. 스승님이 마침 없는 짬에 몰래 가져왔다오."

"스승님께서 나를 사랑하여 가르치지 않은 바 없거늘 이런 것은 함부로 볼 바가 아닌가 한다. 빨리 가져다 두어라."

홍랑은 엄한 낯빛으로 목소리를 가다듬어 말하나, 청운은 그저 웃기만 하며 눈을 반들거렸다.

"내 밤마다 스승님이 주무시는 틈을 타서 이 책을 몰래 보니, 가장 신통한 법이더이다. 내 이제 잠깐 시험해 보겠소."

청운은 주문을 외며 풀잎을 뜯어서 공중에 던졌다. 풀잎은 허공을 날아 땅에 떨어지다 푸른 옷 입은 동자로 되었다. 청운은 싱긋 웃고 다시 주문을 외며 풀잎을 수없이 뜯어 던졌다. 그때마다 고운 구름이 일어나며 풀잎들이 장수, 병졸, 신선 들로 낱낱이 변하여 어지러이 내리더니 사방으로 흩어졌다.

바로 이때 발소리가 나더니 노한 목소리가 들렸다.

"청운아, 네 어찌 요사스럽고 허망한 재주를 자랑하느냐! 빨리 걷어치우고 내려가거라."

도사가 아름드리나무 사이를 빠져나와 다가왔다. 도사가 앞에 와 서자, 청운은 책을 바친 뒤 절을 하고 바삐 물러갔다. 도사는 나무 숲 속으로 들어가는 청운을 잠깐 바라보고는 홍랑에게로 돌아섰 다.

"애야, 둔갑이란 허황한 술법이라 네게는 가르치지 않고자 했다. 허나 벌써 그 비결이 새어 나왔으니 얼마쯤 배워도 괜찮을 듯하 구나. 다만 근심스러운 것은, 청운이 앞으로 이 길로 가다가 정신 을 더럽히고 크게 낭패를 보게 될까 하는 것이다."

밤이 이슥해지자 도사는 홍랑을 불러 앞에 앉히고 말하였다.

"세상에 도가 셋이니 유도, 불도, 선도라 한다. 유도는 공명정대 함을 주장하고, 선도와 불도는 신비롭고 괴이함에 가까우나 마음 을 닦아 바깥 사물에 흔들리지 않음은 마찬가지니라. 허나 지금 세상의 중과 도사 들은 선도, 불도에서 말하는 근본을 모르고, 허 망한 술법으로 사람 귀와 눈을 어지럽히고만 있으니 이것이 이른 바 둔갑이다. 허나 둔갑법이 세상에 이미 전해졌으니, 바른 도술 로만은 막기 어려울 것이다. 네 이제 이 술법을 대강 배워 두었다 가 어려운 때를 만나거든 쓰거라."

도사가 가장 정묘한 병서를 택하여 가르치니, 홍랑이 어렵지 않 게 그 술법에 통달하였다. 도사는 제자가 총명함을 기특히 여기며 타이르듯 일렀다.

"네 마음이 본디 바르고 맑아 잡되지 아니하니 더 말할 것 없으 나 늘 조심하여 이것을 함부로 쓰지 말거라. 예부터 덕 있는 사람 은 이 술법을 배우지 아니하였나니, 천기를 세상에 드러내면 해를 입을까 저어함이니라."

도사가 차근차근 가르쳐 주는 것을 다 듣고 홍랑은 물러 나왔다. 홍랑이 문밖에 나서자 어떤 여자 하나가 엿듣다가 어디론가 사라져 버렸다. 홍랑은 깜짝 놀라 다시 초당에 들어가서 도사에게 이를 말하였다. 도사가 웃었다.

"이곳은 산중이라 잡된 귀신과 오래 묵은 여우가 있어 가끔 그러하니 놀랄 것 없다. 다만 불행히도 우리가 둔갑법을 논하는 말을 들은 자 있으니 뒷날 걱정거리로 되어 잠깐이나마 세상을 소란케 할 것 같구나."

홍랑은 도사가 하는 말을 잘 새겨들으면서 그 깊은 뜻에 진심으로 감복하였다.

유달리 화창한 어느 봄날, 연무장에서 부용검을 휘두르며 검술을 익히던 홍랑과 손삼랑은 쉴 참에 언덕으로 올라갔다. 산마루에서 멀리 바라보니 산은 겹겹이 둘러섰고 구름은 한가로이 비꼈는데, 양지쪽 꽃나무와 시냇가 버들잎이 이역 봄빛을 재촉하니 홍랑은 쓸쓸한 심정을 이기지 못하여 손삼랑더러 말하였다.

"우리가 이 산속에 들어온 지도 벌써 일 년이 되었구려. 고국산천이 꿈속인 양 아득하고 이역 봄빛은 서글픔만 자아내니 정말이지 알지 못하겠소. 그 어느 때 만 리 중원 모습을 다시 보며, 십 리 전당호 경치를 다시 볼는지."

삼랑은 그늘진 홍랑 얼굴을 잠깐 보고 웃으며 머리를 흔들었다.

"저는 강남에 있을 때 온종일 허덕거리며 물속으로 싸다니다가 다행히 구슬 두어 개와 생선 두어 마리를 얻으면 천금이나 얻은 듯이 기뻐하며 그것을 가지고 살아가기를 꾀하였사옵니다. 헌데 이곳에 온 뒤로는 아씨 일이나 거들면서 편안하게 지내고 배불리 먹고 등 덥게 자니 몸이 깨끗해지고 검던 얼굴도 희어져 구태여 고향 생각이 없소이다."

홍랑은 자기를 따라다니며 칼도 쥐어 보고 무예도 익히느라 사뭇 젊음이 넘쳐 보이는 삼랑을 새삼스레 바라보았다. 그러고는 빙긋이 웃으며 말하였다.

"사람이 세상에 태어나면 기쁨과 슬픔, 성냄과 같은 일곱 가지 정을 가지게 되지요. 그것들이 쌓이면서 정분도 생기는 법인데, 이 정분이란 한번 어떤 일에 부딪히게 되면 굳기가 돌처럼 될 수도 있고, 날카로우면 쇠라도 끊을 수 있지요. 내 할멈과 더불어 같은 강남 사람이라 서호 전당 고운 멧부리며 잊을 수 없는 항주 청루가 날이 갈수록 더더욱 생각나는 것도 다 이 정분이 아니겠소. 이로 보면 산천이나 물건에도 정분이 생기거늘, 하물며 친척이며 벗이며 마음을 서로 주고받던 지기를 멀리 떠나 헤어져 있음이야 더 말해 무엇 하겠소."

삼랑은 홍랑이 하는 말에서 양 공자를 생각하는 것인 줄 알고 서글픈 기색을 지었다.

홍랑과 삼랑은 저물녘에 초당으로 돌아왔다. 저녁밥을 대충 먹고는 가물거리는 등잔을 의지 삼아 책을 읽던 홍랑은 밤이 퍽 깊어서야 자리에 누웠다. 그렇지만 이런저런 생각에 마음이 번거로워 잠을 이룰 수 없었다.

그럴 때 도사가 이를 어찌 알았는지 홍랑을 자기 방으로 부르더니 조용히 말하였다.

"네가 이제 산중에 있을 날은 적고, 나갈 날은 멀지 않으니, 모두 가 한때 연분이니라. 슬퍼하지 말거라."

도사는 상자 속에서 옥퉁소 하나를 꺼내 몇 곡을 불고 홍랑에게 가르쳐 주며 말하였다.

"한나라 장자방이 계명산에 높이 올라 옥퉁소를 불어 초나라 군 사들을 흩어지게 하였으니, 네 이제 옥퉁소를 배워 두면 쓸 곳이 있을 게다."

홍랑은 본디 음률에 밝은지라 잠깐 동안에 그 가락에 다 통달했 다. 도사는 몹시 기뻐하였다.

"이 옥퉁소가 본디 한 쌍으로, 하나는 문창성군에게 있으니 네 뒷날 고국에 돌아갈 기회도 여기에 있을까 한다. 그러니 잃지 말 고 잘 간수하거라."

홍랑은 도사가 넘겨주는 옥퉁소를 공손히 받아 품에 넣고 절한 다음 조심스럽게 물러 나왔다.

세월은 덧없어 홍랑이 산에 들어온 지도 이태가 가까웠다. 하루 는 도사가 홍랑을 데리고 초당 앞에 거닐며 달을 구경하다가 대지 팡이를 들어 하늘을 가리키며 물었다.

"네 저 별을 알겠느냐?"

홍랑이 쳐다본즉 큰 별이 하나 자미원紫微園에 들었는지라 곧바 로 대답하였다.

"문창성인가 하나이다."

도사는 빙그레 웃고 또 남녘 하늘을 가리키며 말하였다.

"요사이 태백성이 남두성을 범하니 남방에 전란이 있을 것이요,
문창성 광채가 더욱 빛나 자미원을 호위하니 나라에 인재가 나서
칠십 년 동안은 태평한 정사가 펼쳐질 듯하구나."

홍랑은 의문이 가득 실린 눈으로 도사를 쳐다보았다.

"이미 전란이 일어났다면 어찌 태평을 이루오리까?"

"한 번 난리가 있은 뒤에 한 번 태평이 오게 됨은 자명한 이치라.
어찌 한때의 전란을 말하겠느냐."

도사는 나직이 말하고 머리를 설레설레 저었다.

밤이 깊자 제 처소로 돌아온 홍랑은 자리에 눕기 바쁘게 곤히 잠
들었다. 홍랑은 산이 겹겹이 깊고, 키 높이 자란 나무들이 빽빽한
골짜기를 하염없이 걷고 있었다. 웬 곳에 이르니 바위벼랑들이 창
끝처럼 서 있고, 험악한 살기가 하늘에 닿은 듯하며, 비바람이 스산
하게 내려치는 속에서 한 마리 사나운 짐승이 큰소리로 울부짖으
며 웬 사나이에게 달려들고 있었다. 그 사나이를 자세히 보니 바로
양 공자였다. 홍랑이 성이 나 부용검을 들어 그 맹수를 내려치며 소
리를 질렀다.

곁에 누워 있던 손삼랑이 홍랑을 흔들어 깨웠다.

"무슨 꿈을 꾸시옵니까?"

"아, 내가 방금 무서운 꿈을 꾸었군."

홍랑은 방그레 웃고 다시 잠을 청하였다. 하지만 정신이 새록새
록 맑아질 뿐이었다. 홍랑은 몸을 이리 뒤척 저리 뒤척 하며 양 공
자에게 무슨 화가 미친 것이 아닌가 생각했다. 양 공자가 혹시 무서
운 화를 당하게 된다고 하여도 이역만리 아득하여 소식을 알 수 없

으니 어찌하랴. 홍랑은 은근한 걱정과 끝없는 생각으로 밤을 꼬박 새웠다.

하루는 홍랑이 도사를 모시고 병법을 배우고 있노라니 산문 밖에서 말소리가 들려오고, 이어 동자가 바삐 들어와서 남만 왕이 뵈옵기를 청한다고 고하였다.

도사는 홍랑을 보고 빙긋이 웃고는 나탁을 방 안으로 맞아들였다. 서로 인사가 오고 간 다음에 나탁은 자리에서 일어나 두 번 절하고 말하였다.

"과인이 높으신 이름을 우레같이 들었사오나 정성이 부족하와 이제 와서 뵈오니 죄송하기 그지없사옵니다."

"대왕이 어찌 산속에 사는 한가한 사람을 찾아오셨나이까?"

도사가 묻자 만왕은 또 두 번 절을 하였다.

"남방 다섯 골짜기는 대대로 전해 내려온 터전이온데, 이제 까닭 없이 잃게 되었사오니 선생은 불쌍히 여기소서."

"산골 사는 늙은 사람이 날마다 산이나 바라보고 시냇물이나 구경할 따름이니, 무슨 재주 있어 대왕을 도우리까."

도사는 말을 마치고 눈을 감으며 머리를 흔들었다. 만왕은 눈물을 흘렸다.

"제가 들으매 월나라 새는 고향을 생각하여 남쪽 가지에 깃들고, 북쪽 흉노 말은 고국을 그리며 북녘 바람을 반긴다 하더이다. 선생 또한 남방 사람이라 이 땅에 사시면서 환란에서 구하지 않으시면 어찌 의를 지키신다 하오리까. 바라옵건대 선생은 땅 잃은 저를 불쌍히 여기시고 회복할 방략을 가르쳐 주소서."

눈물을 머금고 애걸하는 모양을 이윽히 바라보던 도사가 빙긋 웃고 부드러운 목소리로 말하였다.

"내 다시 생각해 보리니 대왕은 잠깐 바깥채로 나가 쉬소서."

그제야 나탁은 밝은 낯으로 일어나서 나갔다. 나탁이 나가자 도사는 홍랑을 불러들여 손을 잡고 몹시 쓸쓸한 빛을 띠었다.

"오늘은 홍랑이 고국으로 돌아가는 날이구나. 내 너와 더불어 이 태 동안 스승과 제자로 의를 맺어 서로 적막한 회포를 위로하였 건만, 이제 그만 헤어지게 되니 어찌 서글프지 아니하겠느냐?"

홍랑은 놀랍기도 하고 기쁘기도 하여 곡절을 캐물었다. 그러자 도사는 쥐고 있던 손을 놓고 조용히 웃었다.

"나는 별스러운 사람이 아니라 서천 문수보살로 관음보살 명을 받아 그대에게 병법을 전하러 왔느니라. 이제 그대는 고단한 운 수가 다 지나고 복된 운수가 돌아오니 고국에 돌아가 영화를 누 리려니와, 잠깐 살기가 있어 반년은 전란을 만나게 될지라. 부디 조심하여라."

홍랑은 눈물을 머금고 머리를 숙였다.

"제가 한낱 여자로 비록 병서를 조금 배웠으나 고국에 돌아갈 길 을 알지 못하오니 밝히 가르쳐 주소서."

도사는 눈을 들어 홍랑을 잠깐 바라보더니 낯빛을 바로하고 말하 였다.

"너는 본디 티끌세상 사람이 아니라 하늘나라 별로, 문창과 오랜 인연이 있어 문창과 함께 사람 세상에 귀양 온 것이니 이번 길에 상봉하여 앞으로 부귀를 누리게 될 것이니라. 이는 다 관세음보살께서 이끄는 일로 틀림없으리니 걱정하지 말아라. 그리고 나탁은 하늘나라 천랑성 정기를 받은 사람이라. 네 만일 구하지 않으면 의리가 아닐까 하니 나탁을 따라가 구해 주거라."

홍랑은 두 번 절하고 명을 받들었다.

"스승님을 오늘 이별한즉 어느 때 다시 뵈오리까?"

"내 떠다니는 부평초 같아서 만나고 헤어짐을 미리 기약하지 못하나, 세상에서는 서로 길이 다르니 하늘의 극락을 같이 즐김은 칠십 년 뒤일까 하노라."

이 말을 마치고는 도사는 만왕을 불렀다.

"나는 늙고 병들어 제자 한 사람을 대신 보내니, 이름은 홍혼탈紅渾脫이라 하오이다. 이 제자는 대왕이 옛 땅을 아주 잃지는 않게 하리다."

나탁이 사례한 뒤 먼저 바깥문으로 나가자 홍랑은 도사께 이별을 고하며 눈물을 가누지 못하였다. 도사도 홍랑을 이윽히 바라보다가 머리를 흔들며 입을 열었다.

"불교에서 이르기를, 인정에 쏠리는 인연을 맺지 말라 했는데, 내 부질없이 너를 만난 뒤 네 재주를 사랑하여 자연 정이 가고 정이 오며 또한 정분이 깊었구나. 이제 비록 푸른 산 흰 구름같이 만나고 헤어짐이 기약 없으나 하늘나라에서 다시 만나게 될 것이니라. 바라건대 인간 인연을 빨리 마치고 극락으로 돌아오라."

"제가 만왕을 도운 뒤 고국으로 돌아가는 날 다시 와서 스승님을 뵈옵고 떠날까 하옵니다."

"내 이제 서천으로 갈 길이 바쁘니 다시 오더라도 만나지 못하리라."

홍랑이 울면서 차마 자리를 뜨지 못하자, 도사가 위로하며 어서 떠나라 재촉하였다. 눈물을 닦고 도사께 사례한 홍랑은 청운과도 손을 잡고 이별을 고한 뒤 손삼랑을 데리고 만왕을 따라갔다.

만왕 나탁은 정성을 다하여 구원을 청하러 왔다가 한낱 가녀린 소년을 데리고 가게 되니, 마음이 조금도 즐겁지 않았다. 우선 장수들의 비웃음을 면치 못할 것 같아 한숨이 절로 나왔다. 그러면서도 얼굴이며 자태가 여자라 해도 드물 만큼 고운 데 감탄해 마지않았다. 그런 까닭에 만일 이 제자가 사내만 아니라면 다섯 골짜기를 헌신짝같이 버리고, 오호에 쪽배를 띄워 그를 싣고 범려를 본떠서 멀리 새 땅을 찾아간다 한들 아까울 것이 무엇이랴 하였다.

이렇게 만왕을 따라온 홍랑이 손삼랑과 더불어 만군 진영에 자리를 잡은 뒤 본색을 감추고 있으니, 짐짓 하나는 소년 명장이며, 하나는 건장한 늙은 군졸일 따름이었다.

홍랑은 만군 진영에 온 지 이틀 만에 만왕과 함께 골짜기 지형을 자세히 살폈다. 그러고는 동쪽에 있는 연화봉이라는 자그마한 산봉우리에 올라 사면을 둘러보았다. 그런 뒤에 적진을 살펴봐야겠다면서 그날 밤 남만 장수 하나를 앞세우고 화과동 둘레에 가서 그곳 지형을 두루 돌아보았다. 홍랑은 화과동이 몹시 메마르고 험준한 데 크게 놀랐다.

만일 명군 원수가 진을 골짜기 안에 쳤던들 군사들이 한 명도 살아 돌아가지 못할 것이 분명했다. 명군이 동문 밖 생왕방에 진을 친 것은 참으로 잘한 일이었다. 그 진은 쉽사리 깨뜨리지 못할 것 같았

다. 홍랑은 내일 서로 겨루어 원수가 벌이는 전법을 보리라 생각했
다.

만진으로 다시 돌아온 홍랑은 곧바로 남만 왕 이름으로 격서를
썼다.

남만 왕은 명군 원수에게 격서를 보내노라. 과인이 듣건대 옛날
어진 왕은 덕으로 보살피고 힘으로 싸우지 않았나니, 이제 큰 나라
백만 대군이 작은 나라 좁은 땅에 이르러 그 위태로움이 경각에 달
렸노라. 전날에 다시 겨루기로 약속한 것을 어기지 못하니 남은 군
사를 수습하여 태을동 앞에서 다시 볼까 하노라. 원수는 군사를 거
느리고 아침 일찍 나오기 바라노라.

양 원수는 남만 왕이 보내온 격서를 보고 참 놀라웠다. 격서가 간
단하면서도 깊은 뜻을 담았고, 남만이 보이는 우악스러운 풍이 없
을 뿐더러, 명나라에서 보는 문명한 기상이 있으니 기이하였다.

원수는 곧 회답 격문을 써 보냈다.

명나라 원수는 남만 왕에게 회답하노라. 우리 황제 폐하께서 변
방 모든 종족들을 친자식처럼 여기시고 덕화를 펴시나 오히려 귀순
치 않고 배반하니 이 어찌 배은망덕이 아니랴. 이제 황제께서 천병
을 보내 신하로 복종치 않은 죄를 묻고자 하시니, 대군이 이르는 곳
마다 너희들이 일으킨 소란을 쉬이 다스릴 수 있으나, 특별히 양민
을 사랑하시는 어진 덕을 베푸사 감화로 바탕을 삼고 무력으로 살

육함을 피하노라. 내일 마땅히 대군을 거느리고 약속한 대로 태을 동 앞에 나갈 것이니, 슬프다, 너 만왕은 너희 군사들을 단속하고 무기들을 수습하여 뉘우침이 없게 하라.

답서를 받아 본 홍랑은 서글픔을 견디지 못하였다.

이역만리 미개한 고장에 몇 년을 박혀 있어 고국 문물을 다시 보지 못할 줄 알았다가 이 글을 받아 보니, 고국 문장이 풍기는 향기가 반가우면서도 슬펐다.

이튿날 남만 군사를 거느린 홍랑은 자그마한 수레 하나를 타고 나가서 태을동 앞에 진을 베풀었다. 양 원수도 대군을 거느리고 멀지 않은 곳에 진을 쳤다. 홍랑은 수레를 몰고 진 앞으로 나가서 상대편 진을 바라보았다. 상대편 진은 깃발이며 대오가 정연하며 어느 한 곳도 빈틈이 없었다.

이윽고 북소리가 땅을 흔드는 가운데 붉은 도포 금빛 갑옷 차림에 깃털 단 큰 화살을 찬 젊은 대장이 나타나 깃발을 들고 전후좌우로 장수들을 거느리고 장대에 높이 앉아 있는 모습이 또렷이 보였다. 홍랑은 그가 바로 명군 원수임을 알고, 손삼랑을 시켜 진 앞에 나가 큰 소리로 외치게 하였다.

"작은 나라가 남쪽 궁벽하고 좁은 곳에 있어 문무를 겸한 자 없으니, 오늘 진법으로써 서로 싸우면서 큰 나라의 전술을 한번 보고자 하니 청컨대 원수는 먼저 진을 치소서."

양 원수는 그 말씨가 부드럽고 예의 기풍이 있는 것이 놀라워 만군 진영을 바라보았다. 만진 한가운데는 소년 장군이 금실로 수놓은 초록빛 전포에, 푸른 무늬로 원앙을 수놓은 허리띠를 띠고, 머리에는 보석 관을 번쩍이며, 부용검을 허리에 찬 단아한 차림으로 수레에 앉아 있었다. 소년 장군은 생김이 가을밤 밝은 달이 바다 위에 솟은 듯하고, 당돌한 기상이 서늘한 가을날에 날랜 매가 하늘에서 내린 듯하였다. 양 원수는 크게 놀라 장수들을 돌아보았다.

"저 장군은 분명코 남방 사람이 아니구나. 나탁이 어디서 저러한 인물을 청해 왔을꼬?"

양 원수가 이렇듯 감탄하고는, 먼저 북을 치고 기를 둘러 진세를 변화시켜서 여섯 방위로 눈송이 모양 육화진六花陣을 쳤다. 홍랑이 웃으면서 자기도 또한 북을 쳐서 기병 스물네 명씩 열둘을 떼어 나눠 나비 모양 호접진을 쳤다. 그러고는 양 원수의 육화진을 공격하며 손삼랑을 시켜 외쳤다.

"육화진은 태평할 때 선비 장수가 치는 한가한 진법이라, 소국은 호접진으로 대적할까 하오니 다른 진을 치소서."

양 원수는 그 말이 끝나자마자 북을 치고 깃발을 둘러 육화진을 헐고, 여덟 방위로 나눠 팔괘진을 쳤다. 이를 본 홍랑이 또한 북을 치며 남만 병졸을 지휘하여 다섯 방위로 된 방원진方圓陣을 이루어 팔괘진을 공격하는데, 생문生門으로 들어가 기문奇門으로 나오고 음쪽 방위를 치고 양쪽 방위를 엄습하였다. 그러고는 손삼랑을 시켜 또다시 외쳤다.

"한나라 제갈공명이 육화진과 음양에 따른 양의진兩儀陣을 합쳐 진을 이루니 이것이 이른바 팔괘진으로서 생문生門, 사문死門과 기문奇門, 정문正門이 있고 움직이는 방위 동방動方과 움직이지 않는 방위 정방靜方, 음방陰方, 양방陽方이 있음을 알고 있소이다. 소국에 또한 오십을 기본으로 벌이는 대연진大衍陣으로 대적할까 하오니 청컨대 다른 진을 치소서."

양 원수가 크게 놀라 서둘러 팔괘진을 거두고, 좌우 두 날개를 이루어 새가 날개 펴듯이 조익진鳥翼陣을 치니 홍랑이 또한 방원진을 변하여 기다랗게 장사진長蛇陣을 이루어 조익진을 뚫으며 큰 소리로 외쳤다.

"조익진은 적국을 흩어서 치는 진이니, 소국은 장사진으로 족히 대적할까 하오니 청컨대 다른 진을 치소서."

양 원수는 바로 양 날개를 합쳐 학 날개 모양으로 학익진鶴翼陣을 이루어 장사진 머리를 치며 뇌천풍을 시켜 우렁찬 소리로 말하였다.

"남방 아이야, 장사진으로 조익진을 뚫을 줄만 알고 조익진이 변하여 학익진이 되어 장사진 머리를 칠 줄은 어찌 생각 못 했느냐?"

홍랑은 방긋 웃고 북을 치며 장사진을 나누어 고기비늘 모양 어린진魚麟陣을 쳤다. 이는 적국을 속이는 진이라, 원수 크게 노하여 대군을 열로 나누어 어린진을 가운데 두고, 열 곳에서 에워쌌다. 홍랑은 그것을 보고 웃었다.

"이는 옛사람이 쓴 십면 매복 전술로 진법이 아니오이다. 이제 소국에 오히려 다른 진이 있어 방비할까 하오니, 청컨대 원수는 보소서."

홍랑은 어린진을 바꾸어 다섯으로 나누고 다섯 방위로 된 오방진을 쳤다. 이 진은 동방을 치면 남북방이 양 날개로 되어 방비하고, 북방을 치면 동서방이 양 날개로 되어 방비하는 것이다.

양 원수는 이를 바라보고 탄식하였다.

"천하에 기이한 재주로다. 이 진법은 예부터 지금까지 일찍이 있어 본 적이 없는 것으로, 오행이 서로 모순되는 법칙을 이용하여 처음으로 만들어 낸 진법이니, 옛 명장들이 다시 살아오더라도 이를 깨치지 못할 것이 아닌가."

원수는 진법으로는 이기지 못할 줄 알고 뇌천풍을 시켜 우렁차게 소리쳤다.

"오늘 두 진영에서 진법은 벌써 보았으니, 다시 무예로 싸울 자 있거든 나오라."

만진에서 이 말을 듣고 철목탑이 나와 뇌천풍과 싸운 지 십여 합에 자꾸 몸을 피하니 손삼랑이 창을 들고 나오며 꾸짖었다.

"네 이미 진법으로 졌으니, 다시 무예로 싸울 자 있거든 나와 보라!"

"수염도 없는 늙은 오랑캐는 우쭐대지 말라!"

뇌천풍이 한소리 크게 지르고 손삼랑에게 달려들었다. 이 두 장수가 두어 합 싸웠을 즈음에 동초와 마달이 한꺼번에 달려 나와 뇌천풍을 도우니 손삼랑은 당해 낼 수 없어 말을 채쳐 달아났다. 그러자 홍랑은 크게 노하여 곧 수레에서 내려 말에 올라 진 앞에 나섰다.

"적장은 서투른 창법을 자랑치 말고 먼저 내 살을 받으라!"

말이 끝나자 살이 날아 뇌천풍의 투구를 맞혀 땅에 떨어뜨렸다.

동초와 마달이 크게 노하여 한꺼번에 창검을 휘두르며 홍랑을 치고자 달려드니, 홍랑은 옥 같은 손으로 재빨리 활을 당겨 시위를 울렸다. 치르륵 소리와 함께 연거푸 날아온 살은 동초와 마달의 가슴막이 갑옷을 동시에 맞혔다. 갑옷은 곧 쟁그랑 소리를 내며 깨어지고 말았다. 두 장수는 그만 겁을 먹고 말을 돌려 본진으로 돌아왔다. 뇌천풍이 이를 보고 더욱 노하여 투구를 집어 쓰고는 벼락도끼를 들고 말을 달리며 크게 꾸짖었다.

"조그마한 오랑캐 장수, 잔재주를 믿고 당돌히 굴지 말라!"

말을 채 끝맺기도 전에 뇌천풍은 홍랑에게 달려들며 벼락도끼를 높이 쳐들었다.

봉황 암수가 서로 겨루는도다

뇌천풍이 노기가 하늘에 사무쳐 벼락도끼를 휘두르며 달려들었으나, 홍랑은 천연히 웃으며 부용검을 짚고 서서 까딱도 하지 않았다. 그러자 뇌천풍은 더욱 화가 나 소리를 지르면서 벼락도끼를 힘껏 내리쳤다. 홍랑은 아무렇지도 않은 듯 쌍검을 휘두르며 몸을 허공으로 솟구쳤다. 뇌천풍이 우러러 허공을 치고 벼락도끼를 거두려 할 즈음 별안간 날랜 칼이 번쩍 공중에서 떨어지고 머리 위에서 쟁그랑 소리가 나며 투구가 깨어졌다. 그 바람에 뇌천풍은 몸을 뒤쳐 말에서 떨어졌다.

홍랑은 그것을 돌아보지도 않고 칼을 거두었다. 본디 홍랑이 칼 쓰는 법은 깊고 옅음을 마음대로 하여서, 다만 투구를 깨쳤을 뿐이다. 늙은 장수는 정신을 차리지 못하고 제 머리가 붙어 있는가를 의심하니, 어찌 다시 싸울 뜻이 있으랴. 정신이 들자 천풍은 바삐 말을 돌려 본진으로 돌아왔다.

장대에서 이를 바라본 양 원수는 분이 북받쳐 올랐다.

"입에서 젖내 나는 것을 세 장수가 대적지 못하니, 내 마땅히 몸소 나가 사로잡으리라."

원수가 말에 올라 진 앞에 나서려 하였다. 이때 소 사마가 얼른 앞을 막아섰다.

"원수께서는 중대한 사명을 띠신 몸으로 어찌 저까짓 오랑캐와 가벼이 싸우시리까. 소장이 적장의 머리를 베어 바치리다."

소 사마는 곧 말을 몰아 앞으로 달려 나갔다. 소유경이 젊은 혈기로 자기 재주를 믿고 한번 겨루어 보려고 한 것이다. 방천극을 들고 곧바로 홍랑을 노려 달려드니, 홍랑도 말을 다시 돌려 맞받아 나갔다.

겨룬 지 몇 합에 소 사마 창법이 정묘함을 본 홍랑은 말을 빼어 십여 걸음 뒤로 물러서며 바른손에 들었던 부용검을 공중으로 던졌다. 그 칼이 날아 바로 소 사마 머리 위에 떨어지려는 찰나에 소 사마가 말 위에서 몸을 피하며 방천극을 들어 막고자 하였다. 허나 홍랑이 벌써 말을 놓아 달려 나오며 다른 부용검으로 찌르는지라, 소 사마는 몸을 굽혀 피하면서 창을 들어 그 칼을 간신히 막았다.

홍랑이 이번에는 왼손으로 공중에서 떨어지는 칼을 받고, 말을 달리며 손에 든 쌍검을 한꺼번에 던지니, 소 사마는 피하기에 급급하여 싸울 틈을 얻지 못하였다. 홍랑이 그 기회를 놓치지 않고, 소 사마 몸을 스쳐 날아가는 두 자루 칼을 달리는 말 위에서 손을 뻗쳐 받아 들고 바람같이 휙휙 돌며 칼춤을 추었다. 처음에는 느리게 무지개를 그리던 칼춤이 차츰 빨라지며 흰 눈이 어지러이 날리는 듯, 떨어지는 꽃잎들이 바람에 산산이 풍기는 듯하더니 문득 한 줄기 푸른 기운이 안개같이 일어나며 사람과 말이 보이지 않았다.

깜짝 놀란 소 사마가 당황하여 좌충우돌하며 창을 내둘렀다. 하지만 방천극을 들어 동쪽을 찌르면 수많은 부용검이 비 내리듯 공중에서 떨어지고 서쪽으로 뻗어 보아도 또한 숱한 부용검이 날아내렸다. 다급하여 고개를 젖히고 하늘을 보니 하늘에도 부용검이 수없이 흩어져 날고, 땅을 굽어보니 땅에도 사방으로 오락가락하는 부용검이 가득하였다. 마치 안개가 자욱한 듯 지척을 분간할 수 없고 정신이 아찔하여 오도 가도 못 하게 된 소 사마는 하늘을 우러러 탄식하였다.

"내 이곳에서 죽을 줄 어찌 알았으랴."

그러고는 방천극으로 푸른 기운을 헤쳐 보려고 부질없이 허우적거렸다. 이때 갑자기 공중에서 낭랑한 목소리가 들렸다.

"명나라 장수를 내 손으로 죽임은 도리에 어긋나는 것 같아 한 가닥 살길을 열어 주니, 장군은 돌아가 원수에게 삼군을 거두어 빨리 돌아가라고 전하라."

말소리가 끝나자 푸른 기운이 차차 걷히고, 소년 장수도 부용검을 거둔 다음 웃으면서 말 머리를 돌렸다. 소 사마는 멀어져 가는 소년 장수를 멍하니 바라볼 뿐 감히 뒤쫓아 가 싸울 생각을 못 하고 본진으로 돌아왔다.

기운 없이 원수 앞에서 말을 멈춰 세운 소 사마는 미처 숨도 돌리지 못한 채 얼빠진 사람같이 말하였다.

"소장이 어리석으나 병서를 좀 읽고 무예도 조금 배워 진 위에 오르면 겁을 모르고 적을 대하면 용맹이 솟구치더니, 오늘 본 만 군 장수는 분명 사람이 아니라 귀신인가 하옵니다. 빠르기가 바 람결 같고, 급하기가 번개 같으며, 갈피를 잡을 수 없기가 구름 속 같고, 헤아릴 수 없기는 귀신같으며, 붙들자고 하면 잡히지 않 고, 도망치자고 하여도 벗어날 길이 없나이다. 옛 명장들 병법이 며 용맹도 저 장수 앞에서는 소용없을까 하옵니다."

이 말을 들은 양 원수는 크게 걱정되어 말하였다.

"오늘은 벌써 날이 저물었으니 내일 다시 싸우려니와 만일 저 장 수를 사로잡지 못하면, 내 맹세코 돌아가지 않으리라."

홍 장군이 부리는 병법과 검술을 보고 나탁은 통쾌해 마지않았 다.

"하늘이 과인을 불쌍히 여기사 장군을 주셨으니, 뒷날 내 남방 땅 절반으로 장군에게 공을 갚을까 하오이다."

그러면서 나탁이 자기 군중에 함께 있기를 청하자 홍 장군은 웃 으며 사양하였다.

"산사람이라 한적함을 좋아하여 번거로움을 피하려 하니, 고요 한 곳에 객실 한 칸을 정하여 데리고 온 늙은 군사와 조용히 쉬고 자 하옵니다."

나탁이 그 뜻을 어기지 못하여 객실을 따로 마련해 주니 홍 장군 은 손삼랑을 데리고 그곳에서 밤을 지내게 되었다. 밤이 깊어 자리 에 누웠으나 홍 장군은 좀처럼 잠을 이루지 못하였다. 비록 여자 몸 이지만 충의를 잃고 고국을 저버릴 수 없어, 제 손으로 고국 장수

한 명, 군졸 한 명도 죽일 수 없었다. 허나 스승 명을 받들어 나탁을 구하러 왔다가 그저 가는 것도 도리가 아니니 어찌하면 좋으랴. 이는 분명 충도 아니고 의도 아닌 것이다.

홍 장군이 안타까운 마음을 안고 모대겼다. 이리 뒤척 저리 뒤척, 이 궁리 저 궁리를 하는 가운데 번개같이 스쳐 가는 생각이 있었다. 홍 장군은 자리에서 벌떡 일어나 앉아 손삼랑을 흔들어 깨웠다.

"오늘 밤 달빛이 유달리 밝으니 연화봉에 같이 올라 적진을 좀 살피세나."

이윽고 간편한 옷차림으로 백운도사한테서 받은 옥퉁소를 품고 손삼랑과 함께 달빛 아래 연화봉으로 올라갔다. 진을 굽어보니 나팔 소리 끊어지고, 등불들은 고요히 깜빡거리며 웅근 북소리는 삼경을 알렸다. 너럭바위에 걸터앉은 홍 장군은 품에서 옥퉁소를 꺼내어 한 곡조 불었다.

가을바람은 쓸쓸하고 별과 달은 명랑한데, 구름 밖으로 돌아가는 기러기와 골짝에서 우는 잔나비 소리에 길손이 한없이 시름에 잠기거늘, 하물며 이역만리에 나와 부모를 사모하며 하늘가 먼 곳에서 처자를 그리는 군사들이랴! 찬 이슬이 갑옷을 축축이 적시고 밝은 달이 진중을 고요히 비추니 이 밤에도 군사들은 창 자루를 베고 누워 서글퍼 한숨짓기도 하고, 혹 칼을 치며 탄식하기도 하였다. 그럴 때 문득 어디선가 바람을 타고 퉁소 소리가 은은히 메아리쳐 들려왔다. 곡조가 구슬퍼 사람 애를 끊고, 소리는 목이 메어 산천도 빛을 잃게 하였다.

퉁소 소리에 십만 대군이 모두 깨어 늙은이는 처자를 생각하고,

젊은이는 부모를 그리며, 혹은 눈물을 뿌리며 무거운 탄식도 하고, 혹은 고향이 그리워 나돌면서 슬픈 노래도 불렀다. 그러니 자연 군중이 설레어 대오가 어수선해졌다. 기마 대장은 채찍을 잃고 멍하니 서 있고, 군무 도위는 방패를 안고 한숨으로 목메었다.

소 사마가 깜짝 놀라 동초와 마달을 불러서 군중을 단속하려 하였으나, 두 장수마저 기색이 처량하고 몸가짐이 수상하였다. 그래서 서둘러 원수에게 보고하려고 장중으로 들어갔다.

양 원수는 병서를 베고 깜빡 잠이 들었다. 원수가 하늘에 올라 남천문으로 들어가려 하자 웬 보살이 하얀 옥으로 만든 여의如意*를 들고 길을 막았다. 원수가 크게 노하여 칼을 빼어 여의를 치니 쟁강 소리 나며, 여의가 땅에 떨어져 한 송이 꽃으로 변하면서 붉은 광채가 나고 이상한 향내가 확 풍겼다. 원수는 그 바람에 놀라 잠을 깨었다. 신비한 꿈이었다. 원수가 이상하게 여기는데, 소 사마가 바삐 들어와서 군사들이 술렁거린다고 고하였다.

원수가 놀라 밖으로 나갔다. 이미 사경이 지나고 오경에 가까웠으나 삼군이 설레어 진중이 물 끓듯 하였다. 하늬바람에 실려 오는 퉁소 소리는 참으로 처량하고 애절하여 영웅도 회포로 서러움을 이기지 못할 듯하였다. 원수는 귀 기울여 그 가락을 유심히 들었다. 이는 익히 들어 알고 있는 곡이었다. 원수는 모인 장수들 앞에서 혼잣말을 하였다.

"옛날 장자방은 산에 올라 옥퉁소를 불어 초나라 군사들을 다 흩

---

* 법회나 설법을 할 때 승려가 손에 드는 물건.

어지게 하였다더니, 알 수 없구나. 대체 어떤 사람이 이 곡조를 다 아는가? 나 또한 옥통소를 배워 기억하니, 이제 한번 불어 병사들의 마음을 달래서 돌려 놓으리라."

원수는 곧 갑 속에 든 옥통소를 꺼내었다. 그러고는 장막을 높이 걷고 책상에 기대어 부니 티 없이 맑고 청아한 소리가 나기 시작하였다. 맑고 시원하면서도 다사롭고 호방하여 만 리 장강에 봄 물결이 흐르는 듯하고, 삼월 꽃나무에 따사로운 바람이 사르르 이는 듯하여, 한 번 불자 처량한 심사가 스르르 풀렸으며 두 번 부니 호탕한 마음이 절로 생겨나 군중이 자못 조용해졌다.

원수가 다시 또 한 가락을 불었다. 웅글면서도 한없이 맑고 장쾌한 소리가 참으로 우렁차고 씩씩하여, 만 리 변방 싸움터에 비바람 같이 말달리는 장군이 장검을 휘두르듯, 삼군이 늠름한 기상으로 북을 어루만지고 칼춤 추며 한번 싸우기를 다짐하는 듯하였다. 이제 만일 적진을 공격하라는 영만 내리면 누구나 기꺼이 말에 올라 칼을 빼어 들고 바람같이 달려갈 것이었다.

원수가 옥통소를 그치고 장막을 내린 뒤 피곤한 몸을 자리에 던졌다. 하지만 통소 소리 여운이 남아 있어서인지 좀처럼 잠을 이룰 수 없었다. 천하 인재를 다 보지는 못하였으나 오랑캐 땅에 어찌 이처럼 뛰어난 인재가 있을 줄 알았으랴. 이번에 만장이 보인 무예와 병법을 보아도 그렇고, 분명 천하에 둘도 없는 재주를 지닌 인재이며, 통소 소리 또한 예사 사람이 낼 수 없는 소리였다.

'이는 분명 하늘이 명나라를 돕지 않으시고 대장부가 공 세우는 것을 막고자, 만왕에게 인재를 보낸 것 아닌가.'

생각이 이에 미치자 원수는 자리를 걷어차고 벌떡 일어나 소 사마를 불러들였다.

"장군은 어제 싸움에서 만군 장수의 얼굴을 자세히 보았소?"

원수가 대뜸 물었다. 소 사마는 붉게 상기된 원수 기색을 얼핏 보고 나서 입을 열었다.

"가시덤불 속 꽃다운 풀이 분명하고, 자갈 더미 속 보배 구슬이 완연하니, 비록 잠깐 보았을 뿐이나 어찌 잊으오리까. 당돌한 기상은 당세 영웅이요, 아리따운 자태는 천고 가인이라. 날씬한 허리와 가는 눈썹은 남자의 풍모가 아닌데, 날쌘 움직임이며 거칠 것 없는 태도는 여자가 아니니, 남자로 친다면 지금도 없고 옛적에도 없는 인재이며, 여자로 친다면 우리 나라에 없고 세상에도 없는 절색인가 하옵니다."

원수는 "음." 하고 고개만 끄덕였을 뿐 생각에 잠겨 아무 말도 하지 않았다.

그 시각에 홍 장군도 잠을 이루지 못하고 호젓한 방에서 고요히 타는 촛불을 마주 하고 앉아 있었다. 스승 명을 받고 만왕을 구하러 왔다 해도 고국 또한 저버리지 못할 사람인 것이다. 고국의 병졸 한 사람도 해칠 마음이 없어 처량하고 애끊는 옥통소 가락으로 상대편 대군을 스스로 흩뜨리려 했을 때, 역시 통소로 화답하여 모든 장수들과 군졸들을 그렇게 진정시킬 줄 어찌 알았으랴. 그 가락은 애달프지도 서글프지도 않고, 웅건하고 장쾌하며 호방하고 장엄하며 흥겨우면서도 날카로우나, 누구나 쉬 익힐 수 있는 음률이 아니었다. 또한 구슬픈 회포를 끝없이 펴는 가락에 다사롭고 호방 명쾌한 곡으로 화답하였으니 그 기상은 다르나 뜻은 제가 불던 것과 다름이 없으니 마치도 아침 햇볕에 고운 봉황 암수가 서로 소리를 주고받는 것 같지 않던가. 홍 장군은 아무래도 그 통소 소리에 웅심깊은 뜻이 깃들어 있는 것같이 느껴졌다.

'스승님은 옥통소가 본디 한 쌍으로 하나는 문창에게 있다 하며, 고국에 돌아갈 기회가 이제 짝이 될 다른 하나에 있다고 하였으니, 혹시 그 옥통소일 수도 있지 않을까. 그렇다면 명 원수가 문창성 정기를 받은 사람인 것일까. 하늘이 옥통소를 내실 때 어찌하여 한 쌍을 내시고, 또 짝이 있다면 어찌하여 남북에 서로 갈려, 그 만남이 더디게 하신단 말이냐. 만일 이 옥통소가 정한 짝이 있다면, 이것을 부는 사람이 나의 짝이 아니랴.'

홍 장군은 불현듯 혹시 하는 생각이 떠올랐다.

'이 강남홍에게 짝이 될 사람은 오직 양 공자 한 사람뿐임을 높은 하늘이 알아 굽어보시고, 밝은 달빛을 비추어 하늘이 도우시고 보살이 돌보시어 양 공자가 천자 명을 받은 도원수가 되어 온 것이 아닐까? 그 진법, 그 통소 소리, 이는 세상에 둘도 없는 인재라. 그렇다면 혹시? 내 명 원수 얼굴을 한번 똑똑히 보리라.'

이튿날 아침, 홍 장군은 나탁을 보고,

"오늘은 싸움을 돋우어 기어코 승패를 결정하겠으니 대왕이 먼저 남만 병졸을 거느리고 태을동 앞에 진을 치소서."

하였다.

나탁은 얼굴에 환한 웃음을 띠고 홍 장군이 시키는 대로 서둘러 진을 친 뒤, 싸움이 벌어지기를 조바심치며 기다렸다.

그것을 본 양 원수도 대군을 거느리고 앞으로 나와 진을 베풀었다. 그런지 얼마 안 되어 털이 고슬고슬한 하얀 말을 타고 허리에 부용검을 찬 홍 장군이 진문 앞에 나서서 손삼랑을 시켜 크게 외쳤다.

"어제 싸움에서는 무예를 시험하느라고 용서함이 있었거니와 오늘은 그렇지 않으리니, 능히 나를 당할 자는 나오고, 당하지 못할 자는 부질없이 나와서 백골이나 보태지 말라!"

좌익장군 동초가 분기가 치받쳐 창을 꼬나들고 서둘러 달려 나갔다. 홍 장군은 말고삐를 바싹 틀어쥔 채 움직이지 않고 말하였다.

"필부는 돌격이나 하는 장수지 내 적수는 아니니 들어가고 다른 장수를 보내라."

동초가 격분하여 창을 휘두르며 와락 달려드는데, 홍 장군은 말머리를 살짝 돌려 피한 뒤에 웃으며 나무랐다.

"끝내 물러가지 않을진대 내 마땅히 네 창끝에 달린 상모를 쏘아 떨어뜨릴 것이니, 네 피할 수 있겠느냐?"

말이 끝남과 동시에, 동초가 번개같이 휘두르는 창끝에서 살촉 부딪치는 소리가 나더니만 상모가 떨어져 날렸다. 말고삐를 당겨 뒤로 조금 물러난 홍 장군이 또 외쳤다.

"내 다시 네 왼눈을 맞힐 것이니, 피할 수 있겠느냐?"

시위 소리가 울리자 동초는 얼른 말 위에 납작 엎드려서 본진으로 돌아왔다.

이를 바라보던 뇌천풍이 분을 참지 못하겠던지, 눈을 치쨀 듯 뚝 부릅뜨고 벼락도끼를 번개같이 휘두르면서 달려 나왔다. 홍 장군이 또 웃으며 조롱했다.

"늙은 장수는 부질없이 쇠약한 정력을 낭비하지 말지어다. 내 늙은이 목숨을 용서해 주고, 다만 갑옷 위에 칼자리만 낼 테니 그것을 보고 내 솜씨를 알라."

그런 뒤에 말을 이리저리 몰아 뇌천풍 둘레를 돌면서 부용검을 춤추듯 휘둘렀다. 뇌천풍도 벼락도끼를 놀려 막기도 하고 공격도 하였으나 도저히 당해 낼 재간이 없었다. 십여 합 못 미쳐 바삐 제 몸을 살펴보니, 갑옷 위에 칼자리가 수없이 나 있다. 천풍은 간담이 서늘하여 말을 채쳐 본진으로 돌아오고 말았다. 그 뒤로는 장수들 가운데서 싸울 용기를 내는 자가 없었다.

이에 격노한 양 원수는 분연히 일어나 회색 사자 말에 올랐다. 그러고는 붉은 도포 금빛 갑옷에 활과 화살을 차고 창을 틀어쥐고 진 앞에 썩 나섰다.

그것을 보고 소 사마가 얼른 달려 나와 막아섰다.

"원수께서는 황명을 받자와 삼군을 지휘하시는 중책을 지니고 있지 않사옵니까. 나라의 안위가 오로지 원수 한 몸에 달렸거늘, 한순간 분에 사로잡히시어 한 필 말로 오랑캐와 승패를 겨루고자 하시니, 이 어찌 몸을 보중하사 나라에 보답하는 뜻이오리까!"

소 사마가 애써 말리건만, 혈기 넘치는 양 원수는 듣지 않고 무작정 말을 달려 나갔다.

홍 장군도 말을 달려 마주 나왔다. 그리하여 양 원수 긴 창과 홍 장군 검이 서로 어울려 윙윙 바람을 가르면서 찍고 찌르는 맹렬한 싸움이 벌어졌다.

허나 총명한 홍 장군이 양 원수 본색을 어찌 몰라보랴. 양 공자임을 알아본 순간부터 홍랑은 눈물이 앞서고 정신이 황홀하여 더는 거짓으로 싸울 수 없었다. 이를 알 리 없는 양 원수는 바람을 가르는 선뜩한 소리를 내며 창을 휘두르니, 분분히 눈이 날리듯 허공에 흩날렸다.

　홍랑은 상하좌우로 들어오는 창을 부용검으로 막으며 양 원수가 저를 알아보기를 바라나, 양 원수는 오로지 싸우는 데만 정신을 쏟을 뿐이다. 물속 원혼이 된 지 오래인 홍랑이 이역만리 땅에서 남만의 장수가 되어 나타난 줄을 양 공자가 어찌 꿈엔들 생각하랴.

　창을 이리저리 피하던 홍 장군이 갑자기 쌍검을 떨어뜨리고 한옆으로 살짝 물러나더니 맑은 목소리로 말하였다.

　"소장이 실수하여 칼을 떨어뜨렸으니, 원수는 창을 잠깐 멈추시어 칼을 다시 거두게 하소서."

　양 원수는 귀에 익은 목소리에 놀라 창을 멈추고 상대를 바라보았다. 그러고는 오매불망 잊지 못하던 홍랑임을 알아보고 창을 아주 거두었다.

　이 틈을 타서 날새처럼 가볍게 뛰어내려 칼을 집어 든 홍랑이 다시 말에 올라 고개를 숙여 예를 표했다.

　"강남홍을 상공은 어찌 잊으셨나이까. 첩이 이 길로 상공을 따르고 싶사오나 데리고 온 늙은 병졸이 만진에 있으니, 오늘 밤 삼경에 군중으로 가서 뵈옵기를 기약하옵니다."

　홍랑은 말을 마치자마자 말을 달려 나는 듯 본진으로 들어갔다. 양 원수는 그 모습이 눈앞에서 사라질 때까지 오랫동안 넋 없이 바라보다가 한참 만에야 정신을 차리고 말 머리를 돌렸다.

양 원수가 진중으로 돌아오자 소 사마가 반겨 맞으면서 물었다.

"오늘 만장이 재주를 다하지 않은 것은 무슨 까닭이오이까?"

원수는 대답 대신 그저 밝게 웃었다. 얼결에 같이 따라 웃은 소
사마는 영문을 알지 못해 답답하나, 원수가 곧 진을 물려 화과동으
로 가라고 영을 내리니 더 묻지 못하고 말았다.

만진에 돌아온 홍 장군은 만왕을 만나 갑자기 몸이 불편하여 다
잡은 양 원수를 놓쳤으니, 오늘 밤 자리를 옮겨 조용한 곳에서 쉬고
내일 다시 싸울 수 있게 해 주었으면 좋겠다고 말하였다. 나탁은 그
말을 듣자 곧 홍 장군 거처를 더욱 한적한 곳에 정해 주었다.

이리하여 외진 곳 조용한 방에 든 홍랑은, 양 공자를 만나 오늘
밤 삼경에 찾아가기로 약속한 사실을 손삼랑에게 자세히 이야기하
였다.

이때 양 원수는 싸움터에서 만난 홍랑이 과연 진짜 홍랑이라면
끊어진 인연을 다시 잇고 남만을 평정하기도 쉬울 것이나, 만일 원
통하게 죽은 넋이 흩어지지 못하고 있다가 원한을 하소연하러 오
는 것이면 어찌하랴 하는 부질없는 생각을 하면서, 촛불을 돋우고
책상에 기대어 시각을 알리는 경점 소리나 세고 있었다.

삼경 일점을 알리는 소리가 들려오자 원수는 곁에 있는 사람들을
물리고, 휘장을 걷어 올린 뒤 조용히 앉았다. 그 순간 찬 바람이 불
어와서 촛불을 꺼 버리는가 싶더니 한 줄기 푸른 기운이 스며들었
다. 촛불은 여전히 꺼지지 않고 고요히 타오르고 있었다. 양 원수는
정신을 가다듬고 앞만 뚫어져라 보았다. 촛불이 또 한 번 꺼질 듯

흔들리더니 한 소년 장군이 쌍검을 들고 살며시 들어와서 촛불 아래 섰다. 정녕코 살아 이별, 죽어 이별로 애달픈 한을 품은 채 자나 깨나 잊지 못하던 홍랑이다. 둘은 어린 듯 한참 동안 말없이 서로 바라보기만 하였다.

이윽고 원수가 먼저 입을 열었다.

"홍랑아, 네 죽은 영혼이 찾아왔느냐, 아니면 살아서 진짜 홍랑이 나를 찾아왔느냐? 나는 그대가 벌써 죽은 줄로만 알고 있었는데, 정녕 살아서 왔으니 이게 꿈이냐 생시냐?"

홍랑도 목메어 흐느끼며 말하였다.

"상공께서 돌보시어 제가 물속 원혼으로 되지 않고, 천행으로 살아나 이역만리에서 그리던 얼굴을 다시 뵈오니 가슴속 한없는 사연을 지금 다 말하지 못하오리다. 또한 누가 듣고 보는 사람들이 있으면, 제 정체가 드러날까 걱정이옵니다."

홍랑이 하는 말에 정신을 차린 원수는 곧 일어나서 휘장을 내렸다. 그런 다음 홍랑 손을 잡아 자리에 앉히고는 자꾸 솟아나는 눈물을 손등으로 씻었다. 홍랑 또한 하염없이 흐르는 눈물을 걷잡지 못하더니 원수 손을 정답게 감싸 쥐고 말하였다.

"상공께서는 제가 살아 있음을 꿈같이 여기시나, 저 또한 오늘 상공께서 이곳에 이르심이 꿈인가 하옵니다."

그제야 원수는 자세를 바로 하고 홍랑을 바라보았다.

"장부가 나고 듦은 정함이 없거니와 홍랑은 본디 여자가 아니오? 연약한 몸으로 깊은 물 험한 파도에서 어떻게 살아 여기로 오게 되었소? 죽지 않고 살아난 것만도 기이한데, 더구나 소년 명장이 되어 만왕을 구하러 오다니 어찌 된 곡절이오?"

양 원수 물음은 끝이 없을 성싶었다.

홍랑은 항주서 죽게 되었을 때, 윤 소저가 손삼랑을 보내 주어 살아난 일과, 폭풍에 불려 남방에 표류하다 살아난 뒤 도사를 만나 백운동에서 병법과 검술을 배우던 일이며, 스승 명으로 만왕을 구하러 온 일들을 죄다 이야기하였다.

원수 또한 이별 뒤 지나온 일들을 낱낱이 말하고, 윤 소저와 혼인한 것과 벽성선을 데려온 일이며, 황명을 어기지 못하여 황 소저와 혼인하게 된 전후사연을 다 이야기하였다.

생사조차 모르면서 서로 애타게 그리던 두 사람, 하나로 맺어졌던 운명이 저승과 이승으로 갈라졌다고 생각하며 아픈 가슴 달래던 양 공자와 고국을 멀리 떠나 님을 그리며 애태우던 홍랑이 이역만리 땅에서 뜻밖에 만나니, 그 정다움 그 기쁨을 어찌 다 말로 할 수 있으랴.

원수는 이것이 정녕 꿈만 같아 꿈을 깨면 놓칠세라 옥 같은 홍랑 얼굴을 보고 또 보았다. 초승달같이 가는 눈썹과 맑고 파르스름한 얼굴에는 속된 티가 한 점도 없어 곱고 아름다움이 전날보다 몇 배나 더 돋보였다. 끊어졌던 인연을 잇고 잃었던 사랑을 되찾은 원수는 장중에 자리를 펴고 갑옷을 끄른 뒤 홍랑과 베개를 같이하였다.

끄지 않고 그대로 내버려 두었던 촛불이 희미해지고 장막 안으로 푸른 새벽빛이 흘러들기 시작하자, 놀라서 사뿐 일어난 홍랑은 재빨리 갑옷을 입고 원수 앞에 서며 생긋 웃었다.

"제가 상공을 항주서 만날 때는 변복하여 서생이 되었고, 오늘 여기서도 또 변복하여 장수 되오니, 과연 문무를 두루 갖춘지라 정남도원수의 소실로 부끄럽지 않나이다. 다만 규중 여자의 본색이 아니니, 다시 산속에 자취를 감추어 원수께서 남만을 평정하신 뒤 뒤따라갈까 하옵니다."

그 말에 원수는 눈을 크게 떴다.

"내 이역만리에 나와 믿을 사람이 없고 군무에서도 서투름이 많거늘, 이제 홍랑이 돌보지 않는다면 이 어찌 백년지기로 고난을 같이한다 하겠소?"

"상공은 벌써 저를 의심하옵니까?"

홍랑은 고운 눈을 정답게 흘겼다. 방긋 웃고 말을 이었다.

"이제 상공이 저를 장수로 부리고자 하신다면 세 가지를 약속하셔야 하옵니다. 첫째는 개선하는 날까지 저를 가까이하지 마시며, 둘째는 제 본색을 숨기시어 장수들에게 비밀을 지키시며, 셋째는 남방을 평정하신 뒤 나탁을 저버리지 마소서."

"그리하겠소."

원수는 선뜻 허락하더니,

"두 가지 약속은 어렵지 않으나, 다만 첫째 것은 혹 잊는다 해도 허물치 마오."

하고 웃었다.

"제가 벌써 원수 명을 받자와 장수 되었으니, 비록 옛날 홍랑으로 대하려 하셔도 영이 서지 못할까 하옵니다."

홍랑이 이같이 말하자 원수가 호탕하게 웃었다. 잠깐 뒤 홍랑이 낯빛을 고치며 말하였다.

"제가 오늘 밤 상공을 모심은 사사로운 일이오나 군율이 엄격하니, 나들기가 반드시 떳떳해야 할 것이옵니다."

홍랑은 자기가 만진에 돌아가서 할 일과 원수가 할 일을 약속하고는 쌍검을 들고 장막을 나섰다.

옥루몽 1 원문

〈옥루몽〉의 주제 사상

제1회 문창성군이 백옥루에 달을 구경하고
관음보살이 남천문에 꽃을 헤치다
文昌玩月白玉樓 觀音散花南川門

화설話說[1], 옥경玉京 십이루十二樓[2]에 그 하나는 백옥루白玉樓니 제도가 굉걸宏傑하고 경치 통창通敞[3]하여 서으로 도솔궁兜率宮을 이웃하고 동으로 광한전廣寒殿을 바라보니 녹창주호綠窓朱戶[4]에 서기 어리었고 취와홍영翠瓦紅楹[5]이 벽공에 솟았으니, 상청上淸 누관樓觀[6] 중 제일이라.

옥제玉帝 일찍 옥루를 중수하시고 모든 선관을 데리시고 대연大宴으로 낙성하실새, 난생봉관鸞笙鳳管은 운소雲宵에 요량嘹喨하며[7] 우의예상羽衣霓裳은 풍전風前에 표요飄搖하니[8], 옥제 파리배玻璃杯[9]에 유하주流霞酒를 부어 특별히 문창성군文昌星君[10] 주시며 백옥루 시를 지으라 하시니, 문창이 취흥을 띠어 수부정필手不停筆하고[11] 삼 장 시를 아뢰니, 시에 왈曰,

---

1) 이야기인즉슨, 옛 소설에서 이야기를 시작할 때 쓰는 말.

2) 옥경은 옥황상제가 사는 하늘나라 서울, 십이루는 신선들이 사는 곤륜산의 열두 누각.

3) 사방이 훤하게 열리는 것.

4) 푸른 창과 붉은 문이라는 뜻으로 알록달록 아름답게 꾸민 집들.

5) 푸른 기와에 붉은 기둥, 곧 호화롭게 지은 집.

6) 신선들이 사는 다락집. 상청은 이상 세계인 삼청三淸, 곧 옥청玉淸, 상청, 태청太淸의 하나.

7) 온갖 음악이 하늘에서 낭랑하게 울리며. 난생봉관은 생황과 피리 따위.

8) 무지갯빛 날개옷은 바람결에 나부끼니.

9) 유리나 수정으로 만든 술잔.

10) 문창성은 문장을 맡은 별.

11) 붓을 멈추지 않고.

구슬 이슬과 금 바람 옥계玉階[12] 가을에
자황紫皇[13]이 높이 오운루에 잔치하시다.
예상 한 곡조에 하늘 바람이 일어나
신선 향기를 불어 흩어 십주十洲[14]에 가득하도다.
珠露金颸上界秋　紫皇高宴五雲樓
霓裳一曲天風起　吹散仙香滿十洲

난새를 타고 밤에 자미성에 들어가니
계수나무 달빛이 백옥경을 흔들더라.
별과 북두가 공중에 가득하고 바람 이슬이 엷으니
푸른 구름에 때로 보허성步虛聲[15]이 내리더라.
乘鸞夜入紫微星　桂月光搖白玉京
星斗滿空風露薄　綠雲時下步虛聲

구름 속 푸른 용을 옥으로 머리를 얽어
평명平明에 타고 나와 단구丹邱[16]로 향하도다.
한가히 구슬 지게를 좇아 사람 세상을 엿보니
한 점 가을 연기에 구주九州[17]를 분변하겠도다.
雲裏青龍玉絡頭　平明騎出向丹邱
閒從璧戶窺人世　一點秋烟辨九州

　옥제 보시고 대회大喜 칭찬하사 누상루樓上樓에 새기라 하시며 재삼 읊으시더니 홀연 옥색이 불열不悅하사[18] 태을진군太乙眞君을 돌아보시며 왈,
　"문창의 시 극히 아름다우나 제삼장에 잠깐 진세塵世 인연이 있으니 문창은 연소 망중年少望重[19]한 선관이라 나의 사랑하는 바니 어찌 애처롭지 않으리오?"

---

12) 옥으로 꾸민 섬돌.
13) 옥황상제.
14) 신선이 산다는 세계.
15) '허공을 밟는 소리'라는 뜻. 원래 도가에서 도사들이 경전을 읽으며 예를 올리는 소리인
　　데, 후대에는 악부시의 가곡 이름으로 쓰였다.
16) 신선이 산다는 곳으로 밤낮 없이 늘 밝다고 한다.
17) 사람이 사는 온 세상.
18) 낯빛이 좋지 않으시어.

진군이 주奏 왈,

"근일 문창의 미간에 자황기紫黃氣[20] 가득하여 부귀 기상을 띠었사오니 잠깐 진세에 적강謫降[21]하여 겁기劫氣[22]를 소멸케 함이 좋을까 하나이다."

옥제 미소 점두點頭[23]하시고 연석을 파한 후 영소보전靈霄寶殿으로 들어가실새 문창더러 왈,

"금야 월색이 아름다울지니 옥루에 머물러 완월 해정玩月解酲[24]하고 돌아오라."

문창이 성지를 받자와 보가寶駕를 지송祗送[25]하고 다시 옥루에 오르니 차시此時는 추칠월 가절佳節이라. 금풍金風은 소슬하고 은하는 경경耿耿한데 만 리 벽공에 점운點雲이 청정하더니 홀연 동북으로 일진一陣 흑운黑雲이 일어나며 북해 용왕이 뇌거雷車[26]를 몰아 누하樓下를 지나거늘, 문창이 대로大怒 왈,

"내 바야흐로 완월하는데 노룡이 어찌 구름을 일으켜 월색을 가리느뇨?"

용왕이 주 왈,

"금일은 칠칠가절七七佳節[27]이라 운손雲孫 낭랑娘娘[28]이 견우에게 하강하실새 사해용왕이 세거洗車[29]하러 가나이다."

문창이 미소하고,

"즉시 구름을 걷으라."

한대, 이윽고 옥우玉宇 쟁영崢嶸하며 백로白露 횡공橫空한데[30] 반륜신월半輪新月이 두우斗牛 간에[31] 배회하니 불승취흥不勝醉興하여 난간을 의지해 망월望月하며 생각 왈,

"옥경이 비록 좋다 하나 너무 청정 담박하니, 우리 월궁항아는 외로이 광한전을 지켜 어찌 무료한 근심이 없으리오?"

---

19) 나이는 적으나 덕망이 높음.

20) 복된 기운. 《상리형진相理衡眞》이란 책에 '두 눈썹 사이에 자황색이 떠오르면 반드시 기쁜 일이 있게 된다'고 한 내용에 있다.

21) 귀양을 보냄.

22) 세상에 대한 욕심.

23) 고개를 끄덕임.

24) 달구경하며 술을 깸.

25) 정중히 삼가 보냄.

26) 우레를 울리는 수레.

27) 칠월 칠석 좋은 절기.

28) 운손은 직녀성, 낭랑은 여성을 높이는 말로 '마마' 쯤 되는 말.

29) 수레를 씻음.

30) 하늘이 맑고도 높으며 흰 이슬이 하늘을 가로지르는데.

31) 새로 돋은 반달이 북두칠성 사이에.

하더니, 홀연 누하에 수레 소리 은은하며 선동이 보報 왈,

"제방옥녀帝傍玉女³²⁾ 오신다."

하거늘, 문창이 의아하기를,

'옥녀는 옥제 궁중에 모셔 있는 자라. 어찌 이곳에 이르는고?'

하더니, 아이오³³⁾ 옥녀 누에 올라 문창과 빈주지례賓主之禮로³⁴⁾ 좌정 후 왈,

"옥제, 문창의 취함을 염려하사 첩으로 하여금 반도蟠桃 여섯 개와 옥액玉液 한 호壺를 받들어 금야 옥루에 완월 해정을 도우라 하시더이다."

문창이 일변 몸을 일으켜 절하여 받잡고 일변 눈을 흘려 옥녀를 보니 성관월패星冠月珮³⁵⁾로 거지擧止 단아하여 십분 청청하고 칠분七分 아리따워 월광月光을 다투는 듯하거늘, 문창이 소笑 왈,

"옥녀 청춘지년靑春之年에 심궁深宮에 처하여 울적하심이 많을지라. 이제 성지聖旨를 받자와 차처此處에 이르시니 잠깐 머무사 소요 산회逍遙散懷³⁶⁾하고 돌아가소서."

옥녀 미소 왈,

"첩이 오다가 홍란성紅鸞星을 만나니 직녀 낭랑의 가기嘉期³⁷⁾를 치하하러 가며 귀로에 차처로 기회期會³⁸⁾하였으니 홍란은 풍류 다재風流多才한 선녀이라 문창의 금야 소흥騷興을 도울까 하나이다."

언미필言未畢에 일위一位 선녀 채운을 타고 서으로 오니 자세히 보매 제천선녀諸天仙女라. 수중에 옥련화玉蓮花 한 송이를 들고 표연히 누하로 지나가니 문창이 불러 왈,

"제천선녀는 어디로 가느뇨?"

선녀 운거雲車를 머무르고 대對 왈,

"첩이 영산회靈山會³⁹⁾에 갔다가 세존의 설법을 듣고 귀로에 마하지摩訶池를 지나더니 옥련화 성개盛開하여 아름답기로 한 가지를 꺾어 가지고 도솔궁으로 가나이다."

문창이 소 왈,

"그 꽃이 가장 기이하니 잠깐 구경코자 하노라."

선녀 웃고 수중手中의 연화를 공중에 던진대, 문창이 집어 보고 미미히 웃으며 즉시 글

---

32) 옥황상제의 시중을 드는 선녀.

33) 이윽고.

34) 주인과 손님 간 예절을 지켜.

35) 별처럼 빛나는 관을 쓰고 달같이 아름다운 패옥으로 꾸민 차림.

36) 이리저리 거닐면서 울적한 기분을 풀어 버림.

37) 아름다운 약속. 여기서는 일 년에 한 번 칠월 칠석 날에 견우와 만나기로 한 약속을 말한다.

38) 만나기로 약속함.

39) 석가모니와 제자들의 모임.

두 귀를 지어 꽃 잎새에 써 도로 공중에 던지니, 시에 왈,

가히 어여쁘다 옥련화는
맑고 정한 마하지로다.
오히려 봄바람 뜻을 얻어
그대를 맡겨 한 가지를 꺾었도다.
可憐玉蓮花　淸淨摩訶池
尙得春風意　任君折一枝

선녀 연화를 도로 받아 들고 은근히 문창을 대하여 사례하는 빛이 있더니, 홀연 동으로 일위一位 선녀 채봉彩鳳[40]을 멍에 하여 표홀飄忽히 이르거늘 보니 이에 천요성天姚星이라. 크게 소리쳐 왈,

"제천선녀는 입도入道한 선녀라. 어찌 남포南浦의 연을 캐고 강변의 패물 끄르는 풍정風情을 효칙效則하느뇨?[41]"

언필言畢에, 선녀의 가진 연화를 앗아 쓴 글을 자세히 보고 앙앙불락怏怏不樂하여 냉소 왈,

"이 꽃과 이 글이 천상의 무쌍한 보배라 내 마땅히 옥제께 드려 구경하시게 하리라."

선녀 수삽羞澀[42]하여 얼굴이 붉으며 당황하더니 남방으로 또 일위 선녀 적란赤鸞을 타고 칠보관七寶冠을 쓰고 예상하의霓裳霞衣로 혜힐慧黠[43]한 기상과 영발英拔한 풍채 불문가지 위홍란성不問可知爲紅鸞星[44]이라. 낭랑히 소리쳐 왈,

"양위 선랑은 무엇을 다투느뇨?"

천요성이 웃고 제천선녀와 문창이 글귀로 은근히 수작하여 상계의 청정한 규모를 괴손壞損함을 말한대, 홍란이 소 왈,

"첩은 들으니 마고선자麻姑仙子는 연고덕소년高德邵[45]하나 왕방평王方平을 대하여 척미상희擲米相戲[46]하고, 서왕모西王母는 위존망중位尊望重하나[47] 주 목왕周穆王을 만나

---

40) 빛이 곱고 아름다운 봉황새.
41) 중국 남포에서 연 캐는 여자들이 남자들과 수작한 일과, 강비라는 선녀가 정교보鄭交甫라는 사람을 사랑하여 노리개를 준 일을 따라 하겠냐는 말.
42) 부끄러워함.
43) 슬기로움.
44) 묻지 않고도 홍란성인 줄 알 수 있다.
45) 중국 전설에 나오는 마고라는 여자 신선은 나이 많고 덕이 높으나.
46) 쌀을 던지며 서로 희롱함.
47) 중국 전설에서 불사약을 가지고 있다는 선녀 서왕모는 지위가 높고 명망이 높으나.

백운요白雲謠를 화답하니, 이제 제천선녀가 문창에게 꽃 던지며 문창이 글귀로 수작함이 무엇이 불가하리오? 또 문창은 중대한 선관이거늘 낭이 어찌 정교보鄭交甫에게 비하리오?"

인하여, 천요의 가진 연화를 탈취하여 자기 두상에 꽂고 우수右手로 제천의 손을 잡으며 좌수로 천요의 소매를 이끌어 왈,

"금야 월색이 가장 아름다우니 옥루에 올라 완월이나 하사이다."

양랑兩娘이 홍란을 좇아 옥루에 이르니 문창과 옥녀가 맞아 좌정할새 문창은 제일위에 앉고, 옥녀는 제이위요, 천요는 제삼위요, 홍란성은 제사위요, 제천선녀는 제오위에 앉아 차례로 좌정하매, 문창이 소 왈,

"옥루 월색이 어느 밤이 좋지 않으리오마는 제위 선랑이 이같이 모임은 진실로 기이한 인연인가 하노라."

홍란이 소 왈,

"이는 다 옥제의 주신 바요 문창의 청복淸福이라. 다만 첩이 그사이 일장풍파를 지내었나이다."

옥녀 경驚 왈,

"무슨 일이뇨?"

홍란이 다시 미소 왈,

"첩이 아까 운손을 치하하고 돌아오다가 은하수를 지날새 오작이 다리를 이뤄 가장 기이한지라. 첩이 소년지심少年之心으로 그 다리를 좇아 건너더니 홀연 북해 용왕이 세거洗車하고 돌아가는 소리에 일진一陣 오작烏鵲이 놀라 흩어지니 첩이 거의 수중水中 겁혼劫魂[48]이 될 뻔하나이다."

문창이 소 왈,

"오작교는 우녀牛女[49]의 인연 맺는 다리라. 홍란이 무단히 건너매 조물이 잠깐 희롱함이라."

일좌 대소하더라. 홍란이 또 소 왈,

"첩이 아까 도화성桃花星을 만나니 또한 무료히 다니기에 한가지로 옴을 말한즉, 종시 연소年少 성군星君이라 광한전에 우의무羽衣舞를 구경하러 갔으니, 회로回路에 이곳을 지날지라. 청하여 같이 놀음이 좋을까 하나이다."

언미필言未畢에, 일위 선녀 자하거紫霞車를 타고 운금상雲錦裳[50]을 입고 얼굴이 번화繁華하여 일지一枝 도화桃花가 춘풍에 반개半開한 듯하니 이는 도화성이라. 홍란이 웃고 누

---

48) 물에 빠져 죽은 놀란 넋.

49) 견우와 직녀.

50) 구름무늬의 비단 치마.

두루頭에 나서며 높이 소리처 왈,

"도화성은 돌아옴이 어찌 더디뇨? 이곳에 제방옥녀, 제천선녀, 천요성이 계시니 한가지로 완월玩月함이 어떠하뇨?"

도화성이 미소하고 자하거를 돌려 옥루에 올라 제육위에 앉으니 모두 여섯 선관이라. 문창이 숙취 몽롱하여 파리玻璃 채⁵¹⁾를 두르며 소 왈,

"백옥루는 천상 제일 누관樓館이요 추칠월은 일 년 중 가절이라. 내 옥제의 명을 받자와 양소 명월良宵明月⁵²⁾을 독락獨樂할까 하였더니 제랑과 해후상봉하니 이 또한 쉽지 않은 승회勝會⁵³⁾라. 다만 흠이 있으니, 술이 없어 어찌하리오?"

홍란이 소 왈,

"첩이 일전 마고선자를 만나 들으니 군산君山의 천일주千日酒⁵⁴⁾가 새로 익어 아름답다 하니 한 시녀를 보내면 얻어 올까 하나이다."

옥녀 웃고 자기 시녀를 명하여 천태산에 보내니, 마고가 보고 경驚 왈,

"제방옥녀는 선녀 중 지조가 높으사 일찍 술을 구하심이 없더니 가장 괴이하도다."

이에 마노병瑪瑙瓶⁵⁵⁾에 두어 말 술을 보내니, 홍란이 낭랑에게 책責 왈,

"천태산 늙은이 동해가 변하여 상전桑田 됨을 세 번 보았으나 그 인색지심吝嗇之心은 의구依舊하도다. 사소한 두주斗酒를 무엇 하리오. 첩이 들으니, 향일向日 옥제 균천광악均天廣樂⁵⁶⁾을 들으시다가 잠깐 취하사 창순성蒼鶉星이 장난함을 아시고 추회追悔하사 주성酒星을 가두고 술을 받지 않으시니, 반드시 주성부酒星府에 저축한 술이 바다 같을지라. 문창이 구하시면 얻어 올까 하나이다."

문창이 응낙하고 즉시 선동을 명하여 보내니, 아이오 천사성天駟星이 술을 싣고 북두성이 잔을 씻어 옥액금장玉液金漿과 용포봉적龍脯鳳炙⁵⁷⁾이 일시 주석酒席을 이루매 만좌가 대취라.

홍란이 아미蛾眉를 쓸고 추파를 흘리며 옥수玉手를 들어 달을 가리켜 왈,

"저 일륜 명월一輪明月은 천상, 인간이 다름이 없으니, 비록 상계 광음光陰이 장구하나 대라 용한大羅龍漢의 겁진劫塵⁵⁸⁾이 한 번 나면 항아 쌍빈雙鬢에 추상秋霜이 새로울지

---

51) 수정으로 꾸민 채.
52) 아름다운 밤의 밝은 달.
53) 성대한 모임.
54) 군산에서 나는 술로, 한 번 먹으면 천 일 동안 취한다는 술.
55) 마노라는 보석으로 만든 병.
56) 전설에 나오는 하늘나라 아름다운 음악의 하나.
57) 옥액과 금장은 신선들이 만든 선약仙藥을 말하나 여기서는 빛 곱고 맛있는 술. 용포봉적은 용과 봉황의 고기로 만든 음식.

라[59)], 구태여 고담 선술高談仙術[60)]을 높은 체하여 이 같은 밤을 무료히 보내리오. 만일 차석此席에 대백大白[61)]을 사양하는 자는 벌이 있으리라."

문창이 대소大笑하고 취흥이 도도하여 친히 잔을 들어 차례로 권하니 일좌 진취盡醉하여 여섯 선仙이 각각 난간을 베고 함께 잠들매, 옥산玉山이 자도自倒하고 화영花影이 산란이라[62)]. 교결皎潔한 성월星月은 천하天河[63)]에 둘려 있고 청랑한 풍로風露는 옷깃에 가득하니 거연遽然히 옥루玉樓 풍월이 변하여 호중천지壺中天地[64)] 된지라. 다만 시녀, 선동이 난두欄頭에 시립하고 채봉, 청란이 누하樓下에 배회하더라.

차시, 석가세존이 영산 도량을 파하시고 연화대에 앉으사 여러 제자와 불법을 강론하실 새 홀연 마하지 맡은 화상和尙이 보報 왈,

"마하지의 열 송이 옥련화는 시방十方을 응하여 바야흐로 난개爛開하였더니 근일 한 송이 간 곳이 없나이다."

세존이 침음양구沈吟良久[65)]에 관음보살을 돌아보사 왈,

"이 꽃이 천지 정화精華와 일월 정기를 띠어, 있는 곳에 이상한 향내와 조요照耀한 광채 시방에 비칠지라. 보살은 그 간 곳을 살펴보라."

보살이 합장合掌 수명受命하고 즉시 구름을 타고 공중에 올라 위로 십이중천을 우러러 보며 아래로 삼천 세계를 굽어 살피더니 옥경 십이루에 한 줄기 이상한 광채 있는지라. 보살이 그 광채를 따라 백옥루에 이르니 배반杯盤이 낭자하고 굉주교착觥籌交錯[66)]한대, 여섯 선仙이 일시 대취하여 난간을 베개 하고 동퇴서도東頹西倒[67)]한 중 한 송이 연화 좌상에 놓였거늘, 보살이 혜안慧眼을 흘려 한번 살펴보고 미소하며 연화를 집어 손에 들고 누에 내려 다시 구름을 타고 영산에 돌아와, 세존께 연화를 드리고 옥루 여섯 선이 취도醉倒함을 고하니, 세존이 연화를 받아 잎새 위에 쓴 글을 보시고 미소하시며 경문經文을 염송하

---

58) 대라大羅는 도교에서 말하는 삼십육천 가운데 가장 높은 천天이고, 용한龍漢은 도교의 최고 신인 원시천존元始天尊의 연호, 겁진은 십만 년 만에 한 번씩 천지가 뒤집힐 때 일어난다는 먼지. 곧, 신선 세계에 변화가 일어나는 것을 뜻한다.

59) 항아의 귀밑머리에 가을 서리 내린 것처럼 머리가 셀지라. 곧, 신선 세계의 시간이 길다고는 하지만 세월은 금방 흘러 이처럼 좋은 때를 다시 만나기 어려울 것이라는 말.

60) 신선의 술법을 토론하는 것.

61) 큰 술잔.

62) 옥 같은 산이 넘어지고 꽃 그림자 흩어지는지라. 미인이 취해 쓰러진 것을 비유한 말.

63) 은하수.

64) 항아리 속에 있는 세상이라는 말로, 기묘한 세계.

65) 속으로 깊이 오래 생각한 뒤.

66) 술잔과 산가지가 뒤섞여 있음.

67) 여기저기 꺼꾸러짐.

신대 엽상葉上에 쓴 글자 낱낱이 탑상에 떨어져 스무 낱 구슬이 되거늘, 세존이 다시 윤회 진언輪迴眞言을 외우시며 파리 채를 들어 좌탑을 치신대 스무 낱 구슬이 쌍쌍이 합하여 두 번 변하매 다섯 개 구슬이 되어 광채 통명通明한지라. 세존이 구슬과 연화를 거두어 앞에 놓으시고 대자대비하사 적연寂然히 입정入定하시니[68], 관음보살이 미소하고 즉시 글 한 귀를 지어 화답하니, 그 게偈[69]에 왈,

묘하다 연화는
원래 묘한 법이 있도다.
봄바람에 꼭지를 아울렀으니
이 나의 인연 맺음이로다.
妙哉蓮花　原有妙法
竝蔕春風　示我結習

차시, 세존이 글을 보시고 칭찬 왈,
"선재善哉라, 불음佛音이여! 다시 한마디로 대중을 효유曉諭하라."
보살이 재배하고 연화를 가리키며 설법 왈,
"저 연화 비록 본질이 청정하오나 또한 천지간 춘기春氣를 얻어 잠깐 윤회 중 호탕 대겁 浩蕩大怯[70]을 띠었으니, 중생에 비유한즉 천성이 허령虛靈하나 진근塵根이 중탁重濁하 여[71] 오욕칠정을 임의로 못 하고 칠계십률七誡十律[72]에 자취自取함 같은지라. 우리 불 법이 광대 무량하여 정근情根[73]을 말미암아 인연을 말씀하고 인연을 말미암아 구경究 竟[74]을 깨닫게 하니 대개 사람의 심정은 연화 같고 정욕은 춘풍이라. 춘풍이 아닌즉 연 화가 피지 못하며 정욕이 없은즉 심정을 깨닫기 어려우니 모든 대중과 선남선녀는 법심 法心을 갖추고 법안法眼을 밝혀[75] 연화의 이발已發하고 춘풍이 미진한 곳을 보라. 천지 청정하고 강산이 허적虛寂하니 이 이른바 묘법妙法이요, 이 이른바 성각性覺이라 하느

---

68) 고요히 선정禪定에 드시니.
69) 부처의 가르침이나 공덕을 찬탄하는 노래 글귀.
70) 호탕한 기운.
71) 천성은 신령하나 인간 세상에 대한 생각이 많아.
72) 불교에서 절도, 사음邪淫, 망언, 살생, 음주, 육식, 사견邪見이라는 칠계에 헐뜯음, 비방,
　　사기를 더해 십률이라 한다.
73) 불교에서, 번뇌를 끊고 깨달음의 길로 나아가게 하는 오근五根의 하나.
74) 가장 지극한 깨달음.
75) 법심은 불교에서 법 곧 진리를 보는 마음이고, 법안은 진리를 보는 눈.

니라."

차시, 세존이 보살의 설법을 들으시고 대희 왈,

"선재라, 불설佛說이여! 뉘 능히 이 뜻을 가져 저 연화와 구슬로 결습結習[76]을 지으리오?"

아난阿難이 합장하고 왈,

"제자는 비록 법력이 없사오나 원컨대 저 연화를 가지고 변하여 잎새마다 사십팔만 대장경을 써서 세계 중생의 총명 지력으로 법계에 돌아오게 하리다."

세존이 미소 부답不答하시니, 가섭迦葉이 또 합장 고 왈,

"제자 비록 불민하오나 원컨대 저 구슬을 가져 변하여 장명등長命燈이 되어 세계 중생의 육근진六根塵[77]을 일월같이 비추어 청정광대한 데로 돌아오게 하리다."

세존이 또 미소 무언無言하신대, 보살이 다시 일어 연화대 앞에 나아가 세존께 고 왈,

"팔진지미八珍之味를 먹은즉 숙속菽粟의 담담함을 알고 문수지복紋繡之服을 입은즉 포백布帛의 검소함을 깨닫나니[78], 제자는 저 연화와 구슬을 가져 일종 인연을 지어 천추만세에 취몽불성醉夢不醒으로 구경究竟을 깨달아 불가 상승上乘[79]의 청정광대함을 알게 하리다."

세존이 대희할새 탑상에 놓인 일지一枝 연화와 오과五顆 명주明珠를 집어 보살을 주시니, 보살이 합장 재배하고 보리주菩提珠[80]를 메며 금루가錦縷袈[81]를 입고 좌수左手에 오과顆 구슬을 들며 우수右手에 일지 연화를 가져 남천문에 올라 대천토大天土[82]를 굽어보니 망망 고해苦海에 욕랑慾浪이 접천接天하고 도도陶陶 홍진紅塵에 취몽이 깊었거늘[83] 보살이 미소하고 연화와 구슬을 일시에 공중을 향하여 던지니 구슬은 사방에 흩어져 거처를 보지 못하고 다만 옥련화 일지 백운 간에 날아 하계에 떨어져 일좌 명산이 되었으니, 아지 못게라, 보살의 법력이 장차 무슨 인연을 지어 어찌하려 함인고? 하회下回를 보라.

---

76) 불교에서 번뇌를 일컫는 말. 번뇌가 맺혀 풀리지 않음.

77) 불교에서, 세상을 인식하는 눈, 귀, 코, 혀, 몸, 뜻 육근六根과 이 감각 기관으로 깨닫는 빛깔, 소리, 냄새, 맛, 감촉, 모양〔法〕의 육진六塵. 이 육근과 육진이 서로 간여하여 깨달음을 얻는다고 한다.

78) 진수성찬을 먹고 나서야 콩과 조 따위의 맑고 산뜻함을 알고 수놓은 비단옷을 입은즉 베옷의 검소함을 깨닫나니.

79) 가장 높은 가르침.

80) 보리수 열매. 염주를 만든다.

81) 비단 가사. 가사는 중의 예복.

82) 넓은 세상.

83) 망망한 인간 세상에 욕심의 물결이 하늘에 닿고 먼지 가득 찬 세상에 취한 꿈이 깊었거늘.

제2회 허 부인이 봄에 옥련봉에 놀고
양 공자 길에 녹림객[1]을 만나다
許夫人春遊玉蓮峯 楊公子路逢綠林客

각설却說[2], 남방에 일좌 명산이 있으니 주회周回 오백 리요 높기 일만팔천 장丈이라. 석색石色이 백옥을 묶은 듯 멀리서 바라본즉 한 줄기 옥련화가 평지에 핌 같아서 일컫는 자가 옥련봉이라 하더라. 중고中古에 일개 도사가 지나다가 봉두峰頭에 올라 산세를 보고 차탄 왈,

"미재美哉라, 차산此山이여! 돌연한 형세는 봉의 나래, 용의 서림이요, 청숙한 기운을 온전히 받았으니 차此는 우공禹貢 구주九州의 도산도수導山導水한[3] 뫼이니라. 불가佛家 소위 비래봉飛來峰[4]이니 불출삼백년不出三百年에 특출한 인재 나매 청명지기를 응하리라."

하더니, 그 후 수백 년에 수삼 촌락이 모이고 촌중에 일위 처사가 있으니 성은 양楊이요 명은 현賢이라. 안해 허 씨로 더불어 뫼에 올라 나물 캐고 물에 내려 고기 낚아 세상 영욕을 부운浮雲같이 보니 짐짓 물외物外 고사高士[5]라. 다만 연기年紀 사십에 일개 자식이 없어 부부 상대하여 앙앙불락怏怏不樂더니, 일일은 모춘暮春이라 허 씨 사창을 열고 무료히 앉았으니 쌍쌍 춘연春燕[6]이 처마에 새끼 쳐 비거비래飛去飛來하니, 허 씨 망연히 바라보고 장탄長歎하되,

"천지만물이 생생지리生生之理를 아니 탄 자 없고[7] 자모지정子母之情을 모르는 자 적거늘, 나 같은 인생은 평생이 처초凄楚[8]하여 저 제비만도 못하니 어찌 가련치 않으리오?"

자연 눈물이 옷깃을 적시더니 처사 밖으로 들어와 왈,

"부인은 어찌 심란히 앉았느뇨? 금일 일기 청량하고 우리 차처에 산 지 오래되 일찍 옥련봉을 보지 못하였으니 한번 높이 올라 울적한 회포를 풂이 어떠하뇨?"

---

1) 산도적.
2) 한편. 옛 소설에서 이야기의 한 대목을 끝내고 다른 대목으로 넘어갈 때 쓰는 말.
3) 우禹임금이 구주를 나눌 때 산과 물을 갈라놓으며 각각을 제자리로 인도하였다는 말. '우공禹貢'은 《서경書經》의 글 제목으로, 우임금이 홍수를 다스리고 구주를 정한 것을 적었다.
4) 인도에서 날아온 봉우리.
5) 세상 바깥에 몸을 둔 높은 선비라는 말로, 벼슬에 뜻을 두지 않은 선비.
6) 봄 제비.
7) 모든 생물이 새끼를 낳고 사는 이치를 아니 타고난 자 없고.
8) 슬프고 외로움.

허 씨 대희하여 부부 양인이 죽장을 끌고 산경山徑을 찾아갈새 행화杏花는 이진已盡하고 척촉躑躅[9]은 만발한데, 처처 접무蝶舞와 곳곳 봉성蜂聲[10]이 일 년 춘광을 재촉하니, 혹 유수流水를 희롱하여 손을 씻으며 혹 수음樹陰을 찾아 각력脚力을 쉬더니 석각石角이 준급峻急하고 산경이 점험漸險하거늘[11], 허 씨 암상巖上에 앉으며 천식喘息이 맥맥하고 주한珠汗이 첨의沾衣하니[12], 처사 소 왈,

"부인은 종시 범골凡骨[13]이라. 상봉을 구경치 못하리로다."

허 씨 소 왈,

"첩은 실로 선분仙分이 없거니와 군자의 기색이 또한 안서安舒[14]치 못하사 낭음비과동정호朗吟飛過洞庭湖하던 여동빈呂東彬[15]의 부끄린 바 계실지니 암상에 쉬어 다시 전진하면 좋을까 하나이다."

처사 대소하고 죽장을 들어 상봉을 가리켜 왈,

"우리 이미 차처에 왔으니 잠깐 쉬어 차산 경개를 편답遍踏하고 돌아가리라."

반상半晌[16]을 앉았다가 다시 일어 부인과 중봉에 올라 보매, 산이 높고 골이 깊어 창송고목蒼松古木은 사면에 우거지고 기암괴석은 좌우에 나열한데 사슴의 자취와 잔나비 그림자 사람을 놀래켜 섬홀 분분閃忽紛紛[17]하니, 허 씨 걸음을 멈추고 송연悚然히 왈,

"이곳이 가장 기험崎險하여 전진키 어려우니 첩은 구태여 상봉을 보고자 아니 하나이다."

처사 미소하고 석경石徑에 배회하더니 한 곳을 바라보니 일면 석벽이 반공에 솟았는데 낙락장송이 벽상에 늘어졌거늘, 허 씨 가리켜 왈,

"저곳이 유수幽邃[18]하니 가 보사이다."

처사 점두點頭하고 덤불을 헤치며 백여 보를 행하니 과연 창연한 바위 높기 수십 장이요 전면에 무엇을 새긴 흔적이 있거늘, 허 씨 손으로 이끼를 씻으며 자세히 살펴보니 이에 관

---

9) 철쭉.
10) 접무는 나비의 춤, 봉성은 벌의 소리.
11) 벼랑이 험하여 아주 가파르고 산길이 점점 험하거늘.
12) 숨쉬기가 갑갑하고 구슬땀이 옷을 적시니.
13) 보통 사람, 신선들과 달리 평범한 사람. 여기서는 연약한 사람이라는 뜻.
14) 편안함.
15) 시를 읊으며 동정호를 날아 지나던 여동빈. 여동빈은 당나라 사람으로 벼슬도 하고 글도 잘 지었는데 간 곳 모르게 없어졌다 해서 신선이 되었다고 전한다.
16) 반나절.
17) 눈이 어지럽게 어른어른하고 떠들썩함.
18) 그윽하고 깊숙함.

음보살의 진면眞面이라. 새김이 공교하여 이목이 분명하고 등라藤蘿[19] 얽히어 고기古奇한 빛을 띠었거늘, 허 씨 가리키며 왈,

"이 부처 명산에 있어 인적이 부도不到하니 반드시 영험할지라. 우리 이제 기도 발원하여 자식을 구함이 어떠하니이꼬?"

처사 본래 불사佛事를 좋아 아니 하나 허 씨의 정경을 애연哀然 감동하여 죽장을 놓고 부부 함께 공경 예배하고 은근히 구자求子[20]로 축원하며 눈물을 금치 못하더니, 아이오 석양이 재산在山하고 명색冥色이 출림出林하거늘[21], 처사 부인의 손을 이끌고 오던 길을 찾아 내려올새 공산은 적적하고 송풍松風은 슬슬한데 석경에 죽장이 잠든 새를 놀래고 고적한 심사와 처량한 회포를 이기지 못하여 허 씨 보보步步마다 심중에 암축暗祝 왈,

"우리 부부 자소自少로 별로 적악積惡함이 없거늘 산간에 유락流落하여 승니僧尼 도사같이 신외무물身外無物[22]하여 죽을 바를 모르니, 바라건대 신령한 보살은 가련히 보사 여생을 자비하소서."

축원을 마치매 걸음이 이미 산문山門에 다다랐는지라. 휴수 승당携手陞堂[23]하여 부부 양인이 등하燈下에 초연 상대터니, 시야장반是夜將半[24]에 허 씨 일몽을 얻으니, 일위 보살이 한 송이 꽃을 들고 옥련봉으로 내려와 허 씨를 주거늘 놀라 깨니, 남은 향내 오히려 사라지지 아니하거늘, 처사를 대하여 몽사夢事를 고한대, 처사 미소 왈,

"내 또한 금야에 이상한 몽조 있으니 일조一條 금광金光이 하늘로조차 내려와 일개 미남자 되어 왈, '나는 천상 문창성이러니 귀문貴門에 일시 인연으로 의탁고자 왔노라.' 하고 품에 안기니 서기瑞氣 만실滿室하고 광채 휘황하여 놀라 깨니 어찌 심상한 꿈이리오?"

부부 심중에 자부自負하더니, 과연 그달부터 태기 있어 거연居然 십 삭에 일개 귀남자를 생하니, 차시此時 옥련봉 상에 선악仙樂이 낭랑하고 서기 집을 둘러 삼 주야를 흩어지지 아니하더라.

아이 나매 얼굴이 관옥冠玉 같고 미우眉宇[25]에 산천 정기를 띠었으며 양안兩眼에 일월지광日月之光이 어리어 청수한 자질과 준일한 풍채 짐짓 선풍도골이요 영웅 군자라. 처사 부부의 여득만금如得萬金함은 말하지 말고 보는 자 뉘 양가楊家 서물瑞物이라 칭송치 아

---

19) 등나무와 겨우살이 넝쿨.

20) 아들을 구한다는 뜻.

21) 지는 해가 산에 떨어지고 어둠이 수풀에 깔리거늘.

22) 제 한 몸밖에 다른 것이 없다는 뜻.

23) 손을 맞잡고 방으로 들어감.

24) 이날 밤 한밤중.

25) 이마의 눈썹 근처.

니하리오.

 난 지 일 세에 언어를 형용하고 이 세에 시비를 분변하며, 삼 세에 인아鄰兒[26]를 좇아 문외에 놀새 땅을 그으면 글자 되고 돌을 모아 진법을 이루더니, 마침 객승이 지나다가 숙시양구熟視良久[27]에 대경大驚 왈,

 "이 아이 문창文昌, 무곡武曲[28]의 정기를 띠었으니 타일 대귀大貴하리로다."

 설파說罷에 인홀불견因忽不見하니, 처사 더욱 기이히 여겨 아자兒子의 명을 고쳐 창곡昌曲이라 하니라.

 창곡이 인아와 후원에 올라 꽃싸움할새, 처사 이르러 보니 여러 아이는 산꽃을 꺾어 머리 위에 가득히 꽂았는데 창곡은 홀로 그저 앉았거늘 곡절을 물으니, 대對 왈,

 "소자는 명화가 아니면 취치 아니하나이다."

 처사 소 왈,

 "어떠한 꽃이 명화인고?"

 창곡 왈,

 "침향정沈香亭 해당화의 조는 태도와 서호西湖 매화의 담박한 절개[29]로 낙양 모란의 부귀 기상을 겸한 꽃이 명화니이다."

 처사 웃고 타일 풍류에 범연凡然[30]치 않음을 알더라.

 오륙 세 되매 능히 글자를 모아 글귀를 만드니 처사 그 다재함을 애석하여 가르치지 아니하더니 일일은 야심 후 월색이 만천滿天하고 성광星光이 조요照耀[31]한데, 창곡을 안고 뜰에서 거닐며 우연히 달을 가리켜 왈,

 "네 능히 달을 두고 글을 지을쏘냐?"

 창곡이 응구첩대應口輒對[32]하니, 그 시에 왈,

  큰 별은 밝아 황황하고

---

26) 이웃집 아이.

27) 가만히 한참 들여다봄.

28) 문창성과 무곡성 두 별.

29) 당나라 때 현종이 침향정에서 양 귀비를 불렀는데, 양 귀비가 술에 취해 낮잠을 자다가 잠이 덜 깬 채 오면서 현종에게 해당화가 아직 잠이 덜 깨었다고 말했다는 데서 해당화를 '수화睡花' 곧 '조는 꽃'이라고도 불렀다. 송나라 때 임포林逋라는 처사가 서호 둘레에 살면서 매화나무를 좋아하여 삼백여 그루를 심어 놓고 매화를 안해 삼았다 할 정도였다 한다.

30) 예사로움.

31) 별빛이 빛남.

32) 묻는 대로 바로 대답함.

작은 별은 밝아 경경하도다.

오직 한 조각 달이

사해에 거울같이 달렸더라.

大星明煌煌　小星明耿耿

惟有一片月　四海懸如鏡

처사 대열하여 허 씨더러 자랑 왈,

"이 아이 기상이 탁월하여 아비의 적막함을 본받지 않으리라."

일일은 처사 낚싯대를 들고 산하에 낚시질할새 창곡이 부친을 좇아 구경하더니, 처사 희문戲問 왈,

"당나라 두 공부杜工部[33]는 완화계浣花溪에 낚시질할새 치자稚子[34] 종문宗文이 내옹乃翁[35]을 배워 바늘을 두드려 낚시를 만드니, 그 글에 하였으되 '치자고침작조구稚子敲針作釣鉤[36]'라 하여 지금까지 유전하니, 이 또한 시인 문사의 산거 풍미山居風味[37]라. 네 능히 종문의 고침敲針함을 배워 네 아비의 흥을 도울쏘냐?"

창곡 왈,

"종문의 필경 성취 어떠하나이까?"

처사 소 왈,

"별로 탁월한 사업은 없느니라."

창곡 왈,

"문어답초問漁答樵[38]는 한가한 사람의 일이라. 대장부 연소기예年少氣銳하고 여력방강膂力方强하여[39] 사방을 경영하며 만민을 구제할지니 소졸疎拙한 낚싯대로 산간에 오유遨遊하여 세월을 허송하리꼬?"

차시 창곡이 연방年方 육 세라. 처사 기쁨을 이기지 못하나 짐짓 힐난하여 그 소견을 보려 하고 우문又問 왈,

"한신韓信[40]은 국사國士로되 가빈家貧하여 성하城下에 고기 잡고, 태공太公[41]은 현인이

---

33) 중국 당나라 때의 시인 두보杜甫. 공부는 벼슬 이름.

34) 나이 어린 아들.

35) 아버지.

36) 어린 아들이 바늘을 두드려 낚시를 만든다. 두보의 시 구절.

37) 산에 사는 멋.

38) 어부에게 고기 낚는 것을 묻고 나무꾼에게 땔나무에 대해 대답함.

39) 젊고 기운차고 힘이 굳세어.

40) 중국 한나라를 세운 공신.

나 문왕을 못 만나 위변渭邊에 낚시질하니 부귀궁달富貴窮達은 인력으로 못할 바라. 어옹漁翁의 적막함을 아자兒子 어찌 조롱하느뇨?"

창곡이 다시 궤대跪對[42] 왈,

"성패는 재천在天이나 경륜은 재인在人이라. 소자 비록 불초하오나 마땅히 고기직설皐夔稷契과 방숙 소호方叔召虎[43]를 효칙하여 훈업勳業이 천추에 빛날지니 어찌 노장老將의 웅양鷹揚함[44]과 필부匹夫의 걸식乞食함을 부러워하리까?"

처사 차언을 듣고 더욱 기뻐하더라.

광음光陰이 숙홀倏忽하여 창곡의 연년이 열여섯이라. 엄연 성취하여 문장이 경인驚人[45]하고 지견知見이 출중하여 근천根天한[46] 효성과 일취日就한 학문이 현인군자의 개세지풍蓋世之風[47]이 있고 영발英發한 풍류와 호방한 기상은 영웅호걸의 홍대弘大한 본색을 겸하였더라.

차시, 신新 천자가 즉위하시고 대사천하大赦天下[48]하신 후 만방 다사多士를 모아 설과취재設科取才[49]하실새 창곡이 부친께 고 왈,

"남자 생세生世에 상호봉시桑弧蓬矢[50]로 천지사방을 쏨은 뜻을 표함이요, 고서를 읽으며 고사를 배움은 장차 사군택민事君澤民하여 겸선천하兼善天下[51]함을 위함이라. 소자 비록 불초하오나 연기年紀 십육이라. 구구히 전원을 지키어 부모의 근심을 더함이 불가할까 하오니, 원컨대 황성에 부거赴擧[52]하여 공명을 구코자 하나이다."

처사 그 뜻을 기특히 여겨 데리고 내당에 들어가 허 씨와 상의하니, 허 씨 위연喟然 탄歎 왈,

---

41) 중국 주나라 문왕의 공신인 태공망太公望. 문왕 만나기 전 위수渭水에서 낚시질하였다.

42) 꿇어앉아 대답함.

43) 중국 순임금 때 이름난 재상인 고요皐陶, 기夔, 후직后稷, 설契과 주나라의 이름난 장군 방숙과 소호.

44) 매가 하늘로 날아오른다는 말로, 늙은 장수의 거드름을 나타내는 말.

45) 사람들을 놀라게 함.

46) 하늘에 뿌리는 둔. 곧 타고난.

47) 세상을 뒤덮을 만한 뛰어난 풍채.

48) 온 나라에 사면령을 내림.

49) 과거를 보아 인재를 고름.

50) 뽕나무 활과 쑥대 화살. 쑥은 어지러움을 막는 풀이고 뽕나무는 모든 나무의 근본이라 하여, 옛날에 사내아이가 태어나면 뽕나무로 만든 활에 쑥대 화살 여섯 개를 메워 천지와 동서남북에 쏘아 장부의 원대한 뜻이 천지 사방에 있음을 나타냈다고 한다.

51) 임금을 섬기며 백성을 다스려 은혜를 끼치고 아울러 천하를 위해 좋은 일을 함.

52) 과거를 보러 감.

"우리 부부 늦도록 자녀가 없어 한탄하다가 하늘이 도우사 너를 얻으니 장차 옥련봉 하에 나물 캐며 고기 낚아 평생을 떠나지 말고 여생을 지냄이 족할지라. 어찌 다시 부귀를 회구하며 공명을 탐하여 이별을 경이輕易히 하리오? 또 네 나이 불과 이팔이요 황성이 여기서 삼천여 리라. 어찌 너를 차마 고단히 보내리오?"

창곡이 갱고更告 왈,

"소자 비록 미거하여 반 정원班定遠의 투필投筆하고 만리 봉후萬里封侯할 지견智見[53]이 없사오나 세월이 여류하고 시불가실時不可失[54]이라, 차시를 놓친즉 조물이 한가한 날을 빌리지 않을까 하나이다."

처사 개연慨然 왈,

"남자 서검書劍[55]에 뜻을 두매 구구한 사정을 보지 못할지라. 부인은 일시 이별을 과히 어려워하지 말지어다."

부인이 하릴없어 창곡의 손을 잡고 왈,

"우리 부부 독로篤老[56]치 아니하였으니 잠시 떠남을 어찌 그다지 결연缺然하리오마는 내 이제 너를 젖 끝의 해제孩提[57]로 아니, 처음 슬하를 떠나 작객作客하니 신혼조석晨昏朝夕에 의려지정倚閭之情[58]을 장차 어찌하리오?"

설파說罷에 초창 함루悄愴含淚[59]함을 깨닫지 못하니, 창곡이 위로 왈,

"소자 불초하오나 마땅히 몸을 삼가 이우貽憂[60]치 아니할까 하오니 존체를 보중하소서."

허 씨 이에 협중篋中에 남은 의상과 깨어진 비녀를 팔아 행장을 준비할새 일필一匹 청려靑驢[61]와 일개 가동家僮으로 수십 냥 은자를 갖추어 택일 등정登程할새, 처사 부부 동외洞外에 나와 보내며 연연戀戀한 빛과 신신申申한 말이 차마 떠나지 못하니, 처사 동자를 명하여 행장을 재촉하여 보내고 부인과 돌아오니라.

차시 창곡이 의견이 비록 숙성하나 나이 어리고 자모 슬하를 처음 떠나매 나귀를 타며

---

53) 한나라 반초班超처럼 붓을 던지고 싸움터에 나가 만 리 밖에서 크게 공을 세워 제후의 봉작을 받을 만한 식견. 정원定遠은 반초의 호.

54) 때는 한번 가면 다시 돌아오지 않으니, 시기를 놓쳐서는 안 됨.

55) 학문과 무예.

56) 몹시 늙음.

57) 어린아이.

58) 아침저녁으로 멀리 떠난 자식을 기다리는 정.

59) 근심스럽고 슬퍼서 눈물을 머금음.

60) 걱정을 끼침.

61) 나귀 한 마리.

소매로 얼굴을 가리고 무단無端한 눈물이 영영盈盈하거늘, 스스로 억제하고 황성을 향하여 가니라.

차시는 춘말하초春末夏初라. 녹음은 난만하고 방초芳草는 처처萋萋한데 동풍에 우는 자규子規는 객수客愁를 돕는지라. 양 공자 나귀를 서서히 몰아 산천도 구경하며 글귀도 생각하여 망운지회望雲之懷를 관억寬抑하더니[62] 십여 일을 행하여 소주蘇州 지경地境에 이르니, 차시 소주 대기大饑[63]하여 도적이 사면에 편만遍滿한지라. 공자 노주奴主[64] 행리行李를 조심하여 일찍 객점을 찾아 쉬고 늦은 후 등정하여 촌촌村村 전진轉進하더니, 일일은 길에 행인이 희소하고 주점이 드물거늘 나귀를 몰아 망망히 행할새 어언간에 일락서산日落西山하고 황혼이 되어 오니, 공자 노주 황망하여 다만 앞길만 바라보고 수 리를 행하여 한 곳에 이르니, 수목이 참천參天하고 준령峻嶺이 당전當前하였거늘[65] 공자 하마下馬하여 걸어 넘을새, 월색이 희미하고 산록에 목엽木葉이 펴져 위이逶迤한 길[66]이 십분 분명치 아니하니, 동자 나귀를 앞세우고 채찍을 들어 나귀 가는 데로 행하며 공자는 수후隨後[67]하더니, 고개 밑에 다다라 동자 홀연 대경하며 채찍을 땅에 던지고 멀리 물러서거늘, 공자 곡절을 물은대 동자 덤불을 가리켜 왈,

"이곳에 적한賊漢이 많다 하더니 저기 선 것이 어찌 사람이 아니리오?"

공자 자세히 보니, 고목이 일찍 풍마우세風磨雨洗[68]하여 썩은 등걸이 월하月下에 섰는지라. 공자 웃고 동자의 경망함을 책하며 다시 채찍과 고삐를 붙들려 전진하여 불과 수십 보를 행하더니, 과연 오육 개 적한이 숲 속으로 돌출하며 각각 서리 같은 칼날을 월하에 번쩍여 비린내 촉비觸鼻[69]하니 동자 또 대경하며 엎더지거늘 적한이 바로 칼을 들고 양 공자를 찌르려 한대, 공자 안색을 불변하고 태연히 일러 왈,

"너희 다 평일 양민으로, 흉년을 당하여 기한飢寒이 핍박하니 행인의 재물을 탐함은 실로 군자의 측은하여 하는 바라. 내 행자行資와 의복을 아끼지 아니하려니와 사람을 해코자 함은 어찌 불가치 않으리오?"

그 적한이 소笑 왈,

"세상 사람이 재물을 신명身命보다 더 아끼니 만일 죽이지 아니한즉 어찌 빼앗으리오?"

---

62) 어버이가 그리운 마음을 억누르더니.

63) 흉년이 크게 듦.

64) 종과 주인. 곧 양창곡과 가동을 말한다.

65) 나무들이 하늘에 닿을 듯하고 높은 고개가 앞을 막거늘.

66) 꼬불꼬불한 길.

67) 뒤를 따라감.

68) 바람과 비에 갈리고 씻김.

69) 코를 찌름.

공자 소 왈,

"군자는 허언이 없으니 너희 잠깐 물러선즉 의복과 행구를 몰수이 주리라."

적한이 바야흐로 칼을 거두고 물러서거늘, 공자 동자를 명하여 행구를 가져오라 하여 일일이 내어 적한을 주고 입은 옷을 차례로 벗을새 기색이 안연晏然하여 조금도 창황愴怳함이 없거늘, 적한이 서로 보며 혀를 내두르더니 공자 의복을 다 벗고 다만 속에 입은 단의單衣 일습을 머물러 왈,

"이것은 값이 많지 아니하고 적신赤身으로 전진치 못할지니 용서하라."

적한이 쾌히 허락하고 장탄 왈,

"우리 이 일을 행한 후로 담대한 남자를 많이 보았으나 이러한 수재秀才는 처음 보노라."

하고, 의복, 행자를 거두어 숲 속으로 들어가더라.

공자 노주奴主 다시 정신을 수습하여 나귀를 끌고 영嶺에 내려 객점을 찾아갈새, 때 이미 삼사 경更이 지났더라. 점문을 두드리니 점인이 나와 보고 대경 왈,

"어떠하신 공자 여차 심야에 적굴을 지나오시느뇨?"

동자가 봉적逢賊하던 말을 대강 고하니, 점인이 다시 놀라 왈,

"차처에 행인 과객이 전후에 죽은 자 무수하여 해 곳 진즉 넘지 못하니, 금일 수재 노주는 복력이 무량하여 성명을 보존하였도다."

공자 왈,

"내 일찍 들으니 소주는 강남 중 제일 웅부雄府[70]라 하더니 관장이 없어 도적을 금치 못하느냐?"

점인이 냉소 부답不答하고 일간 객실을 정하여 일행을 안돈한 후, 점인이 등화를 들고 들어와 봉적하던 설화를 다시 묻고 탄 왈,

"관부 비록 멀지 아니하나 자사刺史는 주색에 침닉沈溺하여 정사를 듣지 아니하니 도적을 뉘라서 금하리오."

하며 일변 행자 없음을 보고 심중에 민망하여 냉반冷飯으로 대접하니, 공자 노주 밤을 지내고 날이 밝으매 전진할 방략이 없어 진퇴 무책進退無策이라 점인도 근심하더니, 홀연 양개兩個 소년이 들어오거늘 보니 각각 수중에 궁시弓矢를 들고 호협한 거동이 얼굴에 나타나 일변 주인을 불러 술을 가져오라 하며 창곡 노주의 소슬히 앉음을 보고 문問 왈,

"수재는 어디로 가는 사람이뇨?"

공자 왈,

"황성으로 가나이다."

또 문 왈,

---

70) 몹시 크고 웅장한 고을.

"수재의 연기 몇이나 되느뇨?"

답 왈,

"십육 세니이다."

소년 왈,

"나 어린 수재의 원로遠路 행색이 어찌 저리 단출하뇨?"

공자 왈,

"가빈家貧하여 기구를 갖추지 못한 중, 노상에서 봉적하여 의복과 행자를 몰수이 견탈見奪[71]하고 전진할 방략이 없어 그러하니이다."

소년이 소 왈,

"대장부 일인을 당치 못하여 저같이 낭패하니 수재의 무용無勇함을 알지라. 수재 이미 황성으로 갈진대 필연 부거赴擧하는 선비라. 능히 글을 아느뇨?"

공자 왈,

"하토遐土[72]에 생장하여 문견이 고루하니 비록 약간 글자를 배웠으나 어로魚魯를 불변不辨[73]하나이다."

소년이 소 왈,

"수재는 과겸過謙[74]치 말라. 내 한 꾀 있어 수재를 위하여 행자를 얻게 하리라. 명일 소주 자사 압강정鴨江亭에 대연大宴을 배설하고 소蘇, 항杭 양주兩州 문인 재사를 모아 압강정 시를 지어 장원하는 자를 중상重賞한다 하니, 수재 만일 시율詩律의 재주 있거든 황성 갈 행자를 어찌 근심하리오?"

또 한 소년이 소 왈,

"그중에 더욱 묘리 있는 곡절이 있으니 수재 비록 연기 성관成冠치 못하였으나 종시 남자라, 이러한 일을 알아 두라. 강남 삼십육 주 기악妓樂[75]이 항주를 제일 치고 항주 삼십육 교방敎坊 중 기녀의 유명한 자는 강남홍이라. 가무, 문장과 재주, 자색이 강남에 독보獨步하니, 자사, 수령이 마음을 기울이지 않는 자 없으나 홍의 성품이 청고 표강淸高剽剛[76]하여 제 뜻에 아니 든즉 죽어도 허신許身치 아니하며, 홍의 나이 지금 십사 세라. 감히 가까이한 자 없더니 방금 소주 자사는 승상 황의병黃義炳의 아들이라. 풍류 주색에 재화財貨를 겸전하고 연기 서른에 인물이 동탕動蕩[77]하며 문장이 황성에 소문나고 풍채

---

71) 빼앗김.

72) 먼 시골.

73) 어魚 자와 로魯 자를 구별하지 못할 만큼 무식함.

74) 지나치게 겸손함.

75) 기생과 풍악.

76) 고상하고도 굳셈.

고인을 압두하니, 기어이 강남홍을 달래어 좌우에 두고자 하여 명일 압강정 놀음도 전혀 홍을 위함이니, 그중에 반드시 장관이 있을 듯하나 우리는 무부武夫라 문인 좌석에 참여 치 못하거니와, 수재는 구경함이 좋을까 하노라."

공자 소 왈,

"나는 본디 무재한 아이라. 이러한 승회勝會에 어찌 참예하리오?"

양 소년이 대소하고 금낭錦囊을 열어 주채酒債를 갚고 나가거늘, 공자 심중에 생각하되, '황 자사 조정 명리命吏로 주색을 일삼고 정사를 폐각廢却하니 내 구태여 대하고자 아니 하나 이제 박액迫厄한 경계經界[78]를 당하여 진퇴 무술無術하니 소년의 말대로 일시 권도權道를 써 일장一場 가소사可笑事를 하여 보리라[79].'

하고 스스로 웃고 왈,

"강남은 천하에 유명한 곳이라. 문장과 물색이 반드시 구경할 만할 것이요, 강남홍은 어떠한 사람이관데 뜻과 안목이 저다지 높아서 풍류 남자의 호방한 생각이 겸하여 맹동萌動[80]케 하는고?"

점인을 불러 문 왈,

"여기서 압강정이 몇 리나 되느뇨?"

점인 왈,

"삼십 리이니이다."

공자 왈,

"이제 행자가 없어 전진치 못할지라. 저 나귀를 점중에 두고 우리 노주의 수일 조석을 하여 줌이 어떠하뇨?"

점인이 대 왈,

"비록 심상한 행인이라도 행자 없은즉 괄시치 못하려든 하물며 공자의 비범하신 풍채를 흠앙欽仰이리오? 수일 소사 날반 소사疏食糲飯[81]을 어려워하리까?"

공자 대희하여 노주 다시 일일을 점중에 유숙하고 익일에 점인더러 압강정 구경감을 말하고 동자를 데리고 압강정을 찾아갈새 동으로 수십 리를 행하니 산천이 명려明麗하고 물색이 번화하여 처처의 경개 절승하더라.

공자 심중에 생각하되,

'압강정이 필연 물가에 있을지라. 내 물을 따라 내려가 보리라.'

---

77) 얼굴이 두툼하고 잘 생김.

78) 절박한 경우.

79) 임기응변으로 한바탕 웃을 일을 만들어 보리라.

80) 싹터 일어남.

81) 거칠고 보잘것없는 음식.

하고 수 리를 또 행하니, 강색이 광활하고 산세 더욱 아름다워 벽운碧雲은 취수翠峀에 어리었고 백구白鷗는 명사明沙에 벌였으니[82] 압강정이 불원不遠함을 알러라. 또 수십 보를 향하니 풍편風便에 사죽絲竹 소리 의희依俙히 들리며[83], 과연 강을 임한 정자 언덕을 덮어 제도가 굉걸하고 정자 아래 거마車馬와 사람이 물 끓듯 하거늘, 정자 위를 바라보니 취와 홍란翠瓦紅欄[84]은 반공半空에 조요照耀하고 황금 대자大字로 현판을 하였으되 압강정이라 하였더라.

첩첩한 비단 장帳은 풍편에 나부껴 상서 구름이 일어나고 몽몽濛濛한 향연香煙은 강상에 흩어져 푸른 안개 엉키었으니 질탕한 풍류와 청아한 소리 누대를 흔드는지라. 양 공자 동자더러 왈,

"너는 여기서 기다리라."

하고 바로 정하亭下에 다다라 소, 항 제생을 좇아 정상亭上에 오르니, 정자의 광廣이 수백 칸이요 금벽 단청金碧丹靑이 궁사극치窮奢極侈[85]하여 짐짓 강남 누관樓觀 중 제일이러라.

동편 교의交椅 위에 오사 홍포烏紗紅袍[86]로 반취半醉하여 앉은 이는 소주 자사 황여옥黃汝玉이요, 서편 교의 위에 창안백발蒼顔白髮[87]로 수연粹然히[88] 앉은 이는 항주 자사 윤형문尹衡文이라. 윤 자사 위인이 관홍寬弘하여 비록 황 자사와 연치年齒 부적不適하고 지기志氣 불합不合하나[89] 인읍지의鄰邑之義[90]로 간청함을 인연하여 옴이라.

차시 소, 항 문사 정상亭上에 가득하여 각각 의관을 선명히 하고 용지容止[91]를 아름답게 하여 동서로 분좌分坐하니, 양부兩府 기녀 백여 명이 주취홍장朱翠紅粧[92]으로 좌우에 벌여 아리따운 웃음과 아름다운 안색을 자랑하며 풍정을 희롱하거늘, 양 공자 추수양안秋水兩眼[93]을 흘려 찬찬히 살펴보니, 그중 일위 미인이 불언불소不言不笑하고 초연悄然히 앉았으니 옥 같은 두 귀밑에 운빈雲鬢이 삼사鬖髿[94]하고 파리한 얼굴에 춘광이 초췌하여 냉담

---

82) 푸른 구름은 푸른 산봉우리에 어리었고 흰 갈매기는 고운 모랫벌에 앉았으니.
83) 바람결에 풍악 소리 어슴푸레 들리며.
84) 푸른 기와와 붉은 난간.
85) 울긋불긋한 장식이 몹시 사치함. 금벽金碧은 금빛과 푸른빛.
86) 높은 벼슬아치의 옷차림으로, 오사는 검은 모자요 홍포는 붉은 웃옷.
87) 늙은이의 쇠한 얼굴빛과 센 머리털.
88) 꾸밈없이 의젓하게.
89) 나이가 어울리는 것도 아니고 또 벗으로 서로 뜻이 맞는 것도 아니나.
90) 이웃한 고을 사이의 정의.
91) 용모와 행동거지.
92) 울긋불긋한 화장.
93) 가을 물같이 맑은 두 눈.

한 기색은 빙호추월氷壺秋月[95]의 정신을 머금었고 총명한 재질은 창해 명주滄海明珠의 광채를 감추었으나, 침향정 상의 조는 해당화에 비할 바 아니라. 양 공자 심중에 생각하되, '내 경국 경성傾國傾城[96]을 고서에서 들었더니 이제 참으로 보았도다. 이는 반드시 심상한 여자 아니라 소년의 말하던 바 강남홍이로다.'

하고 제유諸儒를 좇아 말석에 앉으니, 이때 강남홍이 또한 추파를 맥맥히 흘려 모든 문사를 살펴보매 방탕한 거동과 용속庸俗한 말씀이 모두 구구 녹록區區碌碌한 자라. 그중 일개 수재가 말석에 앉았으니 초초草草한 의복과 서서徐徐한[97] 모양이 비록 빈한한 종적이나 앙앙昂昂한 거동과 낙락落落한 기색이 일좌를 압두하여 단산 채봉丹山彩鳳[98]이 닭의 무리에 처하고 창해 신룡滄海神龍이 풍우를 지을 듯하거늘, 홍랑이 심중에 놀라 왈, '내 청루에 처하여 허다許多 열인閱人[99]하였으나 어찌 저 같은 기남자奇男子를 보았으리오?'

자주 그 거동을 살피며 양 공자 또한 정신을 쏘아 은근히 홍랑의 기색을 보더니, 황 자사 유생을 정상亭上에 모은 후 홍랑을 돌아보며 왈,

"압강정은 강남 중 가려佳麗한 누관이요, 금일 문인재사 만좌滿座하니 낭은 일곡一曲 청가淸歌를 날려 제공의 흥치를 도움이 어떠하뇨?"

홍랑이 초연히 머리를 숙이고 침음양구沈吟良久에 대對 왈,

"상공이 이제 풍채를 빛내사 소객騷客[100]이 가득한 자리에 어찌 시속 곡조로 지리히 귀 아픔을 돕사오리오. 마땅히 제공의 금수錦繡 문장을 빌어 황하 백운黃河白雲[101]의 청신한 가곡으로 기정旗亭 갑을甲乙[102]을 효칙할까 하나이다."

---

94) 귀밑털이 드리움.

95) 얼음을 담은 옥 항아리와 맑은 가을 달. 결백한 마음을 이르는 말이다.

96) 한 나라나 한 성을 기울일 만한 미인.

97) 점잖은.

98) 고운 산의 색깔을 띤 아름다운 봉황. 즉 단산의 색깔을 구비한 봉황.

99) 많은 사람을 만나 봄.

100) 시인, 또는 글 잘 짓는 사람. 초나라 굴원이 맨 처음 쓴 말이다.

101) '황하는 멀리 흰 구름 사이로 흐르의[黃河遠上白雲間]'로 시작하는, 당나라 때 시인 왕지환王之渙의 '양주사涼州詞' 첫 구절. 왕지환이 시로 이름난 왕창령王昌齡, 고적高適과 함께 술을 마시다가, 옆방에서 광대와 기생들이 시를 노래로 부르는 것을 보고, 기생들이 누구 시를 많이 부르는지 겨루어 제일가는 시인을 정하자고 하였다. 기생들이 처음에는 왕창령과 고적의 시를 부르다가 맨 끝으로 가장 예쁜 기생이 '황하는 멀리 흰 구름 사이로 흐르고'로 시작하는 왕지환의 시를 불러 왕지환의 이름이 높아졌다고 한다.

102) 술집의 일등, 이등. 기정은 예전에 문밖에 기를 세워 술집임을 표시한 데서 온 말. 왕지환이 다른 시인들과 노래를 들으며 내기하던 일을 가리킨다.

제위諸位 일제히 소리를 아울러 응낙하니, 황 자사 심중에 불열不悅하여 생각하되,

'오늘 놀음은 풍류 수단으로 홍랑을 보이고자 함이러니, 만일 좌상에 왕지환王之渙의 재주 있은즉 어찌 도리어 무색지 않으리오. 그러나 홍랑의 뜻과 제유諸儒의 응낙함이 저러하니 만일 저희沮戲[103]한즉 더욱 용속庸俗한지라. 차라리 내 먼저 일 수首 시를 지어 좌중을 압두하고 홍으로 하여금 나의 재주를 알게 하리라.'

이에 흔연欣然 소笑 왈,

"홍랑의 말이 정히 내 뜻과 합하니 시령詩令[104]을 바삐 내리라."

하여, 제유諸儒더러 왈,

"각각 일장 채전彩牋[105]을 주노니 압강정 시를 지으라."

하니, 소, 항 다사多士 승기勝氣를 내어 분분히 붓을 빼어 재주를 다툴새 황 자사 즉시 몸을 일어 방에 들어가 서안書案을 의지하여 글귀를 고사苦思하나 생각이 알삽戛澁하고 의장意匠이 색연索然하고 마음이 착급着急하여 눈살을 찌푸리고 좌불안석하더니, 제위 다 글을 지었다 하거늘, 황 자사 무연憮然히 나와 앉으며 소 왈,

"옛적 조자건曹子建은 칠보성시七步成詩[106]하였거늘 이제 제공은 시령 들은 지 반일에 일수 시를 성편成篇하니 어찌 그리 더디뇨?"

차시, 홍랑이 추파를 가만히 흘려 양 공자의 거동을 보니, 공자 시령을 들고 미소하며 채전을 펴고 조금도 생각하는 빛이 없이 경각간에 삼 장을 이루어 석상席上에 던지거늘, 홍랑이 짐짓 소, 항 선비의 글을 취하여 수십여 장을 보나 도시 진담陳談[107]이요 출중한 자 없거늘 아미를 찡그리며 무료함이 있어, 양 공자의 던진 채전을 집어 보니 종왕鍾王[108]의 필법으로 안유顏柳[109]의 체제를 받아 용사비등龍蛇飛騰[110]하고 풍운이 일어나니 안목이 휘황하여 다시 그 글을 보니, 건안 재자建安才子[111]의 기려奇麗한 수단으로 성당盛唐 제공의 웅심雄深한 재사才辭 있고 포 참군鮑參軍[112]의 준일俊逸과 유 개부庾開府[113]의 청신을 겸

---

103) 방해.
104) 여러 사람이 시를 짓기 전에 미리 정해 두는 약속.
105) 시를 쓰는 종이.
106) 위나라 때 조식曹植이 일곱 걸음을 걷는 동안에 시를 지었다 한다. 자건은 조식의 자.
107) 구저분한 소리.
108) 종요鍾繇와 왕희지王羲之.
109) 안진경顏眞卿과 유공권柳公權.
110) 용과 뱀이 굽이치며 나는 듯함.
111) 건안은 한나라 헌제의 연호. 건안 재자 또는 건안 칠자는, 당시 시문에 뛰어났던 공융孔融, 진림陳琳, 왕찬王粲, 서간徐幹, 완우阮瑀, 응창應瑒, 유정劉楨을 이른다.
112) 송나라 시인 포조鮑照.

하였으니, 짐짓 수중지월水中之月이요 경중지화鏡中之花라. 그 시에 왈,

높고 높은 정자 강 머리에 대하니
그림 동棟¹¹⁴⁾과 붉은 난간이 푸르게 흐르는 것을 눌렀더라.
흰 갈매기는 쇠북과 경쇠 소리를 익히 들어
비낀 볕에 점점이 평한 물가에 떨어지더라.
崔巍亭子大江頭 畵棟朱欄壓碧流
白鳥慣聞鐘磬響 斜陽點點落平洲

평한 모래에 달이 어리고 나무에 연기 어리었으니
쌓인 물이 비고 밝아 하늘과 한 빛이더라.
좋다 이 그대를 평지를 좇아 바라보라
그림 가운데 누각이요 거울 가운데 신선일러라.
平沙籠月樹籠煙 積水空明一色天
好是君從平地望 畵中樓閣鏡中仙

강남 팔월에 향기 바람을 들으니
일만 줄기 연꽃에 한 줄기 붉었도다.
원앙을 쳐서 꽃 아래 일으키지 말라
원앙은 날아가고 꽃떨기만 꺾어질까 하노라.
江南八月聞香風 萬朶蓮花一朶紅
莫打鴛鴦花下起 鴛鴦飛去折花叢

홍랑이 삼 장 시를 보다가 홀연 취미翠眉¹¹⁵⁾를 쓸고 단순丹脣을 열어 머리에 꽂은 금봉채金鳳釵¹¹⁶⁾를 빼어 주호酒壺를 치며 알연戛然히 맑은 목을 굴려 노래하니, 남전藍田¹¹⁷⁾의 검은 옥을 석상에 부수는 듯 청천의 외로운 학이 벽공에 소리치는 듯 들보의 티끌이 날아나며 맑은 바람이 삽삽하거늘, 일좌 송연竦然 변색하고 소, 항 문사 상고相顧하며 뉘 글인 줄 몰라 하더라.

---

113) 중국 남북조 시대의 문인 유신庾信.
114) 용마루.
115) 화장한 눈썹.
116) 꼭지를 봉새 머리처럼 만든 금비녀.
117) 중국 섬서성에 있는 고장. 옥의 산지로 유명함.

홍랑이 노래를 마친 후 채전을 받들어 양兩 자사에게 올리니, 황 자사는 가장 불쾌한 빛이 있고 윤 자사는 재삼 읊으며 격절칭찬擊節稱讚[118]하고 이름을 바삐 떼어 봄을 재촉하니, 차시 홍랑이 다시 심두心頭에 생각하되,

'내 비록 조감藻鑑[119]이 없으나 평생의 지기를 만나 일생을 의탁코자 하되, 반악潘岳[120]의 풍채 가진 자는 한부韓富[121]의 사업을 기필치 못하며 이두李杜[122]의 문장을 품은 자는 장경長卿[123]의 방탕함이 많으니 다 나의 소원이 아니라. 의외에 저 양원 말석梁園末席[124]의 한미한 수재 어찌 구슬을 품어 자리 위의 보배 될 줄 알았으리오? 이는 하늘이 홍랑의 짝 없음을 불쌍히 보사 영웅 군자의 개세풍류蓋世風流로써 홍의 소원을 이루어 주심이라. 시연是然이나, 수재의 행색이 필연 소, 향 선비 아니라. 만일 성명을 노출하면 황 자사의 방탕 무뢰함과 중衆 문사의 위패 불법危悖不法[125]함으로 필경 재주를 시기하여 고단한 수재를 곤케 하리니 어쩌면 좋으리오?'

한 꾀를 생각하고 양 자사께 고 왈,

"첩이 금일 제공의 글로 한번 노래함은 성회盛會의 환락함을 돕고자 함이요, 구태여 그 재주의 우열을 밝혀 좌중으로 도리어 무색하게 함이 아니오니, 원컨대 그 이름은 드러내지 말고 종일 동락同樂한 후 일모日暮하거든 떼어 봄이 좋을까 하나이다."

양 자사 허락하니 양楊 공자는 총명한 남자라. 어찌 홍랑의 뜻을 모르리오? 기경起敬[126]하여 탄복하더라.

아이오 배반杯盤으로 동락할새 봉생용관鳳笙龍管[127]과 연가조무燕歌趙舞[128]는 강천에 질탕하고 수륙지품水陸之品과 팔진지미八珍之味는 좌석에 임리淋漓[129]하더라.

자사 제기諸妓를 명하여 각각 행배行杯할새 양 공자 본디 과인한 주량이 있더니 연하여 사양치 아니하고 또한 미취微醉한 기색이 있거늘, 홍랑이 그 실수할까 염려하여 몸을 일어

---

118) 무릎을 손으로 치면서 매우 칭찬함.
119) 사람을 알아보는 눈.
120) 중국 진나라 때 얼굴이 잘 생기고 풍채가 좋은 문인.
121) 한기韓琦와 부필富弼이라는 중국 송나라 때 공신.
122) 당나라 시인 이백李白과 두보杜甫.
123) 한나라 때 문인 사마상여司馬相如. 탁문군이라는 과부를 유혹하여 혼인하였다.
124) 손님들이 많이 모여 즐기는 장소의 끝자리.
125) 많은 문사들의 법도에 어긋나는 행동.
126) 공경하는 마음이 일어남.
127) 생황과 피리 따위. 곧, 아름다운 음악.
128) 연나라 음악과 조나라 춤이라는 말로, 아름다운 노래와 춤을 가리키는 말.
129) 이리저리 흩어져 가득함.

제기와 같이 행배함을 청하고 차례로 잔을 돌릴새 양 공자에게 미처 홍랑이 짐짓 주배酒杯를 엎치고 놀라는 체하니, 양 공자 그 뜻을 알고 거짓 대취하여 순배를 고사固辭하더라.

술이 다시 십여 배杯에 지나니 좌중이 대취하여 거조擧措 착란하고 언사 망패妄悖하더니 소, 항 선비 중 수인數人이 일어나 자사께 청請 왈,

"생 등이 성회盛會에 참예하여 황잡한 글귀로 홍랑의 조감을 속이지 못하였으니 원망할 바 없사오나 들으니 금일 홍랑의 노래한 글이 소, 항 선비의 지은 바 아니라 하오니, 생 등이 글 임자를 찾아 다시 한 번 비교하여 자웅을 결단하고 소, 항 양주의 설치雪恥를 하고자 하나이다."

자사 미처 답쑬지 못하여, 홍랑이 심중에 대경 왈,

'저 무뢰지배의 취중에 불열不悅함이 이 같으니 수재 필연 화를 받을지라. 내가 구원치 아니한즉 못하리라.'

하고 즉시 수단을 돌려 좌중에 나아가 왈,

"소, 항 문장이 천하 유명함은 세상이 아는 바라. 금일 다사多士의 분울憤鬱하심은 첩의 시안詩眼이 불명한 죄라. 날이 이미 저물고 좌중이 만취하였거늘 다시 시문을 의론함은 불가하오니 첩이 마땅히 수곡 노래로 제공의 취흥을 돕고 글을 밝게 꼬누지 못한 죄를 속贖하리라."

윤 자사 웃고 좋다 하니, 홍랑이 다시 아미를 쓸고 단판檀板[130]을 치며 강남롱江南弄[131] 삼 장을 부르니 그 가歌에 왈,

전당호錢塘湖 밝은 달에 채련採蓮하는 아이들아!
십 리 청강 배를 띄워 물결이 급다 말라.
네 노래에 잠든 용 깨면 풍파 일까 하노라.

청노새 바삐 몰아 저기 가는 저 사람아!
해는 지고 길은 멀어 주점에 쉬지 마소.
네 뒤에 급한 바람 급한 비 오니 옷 젖을까 하노라.

항주성 돌아들 제 대도청루大道靑樓[132] 몇 곳인고?
문 앞의 벽도화는 우물 위에 피어 있고
담 머리 솟은 누각 강남 풍월 분명하다.

---

130) 박자를 치는 목판.
131) 강남을 노래하는 농조弄調의 시조.
132) 큰길가에 자리한 기생집.

그곳의 아이 불러 나오거든 연옥인가 하소.

이 노래는 홍랑의 창졸간 소작이라. 초장은 자사와 다사多士들이 공자의 재주를 시기하여 풍파가 일 거란 말이요 중장은 공자더러 바삐 도망하란 말이요 종장은 홍랑이 제집을 가르침이라.

차시 자사와 소, 항 다사는 모두 대취하여 지껄이며 자세 듣지 못하나 양 공자의 절인絶人한 총명으로 어찌 그의 의사를 모르리오? 심중에 황급 대각大覺하여 즉시 여측如廁[133] 함을 말하고 몸을 일어 누에 내려가니라.

아이오 일락서산하매 등촉을 밝히고 장차 파연罷宴코자 하여 황 자사 좌우를 명하여 그 장원한 글을 갖다 떼어 보니 이에 여남汝南[134] 양창곡이라. 급히 창곡을 찾으니 대답하는 자 없고 좌우 보報 왈,

"아까 말석에 앉았던 수재 간 곳이 없나이다."

황 자사 대로大怒 왈,

"어떠한 요마幺麼 소동小童[135]이 우리 성회를 하시下視하여 고시古詩를 외워 좌중을 속이고 본색이 탄로할까 하여 가만히 도망함이니 어찌 당돌치 않으리오?"

좌우를 호령하여 바삐 찾아 착래捉來하라 하니, 소, 항 다사 중 무뢰배 성군작당成群作黨[136]하여 양비대담攘臂大談[137] 왈,

"우리 소, 항 양주 시주 풍류詩酒風流로 천하에 유명하거늘, 이제 빌어먹는 아이에게 농락을 받아 성회 무색하니 이는 우리의 수치라. 이 아이를 기어이 잡아 설치하리라."

하고 일제히 일어서니, 아지 못게라, 공자의 성명性命이 어찌 될꼬? 하회를 보라.

---

133) 뒷간에 감.
134) 양창곡의 고향 마을 이름.
135) 변변치 못한 조그마한 아이.
136) 여러 사람이 모여 떼를 지음.
137) 소매를 걷어 올리고 팔뚝을 뽐내며 큰소리를 침.

제3회 노파 항주에서 청루를 대답하고
수재 객관에서 홍랑을 만나도다
老婆杭州談靑樓 秀才客館遇紅娘

각설, 차시 홍랑이 공자의 탈신脫身하여 누에 내림을 보고 연소한 공자 초초행색으로 배주杯酒의 곤한 바 되어 소루疏漏¹⁾함이 있을까 염려할 뿐만 아니라 이미 내 집을 가르쳤으니 기경奇警한²⁾ 수재 반드시 눈치를 채고 찾아갈지니, 소매평생素昧平生³⁾으로 이 열요熱拗⁴⁾한 곳에 어찌 찾아갈꼬? 마음이 조급하여 몸을 빼어 뒤를 따르고자 하나 방략이 없더니, 황 자사 대취하고 좌석이 요란하며 모든 선비 작란作亂코자 함을 보고 경 왈,

'저 무뢰배 이같이 분울憤鬱하니 공자의 고단 객종고단객종孤單客蹤⁵⁾이 어찌 중로에 곤욕을 당치 않으리오? 내 마땅히 좌석을 안돈케 하리라.'

하고 황 자사께 고 왈,

"첩이 당돌히 다사多士의 문장을 주장하여 제공의 분분함이 이 같사오니 첩이 어찌 언연偃然히 좌석에 앉았으리오? 마땅히 물러가 대죄하리다."

황 자사 차언此言을 듣고 생각하되,

'내 금일 놀음은 전혀 홍랑을 위함이요, 문장을 교계較計⁶⁾함이 아니라. 홍의 편성偏性으로 피석避席함을 고집한즉 이 어찌 살풍경이 아니리오.'

성낸 빛을 고쳐 웃음을 띠어 다사多士를 위로 왈,

"창곡은 요마幺麼 소동小童이라 어찌 족히 교계하리오? 마땅히 다시 좌석을 정돈하고 고쳐 시령을 내어 밤을 즐길까 하노라."

홍랑이 차언을 듣고 더욱 대경 왈,

'양 공자 무주공사無主空舍에 나를 고대할 뿐만 아니라 황 자사의 방탕함으로 내 여기서 경야經夜⁷⁾함이 온당치 않으나 다시 모면할 방략이 없으니 어쩌면 좋으리오.'

반상半晌을 침음沈吟하다가 한 꾀를 생각하고 웃음을 띠어 황 자사께 다시 고 왈,

"제공의 풍류 관홍寬洪하시므로 천첩의 당돌한 죄를 사하시고 밤으로 낮을 이어 즐기고

---

1) 생각이나 행동이 꼼꼼하지 못하고 거침.
2) 재치 있는.
3) 견문이 좁고 세상 형편에 어두운 채 지내는 한평생.
4) 시끄럽고 떠들썩함.
5) 외로운 나그네로 이리저리 떠돌아다닌 발자취.
6) 맞나 아니 맞나 서로 견주어 봄.
7) 밤을 지새는 것.

자 하시니 어찌 더욱 미사美事 아니리오? 첩은 들으니 글을 지으매 시령이 있고 술을 마시매 주령酒令[8]이 있으니, 원컨대 주령을 내어 좌상의 즐기심을 도울까 하나이다."

홍랑이 한번 개구開口하매 황 자사 어찌 거역하리오? 크게 기뻐 주령이 무엇임을 물은 데 홍랑이 소 왈,

"첩이 비록 총명이 부족하오나 아까 본바 소, 항 다사의 아름다운 글귀를 흉중에 기록하였사오니 마땅히 차례로 욀지라. 첩이 한 편을 외거든 제공이 한 순배 술을 사양치 마시어 제공의 주량과 첩의 총명을 시험하여 서로 내기한즉 이 어찌 후일 문주연석文酒宴席[9]의 미사美事 되지 않으리오."

소, 항 다사 차언을 듣고 일제히 무릎을 치며 칭찬하고 자사께 청 왈,

"생 등의 추한 글귀 홍랑의 노래에 오르지 못함을 부끄리더니 이제 한번 욈을 얻은즉 족히 무료함을 씻을까 하나이다."

황 자사 허락하니, 홍랑이 웃고 자리에 나아와 아미를 숙이고 쇄옥성碎玉聲[10]을 날려 다사의 글을 차례로 욀새 일자 차착差錯이 없거늘 좌중이 모두 책책 칭찬하며 홍랑의 총명이 기절奇絶함을 놀라더라. 매양 한 번 왼 후 홍랑이 제기諸妓를 돌아보아 순배를 재촉하니, 차시 제유들이 십분 취했으나 각각 제 글귀 욈을 영화로이 알아 잔을 받으며 욈을 도리어 재촉하니, 홍랑이 연하여 오륙십 편을 외니 술이 또한 오륙십 배에 지난지라. 좌상이 바야흐로 진취하여 혹 동퇴서비東頹西圮[11]하며 혹 술을 토하고 잔을 엎지르며 차례로 쓰러지거늘, 황 자사 또한 취안醉眼이 몽롱하고 말을 이루지 못하여 왈,

"홍랑, 홍랑, 총명, 총명."

하고 인하여 서안을 의지하고 혼도불성昏倒不醒[12]하니, 차시 윤 자사는 이미 주석을 피하여 방중에 들어가고 나지 아니하거늘, 홍랑이 이에 옷을 고침을 말하고 가만히 정자에 내려 항주 창두蒼頭[13]를 보고 왈,

"내 이제 배주杯酒 간에 실수하여 본주 자사께 득죄하니 명재경각命在頃刻이라. 이 길로 도망코자 하노니 네 창두 의복을 잠깐 빌리라."

하고 머리에 꽂은 금봉채를 빼어 창두를 주며 왈,

"이 물건이 값이 천금이라. 너를 주노니 내 이제 항주로 감을 누설치 말라."

창두 이미 동향同鄕 인정이 있고 또 천금을 얻으니 대희大喜하여 머리에 쓴 청건靑巾과

---

8) 여럿이 술을 마시는 자리에서 정하는 약속.

9) 글을 지으며 술을 먹는 잔치.

10) 옥을 부수는 듯한 낭랑한 소리.

11) 여기저기 거꾸러짐.

12) 정신이 어지러워 쓰러져서 깨지 못함.

13) 관청에서 부리는 하인을 가리키는 말인데, 푸른 수건을 썼다 하여 이렇게 부름.

몸에 입은 청의와 일쌍 초혜草鞋[14]를 벗어 주거늘, 홍이 즉시 장속粧束[15]을 고친 후 황망히 문을 나, 항주 길을 바라보고 십여 리를 행하매 밤이 이미 삼사 경이 되었더라.

월색이 희미하여 길을 분변치 못하는 중 이슬이 분분하여 옷이 이미 젖었으니 주점을 찾아 문을 두드린즉 점인이 나와 반야半夜 행객行客을 괴이히 여겨 묻거늘 홍이 답 왈,

"나는 항주 창두러니 급한 일로 본부로 가거니와 이 길로 어떤 수재 가지 아니하더뇨?"

점인 왈,

"우리 집 문을 닫은 지 오래지 않고 나는 술 파는 사람이라, 밤이 깊도록 길가에 앉았으나 수재의 지나감은 보지 못하였노라."

홍이 차언을 듣고 더욱 착급着急하여 점인을 망망히 작별하고 또 십여 리를 행하여 길에 오는 자 있은즉 수재의 행색을 탐문하되 다 보지 못하였다 하거늘, 홍이 심신이 황급하여 전진할 뜻이 없어 노변路邊에 앉아 생각하되,

'양 공자 이 길로 갔은즉 필연 만난 자 있을지니 이제 오는 자 다 못 보았다 하니 이는 소루함이 있어 무뢰배에게 잡히어 곤욕을 당함이라. 이는 다 나의 탓이라. 내 어찌 홀로 평안히 돌아오리오.'

하고 다시 소주 길을 향하여 오니라.

차설, 양 공자는 당일 여측如廁함을 핑계하고 누에 내려 동자를 데리고 다시 점중에 돌아와 점인을 보고 왈,

"내 길이 바쁘고 행자를 취치 못하였으니 저 나귀를 점중에 두어 귀로에 찾아가리라."

점인이 소 왈,

"비록 일시라도 주객지의主客之義 있거늘 이러한 말씀은 도리 아니라. 공자는 행리를 보중하사 과념過念치 마소서."

하며 나귀를 도로 주거늘, 공자 재삼 사양하나 듣지 아니하는지라. 하릴없이 후일을 기약하고 점인을 작별하고 동자로 나귀를 몰아 행하며 심중에 자저趑趄[16] 왈,

'홍랑이 비록 제집을 정녕丁寧히 가르치나 내 이제 초행으로 어찌 찾으리오? 또 황성으로 바로 가려 한즉 행자가 없으니 어찌 가리오?'

다시 생각 왈,

'홍랑은 무쌍한 국색國色이라. 사기辭氣[17] 공교工巧하여 이같이 만나니 내 또한 장부의 마음이라 어찌 그 은근한 뜻을 저버리리오? 이제 다만 찾아 봄이 옳도다.'

나귀를 바삐 몰아 항주로 향할새 밤이 깊고 행인이 희소하여 길이 희미하거늘, 한 주점

---

14) 짚신.
15) 입고 매고 한 차림새.
16) 머뭇거리며 망설임.
17) 말과 기색. 말과 얼굴빛.

을 찾아 문을 두드리니 점인이 나와 행색을 자세히 보고 혼잣말로 왈,

"이제야 오도다."

하니, 공자 괴문怪問 왈,

"내 점인과 안면이 없거늘 어찌 이제야 옴을 말하느뇨?"

점인 왈,

"아까 일개 창두가 급히 황주로 가며 수재의 행색을 탐문하더이다."

공자 우문又問 왈,

"그 창두 무슨 일로 간다 하더뇨?"

점인 왈,

"그는 미처 묻지 못하였으나 기색이 심히 급하더이다."

공자 다시 묻지 아니하고 다시 나귀를 몰아갈새 심중에 의혹 왈,

"홍랑의 노래에 주점에 쉬지 말라 하였으니 내 부질없이 들러 왔도다. 창두는 필연 황 자사의 창두라 나를 밟아 옴이니 만일 상봉한즉 어찌 불행치 않으리오?"

수 리를 행하니 원촌에 계성鷄聲이 악악喔喔하며 동방에 서색曙色이 의희依稀한[18] 중 멀리 바라보니 일개 창두가 망망히 마주 오거늘 공자 혜오되,

'저기 오는 자는 필연 소주의 창두라. 내 종적을 보지 못하고 돌아옴이니 내 잠시 피하리라.'

하고 동자와 나귀를 돌려 길가 수풀에 은신하여 섰더니, 그 창두 급히 걸어 지나가매 공자 다시 나귀를 채쳐 수십 리를 행하니 하늘이 이미 밝은지라. 행인더러 항주 이수里數를 물으니 불과 삼십여 리라 하더라.

한 곳에 이르니 산은 낮고 물은 깊어 그림 속 같고 언덕의 버들과 물가의 누각이 경개 절승하여 큰 다리는 공중에 무지개를 이루었고 열두 돌난간이 백옥을 새겨 햇빛에 영롱하니 이는 소공제蘇公堤[19]라. 옛적에 송나라 소동파蘇東坡가 항주 자사로 서호의 물을 인도하여 긴 언덕을 무어 이 다리를 놓았으니 다리 위에 정자를 지어 칠팔월에 연화 성개盛開한즉 제기諸妓를 데리고 수중에 채련採蓮하며 놀던 곳이라.

공자 풍광에 뜻이 없어 바로 성문으로 들어 대로를 좇아갈새 인물이 번화하고 시정이 요열鬧熱[20]하여 소주에 비할 바 아니라, 청루 주사靑樓酒肆는 노변에 무수하여 곳곳에 붉은 기를 누전樓前에 꽂았으니, 공자 나귀를 몰아 문전에 벽도화 핀 곳을 살피되 보지 못하니 심중에 의혹하여 묻고자 하나 청루를 찾음이 괴이한지라. 이에 노변 주점에 나귀를 내려 쉬는 체하고 매주賣酒하는 노파더러 문 왈,

---

18) 멀리서 닭 울음소리가 요란하며 동쪽에서 새벽빛이 희미한.

19) 중국 항주 서호西湖에 있는 경치 좋은 제방.

20) 붐비고 시끄러움.

"저 길가에 기 꽂은 집은 다 뉘 집인고?"

노파 소 왈,

"공자 이곳을 처음 보도다. 저 기를 꽂은 집은 다 청루라. 우리 항주 청루는 모두 칠십여 채니 내교방內敎坊이 삼십육이요 외교방이 삼십육이라. 외교방은 창녀가 있고 내교방은 기녀가 있어 내외 방이 현수懸殊하니이다."

공자 소 왈,

"내 고서를 보니 창기는 일류一類라. 무슨 분간이 있으리오?"

노파 왈,

"타처에서는 분간이 없으나 우리 항주는 창기의 분간이 절엄切嚴[21]하니 창녀는 외교방에 처하여 행인 과객이 재물만 있은즉 보기 쉬우나, 기녀라 하는 것은 내교방에 처하여 그 품수品數 네 층이라. 제일은 그 지조를 보고 제이는 문장을 보고 제삼은 가무를 보고 제사는 자색을 보니, 행인 과객의 금백金帛이 산 같으나 문장 지조의 취할 바 없은즉 보지 아니하고 궁유한사窮儒寒士라도 지기상합한즉 수절불이守節不已[22]하니 어찌 분간이 없으리오."

공자 또 문 왈,

"연즉 내교방이 어디 있으며 기녀는 몇이나 되느뇨?"

노파 왈,

"이 길가에 기 꽂은 집은 다 외교방 청루라. 남문으로 들어올 제 돌아드는 길이 있으니 그 길로 내려가며 좌우에 있는 집이 내교방 청루니 외교방 창녀는 수백여 명이요 내교방 기녀는 겨우 삼십여 명이라. 그중 지조 문장과 가무 자색을 겸한 기녀는 제일방第一坊에 처하고 지조 문장만 있는 자는 제이방에 처하여 각각 품수 엄절嚴切하니라."

공자 우문 왈,

"지금 제일방 기녀는 누구뇨?"

노파 왈,

"강남홍이니, 항주 공론이 그 지조 문장과 가무 자색이 강남에 독보한다 하나이다."

공자 소 왈,

"파파는 항주를 너무 포창襃彰[23]치 말라. 내 길이 총총하니 다시 보자."

하고, 나귀를 타고 남문 길로 다시 나가 보니 과연 돌아 들어가는 길이 있거늘 공자 황연 대각 왈,

"홍랑의 노래에 '황주 성문 돌아들 제 대도청루 몇 곳인고?' 함이 어찌 자세치 않으리

---

21) 엄격한 구별이 있음.

22) 절조 지키는 일을 그치지 않음.

23) 자랑.

오."

하고 그 길로 좇아 내려가며 좌우를 살펴보니 동구는 정제整齊하고 누각이 정치精緻하여 외교방에 십 배 더하니 청와홍란靑瓦紅欄이 햇빛에 찬란하고 약한 버들과 기이한 꽃이 틈틈이 벌였으니 처처의 사죽 소리와 가가의 노래 곡조 풍편에 낭자하여 인심을 호탕케 하는지라.

공자 완완히 행하여 삼십오 청루를 지나 한 곳을 바라보니 장원이 높고 누대 가려佳麗하며 청계淸溪에 명사明沙를 깔아 수정 같은 물을 인도하여 작은 다리를 홍예 틀어 이루었으니, 공자 석교를 건너 십여 보를 행하니, 과연 일주一株 벽도화 우물 위에 피었거늘 나귀를 내려 문전에 이르니, 문 위에 금자로 썼으되 '제일방'이라 하였고 동편에 한 구비 분장粉墙²⁴⁾이 버들 사이에 은은한데 수층 누각이 장두墙頭에 표연히 솟았으니 분벽사창粉壁紗窓에 주렴을 드리웠고 '서호풍월西湖風月' 네 글자를 분명히 써 걸었는지라. 동자로 문을 두드리니 일개 차환叉鬟이 녹의홍상으로 나오거늘, 공자 문 왈,

"네 이름이 연옥이 아니냐?"

차환이 소 왈,

"공자 어디 계시며 소환의 이름을 어찌 기억하시나이까?"

공자 왈,

"네 주인이 집에 있느냐?"

옥이 대 왈,

"어제 본부 자사를 뫼셔 소주 압강정 놀음에 가고 없나이다."

공자 왈,

"네 주인과 일찍 친분이 있더니 만나지 못하니 섭섭하도다. 어느 때에 돌아오리오?"

옥이 왈,

"금일 회환回還한다 했나이다."

공자 왈,

"연즉 주인 없는 집에 어찌 머물리오. 이 앞 주점에 가 기다릴 것이니 주인이 오시거든 즉시 통할쏘냐?"

옥이 왈,

"이미 주인을 찾아오사 객점에 방황함이 불가하오니 소환의 방이 비록 추하오나 가장 조용하오니 잠깐 쉬어 기다리소서."

공자 생각하되,

'청루는 열요한 곳이라. 내 이제 수재로 여기 두류逗留함²⁵⁾이 남의 이목에 거리끼지 않

---

24) 잘 꾸민 담장.
25) 머무름.

으리오.'

나귀를 타며 연옥을 돌아보아 왈,

"네 주인이 온 후 다시 오리라."

하고, 가까운 주점을 가리어 쉬며 홍랑이 옴을 기다리더라.

차설且說, 홍랑이 도로 소주 길로 향하여 올새 발이 부르트고 다리 아파 전진치 못하는 중 천색天色이 점점 밝아 오니 비록 본색은 창두나 용모를 감출 길이 없는지라, 올 제 지나던 주점을 다시 찾아 들어가니 점인이 맞아 왈,

"그대 작야昨夜에 지나가던 창두가 아니냐?"

홍랑 왈,

"밤에 본 사람을 오히려 기억하니 점인의 다정함을 알리로다."

점인 왈,

"그대 수재의 행색을 묻더니 과연 계명시鷄鳴時에 그 수재가 이 길로 항주를 향하여 가더이다."

홍랑이 차언을 듣고 차경차희且驚且喜하여 자세히 문 왈,

"그 수재의 행색이 어떠하더뇨?"

점인 왈,

"밤이라 십분 분명치 못하나 일개 동자와 일개 청려로 행장이 초초하여 입은 의복이 성양成樣[26]치 못하고 가난한 기색이 가장 총요悤擾[27]하나 용모 풍채 심히 비범하니, 아지 못게라 어찌하여 상봉치 못하뇨?"

홍 왈,

"밤길이 어긋나기 괴이치 아니하나 그 수재 정녕히 항주로 가더이까?"

점인 왈,

"정녕히 항주로 가노라 하며 길을 몰라 재삼 물으니 초행인가 하노라."

홍이 점인의 말을 일일이 듣고 심중에 생각하되,

'공자 이미 이 길로 갔은즉 그 면화免禍함을 알 바나 내 집을 찾아가 주인이 없으니 서어齟齬[28]함이 많을지라. 어찌하는고?'

도리어 조급하나 치신置身[29]할 도리 망연하더니, 홀연 들으매 문외에 갈도喝道[30] 소리 나며 일위 관원이 지나가거늘 홍이 문틈으로 엿보니 별인別人이 아니라 이에 황주 자사 윤

---

26) 갖춰 입음.

27) 바쁘고 부산함.

28) 서먹서먹함.

29) 몸을 둠. 움직임.

30) 높은 벼슬아치가 길을 지나갈 때 그 하인이 큰 소리로 다른 사람의 왕래를 금하는 것.

공이라.

윤 공이 그날 압강정에서 소주 자사와 제 유생이 대취하여 요란함을 보고 심중에 불열하였던 차, 소주 자사 잠을 깨어 수재와 홍랑의 거처 없음을 알고 대로하며 좌우를 호령하여 부중 관속을 기울여 두 패에 나눠 일패는 황성 길로 가 창곡을 착래捉來[31]하고 일패는 항주 길로 가 강남홍을 착래하라 하니, 부중이 진동하고 소, 항 다사도 취함을 타 기운을 부려 기세 가장 위패危悖하거늘, 윤 자사 정색 왈,

"노부老夫, 명공明公[32]과 천은을 입어 승평무사지시昇平無事之時[33]에 풍류 명구風流名 區로 방면方面을 나누어 맡기시니, 백성이 안락하고 부첩簿牒이 한가하여[34] 시주성기詩 酒聲妓[35]로 누관에 우유優遊함은 장차 위로 춘대옥촉春臺玉燭[36]의 문치文治를 찬양하 고 아래로 강구연월康衢煙月의 격양가擊壤歌를 화답하여 성은의 만분지일을 도보圖報[37] 할지라. 이제 압강정 놀음을 소, 항 일경一境이 못 들은 자 없거늘 명공의 체중體重함과 노부의 젊지 아니함으로 일개 창기의 풍정을 인연하여 요란함을 닐희었고(일으켰고) 삼 척동자의 재주를 시기하여 과거過舉[38]를 지으니, 듣는 자 반드시 말하되 양주 자사 정사 를 폐각廢却하고 주색을 일삼아 실체失體[39]하였다 하리니, 어찌 성은을 보답하는 바리 오? 강남홍은 노부의 부기府妓라. 불고不告하고 도망함이 필유곡절必有曲折함이니 조 용 처치함이 더디지 않을 것이요, 지어至於 양창곡은 타군他郡 선비라. 부거하는 길에 종적을 감추고 재주를 빛내어 문장으로 희롱함이 문인의 상사常事어늘 명공이 이제 관 례官隸[40]를 놓아 성군작당成群作黨하여 중로에 작경作梗[41]함이 어찌 해연駭然[42]치 않 으리오? 노부 불행히 여기 참석함이 진실로 참괴慙愧하도다."

언필言畢에 기색이 엄숙하거늘, 황 자사 무연憮然 사례 왈,

---

31) 붙잡아 옴.
32) 듣는 이가 높은 벼슬아치일 때, 그 사람을 높여 부르는 말.
33) 태평성대를 이르는 말.
34) 부첩은 관가의 장부와 문서. 곧 관가에 일이 없이 한가하여.
35) 시와 술, 음악과 기생.
36) 춘대는 봄에 높이 올라 세상을 조망하는 대요, 옥촉은 사계절의 기후가 고르고 날씨가 화 창하여 해와 달이 환히 비치는 것을 말함. 춘대옥촉은 태평성대를 이르는 말.
37) 임금의 은혜 중 만분의 일이라도 보답하려 함.
38) 지나친 행동.
39) 체면을 잃음.
40) 관청에 소속된 하인.
41) 못된 짓을 함.
42) 몹시 이상스러워 놀람.

"시생이 소년 예기銳氣로 미처 생각지 못함이로소이다."

인하여 좌우를 물리치니, 다시多士 대경하여 왈,

"항주 상공이 일개 창기를 위하여 중인의 분노함을 위로치 않으시니, 생 등이 개연慨然[43] 함을 이기지 못하나이다."

윤 자사 정색 왈,

"사자士子의 도리 학업을 힘쓰고 재주를 닦아 나보다 나은 자를 원망치 아니하고 내 도리를 차릴지라. 이제 남의 이름을 시기하여 자기의 거조擧措를 해망駭妄[44]히 하니, 노부 비록 불민하나 백성을 임한즉 법관이요, 선비를 대한즉 스승이라. 만일 교훈을 듣지 아니하는 자 있은즉 마땅히 가시 회초리로 선생 제자의 존엄함을 알게 하리라."

인하여 행장을 재촉하여 돌아가려 하거늘, 황 자사 만류하여 부중府中에 잠깐 들어감을 청하니, 윤 자사 떨치지 못하여 부중에 들어가니, 황 자사 배주杯酒를 내와 은근히 대접하고 조용히 다시 고하여 왈,

"시생이 무간無間[45]하신 후의를 믿잡고 우러러 청할 말씀이 있으니 선생은 그 당돌함을 용서하소서."

윤 자사 소 왈,

"무슨 일이 있는고?"

황 자사 왈,

"시생이 나이 삼십이 넘지 못하고 일처일첩은 남자의 상사常事라. 천하 물색은 다 보지 못하였으나 이제 강남홍 같은 국색은 거의 천고소무千古所無요 당세무쌍當世無雙[46]이라. 시생이 홍을 좌우에 두지 못한즉 천명을 보존치 못할까 하오니, 옛말에 일렀으되, '색계상色界上에 무영웅열사無英雄烈士라.' 하는 말이 금일이야 믿을지라. 복망伏望 선생은 홍을 효유曉諭하여 소원 성취하게 하소서."

윤 자사 소 왈,

"속담에 이르되, '백만지중百萬之衆에 상장上將의 머리를 취하려니와 한 사람의 마음은 빼앗기 어렵다.' 하니, 홍이 비록 천기나 그 지킨 심사를 노부인들 어찌하리오? 노부 다만 저희沮戲할 리는 없으리라."

황 자사 소 왈,

"연즉 시생이 이 세상 사람이 아닐까 하나이다. 시생이 일계一計 있으니, 먼저 금은채단으로 홍의 마음을 달래고 오월 오일 전당호錢塘湖에 경도희競渡戱[47]를 차려 선생을 청

---

43) 억울하여 몹시 분함.
44) 행동거지가 해괴하고 경망스러움.
45) 거리를 두지 않음. 곧 아주 가까이 여김.
46) 지난 몇천 년 동안 없고 지금 세상에 둘도 없음.

하고 흥을 부른즉 아니 오지 못할지니, 시생이 승시乘時[48]하여 자연 묘리 있을까 하나이다."

윤 자사 웃고 허락한 후 황 자사를 작별하고 황주로 돌아올새, 야심한 후 주점을 지나더니, 차시 홍랑이 치신무로置身無路[49]하여 점중에 앉았다가 반겨 내달아 거전車前에 문후하니, 윤 자사 그 복색이 다름을 보고 의회依俙하여 문 왈,

"네 어떠한 사람인고?"

홍이 대 왈,

"항주 기녀 강남홍이로소이다."

자사 경 왈,

"네 파연罷宴치 아니하여 무단히 변복變服 도망함은 무슨 곡절인고?"

홍이 사례 왈,

"첩은 들으니, 주周나라 여상呂尙은 팔십 년 곤困하고[50] 은나라 부열傅說[51]은 암하嚴下에 담을 쌓아 종적이 곤궁하나 범주凡主를 섬기지 아니하고 주문周文과 은종殷宗[52]을 기다려 허신許身하니, 지기知己를 불우不遇한즉[53] 지조를 굽히지 아니할 마음은 고인과 다름이 없거늘, 소주 상공이 사람을 천대하사 그 마음을 핍박하시니 첩의 도망함은 그 기틀을 봄이라. 불고不告한 죄는 만사무석萬死無惜이로소이다."

자사 묵연부답默然不答하고 침음양구에 문 왈,

"항주 길이 머니 어찌 치신코자 하느뇨?"

홍이 대 왈,

"첩이 밤을 타 오매 다릿심이 진盡하고 신기 불평하여 전진할 방략이 없나이다."

자사 왈,

"네 올 적에 탔던 수레 이 뒤에 따라오니 다시 타고 감이 어떠하뇨?"

홍이 사례하고 즉시 창두의 옷을 벗고 수레 위에 올라 자사의 뒤를 좇아 항주로 갈새 부중까지 이르러 자사의 하거下車함을 보고 물러 나오려 한즉 자사 왈,

"소주 자사 오월 오일에 너를 청하여 전당호에 경도회를 하려 하니 알아 두라."

홍이 머리를 숙이고 대답지 아니하니 자사 그 뜻을 알고 즉시 명하여 물러가 쉬라 하니,

---

47) 배를 타고 노 젓기를 다투는 놀음.
48) 좋은 기회를 탐.
49) 몸 둘 곳이 없음.
50) 여상은 주 문왕을 도와 정치를 잘하였다는 강태공으로, 나이 여든에 문왕을 만났다.
51) 부열이란 이는 부암傅巖이라는 곳에서 공사 일을 하다가 은나라 탕임금의 재상이 되었다.
52) 주문은 주나라 문왕, 은종은 은나라 탕왕.
53) 자기를 알아주는 사람을 만나지 못한즉.

홍이 문을 나 수레에 오를새 공자의 소식을 몰라 수레 틈으로 노변을 엿보며 집을 향하여 오더니 남문 앞 작은 주점에 일개 동자 노변에 나귀를 매고 빗기거늘 자세히 보니 점 중에 앉은 수재 이에 양 공자라. 홍이 비록 기쁨을 이기지 못하나 다시 생각하매,

'공자를 다른 좌석에 총총히 상대하여 비록 용모 문장을 대강 알았으나 언행과 지조를 알 길이 없으니 장차 백 년을 의탁코자 하면 거연히 허신치 못할지라. 내 마땅히 권도權道로써 다시 마음을 시험하리라.'

하고 수레를 몰아 바로 지나 집에 이르니, 연옥이 반겨 내달아 맞거늘 홍랑이 문 왈,

"그간 나를 찾는 자 없더냐?"

옥 왈,

"아까 한 수재, 낭자를 찾아왔다가 주인이 없으므로 앞 주점에 머물러 낭자를 기다리나이다."

홍 왈,

"손이 온 것을 주인이 없어 대접지 못하니 도리 아니라. 네 주과를 가지고 주점에 가 수재를 대접하고 여차여차하라."

옥이 웃고 가니라.

차시 공자 주점에 일반日半을 무료히 앉았으니 사양斜陽이 서산에 넘어가고 저녁연기 처처에 일어나니 바야흐로 인간에 대인난待人難⁵⁴⁾함을 깨달을지라. 홀연 노변이 들레며 일위 관원이 지나가거늘 곁의 사람더러 물은즉 본부 자사라 하니, 공자 심중에 생각하되,

'본부 자사 파연하고 돌아오니 홍랑의 돌아옴이 또한 멀지 않을지라.'

동자를 재촉하여 나귀를 빗기며 연옥의 옴을 고대하더니, 일개 차환이 주합과 과첩果疊⁵⁵⁾을 가지고 오거늘 자세히 보니 연옥이라. 공자 기뻐 문 왈,

"네 주인이 돌아왔느냐?"

옥이 대 왈,

"지금 본부 자사가 환관하셨는데 소식을 들으니 주인이 소주 상공께 잡히어 오륙일 후 돌아오마 하니이다."

공자 청파聽罷에 기색이 막막하여 묵연양구에 왈,

"저 주과는 어찌한 것이뇨?"

옥 왈,

"공자 적막히 앉으사 심란하실지라. 박한 술과 찬 실과로 주인을 대신하여 가져오니이다."

공자 그 은근한 뜻을 기특히 여겨 일 배를 마시고 초창한 마음을 진정치 못하여 배주에

---

54) 사람을 기다리기가 어려움.
55) 과일을 담은 그릇.

뜻이 없어 옥을 보며 왈,

"내 길이 바빠 머물기 어려우나 금일은 일모日暮하여 등정치 못하고 객정客情이 서어하니 주점을 지시하라."

옥이 응낙 왈,

"소환의 집이 주인댁과 멀지 아니하고 정소淨掃[56]하오니 공자 비록 백 일을 유하셔도 무방할까 하나이다."

공자 대회하여 연옥을 따라 그 집에 이르니 과연 극히 조용하더라.

공자 나귀와 동자를 연옥에게 부탁하고 일간 객실을 정하여 쉴새, 연옥이 돌아와 낭에게 일일이 고하니, 홍랑이 소 왈,

"석반夕飯을 차려 줄 것이니 누설치 말라."

옥이 응낙하고 석반을 갖추어 객점에 이르니, 공자 먹기를 다하고 옥을 향하여 치사 왈,

"일시 과객을 너무 관대하니 불안하도다."

옥이 소 왈,

"주인이 없어 공자로 추한 객실에 거친 밥과 나물국을 잡수시게 하오니 정과 같지 못하나이다."

인하여 밤에 잘 쉬심을 말하고 돌아와 홍더러 고하니, 홍이 소 왈,

"내 공자를 보니 녹록한 썩은 선비 아니라. 풍류남자의 기상을 띠었으나 금야는 내 수단에 들어 고생하리라."

연옥더러 가만히 일러 왈,

"다시 객실에 가 공자의 동정을 보고 이르라."

옥이 웃고 객실에 이르러 공자의 자는 방 창밖에 은신하여 엿들으니, 적적히 숨 쉬는 소리도 없더니 홀연 등잔 돋우는 기척이 있거늘 옥이 창구멍을 침으로 뚫고 보니, 공자 정신 없이 벽을 의지하여 앉아 등잔을 바라보며 초창한 기색과 우량踽凉[57]한 모양이 얼굴에 나타나고 요요寥寥[58]한 심사와 암암한 정회 미眉 위에 가득하여 홀연 탄식하고 침상에 누우며 자는 듯하거늘, 옥이 가만히 돌아오려 하더니 방중에서 다시 신음하는 소리 나며 공자 문을 열고 나오거늘 옥이 즉시 몸을 돌려 담 모퉁이에 피하여 서서 엿보니, 공자 뜰에 내려 거닐새 밤이 거의 삼사 경이나 된지라, 반륜신월半輪新月이 서산에 거의 지고 찬 이슬이 공중에 가득하니 공자 향월向月하여 섰다가 홀연 글을 읊으니, 그 시에 왈,

　　쇠북은 쇠잔하고 누수漏水[59]는 재촉하여 별과 은하 굴렀으니

---

56) 깨끗하게 청소해 둠.
57) 외롭고 쓸쓸함.
58) 괴괴하고 쓸쓸함.

객의 집 외로운 등잔에 꽃을 여러 번 갈기도다.
어찌하여 바람이 뜬구름을 거두어 일으켜서
월궁을 향하여 흰 계집[60]을 보기 어렵도다.
鍾殘漏促轉星河 客館孤燈屢剪花
緣何風掇浮雲起 難向月中見素娥

연옥이 본래 총명한 여자로 홍을 좇아 서자書字를 해득하는 고로 심중에 자세히 기억하
고 돌아와 홍더러 일장을 역력히 고하니, 홍랑이 문 왈,
"공자의 용모 기상이 어떠하시더뇨?"
옥이 소 왈,
"어제는 공자의 용광容光이 번화가려繁華佳麗하사 동풍백화東風百花 춘우春雨를 띰 같
더니[61], 일야지간에 안색이 초췌하여 상풍홍엽霜楓紅葉[62]이 이운 빛을 머금은 듯하니
괴이하더이다."
홍랑이 책 왈,
"네 말이 너무 보태도다."
옥 왈,
"천비 오히려 어눌하여 이루 형용치 못하노니 공자 침상에 누우시매 신음하는 소리 그치
지 아니하고 등잔을 대하시매 처량하심을 보기 어려우니 만일 몸이 불편치 않으신즉 무
슨 회포 있음인가 하나이다."
홍이 듣기를 다하고 심중에 생각하되,
'자고로 대장부 여자에게 아니 속는 자 없으나 내 너무 조롱치 못하리라.'
옥을 돌아보아 왈,
"공자 이미 저같이 심란하실진대 어찌 위로치 않으리오?"
협중篋中[63]의 한 벌 남복男服을 내어 놓으니 어찌한 일인고? 하회를 보라.

---

59) 물시계의 물. 여기서는 흐르는 시간을 가리키는 말.
60) 달 속에 산다는 여인, 곧 항아.
61) 봄바람 부는데 온갖 꽃이 봄비를 맞은 듯하더니.
62) 서리 맞은 단풍의 붉은 잎.
63) 상자 속.

제4회 원앙침 위에 운우를 꿈꾸고 연로정 앞에 양류를 꺾다
鴛鴦枕上夢雲雨　燕勞亭前折楊柳

각설, 홍랑이 남복을 내어 입고 거울을 들어 비추며 소 왈,
"옛적에 무산선녀巫山仙女는 위운위우爲雲爲雨[1]하여 초 양왕楚襄王을 속였더니 이제 강남홍은 위녀위남爲女爲男하여 양 공자를 희롱하니 어찌 우습지 않으리오?"
옥이 소 왈,
"낭자 남복을 입으시매 용모 풍채 양 공자와 흡사하나 오히려 얼굴에 분 흔적이 있어 본색을 감추지 못할까 하나이다."
홍랑이 소 왈,
"옛적에 반악潘岳은 남자로되 얼굴에 분 바른 것 같으니 세간에 백면서생이 많은지라. 하물며 밤에 보는 자 어찌 알리오?"
양인이 가가대소呵呵大笑하며 가만히 귀엣말하고 표연히 문을 나가니라.

차설, 양 공자 압강정에서 홍랑을 잠깐 본 후 사모하는 정이 이미 오매寤寐에[2] 깊었으니 다시 만남이 조석에 있을까 하였더니 호사다마好事多魔하여 아름다운 기약이 늦어 가니 여관 고등孤燈에 적적한 근심이 홀홀불락忽忽不樂하여 밤이 깊도록 잠을 이루지 못하고, 월하에 거닐며 일수 시를 지어 읊고 초창怊悵 방황하여 찬 이슬에 옷 젖는 줄을 깨닫지 못하더니, 홀연 서편 이웃에 글 외는 소리 나거늘 귀를 기울여 자세히 들으니 남녀의 성음은 분간치 못하나 글은 좌태충左太沖[3]의 '초은조招隱調'라. 소리 청아하여 점점이 율려律呂에 합하니 추풍에 돌아가는 기러기 무리를 찾는 듯, 단산丹山의 외로운 봉이 짝을 부르는 듯 범인의 음영吟詠함이 아니라.

공자 기이히 여겨 조자건曹子建의 '낙신부洛神賦'를 외워 화답하니, 그 소리 동서 상응하여 동성東聲은 요량하여 옥반玉盤에 구슬을 굴리고 서성西聲은 호방하여 전장戰場의 도창刀槍[4]을 울리는 듯 일창일화一唱一和하여 반상半晌을 수창酬唱하더니, 홀연 동성이 그치며 문외에 박탁剝啄[5]하는 소리 나거늘, 공자 바삐 나가 보니 일개 수재 월하에 섰으니 옥안성모玉顔星眸[6]에 정신이 돌올突兀하고 풍채 발월發越하여 진세 인물이 아니요 옥경요

---

1) 구름도 되고 비도 됨.
2) 자나 깨나 언제나.
3) 중국 진晉나라 때 이름 높은 문인인 좌사左思. 그가 쓴 '삼도부三都賦'가 유명해 사람들이 다투어 베끼니 낙양의 종이가 귀해졌다고 한다.
4) 칼과 창.
5) 문을 두드림.

대玉京瑤臺의 적강선謫降仙이라. 공자 황망히 맞아 왈,

"밤이 깊고 객관이 적요하거늘, 어찌한 수재 신근辛勤[7]히 심방尋訪하느뇨?"

수재 소 왈,

"제弟는 서천 사람이라 산수의 벽벽癖이 있어 소, 항이 천하에 유명함을 듣고 구경코자 왔더니 이웃 객점에 머물러 마침 글을 외다가 형의 화답함을 듣고 월색을 따라 반야 한담으로 피차 객회를 위로코자 왔나이다."

공자 대회하여 자기 객실로 들어감을 청하니, 그 수재 왈,

"여차 명월을 두고 방에 들어가 무엇 하리오? 월하에 앉아 말함이 좋을까 하나이다."

공자 웃고 서로 향월向月하여 앉으니 공자의 총명함으로 어찌 반일 상대한 홍랑의 얼굴을 모르리오마는, 월색이 조요하나 백주와 다르고 또한 남복을 입었으며 기색을 고쳐 일분 수삽羞澁한 태도 없으니 공자 심중에 정신이 황홀하여 가만히 생각하되,

'강남 인물이 천하에 아름다워 산천 수기秀氣를 응하매 남자도 혹 여자 같은 자 많다 하나 어찌 저같이 미남자 있느뇨?'

하더니, 수재 문 왈,

"형은 어디로 가는 사람이뇨?"

공자 왈,

"제弟는 여남汝南 사람으로 황성에 부거하러 가더니 마침 이곳에 소친所親[8]이 있기로 왔다가 주인이 없으므로 객관에 두류하노라."

수재 소 왈,

"남아의 평수상봉萍水相逢[9]이 이같이 기이하니 부유蜉蝣[10] 같은 인세에 쉽지 않은 연분이라. 어찌 소조蕭條[11] 상대하여 월색을 무료히 보내리오. 내 낭중囊中에 수엽數葉 청동青銅[12]이 있고 문외에 데려온 동자 있으니 일배 춘주春酒를 형이 사양치 않을소냐?"

공자 왈,

"내 비록 태백 금성太白金星[13]의 주량이 없으나 형이 능히 하지장賀知章의 금초환주金

---

6) 옥같이 아름다운 얼굴과 별같이 빛나는 눈.

7) 수고롭게 부지런히 애씀.

8) 가까운 친구.

9) 부평초와 물이 서로 만난다는 뜻으로, 여행 중에 우연히 벗을 만남을 이르는 말.

10) 하루살이.

11) 쓸쓸히.

12) 몇 닢의 돈.

13) 별 이름으로, 당나라 때 시인 이백을 가리키는 말. 이백이 태어날 때 어머니 꿈에 태백성이 품으로 들어왔다고 하여 태백이라고 자를 지었다고 한다.

貂換酒[14]할 풍치 있으니 일배주를 어찌 사양하리오?

수재 웃고 금낭錦囊을 열어 주채를 내어 동자를 불러 술을 사 오라 하니, 수유須臾에 배반杯盤이 이르거늘 양인이 잔을 들어 마시기를 다하매 각각 미취微醉하니, 수재 왈,

"이같이 모인 자취를 표할 길이 없으니 심상尋常 한담閑談이 수구數句 글만 못할지라. 내 비록 이청련李靑蓮의 일두백편一斗百篇 하는 재주[15] 없으나 또한 뇌문포고雷門布鼓[16]의 부끄러움을 타지 아니하노니 형은 목과경거木瓜瓊琚의 투보投報[17]함을 아끼지 말라."

설파說罷에, 공자의 부채를 청하여 낭중 필연筆硯을 내어 침음沈吟 수유에 향월向月하여 일 수 시를 쓰니, 그 시에 왈,

굽은 교방 삼십에 동서를 물으니
연기와 비에 누대 곳곳이 희미하도다.
꽃 속의 새 무심하다 이르지 말라.
소리를 변하여 다시 뜻을 다하여 울고자 하더라.
曲坊三十間東西 烟雨樓臺處處迷
莫道無心花裏鳥 變音更欲盡情啼

공자 보고 제사題辭의 정묘함과 시정詩情의 핍진함을 탄복하나 오직 글 밖에 뜻이 있어 무슨 탁의託意함을 괴이히 여겨 재삼 보고 또 수재의 부채를 청하여 일 수 시를 화답하니, 그 시에 왈,

방초는 처처하고 날이 이미 비꼈으니
벽도나무 아래 뉘 집을 찾았는고?
강남의 돌아가는 손이 신선 인연이 박하여
다만 전당만 보고 꽃은 보지 못하겠더라.
芳草萋萋日已斜 碧桃樹下訪誰家

---

14) 갖옷을 주고 술을 사 먹는다는 뜻으로, 이백의 '장진주將進酒'라는 시에 나온다.

15) 이백이 술 한 말을 먹으며 시 백 편을 지었다는 데에서 나온 말. 청련은 이백의 호.

16) 뇌문은 뇌문고雷門鼓의 준말로, 소리가 백 리 밖에서도 들렸다는 월나라 회계성문會稽城門의 큰 북이고, 포고는 무명으로 만들어 아무 소리도 나지 않는 북. 곧 댈 수 없는 어른에게 재주 없는 자기를 뽐낸다는 말.

17) 모과를 던져 주기에 아름다운 옥으로 보답함. 《시경》의 '목과木瓜' 시에서 유래한 말로 원래는 남녀 사이에 정표를 주고받는 것을 가리키나 여기서는 다른 사람에게 자기의 깊은 정을 담아 보답한다는 뜻으로 쓰였다.

江南歸客仙緣薄 只見錢塘不見花

수재 보고 낭연朗然히 한 번 읊어 왈,
"형의 문장은 저의 미칠 바 아니로다. 연이나 첫 구 바깥짝에 '벽도수하방수가碧桃樹下
訪誰家'라 함은 뉘 집을 이름인고?"
공자 소 왈,
"우연히 씀이로다."
차시 홍랑이 가만히 생각하되,
'공자의 문장은 더 볼 바 없으나 그 마음을 다시 시험하리라.'
하고, 남은 술을 기울여 공자를 권하여 왈,
"이 같은 달에 취치 않고 무엇 하리오? 들으니 항주 청루의 물색이 천하에 유명하니 우
리 이제 월색을 띠어 잠간 구경함이 어떠하뇨?"
공자 침음양구에 왈,
"사자士子 청루에 놂이 불미한 일이요 또 형과 나 동시에 수재라. 열요熱拗한 곳에 갔다
가 타인 이목에 괴이히 뵌즉 두렵건대 후회 있을까 하노라."
수재 소 왈,
"형 언글이 과도하도다. 고담에 운하되, '논인어주색지외論人於酒色之外'[18]라 하니, 한
나라 소자경蘇子卿[19]은 충렬이 빙설 같으나 호희胡姬를 가까이하여 통국通國을 낳고,
사마장경司馬長卿은 문장이 절세하나 탁문군卓文君을 사모하여 '봉황곡鳳凰曲'을 아뢰
었으니, 이로 본즉 색계상色界上에 정인군자正人君子 없다 하노라."
공자 소 왈,
"불연不然하다. 사마상여 문군을 꾀어내어 독비곤犢鼻褌[20]을 입고 노변에 매주賣酒하
니 그 주색에 방탕함이 범부凡夫로 효칙한즉 명교名敎에 득죄함이 천추의 기인棄人[21]이
될지라. 오직 장경의 문장이 당세에 독보獨步하고 충성이 임금을 풍간諷諫하여 교화 유
풍敎化遺風이 촉중蜀中에 우레 같고 풍채 기상이 후세에 휘황하니 풍류 주색의 작은 허
물이 그 이름을 가리지 못하여 불과원성지하不過遠聲之瑕[22]라. 이제 형과 우리 문장이
고인을 당치 못하고 명망이 당세에 미침이 없거늘 이제 고인의 덕업은 말하지 않고 다만
그 허물을 효칙코자 하니 어찌 그르지 아니하리오?"

---

18) 인물을 논할 때 술과 여자에 관해서는 말하지 않는다.
19) 한나라 때 충신 소무蘇武. 자경은 자.
20) 쇠코잠방이.
21) 도리에 벗어난 짓을 하여 버림받은 사람.
22) 큰 명성을 지닌 사람의 작은 허물에 지나지 않음.

홍랑이 차언을 듣고 심중에 탄복 왈,

'공자를 한갓 풍류남자로 알았더니 어찌 도학군자의 지견智見을 겸한 줄 알았으리오.'

다시 문 왈,

"그는 그러하나 고어에 운云하되, '사위지기자사士爲知己者死' 23)라 하니, 무엇을 지기
知己라 하느뇨?"

"형이 모름이 아니라 내 뜻을 보고자 함이로다. 사람이 상친相親하매 능히 그 사람을 아
는 자 있은즉 지기인가 하노라."

수재 왈,

"나는 비록 저 사람의 마음을 아나 저 사람은 내 마음을 모른즉 이도 또한 지기라 할쏘
냐?"

공자 소 왈,

"백아伯牙, 금琴을 아룬즉 종자기鐘子期 생겨나며24) 사람이 재주를 닦으면 문장이 나니
운종룡풍종호雲從龍風從虎25)하며 동성상응同聲相應하고 동기상구同氣相求26)하여 어
찌 모를 바 있으리오?"

수재 왈,

"그는 그러하나 세강속말世降俗末27)하여 신의 없는 지 오래니 왕왕 궁도窮途에 사귄 정
을 부귀한 후 잊는 자 많으니, 형이 혹 널리 놀아 부귀궁달에 종시 여일하여 유시유종有
始有終한 자를 보았느냐?"

공자 소 왈,

"고어에 운하되, '빈천지교貧賤之交는 불가망不可忘이요 조강지처는 불하당不下堂이
라.' 28) 하니 부귀궁달로 변역變易하면 경박자의 일이라. 어찌 이를 인연하여 세상을 의
심하리오?"

수재 소 왈,

"차언은 충후忠厚한 데 가깝도다. 저는 본디 무재한 사람이라. 옛말에, '나는 새도 나무
를 골라 깃들인다.' 하니, 신이 임금을 섬기며 선비 붕우를 사귀매 혹 명망을 닦고 예절
을 지키어 도리로 합하는 자도 있으며 혹 재주를 나타내고 권도權道를 사양치 아니하여

---

23) 선비는 자기를 알아주는 사람을 위해 죽는다.

24) 백아는 춘추 시대 때 거문고 명수. 종자기가 그 거문고 소리를 알아듣고 깊이 느꼈다 한다.

25) 구름은 용을 따르고 바람은 범을 따른다.

26) 같은 소리끼리 서로 응하여 울리고 같은 무리끼리 서로 통하여 자연히 모임.

27) 세상이 그릇되어 모든 풍속이 아주 어지러움.

28) 가난할 때 사귄 벗을 잊어서는 안 되고, 고생을 함께한 안해를 마루에서 내려가게 해서는
안 된다, 곧 내쳐서는 안 된다는 뜻.

친함을 요구하는 자도 있으니 형은 써 어떻다 하느뇨?"

공자 답 왈,

"사람의 출처행장出處行藏[29]을 어찌 경이輕易히 의론하리오? 성인도 경권經權[30]이 있으니 군신지제君臣之際와 붕우지간朋友之間에 다만 한 조각 밝은 마음을 성조誠照[31]할 따름이라. 내 또한 부거赴擧하는 선비라 도덕을 닦아 이름이 스스로 빛나게 못 하고 조박糟粕한 문장으로 군부君父의 거두심을 요구하니, 어찌 규중처자의 부끄럼을 무릅쓰고 스스로 중매함과 다르리오? 이로 본즉 출처행장 정대 개결正大介潔[32]하여 고인에 부끄럼이 없는 자 몇몇이리오?"

수재 미소하고 즉시 몸을 일어 왈,

"밤이 깊고 객중 실수失睡[33] 조섭하는 도리 아니라. 무궁한 정화情話를 다시 명일로 기약하노라."

공자 차마 떠날 뜻이 없어 수재의 손을 잡고 월색을 다시 구경할새 수재 홀연 침음하더니 글 한 수를 읊으니, 그 시에 왈,

점점한 성근 별과 경경한 은하에
푸른 창에 깊이 벽도화를 잠갔더라.
어찌 오늘 밤에 달을 보는 손이
전 몸이 일찍이 이 월궁의 계집인지 알았으랴.
點點疎星耿耿河　綠窓深鎖碧桃花
那識今宵看月客　前身曾是月中娥

공자 수재의 외는 글이 수상하여 무슨 뜻이 있는 줄 알고 묻고자 하더니, 수재 소매를 떨쳐 표연히 가니라.

차시, 홍랑이 양 공자를 대하여 수어數語를 들으니 가히 그 지견을 알지라. 지기허심知其許心[34]하여 백 년을 맹세함이 그르지 않을 듯하매 짐짓 일 수 시를 지어 종적을 드러내고 표연히 돌아와서, 즉시 장속裝束을 고쳐 선명한 의상과 무르녹은 단장으로 본색을 내어 등촉을 돋우고 연옥을 명하여 객실에 가 공자를 청하니, 차시 공자 수재를 보내고 여취여

---

29) 벼슬에 나가거나 벼슬을 떠나 은둔하는 일.
30) 원칙과 임시 방편.
31) 진실로 비춤.
32) 사사로움이 없이 바르며 깨끗함.
33) 잠을 자지 못함.
34) 양창곡이 마음을 허락했음을 앎.

몽여취如夢하더니 방중에 들어와 침상에 누워 수재의 거동과 외던 글을 생각하고 황연대각晃然大覺[35]하여 혼자 웃고 왈,

"내 홍랑에게 속음이로다."

하더니, 창외에 기침 소리 나며 연옥이 웃으며 고 왈,

"주인이 이제 돌아와 공자를 청하나이다."

공자 또한 미소하고 옥을 따라 홍의 집에 이르니, 홍랑이 이미 문에 의지하여 기다리다가 웃고 맞아 왈,

"첩이 돌아옴이 더디어 공자로 객점 고초를 겪게 하옴이 비록 불민하오나 양소 월하良宵月下[36]에 새 친구를 사귀어 시주詩酒로 소견消遣하시니 치하하나이다."

공자 왈,

"사람이 세상에 처하매 취산봉별聚散逢別[37]이 도시 꿈이라. 내 압강정에 미인을 언약함도 꿈이요 객점 월하에 수재를 해후함도 꿈이라. 허허대몽栩栩大夢이 표탕무정飄蕩無情[38]하니, 장주莊周의 호접胡蝶 됨과 호접의 장주 됨[39]을 뉘라서 분별하리오?"

양인이 대소하고 승당陞堂에 좌정坐定에 홍이 염용斂容[40] 사謝 왈,

"첩이 창기의 천함으로 노류장화路柳墻花의 본색을 도망치 못하여 공자를 노래로 언약하고 반야半夜 여관에 변복하여 농락하니 군자의 용접容接하실 바 아니로되 구구소회區區所懷는 미친바람에 나는 꽃이 측중廁中[41]에 떨어지고 티끌에 묻힌 옥이 광채를 잃지 아니하여 해서산맹海誓山盟[42]을 일인에게 의탁하고 종고금슬鐘鼓琴瑟[43]로 백 년을 기약코자 함이라. 이제 공자 일언의 중함을 아끼지 않으신즉 첩이 또한 십 년 청루의 고심苦心을 변역지 아니하여 평생소원을 이룰까 하나이다."

언미필言未畢에 사기辭氣 처연하고 안색이 강개하거늘, 공자 집수執手 왈,

"내 비록 호탕한 남자나 고서를 읽고 신의를 들었으니 탐화봉접探花蜂蝶[44]의 무정한 태도를 본받아 오월비상五月飛霜의 함원含怨[45]하는 뜻을 생각지 않으리오."

---

35) 환하게 모두 깨달음.
36) 좋은 밤 달빛 아래.
37) 모였다 흩어지고 만났다 헤어짐.
38) 황홀한 꿈이 무정하게 가뭇없이 날아가 버림.
39) 장자가 꿈에 나비로 변하였는데, 나비가 자기인지 자기가 나비인지 알지 못했다 함.
40) 몸가짐을 조심하여 바로 함.
41) 뒷간.
42) 영원히 변치 않는 바다와 산을 두고 하는 맹세.
43) 변함없는 내외간의 화목한 정.
44) 꽃을 찾아다니는 벌과 나비.

홍이 사 왈,

"공자 천신賤身을 수습코자 하시니 마땅히 견마犬馬의 정성을 다하려니와, 아지 못게라, 공자의 행색이 어찌 저리 초초하시며 양위 존당께 새 새끼를 희롱하고 반의斑衣로 춤추시는 즐기심46)이 계시니이까?"

공자 답 왈,

"나는 여남 사람이라. 양친이 구존俱存하사 춘추 독로篤老치 않으시나 집이 한미하여 망념妄念으로 공명을 뜻 두고 황성에 부거赴擧하더니 중로에 봉적逢賊하여 행자를 잃고 전진할 방략이 없는 고로 점중에 두류하다가 압강정을 구경코자 갔다가 낭을 만나니 차 역此亦 연분이라. 낭은 어떠한 사람이며 성이 무엇이뇨?"

홍 왈,

"첩은 본디 강남 사람이요 성은 사謝 씨라. 첩이 난 지 삼 세에 산동에 도적이 일어나 부모를 난중에 잃고 전전표박輾轉漂泊하여 청루에 팔리니 또한 명도기박命途奇薄함이라. 성품이 괴이하여 범부凡夫에게 허신할 뜻이 없어 청루 십 년에 허다 열인閱人하나 지기知己를 불우不遇하였더니, 이제 공자를 뵈니 첩이 비록 상자相者의 안목이 없으나 거의 당세 일인이 되실지라, 일신을 의탁하고 천한 이름을 신설伸雪47)코자 하나이다."

배반을 내와 은근한 정화와 온화한 담소는 녹수綠水의 원앙이 춘풍을 희롱하고 단산의 봉황이 화명 쌍쌍和鳴雙雙48)함 같더라.

이에 금금錦衾을 베풀고 원앙침을 연連하여 운우雲雨를 꿈꿀새, 홍이 나삼을 벗으매 옥 같은 팔이 드러나며 일점 앵혈鸞血49)이 촉하燭下에 완연하니 동풍 도화가 춘설에 떨어진 듯 해상 홍일紅日이 운간에 솟아난 듯하거늘, 공자 경驚 왈,

"내 홍랑의 얼굴을 보고 그 마음을 보지 못하였으며 그 마음을 아나 그 지조의 탁월함이 저 같음을 오히려 믿지 못하였더니 청루 명기의 탕일蕩逸한 몸으로 홍규紅閨50) 부녀의 정정한 마음을 지킨 줄을 알았으리오?"

하더라.

차시 홍랑은 절대가인이요 공자는 소년재사라, 임석衽席 풍정이 어찌 담연하리오. 총총

---

45) 여자가 한이 맺혀 오월에도 서리를 내리게 할 만큼 원망을 품음.
46) 옛날 효자들이 늙어서도 부모가 늙어 감을 잊게 하려고 어린애같이 색동옷을 입고 춤도 추고 새 새끼를 가지고 놀았다는 데에서 온 말.
47) 원통함을 풀고 부끄러움을 씻어 버린다는 뜻.
48) 쌍쌍이 서로 화답을 하며 울어 댐.
49) 꾀꼬리 피로 팔에 새긴 문신. 남녀 관계를 하면 문신이 사라진다고 하여, 순결한 처녀의 표시로 삼았다 한다.
50) 화려하게 꾸민 여인의 방.

懇懇한 누고漏鼓와 경경耿耿한 성하星河[51]는 이삼랑李三郞의 육경六更의 짧음을 한하더니[52], 홍이 침상에 누워 공자께 고 왈,

"공자 연기 장성하시니 고문갑제高門甲第에 전안奠雁하실지라[53]. 이미 정하신 데 있습니까?"

공자 왈,

"집이 한미하고 하토遐土에 있는 고로 아직 정혼함이 없노라."

홍이 소 왈,

"첩이 충고의 일언이 있으나 공자 그 참람함을 책責지 않으시리까?"

공자 답 왈,

"내 이미 허심하였으니 소회를 은휘치 말라."

홍이 소 왈,

"첩이 공자의 삼배주는 먹을지언정 세 번 빰은 면하리니 규목樛木의 그늘이 두터운 후 갈류葛藟의 의탁이 번성하니[54] 공자의 요조窈窕 호구好逑[55]를 정하심은 천첩의 복이라. 지금 본주 자사 윤 공이 일위 소교小嬌[56] 있으니 연방 십육 세라. 월태화용月態花容이 정정유한貞靜幽閑하여 짐짓 군자의 짝이라. 윤 공이 가서佳壻를 구하나 지금까지 정함이 없으니 공자 이번 길에 용문龍門에 오르사 안탑雁塔에 제명題名[57]하실 줄은 첩이 짐작하니 타처에 배필을 구치 마시고 첩의 말씀을 생각하소서."

공자 점두點頭하더라.

아이오 동방이 기백旣白하니 홍랑이 효장曉粧[58]을 파하고 거울을 대하니 봉용丰容[59]한 얼굴에 화기 돈생敦生하여 일개 모란이 춘풍에 난개爛開한 듯 일야지간一夜之間에 화열和悅한 용광容光이 더욱 아리따운지라, 심중에 차경차희且驚且喜하더라. 공자 홍랑더러 왈,

---

51) 바삐 울리는 물시계 소리와 밝게 빛나는 은하수. 누고漏鼓는 시간을 알리는 북.

52) 이삼랑은 당나라 현종. 현종이 양 귀비와 밤새 지내면서 밤이 짧음을 한탄했다는 뜻.

53) 양반 중에서도 으뜸가는 양반 집안과 혼인하실지라.

54) 규목樛木은 아래로 휘어 늘어진 나무이고 갈류는 칡넝쿨과 머루 넝쿨로, 규목의 그늘이 두터워 칡넝쿨이 거기 기대 번성한다는 말로, 처첩간의 화목함을 이르는 말.

55) 얌전한 좋은 배필.

56) 어린 딸.

57) 과거에 급제하여 진사가 됨. 안탑雁塔은 당나라 때 과거에 급제하면 탑에 이름을 새기는데, 당시 위韋, 두杜, 배裴, 유柳씨 집안 형제들이 함께 과거에 올라 나란히 이름을 새겨 넣은 데서 온 말이라고도 하며, 나중에는 진사에 급제한 것을 이르는 말로 썼다.

58) 새벽녘에 하는 화장.

59) 아름다운 모습.

"내 길이 총총하니 오래 머물지 못할지라. 명일은 황성으로 가고자 하노라."

홍이 추연悧然 왈,

"아녀의 세세한 사정으로 군자의 대사를 그르치지 못할지니, 마땅히 행리를 준비하려니와 재명일 등정登程하소서."

공자 또한 떠날 뜻이 없어 수일 후 발행할새, 홍 왈,

"공자의 행색이 너무 초초하시니 첩이 비록 집이 가난하나 행자유신行者有贐[60]이라. 일습 의복과 다소 은자를 더럽다 마소서. 또 황성이 여기서 천여 리라 일려단복一驢單僕[61]으로 또 낭패할까 두려우니, 첩에게 일개 창두가 있어 족히 행리를 살필 만하오니 채를 잡아 뒤에 따름을 허하소서."

공자 허락하고 등정할새 홍이 배반을 갖추어 연옥과 창두를 데리고 소거小車를 타고 십 리 역정驛亭에 나와 전송하려 하니 그 정자 이름은 연로정燕勞亭이라. '동비백로서비연東飛伯勞西飛燕'[62]을 취함이요, 대로를 임하여 홍교虹橋[63] 있으니 자고로 송객送客하는 곳이라. 홍과 공자 정하亭下에 이르러 서로 손을 잡고 정자에 오르니 차시는 사월 초순이라. 버들 사이의 꾀꼬리 소리는 관관關關[64]하고 시냇가의 꽃다운 풀은 처처萋萋하니 심상한 행객이라도 혼을 사르고 창자가 끊어지려든 하물며 미인이 옥랑玉郎을 보내고 옥랑이 미인을 이별함이리오. 공자와 홍랑이 초연 상대하여 맥맥히 말이 없더니 연옥이 배주를 내오매 홍랑이 개연히 잔을 들어 공자께 드리며 일 수 시를 노래하니, 그 시에 왈,

백로는 동으로 날고 제비는 서으로 날아가니
약한 버들이 일천 실이요 다시 일만 실이더라.
실마다 끊어지고자 하여 풍정이 적었으니
위하여 노래하는 자리에 떨쳐 이별을 섭섭히 여기더라.
東飛伯勞西飛燕 弱柳千絲復萬絲
絲絲欲斷風情少 爲拂歌筵唱別離

공자 잔을 마시고 다시 일배를 부어 홍랑을 주며 화답하니, 그 시에 왈,

백로는 동으로 날고 제비는 서으로 날아가니

---

60) 길을 떠나는 사람에게 노잣돈을 줌.
61) 나귀 한 마리와 하인 한 명.
62) 동으로 까치가 날고 서로는 제비가 난다는 뜻. 백로伯勞는 때까치.
63) 무지개 모양의 다리.
64) 새들이 서로 부르며 우는 소리를 흉내낸 말. 꾀꼴꾀꼴.

양류는 푸르고 푸르러 위성渭城[65]에 떨쳤도다.
평생에 길이 남북으로 나뉨을 미워하노니
손을 보내는 정이 가는 손의 정과 어떠하뇨.
東飛伯勞西飛燕 楊柳靑靑拂渭城
生憎岐路分南北 送客何如去客情

홍이 잔을 받들며 누수淚水가 영영盈盈하여[66] 왈,
"첩의 구구소회區區所懷는 공자의 거울같이 아시는 바니 다시 말씀할 바 아니오나 평수萍水 종적이 천 리의 구름같이 나뉘니 유유한 앞기약이 없음이 아니로되 인사의 번복함과 취산聚散의 무정함을 어찌 측량하리오. 하물며 첩신이 관부에 매이어 지킨 뜻을 핍박하는 자 많으니 내두來頭의 일을 알 길이 없사오나 다만 바라건대 공자는 천금의 몸을 보중하사 행리를 삼가시고 공명을 힘쓰사 타일 금의환향하시는 날 천첩을 잊지 마소서."
공자 또한 창연함을 이기지 못하여 홍의 손을 잡고 위로 왈,
"세간 만사 무비無非 전정前定[67]이라 인력으로 못할 바니 내 낭으로 더불어 상봉함도 전정前定이요 금일 상별相別함도 전정이니, 다시 정연情緣을 이어 부귀영화로 환락歡樂히 지냄이 어찌 전정에 없는 줄 알리오. 잠깐 이별함을 과도히 상심하여 가는 자의 마음을 요란케 말라."
홍이 이에 창두를 보아 왈,
"네 공자를 뫼셔 원로에 조심하라. 다녀온 후 별로 중상重賞이 있으리라."
창두 낙낙諾諾하니라.
공자 일어 정자에 내리니, 홍이 다시 잔을 들어 왈,
"종차별후從此別後[68]로 운산雲山이 묘망渺茫하고 어안魚雁[69]이 창망滄茫하니, 풍조우석風朝雨夕과 객관 잔등客館殘燈에 천첩의 단장斷腸함을 생각하소서[70]."

---

65) 당나라 때 왕유王維가 친구와 이별할 때 부른, '위성에 내리는 아침 비 먼지를 적시니, 객사에 푸릇푸릇 버들빛이 새롭네.〔渭城朝雨浥輕塵 客舍靑靑柳色新〕'로 시작하는 '위성곡渭城曲'에서 온 말이다.
66) 눈물이 그렁그렁하니.
67) 세상의 모든 일이 미리 정해져 있다는 뜻.
68) 이렇게 작별한 후.
69) 물고기와 기러기라는 뜻으로, 편지나 소식을 가리키는 말.
70) 바람 불고 비 오는 날이나 여관에서 머물 때 꺼져 가는 등불 빛을 대하면 저의 애끓는 마음을 생각하소서.

공자 묵연부답默然不答하고 나귀에 올라 동자와 창두를 데리고 석교를 건너 표연히 가거늘, 홍이 난두欄頭를 의지하여 행진을 바라보니 첩첩한 먼 산은 저녁빛을 띠어 푸르렀고 망망한 들 빛은 저문 연기를 머금어 널렸으니 한 점 푸른 나귀의 가는 곳을 보지 못하겠고, 다만 수풀 사이의 새소리는 바람을 부르고 하늘가에 돌아가는 구름은 비 기운을 희롱하니, 홍이 나삼을 자주 들어 얼굴을 가리고 눈물 흐름을 깨닫지 못하더니, 연옥이 배반을 거두어 돌아감을 재촉하니, 홍이 하릴없어 눈물을 뿌리고 수레에 올라 돌아오니라.

차시, 양 공자 홍을 작별하고 황성으로 갈새 경경일념耿耿一念[71]이 홍에게 있어 객점에 든즉 고등孤燈을 대하여 잠을 이루지 못하고 길에 오른즉 고산유수高山流水를 임하여 우량 초창踽凉怊悵한 심사를 정치 못하더니, 십여 일 만에 황성에 이르니 궁궐의 장려함과 시정의 열요함이 상국上國 번화를 가히 알러라.

객관을 정하여 행리를 안돈하고 수일을 쉬어 창두를 항주로 보내고자 하여 채전을 빼어 일봉서一封書를 닦아 창두에게 부치고 다섯 냥 은자를 주며 바삐 돌아감을 분부하니, 창두 하직하고 창연 왈,

"소지[72] 이미 객관을 알았으니 다시 낭자의 서간을 가져 왕래할까 하나이다."

인하여 동자와 상별한 후 항주로 가니라.

차설, 차시 강남홍이 공자를 보내고 돌아와 병들었다 일컬어 문을 닫고 손을 보지 아니하여 남루한 의복과 때 묻은 얼굴에 지분脂粉을 단장치 아니하더니 일일은 생각하되,

'내 이미 자사의 소교로 공자께 중매하였으니 공자는 유신有信한 남자라 거의 잊지 않을지니, 그러한즉 윤 소저는 나와 백년고락을 같이할 사람이라. 내 어찌 먼저 정의로 두텁게 아니 하리오?'

하고 즉시 담장설복淡粧褻服[73]으로 부중에 들어가 자사께 문후한대, 자사 소 왈,

"낭이 병들었다 하더니 어찌 한가히 노부를 찾느뇨?"

홍이 소 왈,

"첩이 관부에 매인 몸으로 부르지 않으시니 헌알見謁치 못하였으나 금일은 구구소회 있어 감히 들어왔나이다."

자사 왈,

"노부 근일 공사도 없고 정히 무료한 때 많아 낭을 불러 소견(消遣, 소일)코자 하나 낭의 칭병稱病을 인연하여 못 하였더니, 무슨 소회가 있느뇨?"

홍 왈,

"첩이 요사이 심복지질心腹之疾[74]이 있어 청루의 열요함이 괴롭사오니 원컨대 부중에

---

71) 잊히지 않는 생각 한 가지.
72) 하인이 상전에게 자기를 낮추어 이르던 말.
73) 수수하게 단장한 평상시 차림.

출입하여 내당의 소저를 뫼셔 침선여공針線女工을 배우고 쇄소건즐灑掃巾櫛[75]을 받들어 조용히 병을 조섭할까 하나이다."

자사 본디 홍의 위인이 단정 정일하여 규중부녀의 풍도 있음을 사랑하더니, 대희大喜 허락하고 홍과 내당에 들어가 소저를 불러 왈,

"네 고적히 있음을 노부 매양 근심하더니 홍이 제집이 번요煩擾함을 싫게 여겨 너를 좇아 조용히 놀고자 하기로 내 이미 허락하였으니, 이제 네 뜻이 어떠하뇨?"

소저 심중히 생각하되,

'홍은 창기라 비록 지조 있음을 들었으나 본색이 어찌 전혀 없으리오. 이제 동거함이 불가하나 부친이 이미 허하신 바라 어찌하리오.'

즉시 대 왈,

"명대로 하리다."

자사 대희하여 홍을 불러 자리를 주고 반일을 한담하다가 나가니라.

홍이 소저의 앞에 나아가 왈,

"첩이 나이 어리고 배운 바 없어 청루주사의 방탕함만 보고 규범 내칙閨範內則[76]의 예절을 듣지 못한 고로 매양 소저를 뫼서 교훈을 듣고자 하였더니 이제 좌우에 두심을 허하시니 감사하여이다."

소저 미소 부답하더라.

일모日暮 후 홍이 다시 들어옴을 고하고 집에 돌아가 옥을 불러 집을 맡기고 익일 다시 부중에 들어와 비로소 소저의 침실에 이르니, 소저 바야흐로 《열녀전》을 보거늘 홍이 서안 앞에 나아가 문 왈,

"소저의 보시는 책이 무슨 책이니이까?"

소저 왈,

"《열녀전》이로라."

홍이 문 왈,

"첩이 들으매 《열녀전》에 하였으되, 주周나라 태사太姒는 문왕의 안해라. 덕이 있어 중첩衆妾이 규목시樛木詩[77]를 지어 칭송하였다 하니, 아지 못게라 태사가 어거함을 잘하여 중첩이 화목하니이까? 중첩이 섬김을 잘하여 태사가 감동하니이까? 고언에 하였으되 '여무미악女無美惡이라, 입궁견투入宮見妬라.'[78] 하니, 부녀의 투기는 자고로 있는

---

74) 속병.
75) 물을 뿌리고 비로 쓸며 낯을 씻고 머리를 빗는다는 뜻으로, 잔시중 드는 일.
76) 부녀자가 지켜야 할 도리.
77) 《시경》국풍國風에 나오는 시. 처첩간의 화목함을 노래하였다.
78) 여자가 좋고 나쁘고 간에 궁궐에 들어가면 질투를 당한다.

바라. 일인의 덕화로 중첩의 투심妬心을 감화함은 첩이 믿지 않나이다."

소저 추파를 들어 홍을 보며 수삽하더니 양구에 왈,

"내 들으니 근원이 맑은즉 흐름이 조결操潔하고 형용이 단정한즉 그림자 바르니 내 몸을 닦으면 비록 만맥지방蠻貊之邦[79]이라도 가히 행하려든 하물며 일실지인一室之人이리오."

홍이 소 왈,

"《주역》에 운云하되, '운종룡풍종호雲從龍風從虎'라 하니, 요순堯舜의 덕화로도 직설稷契 같은 신하 아닌즉 어찌 당우지치唐虞之治[80]를 하였으며 탕무湯武의 인의로도 이주伊周[81] 같은 보필이 아닌즉 은주殷周의 교화를 어찌 행하리오. 이로써 보면 태사의 덕이 비록 크시나 중첩이 포사褒似, 달기妲己[82]의 간사 있은즉 규목지화樛木之和를 나타내지 못할까 하나이다."

소저 소 왈,

"내 들으니 현불현賢不賢은 내게 있고 행불행은 하늘에 있으니 군자는 내게 있는 도리를 말하고 하늘에 있는 명은 의론치 아니하니 중첩衆妾의 착지 못함을 만남은 명命이라. 태사 덕을 닦을 따름이니 어찌하리오?"

홍이 탄복하더라.

이로조차 홍은 소저의 현숙함을 심복하고 소저는 홍의 총명함을 사랑하여 정의情誼 일심日深하여 앉은즉 자리를 같이하고 누운즉 베개를 연하여 고금을 의논하며 문장을 토론하며 그 사귐이 늦음을 한하더라.

일일은 홍이 집에 나와 연옥더러 문 왈,

"황성 간 창두 올 때 지났으되 오지 아니하니 어찌 괴이치 않으리오?"

심란하여 난간을 의지하고 버들을 바라보며 초창함을 이기지 못하더니 홀연 일쌍 청작靑雀이 버들가지를 스쳐 난두에 앉아 울거늘 홍이 괴이히 여겨 혼자 말하여 왈,

"내 집에 반가운 일이 없으리니 혹 황성 갔던 창두가 돌아오는가?"

하더니 말이 맞지 못하여 창두 들어와 공자의 서간을 드리니, 홍이 망망히 받아 봉한 것을 떼어 보며 안부를 물은대 창두 무사 득달하심과 객관에 안돈하신 소식을 일일이 고하니, 홍이 기쁨과 초창함을 이기지 못하여 편지를 급급 망망히 보니 그 편지에 왈,

---

79) 만이나 맥 같은 오랑캐들 나라.
80) 요순시대의 태평한 정치.
81) 이윤伊尹과 주공周公. 이윤은 은나라 탕임금을 도와 하나라 걸왕을 치고 나라를 잘 다스렸다 한다. 주공은 주나라 무왕의 아우로, 무왕을 도와 은나라를 멸망시키고 주나라의 정치를 튼튼히 하였다.
82) 주나라 유왕幽王의 애첩 포사와 은나라 주왕紂王의 안해 달기.

여남汝南 양 수재는 강남 풍월루 주인에게 글월을 부치노니 나는 옥련봉 하 소졸疎拙[83] 한 백의서생이요 낭은 강남 중 열요한 청루 가희佳姬라. 내 이미 장경의 거문고로 돋우는 수단이 없으니 낭이 어찌 양주揚州의 귤 던지는 풍정[84]을 효칙하리오? 하늘이 녹림 제객綠林諸客을 보내사 월하 적승月下赤繩[85]의 연분을 이루시니 압강정의 꽃 희롱함과 연로정의 버들 꺾음은 실로 풍류성색風流聲色에 유의함이 아니라 고산유수高山流水에 지기를 만남이니 창진昌津의 칼과 성도成都의 거울이 일시 떠남을 어찌 족히 설워하리오? 다만 여관 한등寒燈에 외로이 누워 새벽 종, 쇠잔한 누수漏水에 경경불매耿耿不寐하며 서호西湖, 전당錢塘의 가려佳麗한 경개와 곡방청루曲坊青樓에 오유遨遊하던 자취 안전眼前에 삼삼하니 무단히 남천南天을 바라 우량 초창踽凉怊悵하고 소혼단장消魂斷腸[86]할 뿐이라. 창두 귀고歸告하니 종차로 산천이 요원하고 어안魚雁이 무빙無憑이라[87]. 바람을 향하여 수항數行 글월에 면면綿綿 정회情懷를 어찌 다 하리오? 구구 소망은 노력가찬勞力加餐[88]하여 천만보중하고 천만 자애自愛하여 천리원객千里遠客의 연연함을 없게 하라.

홍이 남필覽畢에 삼연한 누수淚水 옷깃을 적시며 다시 재삼 보고 더욱 초창하여 맥맥 무언脈脈無言터니, 창두를 불러 십금十金을 상 주고 타일 다시 감을 분부한 후 몸을 일어 부중에 들어가려 하더니, 홀연 연옥이 보報 왈, 문외에 소주 창두가 왔다 하거늘, 홍이 악연실색愕然失色하니 어찌한 곡절인고? 하회를 보라.

제5회 경도희에 탕자 풍파를 일으키고
전당호에 여러 기생이 떨어진 꽃을 울다
競渡戲蕩子起風波 錢塘湖諸妓泣落花

각설却說, 황 자사 방탕 호색지심으로 압강정 놀음이 뜻을 이루지 못하고 홍랑의 도망함을 통한하나 사모하는 마음이 앞서매 통한함은 적고 무정함을 근심하며 오매寤寐 일념에 경경불망耿耿不忘하여 위력으로 겁박치 못하고 부귀로 달래고자 하여 황금 백 낭과 채단 백 필과 잡패雜珮[1] 일습으로 일봉서一封書를 닦아 홍에게 보낼새 심복 창두로 압령押領하여 홍랑 청루에 드리니, 홍이 펴 보고 기색이 참담 불락慘憺不樂하여 심중에 생각하되,

'황 자사 비록 방탕하나 또한 혼암昏闇한 자 아니라. 내 일개 기녀로 고하치 않고 도망함을 어찌 노함이 없으리오? 이제 도리어 이같이 달램은 가장 그 뜻이 깊으니 내 장차 어찌 도면圖免[2]하리오? 또 소, 항은 인읍隣邑이라. 그 주는 것을 사양한즉 도리 아니요, 받고자 한즉 내 뜻이 아니라. 어쩌면 좋으리오?'

침음沈吟 반상半晌에 회답 왈,

항주 기생 강남홍은 소주 상공 합하閤下에 글월을 올리오니, 첩이 본디 심복지병이 있어 약석藥石으로 고치지 못할지라, 향일 성회盛會에 고치 못하고 돌아옴을 이제 치죄治罪치 않으시고 도리어 상을 주시니 밝히 그 받자올 바 아님을 아오나, 소, 항은 형제지읍이라 천기賤妓의 사상事上하는 도리 부모와 다름이 없거늘 그 주심을 물리친즉 불효막대라. 감히 봉하여 두고 황공 대죄하나이다.

홍이 쓰기를 맞고 소주 창두를 주어 보낸 후 심중에 읍읍불락悒悒不樂하여, 도로 부중에 들어가 소저 침실에 이르니 소저 마침 창하窓下에 앉아 붉은 비단을 들고 원앙을 수놓아 잠착潛着[3]히 홍이 옴을 깨닫지 못하거늘, 홍이 가만히 서서 보니 소저 섬섬옥수로 금사金絲를 뽑아 박잠[4] 위의 봄누에 경륜을 토하는 듯 바람 앞의 호접이 꽃송이를 어르는 듯한지라. 홍이 읍읍한 심사 풀어지고 웃음을 띠어 왈,

"소저 침선만 아시고 사람은 모르시니이까?"

소저 놀라 돌아보고 웃어 왈,

---

1) 갖가지 패물.
2) 면하려고 꾀함.
3) 한 가지 일에 정신을 골똘하게 씀.
4) 누에를 치는 그릇.

"정히 심심하기로 소견消遣코자 하더니 낭에게 노졸露拙[5]하도다."

양인이 대소하며 수놓은 것을 보니 이에 일쌍 원앙이 꽃 아래 앉아 조는 모양이라. 홍이 다시 기색이 참담하여 원앙을 가리키며 탄 왈,

"저 원앙이라 하는 새는 나서 정한 짝이 있어 서로 어지럽지 아니하나 이제 사람의 지령至靈함으로 금조禽鳥만 못하여 제 마음을 제 임의로 못하게 되니 어찌 가련치 않으리오?"

하거늘, 소저 그 연고를 물은대 홍이 소주 자사의 자기를 겁박하는 말을 일일이 고하며 누수淚水 영영盈盈하거늘, 소저 측연惻然 위로 왈,

"낭의 지개志概는 이미 아는 바라. 어찌 평생을 홀로 늙고자 하느뇨?"

홍이 추연 왈,

"첩은 들으니, 봉황이 죽실竹實이 아니면 먹지 아니하고 오동이 아니면 깃들이지 아니하니, 이제 그 주림을 보고 쥐를 던지며 그 집 없음을 보고 가시덤불을 가리킨즉 어찌 지기知己라 하리오?"

설파說罷에 앙앙한 빛이 있거늘, 소저 개용改容하여 사謝 왈,

"내 어찌 낭의 뜻을 모르리오? 우연히 희롱함이라. 연이나 낭의 기색을 보니 심중에 무슨 난처한 일이 있는 듯하니 규중 여자의 의논할 바 아니나 모름지기 부친께 조용히 고하여 보리라."

홍이 사례하더라.

차시, 황 자사 홍의 편지를 보고 대로하여 생각하되,

'제 불과 인읍 천기로 나를 욕하고자 하니 어찌 법으로 속이지 못하리오?'

반상半晌을 침음沈吟하다가 다시 소 왈,

"자고로 명기名妓의 버릇이 지조를 가탁하고 짐짓 교항驕亢[6]하여 제 뜻을 지키는 체하나 필경은 재물과 위세에 벗어나지 못하니 내 어찌 묘한 방법이 없으리오?"

오월 오일을 고대하여 경도회 제구諸具를 준비하더라.

광음이 홀홀하여 오월 초길初吉이 되니[7] 황 자사, 윤 자사께 통하여 초사일 압강정에 배를 타고 소류溯流하여 초오일 조조早朝에 전당호錢塘湖에 이를지니 강남홍과 기악을 거느려 나오라 하였거늘, 윤 자사 홍을 불러 황 자사의 편지를 보인대, 홍이 맥맥 무어無語하고 즉시 집에 돌아가 연일 부중에 들어가지 아니하고 홀홀불락忽忽不樂하여 생각하되,

'황 자사의 방탕 무도함으로 일전 편지에 압강정 여한이 있으니 금번 놀음에 불측不測한 계교 허소虛疎치 않을지라. 내 이미 모면할 방략이 없으니 사기事機를 보아 차라리 만경

---

5) 변변치 못한 것을 드러냄.

6) 교만하고 자존심이 높음.

7) 세월이 홀쩍 흘러 오월 초하룻날이 되니.

창파에 몸을 조결操潔히 하여 죽느니만 못하도다.'

계교를 정하매 마음이 도리어 태연하나 오직 양 공자를 다시 보지 못하니 유유 원한幽幽怨恨이 있을 뿐 아니라 생리사별에 일언이 없음은 이 어찌 인정이리오? 석반夕飯을 파하고 누에 올라 북천北天을 바라보며 허희탄식歔欷歎息하니, 차시 반륜신월半輪新月이 처마에 걸려 있고 경경성한耿耿星漢[8]이 야색을 재촉하니 홍이 난간을 의지하여 아연히 이적선李謫仙의 '원별리怨別離'[9] 한 곡조를 노래하고 장탄 왈,

"인간 차곡此曲이 능히 '광릉산廣陵散'[10]이 아니 될쏘냐?"

하더라.

다시 침실에 돌아와 촉燭을 돋우고 채전을 내어 일봉서를 써 촉하燭下에 재삼 탄식하다가 침상에 의지하여 전전불매輾轉不寐[11]하더니 동창이 밝거늘 창두를 불러 서간과 은자 백 냥을 주어 재삼 부탁하여 수이 다녀옴을 분부하며 누수淚水 영영盈盈하거늘, 창두 괴히 여겨 위로 왈,

"소지 마땅히 빨리 돌아와 공자의 평안하신 소식을 아시게 할지니 낭자는 슬퍼 마소서."

하고 황성으로 가니라.

차시, 황 자사 부귀를 자랑코자 기구를 포장하여 오월 초사일 압강정 아래서 배를 타고 항주로 갈새 배 십여 척을 결선結船하여 소주 기악妓樂을 열두 패로 뽑아 선상에 싣고 북을 치며 발선發船할새 강구江口 월음越吟[12]은 어룡魚龍을 놀라게 하고 금범錦帆[13]은 대강大江을 덮었으니, 강두江頭에 구경하는 자 구름 같더라. 윤 자사, 황 자사의 옴을 듣고 홍을 부르니, 홍이 즉시 부중에 들어가 소저 침실에 이른대, 소저 반겨 왈,

"낭이 어찌하여 수일 절적絶迹[14]하뇨?"

홍이 소 왈,

"수일 절적이 어찌 평생 절적이 아니 될 줄 알리꼬?"

---

8) 가물거리는 별과 은하수.
9) 이별의 원한을 노래한 시. 이적선은 이백.
10) 중국 삼국 시대 위나라 혜강嵇康이 거문고를 연주하고 있는데 웬 길손이 찾아와 가르쳐 준 거문고 곡조라고 한다. 혜강이 사마소司馬昭에게 죽임을 당해 그 곡이 전해지지 않았다 한다. 여기서는 강남홍이 부른 이별 노래가 이제는 마지막 곡이라는 뜻으로 쓰였다.
11) 몸을 이리저리 뒤척이며 잠을 이루지 못함.
12) 강가에서 울리는 월나라 노래. 전국 시대 월나라 장석莊舃이 초나라에서 벼슬을 하고 있었는데도 병들어서는 월나라 노래를 읊었다는 데서 나온 말로, 고향을 그리워하여 부르는 노래라는 뜻. 여기서는 온갖 음악이 질탕하게 연주되었다는 뜻이다.
13) 비단 돛.
14) 발을 끊고 왕래하지 않음.

소저 놀라 물은대, 홍 왈,

"첩이 소저의 애휼愛恤하시는 은덕을 입사와 종신토록 좌우에 모셔 견마지성犬馬之誠을 다할까 하였삽더니 조물이 저희沮戲하여 금야 이별이 기한이 없사오니, 복망伏望 소저는 타일 군자를 맞으사 종고금슬鐘鼓琴瑟로 영화를 누리실 때 금일 천첩의 머금은 심사를 생각하소서."

하고 소저의 손을 잡으며 누수淚水 여우如雨하니, 소저 비록 연고를 모르나 역시 눈물 흐름을 깨닫지 못하여 왈,

"낭이 항상 불길지언不吉之言을 입 밖에 내지 아니하더니 금일지언은 어찌 그리 수상하뇨?"

홍이 다시 대답지 아니하고 외당에 나와 자사께 뵈온대, 자사 그 누흔淚痕[15]을 보고 책責왈,

"황 자사의 금일 놀음은 노부 비록 그 뜻을 아나 불행히 인읍에 처하여 간청함을 괄시치 못함이니 낭도 또한 편협한 마음을 두지 말고 사기事機를 보아 주선하라."

홍이 사례하고 집에 나와 행장을 차릴새 해진 옷에 병든 모양으로 단장치 아니하고 처연히 수레에 오를새 연옥을 보며 소매로 낯을 가리고 눈물이 수레 아래 떨어지거늘, 옥이 감히 묻지 못하고 심중에 의아하더라.

차시 윤 자사 내당에 들어가 전당호에 나감을 말하니 소저 왈,

"아까 강남홍이 또한 전당호에 가노라 하직하며 기색이 가장 괴이하니, 아지 못게니와 금일 놀음이 무슨 연고 있습니까?"

자사 침음沈吟 왈,

"소주 자사 홍을 사모하여 계교로 겁탈코자 함인가 하노라."

소저 악연愕然 왈,

"홍이 죽으리로소이다. 홍은 여중열협女中烈俠[16]이라. 탕자의 핍박한 바 되지 않을지니 무죄한 여자로 어복고혼魚腹孤魂[17]이 되게 마소서."

언필言畢에 산연潸然히 눈물이 흐르거늘, 윤 자사 묵묵히 말이 없이 나가더라.

윤 자사 좌우를 분부하여 본부 기악을 강두로 대령하라 하고 수레에 올라 전당호에 이르니, 황 자사 한훤예필寒暄禮畢[18]에 홍이 옴을 묻거늘, 윤 자사 소 왈,

"홍이 비록 오나 근일 신병이 있어 가장 무료하더이다."

황 자사 소 왈,

---

15) 눈물 흔적.
16) 여자 중에서 절조와 협기 있는 인물.
17) 물고기 뱃속의 외로운 넋. 물에 빠져 죽은 이의 넋이라는 말.
18) 문안하는 인사를 끝냄. 한훤은 날씨를 가지고 문안하는 것을 말한다.

"그 병은 시생이 아니, 풍류 명기의 남자를 낚는 본색이라. 선생 같으신 충후忠厚 장자長者는 속이려니와 시생은 못 속일지니 금일 연석에 수단을 보소서."

윤 자사 어이없어 웃고 대답지 아니하더라.

어언간에 멀리 바라보니 작은 수레 북편으로 오거늘 황 자사 난두에 나와 앉아 자세히 보니 양개 창두 한 작은 수레를 몰아 정자 아래 이르러 일위 미인이 거중車中으로 나오니 이에 홍랑이라. 흩은 머리는 봄바람에 요란하고 때 묻은 얼굴은 가을 안개 밝은 달을 가린 듯, 담박한 태도와 초췌한 모양이 녹수綠水의 부용芙蓉이 서리를 띠고 미친바람에 버들개지 진흙에 떨어진 듯 탕자의 눈이 현황 미란眩慌迷亂[19]함을 깨닫지 못할지라. 황 자사 웃으며 오름을 재촉하니 홍이 정상에 올라 추파를 흘려 황 자사의 거동을 보니 오사 절각모烏紗折角帽[20]를 두상에 비껴쓰고 강사 학창의絳紗鶴氅衣[21]를 앞을 헤쳐 걸쳐 입고 허리에 야자대也字帶[22]를 느직이 띠고 한 팔은 난간에 걸치고 한 손에 홍접선紅摺扇[23]을 흔들며 취안이 몽롱하여 앉았으니 방탕한 용지容止와 추패麤悖한 기상이 지척 청파淸波에 보던 눈을 씻고 싶은지라. 홍이 마지못하여 앞에 나아가 문후 예필問候禮畢에 항주 제기諸妓를 좇아 앉으니, 황 자사 꾸짖어 왈,

"소, 항은 인읍이라. 낭이 압강정 연석을 파하지 아니하고 가만히 도망하니 어찌 사상事上하는 도리리오?"

홍이 염임斂衽[24] 사謝 왈,

"도망한 죄는 신병을 인연함이니 거의 상공의 용서하실 바요 당일 천첩의 죄 세 가지라. 군자의 시주詩酒로 잔치하는 자리에 천한 몸으로 참예하니 죄 하나이요, 망령되이 다사多士의 문장을 의논하니 죄 둘이요, 창기라 하는 것이 매인열지每人悅之[25]하여 행실을 족히 의논할 바 없거늘 당돌히 구구한 소견을 지켜 고집하니 죄 셋이라. 첩이 이 세 가지 큰 죄 있거늘 상공의 인후 관대하심으로 방백 수령의 체모를 돌아보사 풍화風化로 백성을 임하시고 예절로 일읍을 훈도하사 그 몸의 천함을 불쌍히 여기고 그 뜻이 그르지 아니함을 살피사 도리어 상을 주시니 첩이 더욱 죽을 곳을 알지 못하나이다."

황 자사 무연 왈,

"기왕旣往은 물설勿說하고 내 이미 강두에 수척 선을 매었으니 반일半日 소견消遣함을

---

19) 정신이 흐리멍텅하여 어지러움.
20) 검은 깁으로 접어 만든 모자.
21) 붉은 비단으로 만든, 웃옷의 한 가지.
22) 야也 자 모양의 허리띠.
23) 붉은 접부채.
24) 옷깃을 여미고.
25) 사람마다 기쁘게 함.

사양치 말라."

하고 윤 자사께 배에 오름을 청하니, 차시 양주 자사 양부兩府 기악妓樂을 데리고 정자에 내려 주중舟中에 오르니, 큰 강에 바람이 자고 거울 같은 물결이 천 리에 맑았는데 편편翩翩한 백구白鷗[26]는 춤추는 자리에 떨치고 열열咽咽[27]한 물소리는 노랫소리와 같이 흘렀으니, 배를 중류에 놓아 배반杯盤이 낭자하고 사죽絲竹이 질탕하니, 황 자사 즐거운 흥을 이기지 못하여 술을 연해 마시고 뱃전을 치고 노래하니, 그 노래에 왈,

아름다운 사람을 이끎이여!
흐르는 빛을 거슬렀도다.
중류에 노닒이여!
즐김이 마지않도다.
携美人兮　溯流光
中流逍遙兮　樂未央

황 자사 노래를 마치고 흥을 돌아보아 화답하라 하거늘, 홍이 사양치 아니하고 가歌 왈,

맑은 물결에 떠 다투어 건넘이여!
언덕에 단풍이 있고 물가에 난초 있도다.
배 가운데가 초나라보다 큼이여!
충신의 외로운 혼을 의탁하였도다.
자네는 다투어 건너 외로운 혼을 부르지 말지어다.
외로운 혼이 편안하도다.
泛淸波而競渡兮　岸有楓而汀有蘭
舟中大於楚國兮　托忠臣之孤魂
君莫競渡招孤魂兮　孤魂安所返眞

홍이 가필歌畢에 황 자사 소 왈,
"낭은 강남 사람이라 능히 경도희競渡戲 근본을 알쏘냐?"
이때에 홍이 청강을 임하여 눈에 가득한 풍광이 강개 울읍慷慨鬱悒한 심사를 돕는지라. 토설吐說할 곳이 없더니 황 자사의 물음을 인하여 초연悄然 대 왈,
"첩이 들으니 옛적에 초나라 삼려대부三閭大夫[28]는 진충盡忠하여 회왕懷王을 섬기더니

---

26) 훨훨 나는 갈매기.
27) 슬퍼서 목이 멤.

회왕이 참소를 듣고 강 위에 내어 쫓으매 삼려 맑은 마음과 개결한 뜻으로 흐린 세상에 처하여 지조를 보존치 못함을 서러워하여 회사부懷沙賦[29]를 짓고 돌을 안고 오월 오일에 강심江心에 빠지니 후인이 원통히 죽음을 불쌍히 여겨 그날을 당한즉 배를 강에 띄워 충혼을 건지려 하는 놀음이라. 연이나 만일 굴 삼려屈三閭의 영혼이 있은즉 청강淸江 어복魚腹에 조결操潔히 탁신托身하여 진세塵世 속연俗緣의 더러움을 면하니 도리어 쾌활 안락할지라. 탕자 범부의 돛대를 희롱하고 물결을 희작戲作여[30] 건짐을 바라리오?"

이때 황 자사 대취하여 어찌 홍의 말이 유의함을 짐작하리오. 이에 소 왈,

"내 성주聖主를 모셔 소년 공명이 재열宰列[31]에 처하여 부귀 족하고 영화도 극하니 굴 삼려의 초췌 불우함을 조롱하여 좌수左手로 강산풍월을 읍게抱하고 우수右手로 절대가인을 이끌어 한번 웃으매 춘풍이 동탕하고 한번 성내매 상설霜雪이 일어나 심지지욕心志之慾과 이목지락耳目之樂[32]을 막을 자 없을지라. 어찌 적막한 강중의 소슬한 충혼을 말하리오?"

하고, 제기諸妓를 명하여 풍류를 아뢰라 하니, 관현은 질탕하여 공중에 떨어지고 무수舞袖[33]는 완만婉婉하여 강풍에 번뜩이니 자취紫翠 홍장紅粧이 수중에 조요照耀하여 십 리 전당이 꽃밭을 이루었거늘, 황 자사 다시 대백大白[34]을 기울여 십여 배杯를 마시고 취흥이 대발하매 홍랑의 어깨를 치며 소 왈,

"인생 백 년이 저 유수 같으니 구구한 심회를 어찌 족히 교계較計하리오? 황여옥은 풍류재사요 강남홍은 절대가인이라. 재자가인이 이같이 아름다운 경개와 쾌활한 강산에 풍정으로 만나니 어찌 하늘이 주신 인연이 아니리오?"

홍이 사기 점점 위태함을 보고 묵연부답한데, 황 자사 미친 흥을 걷잡지 못하여 좌우를 호령하여 일 척 소선을 준비하였다가 강중에 띄우고 소주 제기諸妓로 홍을 붙들어 선상에 올리니 선중에 금장錦帳을 첩첩히 드리우고 아무것도 없더라.

황 자사 장중帳中에 뛰어들어 홍의 손을 잡아 왈,

"홍랑아, 네 비록 철석간장이나 황여옥의 불같은 욕심에 어찌 녹지 않으리오? 금일은 내 오호편주五湖扁舟로 서시西施를 싣고 범 대부范大夫[35]를 효칙하여 평생을 쾌락하리라."

---

28) 굴원屈原.

29) 굴원이 한을 품고 멱라수汨羅水에 빠져 죽을 때 부른 노래. 《초사》에 실려 있다.

30) 휘저어.

31) 재상의 반열.

32) 마음의 욕심과 보고 들음의 즐거움.

33) 춤추는 사람의 옷소매.

34) 큰 술잔.

차시, 홍이 이 거동을 보고 조수불급措手不及[36]하여 강포지욕强暴之辱을 면치 못할지라, 안색을 불변하고 태연 소 왈,

"상공의 체중하심으로 일개 천기를 이같이 겁박하시니 좌우의 수치라. 첩이 이미 청루 천종賤種으로 어찌 감히 소소한 지조를 말씀하리까? 다만 평생의 지킨 뜻을 오늘 보존치 못하오니, 원컨대 석상의 거문고를 빌어 수곡數曲을 아뢰어 심화를 풀어 화락한 기상으로 상공의 즐기심을 돕사올까 하나이다."

황 자사 홍의 낙이樂易함을 보고 자기 위풍을 두려 회심함인가 하여 바야흐로 홍의 손을 놓고 소 왈,

"낭은 진실로 여중호걸이요, 수단 있는 명기로다. 내 일찍 황성 청루를 편답하여 유명한 기녀와 지조 있는 자라도 내 수중에서 벗어나는 자 없거늘 낭이 일향一向 고집하여 순종치 아니한즉 거의 위태한 거조를 당할 뻔하였도다. 이에 이같이 회심하여 전화위복하니 이는 낭의 복이라. 내 비록 부귀치 못하나 당시 승상의 총자寵子로 일도 방백方伯의 존귀함을 겸하였으니 마땅히 황금옥黃金屋을 지어 낭으로 하여금 평생 부귀를 누리게 하리라."

설파에 친히 거문고를 집어 홍을 주어 왈,

"낭은 재주를 다하여 화락한 곡조로 금슬우지琴瑟友之[37]하라."

홍이 미소하고 받아 한 곡조를 타니 그 소리 화창 방탕하여 삼월 춘풍에 백화가 만발한 듯 오릉五陵 소년[38]이 준마를 달리는 듯 언덕에 버들은 비 기운을 띠었고 물새는 분분히 춤을 추니, 황 자사 호탕함을 이기지 못하여 장을 걷고 좌우를 돌아보아 다시 배반을 내와 홍을 의심치 아니커늘 홍이 다시 옥수로 줄을 골라 또 일곡을 아뢰니 그 소리 소슬 강개하여 소상반죽瀟湘斑竹에 성긴 비 떨어지고 새외청총塞外靑塚[39]에 찬바람이 일어나니 강 위의 나뭇잎은 풍우가 소소하고 하늘가에 돌아가는 기러기는 애원히 소리하니, 일좌一座 추연憫然하고 소, 항 제기諸妓 무단 함루含淚하더라.

홍이 이에 곡조를 변하여 소현小絃을 거두고 대현을 울려 우조羽調를 아뢰니 그 소리 비창 강개하여 도문석양屠門夕陽에 검심劍心[40]을 의논하고 연남백일燕南白日에 가축歌筑[41]

35) 중국 춘추 시대 월나라 재상 범려范蠡. 초나라 사람으로서 월왕 구천을 도와 오나라를 멸 망시키고는 서시와 함께 오호로 돌아가 은거했다고 한다.

36) 일이 급하여 손을 쓸 여유가 없음.

37) 거문고와 비파로 잘 사귐. 《시경》 첫머리 '관저關雎' 시에서 나온 말로, 부부가 서로 화목 함을 이르는 말이다.

38) 오릉은 한나라 고조高祖, 혜제惠帝, 경제景帝, 무제武帝, 소제昭帝의 능으로, 이 둘레에 장안長安 부호가富豪家 자제들이 살면서 방탕하게 노는 것으로 유명했다.

39) 국경 밖에 있는 왕소군王昭君의 무덤. 왕소군은 한나라 때 흉노에게 공주 대신 보낸 궁녀.

을 화답하여 불평한 심사와 오열한 흉금胸襟이 일좌를 경동하니 주중 제인이 일시에 추연읍하惆然泣下하더라.

홍이 거문고를 밀치고 열렬한 빛이 미우眉宇에 가득하여 왈,

"유유창천悠悠蒼天아, 홍을 내실 제 어찌 그 처지를 천히 하시고 마음을 달리 품수稟受하시뇨? 광활한 세계에 작은 몸을 용납할 땅이 없으니 청강淸江 어복魚腹의 굴 삼려를 좇을지라. 바라건대 첩이 죽은 후에 신체를 건지지 말아 죽어도 조결한 땅에 놓게 하소서."

말을 마치고 선두에 떨어지니, 오호 석재惜哉라! 홍의 성명性命이 필경 어찌될꼬? 하회를 보라.

제6회 강남홍이 몸을 백운동에 의탁하고
양창곡이 책문을 자신전에 대답하도다
江南紅托身白雲洞 楊昌曲對策紫宸殿

각설, 이때 강남홍이 강중에 빠지매, 주중舟中 좌우 창황 대경하여 급히 붙들고자 하나 날랜 몸이 미처 걷잡지 못하여 물결 바람에 나군羅裙[1]이 나부끼어 간 곳이 없거늘 소, 항제기諸妓 아니 우는 자 없고 양 자사 악연실색愕然失色하여 사공을 호령하여 건짐을 재촉하니, 결선結船한 배를 풀어 강중을 덮어 찾으나 기척을 보지 못하매 모든 사공이 서로 돌아보며 왈,

"사람이 빠진즉 다시 수상水上에 뜨거늘 이는 거처가 없으니 수상치 않으리오?"

하더라. 양 자사 하릴없어 사공과 어부를 풀어 물목을 지키어 구하라 하니, 사공과 어부들이 고告 왈,

"이 호중湖中에서 찾지 못한즉 아래는 조석수潮汐水 미는 곳이라. 수세 가장 급하여 모래에 묻혀 찾을 길이 없다."

---

40) 해질 무렵 백정의 칼의 마음. 전국 시대 때 자객 섭정攝政이 엄중자嚴仲子의 원수를 갚으려고 한韓나라 재상 협루俠累를 죽이기 위하여 백정으로 가장하였다는 고사에서 가져온 말. 《사기》 '자객열전'에 나온다. 그 뒤 도문은 자객을 가리킨다.

41) 연나라 남쪽에서 대낮에 축을 연주한다. 형가荊軻가 연나라 태자 단丹을 위하여 진시황을 죽이려고 준비할 때 자기 벗 고점리高漸離의 축에 맞추어 노래하였다는 고사가 있다.

1) 비단 치마.

하거늘, 양 자사 더욱 차악嗟愕[2]하여 각각 돌아가니라.

차설且說, 윤 소저 홍을 보내고 생각하되,

'홍의 성품이 금일 사기事機에 반드시 구차투생苟且偸生[3]치 않을지라. 내 저로 더불어 지기知己로 사귀었으니 구하지 아니한즉 의義 아니라.'

하고 구할 방략을 생각하더니, 유모 설파薛婆가 들어오거늘 설파는 황성 사람이라. 위인이 영리치 못하나 마음이 충직한 고로 소저를 좇아 부중에 있은 지 이미 수년이라, 자연 항주 사람을 친한 자 많더니, 차시 소저 설파를 보고 반겨 왈,

"내 파婆에게 청할 일이 있으니 능히 나를 위하여 주선할쏘냐?"

설파 왈,

"노신이 소저를 위하여 비록 부탕도화赴湯蹈火[4]라도 사양치 않을 것이니 무슨 일이니이꼬?"

소저 왈,

"내 들으니 강남 사람이 물에 익어 혹 물속으로 몸을 감추어 수십 리를 행하는 자 있다 하니, 파는 혹 알쏘냐?"

파 침음 왈,

"광구廣求[5]하면 있을까 하나이다."

소저 왈,

"일이 급하니 지금 시각이 지난즉 쓸데없으니 파는 바삐 하나를 청하라."

설파 다시 침음양구에 먼 산을 바라보며 왈,

"소저는 규중부녀. 이러한 사람을 구하여 쓸 곳을 노신이 해득치 못하겠나이다."

소저 아미를 찡그려 왈,

"파는 다만 그 사람을 천거하고 후에 곡절을 들으라."

설파 바야흐로 몸을 일어 나가거늘 소저 따라오며 신신부탁하니 파가 점두點頭하고 나간 지 수유에 일인을 데리고 들어와 소저를 보고 왈,

"마침 그러한 사람이 남자는 없고 여자를 얻으니 강호상江湖上의 구슬 캐는 사람이라. 물속으로 능히 오륙십 리를 행하는 고로 일컫는 자 '물속 귀신 손삼랑'이라 하나이다."

소저 그 여자임을 신통히 여겨 불러 보니 그 여자의 신상이 팔 척이요 머리털이 누르고 얼굴이 검어 곁에 오매 비린내 촉비觸鼻하니, 소저 놀라 물어 왈,

"삼랑이 능히 물속으로 몇 리나 행할쏘냐?"

---

2) 슬픈 일을 당하여 몹시 놀람.

3) 구차히 살기를 꾀함.

4) 끓는 물과 타는 불에라도 뛰어드는 것.

5) 널리 찾음.

대對 왈,

"노신이 일찍 절강 어귀에서 구슬을 캐다가 이슴[6]을 만나 서로 싸워 삼십여 리를 쫓아다니다가 필경 잡아 어깨에 메고 나올새 저녁 조수에 밀려 다시 수십여 리를 기어 물 밖에 나오니 만일 홀몸으로 행한즉 칠팔십 리는 갈 것이요 무엇을 가진즉 겨우 수십 리를 행하나이다."

소저 다시 놀라 탄 왈,

"삼랑을 잠깐 쓸데 있으니 낭이 그 수고를 아끼지 않으쏘냐?"

삼랑 왈,

"마땅히 힘을 다하리다."

소저 이에 백금 스무 냥을 주며 왈,

"이것이 적으나 먼저 정을 표하니 성공한 후 다시 중상重賞하리라."

삼랑이 대희하여 그 쓸 곳을 물은대, 소저 좌우를 물리고 왈,

"금일 전당에 소, 항 양주 상공이 경도회 하실 새 반드시 일개 여자가 수중에 빠질 것이니 낭이 물속에 가만히 숨었다가 즉시 구하라. 물속으로 기어 도망하되 만일 소주 사람의 눈에 띈즉 대화大禍가 있을 것이니 십분 조심하여 성공한 후 내 다시 중상할 뿐 아니라 활인지은活人之恩[7]이 불소하리라."

삼랑이 응낙하고 가거늘 소저 두세 번 부탁하여 대사를 누설치 말라 하니, 삼랑이 스무 냥 은자를 가져 집에 두고 바삐 전당호 물가에 가 반일을 앉아 경도회를 구경하더니 종시 수중에 빠지는 자 없는지라. 석양이 서산에 지고 일엽소선一葉小船에 소주 제기諸妓 일개 미인을 붙들어 올리거늘, 삼랑이 생각하되,

'반드시 곡절이 있음이라.'

하고 수중에 뛰어 들어가 가만히 기어 배 밑에 엎드렸더니, 아이오 배 가운데 거문고 소리 나거늘 삼랑이 귀를 기울여 가만히 듣더니, 홀연 배 가운데 요란하며 일위 미인이 뱃머리에서 떨어지니, 삼랑이 몸을 솟아 두루쳐 업고 살같이 기어 순식간에 육칠십 리를 행하며 생각하되 인적이 없고 등에 업은 여자 살길이 없는 듯한지라. 수상에 솟아 언덕을 찾아 나오려 하더니 물위에 일척 어선이 오며 배 위의 두 날 어부 손 가운데 작살을 들고 노래하며 오거늘, 삼랑이 외쳐 왈,

"급한 사람을 구하라."

한대, 노랫소리 그치며 배를 빨리 저어 이르거늘 삼랑이 그 여자를 업은 채 배 가운데 뛰어 올라 내려놓고 보니 운빈雲鬢[8]이 흩어지고 옥안玉顏이 푸르러 일분 생도生道 없는지라.

---

6) 큰 구렁이.

7) 사람을 살린 은혜.

8) 여자의 탐스러운 귀밑머리.

마른자리를 구하여 뉘고 젖은 의상을 짜 말리며 오직 회생함을 기다리더니, 그 어부 문 왈,

"어떠한 낭자 이러한 액을 만나시뇨?"

삼랑 왈,

"나는 구슬 캐는 사람으로 마침 저 낭자의 빠짐을 보고 구하여 왔더니, 아지 못게라 어부는 어디로 가는 배뇨?"

어부 왈,

"우리는 고기 잡는 사람이라. 강호에 생장하여 수환水患 당한 자를 많이 보았으나 이러한 거동은 처음이라. 이곳에 인가가 없으니 어찌 구하리오?"

삼랑 왈,

"조금 기다려 생도 있은즉 다시 의논하리라."

하고 수족을 만져 보니 회생할 가망이 있더니, 수유에 정신을 차려 눈을 떠 보고 목 속의 소리로 문 왈,

"노랑老娘은 어떠한 사람으로 끊어진 목숨을 살리느뇨?"

삼랑이 오히려 이목이 번거함을 염려하여 왈,

"낭자는 정신을 수습하여 천천히 들으소서."

어부를 돌아보아 왈,

"해 이미 저물고 인가는 머니 불가불 수중水中에 유숙할지라. 우리는 한데 있어 무방하나 저 낭자는 규중 약질로 만사여생萬死餘生[9]이라. 바람과 이슬을 쏘임이 민망하니 혹 주중舟中에 방풍防風할 제구諸具 있느뇨?"

어부 조각 뜸[10]으로 의지할 곳을 하여 주더라.

배를 중류에 닻을 주어 야심하매 양개兩個 어부 뜸집 밖에 이미 잠든 듯하니 삼랑이 가만히 홍더러 문 왈,

"낭자는 항주 자사의 소교小嬌 윤 소저를 아느냐?"

홍이 놀라 일어앉아 묻는 곡절을 물은대, 삼랑이 이에 윤 소저의 자기를 구하여 보내던 말을 일일이 고하니 홍이 위연탄식喟然歎息하고 눈물을 흘려 왈,

"나는 별인別人이 아니라 이에 항주 강남홍이라."

하며 그 죽으려 하던 곡절을 자세히 말하니, 삼랑이 대경 왈,

"연즉 낭자 제일방 청루 홍랑입니까?"

홍 왈,

"노랑老娘이 어찌 내 이름을 아느뇨?"

삼랑이 다시 경 왈,

---

9) 연약한 여자의 몸으로 다 죽었다가 살아남.
10) 갈대로 엮은 발로, 바람이나 비를 막는 데 씀.

"낭의 차환이 연옥이 아닙니까?"

홍 왈,

"그러하다."

삼랑이 악연愕然하여 홍의 손을 잡고 왈,

"노신은 즉 연옥의 이모라. 매양 낭자의 절개와 이름을 칭찬하기에 우레같이 듣고 한번 뵈옵고자 하나 노신이 생애 괴이하여 추한 모양을 부끄려 다만 향앙向仰[11]한 마음만 간절하더니 궁도窮途[12]에 이같이 뵈오니 이는 하늘이 지시하심이라."

하고 더욱 공경하거늘, 홍랑이 역시 놀라 반겨 각별 친숙하여 서로 위로하며 누웠더니, 강천江天에 달이 지고 야심하매 뜸집 밖의 양개 어부 서로 가만히 수작하는 소리 나거늘 삼랑이 귀를 기울여 들으니, 일개 왈,

"분명히 모르고 어찌 경솔히 하리오?"

일개 왈,

"내 전일 생선을 팔러 하여 항주 청루를 지날새 누상에 앉은 여자가 이 여자와 방불하더니 이제 노랑의 수작을 들으니 정녕한 항주 제일방 홍랑이로다."

일개 우又 왈,

"우리 강호상에서 여러 해 도적질하되 일찍 가속이 없어 근심하더니 강남홍은 강남 명기라. 묘한 기회를 허송치 못할지니 우리 둘이 합력하여 노랑을 죽인즉 한낱 잔약한 여자를 근심하리오?"

하거늘, 삼랑이 듣기를 맞고 홍랑의 귀에 대고 가만히 고 왈,

"위지危地를 면하여 사지死地에 들었으니 어찌 금야에 주중인舟中人이 적군인 줄 알았으리오?"

홍이 탄 왈,

"나는 하늘이 이미 죽이시는 사람이라 하릴없거니와 노랑은 도피할 묘책을 생각하라."

삼랑 왈,

"노신이 비록 용맹이 없으나 족히 일인은 당하려니와 다만 이 인을 대적하기 어려우니 어쩌면 좋으리오?"

홍이 침음양구에 왈,

"구차투생이 죽음만 못하나 노랑을 위하여 한 꾀 있으니 여차여차하리라."

하고 적연寂然히 잠든 체하니, 수유에 한 자가 부지불각에 뜸집을 박차고 달려들거늘, 삼랑이 놀라 크게 소리하고 물로 뛰어드니, 한 자는 삼랑을 돌아보지 아니하고 홍을 저혀[13] 왈,

---

11) 우러러 공경함.

12) 곤란한 처지.

"낭자의 명이 우리 손에 달렸으니 순종한즉 살려니와 거역한즉 죽으리라."

홍이 냉소하고 뱃머리에 나앉으며 왈,

"내 연소 여자로 풍류장에 놀아 노류장화로 허다 열인閱人하더니 어찌 순종치 않으리오마는 양인이 일 여자를 다툼은 더욱 수치하는 바라. 만일 하나이 담당하여 나선즉 내 마땅히 허락하리라."

한대, 그중 젊고 장대한 한 자가 손에 작살을 들고 선두에 나서며 왈,

"내 마땅히 낭자를 구하리라."

언미필言未畢에 뒤에 섰던 한 자가 손의 작살로 그 한 자를 찔러 물에 떨어치매, 손삼랑이 물속에 엎드렸다가 그 한 자가 떨어짐을 보고 그 손의 작살을 빼앗아 들고 수중에 뛰어올라 주중에 있는 한 자를 마저 찔러 수중에 던지고 배의 닻줄을 끊어 언덕을 찾아가려 하더니, 새벽 조수 밀려오며 급한 바람이 일엽소선을 나는 살같이 불어 닿거늘 홍랑이 정신을 차리지 못하여 주중에 엎드려 어디로 가는 곳을 알지 못하니, 삼랑이 비록 물에 생소치 않으나 배 부리는 법을 알지 못하는지라. 배가 가는 대로 가더니 날이 점점 밝으며 풍세 더욱 급하여 배를 걷잡지 못하니 다만 하늘이 돌고 땅이 꺼지는 듯 지척 풍랑이 뫼같이 일어서니, 삼랑이 역시 정신이 아득하여 홍을 붙들고 엎디니 반일 만에 바야흐로 풍세 침식寢息하고 수파水波가 정靜하거늘, 홍이 삼랑과 정신을 차려 찬찬히 살펴보니 망망대양에 가를 보지 못할지라.

향방을 몰라 다만 물결을 따라 배가 가는 대로 향하더니 멀리 하늘가에 일점 청산이 보이거늘 그곳을 향하여 배를 저어 또 반일을 행하매 비로소 언덕이 있고 위에 갈대 수풀이 우거져 수삼 촌가가 은은히 뵈거늘, 배를 대고 수풀을 헤쳐 문을 두드리니 일인이 낯이 검고 눈이 깊으며 생소한 의관과 서어한 성음으로 당황히 나와 수상히 보고 문 왈,

"어떠한 사람이 뉘 집을 찾느냐?"

삼랑 왈,

"우리는 강남 사람으로 풍도風濤에 표박漂泊하여 이곳에 이르니 이곳 지명이 무엇이뇨?"

그 사람이 대경 왈,

"이곳은 남방 나타해哪咤海요, 나라 이름은 탈탈국脫脫國이니 강남서 육로로 삼만여 리요, 수로로 칠만 리라."

하거늘, 삼랑 왈,

"우리 만사여생萬死餘生으로 갈 곳을 모르니 일야 유숙하고 갈까 하노라."

주인이 허락하고 즉시 일간 객실을 정하여 주니 갈잎새로 처마를 덮고 돌을 쌓아 벽을 하고 대자리와 풀방석에 일시도 머물기 어려우나 날이 이미 저문지라, 부득이 유숙할새 주

---

13) '저히다'는 '두렵게 하다', '위협하다'라는 뜻의 옛말.

인이 석반을 내오니 마른 열매로 밥을 짓고 비린 고기와 거친 나물이 먹을 길이 없어 삼랑은 오히려 요기하나 홍은 먹지 못하고 정신이 혼혼하여 누웠으니 누습한 기운과 훈증薰蒸한 바람이 잠을 이루지 못할러라.

홍이 삼랑더러 왈,

"나를 인연하여 무단히 표박한 종적이 되니 이곳은 일시도 머물지 못할지라. 나는 죽음이 원통치 않으나 낭랑은 살아 고국에 돌아갈 도리를 생각하라."

삼랑이 개연 왈,

"평일 노신이 사모하던 정성으로 오늘 시험하여 사생고락을 마땅히 같이하리니 이곳에 산이 높고 물이 맑아 반드시 도관道觀, 승당僧堂이 있을지라. 명일 다시 찾아봄이 옳을까 하나이다."

양인이 앉아 밤을 지나고 익일 주인더러 문 왈,

"이 근처에 혹 승니僧尼, 도사道士가 있느냐?"

주인 왈,

"우리 곳에 본디 승니, 도사는 없고 산중에 혹 처사가 있으나 운유雲遊 종적蹤跡이 왕래往來 무상無常¹⁴⁾하니이다."

양인이 주인을 작별하고 죽장을 짚고 산길을 찾아 방향 없이 가더니 한 곳에 이르니 골이 깊고 길이 없거늘 바위 위에 앉아 다리를 쉴새 홀연 한 줄기 시내 산 너머로 내려오는지라. 홍이 손을 씻으며 물을 움키어 마시고 삼랑을 보아 왈,

"이 물에 이상한 향내 촉비觸鼻하니 우리 그 근원을 찾아봄이 어떠하뇨?"

삼랑이 응낙하고 물을 따라 올라갈새 수백여 보를 행하매 한 동학洞壑¹⁵⁾이 있고 동중洞中에 들어가니 꽃다운 나무와 기이한 꽃이 경개 절승하여 남방의 비습卑濕한 기운이 없거늘 홍이 삼랑을 보아 왈,

"내 고국을 떠난 지 오래지 아니하나 남중 풍토에 기운이 저상沮喪하더니 금일 이곳은 별유천지비인간別有天地非人間¹⁶⁾이로다."

서로 말하며 수십 보를 더 행하니, 한 구비의 시내 있고 시내 위에 일좌 반석이 놓였는데 석상에 일개 도동道童¹⁷⁾이 유수를 임하여 차를 달이거늘, 홍이 나아가 동자더러 문 왈,

"우리는 길 잃은 사람이라 잠깐 지로指路¹⁸⁾함이 어떠한고?"

동자 왈,

---

14) 구름 일듯, 오고 감이 일정치 않음.

15) 깊고 큰 골짜기.

16) 인간 세상이 아닌 듯 특별히 아름다운 곳.

17) 도를 닦는 아이.

18) 길을 가리킴.

"이곳에 다른 길이 없고 일찍 행인이 들어오지 아니하거늘, 그대는 어떠한 사람으로 왔느뇨?"

홍이 미처 답하지 못하여 일위 도사가 홍안백발紅顏白髮에 풍도표일風度飄逸[19]하여 머리에 갈건을 쓰고 손에 백우선白羽扇[20]을 들고 웃음을 띠어 대수풀로 나오거늘, 홍이 나아가 예필禮畢에 꿇어 고 왈,

"이역 사람이 풍도에 표박하여 갈 곳을 알지 못하오니 선생은 생도生道를 지시하소서."

도사 숙시熟視 양구良久에 동자를 명하여 인도하라 하고 돌이켜 대수풀로 들어가거늘, 홍과 삼랑이 동자를 따라 두어 걸음 행하니 수간 초당이 극히 정쇄精灑한데 일쌍 백학은 솔 그늘에 졸고 수 개 사슴은 돌길에 배회하니 홍이 평생을 열요 번화한 데 자라 청정한 선경을 처음 보매 흉금이 상쾌하고 정신이 쇄락하여 거의 진세塵世 정연情緣을 잊을러라.

도사 양인을 명하여 당에 오르라 하며 왈,

"나는 산야山野 늙은이라 허물치 말라."

홍이 삼랑과 당에 올라 방에 들어가 좌우에 시립侍立하니, 도사 왈,

"그대의 모양을 보니 묻지 않아도 중국인임을 알지라. 이곳에 인물이 없고 풍속이 금수와 다르지 않아 먼 데 사람이 발 디딜 곳이 없을지라. 아직 노부에게 머물러 고국에 돌아갈 기회를 기다리라."

홍이 백배사례하고 도사의 도호道號를 물은대, 도사 소 왈,

"노부는 운유雲遊 종적이라 무슨 도호가 있으리오? 일컫는 자 백운도사라 하노라."

홍이 자차自此로 심신이 가장 편하더라.

차설, 윤 소저 삼랑을 보내고 조민躁悶[21]히 앉았더니 윤 자사 전당호로 돌아와 홍의 죽음을 말하니, 소저 대경차악大驚且愕하여 함루含淚 왈,

"그 죽음이 불쌍할 뿐 아니라 그 위인이 아깝소이다."

일변 심중에 삼랑의 회보를 은근히 고대하더니 마침내 소식이 없고 수일 후 자사가 내당에 들어와 소저를 대하여 왈,

"홍의 용모 위인이 어찌 수중 원혼이 될 줄 알았으리오?"

소저 경 왈,

"홍의 신체를 건지니이까?"

자사 왈,

"오늘 절강 어귀를 지킨 사공이 고하되, '강변 조석수 나간 곳에 양인의 신체 있으되 모래와 돌에 상한 바 되어 남녀노소를 분간치 못하고 인하여 그날 저녁 조수에 밀리어 간

---

19) 풍채가 뛰어나게 훌륭함.
20) 새의 흰 깃으로 만든 부채.
21) 마음이 조급하여 가슴이 답답함.

곳이 없다.' 하니, 다만 그 둘 뒤이 괴이하나 홍의 신체인가 하노라."

소저 심중에 더욱 경동驚動하더라.

각설, 연옥이 홍의 죽음을 듣고 발을 구르며 통곡하고 관문을 두드려 왈,

"소녀는 강남홍의 종 연옥이라. 홍도 부모 친척이 없고 소녀도 부모 친척이 없어 고단한 신세로 노주奴主 서로 의지하여 형제 골육에 다름이 없더니 홍이 이제 무죄히 강중 원혼이 되어 남은 뼈를 거둘 이 없사오니, 소녀 원컨대 관력官力을 빌어 백골을 수습하여 묻어 줄까 하나이다."

자사 그 뜻을 참혹히 여겨 즉시 관선官船 수십 척을 주니, 옥이 십여 일을 강두로 울며 찾되 혼적도 없거늘 하릴없어 집에 돌아와 제전祭奠을 갖추어 강 위에서 혼을 부르고 홍의 입던 의상과 패물을 강중에 던져 부르짖으며 우니, 오고 가는 행인들과 사공, 어부들이 눈물을 흘리지 아니하는 자 없더라.

옥이 초혼招魂을 마치고 돌아오매 적막한 누대에 티끌이 어지럽고 냉락冷落한 문 앞에 풀빛이 깊었으니 전일의 풍류 자취를 물을 곳이 없어 다만 문을 닫고 주야 호곡號哭하며 황성 간 창두의 회환함을 기다리더라.

차설, 양 공자 항주 창두를 돌려보낸 후 객관의 고적한 심사 날로 더하여 과거 날을 고대하더니 마침 조정에 변방 급보가 있어 과일科日²²)을 물리어 오히려 수삭數朔이 격한지라. 공자 고향을 생각하고 밤마다 잠을 이루지 못하더니, 일일은 서안을 의지하여 사몽비몽似夢非夢 중 정신이 표탕飄蕩하여 한 곳에 이르니 십 리 강상에 홍련화가 성개盛開하였거늘 한 가지를 꺾고자 하다가 홀연 광풍이 대작大作하여 물결이 일어나며 꽃이 꺾어져 강중에 빠지니 아깝고 놀라 소리쳐 깨달으니 남가일몽이라. 마음에 상서롭지 않더니 수일이 못 되어 홀연 항주 창두 이르러 홍의 서간을 드리거늘 공자 바삐 떼어 보니, 서書에 왈,

　　천첩 강남홍은 명도기박하여 어려서 부모 교훈을 모르고 자라서 청루에 탁신託身하니 창기의 천함이요, 군자의 버린 바라. 오직 일편 고심苦心이 한 번 지기를 만나 형산荊山 박옥璞玉의 품은 값²³)을 의논하고 영문郢門 백설白雪의 높은 소리²⁴)를 화답하여 평생 숙원을 이루어 볼까 하였더니, 의외 공자를 만나 흉금이 상조相照하매 강비江妃의 해패解佩²⁵)함을 효칙하고 건즐巾櫛로 허하시매 소성小星의 포금抱衾함²⁶)을 기약하여 군자

---

22) 과거를 보는 날.

23) 초나라 사람이 형산에서 좋은 옥돌을 얻어 왕에게 바쳤으나 왕은 알아보지 못하고 도리어 자신을 속였다고 하여 그의 다리를 잘랐다. 나중에서야 다른 왕이 그 옥을 다듬게 하여 천하에 귀한 보물이 되었다.

24) 초나라 관문인 영문郢門에서 부르는 '백설곡白雪曲'. '백설곡'은 초나라 때의 거문고 곡조로, 사광師曠이 이것을 연주할 때 신령스러운 짐승이 내려와 춤을 추었다고 한다.

의 말씀이 견여금석堅如金石하시니, 천첩의 소망이 하해같이 깊더니 조물이 시기하고 신명이 저희沮戲하여, 소주 자사 탕자의 마음으로 창기임을 천대하여 이해로 달래며 위세로 겁박하여, 압강정 남은 풍파 전당호에 일어나니 오월 오일 천중절天中節에 경도회로 미끼 삼아 천첩을 낚고자 하니, 여루잔명如縷殘命이 농중지조籠中之鳥요 망중지어網中之魚[27]라. 지척 청파淸波에 도해蹈海하는 선비[28]를 좇아가고자 하나 망부산두望夫山頭[29]에 돌아오는 행인을 보지 못하니, 어복고혼이 영욕을 잊었으나 백마 한조白馬寒潮[30]에 남은 한을 말하기 어려운지라.

복망伏望 공자는 천첩을 유념치 마시고 청운에 뜻을 두사 금의로 환향하시는 날 고정故情을 기념하사 일백一百 지전紙錢[31]으로 강상 고혼을 위로하여 주소서. 첩이 죽은 후 앎이 없은즉 말할 바 아니나 만일 일분 정령一分精靈이 민멸泯滅치 않은즉 명부冥府에 발원하여 차생의 미진한 인연을 후생으로 기약할까 하나이다. 일백 냥 은자는 객중의 취미를 도우사 길이 가는 사람으로 하여금 유유 구원悠悠九原[32]에 연연한 생각을 일분 덜게 하소서. 붓대를 잡으매 흉중이 억색臆塞하여 생리사별의 회포를 다하지 못하나이다.

이때 양 공자 편지를 보고 악연실색하여 서안을 치며 두 줄기 눈물이 옷깃을 적셔 왈,
"홍랑이 죽단 말가?"
다시 편지를 보고 여취여몽하여 창두더러 어느 날 떠남을 물은대, 창두 왈,
"초사일 등정하나이다."

---

25) 강비가 패옥을 끌러 줌. 옛날에 정교보鄭交甫라는 사람이 강한江漢의 물가에서 강비라는 선녀를 만나 사랑을 하였는데, 강비가 허리에 차고 있던 노리개를 끌러 정교보에게 주었다는 이야기에서 온 말로, 여자가 남자에게 정표를 주는 것을 가리킨다.

26) 희미하게 별이 뜨니 이불을 안고 간다. 《시경》'소성小星'에서 나온 말로, 후궁들이 임금을 온밤 내내 모시지 않고 잠깐씩 있다가 자기 처소로 가는 모양을 말한 것인데, 왕비가 투기하지 않아 그런 것이라고 한다. 여기서는 양창곡이 나중에 혼인을 하더라도 강남홍을 받아들일 것을 약속한 것을 가리킨다.

27) 실낱같이 가냘픈 목숨이 조롱 안의 새나 그물 안의 고기와 같음.

28) 중국 전국 시대 제나라 사람인 노중련魯仲連이 의리를 지켜 나라에 공을 세우고도 벼슬을 받지 않고 바다로 도망쳤다고 한다.

29) 망부산 꼭대기. 중국 안휘성에 있는 산으로, 남편을 기다리며 바라보던 여인이 그대로 죽어 돌로 되었다는 전설이 있다.

30) 백마호의 찬 물결.

31) 한 조각 종이돈.

32) 머나먼 저세상.

공자 왈,

"소주 자사가 어느 날 온다 하더냐?"

창두 대 왈,

"오일에 와서 전당호에 경도회를 한다 하더이다."

공자 탄 왈,

"이의已矣[33]라! 홍이 이미 죽었도다."

서안을 치며 눈물을 금치 못하여 심중에 생각하되,

'홍은 절대한 국색이요 무쌍한 인물이라 조물이 시기하도다.'

또 생각 왈,

'홍의 천성이 너무 강하여 열협지풍烈俠之風이 있으나 그 번화한 기상과 아름다운 얼굴이 수중 원혼이 되지 않을지라. 필연 꿈이로다.'

상 위의 채전을 빼어 답장을 쓰려다가 다시 붓을 던지며 탄 왈,

"홍이 정녕히 죽었도다. 내 압강정 시에 '원앙비거절화총鴛鴦飛去折花叢'[34]이라 한 글귀 어찌 언참言讖[35]이 아니리오. 연즉 내 비록 답장을 하나 뉘 보리오?"

하더니, 또 탄 왈,

"그러나 내 심중에 쌓인 정회를 어느 곳에 토설하며 창두를 차마 어찌 그저 돌려보내리오."

다시 붓을 잡아 수항을 쓰니, 답장에 왈,

홍랑아, 나를 속임이 아니냐? 그 만남이 어찌 그리 기이하고 떠남이 어찌 그리 덧없으며, 그 친함이 어찌 그리 다정하고 그 버림이 어찌 그리 무심하며 그 사랑함이 어찌 그리 정중하며 그 잊음이 어찌 그리 용이하뇨? 만일 속임이 아닌즉 이 꿈이로다. 네 번화한 기상과 영발한 풍류로 설마 소슬한 강중에 적막 고혼이 되며 네 총명한 자질과 혜힐慧黠한 성품으로 설마 우량踽凉한 야대夜臺에[36] 참혹한 원귀 되리오.

홍랑아, 꿈이냐 참이냐? 창두의 말과 편지를 본즉 참인 듯하나 네 얼굴과 모양을 상상한즉 그러할 리 없을지니 그 꿈과 참을 뉘더러 물으며 뉘더러 질정하리오? 이제 천 리 남북에 생사를 모르니 이는 내 너를 저버림이요 일시 협기로 백년가약을 초개같이 잊었은즉 이는 네 나를 저버림이라. 금일 누수淚水 어찌 등도자鄧都者[37]의 호색지심이리오. 백아의 거문고 줄 없음을 슬퍼하노라. 창두 고귀告歸하매 수항 글월을 부치노니, 홍랑아,

---

33) 이미 지남.

34) 원앙이 날아가고 꽃떨기 떨어진다.

35) 말이 나중에 일어날 일과 꼭 맞는다는 뜻. 씨가 되는 말.

36) 처량한 밤 누대에.

네 능히 살아 이 답장을 볼쏘냐?

공자 쓰기를 마치고 창두를 주어 바삐 돌아가 다시 소식을 알게 하라 하니, 창두 하직하고 창황히 가니라.

차시, 연옥이 무주공사無主空舍[38]에 낮이면 눈물로 보내고 밤이면 외로운 등잔을 대하여 잠을 이루지 못하며 창두를 고대하되 소식이 없는지라. 일일은 심란 무료하여 경황없이 문전에 섰더니 교방 대로에 거마 열요熱拗하여 처처에 풍류 소리 의구依舊히 질탕한데, 적적한 제일방은 문전이 요료寥廖하여 우물 위의 벽도화는 꽃이 진하고 열매 열어 오작이 짓좇거늘, 옥이 처량한 심사를 이기지 못하여 석양을 대하여 실성통곡하더니 황성 갔던 창두 망망히 돌아옴을 보고 반기며 슬퍼하여 땅에 엎더져 기색氣塞한대, 창두 바야흐로 공자의 말을 생각하고 방성대곡하며 옥을 붙들어 일으키며 곡절을 물은대, 옥이 오열한 소리로 세세히 말하니 창두 회중으로 일봉서를 내어 왈,

"공자의 서간이라. 장차 어디로 전하리오?"

옥이 탄 왈,

"우리 낭자 평생에 지기 없고 오직 양 공자 일인이라. 어찌 그 편지를 가져 혼령을 위로치 않으리오."

향탁香卓을 배설하고 편지를 상두床頭에 놓고 창두와 연옥이 일장 대곡一場大哭한 후 그 서간을 심심장지深深藏之[39]하니라.

윤 소저 홍의 죽음을 참혹히 여겨 옥과 창두의 의탁 없음을 생각하고 부중에 수습하여 두었더니, 마침 조정이 윤 자사를 병부 상서로 부르시니 대개 윤 공의 치적이 이름나 천하의 제일 됨을 위하심이라. 윤 공이 즉시 치행 등정治行登程할새 연옥이 울며 소저에게 같이 감을 청하니 소저 측연 허락한대, 옥과 창두 집에 나와 약간 행장을 수습하여 소저를 모셔 황성으로 가니라.

차설, 양 공자 홍의 사생을 알고자 하여 장차 동자를 항주에 보내고자 하더니, 일일은 항주 창두 일개 소복한 여자를 데리고 이르거늘 자세히 보니 이에 연옥이라. 초췌한 기색과 우량踽凉한 모양으로 계하階下에서 공자를 잠깐 우러러보고 소매로 얼굴을 가리며 실성오열하니 공자 또한 눈물을 금치 못하여 왈,

"네 모양을 보니 창상 호겁滄桑浩劫[40]을 불문가지不問可知라. 내 구태여 묻고자 아니하나 전후곡절을 대강 말하라."

---

37) 초나라 때 등도자라는 사람이 어떤 여자건 좋아했다. 안해가 매우 못생겼는데 자식을 많이 두어 호색한이라고 놀림받았다고 한다.

38) 주인 없는 빈집.

39) 깊이 간직함.

옥이 목멘 소리로 말을 이루지 못하며 홍이 공자를 보내고 칭병稱病하던 말과 윤 소저를 사귀어 지기 허심知己許心하던 말과 황 자사의 변을 만나 백골을 강중에 거두지 못한 말을 일일이 고하니, 공자 허희유체獻欷流涕⁴¹⁾ 왈,

"참의慘矣⁴²⁾로다. 내 저를 저버림이라."

하고 다시 문 왈,

"네 어찌 황성에 왔느뇨?"

옥 왈,

"윤 소저 천비의 의지 없음을 측연히 보사 거두어 오시니이다."

공자 청파聽罷에 생각하되,

'윤 소저는 규중 여자로 신의를 저버리지 아니함이 이 같으니 족히 홍랑의 밝음을 알리로다.'

하더라.

공자 다시 옥과 창두를 보아 왈,

"내 어찌 네 주인이 없으므로 잊으리오마는 아직 수습할 힘이 없으니 윤 소저께 탁신託身하여 내 찾음을 기다리라."

옥과 창두 울며 사례하더라.

광음이 홀홀하여 수삭이 지나매 천자 변방을 평정하시고 다시 사방 다사多士를 모으사 과거를 보이실새 연영전延英殿에 친림親臨하사 책문策問⁴³⁾으로 물으시니, 장옥場屋⁴⁴⁾에 모인 선비 구름 같으니, 그 어제御題에 왈,

황제 문 왈, 자고로 치국하는 도道 불일不一하나 반드시 선후완급이 있으니, 삼대 이전은 무슨 도로 다스림이 그리 희희호호熙熙皓皓⁴⁵⁾며, 한당漢唐 이후는 어찌하여 그리 분분요란하뇨? 짐이 새로 즉위하여 묘연渺然⁴⁶⁾한 일신一身으로 만민을 임하매 전전긍긍하여 그 다스릴 도를 알지 못하노라. 금일 다사多士는 고서를 읽고 평일 흉중에 강마

---

40) 창상滄桑은 창해상전滄海桑田, 곧 뽕나무 밭이 변하여 푸른 바다가 된다는 뜻이고, 호겁浩劫은 불경에서 천지가 생겨나면서부터 없어지기까지 아주 긴 시간. 곧, 오랜 세월 동안 일어나는 세상일의 변화.

41) 한숨을 짓고 눈물을 흘리며 욺.

42) 슬픔. 참혹함.

43) 과거 시험에서, 정치에 관한 계책을 묻고, 응시자가 방책을 적어 대답하는 것.

44) 과거를 보는 곳.

45) 찬란하게 빛남.

46) 변변치 못함.

講磨함이 있을지라. 각각 숨기지 말고 직언 극간直言極諫하여 짐의 허물을 깁게 하라.

양 공자 계하에 부복俯伏하여 경각간에 수천 언을 아뢰니, 대강 왈,

　신이 듣사오니, 임금의 천하를 다스리는 도는 마땅히 하늘을 법 받을지라. 《주역》에 왈, '윤지이풍우潤之以風雨하고 고지이뇌정鼓之以雷霆이라.'[47] 하며, 우又 왈, '사시행언四時行焉하며 만물이 성언成焉이라.'[48] 하니, 하늘이 만물을 화육化育하사 풍우로 윤택하며 호생지덕好生之德을 내리실 뿐 아니라 반드시 뇌정雷霆으로 호령하사 경동하는 위엄이 있은 후 사시에 운행함이 체울滯鬱[49]치 아니하고 만물이 생장하며 소통하니 연고로 춘하春夏로 생장하고 추동秋冬으로 숙살肅殺[50]함은 그 기운을 합벽闔闢[51]하여 조화를 베풀고자 함이라. 고지성왕古之聖王은 이를 효칙한 고로 혜택 인정惠澤仁政은 춘하의 생장함을 모방하고 법령 형정法令刑政은 추동의 숙살함을 본받으니, 일장일이一張一弛[52]하고 일생일살一生一殺하여 뇌확강단牢確剛斷[53]함이 있은 후 교화가 유시이성언由是而成焉하고 위령威令이 유시이행언由是而行焉하며 혜택이 유시이출언由是而出焉하고 기강이 유시이입언由是而立焉하니[54], 만일 호생지덕으로 무마창생撫摩蒼生[55]하고 숙살지위肅殺之威로 일분 징려一分懲勵[56]치 않은즉 이는 하늘이 사시四時 없음이라. 만물이 어찌 생장하며 교화를 어찌 이루리오. 연고로 고인이 일국을 일신에 비유하니 임금은 마음이요 신하는 수족이라. 평거 무사平居無事에 마음이 안일한즉 수족의 운용함이 해태懈怠하고 창졸 환란에 마음을 청정한즉 수족의 주선함이 첩리捷利[57]하니 유차관지由此觀之 즉 천하만사가 안일한 데 총생叢生하고 청정한 데 진쇄振刷함이라[58]. 이러하

---

47) 풍우로 적시어 윤택하게 하고 우레를 통해 북돋움.
48) 네 절기가 바뀌며 만물이 이루어짐.
49) 마음이 답답하고 울울함.
50) 쌀쌀한 가을 기운이 풀이나 나무를 말려 죽이는 것.
51) 열고 닫음.
52) 한번 당기고 한번 늦춘다는 뜻으로, 사람을 부릴 때는 부리고 쉴 때는 쉬게 함.
53) 확고히 결단함.
54) 교화가 이로 말미암아 이루어지고, 위엄 있는 명령이 이로 말미암아 행해지고, 어진 정치의 혜택이 이로 말미암아 나오고, 기강이 이로 말미암아 확립되니.
55) 백성을 어루만짐, 곧 백성을 다스린다는 뜻.
56) 모든 것을 죽이는 위엄으로 징계하는 데 힘씀.
57) 날래고 민첩함.
58) 나쁜 정을 말끔히 떨궈 버리고 새롭게 하는 것.

므로 고지성군古之聖君이 위로 천도를 법 받고 아래로 인사를 살펴 안일함을 근심하고 진쇄함을 생각하나이다.

이제 폐하께서 그 도를 듣고자 하사 선후완급을 물으시니, 대재大哉라 왕언王言이여! 대개 치국治國하는 도가 완급을 모른즉 충언 가모忠言嘉謀는 문구로 돌아가고 선후를 도착한즉 경륜 득실經綸得失이 실효 없으니, 연고로 요순지치堯舜之治를 임금마다 흠앙하나 이루지 못하고 직설지사稷契之事를 신하마다 사모하나 행한 자 적음은 다름 아니라 그 선후완급을 알지 못함이라. 신은 써 하되 금일 조정의 급무를 말할진대 먼저 기강을 세울지니 신이 청컨대 고사로 징거徵據하리다. 당우唐虞 이전은 덕으로 교화하고 하은夏殷 이후는 공으로 다스리니 이 이른바 왕도王道요, 진나라는 힘으로 일어나고 힘으로 지키니 이 이른바 패도霸道요, 한나라는 지혜로 창업하고 지혜로 수성守成하니 이 이른바 왕패王霸 병용併用[59]함이요, 진당晉唐은 실어부문失於浮文하고 대송大宋은 병어조박病於糟粕하니[60] 이는 혹왕혹패或王或霸하여 득실이 상반함이라. 당우 이전은 풍속이 순박한 고로 덕으로 교화하고 하은 이후는 인문이 총명한 고로 공으로 다스리고 전국 이래로 진나라에 미쳐는 풍기 강성한 고로 힘으로 일어나고 한, 당, 송 이후는 인기人氣 강쇠降衰하여 순잡純雜이 상반하니 경권經權[61]을 짐작하여 지혜로써 다스림이라. 왕도는 그 일어남이 더딘 고로 그 누림이 장원長遠하고 패도는 그 일어남이 속한 고로 그 패함이 급하며, 왕도는 그 나중이 우미優美하고 패도는 그 나중이 괴란壞亂하니, 이는 천지 운수가 고금이 부동하며 국가 치란이 규모가 다름이라. 대개 왕도는 경법經法이요 패도는 권술權術이니 경권經權이 득중得中한즉 이 또한 성인지도聖人之道라. 신은 써 하되 왕패王霸 병용은 후세 치국하는 불역지법不易之法이어늘 근일 우괴迂怪한 의논이 출패행왕黜霸行王함을 자구藉口하여[62] 그 말씀을 들은즉 요순지치에 가까우나 그 실효를 의논한즉 당송지치唐宋之治를 불급不及하니, 그 창고蒼古한 자는 평성간척平城干戚을 대담하고[63], 지혜 있는 자는 조삼모사朝三暮四를 자랑하며, 묘당廟堂으로 말할진대 주책籌策이 크고 체모가 중하므로 세무細務를 이미 묻지 아니하고 승평昇平을 누려 안일함을 일삼으매 또한 장원長遠한 염려 없으며, 대각臺閣으로 말할진대 시비 충역是非忠逆이 시세를 돌아보아 풍채를 임의로 못 하며 진퇴 출입이 전례를 준행하여 일어일묵一語一默에 주견이 없으며, 자사 수령으로 말할진대 관작의 계제를 의논하고 인재의 현부를 불문하며 능봉廩俸의 풍박豐薄[64]으로 득실을 교계較計하고 민생 휴척民生休戚[65]을

---

59) 왕도王道와 패도霸道를 아울러 씀.
60) 진나라와 당나라는 부화한 문장에 빠져 실패하였고, 송나라는 옛글의 찌꺼기에 병들었으니.
61) 바른 방법과 임시 수단을 쓰는 방법.
62) 괴상한 의논이 '패도를 배척하고 왕도를 행하겠다.' 고 핑계 대며 입에 오르내려.
63) 옛것을 지킨다는 자들은 나라를 지키는 무예에 대해 크게 떠들고.

예사로 알며, 사습士習으로 말할진대 고궁독서固窮讀書[66]함을 조롱하고 요행 진취함을 희개晞覬[67]하며 졸한 자는 비탄궁려悲嘆窮慮에 기운이 저상하고 격한 자는 자포자기하여 의사 불울怫鬱하며, 풍속으로 말할진대 윤기倫紀 무너지고 염치 도상倒傷하여 사치 지습奢侈之習과 곤궁지탄困窮之歎이 조불려석朝不慮夕[68]하여 장원한 생각이 없고, 변무邊務[69]로 말할진대 사이팔만四夷八蠻[70]이 왕화를 모르고 제장 군졸諸將軍卒이 승평昇平함을 누려 이미 무마하는 교화가 없고 또한 경륜이 허소虛疎하며, 재화로 말할진대 민간에 취렴聚斂하여 원망이 부절不絶하고 국중에 일용하는 재력이 부족하며 창름倉廩이 공허하고 저축貯蓄함이 없으니, 폐하께서 심궁深宮에 처하사 비록 신성神聖 예지하시나 좌우의 보도輔導함이 아닌즉 어찌 천하 안위를 아시리까? 전후지신前後之臣이 다만 사해지부四海之富와 만승지귀萬乘之貴를 말씀하여 광하세전廣廈細氈[71]의 안일함을 돕고 만인지상萬人之上의 극난極難함을 간할 자 없으니, 비록 용루龍樓에 고요히 처하사 효루曉漏의 병침丙枕이 전전輾轉하시며[72] 총명소도聰明所到에 민우국계民憂國計[73]를 생각하시나 하늘이 밝은즉 또다시 전과 같으사 별반 경륜이 없을지니 이는 좌우의 찬양함이 없어 진쇄振刷치 못함이라.

오호라! 사해지광四海之廣과 만승지중萬乘之重으로 그 질고휴척疾苦休戚[74]이 폐하께 달렸거늘 폐하 어찌 마음을 한만히 두사 용단함이 없으리까? 홍범洪範에 왈, '유벽惟辟이사 작위작복作威作福이라'[75] 하니 위복은 임금의 기율紀律이요 치국지강령治國之綱領이라. 강령을 잡으며 기율을 세운 후 법령이 행하고 교화가 이루니, 이 이른바 기강이라. 고인이 기강을 그물에 비함은 그 벼리를 든즉 중목衆目[76]이 따라 들림을 위함이니 조정은 천하의 기강이요 임금은 만민의 기강이라. 폐하 천하를 다스리려 하신즉 먼저 조

---

64) 녹봉의 많고 적음.
65) 백성들의 기쁨과 걱정.
66) 곤궁한 처지에서 책을 읽음.
67) 기회를 노리고 엿봄.
68) 아침에 저녁을 헤아리지 못함.
69) 변방 지대의 일.
70) 중국 변방에 있는 여러 오랑캐 종족들.
71) 넓은 궁전의 푸근한 털방석.
72) 물시계가 새벽을 알리는데도 잠을 이루지 못하며. 병침은 임금이 잠자리에 드는 것.
73) 백성에 대한 근심과 나라에 대한 계책.
74) 백성의 병으로 인한 괴로움과 편안함과 근심.
75) 임금만이 위엄을 갖고 복을 지을 수 있음. 홍범은 《서경》의 글 이름.
76) 그물의 많은 눈.

정의 기강을 세우시고 만민을 교화코자 하신즉 먼저 임금의 기강을 잃지 마소서.

세간의 장수 된 자 백만 군을 거느려 진을 임하여 적을 대할새 반드시 상벌을 주장하고 병권을 오로지하여 삼군을 장악掌握에 넣은 후 성공하니 이제 폐하께서 억조창생을 거느려 사해를 다스리려 하시며 생살지권生殺之權과 경동지위警動之威를 밝히 못하사 일이 마음과 어기며 경륜이 생각과 상좌相左[77]하시니 기강을 어찌 세우며 풍속을 어찌 고치며 군하群下를 어찌 동독董督하며 폐막弊瘼[78]을 어찌 구하리까? 복유伏惟 아태조황제我太祖皇帝 개국 이후로 폐하께 미쳐 승평昇平 일구日久하며 군신 백료百僚 고사를 지키고 전례를 준행하여 자연 마음이 안일하고 생각이 해태懈怠함은 떳떳한 이치라. 비컨대 집을 경영할새 북산의 돌을 취하며 남산의 재목을 구하여 제도를 생각하고 정신을 초로焦勞하여 그 지음이 견고하여 자손이 입처入處하되 다만 편함만 알고 수고함은 모르는 고로 장원牆垣이 퇴폐頹廢하고 동량棟樑이 최절摧折[79]한즉 처음은 근심하고 나중은 한만하여 경복지환傾覆之患[80]을 당하는 자 있으니, 그 자손 된 자 만일 내부내조乃父乃祖[81]의 창건하던 마음의 백분지일이라도 두어 진쇄振刷한즉 어찌 이 지경에 이르리오? 폐하께서 이제 천하같이 큰 집을 세구연심歲久年深하여 그 경퇴傾頹함을 염려치 아니하신즉 신이 감히 말씀할 바 아니오나 전전긍긍하여 박빙薄氷을 밟는 듯하신 우우다사于于多士[82]를 대하여 일득지견一得之見[83]을 물으시니 어찌 정식 문법으로 예답例答[84]하리꼬? 연이나 세쇄細瑣한 조목과 시급한 경륜은 촌관척지寸管尺紙[85]로 창졸에 다 못 할지라. 만일 신의 말이 그르지 않음을 허하사 다시 천장각天章閣을 열고 필찰을 내리오사 구구히 흉중胸中 온포蘊抱[86]를 다하라신즉 사양치 않으리이다.

이때 천자 다사의 글을 친히 상고하실새 대동소이하여 우열이 없거늘 천안天顔이 불열不悅하시더니 창곡의 글을 보시고 대회 왈,

"이는 한지가의漢之賈誼[87]요 당지육지唐之陸贄[88]라. 짐이 오늘이야 동량주석棟樑柱石

---

77) 서로 어긋남.
78) 고치기 어려운 폐단.
79) 꺾임.
80) 무너지는 재난.
81) 자기 아버지나 할아버지.
82) 자신 있는 선비.
83) 좋은 의견 하나.
84) 으레 하는 답. 형식적인 대답.
85) 짧은 붓과 작은 종이쪽지.
86) 가슴 속의 포부. 이상.

을 얻었다."

하시고 제일로 뽑아 창명唱名하라 하시니, 창곡이 탑전에 진복進伏한대, 각로 황의병黃義
炳이 주奏 왈,

"창곡은 연소 소아라. 어찌 경륜 문자를 지으리오? 탑전에 다시 칠보시七步詩를 지어 시
험함이 가할까 하나이다."

언미필言未畢에 또 일위 재상이 출반주出班奏 왈,

"창곡은 신진소년이라 불학무식하고 주어문자奏御文字에 망솔妄率[89]함이 많사오니 그
삭과削科[90]하심이 가할까 하나이다."

하니 필경 천자는 어찌하신고? 하회를 보라.

제7회 윤 상서 동상에 가랑을 맞고
양 한림이 강주에서 선랑을 만나다
尹尙書東床迎佳婿　楊翰林江州遇仙娘

각설, 천자 창곡의 글을 칭찬하시고 제일로 뽑으시니 일위 재상이 출반주出班奏 왈,

"옛 성인의 말씀이 요순지도堯舜之道 아니어든 임금께 베풀지 말라 하였거늘 이제 창곡
이 패도霸道를 말하니 그 불가함이 하나이요, '홍범洪範'에 위복威福을 일컬음은 신하
를 경계함이어늘 창곡이 그릇 군부를 간하니 그 불가함이 두 가지라. 복원伏願 폐하는
창곡의 과명科名을 삭削하사 사방 선비로 고군지사告君之辭[1]를 삼가게 하소서."

모두 보니 참지정사 노균盧均이라. 노균은 당나라 노기盧杞의 후예니 성품이 교사巧邪
하여 총명 재국聰明才局이 족히 인주人主를 아당阿黨[2]하고 언론 풍채 능히 조정을 겸억鉗
抑[3]하니 소인을 친히 하고 군자를 시기하여 조권朝權을 탁란濁亂[4]한 지 오래나 연고年高

---

87) 한나라의 충신인 가의. 최연소 박사가 된 후 '과진론過秦論' 등 유명한 글을 많이 남겼다.
88) 당나라의 충신인 육지. 글 솜씨가 뛰어나고 성품이 강직하여 황제에게 직언하는 글을 많
　　이 올렸다.
89) 임금에게 아뢰는 문장에 망령되고 경솔함.
90) 과거 급제자에서 빼 버림.

1) 임금에게 아뢰는 말.
2) 임금에게 아첨함.

하고 고사故事를 아는 고로 천자 새로 즉위하사 선조先祖 노신으로 예대禮待하시더니, 이 날 창곡의 문장 경륜의 절인絶人함과 천자의 칭찬하심을 보고 심중에 불평하여 이같이 아룀이라.

천자 들으시고 불열不悅하시더니, 또 일위一位 재상이 주奏 왈,

"신은 듣자오니 당나라 왕발王勃은 구 세에 문장이 이름나고 송나라 구준寇準은 십구 세에 등제登第하여 묘년 재국妙年才局5)이 조정을 놀라게 하니 자고로 재학 문장才學文章이 연치年齒 다소에 있지 않음이라. 각로閣老의 말씀이 십분 온당치 못하오며 폐하께서 이제 다사多士를 대하사 시무를 물으시니 대답함이 각각 뜻을 말할 것이요, 또한 치국지도治國之道는 고금이 부동하니 어찌 경권經權의 참작함이 없으리오? 이제 참지정사 노균의 고집한 말씀이 창곡을 핍박하여 출신지초出身之初6)에 예기를 꺾으니 선비를 장발獎發하는 도리 아니요, 경술經術을 운색隕塞하여 언로를 막고자 하니 십분 공평한 의논이 아니라. 신은 써 하되 창곡의 문장은 동중서董仲舒, 가의賈誼7)도 당치 못할 바요 한위공韓魏公, 부필富弼에 양두讓頭치 않을 것이며8) 창곡의 직언과 극간이 급장유汲長孺, 위징魏徵9)의 풍채가 있사오니, 하늘이 양필良弼10)로 폐하께 드림인가 하나이다."

좌우 그 재상을 보니 부마도위 진왕秦王 화진花珍이라. 개국공신 화운花雲의 증손이니 연기 스물에 문무쌍전文武雙全하고 풍류 호방하여 황상皇上의 매서妹婿11)로 토번을 평정하고 진왕을 봉하였더니 마침 입조入朝하였다가 창곡을 한번 보매 탁월한 인재임을 알고 노균의 협잡함을 통한함이라.

노균이 분하여 다툼을 마지 아니하더니 창곡이 이에 기복起伏 주 왈,

"소신이 노무魯莽한 재학才學12)으로 외람되이 과갑科甲에 참예하니 폐하의 인재 구하

---

3) 조정을 억누름.
4) 조정의 권세를 어지럽힘.
5) 젊은이의 재능.
6) 벼슬자리에 오른 처음.
7) 동중서董仲舒는 한나라 때의 유학자이자 재상으로, 특히 당대는 물론 후대의 정치 철학를 세우는 데 큰 공을 세웠다. 가의賈誼는 한나라 때 학자이자 정치가.
8) 송나라의 이름 높은 재상 한 위공 곧 한기韓琦와 부필富弼에게 양보하지 않을 것이며.
9) 한나라 때 사람 급암汲黯은 아첨하는 사람을 비판하며 왕에게 항상 곧은 말로 간하다가 왕의 노여움을 사서 회양 땅 태수로 좌천되었다. 위징魏徵은 당나라 때 사람으로 곧은 마음으로 임금에게 간하기를 잘하였다고 한다.
10) 좋은 신하.
11) 황제의 매부.
12) 거칠고 조잡한 재주와 학문.

시는 본의 아니라. 또한 신자 되어 사군지초事君之初에 기군지목欺君之目[13]을 듣고 주어문자奏御文字에 삼가지 못하여 대신의 논박을 듣사오니 어찌 언연히 은총을 탐하여 염우廉隅를 돌아보지 않으리까? 복원 폐하는 신의 과명을 삭하여 천하 선비로 하여금 기군지습欺君之習을 징계케 하소서."

차시 창곡의 나이 십육 세라. 말씀이 당당하여 대〔竹〕를 때리는 듯하니 궁중 상하가 막불대경莫不大驚하고 천자도 희동안색喜動顔色하사 왈,

"창곡이 비록 연천年淺하나 주대奏對하는 예모는 노사숙유老士宿儒라도 당치 못하리로다."

하시고, 즉시 홍포 옥대紅袍玉帶와 쌍개안마雙个鞍馬[14]와 이원 법악梨園法樂[15]과 채화彩花 일지一枝를 주시고 한림학사를 배배하사 자금성 제일방 갑제甲第[16]를 사송賜送하시니, 양 한림이 홍포 옥대로 사은하기를 마치매 어구마御廐馬[17]를 타고 일쌍 보개寶蓋와 이원 법악을 앞세우고 자금성 사제私第로 나올새 구경하는 자 길이 메어 양 한림의 옥모 영풍玉貌英風과 영화부귀를 칭찬하는 소리 우레 같더라.

문전에 이르매 거마는 구름 같고 당상에 오르매 빈객이 만좌하더라.

좌우 보하되 황 각로가 오신다 하거늘, 한림이 하당영지下堂迎之하여 예필禮畢 좌정坐定에, 각로 소소笑 왈,

"학사의 소년 공명이 일세에 진동하니 미구에 노부 지위에 이를라. 국가의 득인得人하신 기쁨이 가이없도다. 노부 탑전榻前에서 실착失錯[18]함이 많으나 이는 학사의 재주를 빛냄이니 노부의 혼모昏耗함을 허물치 말라."

한림이 손사遜辭하더라.

익일 한림이 선진先進 문하에 회사回謝[19]할새 먼저 황 각로 부중에 이르니, 각로 흔연欣然 관대款待하여 말이 미미娓娓하더니[20] 홀연 주찬을 내와 술이 수배數杯에 미쳐 각로 좌석을 옮겨 한림의 손을 잡아 왈,

"노부 한 말이 있으니 학사의 뜻이 어떠하뇨? 노부 노래老來에 한 딸이 있으니 족히 군자의 짝이 될라. 학사 아직 미취未娶함을 아니 진진지의晉秦之誼[21]를 맺음이 어떠하

---

13) 임금을 속였다는 죄목.
14) 안장 지은 말 두 마리.
15) 왕실에 소속된 음악원 또는 그곳에서 음악을 연주하는 악사.
16) 가장 크고 좋은 집.
17) 왕실에서 쓰는 말.
18) 임금 앞에서 실수함.
19) 돌아다니며 고맙다고 인사함.
20) 그칠 새 없이 이야기를 나누더니.

뇨?"

한림이 이 말을 듣고 심중에 생각하되,

'황 각로는 탐권낙세貪權樂勢하는 재상이라 내 미타未妥[22]한 바요, 또 홍이 윤 소저를 천거하니 그 조감이 그르지 않을 뿐 아니라 내 차마 사람이 없으므로 그 말을 저버리리오.'

하고 대 왈,

"시생이 위로 부모 계시니 어찌 고치 아니하고 결단하리꼬?"

각로 왈,

"노부도 아니, 다만 학사의 의향이 어떠한지 알고자 함이라. 바라건대 일언을 아끼지 말라."

한림이 정색 대 왈,

"혼인은 인륜대사라. 소자가 어찌 천단하리꼬?"

각로 묵연부답默然不答하더라.

한림이 돌아올새 큰 길거리에 나오니 갈도喝道 소리[23] 나며 일위 재상이 나오거늘 자세히 보니 노균이라. 한림을 보고 수레를 잡고 사례 왈,

"내 학사를 찾고자 하더니 노중에서 만났도다. 내 집이 멀지 아니하니 잠깐 감이 어떠하뇨?"

한림이 부득이 따라가니 참정이 정좌하고 소 왈,

"내 일찍 형을 탄박彈駁함이 있으나 일시 소견이 부동함이라. 형은 심노心怒치 말라."

한림 왈,

"창곡은 후진後進 소년이라. 가르치심을 어찌 노하리오?"

참정이 소 왈,

"문회연聞喜宴[24]에 구혼함은 옛 풍기風氣라. 내 들으매 형이 아직 미취하다 하니 과연 그러하냐?"

한림 왈,

"연然하니이다."

참정 왈,

"저에게 한 누이 있어 범절이 남에게 뒤지지 않을지니 형으로 더불어 남매지의를 맺음이

---

21) 춘추 시대 진 헌공晉獻公이 진나라와 우호를 위해 자기 딸을 진 목공秦穆公에게 시집보낸 고사에서 온 것으로, 두 집안간의 혼인을 맺는 일을 말한다.

22) 마땅하게 여기지 않음.

23) 높은 벼슬아치가 다닐 때 사람들이 길을 비키도록 외치는 소리.

24) 과거 급제를 축하하는 잔치.

어떠하뇨?"

한림이 괴로이 여겨 대 왈,

"이는 부모의 명하실 바라. 창곡의 주장할 일이 아니오나 내 일찍 듣자오매 의혼議婚한 곳이 계신가 하나이다."

참정이 한림의 냉락冷落함을 보고 다시 말이 없으니 대개 노균이 당일 한림을 삭과코자 하다가 뜻같이 못하매 누이를 가져 미인계를 삼아 전화위복코자 하더니 못 될 줄 알고 앙앙함이 더하더라.

한림이 돌아와 생각하되,

'노, 황 양가의 구혼함이 급하니 만일 지완遲緩한즉 궤계詭計가 생길지라. 내 마땅히 윤 상서를 보고 의향을 탐지한 후 집에 돌아가 바삐 윤 소저에게 성혼하리라.'

즉시 윤부尹府에 가 명첩名帖을 드리니 윤 상서 맞아 좌정하고 소 왈,

"학사는 노부를 기억할쏘냐?"

한림이 미소 대 왈,

"시생이 시인詩人 낭적浪跡[25]으로 일찍 압강정에서 존안을 뵈온 듯하오니 어찌 잊사오리꼬?"

상서 흔연 소 왈,

"학사의 얼굴이 수월지간에 엄연 장대하여 거의 몰라볼 듯하니 마땅히 실가室家의 낙樂[26]이 있을지라. 뉘 집과 정혼하뇨?"

한림 왈,

"시생이 집이 한미하와 아직 정혼치 못하니이다."

상서 침음하다가 왈,

"학사 이측離側[27]한 지 오래니 어느 때 근행勤行코자 하느뇨?"

한림 왈,

"조정에 수유受由[28]하고 즉시 가려 하나이다."

상서 다시 침음 왈,

"학사의 근행하는 날 귀부貴府에 나아가 작별하리라."

한림이 그 의혼할 뜻이 있음을 짐작하고 돌아와 상소하여 근행함을 청하니, 상이 탑전에 인견하시고 하교 왈,

"짐이 경을 새로 얻어 오래 좌우를 떠남이 창연하나 경의 부모의 의려지정倚閭之情을 위

---

25) 떠돌아다니는 자취.

26) 가정을 꾸며 부부가 함께 살아가는 재미.

27) 부모의 곁을 떠남.

28) 벼슬아치가 말미를 얻음.

로코자 하여 수월 말미를 허하니 양친을 받들어 빨리 경제京第[29]로 올라오라."

다시 하교하사 창곡 부 양현을 예부 원외랑을 배拜하여 본군으로 거마를 주어 치송治送하라 하시니, 이는 특별히 하신 은전이라. 제우際遇[30]의 융숭함을 알리라.

익일 청신淸晨에 윤 상서 한림을 작별하고자 왔더니, 황 각로도 또 이르러 조용치 못함을 보고 상서 침음양구沈吟良久에 몸을 일어 왈,

"학사는 원로에 행리行李를 보중하라. 환제還第하는 날 다시 와 보리라."

하더라. 황 각로 또 번잡한 말로 반상半晌 후에 가니라.

명일 한림이 기구를 갖추어 동자를 데리고 등정할새 지나는 곳마다 점인들이 가리켜 왈,

"수월 전 초초 단복草草單僕[31]으로 지나가던 수재 금일 이같이 부귀하니 인간 궁달을 어찌 알리오?"

하더라. 한림이 길을 재촉하여 십여 일 만에 일처에 이르니 동자가 고 왈,

"직로로 간즉 소주로 가고 오십여 리를 돈즉 항주를 거쳐 가나이다."

한림이 추연 왈,

"내 일찍 부거赴擧할 제 항주로 왔으니 어찌 옛길을 잊으리오? 항주로 가게 하라."

동자 한림의 뜻을 알고 행하매 점점 산천이 명려明麗하고 인물이 번화하여 멀리 바라보니 맑은 물과 청수한 멧부리는 서호西湖 전당錢塘의 가려佳麗한 물색을 알리라. 노방에 소정小亭이 있거늘 자세히 보니 연로정燕勞亭이라. 이운(시든) 버들은 우설雨雪이 비비霏霏[32]하나 오히려 옛 색을 띠고 있으며 다리 아래 물소리는 석양을 띠어 오열嗚咽히 흐르니, 한림이 비록 장부의 범범한 마음이나 어찌 소혼단장消魂斷腸치 않으리오? 현연泫然[33]한 눈물을 스스로 억제하고 항주 성외에 사처를 정한 후 고등孤燈을 대하여 자연 처창한 흉금을 정치 못하여 왈,

"내 전일 부거할 제 이곳 객점에서 서천西川 수재를 만나 양소 명월良宵明月을 운치 있게 보냈더니 금일 무료한 심회를 뉘라서 위로하리오? 홍이 만일 일분 정령이 있은즉 비록 몽중이라도 이 부인李夫人[34]의 진면眞面을 나타내어 고인의 경경耿耿한 심사를 생각하리라."

하고 베개를 의지하여 잠을 이루고자 하더니, 본부 자사 기악妓樂과 배주杯酒를 가지고 나

---

29) 서울에 있는 집.

30) 임금과 신하 사이에 뜻이 잘 맞음.

31) 초라하게 종 한 명 데리고.

32) 비와 눈을 흩날려.

33) 눈물이 줄줄 흐름.

34) 한 무제漢武帝가 사랑한 여인. 이 부인이 일찍 죽자 한 무제는 신선의 힘을 빌려 이 부인을 꿈에서라도 다시 만나고자 했다.

와 접대하거늘, 한림이 사양하고 일개 노기老妓를 두어 소견消遣할새, 노기 주배를 받들고 일곡 노래를 아뢰니, 그 가歌에 왈,

석양 방초芳草 처처萋萋한 길에 반갑도다 벽도화야!
십 리 전당錢塘 예언마는 꽃을 보지 못하도다.
아마도 강남에 돌아가는 손이 연분이 엷음인가 하노라.

한림이 노래에도 흥치 없더니 이 글을 들으매 자기의 지은바 홍의 부채에 쓴 글이라. 일변 반기며 초창怊悵히 문 왈,
"이 노래는 뉘 지은 바뇨?"
노기 추연惆然 탄歎 왈,
"이는 고기故妓³⁵⁾ 홍랑의 소전所傳이라. 홍이 지조가 높아 평생 지기知己 없더니 지나가는 수재를 만나 이 노래를 수창酬唱했다 하더이다."
한림이 더욱 초창하여 기색을 감추지 못하니, 노기 의심하더라.
아이오 계성鷄聲이 악악喔喔하고 두병斗柄이 기울어³⁶⁾ 효색曉色을 재촉하니, 한림이 동자를 명하여 향화香火 지촉紙燭과 주과를 갖추어 전당호 물가에 이르니, 강촌이 적막하고 성월星月이 소슬한데 새벽안개 물낯에 둘렸거늘, 한림이 친히 일 주炷 향을 살라 홍에게 제祭하니, 그 제문祭文에 왈,

모년 모일에 한림학사 양창곡이 천은을 입어 금의환향할새, 전당호에 이르러 일배주 一杯酒를 들어 홍랑의 혼을 불러 왈, 오호 홍랑아 금일 내 간장이 철석같음을 알리로다. 내 차마 황주 길을 다시 오며 서호 풍경을 다시 대하리오. 저 곤곤滾滾한 물결이 주야 동으로 흘러 어디로 향하느뇨? 유유悠悠한 내 생각이 물을 따라 가이없도다. 옥 같은 뼈를 강중에 거두지 못함이요 꽃다운 혼이 강상에 놀리로다. 반죽斑竹에 소슬한 바람이 읾이여! 옷깃을 불어 앎이 있는 듯하도다. 오호! 홍랑아, 평생에 지기 없음이여! 서봉西峰에 지는 달이 주배酒盃에 비취는도다. 눈물로 수항數行 서書를 씀이여! 목 맺혀 충곡衷曲을 다 못하노라.

한림이 읽기를 마치매 울음소리 눈물을 따라 걷잡지 못하니, 동자와 좌우도 불승오열不勝嗚咽하고 항주 노기도 바야흐로 깨달아 감루感淚를 흘리며 탄 왈,
"홍랑은 가위可謂 사무여한死無餘恨³⁷⁾이로다."

---

35) 죽은 기녀.
36) 닭은 꼬끼오꼬끼오 하고 울고 북두칠성은 기울어.

하더라. 한림이 지전 향촉을 거두어 강중에 던지고 새로이 심사 초창하여 망연히 섰다가 돌아와 행장을 수습할새 노기를 보며 작별 왈,

"내 행중에 가져온 것이 없어 사소 은자로 정을 표하노라."

노기 사양 왈,

"첩이 어찌 이를 바라리꼬? 다만 상공의 지으신 제문을 얻어 강남 청루의 아름다운 사적을 삼을까 하나이다."

한림이 웃고 허락하니라.

천명天明에 즉시 등정登程하여 소주 땅에 이르러 석일昔日 지나던 객점을 찾아 쉴새, 점인店人이 전도顚倒히[38] 맞아 동자를 보고 일변 반기며 일변 놀라 전일 지나가던 수재 줄 깨닫고 문후하거늘, 한림이 소笑 왈,

"내 표모漂母의 후의厚意[39]를 오래 갚지 못하도다."

하고 백금으로 주니, 점인이 과함을 사양하더라. 다시 길을 재촉하여 수 리를 행하더니 큰 고개 있으니 동자 소 왈,

"저 흉악한 고개 적한賊漢을 만나 행자를 잃은 곳이라. 적한은 어데 가고 금일 탄탄대로 이뇨?"

하거늘, 한림이 살펴보니 과연 석일 넘던 고개라. 수목을 베고 길을 넓혀 주점이 무수히 생겼으니 한림이 의아하더라.

차시此時 한림이 경거쾌마輕車快馬로 기구를 차려 전일 초초 단복單僕으로 건려蹇驢를 채쳐[40] 초초 전진前進함과 다르고 고향이 점점 가까우매 망운望雲[41]하는 정성이 착급着急하여 일찍 등정하고 늦게 쉬더니, 일일은 동자 채찍을 들어 가리켜 왈,

"반갑도다, 옥련봉이여!"

하거늘, 한림이 이윽히 보다가 눈을 들어 고향 산색을 반기며 동자를 명하여 먼저 들어가 양친께 고하라 하니, 차시 처사 부부 비록 아자兒子의 등과登科한 회보를 들었으나 귀근歸覲[42]할 기약을 모르더니 그 반기는 마음을 어찌 다 말하리오? 내외 양인이 죽장竹杖을 짚

---

37) 죽었어도 한이 없다고 할 만함.

38) 거꾸러질 듯이. 급히 뛰어나오는 모양.

39) 빨래하는 노파의 깊은 은혜. 한신韓信이 곤궁할 때 빨래하는 노파의 밥을 얻어먹었다 하는데, 양창곡이 제가 지난번 어려울 때 받은 은혜를 가리키며 하는 말.

40) 나귀를 재촉하여. '건려'는 본디 '다리 저는 나귀'라는 뜻.

41) 타향에서 부모를 그리워함. 당唐나라 때 적인걸狄仁傑이 부모를 생각하며, 태항산太行山에 올라 한 조각 흰 구름이 떠가는 것을 보고, "내 부모께서 저 아래에 살고 계신다." 면서 슬프게 바라보다가 그 구름이 사라진 뒤에야 자리를 떠났다고 한다.

42) 양친에게 돌아와 뵘.

고 시문柴門을 의지하여 바라매 학사 어사 홍포御賜紅袍[43]로 채화彩華를 머리에 꽂고 동구에 하마下馬하여 번화한 기상과 장대한 거동이 어찌 해제孩提로 알던 창곡이리오? 반김이 극하니 집수執手 왈,

"우리 오십 년에 너를 얻어 양씨 일맥이 부절不絶함을 기뻐하고 영화부귀의 희개晞覬함을 겨를치 못하였더니, 네 이제 입신양명하여 엄연히 조관朝官의 모양이 되니 이 어찌 바란 바리오!"

창곡이 양친의 손을 받들어 고 왈,

"소자 불효하와 반년 이측離側에 존안이 더욱 쇠로衰老하시니 조석朝夕에 의려倚閭하사 이우貽憂[44]됨을 알소이다."

다시 천은이 망극하와 관작을 더하시고 수이 경저로 모이게 하시는 성지聖旨를 말하고, 본현 지부知府 거마 행장을 갖추어 문전에 대후待候하니, 원외員外 부부 행장을 수습하여 수일 후 등정할새 동네를 이별하고 황성으로 오니라.

차설且說, 윤 상서 당일 한림을 보고 돌아와 부인 소蘇 씨를 대하여 왈,

"내 여아를 위하여 가서佳壻를 구하나 합의合意한 자 없더니 신방 장원新榜壯元 양창곡이 후진後進 중 제일 인물이나 다만 그 집이 청고淸高한 선비라. 내 집과 결혼함을 기필치 못하나 양가楊家 일행이 상경함을 기다려 가신可信한 매파를 안으로 먼저 보내어 그 의향을 탐지함이 좋을까 하노라."

소 부인 왈,

"근간 매파 족히 믿을 자 없사오니 제 유모 설파薛婆가 비록 용렬하나 궤사詭詐 적으니[45] 마땅히 양가의 입성함을 기다려 설파를 보내어 볼까 하나이다."

상서 점두點頭하더라.

이때 연옥이 마침 창외窓外에 섰다가 상서 부부의 수작을 듣고 양창곡이 공자의 이름임을 심중에 기이하여 생각하되,

'공자 만일 소저와 배필이 되면 홍랑의 혼이라도 신기하여 하려니와 그 평생 고심苦心을 알 자 없으니 내 어찌 소저께 한번 설파說破치 않으리오.'

다만 발설할 기회 없더니 한 계교를 생각하고 차야此夜에 소저 침실에 촛불을 돋우는 체하고 전일 회중懷中에 품었던 양 공자의 편지를 상전牀前에 빠치고(빠뜨리고) 나가니, 소저 집어 보고 괴이히 여겨 옥을 불러 문 왈,

"이 종이 네 회중에서 떨어진 것이니 그 무슨 종이뇨?"

옥이 거짓 놀라는 체하여 왈,

---

43) 임금께서 하사하신 붉은빛 예복.
44) 밤낮으로 문에 기대어 자식을 걱정함.
45) 사람은 어수룩하나 속이는 일은 하지 않으니.

"이는 고주故主 홍랑의 필적이로소이다."

소저 정색 왈,

"내 너로 더불어 마음을 속임이 없거늘 네 내게 은휘함이 있으니 어찌 서로 믿는 뜻이리오?"

옥이 이에 함루含淚 왈,

"소저 이같이 물으시니 천비賤婢 어찌 심곡心曲을 기망欺罔하리오? 고주 홍랑의 지개志槪 높음은 소저의 아시는 바라. 범부凡夫에 허신許身할 뜻이 없더니 의외에 여남汝南 양 공자를 만나 압강정에서 한 번 보고 백년지약을 금석같이 맺었더니, 조물이 저희하여 유유 만사悠悠萬事는 일장춘몽이 되니, 홍랑의 원통함은 이르지 말고 천비의 바라던 바 또한 끊어지니, 구구한 마음이 일장 서간으로 신적信迹을 삼아 양 공자와 노주지연奴主之緣46)을 이뤄 홍랑에게 못 갚던 은덕을 양 공자께 갚사와 고주의 영혼으로 사생에 의심되지 않음을 알게 할까 함이로소이다."

언필言畢에 오열嗚咽 함루含淚하니, 소저 그 뜻을 측연惻然히 여기더라.

옥이 눈물을 거두고 촉하燭下에 미미微微히 웃거늘, 소저 문 왈,

"웃는 뜻은 무슨 곡절인고?"

옥이 저두부답低頭不答거늘, 소저 소 왈,

"정히 심심하니 아무 말이나 은휘 말고 파적破寂케 하라."

옥이 다시 소저의 눈치를 살피며 소 왈,

"천비 아까 노부인 침실에 갔더니 노 상공이 부인과 소저의 혼사를 의논하실새 의향이 양 한림께 계시니 양 한림은 곧 양 공자라."

언미필言未畢에 소저 얼굴이 붉어지며 옥을 꾸짖어 왈,

"요망한 것이 아무 말이나 엿듣기를 잘하는도다."

옥이 촉하에 돌아앉으며 왈,

"천비 웃기는 심중에 소회 있음이라. 소저 이제 강박히 물으시고 도리어 책하시니 천비 다시는 개구開口 않으리라."

소저 소 왈,

"네 소회는 무엇인고?"

옥이 초연 부답悄然不答거늘, 소저 소 왈,

"내 다시 책責지 않을지니 소회를 말하라."

옥이 고쳐 함루 왈,

"금일 양 한림은 석일 양 공자요, 양 공자는 홍랑의 지기知己라. 홍이 일찍 공자를 대하여 소저의 현숙하심을 천거하니 공자 점두點頭 허락함을 천비 친히 들었더니, 이제 소저

---

46) 종과 주인의 인연.

만일 혼사를 양 한림께 정하신즉 천비의 사사로이 기쁜 바오나 다만 홍랑의 고심혈성苦心血誠[47]을 알 이 없사오니 불쌍치 않으리까?"

소저 묵묵부답하더라.

차시 양가 일행이 황성에 이르니, 보는 자 처사 부부의 다복함을 흠선欽羨치 않을 이 없더라.

양 원외 궐하에 사은하매 천자 인견引見하사 왈,

"경이 비록 물외物外에 고상高尙하나 정력이 불쇠不衰하였으니 환로宦路에 나와 정사를 도우라."

원외 돈수頓首 주奏 왈,

"신이 국가에 공로 없이 관작을 모첨冒添하와 망극하신 은총을 도모하올 땅이 없사오니, 복원伏願 폐하는 신의 벼슬을 거두사 소찬素餐[48]하는 부끄럼이 없게 하소서."

천자 소 왈,

"경이 국가를 위하여 동량지신棟樑之臣을 낳아 바치니 어찌 공로가 없다 하리오? 신병을 조섭하여 짐의 향앙向仰하는 마음을 저버리지 말라."

원외 황공 퇴출退出하여 재삼 상소하여 벼슬을 갈고 후원 별당에 금서琴書로 소견消遣하더라.

하루는 한림이 양친을 시좌侍坐하였더니, 허 부인이 원외를 돌아보아 왈,

"아자의 나이 이미 십육 세요 거관居官[49]하였으니 성혼成婚함이 급한지라. 어찌코자 하시느뇨?"

원외 미처 답지 못하여 한림이 피석避席[50] 대對 왈,

"소자 불초하와 미처 고告치 못하였사오나 정한 뜻이 있나이다."

하고, 부거赴擧하는 길에 도적을 만나 압강정에 갔던 말과 강남홍을 만나 지기 허심知己許心하고 윤 소저를 천거하니 홍의 조감藻鑑이 절인絶人하여 반드시 그르지 않음을 일일이 고하고, 또 황 각로의 구혼함을 말씀하니, 원외와 부인이 차탄嗟歎 왈,

"이는 천정연분이나 윤 상서는 망중望重한 재상이라. 어찌 한미한 잔반殘班[51]의 집과 결혼코자 하리오."

한림 왈,

"소자 윤 상서를 보매 충후忠厚 장자長者라. 시속 재상이 아니니 한미함을 구애치 않을

---

47) 괴로운 마음과 지극한 정성.
48) 일은 하지 않고 녹만 받아먹는 것.
49) 벼슬을 살고 있음.
50) 앉아 있다가 일어섬. 공경의 뜻임.
51) 이미 몰락하여 세력을 잃은 양반.

까 하나이다."

원외 점두點頭하거늘, 허 부인이 다시 추연惆然 왈,

"사람의 숙원宿願을 이루지 못한즉 결원어명명結怨於冥冥[52]하리니 만일 윤부尹府에 성혼치 못한즉 홍의 일이 더욱 참혹하도다."

하더라.

차설, 소 부인이 양가 일행이 입성함을 듣고 설파를 보내어 혼사를 탐지코자 하여 설파를 불러 일러 왈,

"낭이 양부楊府에 가 능히 중매의 수단을 부려 의향을 탐득探得할쏘냐?"

설파 왈,

"노신이 세상을 칠십 년을 겪었으니 설마 남의 눈치를 모르리까?"

연옥이 소 왈,

"파파婆婆 어찌 눈치를 보려 하느뇨?"

설파 왈,

"세인이 반가운 말은 눈으로 듣고 괴로운 말은 코로 대답하니, 내 어두운 눈을 씻고 남의 큰 눈을 한번 본즉 귀신같이 짐작하리라."

모두 대소大笑하더라. 소 부인이 또 가르쳐 왈,

"시속 매파는 말이 수다하여 쉽게 노졸露拙[53]하니, 낭은 양부에 가 윤부에 있는 체 말고 다만 기색만 탐지하라."

설파 고개를 끄덕이며 왈,

"만일 어디 있음을 물은즉 어찌하리오?"

연옥이 소 왈,

"대답기 어려운 말을 묻거든 귀먹은 체하라."

모두 대소하더라. 소 부인이 우 왈,

"이러한 일은 약간 변사 있어야 하니, 파는 너무 고지식이 말라."

파 머리를 흔들며 왈,

"바른말 하여 죄 되는 바 없으니 천성을 어찌 고치리오?"

하고 망망히 가려더니, 파 우문又問 왈,

"이 혼인이 뉘 혼인이니까?"

소 부인은 부답不答하고 옥이 소 왈,

"양부에 규수 없고 윤부에 낭재郞材[54] 없으니 파파는 생각하여 보라."

---

52) 오랜 바람을 이루지 못하면 저승 세계에서도 원한을 맺음.
53) 자신의 못남을 드러낸다는 뜻으로, 여기서는 속마음을 드러낸다는 말.
54) 신랑감.

파 양구良久에 황연대각晃然大覺하여 가니, 소 부인이 연옥을 눈 주어 왈,

"너는 따라가 만일 실조失措[55]함이 있거든 깨우치라."

연옥이 양부 일행이 환가還家 후 가 보고자 하더니, 응명應命하여 따라 양부에 이르니, 허許 부인이 문 왈,

"낭은 어데서 왔느뇨?"

파 왈,

"노신은 윤부에 있지 않고 지나가는 매파로소이다."

옥이 옆에서 눈치 왈,

"윤부는 다시 일컫지 말라."

설파 점두 왈,

"내 이미 윤부에 아니 있노라 하였노라."

옥이 웃음을 참지 못하여 돌아서거늘, 허 부인 왈,

"저 아이는 뉘뇨?"

옥이 설파의 치졸稚拙을 염려하여 대 왈,

"소녀는 노랑의 딸이니이다."

부인이 문 왈,

"노랑은 매파라 하니 누구를 위하여 중매코자 왔느뇨?"

설파 침음양구沈吟良久에 왈,

"시속 매파는 말이 수다하나 노신은 실상으로 고하나이다. 지금 병부 상서 윤 공이 소교小嬌 있어 귀부貴府에 결혼코자 하여 노신을 보내며 윤부에 있노라 말라 하시나 노신이 생각하매 혼인은 인륜대사라. 그 되고 아니 됨이 윤부에 달리지 아니하였사오니 은휘하여 무엇 하리꼬? 노신은 이에 소저의 유모이고 저 아이는 소저의 종 연옥이로소이다. 노신의 말이 다 진정이오니 의심치 마시옵소서. 우리 소저는 여중군자요 당세 일인이라. 문장 여공에 막힐 바 없으나 맹광孟光[56]의 절구 들 힘이 부족하고 제갈 부인諸葛婦人의 황발흑면黃髮黑面[57]이 아니오니, 성혼 후 일분 틀림이 있거든 노신을 발설지옥拔舌地獄[58]으로 보내소서."

양부 좌우 막불대소莫不大笑하니, 허 부인이 그 충직함을 기특히 여겨 왈,

"노랑은 짐짓 수단 있는 매파로다. 다만 내 집이 한미하고 윤 병부 상서는 숭품 재상崇品宰相이라. 무엇을 취하여 결혼하리오?"

---

55) 실수.

56) 한나라 양홍梁鴻의 안해로 검소하게 열심히 일하며 남편을 지성으로 모셨다 한다.

57) 제갈공명 부인의 노란 머리카락과 검은 얼굴. 곧 매우 못생겼다는 말.

58) 말로 잘못을 저지른 사람이 죽어서 가는 곳으로, 혀를 뽑는 벌을 주는 지옥.

설파 소 왈,

"혼인은 가풍과 낭재郎才[59]를 보니, 부인을 뵈오매 우리 소저 착한 구고舅姑를 만났는가 하니 무슨 다른 취함이 있으리꼬?"

부인이 배주杯酒로써 설파를 대접 왈,

"성혼 후 삼배주를 먹이리라."

파婆 낙낙諾諾[60]하고 하직할새 양 한림이 외당으로 들어오다가 연옥을 보고 왈,

"네 어찌 여기 왔느뇨?"

옥이 고개를 숙이고 허 부인이 온 곡절을 말하니, 한림이 미소하더라.

설파 돌아와 소 부인을 보고 대답 왈,

"범상한 매파는 발꿈치를 달리고 순설脣舌을 허비하나 일이 순성順成치 못하거늘, 노신은 한번 가매 대사大事 여의如意하니 그 수단을 보소서."

연옥이 웃고 설파의 거동을 말하니, 설파 웃어 왈,

"우리 소저의 백년가기百年佳期를 어찌 간사한 거짓말로 하리오?"

소저 무심히 모부인母夫人 침실에 이르니, 설파가 내달아 손을 잡고 지껄여 왈,

"일이 순성함은 우리 소저의 다복多福함이라."

소저 무슨 말인지 모르고 손을 뿌리쳐 왈,

"노랑은 추솔醜率[61]히 굴지 말라."

설파 소 왈,

"금일 비록 추솔하나 타일 군자를 맞아 백년해로하고 다자 안락多子安樂할 제 노신의 말이 재미있음을 알리로다."

소저 바야흐로 깨닫고 부끄러움을 이기지 못하니, 설파 소저를 보고 소 왈,

"양 한림을 잠깐 보매 눈이 가늘고 얼굴이 고우니 반드시 호색할지라. 소저는 조심하소서. 허 부인을 보매 부드럽고 공순하니 타일 까다로운 구고는 아니 되시리라."

옥 왈,

"파파는 눈이 어둡다더니 관형찰색觀形察色을 저다지 하뇨?"

설파 연옥을 눈 흘겨보며 왈,

"가장 수상한 바는 양 한림이 옥을 매우 정신 들여 보니, 타일 옥을 데려가지 마소서."

소저 그 말을 듣고 함소하며 표연히 자기 침소로 돌아가니라.

익일翌日 윤 상서 양부에 이르러 예필禮畢 좌정坐定에 상서 왈,

"선생의 고명高名을 앙모仰慕한 지 오래나 노신이 명리名利에 종적이 분요紛擾하와 겸

---

59) 신랑 될 사람의 재주.
60) '예, 예' 하고 대답함.
61) 보기 싫게 떠들어 댐.

가옥수兼葭玉樹의 계분契分[62]이 없었으니 이제 만나 봄이 늦지 않으리꼬?"

원외 답 왈,

"만생晩生은 초야草野 종적이오 미록麋鹿 성정性情[63]이라. 천은이 망극하사 자식의 남은 은택을 아비에게 미치시니 도보圖報할 길이 없으나 신병身病으로 벼슬을 사면하고 어린 자식이 조반朝班에 출입하니 구구 우려함이 주소晝宵 간절한지라. 바라건대 합하閣下는 일마다 교훈하여 주소서."

윤 상서 소 왈,

"한림은 국가 동량이요 주상의 지인知人하심과 조정의 영행榮幸함이 극하니 소생의 용렬함으로 일두지一頭指[64]를 사양하겠거늘 가르칠 바 있으리오?"

하더라. 원외는 상서의 충후지풍忠厚之風을 공경하고 상서는 원외의 청고지조淸高之操를 탄복하여 일면여구一面如舊[65]하니, 상서 종용從容 문 왈,

"영랑令郎의 연기 장성하니 실가지락室家之樂이 급할지라. 저에게 한 딸이 있으니 규범내칙內則의 예절이 몽매蒙昧하나 정구건즐井臼巾櫛[66]의 유순함은 족하니, 내부乃父의 사랑하는 마음으로 귀문에 결혼코자 뜻이 간절하니, 아지 못게라 형의 뜻이 어떠하뇨?"

원외 염임斂衽 사辭 왈,

"한문 돈견寒門豚犬[67]으로 영애令愛를 허혼許婚하시니 이는 만생의 복이라. 어찌 다른 말이 있으리까? 미거한 자식이 거관하고 나이 십육 세라, 성례함이 급하오니 속히 택일함을 바라나이다."

상서 대희大喜 허락하고 고산유수高山流水의 아담한 흉금과 조라송백蔦蘿松柏[68]의 정중한 정의를 겸하니 미미한 담소와 은근한 마음이 떠날 뜻이 없더라.

문득 황 각로 오신다 하거늘 상서는 먼저 돌아가고, 원외 하당영지下堂迎之하여 예필禮畢에 각로 왈,

"노부 영랑에게 혼설婚說을 통하여 영랑의 의향을 알았으나 대인께 고치 못함을 자저하더니, 다행히 선생이 경제京第로 이르시니 노부의 집이 비록 부귀치 못하나 빈한치 아니

---

62) 겸가는 보잘것없는 사람이란 뜻으로 자신을 낮추어 하는 말이고, 옥수는 뛰어난 사람이란 뜻으로, 상대방을 추어주는 말. 곧 미천한 사람이 고귀한 사람과 사귀는 것.
63) 저는 시골에서 살아가는 신세라 변변치 못한 사람.
64) 첫 번째 손가락이란 말로, 매우 뛰어나는 뜻.
65) 한 번 만났으나 오래도록 만난 사이처럼 친숙해짐.
66) 물 긷고 절구질하며 수건과 빗을 들고 시중드는 일. 살림하고 남편을 섬기는 예절.
67) 한미한 가문의 돼지와 개라는 뜻으로, 자기 자식을 낮추어 말한 것이다.
68) 《시경詩經》 규변頍弁에 "새삼 덩굴과 겨우살이, 소나무 잣나무에 뻗어 있네.[蔦與女蘿 施于松柏]"라 하였는데, 이는 형제자매와 친척이 의지하여 사는 것을 이르는 말.

하고 여아의 위인이 배움이 없으나 용모 범절이 추하지 아니하니 거의 문당호대門當戶
對[69]라, 다른 말씀이 없을 듯하니 어느 때로 성례코자 하시나뇨?"

원외는 본디 물외物外 고사高士라 성정이 순직하고 청개淸介하여 황 각로의 시속 태도와
비루한 언사가 마땅치 못하고 이미 윤 상서와 뇌약牢約[70]한지라. 염임 개용改容 왈,

"상공의 소교로 한미한 문호에 결혼코자 하심은 감사하되 자식의 혼사를 이미 병부상서
윤형문과 완정完定하였사오니 듣자옴이 늦음을 한하나이다."

각로 미타未妥한 기색이 있어 왈,

"노부 이미 영랑과 성언成言하였으니 어찌 늦음을 한하리오?"

원외 그 말을 듣고 위협함을 알고 정색 왈,

"천식賤息이 불초하여 아비께 불고不告하고 대사를 천단擅斷하니, 이는 시생의 교자불
민教子不敏한 죄[71]로소이다."

각로 냉소 왈,

"선생의 말이 그르도다. 부자 일체一體라 어찌 상의치 아니하였으리오? 사군자士君子
심상한 일이라도 식언함이 불가하거늘, 하물며 인륜대사리오? 노부 이미 심중에 뇌정牢
定하였으니, 내 딸이 규중에 허로虛老할지언정 타문에 보내지 않을지니 그리 알라."

하고 가니, 원외 웃을 따름일러라.

윤 상서 돌아와 부인더러 정혼함을 말하고 택일하여 위의를 갖추어 양가 성례할새, 한림
이 홍포 옥대紅袍玉帶로 윤부 문전에 전안奠雁하니 준일한 풍채와 번화한 용지容止를 뉘
아니 칭찬하리오? 만당滿堂 빈객은 분분히 가서佳壻를 치하하니, 상서 함소含笑하여 이루
답쌓지 못하고 소 부인은 한림의 용모 풍채를 대하여 탐탐한 정과 기쁜 마음을 형언치 못
할러라.

시일是日에 한림이 소저를 친영親迎할새 아름다운 위의와 찬란한 광채 길을 덮었으니
은안 수곡銀鞍繡轂[72]은 햇빛에 조요照耀하고 금장 옥번錦帳玉旛[73]은 바람에 번뜩여 윤부
尹府로부터 양부楊府까지 낙역絡繹[74]하였더라. 원외는 부인과 내당에 연석을 베풀고 신부
의 예를 받을새, 소저 머리에 칠보 부용관芙蓉冠을 쓰고 몸에 원앙금루수요군鴛鴦錦縷繡
腰裙[75]을 입고 팔배지례八拜之禮[76]로 뵈니, 정일한 태도와 단아한 용지容止는 삼오(보름)

---

69) 문벌이 서로 어슷비슷함.

70) 단단히 약속함.

71) 자식을 제대로 가르치지 못한 죄.

72) 은빛 안장과 아롱진 수레.

73) 비단으로 만든 휘장.

74) 사람이나 수레가 끊임없이 이어짐.

75) 비단실로 원앙을 수놓은 치마.

명월明月이 운소雲霄에 둥근 듯 일지一支 부용이 녹수綠水에 솟은 듯 숙녀의 요조한 기상으로 여자의 비범한 풍도를 겸하였으니 짐짓 천고 규수의 사표師表러라. 원외 부부의 기뻐함은 이르지 말고 동방화촉에 한림이 담락湛樂[77]함이 흠 없으나 다만 홍의 일을 생각하여 한림과 소저 심중에 초창하더라.

차설, 황 각로 집에 와 생각하되,

'양창곡은 인기人器 출중하고 성상의 총애 융숭하시니 타일 부귀는 나로 미칠 바 아니라. 내 이제 동상東床[78]에 두지 못함이 차석嗟惜할 뿐 아니라 먼저 발설하고 필경 윤 상서에게 양두讓頭하니 어찌 참괴慙愧치 않으리오.'

하며 부인 위 씨를 대하여 불승분한不勝忿恨하거늘, 원래 위 부인은 이부 시랑 위언복衛彦復의 딸이니, 위 시랑의 처 마 씨는 황태후의 표형제表兄弟[79]라. 태후, 마 씨의 현숙함을 사랑하사 정이 골육 같더니 마 씨 무자無子하고 만래晩來에 일녀一女를 두었더니 곧 위 씨라. 마 씨 일찍 돌아가매 황태후 그 무자함을 불쌍히 여겨 위 부인을 고휼顧恤하시고 수차 궁중에 불러 보시나 그 부덕婦德 적음을 차석하시더라. 위 씨 각로의 분분忿憤함을 보고 냉소冷笑 왈,

"상공이 원로대신으로 일개 소교의 혼사를 어찌 못 하여 저같이 번뇌하시느뇨?"

각로 탄 왈,

"내 여아의 혼사를 근심함이 아니라 신세를 설워함이니 평일 악모 악옹岳母岳翁이 재세在世하실 때[80] 황태후 낭랑의 고휼하심을 입사와 그 여음餘蔭이 노부에게까지 미쳤더니, 악모 악옹이 하세下世 이후로 전정前程이 볼 게 없으므로 남에게 수모受侮함이 적지 아니하여 여아의 혼사를 먼저 발설하고 윤 상서에게 뒤지니 어찌 절통치 않으리오."

위 씨 침음양구에 대 왈,

"번뇌치 마소서."

하고 시비를 불러 가賈 궁인을 청하니, 가 궁인은 황태후의 궁인으로 전일 위부衛府에 다니더니, 마 씨 하세下世한 후에는 비록 전일 같지 못하나 세의世誼를 생각하고 신식信息을 끊지 아니하더니, 위 씨의 신근辛勤히 청함을 괄시치 못하여 이르니, 위 부인이 한훤필寒暄畢[81]에 왈,

"노신이 비록 불민하나 그대 어찌 전일을 기념치 않아 그다지 절신絶信하뇨?"

---

76) 여덟 번 절하는 예. 혼례 때 절차에 따라 절을 여덟 번 하는 것을 말한다.

77) 화락하게 즐김.

78) 사위를 높여 이르는 말.

79) 고모의 자녀, 즉 고종 사촌.

80) 장인 장모께서 살아 계실 때.

81) 날씨를 묻는 따위의 인사를 마침.

궁인이 소 왈,

"근일 궁중이 다사多事하와 외간 출입이 쉽지 못함이라. 금일도 부인의 청하심이 아닌
즉 한만한 출입을 하리꼬?"

위 부인이 주찬酒饌으로 대접하며 탄 왈,

"노신이 금일 이같이 청함은 구구소회區區所懷 있어 태후 낭랑께 앙달仰達코자 함이니,
노신이 만래晚來에 한 딸이 있어 연금年今 십오 세라. 위인이 용렬치 않으매 가서佳婿를
구코자 하니 인정의 상사常事라. 지금 한림학사 양창곡과 정혼하여 비록 납채를 받지 아
니하였으나 택일 성례함을 굴지계일屈指計日하더니[82], 중도中途 개로改路하고 병부상
서 윤형문과 성례한다 하니, 그 뜻이 우리 상공이 춘추 높으시고 전정이 볼 게 없다 함이
라. 타처에 정혼함이 좋으나 인리 친척이 다 퇴혼退婚함을 치의致疑하며 의괴疑怪[83]하
여 출부出婦나 다름없이 아니, 상공은 우분성질憂憤成疾[84]하사 침식을 전폐하시고 여아
는 수괴무면羞愧無面하여 자처自處함을 기약하니[85], 노신이 쇠로지년衰老之年에 이 조
소를 당하니 실로 살 마음이 적으나, 황태후의 전일 고휼하시던 은택을 우러러 양 원외
의 추세식언趨勢食言[86]함과 윤 상서의 간인대사間人大事하여 상풍패속傷風敗俗[87]이 사
군자의 도리 아님을 죄 주사 윤 씨를 폄강貶降[88]하여 제이 부인을 삼고 여아와 다시 성
혼케 하신즉 망극하신 천은을 결초結草하여 갚을까 하노라."

궁인이 머리를 숙이고 침음양구에 왈,

"이 일이 가장 중난重難하니 부인은 고쳐 생각하소서."

위 부인이 수루垂淚 왈,

"전일 모친 재세지시在世之時에 이런 일을 낭랑께 앙달함이 어렵지 않더니 모부인 분묘
墳墓의 풀이 사라지지 아니하여 타인의 능답凌踏[89]함을 이같이 감수하니 어찌 한심치
않으리오?"

언필言畢에 불승오열不勝嗚咽하니, 궁인이 위로 왈,

"일이 되고 아니 됨은 첩의 알 바 아니오나 다만 부인 소회를 태후께 앙달하리라."

하고 즉시 들어가 태후께 고하니, 태후 미안히 여기사 왈,

---

82) 손꼽아 날을 기다리더니.

83) 모두 혼사가 물려짐을 의심하여 이상하게 여김.

84) 걱정과 분한 마음이 병이 됨.

85) 부끄러워서 얼굴을 들 수가 없으므로 자결하려 하니.

86) 세력을 따르며 언약을 저버림.

87) 남의 큰일에 끼어들어 풍속을 해치고 그르침.

88) 깎아내림.

89) 업신여김을 당함.

"마 씨를 생각하여 저를 고호顧護함이 있으나 어찌 이러한 일을 내 참섭參涉하리오? 저는 원로대신의 명부命婦로 체모體貌를 모름이 이 같으니, 만일 마 씨가 재세하던들 이러한 말이 내 귀에 들리리오?"

궁인이 황공하여 즉시 황부에 회보回報하니, 각로가 듣고 탄 왈,

"천의天意 이러하시니 도리어 앙달치 아니함만 못하도다."

위 씨 소 왈,

"상공은 근심 마시고 다만 여차여차하소서."

각로 옳이 여겨 이날부터 칭병稱病 두문杜門하고 조회에 불참하니, 천자께서 원로대신을 예대禮待하사 의약을 사송賜送하시고 부르신대, 황 각로 바야흐로 입궐하여 탑전榻前에 돈수頓首 왈,

"신의 견마지년犬馬之年이 고인古人 치사지년致仕之年[90]이라. 근일 신병과 정세情勢 있어 점점 세념世念이 없삽고 다만 조모朝暮 합연溘然함을 축수祝壽[91]하는 고로 오래 조반朝班에 오르지 못하였사오니, 원컨대 해골骸骨을 빌어[92] 전원에 돌아가 여생을 보내어 세로世路에 참섭參涉치 말까 하나이다."

상이 대경大驚하사 그 연고를 하문하시니, 각로 백수白袖에 눈물이 흐르며 주 왈,

"군신君臣 일석一席이 부자와 다름없사오니 노신의 세세 소회所懷를 어찌 은휘隱諱하리꼬? 신이 칠십지년에 일자 일녀 있사오니, 자子는 방금 소주 자사 황여옥이요, 여女는 아직 출가치 못하였더니 한림 양창곡과 정혼하여 정녕한 언약은 일세一世 소공지소공지所共知[93]어늘, 무단히 배약背約하고 병부 상서 윤형문과 급급 성례하오니 인리 친척이 이 소문을 듣고 치의致疑하며 의혹하여 혹은 신의 딸이 병신인가 의심하며 부덕婦德을 염려하여 전정前程이 기색旣塞[94]하오니, 여자는 편성偏性이라, 신의 딸은 수괴무면羞愧無面하여 죽기로 자처하고 노처는 우분성질憂憤成疾하여 명재조석命在朝夕하오니, 칠십 노물老物이 오래 생존하여 밖으로 타인의 조소를 감수하고 안으로 가간家間의 난처한 경계를 당하오니 다만 빨리 죽어 모르고자 하오이다."

설파說罷에 누수 여우淚水如雨하니, 천자 태후께 그 말씀을 들으신지라. 침음양구에 왈,

"이는 어렵지 아니하니 마땅히 승상을 위하여 중매하리라."

하시고, 즉시 양 한림 부자를 명초命招하사 탑전에 하고 왈,

"황 승상은 양조兩朝 원로요 짐의 예대하는 대신이라. 이제 들으매 경의 집과 결혼코자

---

90) 제가 벼슬하고 있는 나이는 옛사람이 벼슬에서 물러난 나이임.

91) 나이가 많아 아침에 죽을지 저녁에 죽을지 몰라 죽기만 바란다는 뜻.

92) '해골을 빈다' 함은, 늙은 신하가 벼슬을 내놓고 물러가기를 청한다는 말.

93) 온 세상 사람이 모두 다 알고 있는 일.

94) 앞길이 이미 막혔음.

하다가 경이 이미 윤 상서와 성혼하였다 하니, 옛적에 일인이 양처兩妻를 둔 자 많으니 구애치 말고 양가가 다시 결혼하라."

한림이 기복주起伏奏 왈,

"부부는 오륜의 중함이 있고 가도家道의 비롯는 바라. 비록 여대 하천輿儓下賤[95]이라도 은의恩義로 합하고 위세威勢로 겁박치 못할 바이어늘 이제 승상 황의병이 원로대신으로 체모와 사체를 돌아보지 아니하고 규중 여자의 세세사정細細事情을 무단히 등철登徹[96] 하여 노혼老昏한 생각과 비루한 말씀으로 천위天威를 빌어 늑혼勒婚[97]코자 하오니 듣기에 개연慨然하온지라. 복원伏願 폐하는 하교를 거두사 왕언王言의 허물 됨이 없게 하소서."

천자 청파聽罷에 대로하사 왈,

"신진소년이 원로대신을 이같이 논박하고 군부의 명을 거역하니 그 죄 불소不少한지라. 금의옥禁義獄에 내리라."

하시니, 원외와 한림이 황공 퇴출退出하니라.

참지정사 노균이 주 왈,

"황 승상은 양조兩朝 원로라. 창곡이 탑전에 논박하여 말씀이 불경한 데 및자오니, 복원 폐하는 창곡을 찬배竄配하여 신자臣子의 불경지습不敬之習을 징계하시고 원로元老의 미안지심未安之心을 위로하소서."

상이 의윤依允[98]하사 학사 양창곡을 강주부江州府에 찬배하라 하시고, 황 각로를 위로하사 왈,

"양창곡이 소년 예기로 군부지전君父之前에 말을 삼가지 아니하기에 짐이 짐짓 기운을 꺾고자 함이라. 짐이 중매 됨을 말하였으니 승상은 여아의 혼사를 근심치 말라."

각로 돈수頓首 사례하더라.

천자 내전에 들어가사 태후께 각로의 일을 고하니, 태후 불열不悅하사 왈,

"폐하의 금일 정사는 노신을 인연하여 사정私情이 없지 않으신가 하나이다."

상이 소 왈,

"황 각로는 조모지년蚤暮之年에 혼모昏耗한 생각이 측연惻然할 뿐 아니라[99] 이 일이 구태여 의리에 대패大悖[100]치 아니하오니 모후는 번뇌치 마소서."

---

95) 수레를 끄는 천한 종.
96) 집안 여자의 사소한 일을 임금에게 아뢰어 알게 함.
97) 임금의 위엄을 이용하여 강제로 혼인케 함.
98) 신하가 아뢴 대로 하도록 허락함.
99) 늘그막에 생각이 흐려진 것이 불쌍할 뿐 아니라.
100) 의리에 크게 어긋남.

하더라.

차설 양 한림이 찬배 엄교竄配嚴教를 모시고 집에 나와 양친께 하직할새, 허 부인이 집수執手 탄 왈,

"아자兒子 거관居官한 지 몇 날이 못 되어 이러한 풍파를 당하니, 옥련봉 하에 밭 갈고 평생을 안한安閒히 지냄과 같지 못하도다."

한림이 위로 왈,

"소자의 죄명이 중치 아니하여 수이 돌아올까 하오니 과도히 상심치 마시고 존체를 보중하소서."

원외 왈,

"강주는 비습하여 풍토 불미하고 네 나이 어리니 스스로 조심하여 울적한 회포를 두지 말라."

한림이 재배再拜 수명受命하고 즉시 등정할새 행장을 간솔히 하여 일량一輛 소거小車와 수개 창두로 동자를 데리고 십여 일 만에 적소謫所에 득달하여 수간 초가를 치우고 주인을 정하니라.

차시, 한림이 적객謫客으로 자처하여 강주에 이른 지 수삭에 족적이 문외에 나지 아니하매, 주인이 조용히 고 왈,

"차지此地는 자고로 충신 적객이 그치지 아니하여 강산 누대樓臺에 고적古跡이 무수하니, 상공은 어찌 과도히 칩복蟄伏하사 적막히 앉아 계시니이꼬?"

한림이 소 왈,

"내 조정에 죄명이 있는 사람이요, 또 성품이 구경을 좋아 아니하노라."

하더라.

광음이 홀홀하여 여름이 진盡하고 가을이 되니 옥우玉宇는 쟁영崢嶸하고 금풍金風은 소슬한데[101], 서리 기러기 남으로 돌아가고 바람 잎새 분분하니, 심상한 손이라도 회포를 정치 못하려든 하물며 소년 적객謫客의 고적함이리오? 한림이 자연 울적하고 풍토에 상하여 신기 불평하거늘, 스스로 염려하여 생각하되,

'내 남자로 성품이 편협하여 금일 죄명이 중치 않고 예로부터 적객이 산수에 소요함은 상사어늘 내 너무 칩복하여 울울성병鬱鬱成病하니 이 어찌 충효를 저버림이 아니리오?'

하고, 주인더러 문 왈,

"내 무료하니 근처 구경할 곳이 있느냐?"

주인 왈,

"이 앞에 대강大江이 있으니 심양강潯陽江이요, 강상에 정자가 있어 경개 절승하니이다."

---

101) 하늘은 높고 가을바람은 쓸쓸한데. 옥우玉宇는 하늘, 금풍金風은 가을바람이다.

한림이 동자를 데리고 강상 정자에 오르니 임강臨江한 정자가 장려壯麗치 않으나 쾌활하여 원포귀범遠浦歸帆[102]은 수면을 덮었으며 석양 어촌은 언덕에 깔렸으니 강호 물색이 진려塵慮를 잊을러라.[103]

한림이 경개를 사랑하여 매일 소요하더니 일일은 마침 중추仲秋 기망旣望이라. 월색月色을 구경코자 석반夕飯 후 정자에 오르니 안두岸頭 노화蘆花는 추정秋情이 쓸쓸하고 사면四面 어등漁燈은 소성疎星이 점점點點한데[104], 잔나비 울음과 두견이 소리 객수客愁를 자아내어 도리어 읍읍불락悒悒不樂하매 난간을 의지하여 홀로 앉았더니, 홀연 풍편에 무슨 소리 들리거늘 한림이 자세히 들으니 무슨 소린가? 하회下回를 보라.

제8회 오경 벽성산에 옥적을 불고 십 년 청루에 붉은 점을 놀래다
五更碧城吹玉笛 十年靑樓驚紅點

차설且說, 양 한림이 심양정潯陽亭에 올라 초창怊悵히 앉았더니, 홀연 풍편에 영령泠泠한 소리 들리거늘, 동자더러 왈,

"네 이 소리를 알쏘냐?"

동자 왈,

"이 반드시 거문고 소리인가 하나이다."

한림이 소 왈,

"아니로다. 대현大絃은 조조嘈嘈하고 소현小絃은 절절切切하니 비파 소리 아니리오? 옛적 당나라 백낙천白樂天이 이 땅에 적거謫居하여 강두江頭에 손을 보낼새 비파 타는 계집을 만났으니[1] 그 여풍餘風이 있도다."

동자를 데리고 소리를 찾아가 한 곳에 이르니 수간 초당이 죽림을 의지하여 죽비竹扉[2]를 닫았거늘, 동자 문을 두드리니, 일개 차환이 녹의홍상으로 나와 대답하는지라. 한림 왈,

---

102) 먼 포구에 돌아가는 배.
103) 강호 경치가 아름다워 세상 걱정을 잊을 만하다.
104) 강기슭 갈대꽃으로 가을이 쓸쓸하고 사방에 고깃배 등불은 별빛인 듯 드문드문한데.

1) 당나라 때 시인 백낙천이 심양에서 귀양살 때, 여인이 비파로 시름을 달래는 소리를 듣고는 '비파행琵琶行'을 지었다. "대현은 조조하고 소현은 절절"은 '비파행'의 한 구절.
2) 대나무로 만든 사립문.

"나는 완월玩月하는 사람이라. 마침 비파 소리를 듣고 왔으니 뉘 집인고?"

차환이 답지 않고 이윽히 보고 들어가더니 양구良久에 들어옴을 청한대 한림이 동자를 데리고 차환을 따라 일각문一角門으로 들어가니, 청송녹죽은 울을 이루었고 황국단풍은 계하階下에 벌렸는데 띠 처마와 대 난간이 소연蕭然히 그림 속 같더라. 당상堂上을 보니 일개 미인이 월하月下에 비파를 안고 표연히 난간을 의지하고 앉았으니 한 점 티끌이 없고 아담한 단장은 월광月光을 다투고 표묘縹緲한 나군羅裙은 청풍淸風에 나부껴 한림을 보고 바야흐로 일어 맞거늘, 한림이 걸음을 멈추고 오름을 자저趑趄하니, 미인이 웃으며 촉촉燭을 밝히고 오름을 청하여 왈,

"어떠하신 상공이 적요寂寥한 사람을 찾으시나뇨? 첩은 본부本府 기녀라. 허물치 마소서."

한림이 당에 올라 웃고 미인의 용모를 보니 청수한 미우眉宇와 아리따운 태도는 빙호추월氷壺秋月의 형철瑩澈[3]함을 머금고 해당 모란의 교염嬌艶함을 벗어나 짐짓 경국지색傾國之色이요 진세塵世 인물이 아니라. 미인이 또한 추파를 흘려 한림을 보매 관옥冠玉 같은 풍채와 영발英拔한 기상이 개세군자蓋世君子[4]요 풍류호걸이라. 심중에 놀라 그 심상한 소년이 아님을 알고 초연悄然 무어無語어늘, 한림 왈,

"나는 타향 적객이라. 마침 울적하여 월색을 따라 나섰더니 풍편에 비파 소리를 듣고 비록 친함이 없으나 솔이率爾히[5] 왔으니 일곡을 얻어 들을쏘냐?"

미인이 사양치 아니하고 비파를 당기어 주현奏弦을 골라 일곡을 아뢰니, 그 소리 애원 처절하여 무한한 심사가 있는지라, 한림이 탄 왈,

"묘재妙哉라, 차곡此曲이여! 꽃이 측중에 떨어지고 옥이 진토에 묻혔으니, 차此 소위 왕소군王昭君의 '출새곡出塞曲'[6]이 아니냐?"

미인이 미소하고 주현을 다시 골라 또 일곡을 타니, 그 소리 질탕 강개하여 물외物外의 고상한 뜻이 있거늘, 한림 왈,

"미재라, 차곡이여! 청산靑山은 아아峨峨하고 유수流水는 양양洋洋한대 지기 상봉하여 일창일화一唱一話하니, 차 소위 종자기鐘子期의 '아양곡莪洋曲'[7]이 아니냐?"

그 미인이 비파를 밀치고 고쳐 앉아 왈,

---

3) 얼음을 넣은 옥 호리병과 맑은 가을달의 맑고 빛남. 곧 매우 깨끗하다는 뜻.

4) 온 세상을 뒤덮을 만큼 뛰어난 인물.

5) 거리낌 없이.

6) 한나라의 궁녀 왕소군이 고국을 떠나 흉노 땅으로 가는 슬픔을 노래한 곡.

7) 춘추 시대 거문고를 잘 타던 백아伯牙가 종자기 앞에서 연주한 곡. 백아가 태산을 생각하고 거문고를 타면 종자기는 "높고도 높구나〔莪莪〕." 하고, 흐르는 물을 생각하고 타면, "출렁출렁하는구나〔洋洋〕." 하였으므로, 한 글자씩 따서 아양곡이라 했다.

"첩이 비록 백아의 거문고는 없사오나 매양 종자기 못 만남을 한하더니 이제 상공은 어디 계시며 무슨 연고로 소년 적객謫客이 되어 계십니까?"

한림이 이에 적거한 곡절과 평생 심회를 말하니, 미인이 탄 왈,

"첩은 본래 낙양 사람이니 성은 가賈씨요 명名은 벽성선碧城仙이라. 난 지 수세에 난리를 당하여 부모를 잃고 표박飄泊, 종적이 청루靑樓에 의탁하여 불행히 허명虛名을 얻어 낙양 제기諸妓 안색顔色을 시기하매, 추신抽身[8]하여 이곳에 옴은 실로 종적을 감추어 승니 도사와 같이 평생을 한가히 보내고자 함이러니, 수풀 사슴이 사향을 누설漏泄하고 풍성酆城의 칼이 용광容光을 도회韜晦치 못하여[9] 다시 본부 기안妓案에 드니 노류장화가 이 어찌 소원이리오? 하물며 이곳의 풍속이 고루하여 가가家家의 상고商賈질과 집집이 고기 잡아 다만 이利를 중히 아니 더욱 불락不樂한 바로소이다."

한림이 탄식한대, 선랑仙娘이 촉하燭下에 눈을 흘려 한림을 보더니 침음양구沈吟良久에 문 왈,

"상공이 조정에 계실 때 무슨 벼슬을 지내셨습니까?"

한림 왈,

"내 등과한 지 미구未久하여 벼슬은 다만 한림을 지내었노라."

선랑 왈,

"첩이 불감不敢하오나 상공의 함자를 얻어 듣자오리까?"

한림이 소 왈,

"내 성은 양이요. 명은 창곡이라. 낭이 어찌 자세히 묻느뇨?"

선랑이 반겨 다시 비파를 어루만져 왈,

"첩이 근일 새로 얻은 곡조가 있사오니 상공은 들어 보소서."

하고 철발鐵撥[10]을 들어 삽삽颯颯히 일곡을 타니, 그 소리 강개 처절하여 그 사모함은 동산銅山이 무너지매 낙종洛鐘이 자응自應하고[11], 그 애원함은 하늘이 유유하고 바다가 망망하여 십분 지기知己를 설워하고 일분 방탕함이 없거늘, 한림이 귀를 기울여 가만히 들으니 이에 자기의 지은 바 홍랑의 제문이라. 선랑이 타기를 맞고 개용 사례改容謝禮 왈,

"첩은 들으니 난초를 불사르매 혜초가 탄식하고 솔나무 무성한즉 잣나무도 기뻐한다 하

---

8) 어려운 처지에서 몸을 피함.

9) 풍성의 칼이 그 빛을 감추지 못하여. 진晉 나라 무제武帝 때 북두성과 견우성 사이에 자줏빛이 감돌자, 장화張華가 뇌환雷煥에게 부탁하여 풍성현에서 용천검龍泉劍과 태아검太阿劍을 찾은 일이 있다.

10) 줄을 퉁기는 도구.

11) 구리 산이 무너지려 하매 신령한 종이 먼저 알고 울린다는 말로, 같은 종류끼리 서로 감응한다는 뜻이다.

니, 동병상련하고 동기상구同氣相求함이라. 첩이 강남홍과 비록 안면이 없으나 자연 성기聲氣 상합相合하고 간담肝膽이 상조상조相照[12]하여 방초芳草 서리를 만나고 명주明珠 바다에 빠짐을 차석嗟惜하더니, 근일 청루에 이 글이 회자하기로 구하여 보니 홍랑은 죽어도 죽지 않음이라. 양 학사는 누구심을 몰라 한번 뵈옵고 흉금을 토론코자 하나 어찌 기필하리오? 다만 홀로 노래하며 풍류에 올림은 풍정風情을 흠선欽羨함이 아니요 지기를 사모함이라. 옛적의 공부자孔夫子도 사양師襄에게 거문고를 배우실새[13], 탄 지 일일一日에 마음을 생각하시고 이일에 기상을 얻으시며 삼일에 용모를 보사 삼연森然히 안전眼前에 있고 석연釋然히 지척에 대하신 듯하셨다더니, 첩이 상공을 비록 오늘 뵈오나 개세蓋世하신 풍채와 아름다운 용광容光을 이미 삼척 금중琴中에 누차 뵈었나이다."

한림이 장탄長歎 왈,

"내 홍을 심상한 창기로 친치 않고 지기로 허하였더니 이제 낭을 보매 언어 동정이 낭과 십분 방불하니 일변 반가우며 일변 처창하도다."

배반杯盤을 가져 서로 한담할새 한림이 적거 이후로 배주杯酒의 취함이 없더니, 시야장반是夜將半에 풍류 가인을 만나 문장을 말씀하며 흉금을 의논하매 선랑의 민첩한 재사와 절인絶人한 총명이 다만 분대 군중粉黛群中의 출류발췌出類拔萃하여 무쌍無雙[14]할 뿐 아니러라.

한림이 선랑을 보아 왈,

"내 낭의 비파를 들으니 범상한 수단이 아니라 무슨 다른 풍류 있느냐?"

선랑이 소 왈,

"심상 속악은 족히 들으실 바 없으나 첩에게 일개 옥적玉笛이 있어 비록 그 출처를 모르오나 전설이 본디 일쌍으로 일개는 거처를 모르고 일개는 첩에게 있사오니 그 출처를 의논한즉 심상한 악기 아니라. 고자古者에 황제皇帝 헌원씨軒轅氏 해곡懈谷의 대를 베어 봉황의 소리를 듣고 그 자웅성雌雄聲을 합하여 십이율을 만드니 속악은 다만 그 율을 의방依倣함이라. 이 옥적은 전혀 웅성을 얻어 그 소리 웅장 호방하여 애원함이 없으니 첩이 시험하여 들으시게 하려니와 이곳이 번거하오니 명야明夜 월색을 띠어 집 뒤 벽성산碧城山에 올라 불고자 하오니 상공은 다시 심방尋訪하소서."

한림이 허락하고 객실로 돌아와 익일 주인더러 벽성산 구경감을 말하고 동자를 데리고 선랑의 집에 가니, 문항門巷이 유벽幽僻하고[15] 경개 절승하여 밤에 보던 바와 다르더라.

선랑이 죽비를 반개半開하고 웃고 나와 맞으니 선연한 태도와 표표한 기상은 요대 선자

---

12) 기운이 서로 맞고 간과 쓸개가 서로 비춘다는 뜻으로, 서로 뜻이 맞고 속을 안다는 말.
13) 공자孔子가 노나라 악공인 사양師襄에게 거문고를 배워 사흘 만에 도를 깨쳤다고 한다.
14) 기생들 중에 뛰어나서 견줄 사람이 없음. 분대粉黛는 분과 눈썹먹으로, 기생을 뜻한다.
15) 문이 있는 골목이 깊숙하고 후미졌고.

瑤臺仙子가 백일白日에 하강한 듯[16] 낭연朗然히 웃고 맞거늘, 한림이 그 손을 잡고 왈,

"선랑은 가위可謂 명불허득名不虛得이로다. 이곳 경개 짐짓 신선이 있을 곳이요 청루 물색이 아니로다."

선랑이 소 왈,

"첩이 본래 산수를 좋아하여 이곳에 별당을 지음은 실로 벽성산 경개를 취함이라. 다행히 강주에 오릉五陵 소년[17]이 없어 홍진이 문전에 이르지 아니하나 매양 명존실무名存實無[18]함을 부끄리더니, 금일 상공이 임하사 봉필봉필蓬篳[19]이 더욱 빛나고 첩의 흉중의 십년 진루塵累를 씻으니 오늘이야 벽성선이 거신선불원去神仙不遠[20]인가 하나이다."

양인이 대소하고 당에 올라 차를 마시더니, 아이오 일락서산日落西山하고 월출동령月出東嶺하니 선랑이 양개 차환으로 주합 과첩酒盒果疊[21]을 들리고 옥적을 가져 한림과 동자로 더불어 벽성산 중봉에 올라 석상의 이끼를 쓸리고 차환과 동자로 낙엽을 주워 차를 달이라 하고 한림께 말씀하되,

"벽성산은 강주의 아름다운 뫼요 중추仲秋 월색月色은 일년 중 유명한 가절이라. 상공은 적객의 한이 있고 천첩은 표박 종적으로 평수상봉萍水相逢[22]하여 이 뫼의 이 달을 대하니 어찌 기약한 바리오? 첩의 가져온 술이 비록 박하나 먼저 흉중의 불평한 회포를 씻은 후 옥적을 들으소서."

각각 수배數杯를 마신 후 취흥을 띠어 선랑이 수중의 옥적을 월하에 높이 들어 한 번 부니, 산명곡응山鳴谷應하고 초목이 진동하여 영상嶺上의 잠든 학이 날아 나고, 두 번 불매 천지 현암玄暗하고 중성重聲이 뇌락磊落하여[23] 만학천봉이 일시에 요동하거늘, 선랑이 아미를 찡기고 단순丹脣을 모아 다시 부니 홀연 광풍이 대작大作하여 모래를 불어 월색이 회명晦冥하고 잠교潛蛟[24]의 춤과 호표虎豹의 휘파람소리 사면에 일어나며 산중 백령百靈이 추추啾啾히 울거늘, 한림은 송연竦然 경동驚動하고 동자 차환은 상고相顧 당황하니, 선랑이 옥적을 놓고 기색이 맥맥하며 주한珠汗이 액상額上에 가득하여[25] 왈,

---

16) 요대에 사는 선녀가 대낮에 세상에서 내려온 듯.

17) 장안의 부귀한 집 자제들.

18) 세상에 이름만 났을 뿐 실상은 그렇지 않음.

19) 쑥 덤불로 지붕을 인 보잘것없는 집.

20) 신선과 그리 멀리 떨어지지 않음, 곧 거의 신선과 같은 사람이라는 말.

21) 술병과 과실 그릇.

22) 부평초와 물이 서로 만나듯 객지에서 우연히 서로 만났다는 뜻.

23) 천지가 어둑해지고 소리가 활달하다는 뜻.

24) 물속에 잠긴 교룡.

25) 구슬 같은 땀이 이마 위에 가득 맺혀.

"첩이 일찍 신선을 만나 이 곡조를 배우니 그 이름은 운문광악雲門廣樂 초장이라. 황제 헌원씨 처음으로 간과干戈를 써 군사를 가르칠 때 이산離散함을 합하고 해타懈惰함을 경동警動[26]하는 풍류라. 첩이 폐한 지 오래여 다만 조박糟粕[27]만 남았습니다."

한림이 칭선불이稱善不已한대, 선랑이 옥적을 한림께 드려 왈,

"이 옥적은 범인이 분즉 소리 나지 아니하니 상공은 불어 보소서."

한림이 웃고 한번 불매, 알연戛然한 소리[28] 자연 율려律呂에 합한지라. 선랑이 탄 왈,

"상공은 인간 범골이 아니라 반드시 천상 성정星精이신가 하나이다. 첩이 어려서부터 음률에 조금 총명이 있사와 사광師曠, 계찰季札[29]에 양두讓頭치 않을까 하옵더니, 이제 상공의 한마디 옥적을 들으매 잠깐 살벌지성殺伐之聲이 있어 불구不久에 병혁지사兵革之事[30]가 계실지니, 이 옥적을 배워 두신즉 타일 쓸 곳이 있을까 하나이다."

하고 수곡數曲을 가르치니, 한림의 총명으로 음률에 생소치 않은지라 경각간에 곡조를 해득解得하니, 선랑이 대희 왈,

"상공의 천재天才는 첩의 밎을 바 아니로소이다."

아이오 야심하니 서로 손을 잡고 월색을 띠어 돌아와 이날부터 한림이 매일 선랑의 집에 가 소견消遣할새, 지기상합함이 비록 교칠膠漆[31] 같으나 임석袵席 운우雲雨를 희롱코자 한즉, 낭이 고사固辭 불허하니 한림이 의아 왈,

"내 비록 불사不似하나 낭과 친한 지 일삭이라. 구태여 허신許身치 아니함은 무슨 곡절이뇨?"

선랑이 소 왈,

"군자지교君子之交는 담담하기 물 같고 소인지교小人之交는 달기 술 같다 하오니, 첩이 평생지기와 허심함을 원하고 범부와 허심함을 즐겨 아니하니 금일 상공은 첩의 지기라. 감히 청루 천기의 음란한 풍정으로 사귀리오? 지어 부부지연夫婦之緣은 상공이 버리지 않으신즉 후일이 무궁하니 금일 상공은 다만 심기를 의논하여 붕우로 아소서."

한림이 그 지조를 기특히 여기나 풍정이 너무 담연淡然함을 의심하더라.

하루는 한림이 다시 선랑을 찾아 이르니 선랑이 본부의 부른 바 되어 들어가고 없거늘 한림이 무료히 돌아오다가 생각하되,

---

26) 흩어진 것을 다시 모으고 게으른 것을 경계함.

27) 찌꺼기.

28) 맑고 은은한 소리.

29) 계찰은 오吳나라의 왕자로 음악을 잘하기로 이름 높았는데, 노나라에 사신으로 갔다가 그곳에 옛 음악이 남아 있음을 보고 탄복하였다는 이야기가 전한다. 사광은 진晉나라의 악사.

30) 전쟁과 관련된 일.

31) 아교풀이나 칠같이 붙어 떨어지지 않는 것.

'내 벽성산을 밤에 보고 진면眞面을 구경치 못하였으니 이제 다시 가 보리라.'

하고, 동자를 데리고 벽성산을 향할새, 아름다운 나무와 괴이한 돌이 곳곳에 있고 맑은 시내와 빼어난 봉우리 골골이 둘렀으니, 한림이 경개를 따라 근원을 찾고자 하다가 다릿심이 다하고 곤함을 이기지 못하여 바위 위에 앉아 쉴새 홀연 정신이 혼혼한 중, 일개 보살이 금가錦袈를 입고 석장錫杖을 짚고 옥 같은 모양과 청수한 눈썹에 서기 어리어 한림을 보고 장읍長揖 왈,

"문창성은 별래別來 무양無恙하시뇨?"

한림이 당황 부답不答하니, 보살이 소 왈,

"홍란성은 어디 두고 제천선녀와 행락行樂하느뇨? 빈도貧道는 남해 수월암 관음보살이라. 옥제의 명을 받자와 무곡성관武曲星官[32]의 병서兵書를 그대에게 전하려 왔으니, 창생蒼生을 보제普濟[33] 빨리 상계 극락으로 오라."

언필에 석장을 들어 바위를 치며 고성 왈,

"길이 바쁘니 빨리 돌아갈지어다."

하거늘, 한림이 놀라 깨치니 한 꿈이라. 자기 몸이 의구依舊히 암상巖上에 누웠고 단서丹書 일 권이 앞에 놓였거늘 차경차희且驚且喜하여 집어 소매에 넣고 내려올새 다시 별당에 이르니 선랑이 오히려 오지 아니하였더라.

한림이 객관에 돌아와 단서를 내어 보니 과연 천상 무곡성의 천문 지리와 용병 강마用兵降魔하는 비결이라. 한림의 총명으로 어찌 여러 번 읽고 알리오? 협중衾中에 심심장지深深藏之하고 자연 밤이 들매 취침코자 하더니 홀연 문외에 신 끄는 소리 나며 선랑이 양개 차환을 데리고 월색을 띠어 이르니 선연한 태도는 월궁항아 광한전에 내린 듯 은포銀浦 운손雲孫이 견우성牽牛星을 찾는 듯[34]하여, 한림이 정신이 표탕飄蕩하고 의사는 무르녹아 진세 인물임을 깨닫지 못하더라. 선랑이 앉으며 재차 허행虛行하심을 치사하고 다시 낭랑히 소 왈,

"부생浮生 백 년에 한가한 날이 며칠이 못 되거늘 이같이 좋은 달에 어찌 무료히 취침코자 하시느뇨? 강두江頭 월색이 쾌활할 듯하니 잠깐 심양정에 올라 완월하고 첩에게로 가사이다."

한림이 흔연 허락하고 동자로 객실을 지키라 하고 낭과 소매를 연하여 강두에 나아가니, 십 리 명사明沙는 백설이 깔렸고 일륜一輪 추월秋月은 벽공碧空에 걸렸으니, 사상沙上의 갈매기 인적을 놀라 월하에 편편翩翩히 날거늘, 선랑이 월광月光을 밟아 사상에 배회하며 한림을 돌아보아 왈,

---

32) 무곡성은 군사 관련 일을 맡은 별.

33) 세상 모든 사람을 널리 구제하고.

34) 은하수의 자손, 곧 직녀성이 견우성을 찾는 듯.

"강남 계집의 답청踏靑하는 속俗이 있으나 첩은 써 하되 강남 답청이 월하 답백踏白만 못할까[35] 하나이다."

하고 나삼 소매를 떨쳐 백구를 날리며 알연히 일곡을 부르니 그 노래에 왈,

> 백구야 무단히 펄펄 날지 마라.
> 달도 희고 모래도 희고 너도 희니
> 시비 흑백 나 몰라라.

선랑이 가필歌畢에 한림이 화답하여 왈,

> 강상에 나는 백구야 나를 보고 날지 말라.
> 명사십리 달빛을 너 혼자 누릴쏘냐.
> 나도 성대聖代 적객謫客으로 경개 찾아 예 왔노라.

차시此時 한림과 선랑이 가필에 서로 소매를 잡고 심양정에 오르니 강촌이 적요寂寥한 대 어화漁火와 닻 감는 소리 객수를 돕는지라. 한림이 난간을 의지하여 탄식 왈,

"강수는 동으로 흐르고 월광은 서으로 돌아 지니 고왕금래古往今來에 재자가인才子佳人이 이 정자에 오른 자 몇몇인 줄 알리오? 지금 종적을 물을 곳이 없고 다만 공산空山의 잔나비와 죽림竹林의 두견이 고금 흥망을 조롱하니 부세浮世 인생이 어찌 가련치 않으리오?"

선랑이 역시 추연 왈,

"첩에게 두어 말 술이 있으니 달을 띠어 봉필蓬蓽에 임하사 반야半夜 한담閑談으로 처량한 심회를 덜게 하소서."

한림이 대희하여 다시 선랑의 집에 이르니, 배반杯盤이 낭자하고 두어 가지 풍류로 방중악房中樂[36]을 아뢰니 한림이 소년지심으로 오래 울적한 마음이 있더니 자차自此 이후로 축일逐日 낭에게 와 밤으로 낮을 이어 담소 풍류로 소일하고 선랑도 객실에 와 돌아감을 잊더라.

일일은 추우秋雨 소소蕭蕭하여 종일 개지 아니하니 한림이 무료히 혼자 앉아 협중의 무곡 병서를 내어 보다가 서안을 의지하여 잠들었더니 깨어 보매 밤이 이미 깊고 천기天氣 청랑晴朗하여 우후雨後 월색이 만정滿庭하거늘, 홀연 선랑을 생각하고 몸을 일어 동자를 깨우지 아니하고 혼자 선랑을 찾아가더니 멀리 바라보매 양개 차환이 사롱紗籠에 불을 켜

---

35) 강남의 여자들이 봄날 풀밭을 밟고 노니는 풍속이 있으나, 달밤에 흰 달빛을 밟는 것만 못함.
36) 주周나라 때 노래로 선조의 공덕을 칭송하기 위하여 후비后妃들이 부른 노래.

들고 그 뒤에 일위 미인이 수혜繡鞋[37]를 끌며 오거늘 자세히 보니 이에 선랑이라. 한림이 소 왈,

"내 정히 무료하여 낭을 찾아가더니 낭은 어디로 가는다?"

선랑 왈,

"야심천청夜深天晴하고 월백풍청月白風淸하니 객관한등客館寒燈[38]에 상공의 적요하신 심회를 위로코자 가나이다."

한림이 흔연히 웃고 같이 별당에 이르러 향월向月하여 수배를 마실새 선랑이 홀연 잔을 들고 처창한 빛이 있거늘 한림이 괴이히 여겨 문 왈,

"낭은 무엇을 생각하느뇨?"

선랑이 수삽羞澁 양구良久[39]에 대 왈,

"첩이 십 년 청루에 일편단심을 바칠 데 없더니 의외에 상공을 모셔 피차 울적한 회포를 위로하나 평수 연분萍水緣分에 봉별逢別이 무정無定[40]하니 자연히 명월을 대하매 한번 둥글고 한번 이지러짐을 슬퍼함이로소이다."

한림 왈,

"낭이 어찌 나의 돌아갈 조만早晩을[41] 아느뇨?"

선랑 왈,

"비록 십분 분명치 못하나 첩이 아까 잠깐 곤로困勞하여 졸더니 일몽을 얻으매, 상공이 청운을 타시고 북방으로 가시며 첩을 돌아보사 같이 감을 말하시더니 홀연 뇌성이 대작大作하며 벽력이 첩의 머리를 쳐 놀라 깨치니, 이 꿈이 비록 첩에게 불길하나 상공이 불구에 영화榮華로 돌아가실까 하나이다."

한림이 머리를 숙이고 생각하다가 왈,

"금월 염일念日[42]은 황상의 탄신일이라. 황태후께서 매양 황상을 위하여 차일을 당하신 즉 방생지放生池에 방생하시고 인하여 대사천하大赦天下 하시니 혹 낭의 몽조夢兆가 헛되지 않을까 하노라."

선랑이 더욱 놀라 왈,

"첩이 비록 불민하나 어찌 상공의 영화로이 돌아가심을 기뻐하지 않으리오마는 종차從此 일별一別에 후기後期 없사오니 군자의 대범하심으로 구태여 괘념掛念하실 바 아니

---

37) 수놓은 갓신.

38) 밤은 깊어 하늘엔 구름 한 점 없고 달빛 밝고 바람 맑으니 여관의 쓸쓸한 등잔불 아래.

39) 수줍어 한참 동안 몸 둘 바를 모르더니.

40) 부평초처럼 떠돌다 우연히 만나 맺은 인연은 만나고 헤어지는 기약을 할 수가 없음.

41) 내가 일찍 돌아갈지 늦게야 돌아갈지.

42) 스무날.

나, 첩은 들으니 남방에 한 새 있으니 이름이 난조鸞鳥라. 그 짝이 아닌즉 울지 아니하는
고로 그 소리를 듣고자 하는 자가 거울로 비치면 그 그림자를 보고 종일 춤추고 소리하
다가 기진하여 죽는다 하니, 첩이 비록 청루 천종賤蹤이나 스스로 짝을 만나지 못할까
하였더니 상공을 꿈결같이 뵈옵고 황홀함이 거울 속 그림자와 다름이 없으나, 첩이 오히
려 한 번 울고 한 번 춤추었으니 금야 죽어도 여한이 없을지라. 마땅히 산중에 종적을 감
추어 승니 도사를 따라 몸의 욕됨을 면할까 하나이다."

한림이 소 왈,

"내 낭의 뜻을 아나 낭은 내 뜻을 모름이 이 같도다. 내 이미 정한 마음이 있으니 영영 우
락憂樂을 같이하여 저 벽성산 둥근달이 우리 양인의 심사를 비추어 평생을 이지러짐이
없으리라."

선랑이 사謝 왈,

"군자 일언이 여천금如千金이라, 첩이 사무여한死無餘恨이로소이다."

인하여 잔을 들어 한림을 권하니, 한림이 반취半醉하매 낭의 손을 잡고 소 왈,

"내 가섭迦葉의 계율이 없고[43] 낭이 보살의 후신이 아니라. 상봉 수삭數朔에 담연히 지
냄은 상정常情이 아니니 금야 가기佳期를 허송치 못하리라."

선랑이 부끄러워 양협兩頰에 홍훈紅繡[44]이 가득하여 왈,

"첩이 일찍 들으니 증자曾子의 효도로도 증모曾母의 투저투저함[45]을 불면불면하고 악
양樂羊의 충성으로도 중산中山의 방서謗書[46]가 생겼으니, 하물며 첩이 풍류장에 놀아
종적이 비천함이리오? 만일 타일 군자 문하에 중산의 방이 문득 이르고 증모의 북을 수
이 던진즉 첩의 신세는 진퇴무로進退無路라. 연고로 십 년 청루에 일점 홍혈紅血을 구구
히 지킴은 군자의 견부堅孚[47]하심을 바람이요 고당 운우高唐雲雨[48]를 위함이 아니로소

---

43) 가섭은 석가모니의 제자. 불가의 계율에 매임이 없고.

44) 두 뺨에 나타난 붉은 기운.

45) 증자의 어머니가 베 짜는 북을 던지고 달아난 것. 증자가 살던 마을에 증자와 이름이 같은
사람이 살았는데, 이웃 사람들이 와서 증자가 살인을 했다고 하자 처음에는 안 믿던 어미
도 세 번 같은 이야기를 듣고는 의심하여 도망갔다는 고사가 있다.

46) 악양은 위魏나라 문후文侯의 장수. 위 문후가 중산을 정벌할 때 악양의 아들이 중산에 있
었는데 중산의 임금이 아들을 죽여 악양에게 보냈으나 아랑곳하지 않고 싸워 중산을 정벌
하였다. 전쟁에서 이긴 공을 논할 때 문후가 그동안 악양을 비방한 글 한 상자를 보여 주
었다고 한다.

47) 굳게 믿어 줌.

48) 남녀간의 정. 고당高唐은 초나라의 누대 이름. 초나라 회왕이 고당에서 무산선녀와 만나
운우지정을 나누었다고 한다.

이다."

한림이 차언을 듣고 선랑의 팔을 다리어 나삼 소매를 걷고 보니 완상腕上 앵혈鶯血[49]이 월하에 완연한지라. 한림이 그 뜻을 측연하여 개용 변색改容變色하고 자차自此로 사랑과 공경함이 일배 더하더라.

차설, 광음이 홀홀하여 한림이 적거한 지 이미 사오 삭이라. 천자 탄일을 당하여 군신의 진하를 받으시고 하교 왈,

"한림 양창곡이 강주에 적거한 지 오래니 그 죄를 사하고 예부시랑을 배拜하여 부르라."

하시니, 차시 양 한림이 비록 선랑과 축일逐日 상대하여 자못 객수客愁를 잊을 듯하나 조석에 암연黯然히 북천北天을 향하여 군친君親을 사모하는 마음이 간절하더니, 일일은 문밖이 들레며 동자 창황히 들어와 예부禮部 하례下隷와 본부 창두가 이름을 고하고 서간書簡을 드리며 성지聖旨를 전하니, 한림이 북향사은北向謝恩하고 가서家書를 본 후 이미 일모日暮하매 명일 등정登程함을 분부하고, 시야是夜에 시랑侍郞이 작별코자 하여 동자를 데리고 선랑의 집에 이르니, 선랑이 이미 알고 치하 왈,

"상공이 천은을 입사와 영화로 돌아가시니 천첩이 또한 감축함을 이기지 못하나이다."

시랑이 집수執手 창연愴然 왈,

"내 이제 낭으로 더불어 동거同車하여 행코자 하나 적객謫客으로 왔다가 첩을 싣고 감이 불가할 뿐 아니라 내 존당尊堂에 불고不告하였으니 마땅히 올라가 수이 거마를 보내어 데려갈까 하노니, 낭은 별회別懷를 관억寬抑[50]하여 옥모춘광玉貌春光을 이울게 말라."

선랑이 초연愀然 왈,

"상공이 첩을 풍류로 만났으니 마땅히 풍류로 고별하리다."

상두의 거문고를 다리어 삼 장 곡조를 타니 그 곡조에 왈,

오동이 처처萋萋[51]함이여!
대 열매 이리離離하도다.[52]
봉황이 와 모임이여!
응응하고 개개하도다.[53]

---

49) 꾀꼬리 피로 팔에 새긴 문신. 남녀 관계를 하면 그 흔적이 사라진다고 하여, 순결한 처녀의 표시로 삼았다 한다.

50) 이별의 회포를 참고 누름.

51) 오동잎이 무성함이여. 처처는 '초은사招隱士'라는 노래에, "왕손은 가고 돌아오지 않는데, 봄풀은 나서 우거졌구나.〔王孫遊兮不歸 春草生兮萋萋〕"라는 구절에서 온 말로, 이별 뒤의 슬픔을 뜻한다.

52) 대나무 열매 주렁주렁 달렸구나.

梧葉萋萋兮　竹實離離
鳳凰來集兮　嗈嗈喈喈

강 구름은 막막함이여!
강물은 유유하도다.
행인이 가려고 말을 먹임이여!
공자를 좇아 한가지로 돌아가리로다.
江雲漠漠兮　江水悠悠
行人去而秣馬兮　迫及公子同歸
가만한 한을 거문고로 아룀이여!
붉은 줄이 목 맺히도다.
한없는 생각이 심곡에 얽힘이여!
밝은 달을 향하였도다.
暗恨奏琴兮　朱絃咽
無限思縈心曲兮　向明月

　선랑이 타기를 맞고 거문고를 밀치며 처연悽然 함루含淚하고 말이 없거늘, 시랑이 재삼 위로하고 몸을 일매 선랑이 따라 문외에 나와 소매를 들어 누수淚水를 씻을 따름이러라.

　시랑이 선랑을 작별하고 객실에 돌아와 행장을 수습하여 황성으로 갈새 차시는 이미 중동中冬 천기天氣라[54]. 산천이 적요하고 풍광이 소슬한데, 홀연 일진一陣 북풍이 백설을 불어 경각간에 옥가루가 땅에 가득하고 세계가 비고 희니 겨우 오륙십 리를 향하여 전진치 못하고 객점에 들었더니, 아이오 천색이 장차 저물고 눈은 개어 황혼 월색이 극가極佳하거늘, 시랑이 동자를 데리고 점문에 나와 월하에 배회하며 설경을 구경할새 빼어난 봉우리는 백옥을 묶었으며 빈 들에는 유리를 깔았는데 나무에 잔설이 어리어 삼월 춘풍에 이화가 만발한 듯 청정한 경개와 담박한 기상이 옥인玉人의 용광容光을 대함 같으니, 창연히 바라보고 섰다가 다시 점중店中에 들어와 잔등殘燈을 대하여 베개를 의지하였더니, 홀연 점문을 두드리는 소리 나며 일위 소년이 양개 차환을 데리고 들어오니 행색이 소쇄하고 용모가 아름다워 남자의 기상이 없고 낭랑한 소리로 양 시랑의 객점을 찾거늘, 시랑이 의아하여 자세히 보니 이에 선랑이라. 웃고 좌에 앉으며 왈,

　"첩이 비록 청루에 놀았으나 나이 어리므로 일찍 이별이 무엇임을 모르고 다만 상공을 모셔 떠나지 말까 하였더니, 일조一朝에 동문東門의 버들을 꺾어 '양관곡陽關曲'[55]을

---

53) 옹옹嗈嗈, 개개喈喈는 모두 봉황의 화락한 울음소리를 나타내는 말.
54) 이미 한겨울 날씨더라.

부르매 흉중이 억색抑塞하고 마음이 수삽羞澁하여 심곡에 쌓인 말씀을 일언도 고별치 못하고 총총 등정하시니 더욱 초창하여 북풍한설에 반드시 멀리 못 가심을 알고 객관 잔등殘燈의 적막하신 심회를 위로코자 하여 왔나이다.”

시랑이 그 뜻을 기특히 여겨 가까이 침상에 나아가 새로운 풍정이 십분 견권繾綣⁵⁶⁾하여 운우를 희롱코자 하니, 선랑이 사양치 아니하고 수삽 왈,

“세간 여자의 이색사인以色事人⁵⁷⁾하는 법이 세 가지라. 그 일은 심사心事니 마음으로 섬김이며, 그 이는 기사幾事니 기미를 맞추어 섬김이요, 그 삼은 안사顔事니 얼굴을 곱게 하여 섬김이라. 첩이 비록 불민하오나 마음으로 군자를 섬기고자 하였더니 세간 남자가 모두 그 얼굴을 취하고 마음을 몰라 상공이 첩으로 더불어 상봉 수삭에 담연淡然히 헤어지매 상공이 서어齟齬히 아심은 이르지 말고 첩이 또한 승순承順하는 도리 아닌 고로 객관 잔등에 화촉지연華燭之緣을 구차히 이루고 돌아가오니 상공이 그 가련한 뜻을 아시리까?”

시랑이 웃고 팔을 늘여 다시 선랑을 안고자 하더니 홀연 옆에서 뉘 급히 부르는 소리 나니, 아지 못게라 그 무슨 소린고? 하회를 보라.

제9회 황 씨의 혼인을 정하매 천자 주매하고 남만을 칠새 원수 출전하다
定黃婚天子主媒　征南蠻元帥出戰

각설, 시랑이 여관 한등寒燈에 선랑을 만나 수작 상대하여 못 풀던 정회를 풀매 자연 견권繾綣함을 불승不勝하여 팔을 늘여 다시 선랑의 허리를 안고자 하더니, 동자가 불러 왈,

“상공은 무엇을 찾으시나이까?”

하거늘, 놀라 깨치니 꿈이라. 선랑은 간데없고 베개를 어루만지며 일장 섬어一場譫語¹⁾ 하였거늘, 시랑이 웃고 밤을 물으니 이미 사오 경이라. 경경耿耿 잔등殘燈은 벽상에 걸려 있고 악악喔喔 계성鷄聲은 원촌遠村에 들리더라. 시랑이 침상에 일어 앉아 생각하되,

---

55) 당나라 왕유王維가 지은 이별 노래.
56) 새로 남녀간에 맺은 사랑이 매우 굳게 맺혀 얽힘.
57) 색으로 사람을 섬긴다는 뜻으로, 여인이 남편을 섬기는 것.

1) 한바탕 잠꼬대.

'선랑은 재주 있는 여자라, 내 비록 그 뜻을 기특히 아나 오히려 너무 고집하여 순종치 않음을 서어齟齬히 아는 고로 내 몽사가 이러하니 하물며 군신지간이리오. 내 신진소년으로 연소기예年少氣銳하여 제 뜻을 고집하고 군명을 봉승奉承치 아니하였으니, 어찌 장차 득군행도得君行道[2]를 생각하는 신자臣子의 일이리오.'

하더라.

천명天明에 시랑이 등정하여 황성으로 오니라. 시랑이 이측離側한 지 거의 반년이라. 천은을 입사와 다시 슬하에 모셔 일실一室이 화락함을 어찌 다 말하리오. 윤 상서 시랑의 입성함을 듣고 즉시 와 무양 환가無恙還家[3]함을 기뻐하고 시랑을 보아 왈,

"황상이 만일 황가黃家 혼사를 다시 말씀하신즉 현서賢婿[4]는 어찌코자 하는고?"

원외 왈,

"본디 의리에 대패大悖함이 없으니 신자 되어 어찌 여러 번 거스르리오?"

윤 상서도 또한 재삼 권고하고 가니라.

익일 시랑이 입궐 사은할새 천자 인견引見하시고 위로 왈,

"경이 오래 적거謫居하여 고초함이 많을지라. 아름다운 옥은 갈수록 빛나고 보배 칼은 불릴수록 이利하니 경은 지기志氣를 떨치지 말아 전정前程을 힘쓰라."

시랑이 황공 돈수頓首하니, 천자 또 하고 왈,

"황 각로의 혼사는 짐이 이미 성언成言함이 있고 예절에 어기지 아니하니 다시 사양치 말라."

시랑이 돈수 왈,

"성교聖敎가 이에 미치시니 마땅히 명대로 하리다."

천자 대열大悅하사 즉시 일관日官[5]을 불러 탑전榻前에 택일擇日하라 하시고, 우又 왈,

"짐이 이미 중매하였으니 성혼하는 날에 백관이 양부兩府에 가 연석에 참례하라."

하시고, 호부戶府로 잡채雜彩 백 필[6]을 부조하게 하시니, 양 원외와 황 각로 성지를 받자와 길일을 당하매 양가兩家에서 성례할새 그 위의의 성함은 이르지 말고 조정을 기울여 양부 문전에 거마가 매였더라.

황 소저 봉관용잠鳳冠龍簪과 능라금수綾羅錦繡[7]로 구고舅姑께 뵈올새 비록 광채 동인動人하고 자색이 절등하나 기상氣像의 표일飄逸함과 동지動止의 첩리捷利[8]함이 요조숙녀

---

2) 임금을 모시고 정치를 행함.

3) 병 없이 돌아옴.

4) 사위를 높여 부르는 말.

5) 천문과 역서曆書, 특히 길한 날을 받는 따위를 맡아보는 관리.

6) 여러 가지 비단 백 필.

7) 봉관용잠은 봉황새 모양의 족두리와 용 모양의 비녀이고, 능라금수는 갖가지 비단.

의 유순한 본색에 부족하더라. 시랑이 삼 일 화촉을 맞고 윤 소저 침실에 와 초연悄然히 근심하여 침상에 누우며 종용 문 왈,

"부인이 연일 황 소저의 위인을 보니 어떻다 하느뇨?"

윤 소저 침음부답沈吟不答한대, 시랑이 탄 왈,

"내 부인을 한갓 부부로 알지 않고 지기지심知己之心하는 붕우로 믿는 고로 이같이 묻거늘, 적은 혐의를 피하여 심곡心曲을 토출吐出치 아니하니 어찌 바라는 바리오?"

윤 소저 대 왈,

"아녀자의 안목이 불과 수식 패물首飾佩物[9]과 용모 자색이나 살필 따름이라. 지어 심정 인품의 우열 장단은 범상한 남자로도 알지 못하려든 이제 상공의 밝으심으로 혼암昏暗한 여자에게 동렬同列의 장단長短을 물으시니 첩이 그 의향을 깨닫지 못하나이다."

시랑이 탄 왈,

"내 군부의 명을 어기지 못하여 황부黃婦를 맞았으나 타일 가도家道의 괴란壞亂할 징조가 뵈니, 부인의 말씀은 예절에 합하고 도리에 당연하나 충곡衷曲이 아니로다."

하더라.

차설且說, 차시 교지交趾 남만南蠻[10]이 자주 반叛하니 조정의 일이 번극煩極하매 천자 근심하사 병부 상서 윤형문으로 우승상을 하이시고 참지정사 노균으로 평장군국중사平章軍國重事를 정하사 매일 편전에 인견하사 변무邊務[11]를 의논하시더니, 일일은 익주益州 자사 소유경蘇裕卿의 상소가 이르니, 대강 왈,

교지 남만이 창궐하여 남방 십여 군郡을 함몰하고 기중其衆이 백여 만이라. 혹 산곡에 웅거하고 혹 사면에 노략하여 괴이한 요술과 생소한 기계를 저적抵敵[12]할 방략이 없사오니 열읍列邑 장병將兵이 망풍와해望風瓦解[13]하여 불구不久에 익주 지경을 범할지라. 복원伏願 폐하는 천병을 조발早發하사 소멸케 하소서.

하였더라.

천자 표表를 보시고 대경大驚하사 황, 윤 양 각로와 노 참정과 양 시랑을 인견하사 방략을 물으신대, 윤 각로 주奏 왈,

---

8) 기상이 뛰어나고 훌륭하며, 행동거지가 날쌔고 민첩함.

9) 머리 장식이나 몸에 두른 치렛감.

10) 중국의 남쪽(지금의 베트남)에 사는 종족을 오랑캐라 하여 이르는 말. 그중 교지국.

11) 변경에 관한 정무. 곧 국경 수비와 전쟁 따위에 관한 일.

12) 적과 맞서 겨룸.

13) 바람 기세만 보고도 기와처럼 무너진다는 뜻으로, 싸우기도 전에 겁을 내어 무너진다는 말.

"남만이 자고로 왕화불급王化不及하고 풍속이 강한强悍[14]하여 금수禽獸와 다름이 없어 덕으로 무마하고 힘으로 다투지 못할지니, 신이 써 하되 형荊, 익益 양주의 군사를 조발하여 요해처를 막지르고 순무사巡撫使를 택인擇人하여 은위恩威로 효유曉諭하며[15] 이해로 달래어 항복지 않거든 천병天兵을 발發함이 가할까 하나이다."

양 시랑이 주 왈,

"승상의 말씀은 삼대三代 용병하던 떳떳한 도리라. 다만 금일 적세를 생각건대 원방 오랑캐 상국上國을 규시窺視[16]하니 반드시 그 경영함이 오래여 그만 그치지 않을 것이요, 이제 중국 군사는 오래 승평昇平하여 창졸倉卒에 응변應變함이 어려울지니[17] 제군諸郡에 조서詔書하사 군정軍丁을 점검하고 병기를 수리하여 불의지변不意之變을 방비하게 하소서."

참지정사 노균이 주 왈,

"양창곡의 말씀이 시무를 모름이라. 난시亂時를 당하여 민심을 먼저 진압함이 옳거늘 이제 조서를 내리오사 군정을 조련調練하며 병기를 준비한즉 민심의 소동함이 어떠하리꼬? 신은 써 하되 소유경의 상소를 아직 반포치 마시어 민심을 진압함이 가할까 하나이다."

창곡이 또 주 왈,

"근일 묘당廟堂 의논이 다만 고식지계姑息之計를 주장하니 신이 개탄하는 바라. 이제 민심 소동함을 염려하여 안연晏然히 앉았다가 일조에 남만이 범경犯境하면 그 창졸 소동함이 더욱 어떠하리꼬?"

노균이 정색正色 여성厲聲 왈,

"남방 오랑캐 불과 서절구투鼠竊狗偸[18]어늘 어찌 이에 밎으리오? 또한 군국대사軍國大事를 경솔히 못하리니 도적의 장난함은 군사로 막으려니와 민심의 소동함을 시랑이 장차 무엇으로 막고자 하느뇨?"

시랑이 소 왈,

"참정 말씀은 가위 조불려석朝不慮夕이라. 적게 소동함을 근심하고 크게 소동함을 요량치 못하시니, 이는 이른바 그림자를 피하여 더욱 달아남이로다."

차시 양인이 다툴새 노균이 발연대로勃然大怒 왈,

"성상이 신의 불초함으로 군국軍國 중사重事를 맡기시니 만일 백관 중에 제 소견을 고집

---

14) 사나움.
15) 은혜와 위엄으로 깨우쳐 달래고.
16) 중국을 엿봄.
17) 중국의 군대는 오래도록 태평하여 급히 변란에 대응하기는 어려우니.
18) 쥐나 개 같은 좀도둑.

하여 민심을 소동하는 자는 법이 있으리라."

한대, 백관이 응성應聲하여 여출일구如出一口[19]하니, 상이 침음양구沈吟良久에 노 참정의 의논을 좇으사 소유경의 상소를 반포치 않으시고 순무사를 조정에서 택인하라 하시니, 윤 각로 주 왈,

"상소를 이미 반포치 않으시고 순무사를 보내신즉 어찌 소문이 민간에 전치 않으리꼬? 익주 자사 소유경은 신의 처질이라. 문무쌍전文武雙全하고 장략將略이 과인過人하니, 인하여 소유경으로 순무사를 겸행하여 본주 군사를 거느려 적정敵情을 탐보探報케 함이 좋을까 하나이다."

천자 또한 의윤依允하시다.

시랑이 집에 돌아와 부친께 남만의 작란作亂함과 노 참정의 말을 고하고 근심하여 왈,

"소자 근일 천기天氣를 보오니 태백太白이 남두南斗를 범하여[20] 남방에 병상兵像[21]이 있사오니, 이는 국가의 불소不少한 근심이로소이다."

원외 왈,

"노부 비록 알지 못하나 근일 인기人氣 강쇠降衰하여 문무지재文武之才 없으니, 만일 불행하여 남정南征할 지경에 이른즉 뉘가 이 장자將者[22] 되리오?"

시랑이 머리를 숙이고 침음양구沈吟良久에 소이대소笑而對 왈,

"강주에 있을 제 일개 여자를 만나니 본부 기녀라. 음률에 총명이 있어 능히 소리를 듣고 길흉을 알아 소자더러 왈 '불구不久에 병혁지사兵革之事 있으리라.' 하더니 그 말이 불행히 맞을까 하나이다."

원외 경驚 왈,

"노부 또한 심중에 염려하는 바라. 그 여자의 이름이 무엇이뇨? 총명이 절인絶人하도다."

시랑 왈,

"명은 벽성선이니 소자 반년 적객에 울적한 회포를 이기지 못하여 더불어 소견消遣하고 이미 건즐巾櫛로 허하여 수이 데려옴을 언약하였더니 미처 품달稟達치 못하나이다."

원외 왈,

"군자 여색을 구태여 유의有意치 않을지언정 이미 언약하고 다시 실신失信함은 불가할까 하노라."

시랑이 즉시 내당에 들어가 모친께 고하니, 허 부인이 책責 왈,

---

19) 대답이 한 입에서 나오는 듯.
20) 태백과 남두는 모두 별의 이름이므로, 별자리에 이상이 생겼다는 말.
21) 전쟁이 일어날 징조.
22) 대장, 장군.

"아자兒子 나이 어리고 전정前程이 만 리 같거늘 여자와 실신失信함을 수이 하니 어찌 비상지원飛霜之冤[23]이 없으리오? 내 강남홍의 일을 지금까지 잊지 못하니 비록 금일이라도 벽성선을 데려오게 하라."

시랑이 즉시 일봉서一封書를 닦아 동자와 창두를 강주로 보내니라.

차설, 선랑이 시랑을 보낸 후 죽비竹扉를 닫고 칭병稱病하여 손을 보지 아니하더니 수삭이 지나되 일자 음신音信이 없거늘 심중에 흘흘불락忽忽不樂하여 낮이면 벽성산을 바라보고 어린 듯이 앉았으며 밤이면 잔등殘燈을 대하여 잠을 이루지 못하더라. 일일은 지부知府[24]가 부르거늘 병들었다 일컫고 가지 아니하니, 지부 약을 보내며 신근辛勤히 존문存問하거늘, 선랑이 의아하여 왈,

"지부의 후하심과 양 시랑의 박함이 도시 의외라. 만일 그 후함이 뜻이 있고 박함이 무정함인즉 내 어찌 구차투생苟且偸生하여 욕됨을 감수하리오."

하고 천사만념이 분분하여 난간을 의지하여 산을 바라고 허희탄식하더니, 홀연 일개 동자가 들어와 서간을 드리거늘 자세히 보니 이에 향자向者 왔던 동자라. 동자 또한 반겨 일변 서간을 전하며 일변 거마와 창두의 이름을 고하니, 그 서간에 왈,

일별운산一別雲山에 옥안玉顏이 여몽如夢이라. 홍진紅塵 명리名利에 취몽醉夢이 골몰하여 황혼 가기黃昏佳期를 이같이 차퇴差退[25]하니 참괴慙愧, 참괴하도다. 향일 본부에 기별하여 낭의 이름을 기안妓案에서 삭제削除하라 하였더니 혹 알았는지? 이제 존당尊堂의 명을 받자와 거마를 보내니 무궁 정회는 화촉을 돋우고 원앙침을 베풀어 다하기를 기다리노라.

선랑이 남필覽畢에 거마를 수일 머물러 치행治行 등정登程하여 황성으로 오니라.

차설且說, 익주 자사 소유경이 황명皇命을 받들어 적정을 탐지하여 성야치보星夜馳報[26]하니, 그 계문啓文에 왈,

신이 황명을 받자와 적진에 이르러 괴수를 보고 은위恩威로 효유曉諭한즉 항복할 뜻이 없고, 패만悖慢[27]한 기색과 무례한 말이 무수할 뿐 아니라 신을 궤계詭計로 유인하여 진중에 에워싸고 수하 편비偏神 일인을 참斬하니 급한 형세와 불측不測한 계교 장차 신

---

23) 서릿발 같은 원한.
24) 부의 우두머리. 원님.
25) 물리쳐 늘어지게 함.
26) 밤낮으로 말을 달려 급히 알림.
27) 사납고 거만함.

의 몸에 이를지라. 다행히 방비함이 있어 단병短兵 접전接戰하여 겨우 도명逃命하니, 신이 황명을 받들어 만방蠻方 소추小酋[28]에게 욕됨을 당하니, 부월지주斧鉞之誅를 도망치 못하려니와[29] 다만 적세賊勢의 강성함은 왕첩소무往牒所無[30]라. 복원伏願 폐하는 대군大軍을 급발急發하여 익주 고성孤城으로 조석지위朝夕之危 없게 하소서.

하였더라.

천자 남필覽畢에 대경大驚하사 급히 제신諸臣을 인견하시고 계교를 의논하시더니, 형주 자사의 밀봉한 표문이 이르니, 대강 왈,

남만이 창궐하여 이미 동주표銅柱標[31]를 지나 광서성을 함몰陷沒하고 계림桂林, 형양 지간에 목축을 노략하고 인민을 살해하니, 변방 제군이 일쩍 준비함이 없어 창졸에 적병이 이름을 보고 망풍소동望風騷動[32]하여 형, 익 이남에 인연人煙이 소슬하여 적병이 몰아 무인지경無人之境 같은지라. 비록 군사를 수습코자 하나 승평昇平이 일구日久하여 미리 약속함이 없사오니 토붕와해土崩瓦解[33]함을 걷잡지 못하여 근표이문謹表以聞[34]하오니, 천병天兵을 지완遲緩치 마소서[35].

하였더라. 천자 표를 보시고 천안天顔이 저상沮喪하사 좌우를 돌아보시며 방략方略을 물으신대, 윤 각로 주奏 왈,

"적세賊勢 이같이 급하니 천토天討[36]를 지완치 못할지라. 문무 제신을 모아 상의함이 가할까 하나이다."

상이 의윤依允하사 백관을 명초命招하라 하시니, 원임原任 각로閣老 황의병과 우승상 윤형문과 참지정사 겸 평장군국사平章軍國事 노균과 호부 상서 한응덕韓應德과 병부 시랑 양창곡과 우림장군 뇌천풍雷天風 등 일대 문무 관원이 동서반東西班을 나누어 입시하니, 천자 하교 왈,

---

28) 오랑캐의 한낱 추장.
29) 도끼로 참수하는 형벌을 피하지 못하려니와.
30) 전에 없는 일.
31) 광동성 분모령分茅嶺 아래 구리 기둥을 세워 중국 서쪽의 국경을 표시한 곳.
32) 적병의 소문만 듣고도 놀라 웅성거림.
33) 흙이 무너지고 기와가 깨어지듯 산산이 부서짐.
34) 삼가 표를 올려 아룀.
35) 천자의 병사를 보내는 일을 더디 하지 마십시오.
36) 천자의 명으로 반군을 토벌함.

"남만이 창궐하여 상국을 침범하니 어찌하면 좋으리오?"

황 각로 주奏 왈,

"작은 오랑캐 천명天命을 모르고 이 같으니 대군을 발하여 무찌를지라. 어찌 족히 근심하리꼬?"

참지정사 노균이 주 왈,

"변방 제신諸臣이 방비함을 서어齟齬하여 적세 이 같으니 우선 형, 익 양 자사와 광서 성주를 논죄論罪하고 거용관居庸關을 수축하였다가 불행히 일이 급한즉 북으로 순행하사 거용관을 지킴이 만전지계萬全之計일까 하나이다."

윤 각로 소 왈,

"당당 만승지국으로 일개 만병蠻兵이 이름을 보고 어찌 도성을 버리고 일편一片 고성고성孤城을 지키리오? 급히 천병天兵을 조발調發하여 침이 가할까 하나이다."

상이 그 말을 옳이 여기사 왈,

"뉘 원수 되어 종묘사직의 위태함을 붙들리오?"

좌우 묵묵무언하고 면면상고面面相顧하니, 대개 차시 조야朝野가 소동하여 혹 왈,

"도적이 미구에 황성에 이른다."

하며, 혹 왈,

"기중其衆이 부지기백만이라."

하여, 듣는 자 막불담낙상기莫不落膽喪氣[37]하여 만조백관이 저마다 출전함을 모피謀避하니, 천자 탄 왈,

"짐이 덕이 없어 사이팔만四夷八蠻을 감화치 못하여 수백 년 종사宗社가 위재조석危在朝夕하고 억조창생이 도탄 중에 들었거늘 일인도 충분忠憤을 내어 짐을 구할 자 없으니 이는 다 짐의 허물이라 누구를 한하리오?"

하시며 옥루玉淚 용포龍袍를 적시시더니, 홀연 일위 재상이 개연히 출반주出班奏 왈,

"신이 비록 불충하오나 망극한 천은을 입사와 도보圖報하올 길이 없사오니 폐하의 근심을 덜어 마땅히 견마犬馬의 힘을 다하여 남만을 평정하고자 하나이다."

모두 보니, 옥 같은 얼굴에 풍채 발월拔越하고 별 같은 눈에 정기 어리어 의기 당당하고 성음聲音이 낭랑하니 이는 이에 병부 시랑 양창곡이라, 탑전榻前에 부복俯伏하니, 황 각로 심중에 생각하되,

'목금目今[38] 적세 저같이 급하거늘, 양 시랑은 나의 교서嬌婿라. 만일 출전하여 불행함이 있은즉 여아의 평생을 그르침이로다.'

하고 탑전에 주 왈,

---

37) 듣는 자들이 낙심하거나 기운이 움츠러들지 않는 사람이 없어서.

38) 눈앞. 지금.

"양창곡은 백면서생이요 청춘소년이라. 곤외閫外 중임重任[39]을 맡기지 못할지니, 복원伏願 폐하는 확석確晳한 숙장宿將[40]을 택인하사 대사를 그르치지 말게 하소서."

언미필言未畢에 동반東班 중 일위 노장이 안검按劍 대성大聲[41] 왈,

"승상의 말씀이 그르도다. 고자古者에 항적項籍은 이십사 세에 기병강동起兵江東하고[42] 손책孫策은 십칠 세에 횡행천하하니[43] 용맹 장략은 재주에 달림이요 연치年齒에 있음이 아니며 한지제갈漢之諸葛[44]과 송지조빈宋之曹彬[45]은 서생지풍書生之風이 있으나 천고 명장이 되었으니, 이제 양 시랑이 서생 소년이나 국사를 위하여 분불고신身不顧身[46]하니 그 충성을 알 것이요, 중의衆議를 배각排却하고 위지危地를 자취自取하니[47] 용맹이 큰지라. 신은 써 하되 만일 양 시랑이 출전치 않은즉 중원 일국이 피발좌임被髮左衽[48]하고 대명천지 이적夷狄의 굴이 될까 하나이다."

모두 그 장수를 보니 상발상발霜髮이 귀밑을 덮었으며 우레 같은 소리와 번개 같은 눈이 이에 호분장군虎賁將軍 뇌천풍雷天風이라. 뇌천풍은 당나라 뇌만춘雷萬春의 후예니, 만부부당지용萬夫不當之勇이 있으나 평생이 수기數奇[49]하여 벼슬이 호분장군에 있더라. 노 참정이 노질怒叱 왈,

"요마么魔 무부武夫 어찌 감히 조정 대사를 참론參論하리오? 네 무부로 장략將略이 없어 적은 도적을 평정치 못하고 그같이 분분하니 만일 두 번 말한즉 네 머리를 선참先斬하여 삼군을 호령하리라."

천풍이 개연 소 왈,

"노신이 일분 공로도 없이 식군지록食君之祿[50]하고 백발이 성성하니 어찌 일신을 돌아보아 왕사王事를 모피謀避하리오? 이제 개 같은 오랑캐가 쥐같이 장난하여 남방을 요란케 하거늘, 문무 장상將相이 종일 상대하여 경륜이 없고 기운이 저상하여 도성을 버리고

---

39) 변방의 중한 책임.
40) 확실하고 명석하며 경험 많은 장수.
41) 칼을 만지며 크게 소리침.
42) 항우項羽는 스물넷에 강동에서 병사를 일으켰고.
43) 손책은 아버지 손견孫堅이 죽은 뒤 열일곱에 군대를 이어받아 강남을 평정하니.
44) 한나라 말기 유비劉備의 군사軍師로 활약했던 제갈량.
45) 송나라 개국 공신이자 당대 민심을 얻은 명장 조빈曹彬.
46) 의분심을 내어 자기 몸을 돌아보지 않음.
47) 여러 사람의 의견을 물리치고 스스로 위태로운 땅에 나아가니.
48) 머리를 풀고 옷깃을 왼쪽으로 여민다는 뜻으로, 미개한 나라의 풍습을 이르는 말.
49) 일만 명의 사람도 당할 수 없을 정도의 용기가 있으니 운수가 기박하여.
50) 나라의 녹봉을 먹는다는 말로, 벼슬살이를 하고 있다는 뜻.

거용관을 지키고자 하니, 만일 불행하여 백만지군百萬之軍이 황성皇城을 핍박한즉 만조
백관이 각각 처자를 업고 일제히 도망하여 폐하를 돌아보는 자 없을까 하니 어찌 한심치
않으리오? 노신이 비록 무용無勇하나, 원컨대 양 시랑을 따라 도채(도끼)를 메고 전부선
봉前部先鋒이 되어 남만의 머리를 취하여 궐하闕下에 드릴까 하나이다."

언필言畢에 위풍이 늠름하고 기세등등하여 서리 같은 털이 창대같이 일어서니 좌우 그
장함을 칭탄稱歎하고 천자 대열大悅하사 즉시 양창곡으로 병부상서 겸 정남도원수征南都
元帥를 배拜하여 절월 궁시節鉞弓矢와 홍포 금갑紅袍金甲[51]과 전마戰馬 일필一匹과 황금
천일千鎰을 주시고 뇌천풍으로 파로장군破虜將軍을 더하여 전부선봉을 삼으시고 발군發
軍하는 날 남교南郊에 친히 전송하리라 하시니, 양 원수 돈수수명頓首受命하고 부중府中
에 돌아오니 제군 장졸이 이미 문전에 가득하더라. 중군사마中軍司馬를 불러 하령下令 왈,
"적세 급하니 발군함을 지체치 못하리라. 명일 행군하되 만일 건기愆期[52]한즉 군율軍律
이 있으리라."

중군사마 청령聽令하고 나가니라.

원수 양친께 고 왈,

"소자 이미 나라에 허신許身하매 사사私事를 돌아보지 못하와 이제 슬하를 떠나오나 남
만이 천명을 거슬러 상국을 침노하니 그 패함을 기필할지라. 바라건대 존체를 보중하사
의려倚閭하시는 근심을 관억寬抑하소서."

하고 배사拜謝하니, 원외 탄 왈,

"우리 부자 천은天恩을 망극히 입어 갚사올 곳이 없더니 네 이제 황명을 받자와 만 리 출
전하니 가사를 생각지 말고 대공大功을 힘쓰라."

허 부인이 함루含淚 왈,

"우리 아직 독로篤老[53]치 아니하고 두 현부賢婦 있으니 아자兒子는 권념眷念치 말고 공
을 세워 돌아오라."

언필에 불승창연不勝悵然하여 말씀을 이루지 못하니, 원수 또한 함루하거늘, 원외 정색
왈,

"군자 진충盡忠하여 나라를 도움이 바야흐로 대효大孝어늘 이제 몸이 장수 되어 구구한
아녀자의 태도를 본받으니 어찌 네 아비의 평일 교훈한 본의리오?"

원수 즉시 일어 재배再拜 수명受命하고 물러와 황 소저 침실에 이르러 소저를 보고 왈,

"학생學生[54]이 군명을 받들어 장수로 출전하며 처자를 대하여 별회別懷를 말할 바 아니

---

51) 깃발과 도끼, 활과 화살 그리고 싸움할 때 입는 붉은 전포戰袍와 쇠로 만든 갑옷.
52) 기한을 어김.
53) 몹시 늙음.
54) 선비가 스스로를 가리키는 말.

오나, 북당北堂 양친에 공양함을 부인께 부탁하오니 성효誠孝를 다하여 원행하는 정리를 생각하소서."

소저 유유唯唯[55]하니, 원수 다시 소 왈,

"또한 부탁할 일이 있으니, 학생이 구태여 풍정風情을 유의함이 아니라 소년 적객의 고적한 심사를 인연하여 벽성선壁城仙을 친하였더니 이미 데리러 갔으니 부인은 수습하소서."

윤 소저 초연愀然 대 왈,

"명하심을 마땅히 잊지 않을까 하나이다."

원수 다시 황 소저를 보고 왈,

"여자의 행실함이 그름이 없고 위의도 없어 오직 술과 음식을 의론한다 하니, 부인은 양친을 뫼셔 숙수지공菽水之供[56]을 힘써 근심이 없으시게 하소서."

황 소저 대 왈,

"첩이 비록 불민하오나 동렬同列의 현숙한 덕이 있으니 봉친지절奉親之節은 염려하실 바 아니오나 다만 첩이 배움이 없고 '관저關雎' 후비后妃의 유한幽閒한 덕[57]이 부족한 중 이제 듣자오니 군자의 풍정을 사모하여 '소성小星'[58]을 노래하며 오는 자 있다 하오니, 차시를 타 귀녕부모歸寧父母[59]하여 그 건과愆過[60]함이 없게 하올까 하나이다."

원수 정색 부답不答하고 외당으로 나가니라.

익일 남교에 담을 만들고 원수 홍포 금갑으로 대우전大羽箭을 차고 백모황월白旄黃鉞을 좌우에 세워 단상에 오르니 시년時年이 십팔 세라. 상설霜雪 같은 호령과 산악 같은 기상을 제장삼군諸將三軍이 불감앙시不敢仰視하더라. 아이오 천자 진문 밖에 이르사 표신標信을 통하신대 원수 단에 내려 법가法駕[61]를 맞아 왈,

"개주지사介冑之士는 불배不拜[62]라 군례軍禮로 뵈나이다."

천자 개용改容하시고 어배御盃에 법주法酒를 친히 권하사 왈,

"자금自今으로 곤이외閫以外는 장군이 제지하여 불종명자不從命者는 자사 이하로 선참후계先斬後啓[63]하고 편의종사便宜從事하라."

---

55) 시키는 대로 따르겠다고 공손히 대답하는 소리.
56) 콩과 물로 음식을 바친다는 뜻으로, 가난한 살림에도 부모님을 잘 봉양하는 것을 말한다.
57) 《시경》의 첫 시 '관관저구關關雎鳩'에 나오는 것과 같은 군자의 바람직한 안해.
58) 《시경》 '소성小星' 시에서 유래하여 첩을 가리키는 말로 쓴다.
59) 본가로 돌아가 부모님을 뵘.
60) 잘못.
61) 임금이 타신 수레.
62) 갑옷 입은 장수는 무릎 구부려 절하지 않음.

천자 예필禮畢에 걸어 진문 밖에 나사 황옥거黃屋車에 오르시니 원수 다시 단에 올라 사송賜送하신 황금으로 삼군을 상 주고 호궤犒饋함을 마치매 이에 행군할새 고각鼓角은 천지를 흔들고 정기旌旗는 햇빛을 가려 항오行伍는 정제하고 군령이 엄숙하니 지나는 곳에 부로父老 백성이 모두 찬탄 왈,

"우리 성천자聖天子 착한 장수를 얻으사 관군의 정제함이 이 같으니 소적小賊을 어찌 근심하리오?"

하여 인심이 많이 안돈安頓하더라.

차설, 벽성선이 강주서 떠나 황성 삼백여 리 되는 객점에 이르러 날이 저물어 유숙할새 노변 백성이 교량을 수축하고 도로를 다스려 분분 전도顚倒하거늘 그 곡절을 물은대, 대답 왈,

"금일 도원수 차처此處에 행차 숙소하신다 하나이다."

벽성선이 다시 문 왈,

"원수는 누구신고?"

답 왈,

"병부 상서 양 노야楊老爺시니이다."

선랑이 이 말을 듣고 경 왈,

"상공이 출전하심을 내 비록 염려한 바나 어찌 이같이 급하신고? 내 이제 서어한 종적으로 생소한 문전에 누구를 향하여 가며 내게 있는 옥적玉笛이 군중에 혹 쓸데 있을지니 어찌 써 상공께 전함을 얻으리오? 군중이 엄숙하여 남자도 출입치 못하려든 하물며 여자리오?"

다시 일계一計를 생각하고 동자를 불러 왈,

"너는 문전에 섰다가 원수의 행차가 이르시거든 고하라."

아이오 고각鼓角이 혼천掀天[64]하며 동자 창황히 보報 왈,

"원수 행군하여 오시나이다."

선랑 왈,

"네 진陣 치시는 곳을 자세히 보고 와 고하라."

양구에 동자 보 왈,

"원수 진을 차처此處에 치시나 남으로 백여 보 밖에 배산임류背山臨流[65]한 무인지경에 치시더이다."

야심夜深 후 선랑이 동자더러 왈,

---

63) 먼저 죽인 후에 임금께 보고하는 것.

64) 북과 피리가 온 천지에 요란스럽게 들려옴.

65) 산을 등지고 물을 앞에 둠.

"상공의 진 치신 형세를 구경코자 하노니 네 인도하라."

옥적을 가지고 동자를 따라 진전陣前에 이르매 차시 월색이 조요한데, 기치창검이 정정당당하여 방위를 지켜 있고 부오部伍 항렬行列이 중중첩첩하여 원문轅門[66]을 이루었으니, 위의의 엄숙함과 군율의 정제整齊함을 묻지 않아 알러라. 선랑이 동자를 보아 왈,

"내 잠깐 산에 올라 진문을 굽어보리라."

하고 산경山徑을 찾아 중봉中峰에 올라 동자를 명하여 산하山下에 섰다가 올라오는 사람이 있거든 인도하라 하고 암상巖上에 높이 앉아 군중의 경점更點[67]을 들으니 이미 삼경을 보報하거늘, 선랑이 옥적을 들어 일곡一曲을 부니, 이때 원수 장중帳中에서 책상을 의지하여 무곡 병서武曲兵書를 보더니 난데없는 일성一聲 옥적이 풍편에 들리거늘 병서를 놓고 귀를 기울여 들으니 그 소리 반공半空에 유량하여 서풍에 돌아가는 기러기 무리를 이룬 듯, 청천의 의로운 학이 짝을 부르는 듯, 심상한 산동山童의 목적木笛이 아니러라. 원수의 총명함으로 어찌 벽성산 옛 곡조를 모르리오? 심중에 경의驚疑하여 생각하되,

'이는 반드시 선랑이 지나다가 나를 보고자 함이로다.'

하고 즉시 중군사마를 불러 분부 왈,

"군사 처음 차처에 경야經夜하니 항오行伍와 막차幕次를 착란錯亂치 못할지라. 내 평복平服으로 한번 순행코자 하나니 누설치 말고 장중帳中을 지키라."

하고 심복 편비偏裨 일인을 데리고 자기의 찼던 대우전을 빼어 일 개個를 들고 원문에 나가려 하니 수문한 군사 표신을 찾거늘 원수 신전信箭[68]을 뵈고 진 밖에 나 전후좌우를 한바퀴 순행할새 산상 옥적이 오히려 그치지 않더라. 원수 편비를 돌아보아 왈,

"내 뒤를 따르라."

하고 앞서 행하여 산을 향하여 길을 찾더니, 동자 산하에 섰다가 반겨 맞거늘, 원수 다시 편비더러 왈,

"네 여기서 기다리라."

하고 동자를 따라 등산登山하니, 선랑이 옥적을 그치고 암상에 내려 맞아 왈,

"상공의 이 길이 어찌 이다지 급하시니이꼬?"

원수 왈,

"적세 창궐하여 지체치 못함이라. 만일 사세 이 같을 줄 알았던들 낭을 어찌 그리 망망히 오게 하여 종적이 얼올臲卼[69]케 하였으리오?"

선랑이 함루 왈,

---

66) 군영의 문.

67) 시간을 알리는 북소리.

68) 신표를 삼는 화살.

69) 일이 어그러져 마음이 불안함.

"첩이 미천한 몸으로 귀문貴門에 안면이 없사오니 이제 당돌히 들어가 누구를 의지하리오?"

원수 측연惻然 집수執手하고 황 소저 취한 말을 대강 말하여 왈,

"내 낭의 지견을 아니 비록 난처한 일이 있으나 십분 조심하여 나의 돌아옴을 기다리라."

선랑 왈,

"상공이 원융元戎[70]의 체중體重하심으로 천첩賤妾을 위하여 오래 막차幕次를 떠나시니 불안하오이다."

인하여 옥적을 드려 왈,

"이것이 혹 군중에 쓰일까 하나이다."

원수 받아 소매에 넣고 다시 선랑을 돌아보아 연연하여 왈,

"낭이 부중에 들어가 혹 어려운 일이 있거든 윤 소저와 상의하라. 천성이 인자하고 내 또한 부탁함이 있으니 저버리지 않을까 하노라."

선랑이 눈물을 뿌려 하직하니 원수 산에 내려 편비를 데리고 본진에 돌아와 익일 행군하여 남으로 가니라.

차설, 선랑이 동자와 점店 중에 돌아와 잠을 이루지 못하고 하늘이 밝으매 행장을 수습하여 황성에 득달하여 양부楊府 문전에 정거停車하고 동자로 선통先通하니, 원외 내당에 들어와 볼새 아리따운 태도와 요조한 용모는 일분 교식矯飾함이 없어 그 조결操潔함은 일편 빙심氷心에 티끌이 사라지고 그 선연嬋娟함은 반륜半輪 추월秋月이 갠 빛을 띠었거늘, 부중 상하가 책책 칭찬하고 원외도 사랑하여 앉음을 명하고 윤, 황 양 소저를 부르니 윤 소저가 즉시 왔거늘, 원외 소 왈,

"황 현부黃賢婦는 어찌 아니 오는고?"

좌우가 보 왈,

"황 소저는 졸연 신기身氣 불평하여 오지 못하나이다."

원외 머리를 숙이고 불쾌히 여기더니, 윤 소저를 보아 왈,

"군자의 잉첩媵妾 둠은 자고로 있는 바요 부녀의 투기함은 후세의 악풍惡風이라. 현부의 현숙함으로 가면加勉[71]할 바 없으나 십분 화목함을 힘써 가도家道를 괴란함이 없게 하라."

즉시 후원 별당에 처소를 정하니, 윤 소저 연옥을 명하여 길을 인도할새 옥이 선랑을 앞세우고 후원으로 가며 그 행보 거동을 보매 의연히 홍랑 같은 곳이 있거늘 옥이 함루含淚하며 슬퍼함을 깨닫지 못하거늘, 선랑이 문 왈,

---

70) 군사의 우두머리.

71) 노력을 더함.

"차환은 어찌 나를 보고 감창感愴함이 있느뇨?"

옥이 더욱 오열 왈,

"천비賤婢 흉중에 맺힌 한이 있더니 이제 잠간 촉동觸動[72]함이 있어 기색을 감추지 못하나이다."

선랑이 소 왈,

"차환이 부귀 문중의 인자하신 주인을 모셔 무슨 한이 이러하뇨?"

옥이 답 왈,

"천비는 본래 강남 사람으로 고주故主를 잃고 차처에 왔더니, 금일 낭자의 얼굴을 뵈오니 고주와 칠분 방불하신지라, 자연 심사를 진정치 못하나이다."

선랑 왈,

"차환의 고주는 누구뇨?"

옥 왈,

"항주 제일방 청루에 있던 홍랑이니이다."

선랑이 경 왈,

"네 이미 홍랑의 수하 차환인즉 어찌 차처에 있는고? 내 홍랑과 안면은 없으나 성기聲氣[73]로 친함이 형제 같더니 이제 네 말을 들으니 어찌 반갑지 않으리오?"

옥이 차언此言을 듣고 선랑의 손을 잡고 누수淚水 여우如雨 왈,

"우리 낭자 원통히 죽었으니 후신이 낭자 되시니이까? 낭자 천비를 속여 전신이 우리 낭자시니이까? 세간에 아름다운 여자가 우리 낭자 외에 없는가 하여 오매寤寐에 다시 한 번 뵈옴을 축수하더니, 이제 낭자의 거지擧止 우리 낭자와 같으시고 또한 우리 낭자의 지기지우知己之友라 하시니, 이는 하늘이 천비賤婢의 고주故主를 잃고 고단히 있음을 불쌍히 여기사 낭자를 내심이로소이다."

하고, 인하여 윤 소저의 수습하심을 말하니, 선랑이 듣고 윤 소저의 성덕을 탄복하더라.

익일 선랑이 양당에 문후하고 윤 소저 침실에 이르러 소저께 고 왈,

"천첩이 청루 천종으로 예법을 모르오나 일찍 듣사오니 양위兩位 소저 계시다 하더니 이제 일위 소저께 뵈옵지 못하오니 감히 뵈옴을 청하나이다."

윤 소저 침음양구에 연옥을 명하여 황 소저의 침실을 가리키라 하니, 차시 황 소저는 선랑의 거동을 좌우로 탐지하니 칭찬함이 많고 나무람이 없어 그 용모 자색을 기리는 소리 진동하거늘, 심중에 분한憤恨함을 이기지 못하여 밤새도록 자지 못하고 일찍 일어 소세梳洗할새 거울을 대하여 눈썹을 그리며 탄 왈,

"하늘이 나를 내시매 어찌 경국지색을 아끼사 위로 윤 소저에게 양두讓頭하고 아래로 천

---

72) 찔러서 촉감을 줌. 찔러서 움직이게 함.

73) 목소리와 기운이라는 뜻으로, 기질을 가리키는 말.

기에게 뒤지게 하시는고?"

하며 살이 떨리며 뼈가 바서지는 듯하더니 좌우가 보하되 선랑이 뵈옵기를 청한다 하거늘, 황 소저 발연대로勃然大怒하여 안색이 푸르며 한독狠毒한 기운이 매우 발하니 과연 어찌한고? 하회를 보라.

제10회 흉한 꾀를 행하여 간비 별당에 들레고
요사한 계교를 자뢰하여 노파 단약을 팔다
行凶謀奸婢鬧別堂 資妖計老婆賣丹藥

각설却說, 황 소저 선랑의 뵈오려 함을 듣고 독한 성식性息[1]을 이기지 못하더니 홀연 생각 왈,

'고기를 낚으려 한즉 미끼를 달게 하고 토끼를 잡고자 한즉 올무를 가만히 할지니, 제 비록 지혜 많고 의사 과인過人하나 내 한번 웃으며 한번 달래어 묘리 있게 농락한즉 내 수단에 벗어나지 못하리라.'

즉시 화락한 얼굴과 아리따운 말로 그 오름을 재촉하니, 선랑이 당에 올라 추파를 흘려 황 소저의 용모를 자세히 보니, 옥 같은 얼굴에 잠깐 푸른빛을 띠었고 별 같은 눈동자에 십분 혜힐慧黠함이 있으나 엷은 입과 곧은 눈썹이 덕후한 기상이 적더라. 선랑을 보고 흔연 소 왈,

"낭의 이름을 들은 지 오래나 용광容光을 이제 보니 군자의 사랑하심이 마땅하도다. 오늘부터 백년을 기약하여 일인을 섬길지니 심곡으로 사귀고 간담으로 비추어 서로 은휘隱諱함이 없게 하라."

선랑이 사謝 왈,

"첩이 노류장화路柳墻花의 천신賤身으로 규범 내칙閨範內則의 높은 말씀을 듣지 못하여 미친 행실과 추한 거동으로 단엄端嚴[2]하신 거동을 뵈오니 진퇴주선進退周旋에 그 허물됨을 용서하시고 불급不及함을 교훈하소서."

황 소저 낭랑히 소 왈,

"낭은 너무 겸사치 말라. 나는 사람을 사귄즉 심복을 감추지 못하고 미워한즉 외모를 속이지 않으니, 낭은 무간無間히 상종하고 의심치 말라."

---

1) 성정. 성품.
2) 단정하고 엄격함.

선랑이 치사하고 돌아오며 생각하되,

'옛적에 이임보李林甫[3]는 웃는 속에 칼이 있다 하더니, 이제 황 소저는 말 가운데 올무가 무수하니 칼은 피하려니와 올무는 면치 못하리로다.'

하더라.

익일 황 소저 선랑을 찾아 별당에 이르러 한담할새 양개 차환이 좌우에 모셨거늘, 황 소저 문 왈,

"저 차환은 누구뇨?"

선랑 왈,

"첩의 데려온 수하 천비로소이다."

황 소저 숙시양구熟視良久에 왈,

"낭은 시비를 두었으되 이같이 기절奇絶하니 적지 않은 복이로다. 그 이름이 무엇인고?"

선랑 왈,

"일 개의 명名은 소청小蜻이니 십삼 세라 위인이 심히 용렬치 않으오나, 일 개의 명은 자연紫燕이니 십일 세라 천성이 혼암昏暗하여 첩의 근심이로소이다."

황 소저 소 왈,

"나도 양개 시비 있으니, 일 개의 명은 춘월春月이요 일 개의 명은 도화桃花라. 위인이 용렬하나 본심은 충직하니, 종금이후從今以後로 통용하여 부리리라."

하더라.

수일 후 선랑이 소청을 데리고 황 소저 침실에 회사回謝하려 이르니, 황 소저 흔연欣然 집수執手 왈,

"내 정히 무료하더니 낭이 이같이 찾으니 다정하도다."

하고 춘월을 보아 왈,

"오늘은 내 선랑과 종일 소견消遣하려 하니 별당에 자연이 혼자 있어 고적할지라. 또한 너희끼리 놀다 오라."

춘월이 응낙하고 가니라.

차시 자연이 혼자 별당에 앉았더니 홀연 일쌍 호접胡蝶이 날아와 난간머리에 앉거늘 자연이 잡고자 한대, 그 호접이 도로 날아 후원 화원으로 들어가거늘 자연이 쫓아 방황하더니 춘월이 소리 왈,

"자연아, 꽃만 알고 동무는 모르느냐?"

자연이 소 왈,

"춘월은 어찌 한가히 다니느뇨?"

---

3) 당나라 현종 때의 간악한 재상으로, 안녹산의 난을 일으킨 장본인.

춘월 왈,

"우리 소저 마침 너의 낭자로 한담하시기에 내 이 틈을 타 놀고자 왔노라."

자연이 대회하여 서로 손을 잡고 임간林間에 앉으니, 춘월 왈,

"네 강주에서 이러한 동산과 이러한 화림花林을 구경하였느냐?"

자연이 소 왈,

"내 전일 들으니 황성이 좋다 하더니 이제 보매 우리 강주만 못하도다. 내 강주 있을 때 심심한즉 집 뒤 벽성산에 올라 동무와 꽃싸움도 하고 혹 강변에 가 물 구경도 하더니, 황성 온 후 도리어 무료한 때 많으니 우리 강주만 못한가 하노라."

춘월 왈,

"벽성산은 어떠한 뫼며 강변은 어떠한 강인고?"

자연 왈,

"벽성산은 집 뒤에 있고 강은 심양강이니 강상에 정자가 있어 경개 유명하니 춘랑이 보지 못함을 한하노라."

춘월 왈,

"너의 낭자는 강주에서 무엇 하시고 지내시더뇨?"

자연 왈,

"청루에 손도 보시며 혹 별당에 비파도 타시니 어찌 이같이 적적하리오?"

춘월 왈,

"낭자의 별당이 어떠하뇨?"

자연 왈,

"네 귀에 기둥 박고 전후에 문을 내고 흙으로 벽 치고 종이로 도배함은 집마다 일반이니 무엇을 묻느뇨?"

춘월이 성내어 왈,

"내 심심하기로 물었더니 이같이 핀잔 주니 나는 돌아가노라."

하며 몸을 일거늘, 자연이 집수執手 왈,

"내 일일이 그린 듯이 말하리니 노여워 말라. 우리 낭자의 별당이 따로 처마 하고 대로 문을 하며 분벽사창粉壁紗窓에 서화를 가득 붙이며 계하階下에 황국단풍黃菊丹楓과 청송녹죽靑松綠竹을 심었더니, 보는 자 뉘 아니 칭찬하리오?"

춘월 왈,

"우리 상공이 몇 번이나 가셨더뇨?"

자연 왈,

"날마다 오사 매양 야심 후 돌아가시니라."

춘월 왈,

"몇 번이나 주무시뇨?"

자연 왈,

"일쩍 주무시는 것은 보지 못하였노라."

춘월이 희희嬉戱히 웃고 자연의 손을 잡아 왈,

"내 누설치 않을지니 속이지 말라."

자연 왈,

"무엇을 속이리오?"

춘월이 다시 웃으며 자연의 귀에 대고 수어數語를 가만히 물은대 자연 왈,

"그는 내 모르거니와 우리 낭자 상공의 말씀을 듣지 않으시며 왈 '금일은 봉우로 아소서.' 하시니, 나는 그밖에 모르노라."

춘월이 또 묻고자 하더니 홀연 보니, 연옥이 오다가 화림花林 뒤에 섰거늘, 춘월이 즉시 몸을 일어 왈,

"소저 찾으실지라. 나는 돌아가노라."

하고 가니라.

차시 황 소저 선랑을 만류하여 쌍륙[4] 치며 한담하더니 홀연 쌍륙판을 물려 놓고 왈,

"낭의 재주 이 같으니 응당 서화에 생소치 아니하리니 글씨를 어찌 쓰느뇨?"

선랑이 소 왈,

"창기의 글씨 불과 유정랑有情郞[5]에게 편지할 따름이니 어찌 족히 쓴다 하리꼬?"

황 소저 대소하고 도화를 불러 필연을 가져오라 하여 왈,

"내 요사이 심심하기 글로 소견消遣하더니, 낭은 두어 줄 쓰기를 사양 말라."

선랑이 즐겨 쓰지 아니한대, 황 소저 웃고 친히 붓을 빼어 먼저 수항數行을 쓰며 왈,

"내 이미 졸한 수단으로 썼으니 낭도 쓰라."

선랑이 마지못하여 일 항行을 쓴대, 황 소저 글씨를 유의하여 재삼 보고 칭찬 왈,

"낭의 글씨는 나의 및을 바 아니나 또 다른 체로 한 줄을 쓰라."

선랑 왈,

"천한 재주가 이뿐이라, 어찌 두 가지 체가 있사오리까?"

황 소저 미소 왈,

"금일은 소견을 잘하였으니 명일 다시 찾으라."

선랑이 응낙하고 가니 원래 선랑의 총명으로 어찌 황 소저의 간교함을 모르리오마는, 종시 나이 어리고 성품이 유약하여 홍랑의 맹렬함이 없는 고로 처지를 생각하고 차마 떨어지지 못하여 날마다 상종하니, 윤 소저는 심중에 염려하더라.

일일은 원외 내당에 들어와 황 소저를 불러 왈,

"아까 너의 부친이 편지하사 대부인 병환이 졸중猝重하시므로 너를 보내라 하시니, 수일

---

4) 두 개의 주사위를 던져서 나오는 대로 말을 써서 먼저 궁에 들여보내는 놀이.

5) 정을 둔 사나이.

귀녕歸寧하여 시탕侍湯하고 속히 돌아오라."

황 소저 즉시 본부本府에 와 양친께 뵈오니, 황 각로 문 왈,

"아까 편지를 보니 신병이 극중하다 하기에 데려오려 한즉 네 모친이 말하되, '구가舅家에서 보내지 않을 것이니 친환親患을 말하여야 보내리라.' 하기에 내 편지로 청하였더니, 이제 얼굴을 보니 병색이 대단치 아니한가 보니, 어찌 편지를 과히 하여 내부乃父를 경동하였느뇨?"

황 소저 천연히 대 왈,

"외모에 나타난 병은 의약으로 고치려니와 중심의 은근한 병은 부모도 모르시니 그 위태함이 조석에 있을까 하나이다."

각로 대경 왈,

"네 무슨 병이 이같이 깊으뇨?"

황 소저 수루垂淚 왈,

"야야爺爺께서 여아를 사랑하사 가서佳壻를 택하시더니 풍류탕자風流蕩子를 만나 오작烏鵲의 다리 은하銀河에 끊어지고 항아의 신세 월궁에 적막하여, 이제 청춘 심규深閨에 '백두음白頭吟'[6]을 부르게 되오니 소녀의 평생이 병들어 죽음만 못할까 하나이다."

각로 추연惆然 왈,

"노부 말년에 너를 얻어 장중보옥掌中寶玉으로 알았더니 네 신세를 내 손으로 그르친가 싶으니 그 곡절을 자세히 말하라."

황 소저 오열 왈,

"양 원수 강주에 적거謫居하여 일개 천기賤妓를 데려오니 음란한 행실과 요악妖惡한 태도로 남자를 미혹하며 간사한 웃음과 교식矯飾한 말씀으로 상하를 부동符同하여 소녀를 하시下視하오니, 제 말에 왈, '황 씨는 나중 들어온 사람이라, 내 어찌 적첩지분嫡妾之分을 차려 그 아래 됨을 감수하리오.' 하오니, 금일 형세 세불양립勢不兩立이라. 차라리 여아가 먼저 죽어 모르고자 하나이다."

황 각로 청파聽罷에 대로 왈,

"요마幺麽 천기 어찌 이같이 당돌하뇨? 내 딸이 재덕이 없으나 황상이 명하여 성혼하신 바라. 비록 양 원수라도 박대치 못하려든 하물며 천기리오? 노부 마땅히 양부에 가 천기를 잡아내어 축송逐送[7]하리라."

위 부인이 만류 왈,

"상공은 식노息怒[8]하시고 사기事機를 찬찬히 보아 하소서."

---

6) 탁문군이 남편 사마상여가 첩을 두려 할 때 부른 노래.

7) 쫓아냄.

8) 노여움을 가라앉힘.

황 각로 그러히 여기더라. 위 부인의 기승氣勝한 의사와 한독한 성식을 각로도 감히 거스르지 못하매 이날부터 여아를 도와 선랑을 모해코자 밀밀密密한 계교와 괴괴怪怪한 경륜이 이루 측량치 못할러라.

십여 일 후에 소저 양부로 돌아올새 각로 소저의 손을 잡고 왈,

"시가에 돌아가 만일 어려운 일이 있거든 즉시 알게 하라. 노부 비록 무능하나 일개 천기를 초개草芥같이 아노니 어찌 족히 근심하리오?"

위 부인이 냉소 왈,

"출가한 여자의 사생고락이 구가에 달렸으니 상공이 어찌하시리오? 네 돌아가 만일 욕됨이 있거든 차라리 자처自處하여 남에게 이소貽笑[9]함이 없게 하라."

소저 눈물을 뿌리고 교자에 오르니 각로 차마 보지 못하여 부인을 꾸짖고 여아를 위로하더라.

광음이 홀홀하여 양 원수의 출전한 지 이미 삼사 삭이라. 여름은 다하고 가을이 되어 천기天氣 청랑晴朗하고 한풍寒風이 소슬하여지니, 선랑이 후원 별당에 고적히 처하여 난간을 의지하였더니 서리 기운이 만공滿空하고 명월이 운간雲間에 조요하여 옹옹嗯嗯한 기러기 남으로 가거늘, 선랑이 처창悽愴 장탄 왈,

"슬프다, 몸에 두 나래 없어 저 기러기를 따라가지 못하도다."

하며 글 한 귀를 외어 왈,

"'가련규리월可憐閨裡月이 유조복파영流照伏波營[10]'이라 하였으니, 금야의 첩의 심사를 이름이로다."

하고 수항數行 옥루玉淚가 나삼을 적시더니, 홀연 춘월이 와 고하되

"소저 천비를 보내시며 소청, 자연을 잠깐 바꾸어 보내라 하시더이다."

선랑이 양비兩婢더러 왈,

"소저 매양 너희를 과히 칭찬하시더니 만일 시키시는 일이 있거든 조심하여 하라."

양비 응명應命하고 가니라.

춘월이 선랑을 대하여 히히 웃어 왈,

"낭자 평생 적막지 않게 지내시다가 이제 고적한 별당에 외로이 계시니, 우리 상공이 출전하신 탓이로소이다."

선랑이 미소 부답하니, 춘월이 우 왈,

"천비 비록 재상 문하에 생장하여 규중처자를 무수히 보았으나 낭자 같은 아름다운 용모는 금시초견今時初見이라. 부중 상하 모든 공론이 우리 소저의 아래 됨이 원통타 하더이

---

9) 남에게 웃음거리가 됨.

10) 아낙네 깊은 방에 비치는 처량한 달이 복파장군의 군영에도 흘러 비치겠지. 복파장군은 동한 때 마원馬援을 가리키는 말이나, 여기서는 양창곡을 그리는 말로 썼다.

다."

선랑이 소 왈,

"내 십 년 청루에 배운 바 없으나 약간 말귀를 알아들으니, 금일 차환叉鬟의 농락을 받지 않으리라."

춘월이 무연하여 다시 말이 없더라.

차시此時 소청, 자연이 황 소저 침실에 이르니, 황 소저 흔연 소 왈,

"내 마침 본가에서 송강松江 노어鱸魚를 보냈기에 맛보고자 하나 춘春, 도桃 양비兩婢 팽임烹飪[11]의 수단이 없는 고로 너희를 청하였으니 일시 수고를 괴로워 말라."

양비 응명하고 도화로 더불어 주하廚下[12]에 내려가 일변 국을 끓이니라.

차설, 선랑이 춘월의 말이 극히 음흉하여 자기를 취맥取脈함인 줄 알고 어이없이 다만 등잔만 돋우며 말없이 앉았더니 청蜻, 연燕 양비 야심토록 돌아오지 아니하거늘, 춘월 왈,

"소청, 자연 양인이 일거一去에 무소식하오니, 천비 가 보리다."

하고 문을 열고 나가더니 또한 기척이 적연한지라. 선랑이 베개에 의지하여 전전불매하며 무단히 우량踽凉 처창한 심회를 이기지 못하더니, 호외戶外에 홀연 발자취 소리 나는지라. 양비兩婢 돌아오는가 하여 침상에 도로 일어앉아 기다릴새 부지불각不知不覺에 한마디 고함 소리 나며 소청, 자연이 방으로 달려드니, 선랑이 또한 놀라 급히 창을 열치고 보매 춘월이 계하에 엎더지고, 일개 남자 신을 벗어 들고 앞담을 넘으려 하다가 돌쳐 외당 중문을 차고 내달으니, 춘월이 급히 일어나며 크게 소리 질러 왈,

"별당에 수상한 남자 들었다."

하고 쫓아가니, 차시 원외 외당에서 마침 잠들지 아니하였다가 대경하여 창을 열고 보니 과연 월하에 한 남자 의표儀表 선명하고 기세 호한豪悍[13]하여 외당 담을 뛰어넘거늘, 춘월이 쫓아 그 요대腰帶를 붙드니, 그 남자 뿌리쳐 끊고 달아나는지라. 원외 급히 창두더러 종적을 살피라 한대, 이미 간 곳이 없으니 원외 여러 창두를 신칙하여 왈,

"이 필연 적한賊漢이라. 너희는 다 자지 말고 종야終夜 순경巡警하라."

인하여 문을 닫고 취침코자 하더니, 춘월과 모든 창두들이 창외에서 지껄여 왈,

"도적의 주머니 이상한 향취니 반드시 재상 문중의 물건이로다."

하거늘, 원외 꾸짖어 물리치매 춘월이 창두와 문외에 나가 스스로 그 주머니를 뒤져 보니 일장 채전彩箋에 쓴 편지 있거늘 춘월이 희희 소 왈,

"그 적한이 반드시 글하는 도적이로다. 이것이 어찌 도적한 문서 아니리오? 내 갖다 우리 부인께 뵈오리라."

---

11) 삶고 지지고 하여 음식을 장만하는 것.

12) 부엌.

13) 호방하고 사나움.

하고 내당으로 들어오니, 허 부인이 그 연고를 물은대, 춘월 왈,

"아까 소청, 자연이 소저 침실에 와 밤들도록 놀다 돌아갈 제 천비 바래 주려 하고 별당 섬돌 아래 이르니, 부지불각에 일개 장대한 소년 미남자가 신을 벗어 들고 별당 침실 마루로 내려오다가 천비를 보고 불문곡직하고 발길로 차 거꾸러뜨리고 담을 넘고자 하다가 돌쳐 외당으로 내달아 외당 담을 넘기에 천비 좇아 其 주머니를 떼니, 이에 일개 사치로운 금낭錦囊이라. 낭중에 종이가 있사오니 부인은 보소서."

하거늘, 허 부인이 소 왈,

"적한을 이미 좇았으니 낭중 물건을 보아 무엇 하리오?"

말이 맞지 못하여, 황 소저 황망히 와 부인께 놀라심을 문후하니, 부인 왈,

"현부는 어찌 잠들지 않았느뇨?"

황 소저 왈,

"부중이 요란하기에 놀라 깨었더니, 좌우가 그릇 말하되 노부인 침실에 도적이 들었다 하기에 더욱 놀라 급히 왔나이다."

부인 왈,

"그러함이 아니라 별당에 도적이 들었다가 이미 좇았으니, 현부는 방심放心하고 돌아가 자라."

황 소저 새로이 놀라며 춘월을 돌아보아 왈,

"별당에 재물이 없거늘 무엇을 취하려 도적이 드뇨?"

춘월이 소 왈,

"꽃이 향내 나매 나비 스스로 오니, 어찌 금은채단이 한갓 재물이리오?"

황 소저 소 왈,

"네 수중에 가진 것은 무엇이뇨?"

춘월이 웃고 드린대, 황 소저 받아 촉하에 펴 보려 한대, 허 부인이 소 왈,

"적한의 물건을 규중여자 구태여 볼 바 아닐까 하노라."

황 소저 무연하여 도로 춘월을 주고 즉시 윤 소저 침실에 이르러 춘월이 다시 지껄이고 종이를 내어 놓고자 하거늘, 윤 소저 정색 왈,

"도적의 낭중지물囊中之物을 내 보고자 아니 하니 바삐 집어 가거라."

황 소저 윤 소저의 기색이 준절하여 요동치 않음을 보고 춘월을 보며 왈,

"선랑이 고단孤單 종적으로 생소한 문전에 의외지변意外之變을 당하니 내가 위로하리라."

하고 별당에 이르니, 선랑 노주奴主는 경혼驚魂이 미정未定하여[14] 촉하燭下에 돌아앉았거늘, 황 소저 선랑의 손을 잡고 함루 왈,

---

14) 놀란 마음이 가라앉지 않음.

"낭이 부중에 들어와 다정한 것은 못 보고 이러한 괴변을 당하니 놀람이 없더냐?"

선랑이 소이대笑而對 왈,

"첩은 천기라. 외간 남자를 무수히 열력閱歷하고 평지풍파를 허다히 겪었으니 사소 괴변을 어찌 족히 경동驚動하리꼬? 다만 소저가 첩으로 인연하여 과도히 심려하시니 불안하오이다."

황 소저 묵연默然 무어無語하니, 춘월이 소 왈,

"부중에 도적 듦은 상사常事어니와 적한賊漢의 장물臟物 잡기는 천비의 수단인가 하나이다."

선랑이 문 왈,

"장물이 무엇이뇨?"

춘월이 또 그 종이를 내거늘, 황 소저 책 왈,

"상관없는 물건을 전파하여 무엇 하리오? 빨리 불에 넣어 없이하라."

선랑이 황 소저의 말이 수상함을 보고 춘월의 수중에 가진 종이를 탈취하여 보니, 일장 채전을 동심결同心結15)을 맺어 세세細細 성문成文16)하였으니, 그 사연에 왈,

미견군자未見君子하니 일일삼추一日三秋라, 경경 잔등耿耿殘燈에 유유아사悠悠我思로다.17) 양 상서는 박정하여 이미 새외객塞外客18)이 되었으니, 적막한 후원에 가을 달이 둥글고 꽃이 장두墻頭에 떨어지니 자주 옥인玉人의 자취를 의심하도다. 첩이 양 상서로 더불어 허신許身함이 없고 붕우로 사귀어 황성에 이름은 일시 구경함을 위함이라. 우리 양인의 백년 뇌약牢約은 심양강이 깊고 벽성산이 높았으니 마땅히 별당의 죽비竹扉를 닫고.비파를 타 청송녹죽과 황국단풍으로 구연舊緣을 이을지니, 다소 정화情話는 바람지게19)를 의지하여 삼오三五 명월明月을 고대하노라.

선랑이 보기를 말고 안색이 태연 왈,

"이는 적한의 장물이 아니라 이에 벽성선의 장물이나 상사 정찰相思情札20)은 창기의 상사라. 소저는 괴이히 아시지 마소서."

황 소저 어이없어 일언一言을 부답不答하고 돌아가니라.

---

15) 사랑의 표시로, 끈이나 종이로 맺는 매듭.

16) 자세하게 글로 써 놓음.

17) 당신을 보지 못하니 하루가 삼 년 같은지라, 가물거리는 등잔 밑에 생각은 끝이 없도다.

18) 변방으로 나가 있는 이. 즉 양창곡을 이르는 말.

19) 바람이 슬슬 통하는 지게문.

20) 사랑의 편지.

선랑이 황 소저와 춘월을 보내고 혼자 누워 잠을 이루지 못하여 생각하되,

'내 비록 청루에 자랐으나 일찍 더러운 말이 귀에 이름이 없더니 이제 간인姦人의 음해에 빠져 이 한을 씻을 여지가 없으니 어찌 명도命途의 기박함이 아니리오? 또 괴이한 바는, 내 글씨는 혹 모방할 자 있거니와 벽성산 심양강과 별당에 죽비 달고 상공과 누워 수작한 말을 구태여 알 자 없거늘, 이같이 본 듯이 말하니 간인의 조화를 이루 측량치 못하리로다.'

하여 심사가 자연 요란하더니 홀연 생각하되,

'원수 가실 제 첩더러 어려운 일이 있거든 소저와 상의하라 하였으니, 내 마땅히 명일 윤 소저를 보고 충곡을 말하여 처변處變할 도리를 물어보리라.'

하고 밝기를 고대하여 윤 소저 침실에 이르니, 윤 소저 반겨 왈,

"낭이 야경夜經에 일장 소요騷擾를 지내니 어찌 수란愁亂치 않으리오?"

선랑이 초연悄然 왈,

"천첩이 상공을 좇아 천 리에 옴은 실로 풍정風情을 탐함이 아니라 달리 사모하는 마음이 있음이러니, 이제 부중에 들어온 지 몇 날이 못 되어 더러운 소리와 해연駭然한 사기事機[21]가 아름다운 가중家中을 휘적시고 조용한 문호를 요란케 하오니, 타일 상공을 다시 뵈을 낯이 없어 고향으로 가고자 한즉 진퇴를 자전自專치 못하고 부중에 있고자 한즉 후환이 무궁하여, 첩이 그 처변할 도리를 알지 못하오니 복망伏望 명교明敎하소서."

윤 소저 소 왈,

"내 무슨 지견智見이 있어 낭에게 밎으리오? 다만 들으니 군자는 변에 처함을 상常에 처하듯 한다 하니 내 몸을 닦고 내 뜻을 지켜 천명을 순수順受할 따름이니, 낭은 안심하여 재아지도在我之道[22]를 힘쓰라."

선랑이 심중에 탄복 왈,

'소저는 짐짓 여중군자라. 어찌 우리 상공의 요조호구窈窕好逑[23]가 아니리오.'

하더라. 언미필言未畢에 창밖에서 연옥이 소리쳐 왈,

"춘월은 거기서 무엇을 듣느뇨?"

하거늘, 선랑이 즉시 돌아가니라.

차시, 황 소저 선랑이 윤 소저 침실에 감을 알고 춘월을 보내어 양인의 수작을 규청窺聽[24]하다가 연옥에게 탄로되매 춘월이 웃고 옥의 손을 잡아 왈,

"내 너를 찾아옴이라."

---

21) 해괴한 사건.
22) 자신이 해야 할 도리. 또는 내게 주어진 도리.
23) 요조숙녀로 아름다운 짝이 될 만한 사람.
24) 엿들음.

하고, 돌아가 황 소저께 선랑과 윤 소저의 수작을 일일이 고한대,

　　황 소저 냉소 왈,

　　"윤 씨의 혜힐慧黠함과 천기의 요악妖惡함으로 사기를 짐작하고 이같이 모의하니, 내 또한 혈후歇后히 잡죄지 못하리라."

하더라.

　　선랑이 일일은 별당에 앉았더니 홀연 일개 노파가 들어오거늘, 낭이 문 왈,

　　"파婆는 어떠한 사람인고?"

　　파 왈,

　　"노신은 방물 파는 장사니이다."

　　자연이 내달아 왈,

　　"무슨 고운 노리개 있느뇨?"

　　파 왈,

　　"달 같은 명월주明月珠와 별 같은 진주선眞珠扇과 불 같은 산호주珊瑚珠와 꽃 같은 칠보장七寶粧 등속이 무물부존無物不存하니 마음대로 고르라."

하고 차례로 내어 놓거늘, 자연 왈,

　　"이것은 무엇이뇨?"

하고 들어 보니 둥글기 구슬 같고 향내 촉비觸鼻하니, 파 왈,

　　"이 이름은 벽사단辟邪丹[25]이니, 몸에 지닌즉 밤에 다녀도 이매망량魑魅魍魎이 현형現形치 못하며[26] 병이 퍼져도 여역학질癘疫瘧疾[27]이 침노치 아니하니, 규중 부인은 긴요치 아니하나 하례 비복下隷婢僕은 저마다 가지니 차환은 사라."

한대, 자연이 일개를 집어 선랑을 보이며 사고자 하니, 선랑이 웃고 일개를 사 주고 소청더러 왈,

　　"너도 가지고 싶으냐?"

　　청이 소 왈,

　　"행지行止 광명光明한즉 귀물鬼物이 어찌 현형하며 신수 불행한즉 질병을 어찌 면하리오? 천비는 사지 않고자 하나이다."

　　선랑이 미소하더라. 자연이 그 단약丹藥을 가져 손에 놓지 아니하고 사랑하니, 소청이 책 왈,

　　"무용지물無用之物을 어르노라 세월을 보내니, 내 마땅히 앗아 버리리라."

한대, 자연이 겁내어 깊이 감추니라.

---

25) 사특한 것을 쫓는 환약.

26) 온갖 귀신이나 도깨비 따위가 모습을 드러내지 못함.

27) 염병이나 학질 같은 사나운 돌림병.

일일은 자연이 별당 문외에 섰더니 춘월이 와서 같이 놀다가 웃고 문 왈,

"내 들으니 네게 이상한 단약이 있다니 잠깐 구경코자 하노라."

자연이 저고리 속에서 그 약을 내어 보인대 춘월이 희희히 웃고 왈,

"이것을 어찌 저고리 속에 차뇨?"

자연이 소 왈,

"몸에 지닌즉 귀물이 불범不犯하고 질병이 불침不侵한다 하기에 감추어 두었노라."

춘월 왈,

"나도 마땅히 일개를 사 차리라."

하더라.

차시는 팔월 중순이라. 옥계玉階에 찬 이슬이 내리고 사벽四壁에 벌레 소리 즉즉喞喞하여 정부규인征夫閨人[28]의 처량한 심사를 돕거늘 선랑이 무료히 앉아 우량踽凉한 회포를 의논할 곳이 없어 등촉을 멸滅하고 침상에 누웠으니 청, 연 양비는 이미 잠들었더라. 홀연 춘월이 와 급히 문을 열라 하거늘, 선랑이 친히 일어나 열매 춘월이 한 손에 초롱을 들고 방 중에 들어와 소저의 말씀을 전하여 왈,

"나는 졸연猝然 득병得病하여 상석床席에 위돈委頓하니[29] 다시 못 볼까 하노라."

하니, 선랑이 경驚 왈,

"소저의 무슨 병환이 이같이 급하시뇨?"

춘월이 일변 대답하며 일변 초롱을 놓고 소청, 자연의 앞에 앉아 왈,

"금야今夜 천기 청명하나 서풍西風이 소슬하여 심히 추우니, 어찌 본부本府에 가리오?"

하거늘, 선랑 왈,

"무슨 일로 가느뇨?"

춘월 왈,

"약 지으러 가나이다."

선랑 왈,

"내 이제 가 뵈오리라."

하고 소청을 깨워 그 불을 촛대에 켜게 하려 하니, 춘월 왈,

"첫잠이 깊었으니 천천히 깨우소서."

하고 스스로 촛대를 찾아 불을 켜다가 꺼지니, 화증을 내어 왈,

"급히 먹는 밥이 목멘다 하더니 허언虛言이 아니로다. 천비는 바삐 가나이다."

하고 표홀히 나가거늘, 선랑이 즉시 소청을 깨워 다시 불을 켜라 하니, 소청이 일어나 옷을 찾으매 저고리 간데없는지라. 어두운 중에 찾느라 분분하니 선랑이 꾸짖어 빨리 일어남을

---

28) 먼 변방으로 수자리 살러 나간 사람의 안해.

29) 자리에서 쓰러짐.

재촉하니, 소청이 황망하여 자연의 저고리를 입고 선랑을 따라 황 소저 침실에 이르매 황 소저 침상에 누워 신음하다가 선랑을 보고 반겨 왈,

"자래自來로 병든 사람이 정친情親한 자를 생각하니, 이같이 낭이 와 문병하니 다정하도다."

선랑이 좌우를 둘러보니 아무도 없고 화로에 약을 놓아 바야흐로 끓어 넘고자 하거늘, 소저께 문 왈,

"도화는 어디 가나이까?"

소저 왈,

"춘월은 본부에 보내고 도화는 밖에 나가더니 아니 오니 괴이하도다."

선랑이 소청과 함께 약을 보니 이미 다 달였거늘 선랑이 소저께 약이 다 됨을 고한대, 소저 왈,

"비록 불안하나 소청을 시켜 따라 줌이 어떠하뇨?"

소청이 즉시 따라 소저께 드리니, 소저 향벽向壁하여 누웠다가 고쳐 돌아누우며 아미를 찡그리고 도화를 무수히 꾸짖더니, 춘월이 들어와 대경大驚 왈,

"이 약을 누가 따르나이까?"

소저 후중喉中[30]의 소리로 답 왈,

"나는 정신이 혼혼하여 아무런 줄 모르나 선랑과 소청이 달여 따른가 하노라."

춘월이 일변 도화를 토죄討罪하며 일변 약을 식혀 소저께 권하니, 소저 강잉強仍하여 일어앉아 그릇을 들어 마시려 하다가 얼굴을 찌푸리고 고개를 돌려 왈,

"이번 약은 괴이한 내(냄새) 비위를 역하도다."

춘월 왈,

"약이 쓰지 않으면 병이 낫지 못하니 소저는 각로와 부인의 심려하심을 생각하여 마시소서."

소저 다시 약을 들어 입에 대다가 그릇을 땅에 던지고 상 위에 엎어져 혼절하니, 선랑 노주奴主 놀라 급히 붙들고자 한대, 춘월이 발을 구르며 가슴을 두드려 왈,

"이는 우리 소저의 중독中毒하심이로다."

하고 머리 위의 은잠을 빼어 약에 담으니 경각에 푸른빛이 나거늘, 춘월이 크게 소리 질러 도화를 부르니, 도화가 창황히 들어온대 춘월이 손뼉을 치며 방성대곡放聲大哭 왈,

"네 그간 어디를 가 우리 소저를 독인毒人 수중手中에 넣어 이 지경이 되게 하나뇨?"

하며 소청의 몸을 뒤져 남은 약을 보자 하니, 소청이 어이없어 옷을 벗으며 울어 왈,

"하늘이 우리 노주를 죽이고자 하실진대 어찌 못하여 이러한 경계를 당케 하시느뇨?"

하고 저고리를 벗으매 일봉 환약이 옷 틈에서 떨어지거늘, 춘월이 그 환약을 내어 들고 길

---

30) 목 안.

길이 뛰어 왈,

　　"우리 소저 적의 간모奸謀를 모르시고 충곡忠曲으로 대접하시더니, 이 일을 당하사 청춘
　　지년青春之年에 원혼이 되시니, 유유창천悠悠蒼天아! 이 어찌 차마 하시느뇨?"

　　도화를 보아 왈,

　　"소청 노주는 우리와 불공대천지수不共戴天之讐로다. 단단히 붙들어 잃지 말라."

하고, 허 부인 침실에 이르러 울며 소저의 중독함을 고하니, 허 부인이 대경하여 곡절을 물
은대 춘랑이 눈물을 거두지 못하고 목멘 소리로 고 왈,

　　"소저 석반夕飯 후 신기 불편하사 본부에서 두 첩 약을 지어 일 첩은 천비가 달여 드리고
　　일 첩은 천비 본부에 간 사이에 선랑 노주가 무단히 와서 급히 달여 드리니, 소저 정신이
　　혼미한 중 한 모금을 마시더니 길길이 뛰며 성각醒覺이 돈절하시기에 천비 은잠을 빼
　　어 약에 담가 보니 청색이 완연하고 소청의 몸을 뒤진즉 남은 약이 회중에 있사오니, 천
　　비 여기 찾아왔나이다."

　　허 부인이 묵연默然 무어無語하고 바로 윤 소저 침실에 와 윤 소저를 데리고 황 소저 침
실에 이르니, 선랑은 상하에 어린 듯이 앉았고 소청은 도화가 붙들고 섰다가 윤 소저 이름
을 보고 선랑이 누수淚水 여우如雨 하거늘, 윤 소저 그 정경을 참혹히 여겨 차마 바라보지
못하여 또한 함루含淚하며 고개를 숙이고 황 부인 앞에 나아가 몸을 만져 보매 한열寒熱의
균적均適[31]함이 상시와 다름이 없고 기식氣息의 천촉喘促[32]함은 경각에 위태할 듯하더라.
윤 소저 묵묵히 물러서니 허 부인이 또 상전床前에 나아가 왈,

　　"현부 일야지간一夜之間에 이 무슨 곡절이뇨?"

　　황 소저 부답하고 헛구역질하며 느끼거늘, 허 부인이 좌우를 돌아보아 왈,

　　"소동치 말고 소저를 조호助護하여 안심 회생케 하라."

하니, 춘월이 대곡하고 선랑에게 달려들어 왈,

　　"네 우리 소저를 치독置毒하고 무슨 낯으로 좌상座上에 앉았느뇨?"

하며 끌어내려 하니, 윤 소저 정색 왈,

　　"천비는 무례치 말라. 죄지유무罪之有無는 위로 부인이 계시고 분의分義로 말하면 가군
　　家君의 소실이라. 어찌 이같이 당돌하뇨?"

　　언필言畢에 기색이 추상같거늘 춘, 도 양비 송연悚然히 물러서니, 부인과 소저 반상半晌
을 앉아 황 소저의 동정을 살피나 별로 위태함이 없으니 부인이 돌아올새, 윤 소저 선랑을
눈 주어 소청을 데리고 허 부인 침소에 왔더니, 원외 들어와 대강 곡절을 듣고 바로 황 소저
침실에 와 맥을 짚어 보고 춘, 도 양비를 불러 분부 왈,

　　"너의 도리는 다만 소저를 보호할 따름이니, 만일 방자히 요란한즉 엄치嚴治하리라."

---

31) 체온의 고르고 알맞음.

32) 숨을 가쁘게 쉼.

하고 도로 허 부인 침실에 이르니, 부인이 문 왈,

"황 현부의 동정이 어떠하며 가도의 괴란함이 이 같으니, 상공이 장차 어찌 처치코자 하시나이까?"

원외 침음沈吟 왈,

"황 현부 비록 중독되었다 하나 다행히 무양하니 다시 생각하여 하리라."

하더라.

차시 황 소저 공교한 계교와 간독奸毒한 수단으로 잉첩을 모해코자 하여 구고舅姑를 놀라게 하고 안중정안中釘[33]을 위하여 신명身命을 돌아보지 아니하니, 어찌 천추에 부인의 징계할 바 아니리오? 짐짓 상상床 위에서 일지 아니하고 기색을 탐청探聽하나 부중 상하 선랑을 의심치 아니하니, 간장이 초조하고 분독忿毒이 탱중撐中[34]하여, 춘월을 본부에 보내어 다시 노혼老昏한 부친을 공동恐動[35]코자 하니, 춘월이 황부 문전에 달려들며 방성대곡하고 복지혼절伏地魂絶하니 부인과 각로 대경하여 곡절을 물은대, 춘월이 다시 땅을 두드리고 하늘을 불러 울며 왈,

"불쌍하다. 우리 소저 무슨 죄로 청춘 원혼이 되신고?"

하거늘, 황 각로 차언을 듣고 크게 소리 질러 왈,

"이게 무슨 말인고? 춘월아, 자세히 고하라."

춘월이 읍고泣告 왈,

"소저 작야昨夜에 신기 불평하사 두 첩 약을 지어 일 첩은 천비가 달여 드리고 밖에 나간 사이에 벽성선이 자기 시비 소청과 와 남은 약을 찾아 달여 드리니, 소저 정신이 혼혼昏昏하여 신지무의信之無疑하고 한 번 마신 후 길길이 뛰다가 성각醒覺이 없는 고로 천비 은차銀叉를 빼어 남은 약에 담가 보니 빛이 푸르고 소청의 몸을 뒤져 보매 독약 일환이 회중懷中에 있사오니, 복망伏望 상공은 이 원수를 갚으사 우리 소저의 돌아가신 혼이라도 참독慘毒한 원한을 신설伸雪하게 하소서."

위 부인이 냉소 왈,

"여아 잘 죽었도다. 살아 욕됨이 죽어 편함만 못하리로다. 다만 한심한 바는 일국 원로의 천금千金 소교小嬌로 무죄히 일개 천기賤妓의 손에 투약投藥한 바 된단 말인가?"

각로 손으로 방바닥을 치며 왈,

"노부 마땅히 가중 창두를 데리고 양부에 가 수인讐人을 잡아내어 처치하리라."

위 부인이 소매를 잡고 왈,

"춘월의 소전所傳을 들으매 양부 상하 간인奸人을 부동符同하여 도리어 여아를 의심한

---

33) 눈 안에 든 못.

34) 화나 욕심 따위가 가슴속에 가득 차 있음.

35) 위험한 말로 두려워하게 함.

다 하니, 상공은 가시지 마소서."

각로 소매를 떨쳐 왈,

"부인은 잔약한 여자의 소리를 말지어다."

하고 창두 십여 명을 호령하여 거느리고 양부로 가니 그 어찌한고? 하회를 보라.

제11회 원수 흑풍산에 대첩하고 와룡이 반사곡에 현성顯聖[1]하다
元帥大捷黑風山　臥龍顯聖盤蛇谷

각설, 차시 황 각로 십여 명의 창두를 거느리고 길을 덮어 양부에 달려들며 원외를 보고 분분忿憤 왈,

"노부 금일 여아의 원수를 갚고자 왔으니 형은 간인姦人을 가중에 두지 말고 빨리 내어 달라. 노부 비록 불사不似하나 일개 천기의 생살지권生殺之權은 장중掌中에 있노라."

원외 소 왈,

"승상의 말씀이 과하도다. 이는 만생晩生의 가사家事니, 만생이 불민하나 스스로 처치 하려니와 영애令愛 또한 무양無恙하니 번뇌치 마소서."

황 각로 노怒 왈,

"노부 이미 알고 왔거늘 형이 어찌 요악한 천기賤妓를 고호顧護하여 인명의 지중함을 은 닉고자 하느뇨? 형이 만일 수인讐人을 내어 주지 않은즉 마땅히 노처老妻를 보내어 내 당內堂을 수험搜驗하여서라도 오늘 이 원수는 갚고 가리라."

언필言畢에 분기 억색抑塞하여 천식喘息이 위황危惶[2]하거늘, 원외 이 거동을 보고 어이 없는 중 그 노혼老昏 용렬함을 도리어 측연하여 다시 소 왈,

"승상의 생각지 못하심이 어찌 이에 미치시뇨? 만생이 비록 착지 못하나 승상의 소교 는 즉 만생의 자부子婦라. 자애지심慈愛之心은 부모와 구고가 다름이 없을지니, 어찌 그 사생지간死生之間에 처하여 이같이 안연晏然하리오? 또 여자가 출가한즉 소중所重이 구가舅家에 있으니 이제 승상이 무근無根한 말을 믿고 이같이 전도顚倒하심은 도리어 영애를 사랑하시는 도리 아닐까 하나이다."

황 각로 바야흐로 무연憮然[3]하여 왈,

---

1) 높고 귀한 사람이 죽은 뒤 신령이 되어 나타남.
2) 화를 억지로 누르느라 숨을 씩씩거림.
3) 크게 낙심하여 허탈하고 멍해 있음.

"형의 말 같은즉 여아의 일루 잔명一縷殘命이 세상에 그저 있는가 싶으니 노부 잠깐 보고자 하노라."

원외 허락하고 즉시 내당에 통한 후 황 각로를 인도하여 황 소저 침실에 이르니, 황 소저 짐짓 상상床上에 누워 눈을 감고 기색이 끊어진 듯하거늘, 각로 발을 멈추고 어두운 눈을 황당히 떠 찬찬히 살펴보매 운빈雲鬢은 산산이 흩어져 옥안을 덮었으며 원산遠山 눈썹은 아드득 정기어 화기和氣 사라진 중 수족을 거두지 못하고 성각醒覺이 약존약무若存若無하니[4], 각로 앞에 나아가 몸을 만지며 불러 왈,

"여아야, 이 무슨 곡절이뇨? 네 아비 여기 왔으니 눈을 떠 보라."

황 소저 홀연 구역질하고 후중喉中의 말로 대對 왈,

"소녀 불효하와 슬하에 이같이 이우貽憂하오나 부친은 과념치 마소서."

각로 위로 왈,

"춘비春婢 망작妄作하여 악보惡報를 전하기에 급히 왔더니 오히려 생존함을 보니 이는 천행이라. 간인을 처치함은 너의 구가에서 할 바니, 노부의 일이 아니라. 출가한 여자의 소중所重이 구가에 있으니 내 어찌하리오?"

소저 눈물을 흘리며 오열 왈,

"소녀 이 지경이 되니 사생은 예사라. 잠깐 귀녕歸寧하여 다시 독인毒人의 화를 면할까 하나이다."

각로 다시 측연하여 원외를 보고 귀녕함을 청한대 원외 허락하거늘, 각로 즉시 돌아와 부인을 대하여 희색喜色이 만면滿面 왈,

"여아 무양하거늘, 춘월이 소동하여 노부로 하여금 하마 인명을 오살誤殺할 뻔하였도다."

위 부인이 냉소 왈,

"상공은 다만 그 죽어 보수報讐함을 아시고 그 살아 설치雪恥함을 생각지 않으시나이까?"

각로 그렇이 여겨 왈,

"여아가 이제 올 것이니 제 말을 들어 다시 상의하리라."

하더라.

차시 양 원외 내당에 들어와 허 부인과 윤 소저를 대하여 황 각로의 일을 말하고 처치할 도리를 상의할새 허 부인이 탄 왈,

"첩이 대강 생각하매 일인의 죄를 벗기려 한즉 일인의 허물이 나타나고 일인의 허물을 덮고자 한즉 일인의 죄 불쌍하니, 상공은 심량深量하여 하소서."

원외 점두點頭 왈,

---

4) 의식이 있는 듯 없는 듯하니.

"내 또한 짐작한 바라. 마땅히 아자兒子의 돌아옴을 기다려 처치케 하리라."

하더라.

아이오 황부黃府에서 교자轎子를 보내어 소저를 데려갈새, 허 부인이 황 소저의 손을 잡고 탄 왈,

"노신老臣이 무덕無德하여 가도家道를 화목지 못한 고로 이러한 일이 생기니 누구를 한하리오?"

황 소저 대답지 아니하고 눈물을 흘리며 교자에 올라 본부로 가니라.

차시 위 부인이 사갈蛇蝎의 성품과 귀역鬼蜮의 심사5)로 투기하는 딸을 도와 간특한 계교를 행하다가 여의치 못하매 더욱 한독함을 이기지 못하여 각로를 격동하고자 하여 여아를 보고 집수 통곡 왈,

"너의 부친이 처음 택서擇壻를 그릇하여 만년晩年 소교小嬌로 고초를 겪게 하고 나중은 보수報讐를 아니 하여 타일 간인의 음해를 입게 하니, 우리 모녀 차라리 먼저 죽어 합연溘然히 모르리라."

하고 서로 안고 몸을 부딪치며 울거늘, 춘월이 또한 소저를 붙들고 방성통곡하여 일장一場을 뒤집으니, 각로 들어와 경상景狀을 보고 황망히 부인과 여아를 위로 왈,

"부인은 울음을 그치고 다시 보수할 방략을 생각하소서. 양 원외는 편협한 사람이라 노부 다시 말하고자 아니하고 명일 황상께 아뢰고 마땅히 큰 거조擧措를 내리리니 부인은 근심치 마소서."

익일 황 각로 조회를 파罷하매, 탑전에 주奏 왈,

"출전 도원수 양창곡은 신의 사위라. 가도가 괴란하여 창곡이 출전한 후 요악한 첩이 가모家母6)를 치독置毒하니 그 가모는 즉 신의 딸이라. 해괴한 소문과 망측한 거조가 강상지변綱常之變7)에 가깝사오니, 신이 그 사정私情을 위함이 아니라 창곡은 폐하의 의장倚伏8)하시는 신하라. 이제 재외在外하여 가도가 이같이 괴란하오니 폐하께서 만일 악첩을 법으로 다스리사 가도를 진정치 않으신즉 그 해 반드시 창곡에게 미칠까 하나이다."

천자 들으시고 윤 각로를 보사 왈,

"경도 창곡과 외인外人이 아니라 어찌 듣지 못하뇨?"

윤 각로 주 왈,

"신이 또한 들었사오나 규중지사閨中之事를 조정이 간섭할 바 아닌 고로 주달치 못하였삽더니 이제 물으시니 신의 우견愚見은 창곡의 돌아옴을 기다려 처치하게 하심이 옳을

---

5) 뱀과 전갈 같은 성품과 귀신이나 여우 같은 마음씨.

6) 본래 어머니라는 뜻이나 여기서는 본처를 이르는 말.

7) 삼강오륜에 어긋나는 죄. 곧 임금이나 부모에게 죄악을 범한 것.

8) 의지함.

까 하나이다."

천자 그 말을 좇으시니, 황 각로 하릴없이 물러나 대루원待漏院[9]에 이르러 윤 각로를 책
왈,

"형이 다만 천기賤妓를 알고 타일 영애의 근심됨을 생각지 아니하니 어찌 원려遠慮가 없
느뇨?"

윤 각로 소 왈,

"만생이 비록 불민하나 벼슬이 대신지열大臣之列에 처하여 어찌 사정私情을 위하여 조
정 일을 탁란濁亂하리오? 이제 양 원수 없고 우리 다 인아지친姻婭之親에 있어 그 가간
풍파家間風波를 조용히 진압함이 옳거늘 이같이 장대張大코자 하니 만생이 그 가함을
알지 못하나이다."

황 각로 오히려 분분忿憤하여 하더라.

차시, 선랑이 죄인으로 자처하여 별당 정실에 있지 아니하고 행각行閣 협실에서 거적자
리와 베 이불에 소세를 폐하고 소청, 자연으로 더불어 노주奴主 상의하여 불출문외不出門
外하니, 참담한 경색과 초췌한 모양을 부중 상하가 막불측연莫不測然하여 비록 원통히 아
나 그 처지를 생각하고 만류치 못하더라.

차설, 양 원수 행군하여 구강九江 땅에 이르러 군사를 쉴새 오초吳楚 제군諸郡에 격서檄
書를 보내어 군마軍馬를 조발調發하고 인하여 크게 사냥할새 전부선봉 뇌천풍이 간諫 왈,

"방금 적세敵勢 급하여 남방 제군이 천병天兵을 고대하니 비록 대군을 거느려 배일병행
倍日並行[10]치 못하나 차지此地에 오래 두류逗留하심은 소장小將이 그 의향을 알지 못하
나이다."

원수 소 왈,

"이는 장군의 알 바 아니라. 다만 삼군이 원행遠行에 노고하니 잠깐 쉬어 호궤犒饋하고
오초병吳楚兵을 거느려 한번 사냥하여 그 무예를 구경하리라."

하더라.

차시此時 남방 제군諸郡이 격서檄書를 보고 군마를 동독董督하며 장사를 뽑아 제사일第
四日에 일제히 이른대 제오일에 양 원수 무창산武昌山 하에 대군을 거느려 오초병吳楚兵
을 합하여 제장諸將의 무기武技[11]를 보고자 하여 먼저 활을 쏘일새 시위 소리는 반공에 풍
우를 일으키고 흐르는 살은 백일白日에 별같이 떨어져 각각 재주를 다투더니, 홀연 양개
소년이 장하帳下에 크게 소리 질러 왈,

"원수 이제 장재將材를 뽑고자 하시며 어찌 약한 활과 가는 살로써 아이의 놀음을 효칙

---

9) 대궐로 들어갈 사람이 대궐 문이 열리기를 기다리던 곳.
10) 이틀 길을 하루에 감. 곧 밤낮 쉬지 않고 가는 것.
11) 무예 솜씨.

하시나이까? 원컨대 도채(도끼) 창봉槍棒으로 용맹을 시험코자 하나이다."

모두 그 소년을 보니 신장이 팔 척이요 위풍이 늠름하여 호협한 기상과 담대한 거동이 얼굴에 나타나니 원수 그 성명을 물은대, 대 왈,

"소장 등은 본디 소주蘇州 사람이니, 일개는 평생 살인함을 좋아하여 일컫는 자 소살성小殺星 마달馬達이라 하고, 일개는 담대 효용膽大驍勇하여 소향무적所向無敵한 고로 일컫는 자 백일표白日豹 동초董超라 하나이다."

원수 그 성명을 듣고 바야흐로 의희依俙히 깨달아 자세히 보니, 별인別人이 아니라 이에 소주 객점에서 압강정을 가르치던 소년이라.

원수 반겨 문 왈,

"너희 일쩍 항주 청루에 방탕히 다니더니 어찌 여기 이르뇨?"

소년이 잠깐 우러러 원수의 얼굴을 보고 경 왈,

"소장 등이 안목이 없어 회음淮陰 도중屠中[12]에 국사國士의 다겁多怯함을 웃었더니, 이제 원수는 청춘 막부幕府에 공명이 외외巍巍하시고 소장은 창가 주루娼家酒樓에 종적이 낙척落拓하여[13] 일쩍 살인 범법하고 차지此地에 망명하여 사냥함을 일삼더니, 원수 장재將材를 뽑으심을 듣고 왔나이다."

원수 대희大喜하여 창검과 군마를 주어 무기를 시험할새, 마 양인이 각각 창검을 들고 말게 올라 장전帳前에 말을 달리며 좌작진퇴坐作進退와 합전충돌合戰衝突하는 법이 소루疏漏치 않아 곰같이 뛰며 범같이 빠르니 좌우 제장이 책책 칭찬하거늘, 원수 대희하여 동초로 좌익장군左翼將軍을 삼고 마달로 우익장군右翼將軍을 삼아 대군을 몰아 무창산을 에워싸고 크게 사냥할새, 고각포향鼓角砲響은 천지를 흔들고 기치창검은 바람을 이루었으니 산천초목이 살기를 띠었고 주수비금走獸飛禽은 형영形影이 그쳤더라.[14] 다시 밤으로써 낮을 이어 수풀을 에워 불을 놓고 호표시랑虎豹豺狼과 치토호리雉兔狐狸[15]를 뫼같이 잡아 쌓아 삼군을 호궤犒饋한 후, 바야흐로 행군하여 남으로 갈새 차시 남만왕 나타哪吒가 대군을 몰아 중원中原 지경에 이르러 방비함이 없음을 보고 대희하여 운남雲南, 당진唐眞 양읍兩邑을 함몰하고 형荊, 익益, 곤袞, 양楊 네 주를 엿보아 만병蠻兵을 세 길로 나누어 바로 남경을 범코자 하더니, 원수의 대군이 구강九江 땅에 이르러 삼일을 크게 사냥함을 듣고 대경 왈,

"천병이 칠천여 리를 행하여 오히려 남은 용맹이 있으니 그 강성함을 알 바요, 변방이 소동하거늘 이같이 용지容止 태연하여 한가히 사냥하니 그 장략將略을 믿음이 있음이라.

---

12) 회음 지방의 도축장이라는 뜻이나, 여기서는 주막집을 말한다.
13) 어렵고 불행한 처지에 빠짐.
14) 뛰어다니는 짐승과 날아다니는 새의 그림자도 보이지 않더라.
15) 범, 표범, 승냥이와 꿩, 토끼, 여우, 삵.

하물며 오초의 막강을 더한다 하니 내 경적輕敵지 못하리라."

하고 바삐 삼로병三路兵을 거두어 물러나니라.

원수의 대군이 익주 땅에 이르니, 자사 소유경이 경상境上에 영후迎候[16]하거늘, 원수 적정敵情을 물은대, 소 자사 왈,

"원수의 장략은 고지명장古之名將에 당할 자 없을까 하나이다. 만일 구강 땅의 사냥이 아닌즉 삼로 만병蠻兵을 어찌 앉아 물리치리오? 지금 만왕蠻王 나탁이 퇴병退兵하여 흑풍산黑風山에 웅거雄據하니 그 중衆이 부지기만不知其萬이라. 독한 살과 괴이한 기계를 가져 싸움을 당한즉 능히 바람을 지어 검은 모래가 흑풍산으로 내려와 지척을 불변不辨하고 군사들이 눈을 뜨지 못하니 형, 익 양주 토병土兵이 세 번 싸워 패하매 하릴없어 요해처要害處[17]를 지키고 대군을 기다리나이다."

원수 왈,

"흑풍산은 여기서 몇 리뇨?"

대 왈,

"삼백여 리니이다."

원수 왈,

"병난요탁兵難遙度[18]이니 행군함을 지체치 못하리라."

하고, 뇌천풍으로 익주 토병 오천 기를 거느려 전부선봉을 삼고 소유경으로 중군사마를 삼고 동초, 마달로 후군을 삼아 흑풍산을 향하여 진발進發할새 제삼일에 산하 일 리 밖에 진을 치고 원수 소 사마를 불러 왈,

"내 먼저 흑풍산 형지形止를 본 후 나탁을 생금生擒[19]하리라."

하고, 시야是夜 삼경에 원수 소 사마와 동초, 마달로 단병短兵을 지니고 수개 토병으로 길을 인도하여 흑풍산 아래 다다라 보니 불과 일좌一座 토산土山이라. 돌과 흙이 빛이 검어 재 같고 사면 십 리에 한 포기 풀이 없거늘, 원수 형지와 토색을 자세히 살펴보고 다시 산상에 올라 진을 굽어보니, 흑풍산 동남 백여 보 밖에 무수 만병蠻兵이 혹 백여 명씩 혹 수백 명씩 차례 없이 둔취屯聚[20]하여 전후좌우에 병기를 중중첩첩히 방비하였거늘, 원수 바라보고 놀라 소 사마를 보아 왈,

"장군이 이 진세를 알쏘냐?"

소 사마 왈,

---

16) 맞이하러 나와 기다림.
17) 자기편에는 꼭 필요하면서도 적에게는 해로운 지점. 긴한목.
18) 전쟁의 일은 먼 곳에서 헤아릴 수 없음.
19) 사로잡음.
20) 한곳에 모여 있음.

"소장이 비록 약간 병서를 보았으나 이러한 진법은 듣지 못하니이다."

원수 탄 왈,

"나탁이 비록 만중蠻中 인물이나 영걸한 재주로다. 이 진 이름은 천창진天槍陣이니 하늘에 천창성天槍星이라 하는 별이 있어, 세계 태평한즉 북방에 광채를 감추어 현무玄武 방위를 지키고, 시절이 요란한즉 중원을 침범하여 적시성積尸星이 되니, 이제 나탁의 진법이 이를 응함이라. 만일 모르고 범한즉 대패하리라. 연이나 천창성은 살벌을 주장하는 별이라, 생왕방生旺方을 대기大忌[21]하니, 이제 나탁의 진 머리를 생왕방으로 두었으니 그 패함을 보리로다."

하고 즉시 돌아와 군사를 물려 삼십 리 밖에 고쳐 진 치고 삼군을 쉬라 하며, 원수 밤마다 천상天上을 우러러보더니 제사일에 진을 다시 옮겨 흑풍산 서북 백여 보 밖에 일자로 치고 군중에 하령下令 왈,

"오늘 오시午時에 접전하여 미시未時에 적진을 파하리니, 동초는 오천 기를 거느려 흑풍산 동남 백 보 밖에 매복하고 마달은 오천 기를 거느려 흑풍산 서남 수백 보 밖에 매복하여 나탁의 가는 길을 막자르라."

양장兩將이 응명應命 퇴출退出하여 군사를 거느리고 가니라.

만왕 나탁이 또한 흑풍산 남편에 결진結陣하여 싸움을 돋우니, 양 원수 홍포 금갑으로 진상陣上에 나앉아 사군使軍으로 외어(외쳐) 왈,

"명국 원수, 만왕을 보고 수작할 말이 있으니 잠깐 진전陣前에 나서라."

나탁이 즉시 진전에 나와 시례施禮하거늘, 원수 바라보니 신장이 구 척이요 요대腰大 십위圍요 눈이 깊고 코 높으며 붉은 수염과 둥근 얼굴에 기상이 영특하여 우수右手에 장검을 짚고 좌수左手에 수기手旗를 흔들며 시랑豺狼의 성음으로 크게 외쳐 왈,

"명나라는 형제지국이라. 이제 개주지례介胄之禮[22]로 대하니, 어찌 불행치 않으리오?"

원수 책 왈,

"네 남방을 지키어 만왕의 부귀 족하고 중국의 예우함이 쇠치 아니커늘 무단히 변방을 요란하게 하여 스스로 부월斧鉞에 나아가니 내 황명을 받자와 백만 대군을 거느려 네 머리를 취코자 왔으니 만일 일찍 항복한즉 대죄大罪를 사赦하고 황상께 주달하여 만왕 부귀를 의구히 누리려니와 불연즉不然則 남만 왕의 머리를 북궐北闕 하에 달아 사이팔만四夷八蠻을 호령하리라."

나탁이 대소 왈,

"내 들으매 천하는 공변된 물건이라. 덕을 닦은즉 왕이 되고 덕을 잃은즉 망하니, 내 오십 년 정병精兵을 길러 중원을 도모코자 하노니, 천지 운수가 과인에게 있어 명을 소멸

하고 육합六合을 통일함이 재차일거在此一舉[23]라. 시불가실時不可失이니 원수는 바삐 퇴군하여 천명을 거스르지 말고 어육魚肉 됨을 면케 하라."

원수 대로하여 좌우를 돌아보아 왈,

"뉘 능히 나가 싸우리오?"

선봉 장군 뇌천풍이 도채를 춤추며 나가니, 원래 뇌천풍이 일개 벽력부霹靂斧[24]를 써 만부부당지용萬夫不當之勇이 있더니 바로 나탁을 취코자 하매, 만진蠻陣 중의 일개 만장蠻將이 나와 맞아 싸워 불과 삼합에 천풍이 도채를 들어 만장을 마하馬下에 찍으니, 만진 중 북소리 진동하며 양개 만장이 일시에 나오거늘 명진明陣 중 소 사마 또 나가니, 원래 소 사마는 일 조條 방천극方天戟을 쓰니 창법이 절륜絶倫하더라.

차시, 사장四將이 서로 맞아 십여 합을 싸워 승부를 겨루더니 나탁이 대로大怒하여 좌우에 든 수기를 한번 쓸매 홀연 일진광풍一陣狂風이 진중으로 일어나 흑풍산 모래를 불어 검은 먼지 명진明陣을 덮어 오니 지척을 불분不分하고 군사들이 눈을 뜰 길이 없거늘, 원수 쟁錚을 쳐 양장兩將을 거두고 즉시 등사기螣蛇旗[25]를 진전에 꽂고 진세를 변하여 무곡성관武曲星官의 팔패진八卦陣을 쳐 손방문巽方門[26]을 닫으매 진중이 안연晏然하여 풍진風塵이 침노치 못하더라.

원수 자주 군리軍吏를 불러 군중의 누수漏水를 탐지하더니[27] 오시午時를 보報한대, 원수 다시 진문을 열고 궁노수弓弩手를 불러 각각 살 끝에 화승火繩을 달아 불을 켜고 서북풍이 일거든 일제히 흑풍산을 향하여 쏘라 하니, 수백 명 궁노수가 일시에 청령聽令하고 활을 메어 기다리더니 과연 오말 미초午末未初[28]에 서북풍이 대작大作하여 절목발옥折木拔屋하고 양사비석揚沙飛石하니[29] 흑풍산 모래 돌쳐 만진蠻陣으로 쏠리며 명진 중 수백 명 궁노수들이 화전火箭을 일시에 쏘매, 공중에 나는 살이 풍세風勢를 따라 별같이 흘러 흑풍산에 떨어지니 재 같은 흙에 불이 번져 경각간에 일좌 흑풍산이 화신이 되어 바람에 나는 티끌이 화약같이 일어나 만진을 덮어 오니, 나탁이 풍거風車[30]를 급히 돌려 동남풍을 짓고자 하나, 인력으로 부는 바람이 어찌 하늘의 조화를 당하리오?

나탁이 하릴없어 풍거를 부수고 필마단기匹馬單騎로 동남간을 바라보고 달아나더니 일

---

23) 이 한 번의 거사에 달려 있음.

24) 무기로 쓰는 도끼.

25) 진영 가운데 세워 중군中軍을 지휘하는 데에 쓰는 깃발.

26) 동남쪽 방향의 문.

27) 물시계의 시간을 묻더니.

28) 오후 한 시와 두 시 사이.

29) 나무와 집을 넘어뜨리고 돌과 모래를 날리니.

30) 바람을 일으키는 수레.

지一枝 군마가 길을 막으며 일원一員 대장이 창을 두르고 크게 소리 질러 왈,

"명국 좌익장군 동초 여기 있으니 만왕은 닫지 말라."

하거늘, 나탁이 싸울 뜻이 없어 말을 빼어 다시 서남간으로 갔더니, 또 일찍 군마가 길을 막고 일원 대장이 월도月刀[31]를 춤추니 대책大責 왈,

"명국 우익장군 마달이 여기 있으니, 쥐 같은 오랑캐는 닫지 말라."

나탁이 대로하여 말을 돌쳐 서로 수십 합을 싸우더니, 등 뒤에 함성이 대작하며 양 원수 대군을 몰아 시살厮殺하거늘, 나탁이 황망히 말을 빼어 정남방을 바라보고 달아나니 원수 쫓지 않고 대군을 옮겨 흑풍산 남편으로 오십 리를 나와 진 치고 경야經夜할새, 소 사마 원수께 고 왈,

"원수의 용병하심은 제갈 무후諸葛武侯도 당치 못할까 하노니 이번 흑풍산 싸움에 소장이 의아하는 바 두 가지라. 미시의 서북풍을 어찌 아시며 흑풍산 흙에 불이 다리어(댕기어) 화약과 다름이 없음은 그 무슨 곡절이니이꼬?"

원수 소 왈,

"장수 되어 천문 지리를 통달치 못한즉 어찌 장수라 하리오? 내 흑풍산을 보매 평원광야에 내룡來龍[32]이 없고 전후좌우에 초목이 희소하니 이는 심상한 산이 아니라. 남방의 화기火氣 이곳에 모여 그 분야分野[33]로 본즉 천화심성天火心星이 비치고 방위로 본즉 삼리 화덕三离火德이 정중正中하여 상하로 화기를 받으니, 돌이 타고 흙이 재 되어 곤명지昆明池의 겁화劫火[34] 일어날지라. 만일 불에 다린즉 어찌 번지지 않으리오? 내 또 작야에 천문을 잠깐 보매 기성箕星이 달에 가깝고 북두표성北斗杓星에 검은 구름이 끼었으니 기성은 바람을 주장하고 그 방위는 정남방 오위午位에 있으니 이는 오후에 바람 불 징조요 흑운黑雲이 표성을 덮었으니 이는 서북풍이 불 장본張本이라. 연이나 천문지리를 가히 전혀 믿지 못할지니 반드시 인사人事를 합하여 볼지라. 나탁이 진 친 것을 보니 태세太歲[35]가 상문喪門을 범하여 흑기黑氣 진상陣上에 가득하니 그 패할 줄 알았노라."

좌우 제장이 모두 탄복하니, 동초, 마달이 문 왈,

"금야 나탁이 남으로 달아날 줄 아시고 한 장수를 더 보내사 정남방에 매복한즉 반드시 생금生擒하리어늘 어찌 아니 하시니이까?"

원수 소 왈,

---

31) 반달 모양 칼.

32) 산에서 뻗어 내려온 산줄기.

33) 별자리에 땅을 짝 지운 것.

34) 한 무제가 곤오이昆吾夷를 치기 위해 곤명지라는 연못을 팔 때 검은 재가 나왔는데, 이 재가 겁화 때문이라는 이야기가 전한다. 겁화는 온 세상을 불태우는 불길이라는 뜻.

35) 목성.

"내 남만을 마음으로 항복코자 하노니 금번은 처음 싸움이라. 나탁을 짐짓 놓아 그 재주를 다하게 함이라. 장군이 어찌 제갈 무후의 칠종칠금七縱七擒[36]함을 듣지 못하뇨?"

제장이 또 탄복하더라.

원수 행군하여 남방으로 가며 나탁의 종적을 탐문하니 이미 오록동五鹿洞에 들어가 다시 만병을 수습한다 하니, 원래 나탁의 동학洞壑이 모두 다섯 곳이라. 제일은 철목동鐵木洞이니 나탁이 있고 제이는 태을동太乙洞이요 제삼은 화과동花果洞이요 제사는 대록동大鹿洞이요 제오는 오록동이니, 각각 창름倉廩과 군병 기계가 있고 도로 산천이 흉험凶險하더라. 원수 토병土兵더러 오록동 길을 물은대 토병이 고告 왈,

"오록동이 여기서 일백여 리니 가는 길이 험하며 반사곡盤蛇谷을 지나가나이다."

원수 이에 우익장군 마달로 이천 기騎를 거느려 선행先行하여 길을 열라 하니, 일처一處에 이르매 산세 준급峻急하고 석각石角이 참암巉巖[37]하여 군마의 행할 길이 없거늘 마달이 나무를 찍어 다리를 놓고 돌로 길을 메우며 가더니 어언간에 일락서산日落西山하고 어두운 빛이 나거늘 마달이 동구 편편한 곳에 군사를 멈추고 대군을 기다리더니, 원수 이르러 보고 왈,

"이곳이 험하고 협착하여 대군을 머물지 못하리니 황혼 월색을 띠어 수 리를 더 행하게 하라."

언미필言未畢에 일진광풍이 일어나며 풍편에 함성이 요란하거늘, 원수 대경大驚하여 군사를 멈추고 산에 올라 멀리 바라보나 아무 기척도 없는지라. 토병더러 문 왈,

"이곳 지명이 무엇이뇨?"

대 왈,

"반사곡이니이다."

원수 이에 대군을 거느려 십여 리 평지에 내려 진 치고 경야經夜할새 시야장반是夜將半에 또 광풍狂風이 대작大作하며 풍편風便 함성이 요란하거늘, 원수 괴이히 여겨 동, 마 양 장을 불러 멀리 척후斥候하여 보라 하니 또 기척이 없는지라. 원수 군중을 신칙하여 자지 말라 하고 장중帳中에 앉아 서안을 의지하여 병서를 보더니 홀연 군중이 요란해지고 통성痛聲이 일어나거늘 원수 대경하여 즉시 군중을 순행하며 군중을 살펴보매 제군이 머리를 부둥키고 통성이 물 끓듯 하는지라. 원수 침음양구沈吟良久에 토병을 불러 문 왈,

"이곳에 혹 옛날 전장이 있느냐?"

대 왈,

"소지 등이 차처에 왕래 희소하여 다만 반사곡을 알 따름이요 전장 있음을 듣지 못하오

---

36) 제갈량이 남만을 칠 때 적장 맹획孟獲을 잡았다가 놓아주기를 일곱 번 하여 적장이 완전히 굴복하게 한 일.

37) 바위와 돌들이 층층이 험악함.

니이다.”

원수 다시 침음 왈,

“적막공산에 함성이 일어나고 성한 군사가 일제히 병드니 이는 반드시 곡절이 있음이라 혹 산중에 귀매鬼魅[38] 있어 장난함인가 하노라.”

언미필에 또 함성이 대작하니 뇌천풍이 대로하여 벽력부霹靂斧를 들고 내달아 왈,

“소장이 마땅히 함성을 찾아가 곡절을 탐지하고 오리다.”

말을 맞고 분연히 도채를 메고 소리를 따라 한 곳에 이르니, 골이 깊고 좌우에 수목이 참천參天한데 귀매의 곡성이 추추啾啾하거늘, 천풍이 발을 멈추고 소리 나는 곳을 살피매 나무 사이와 바위틈에 정처 없이 괴풍怪風과 음기陰氣가 사람을 엄습하니, 천풍이 더욱 대로하여 도채를 들어 나무를 베며 바위를 찍어 그 뫼를 자산赭山[39]을 만들고 돌아오니라.

이윽고 광풍이 더욱 대작하여 군중의 통성이 백배 더하니 원수 크게 근심하여 편복便服으로 원문轅門에 나 월하月下에 배회하며 계교를 생각하더니 홀연 또 광풍과 함성이 지나간 끝에 난데없는 영령泠泠한 거문고 소리 멀리 들리거늘 원수 이상히 여겨 그 금성琴聲을 찾아 백여 보를 행하니 수간數間 고묘古廟가 산하에 있는지라. 묘전廟前에 이르매 깨어진 담에 등라가 얽혀 있고 고목에 야학이 깃들어 그 연구年久한 신묘神廟임을 알지라.

문을 열고 보니 일위 소상塑像을 탑상에 모셨으되 삼분천하三分天下의 무궁한 근심이 미眉 위에 가득하고 만고萬古 운소雲霄[40]의 청고한 기상이 진면眞面에 나타나 불문가지不問可知 위와룡선생爲臥龍先生[41]이라.

원수 대희하여 앞에 나아가 공경 재배하고 가만히 빌어 왈,

“후학 양창곡이 황명을 받자와 차처此處에 이르오니 석일昔日 선생의 오월五月 도로渡瀘[42]하시던 땅이라. 창곡이 선생의 재덕이 없고 다만 선생의 직책이 있으며 수명受命 이래로 숙야우탄夙夜憂嘆하며 그 도보圖報할 바를 알지 못하오니 만일 선생이 돕지 않으신즉 중원 일국이 피발좌임被髮左袵하는 부끄럼이 있을까 하나이다. 복념伏念 선생은 한실漢室을 위하여 국궁진췌鞠躬盡瘁하여 공업功業을 이루지 못하시니 반드시 정령이 민멸泯滅치 않으실지라. 우리 대명大明이 한당漢唐을 이어 당당堂堂 정통正統이 수백 년을 전하여 오다가 금일 위태함이 한 터럭과 같사오니, 만일 선생의 정령이 계신즉 한실을 위하시던 충성으로 명국을 도우사 중국을 높이시고 이적夷狄을 물리치는 의리 평일과 다름이 없을까 하나이다. 이제 대군이 멀리 와 무단히 병들고 적막공산에 함성이

---

38) 도깨비나 두억시니 따위.

39) 벌건 산. 곧 민둥산.

40) 몇 천 년 높은 하늘.

41) 묻지 않아도 제갈공명인 줄 알 수 있다.

42) 오월에 노강을 건너감.

일어나니 창곡이 혼암昏暗하여 그 빌미를 알지 못하니, 복원伏願 선생은 신병神兵을 빛내사 악풍惡風과 병을 물리쳐 대공을 이루게 하소서."

원수 빌기를 맞고 탁상에 점치는 거북이 놓였거늘 다시 일괘一卦를 얻으니 대길한지라. 원수 대회하여 재배하고 문에 나오매 공중에 한소리 벽력이 날리며 광풍과 함성을 몰아 거처 없더라. 원수 군중에 돌아와 밤을 물으니 오경五更 삼점三點을 보報하거늘, 잠깐 곤뇌困惱하여 서안을 의지하여 앉았더니 일진청풍一陣淸風이 장을 걷으며 장 밖에 신 끄는 소리 나거늘 원수 놀라 보니, 아지 못게라 그 누군고? 하회를 보라.

제12회 동학을 잃고 나탁이 군사를 청하고
도사를 천거하고 운룡이 산에 돌아가다
失洞壑哪咤請軍　薦道士雲龍還山

각설, 양 원수 장 밖의 신 끄는 소리에 놀라 보니, 일위 선생이 윤건綸巾 학창의鶴氅衣[1]로 백우선白羽扇을 들고 청수한 미목과 우아한 풍채는 묻지 않아도 와룡선생이라. 원수 황망히 몸을 일어 좌정 예필에 원수 공경 문 왈,

"소자는 후생이라 선생의 고명高名을 경앙敬仰한 지 오래오나 유명幽明이 다르고 고금이 부동하매 이같이 뵈옴을 바라지 못하였더니 금일 정령精靈이 어찌 만맥지방蠻貊之邦에 노시나이까?"

선생이 소 왈,

"이곳은 노부의 남정南征하여 만병蠻兵을 파破하던 곳이라. 남방 사람이 노부를 생각하여 일간 모옥茅屋에 향화香火를 그치지 아니하매 유유悠悠 혼령이 왕래무정往來無定하더니 마침 원수의 대군이 차처에 곤함을 듣고 위로코자 왔노라."

원수 꿇어 문 왈,

"무주공산無主空山에 함성이 대작大作하고 일야一夜 삼군이 무단 득병得病하니 이 무슨 곡절이니이까?"

공명이 소 왈,

"노부 일찍 등갑군藤甲軍[2] 수만 명을 차처에 죽였더니 매양 천음우습天陰雨濕한즉 추추啾啾 원혼怨魂이 행인과객行人過客을 요란케 하니 이제 모르고 대군을 침범함이라. 노

---

1) 윤건은 처사들의 두건, 학창의는 색은 희고 소매가 넓고 뒤 솔기가 갈라졌으며 가를 검은 천으로 넓게 댄 웃옷.

부 이미 제어하였으니 원수는 두어 마리 우양牛羊으로 주린 원혼을 먹이고 감이 좋을까 하노라."

원수 또 고告 왈,

"만왕 나탁이 오록동에 웅거하여 파할 방략이 없사오니 선생은 밝히 가르치소서."

공명이 소 왈,

"원수의 장략으로 소적을 어찌 근심하리오마는 먼저 미후동獼猴洞을 치라."

설파說罷에 표연히 일어나 가거늘, 원수 놀라 깨치니 장중일몽帳中一夢이라. 원문轅門 고각鼓角이 새벽을 보報하고 동천東天 서색瑞色이 밝아 오니, 원수 즉시 장을 걷고 군정軍情을 물은대 병세 덜리고 광풍狂風이 침식沈息[3]하여 군중이 안녕하더라. 원수 대회하여 동, 마 양장을 보내어 반사곡 동구에 단을 만들고 전망戰亡한 등갑군을 제제祭할새, 그 제문祭文에 왈,

모년 모월 모일에 명국 도원수는 우익장군 마달을 보내어 전망한 등갑군의 혼을 불러 고 왈, '슬프다 시운이 불행하고 천하가 요란하여 병혁이 사방에 일어나고 생령生靈이 도탄에 빠지매, 너희 비록 만 리 절역絶域의 만맥지인蠻貊之人이나 또한 일천지하一天 之下의 적자 창생赤子蒼生으로 쟁기를 버리고 창대를 잡으며 처자를 떠나 항오에 참여 하니 급한 불에 골육이 재 되고 깊은 뫼에 정령이 둔취屯聚하여 무주고혼無主孤魂을 부 를 자 없고 한식 맥반寒食麥飯[4]을 뉘라서 제하리오? 연이나 사생死生이 유명有命하고 성패재천成敗在天이거늘, 무단히 악풍惡風을 지으며 괴질怪疾을 일으켜 행인을 곤케 하 니 내 비록 잔열孱劣하나 황명을 받들어 백만 대군이 여웅여비如熊如羆하고 여휴여표如 貅如豹하니 한번 호령한즉 산천을 뒤집어 유혼잔백遺魂殘魄이 의탁할 곳이 없게 할 바 로되, 그 살아 왕화王化를 입지 못하고 죽어 원귀冤鬼 되어 주리고 의탁 없음을 측연惻 然하여 두어 섬 술과 수십 두斗 우양牛羊으로 특별히 주린 혼을 먹이고 가노니, 만일 다 시 작란한즉 군율이 있어 사생의 다름이 없으리라.

차시 동, 마 양장이 제문을 읽고 술과 우양을 단하에 묻으매 참담한 구름은 동중에 흩어 지고 음습한 바람은 곡구谷口에 일어나며 수풀 아래와 언덕 위에 머리 타고 이마 덴 무수

---

2) 제갈량이 일곱 번 싸워 일곱 번 놓아준 맹획이 마지막으로 싸울 때 오과국烏戈國의 군사를 끌어들였는데, 기름 먹인 등나무 등걸로 만든 갑옷을 입어 등갑군이라 한다. 이 갑옷은 어 떤 무기로도 뚫을 수 없고 물에 들어가도 잠기지 않아 제갈량이 이들을 반사곡으로 유인해 모두 불태워 죽이고는 탄식했다 한다.

3) 모진 바람이 그침.

4) 찬밥과 보리밥, 곧 변변치 못한 음식.

한 귀졸鬼卒이 고두백배叩頭百拜하고 은은히 돌아가더라.

평명에 원수 행군하여 전진할새 청풍이 깃발을 불어 산천초목이 병세兵勢를 돕는 듯하더라.

원수 척후하는 만병을 잡아 나탁의 종적을 물은대, 대 왈,

"대왕이 지금 오록동에 계시니이다."

원수 우문又問 왈,

"미후동은 여기서 몇 리뇨?"

대 왈,

"남중에 미후동은 본디 없나이다."

익주 토병이 옆에 섰다가 책 왈,

"내 일찍 보매 만인蠻人이 복숭아를 팔러 와 말하되 미후동 복숭아라 하니 어찌 미후동이 없다 하리오."

원수 대로하여 만병 일인을 군전에 베고 다시 일인더러 문 왈,

"내 이미 알고 묻노니 바로 고告치 아니하면 또 베리라."

만병이 대겁大怯하여 바야흐로 고 왈,

"만왕이 군사를 두 패에 나눠 한 패는 만왕이 거느려 미후동에 매복하고 한 패는 가만왕假蠻王5)을 만들어 거느리고 오록동에 있어 원수의 대군이 오록동 가만왕을 치거든 미후동 진만왕眞蠻王이 매복한 군사로 뒤를 엄습하여 내외 협공하려 하나이다."

원수 바야흐로 와룡의 가르침이 헛되지 않음을 알고 소 사마를 불러 가만히 일러 왈,

"여차여차하라."

하니 소 사마 청령하고 즉시 대군을 네 떼에 나눠 각각 지휘하니라.

차설, 미후동은 만왕의 별업別業6)이라. 오록동 동편에 마주 있더라. 나탁이 만장蠻將 철목탑鐵木塔을 장속裝束하여 일개 가만왕을 만들어 오록동에 두고 나탁은 스스로 정병을 거느려 미후동에 매복하여 원수의 대군이 오록동 침을 기다리더니, 아이오 고각鼓角이 흔천掀天하고 함성이 동지動地하며 양 원수 대군을 몰아 바로 오록동을 치거늘 철목탑이 나탁의 기호旗號와 복색服色을 갖추어 동문洞門을 열고 접전할새, 나탁이 양 원수와 철목탑이 접전함을 보고 매복한 군사를 거느려 미후동으로 돌출하여 뒤로 양 원수를 엄습코자 하더니, 동문에 나매 미후동 서편으로 일개 양 원수 일지군一枝軍을 거느려 길을 막고 시살厮殺하니 나탁이 대경하여 정히 당황하더니 미후동 동편으로 또 일개 양 원수 일지군을 거느려 길을 막고 시살하여, 좌우협공하여 나탁을 에워싸니 철목탑이 나탁의 위태함을 보고 오록동을 버리고 와 나탁을 구할새, 양개 만왕과 삼개 양 원수 각각 대군을 호령하여 반상

---

5) 가짜 만왕. 아래 진만왕은 진짜 만왕.
6) 별장.

半晌을 싸우다가 나탁이 계궁역진計窮力盡[7]하고 양개 양 원수 전후좌우로 쳐들어오니 심신이 황홀하고 마음이 현란하여 어찌 명병明兵의 승승乘勝함을 저적抵敵하리오. 필마단기로 에워싼 것을 헤치고 오록동으로 들어가고자 하여 동전동洞前에 이르매 동문이 닫히고 문 위에 또 일개 양 원수 앉아 호령 왈,

"나탁아, 네 만왕이 둘임을 자랑하고 양 원수 넷임을 모르는다? 내 이미 오록동을 취하였으니 바삐 항복하라."

언미필에 양 원수 대우전大羽箭을 빼어 한번 쏘매 나탁 두상의 홍정자紅頂子[8] 마하馬下에 떨어지니, 나탁이 혼불부체魂不附體[9]하여 말을 빼어 남南을 바라보고 달아나더니, 일원一員 노장老將이 또 길을 막고 대책大責 왈,

"뇌천풍이 여기서 기다린 지 오래니, 네 흑풍산 남은 넋이 금일 노부의 도채 끝에 마치리라."

나탁이 대답지 않고 서로 십여 합을 싸우다가 뒤를 돌아보니 철목탑이 또한 패하여 따라오며 그 뒤에 티끌이 창천漲天하고 함성 포향砲響이 천지를 뒤집으며 양 원수의 대군이 이르거늘 나탁이 대경하여 다시 말을 빼어 서남으로 달아나니 원래 미후동 서편에서 나오던 양 원수는 마달이요, 미후동 동편에서 나오던 양 원수는 동초요, 오록동 치던 양 원수는 소유경이요, 나중 오록동 문 위에 앉았던 양 원수는 이에 참 양 원수라. 차시 나탁이 계교를 행하다가 도리어 낭패하매 단기短騎로 추신抽身[10]하여 대록동으로 들어가니, 양 원수 쫓지 아니하고 대군을 거두어 오록동에 들매 우양牛羊, 창름倉廩과 전마戰馬, 궁시弓矢를 불소不少히 얻었더라.

익일翌日 양 원수 소 사마를 데리고 오록동 주산主山에 올라 멀리 바라보니 서남간으로 십여 리 밖에 일좌 고산이 있으되 산세 흉험하여 중중첩첩한 봉우리는 겁기劫氣를 띠었으며 울울창창한 수목은 연기에 잠겼는데 그 앞을 보니 들이 넓고 풀이 가늘어 불문가지不問可知 위만왕동학爲蠻王洞壑[11]이라. 양 원수 소 사마를 보아 왈,

"만중蠻中 산천이 이같이 흉험하니 어느 날에야 평정하고 개가凱歌로 장안에 돌아가리오?"

소 사마 왈,

"원수의 장략으로 마땅히 불일토평不日討平[12]하실까 하나이다."

---

7) 계책이 없고 힘이 다함.
8) 모자 끝에 다는 붉은 꼭지.
9) 혼이 몸에 붙어 있지 않는다는 뜻으로, 그만큼 놀랐다는 말.
10) 혼자 말을 달려 도망함.
11) 묻지 않아도 만왕의 처소임을 알 수 있다.
12) 며칠 안에 무력으로 쳐서 평정함.

원수 탄 왈,

"북방은 순음純陰 지방이라 일양一陽이 생하는 고로 그 풍속이 우직하나 교사巧詐함이 적고, 남방은 순양純陽 지방이라 일음一陰이 생하는 고로 풍속이 강한强悍한 중 교사巧詐함이 많으니, 그런고로 자고로 장수 된 자 북방에 성공함은 쉽고 남방에 성공함은 어려우니, 내 이제 백면서생으로 중임을 받들어 충효를 보답함이 오직 여기 있으니, 그 기旗 한 번 들음과 북 한 번 침을 어찌 경솔히 하리오? 이제 대록동을 보매 진소위眞所謂 천험지지天險之地13)라. 힘으로 깨치지 못할지니 금야에 마땅히 여차여차하라."

하고 장중帳中에 돌아 군중의 생금生擒한 만병을 다 결박하여 장전에 꿇리고 분부 왈,

"너희 다 나라 백성이라. 그릇 나탁에게 속아 사지死地에 빠졌으나 만일 성심으로 항복한즉 대죄를 사하고 휘하에 부리리라."

수십 명 만졸蠻卒이 일시에 고두叩頭하며 살기를 빌거늘, 원수 대희하여 맨 것을 끄르고 주육酒肉을 먹이며 달래어 왈,

"너희 이미 항복하였으니 다 나의 군사라. 내 이역異域에 들어와 도로 산천이 생소하니 네 전도前導하여 지로指路하라14)."

만졸이 응낙하거늘, 원수 다시 군중에 하령下令 왈,

"나탁이 이미 동학을 잃고 멀리 달아났으니 근심할 바 아니라 대군을 동중에 편안히 쉬어 삼명일三明日15) 행군케 하라."

하고 원수 제장으로 더불어 술 먹고 바둑 두어 군중을 조속措束16)지 아니하니, 모든 장졸이 기旗를 뉘고 활을 지우며 말을 안장 벗겨 풀어 놓고 군사들이 항오를 떠나 혹 창을 베고 낮잠을 자며 혹 산에 올라 노래하여 군중이 해이하여 방비함이 없거늘 만졸蠻卒이 은근히 도망할 꾀를 두더니, 명진明陣 장졸이 또 취함을 인연하여 무단히 만병을 욕하며 조롱하며 혹 발검拔劍하여 치려 하고 능멸 구박하니, 만병이 상의 왈,

"원수 비록 우리를 관대하나 제장 군졸이 이같이 구박하니 우리 어찌 이때를 타 도망치 않으리오?"

하고 혹 산을 타 달아나며 혹 대로로 도망하여 반일이 못 되어 절반이나 없거늘, 원수 다시 북을 쳐 군사를 모으고 기치창검을 정제히 하고 더욱 방비함을 단단히 하니라.

차시 나탁이 오록동을 잃고 대록동에 들어가 모든 만장과 상의 왈,

"명 원수의 장략은 마 복파馬伏波17), 제갈 무후에 양두讓頭치 않으리니 오록동을 어찌

---

13) 참으로 험한 곳이라고 할 만한 곳.

14) 앞장서서 길을 가리키라.

15) 글피.

16) 단속함.

17) 한나라 때 장군 마원馬援.

써 찾으리오?"

하며 의논이 분분하더니, 홀연 일개 만병이 명진으로 도망하여 와 명진 동정을 일일이 고하니 모든 만장이 다투어 말하되,

"이때를 타 엄습하자."

한대, 나탁이 반신반의하여 계교를 정치 못하더니, 또 수개 만병이 도망하여 와 말이 여출일구如出一口하며 뒤를 이어 혹 오륙 명씩 십여 명씩 낙역부절이환絡繹不絶而還[18]하여 한결같이 말하니, 나탁이 또한 십분 의아하여 다시 문 왈,

"양 원수 무엇 하더뇨?"

대 왈,

"술 먹고 바둑 두어 군중 일을 묻지 아니하니 군중이 산란하더이다."

나탁이 우문又問 왈,

"제장은 무엇 하더뇨?"

대 왈,

"노자老者는 낮잠 자고 소자少者는 주정하더이다."

나탁이 우문 왈,

"군사는 무엇 하더뇨?"

대 왈,

"병든 자는 신음하고 성한 자는 장난하여 칼을 빼어 서로 치며 일분 조속함이 없더이다."

나탁이 우문 왈,

"동문은 어느 장수가 지키더뇨?"

대 왈,

"남문은 마달이 지키고 북문은 동초가 지키나 매일 대취하여 동문 출입을 묻지 아니하매 소지 등이 성군작당成群作黨하여 낭자狼藉히 도망하나 묻는 자 없더이다."

나탁이 침음양구에 소 왈,

"양 원수는 비범한 장수라. 군중을 이렇게 해태懈怠케 하지 않을지니 어찌 계교 아니리오?"

철목탑 왈,

"소장이 마땅히 오록동에 가 명진 동정을 가만히 보고 오리다."

나탁이 대회 허락한대, 철목탑이 필마단기로 월색을 띠어 오록동으로 가니라.

차시, 원수 다시 군중을 조속하고 제장 중 영리한 자 수인을 보내어 오록동 어귀에 은신하였다가 만장의 왕래함을 탐보探報하라 하니라. 철목탑이 오록동에 이르러 가만히 산상

---

18) 끊임없이 계속하여 돌아옴.

山上에 올라 동중洞中을 굽어보니 기치창검이 항오行伍를 차려 착란함이 없고 등촉이 휘황하며 경점更點 소리 분명하여 삼군三軍이 자지 아니하거늘, 심중에 대경하여 다시 가만히 언덕에 내려 서남북 문을 엿보니 문마다 장수 이 인과 군사 한 패씩 지키어 창검을 별 겯 듯 하고 섰으니 철목탑이 대경하여 즉시 본진에 돌아와 명진의 방비함이 철통같음을 고한대, 나탁이 대로하여 즉시 그 만병을 잡아들여 힐문하니, 만병이 발명 왈,

"명진의 조속함이 있은즉 소지 등이 어찌 무단히 도망하여 오리까?"

하거늘, 만장 아발도兒拔都 왈,

"소장이 다시 가 보고 오리다."

하고 또 단기로 오록동을 향하여 오니라.

이때 명진明陣 척후斥候하는 제장諸將이 원수께 보報 왈,

"지금 만장 철목탑이 단기로 와 동중洞中 동정動靜을 규시하고 가니이다."

원수 웃고 즉시 소 사마, 뇌천풍, 동, 마 양장을 장중에 불러 가만히 약속 왈,

"뇌 장군, 소 사마는 각각 오천 기騎를 거느려 가만히 대록동 남문 밖에 매복하였다가 본진에 함성이 일어나면 만병이 대록동을 비고 나탁을 구하려 나올 것이니 이때를 타 함께 돌입하여 대록동을 빼앗으라."

또 동초, 마달을 약속하여 왈,

"장군은 각각 오천 기를 거느려 대록동에서 오록동 오는 거리에 가만히 매복하였다가 나탁이 반드시 오록동으로 향하여 올 것이니 내달아 에워싸되 구태여 잡으려 말고 다만 기세를 내어 단단히 에워싸고 대군을 기다리라."

제장을 지휘하여 보내고 다시 군중에 하령하여 기를 눕고 갑옷을 벗어 다만 노병 수십 명으로 동문을 지키게 하니라.

아발도 가만히 오록동에 와 명진을 엿보매 과연 방비함이 없어 등촉이 희소稀少하고 군졸이 잠든 듯하거늘, 다시 남북 문을 보니 양개 노졸이 문전에 앉아 또한 졸더라. 아발도 대희하여 바삐 돌아와 나탁을 보고 과연 명진에 방비함이 없음을 말하니 나탁이 심중에 크게 의심하여 양장의 말이 다 각각 다름을 보고 칼을 빼어 몸을 일어 왈,

"과인이 친히 가 보고 결단하리라."

하고 수개 만졸과 일개 만장을 데리고 오록동을 향하여 오류 리를 오다가 홀연 심중에 대경 왈,

"내 명 원수의 술術 중에 들었도다. 철목탑, 아발도는 심복 장수라. 어찌 그 말이 이같이 상좌相左[19]하리오? 이는 반드시 명 원수 나를 유인함이로다."

하고 즉시 말을 돌리고자 하더니, 홀연 함성이 나며 일대 군마가 길을 막고 일원 대장이 대성 왈,

---

19) 서로 다름.

"대명 우익장군 마달이 여기 있으니 만왕은 닫지 말라."

언미필에 또 함성이 대작하며 일대 군마가 길을 막고 일원 대장이 대성 왈,

"명국 좌익장군 동초 여기 있으니 나탁은 닫지 말라."

양장이 합력하여 나탁을 에워싸니, 나탁이 칼을 안고 싼 것을 헤치고자 하더니 명 원수 또 대군을 몰아 오록동으로 나와 중중첩첩히 철통같이 에워싸며 십만 대군이 일제히 기세를 내어 함성 포향砲響이 천지를 진동하더라.

차시 철목탑, 아발도는 대록동에 있어 만왕의 돌아옴을 기다리더니 홀연 오록동 전에 함성이 대작하며 척후하는 만병이 급보急報 왈,

"대왕이 명진에 싸이사 형세 급하나이다."

아발도, 철목탑이 대경하여 만병 수백 명을 동중에 두고 대군을 거느려 동문을 열고 일제히 내달아 오록동을 바라보고 만왕을 구하러 오더니 마달을 만나 대전對戰 십여 합에 철목탑이 싸울 뜻이 없어 명진을 헤치고 만왕을 찾고자 하여 되는대로 충돌하니, 원수 짐짓 문을 열어 길을 빌리매 나탁이 필마단기로 황망히 나오다가 철목탑, 아발도를 만나 대록동을 바라보고 달아나더니 동전洞前에 이르매 일원 노장이 벽력부를 들고 문외에 앉아 소 왈,

"노부 남방에 와 도채를 오래 시험치 못하였더니 오늘 네 동학을 취하였으니 네 능히 싸우려 하거든 내 도채의 티끌을 썼으리라."

나탁이 대로하여 만병을 호령하여 동문을 깨치고자 하더니 등 뒤에 함성이 진동하며 양원수 대군을 몰아 이르거늘, 나탁이 군사를 돌이켜 서로 싸워 수합이 되매 소 사마와 뇌천풍이 동문을 열고 내외 협공하니 나탁이 대적지 못하여 다시 동남간으로 달아나니라.

시야是夜에 원수 또 대록동을 얻으매 동중에 들어가 크게 호궤할새, 제장이 원수께 고 왈,

"고지명장古之名將이 일월삼첩一月三捷을 어렵다[20] 하였거늘 이제 원수는 수일지간에 만왕의 두 동학을 탈취하되 군사를 수고치 아니하고 장수를 잃음이 없으니, 이는 고지명장에 없는 일인가 하나이다."

원수 소 왈,

"공 등이 쉬움을 보고 어려움을 생각지 못하는도다. 보건대 나탁이 양처 동학을 용이히 버리고 죽기로써 싸우지 아니하니 반드시 믿는 바 있음이라. 마땅히 조심할지니 어찌 쉽다 말하리오."

하더라.

나탁이 대록동을 다시 잃고 제삼동으로 들어가니 이 이른바 화과동이라. 사면에 절벽이 둘렀고 동중에 수목이 무성하여 동문을 닫친즉 비록 십만 대군이 임하나 깨치기 어려우니,

---

20) 옛날의 명장도 한 달에 세 번 승리하기는 어려움.

나탁이 제장을 대하여 상의相議 왈,

"명 원수의 웅재대략雄才大略은 당치 못할 바라. 내 이제 한 계교 있으니 동문을 단단히 닫고 명병明兵의 운량運糧[21]하는 길을 끊은즉 수십 일이 못 되어 대록동을 도로 찾을까 하노라."

제장이 칭찬하고 즉시 동문을 닫고 나지 아니하더라.

차시 양 원수 나탁이 화과동에 들고 나지 아니함을 보고 대경 왈,

"이에 반드시 계교 있으리라. 일이 난처하니 화과동 지형을 가 본 후 경륜하리라."

하고 익일 원수 대군을 거느려 화과동 앞에 이르러 도전하니, 나탁이 과연 나지 아니하고 남북 문을 단단히 닫았거늘, 원수 거짓 군사를 호령하여 목석을 쌓고 남문 언덕에 오르고자 하니 나탁이 시석矢石을 굴려 방비하거늘, 원수 북을 치며 화과동 사면으로 다니며 치는 체하다가 지형을 자세히 보고 일모日暮 후 돌아와 연일 동, 마 양장으로 수천 기를 거느려 화과동을 치는 체한대, 나탁이 더욱 단단히 지키고 나지 아니하더라.

제오일에 원수 소 사마를 장중으로 불러 가만히 일러 왈,

"장군은 다섯 필 낙타와 오백 잔병殘兵을 주노니 여차여차하라."

또 동, 마 양장을 불러 삼천 기씩 주어 왈,

"여차여차하라."

삼장이 청령聽令하고 가니라.

이때 나탁이 양 원수의 하릴없이 돌아감을 보고 대희 왈,

"불출십일不出十日에 백만 명병이 대록동 중 아귀餓鬼[22] 됨을 면치 못하리라."

하고 만병 수십 인으로 명진 동정을 탐지하며 그 운량하는 기척이 있거든 보報하라 하니라.

일일一日은 야심 후 만병이 급히 보하되 명진明陣 운반하는 수레 승야乘夜하여 낙역絡繹히 온다 하거늘, 나탁이 산상에 올라 바라보니 십여 리 밖에 점점한 불이 삼삼오오 오는지라. 급히 만장 이인二人을 불러 분부 왈,

"양인이 각각 일천 기씩 거느리고 명병의 운량하는 수레를 겁탈하여 오되 만일 군사가 많고 의심된 기척이 있거든 망령되이 내닫지 말고 그리 돌아오라."

양장이 응명하고 각각 길을 나눠 나아갈새 월색이 희미한데 명병 수백 명이 십여 승乘 수레를 몰아 각각 함매衡枚[23]하고 불을 차차 끄며 오니, 일장一將이 뒤에 따라 오며 바삐 감을 재촉하거늘, 만장이 헤오되,

'승야乘夜 함매하니 우리의 겁탈함을 저어함이요 손에 기계 없으니 저희를 대적함이 어

---

21) 양식을 나르는 것.

22) 굶어 죽은 귀신.

23) 군사들이나 군마의 입에 나무 막대기를 물려 소리를 내지 못하게 함.

렵지 않도다.'

하고 일시 돌출하여 길을 막으니, 명병明兵이 대경大驚하여 수레를 버리고 달아나거늘 그 장수 칼을 빼어 닫는 자를 호령하며 명장을 맞아 수십 합을 싸울새 만병이 이미 수레를 몰아 화과동에 이르니 나탁이 대희하여 동문을 열고 수레를 부리어 보매 무비無非 정실精實한 곡식[24]이라. 서로 치하하더니 수개 만졸이 또 보하되, 명병의 운량하는 수레 수십여 승이 또 이른다 하니, 나탁이 대희하여 다시 만장蠻將 이인으로 일천 기를 거느려 가 탈취하여 오라 하니 만장이 응명應命하고 급히 쫓아 이르러 보매 삼사십 명의 노약 잔병이 수십 필 낙타와 수십 승 수레를 몰고 오며 서로 가만히 원망 왈,

"앞서 오던 수레는 어디로 갔으며 어두운 길에 불도 없으니 대록동은 어드멘고?"

하거늘, 만장이 일시에 내달아 길을 막은대 그 군사들이 대경하여 수레를 버리고 달아나니, 만장이 일천 명 만졸로 수십 승 수레를 풍우같이 몰아오더니 수 리를 못 행하여 공중에 시위 소리 나며 양개 만장이 마하馬下에 떨어지니, 좌편 마달과 우편 동초 대군을 함매하여 만병을 에워싸고 왈,

"항자降者는 살 것이요, 달아나는 자는 베리라."

한대, 만병이 하릴없이 일제히 꿇어 항복하거늘, 동, 마 양장이 묻지 아니하고 만병을 일일이 결박하여 그 의복을 벗겨 명병을 입히고 수레를 의구依舊히 몰아 화과동에 이르니, 차시 나탁이 양장을 보내고 돌아옴을 고대하고 앉았더니 만병이 수십 승 수레를 몰아옴을 보고 희불자승喜不自勝[25]하여 동문을 바삐 열고 들이니 수레 겨우 문에 들매, 뒤에서 한소리 크게 외쳐 왈,

"나탁아, 명국 원수 일거一車의 화火를 보내시니 네 머리를 바쳐 사례하라."

언미필에 수십 승 수레에 불이 일어 빠름이 흐르는 살같이 이미 동문에 다리어 연염煙焰이 창천漲天하니[26] 나탁이 대경하여 창졸에 방비함이 없고 동, 마 양장이 이미 동중에 들어 동충서돌東衝西突하니 경각간에 불이 퍼져 동중 수목에 붙으매 화과 일동一洞이 화염 중에 들었더라. 나탁이 세두勢頭를 보고 급히 칼을 들고 말께 올라 접전코자 하더니 동문 외에 함성이 대작하며 일원 노장이 도채를 두르며 위어(외쳐) 왈,

"원수의 대군이 동전에 임하였으니 나탁은 빨리 나와 항복하라."

하고 동중에 돌입하여 동, 마 양장과 세 장수 합력하여 동을 어르고 서를 치며 남을 어르고 북을 치니 방포 함성放炮喊聲은 산천이 뒤집히고 화광 연염은 동중에 자욱하니, 나탁이 구치 못할 줄 알고 단기로 몸을 빼어 동문에 나매 양 원수 대군을 거느려 막거늘, 나탁이 형세 급하매 말 위에서 크게 소리하여 왈,

---

24) 전부가 정밀하고 깨끗한 곡식.

25) 어찌할 바를 모를 만큼 기뻐함.

26) 연기와 불꽃이 하늘에 가득하니.

"과인은 들으매 큰 벌레는 엎딘 고기를 먹지 않는다 하니 원수는 일로一路를 빌리사 명일 다시 자웅雌雄을 결단케 하소서."

소 사마 책 왈,

"네 계국역진計窮力盡하였거늘 오히려 항복지 아니하고 무슨 소리를 하느뇨?"

나탁 왈,

"금일은 궤계詭計에 속임이라. 명일 정도正道로 한번 싸움을 청하나이다."

원수 미소하고 기를 쓸어 진 머리를 열어 주니, 나탁이 말을 빼어 달아나니라.

원수 또 화과동을 취하고 동중에 들어가 지형을 보고 왈,

"차처는 대군을 오래 머물지 못하리로다."

하고 군사를 거느려 화과동 북편 수백 보 밖에 배산임류背山臨流하여 진을 치니, 소 사마 문 왈,

"나탁이 반드시 양거糧車를 탈취할 줄 어찌 아시니이까?"

원수 소 왈,

"나탁이 동중에 나지 않음은 나의 양식이 진盡함을 기다림이라. 운량함을 보고 어찌 겁탈치 않으리오? 소위 장계취계將計就計[27]라. 연이나 나탁이 이미 세 동학洞壑을 일시에 잃었으니 소위 곤한 도적이라. 내 염려하는 바는 한번 진력하여 싸울까 하노니 기계機械를 조검照檢하고 군사를 호궤犒饋하여 기다리게 하라."

하더라.

차설, 나탁이 또 화과동을 잃고 제사동으로 들어가니 이 이른바 태을동이라. 동중에 태을동이 가장 크나 산천이 우미優美하고 지형이 광활하여 수성守成할 곳이 아니라, 나탁이 제장을 대하여 탄 왈,

"우리 남방이 오록동을 세세상전世世相傳하여 구기舊基를 지키더니 과인에게 이르러 잃게 되었으니, 어찌 속수무책하고 좌이대사坐而待死[28]하리오. 명일은 마땅히 대병을 조발하여 한번 죽기로 싸워 승패를 판단하리라."

언미필에 장하帳下 일인이 크게 소리쳐 왈,

"명 원수는 천신이 하강함이라. 인력으로 다투지 못하리니 대왕은 계교를 쓰사 거짓 항복하고 그 틈을 타 내응외합內應外合함이 묘할까 하나이다."

나탁이 듣고 대로 왈,

"대장부 시운이 불행한즉 차라리 한번 죽어 쾌한 귀신이 될지언정 어찌 구구히 아녀자의 간계奸計한 꾀를 효칙效則하리오? 만일 다시 항복을 말하는 자는 참斬하리라."

하고 동중 만병을 몰수히 조발하여 익일 태을동 전에 진세를 배푸니, 양 원수 또 이르러 결

---

27) 남의 꾀를 미리 알아차려서 자기 꾀를 이룸.
28) 앉아서 죽기를 기다림.

진結陣 도전挑戰한대, 나탁이 진전에 나서 왈,

"과인이 누차 궤술詭術에 낭패하였으나 오늘은 명 원수와 친히 접전하여 자웅을 결단코
자 하노니 원수는 나오라."

하거늘, 뇌천풍이 책 왈,

"우리 원수 황명을 받자와 삼군三軍 사명의 체중하심으로 어찌 요마么麽 만왕과 항형抗
衡[29]하사 칼날을 다투시리오? 노부 비록 노병老病하나 도채를 시험하여 네 무례한 부리
를 찍으리라."

말을 마치고 벽력부를 춤추어 바로 나탁을 취하려 하니 나탁이 대로하여 좌우를 돌아보
며 좌편의 철목탑과 우편의 아발도 일시에 내달아 뇌천풍을 대적하니, 명진 중 동초, 마달
이 또 나가 다섯 장將이 대전對戰 수합에 나탁이 바라보다가 붉은 수염을 거스리고 푸른
눈을 부릅뜨며 한소리를 벽력같이 지르고 말을 놓아 오니 그 기세 가장 영특하거늘, 원수
소 사마를 보아 왈,

"나탁이 저같이 흉녕凶獰하니 생금生擒치 못하리라."

하고 진을 변하여 기정팔문진奇正八門陣[30]을 치고 쟁을 쳐 삼군을 거두니, 나탁이 대소
왈,

"너희 만일 궤술이 아닌즉 어찌 과인을 당하리오? 내 이미 중국 사람이 과겁過怯[31]함을
아노니 제장은 말하지 말고 양 원수 친히 나와도 두렵지 아니하노라."

하고 서서히 본진으로 돌아가니, 원수 소 사마, 뇌천풍, 동초, 마달을 불러 가만히 약속 왈,

"여차여차하라."

사장이 청령하고 나와 뇌천풍이 다시 벽력부를 들고 나가며 외쳐 왈,

"우준愚蠢한 오랑캐 우악愚惡함을 믿고 노부의 쇠로함을 업신여겨 가장 당돌하니 나탁
은 다시 나와 한번 싸우라."

하며 말을 놓아 들어가니, 나탁이 대로하여 칼을 춤추며 말 머리를 돌려 다시 뇌천풍을 맞
아 대전 수합에 뇌천풍이 일변 싸우며 일변 물러난대, 나탁이 소 왈,

"필부 음흉하여 과인을 또 유인코자 하는다?"

언미필에 명진 중 동초 또 말을 놓아 오며 욕하여 왈,

"수염 붉은 오랑캐 겉으로 장담하나 속은 다겁하도다. 내 들으매 남방 사람이 화기를 많
이 받아 심경心經이 크다 하니, 내 취하여 우심적牛心炙[32]을 대신하여 안주코자 하노
라."

---

29) 서로 지지 않고 맞서는 것.

30) 정당한 법과 권술을 이용해 여덟 군데의 통로를 두는 진법.

31) 겁이 지나치게 많음.

32) 소의 염통을 대꼬챙이로 꿰어서 양념하여 구운 것.

나탁이 대로하여 다시 쫓아 대전 수합에 동초 또 일변 싸우며 일변 물러난대, 나탁이 소왈,

"과인이 명 원수의 궤계를 알았으니 필부는 부질없이 유인치 말지어다."

언미필에 명진 중 마달이 또 말을 놓아 오며 욕하여 왈,

"내 들으니 남방 오랑캐 다만 어미를 알고 아비를 모른다 하니, 이는 오륜의 한 구멍이 막힘이라 내 마땅히 그 구멍을 통케 하리라."

하고 허리의 살을 빼어 나탁의 엄심갑掩心甲[33]을 맞히니, 나탁이 대로하여 장검을 날리며 말을 달려 쫓으니 마달이 맞아 대전 수합에 일변 싸우며 일변 물러나더니, 명진 중 소유경이 또 방천극方天戟을 두르며 나와 크게 소리 왈,

"나탁아 빨리 돌아가라. 우리 명국 원수는 상통천문上通天文하고 하달지리下達地理하며 풍운조화지묘風雲造和之妙를 무불통지無不通知하시니 네 만일 진중에 든즉 벗어나지 못하리라."

말을 마치며 소유경이 말을 돌려 달아나고 그 뒤로 양 원수 소거小車를 타고 진문을 열고 완완緩緩히 나오며 소 왈,

"나탁아, 네 비록 조금 용맹이 있고 나를 대적코자 하나 내 마땅히 지혜로 싸울지니 어찌 요마 만왕과 힘을 다투리오?"

나탁이 원수 지척에서 안연晏然히 겁하지 않음을 보고 심중에 무명업화無明業火[34]가 만장丈이나 일어나니 어찌 사생을 돌아보리오. 크게 한소리를 지르고 말을 놓아 범같이 달아드니, 양 원수 미소하고 수레를 빨리 돌려 진중으로 들어간대 나탁이 급히 쫓아 진중에 드니 양 원수는 간데없고 진문이 닫히며 검극劍戟이 서리 같거늘 나탁이 더욱 분함을 이기지 못하여 칼을 두르며 동충서돌東衝西突하되 벗어날 길이 없으니, 차시 철목탑과 아발도는 나탁이 명진에 곤함을 보고 대경하여 일제히 창검을 들고 명진을 충돌하니 사면이 철통같고 다만 한 문이 열렸거늘 양장이 돌입하니 검극이 수풀 같고 시석이 비 오듯 하여 들어온 문을 찾을 길이 없더라.

차시 나탁, 철목탑, 아발도 삼인이 진중에 갇히어 비록 진력하여 뚫고자 하나 어찌 벗어나리오? 동문을 치면 동문이 열리며 그 문을 난즉 다시 한 문이 있고 북문을 치면 북문이 열리며 그 문을 난즉 다시 한 문이 있어 종일 팔팔육십사문을 출입하나 진 밖에 나지 못하니 나탁이 분기충천하여 범같이 뛰더니 홀연 중앙의 한 문이 열리며 원수 또 높이 앉아 호령 왈,

"나탁아, 네 이제도 항복지 않을쏘냐?"

나탁이 대로하여 그 문으로 돌입코자 한대, 양 원수 웃고 기를 쓰니 문이 닫히고 검극이

---

33) 가슴을 보호하는 갑옷.
34) 깨우치지 못한 데서 말미암는, 불같이 화내는 마음.

서리 같거늘 나탁이 하릴없어 다른 길을 찾더니 홀연 남편에 또 한 문이 열리며 원수 또 높이 앉아 호령 왈,

"나탁아, 네 이제도 항복지 않을쏘냐?"

나탁이 또 분하여 그 문으로 돌입코자 하더니 양 원수 웃고 기를 쓰니 그 문이 닫히고 검극이 또 서리 같아 이같이 오문五門을 지나매 나탁의 영특함으로도 기운이 저상沮喪하고 분기탱중憤氣撑重하여 앙천탄仰天歎 왈,

"내 비록 죽기를 저어함이 아니나 오록동학五鹿洞壑을 찾지 못한즉 하면목何面目으로 지하에 가 선조 신령을 뵈오리오?"

하고 칼을 들어 자결코자 하더니, 철목탑, 아발도 황망히 붙들어 왈,

"대사를 경영하는 자는 작은 부끄럼을 돌아보지 아니하니 양 원수는 의기 있는 장수라. 다시 잠깐 생로生路를 빌어 봄이 가할까 하나이다."

하며 양장이 나아가 울며 원수에게 고두叩頭 애걸 왈,

"원수 황명을 받들어 남방을 덕으로 항복받고자 하심은 소장의 아는 바라. 이제 소장이 일시지분一時之憤으로 그릇 진중에 들어 재주를 다하지 못하고 죽은즉 비록 혼이라도 원통함을 품어 마음으로 항복지 않을까 하나이다."

원수 소 왈,

"내 이미 너를 누차 놓았으나 종시 항복지 아니하니 금일은 용서치 못하리라."

철목탑이 다시 고 왈,

"소장이 만일 이 다음 다시 패한즉 비록 죽어도 한이 없을까 하노니 어찌 항복지 않으리오."

원수 웃고 즉시 서문을 열어 주니, 나탁이 양장을 데리고 본진에 돌아와 허희장탄歔欷長歎 왈,

"내 이제 구차히 성명性命을 보전하였으나 계궁역진計窮力盡하니 제장은 각각 경륜을 내어 과인의 오늘 부끄럼을 씻게 하라."

계하階下의 일인이 응성應聲 대對 왈,

"소장이 마땅히 대왕을 위하여 일인을 천거하여 오대五大 동천洞天을 불일不日 회복케 하리다."

나탁이 그 사람을 보니 우부 추장右部酋長 맹렬孟烈이니 한시漢時 맹획孟獲의 형 맹절孟節의 후後라. 나탁이 대희 문 왈,

"맹 추장이 어떠한 사람을 천거코자 하느뇨?"

맹렬 왈,

"오계군五溪郡 채운동彩雲洞에 일위一位 도인이 있으니 도호는 운룡 도인雲龍道人이라 도술이 비상하여 능히 호풍환우呼風喚雨하여 귀신과 맹수를 임의로 부리니 대왕이 만일 지성으로 청하신즉 어찌 명병을 근심하시리꼬?"

나탁이 대희하여, 맹렬을 데리고 채운동에 이르러 운룡 도인을 보고 나탁이 울며 고 왈,

"오대 동천은 남방南方 세전지지世傳之地라. 이제 중국에게 잃게 되었으니 선생은 비록 물외의 고상한 종적이나 또한 남방 사람이라. 바라건대 재주를 아끼지 마사 과인으로 구기舊基를 다시 찾게 하소서."

운룡이 소 왈,

"대왕의 영웅으로 잃으신 동학을 일개 산인山人이 어찌 찾으리오?"

나탁이 재배 읍 왈,

"선생이 만일 구원치 아니하신즉 과인이 차라리 죽어 돌아가지 말고자 하나이다."

설파說罷에 자결코자 하니, 운룡이 하릴없이 허락하고 도관道冠, 도복道服으로 사슴을 타고 만왕을 따라 태을동에 이르러 왈,

"대왕은 다만 양 원수와 도전하소서. 빈도는 그 진세陣勢를 보고자 하나이다."

나탁이 즉시 원수와 한번 싸우기를 청하니, 원수 소 왈,

"만추蠻酋[35] 반드시 구원병을 얻음이로다."

하고 대군을 거느려 태을동 전에 진세를 베푸니 운룡이 진상에 올라 바라보고 놀라더니, 홀연 주문을 염하여 칼을 들어 사방을 가리키매 풍우 대작하고 뇌성이 진동하며 무수한 신장 귀병神將鬼兵이 명진을 에워싸 반상半晌을 치되 깨치지 못하니, 운룡이 칼을 던지며 탄 왈,

"양 원수는 범인이 아니라 경천위지經天緯地[36]할 재주 있으니 대왕은 각승角勝[37]치 마소서. 저 진법은 이에 천상 무곡성관武曲星官의 선천음양진先天陰陽陣이라. 진손방震巽方[38] 문을 닫았으니 진위뢰震爲雷하고 손위풍巽爲風[39]이라. 풍뢰가 침노치 못하고 곤방坤方[40]에 현무기玄武旗[41]를 꽂고 금고金鼓를 울리니 곤위음坤謂陰이라. 신병 귀졸이 범하기 어려우니 이는 다 당당한 정도正道라 요술로 이기지 못하리다."

나탁이 이 말을 듣고 방성대곡放聲大哭 왈,

"연즉 과인이 오대 동천을 어느 날 찾으리오? 바라건대 선생은 불쌍히 여기사 방략을 가르치소서."

운룡이 침음양구沈吟良久에 대답지 아니한대, 나탁이 다시 재배 왈,

"선생이 종시 가르치지 않으신즉 과인이 만중蠻中 백성을 대할 낯이 없으니 차라리 선생

---

35) 오랑캐 추장, 곧 만왕.
36) 천지를 잘 따져 보아 다스리거나 움직이는 것.
37) 승부를 겨룸.
38) 동남쪽.
39) 진은 우레, 손은 바람이라.
40) 서남쪽.
41) 현무를 그린 깃발. 현무는 북쪽을 지키는 신령한 짐승으로 거북과 뱀을 뭉친 모습.

을 좇아 산중에 가 종신終身코자 하나이다."

운룡이 난처하여 왈,

"빈도 한 방략이 있으나 만일 누설한즉 일을 이루지 못할 뿐 아니라 빈도에게 해됨이 있으리니 대왕은 자량自量하여 하소서."

나탁이 즉시 좌우를 물리고 방략을 물은대, 운룡이 바야흐로 말하여 왈,

"빈도의 사부가 탈탈국脫脫國 총황령叢篁嶺 백운동白雲洞에 있으니, 도호道號는 백운도사라. 음양 조화지술造化之術과 천지 현묘지리玄妙之理를 무불통지無不通知하니, 이 아닌즉 명병을 대적지 못하려니와 맑은 덕과 높은 뜻으로 평생을 산문山門에 나지 아니하니 대왕이 성의를 다하지 않으신즉 청득請得지 못할까 하나이다."

언필에 사슴을 타고 표연히 채운동으로 돌아가니라.

나탁이 즉시 폐백을 갖추어 백운동을 찾아가니, 우습다, 나탁이 구원을 청하여 적국을 돕고 적국을 도와 오대 동천을 잃으니, 모르는 자는 필묵筆墨의 공교함을 웃으려니와, 천하만사가 번복무정飜覆無定하여 득실 화복이 대범大凡 이 같으니 어찌 인력으로 하리오? 하회를 보라.

제13회 만왕을 구원하려 홍랑이 산에 내리고
진법을 싸워 원수 군사를 물리다
救蠻王紅娘下山　鬪陣法元帥退軍

각설, 강남홍이 만사여생萬死餘生으로 이역異域에 표박漂泊하여 거처를 모르더니 산중에 의탁하매 신세 평안함이 객회客懷를 잊었으나 고국을 생각하고 심사 비창悲愴하더니, 일일은 도사가 홍랑을 불러 왈,

"노부 낭의 얼굴을 보매 타일 부귀할 기상이 있으니 노부 비록 아는 바 없으나 그 들은 술업術業으로써 낭에게 전코자 하노라."

홍랑이 사양 왈,

"제자는 듣자오매 여자 유행有行이 무비無非 무이無異라[1] 다만 술 빚고 밥 짓거나 의논할 따름이니 높은 술업을 배워 무엇 하리꼬?"

도사 왈,

"낭이 세상을 하직하고 산중에 종신終身코자 한즉 배움이 쓸데없으려니와 만일 고국에

---

1) 여자의 행실은 모두 다를 것이 없음.

인연이 있어 돌아감을 말할진대 두어 가지 술법을 배워 돌아갈 계제階梯를 삼게 하라."

홍랑이 재배하고 차일부터 사제지의師弟之誼를 맺어 도동道童의 옷을 입고 가르침을 청한대, 도사 대열大悅하여 먼저 의약복서醫藥卜筮와 천문지리를 차례로 가르치니, 홍랑의 총명 영오聰明穎悟함으로 문일지십聞一知十하여 배움이 쉽고 가르침이 어렵지 아니하니, 도사 일변 기뻐하며 일변 사랑하여 왈,

"노부 남방에 온 후로 제자 이인이 있으니, 하나는 채운동彩雲洞 운룡 도인雲龍道人이라, 술법이 미성未成하고 위인이 혼약昏弱하여 노부의 염려하는 바요, 하나는 상전狀前의 차 달이는 도동道童 청운靑雲이니 비록 조금 재주 있으나 천성이 요망하여 잡술로 들어갈까 하는 고로 노부의 배운 바를 전치 아니하였더니, 이제 네 재주와 성품을 보니 운룡, 청운의 유類가 아니라 타일 크게 쓸 곳이 있을까 하니 착념着念[2]하여 배우라."

하고 이에 병법兵法으로써 전수傳授하여 왈,

"육도삼략六韜三略의 합변合變[3]하는 수단과 팔문구궁八門九宮[4]의 변화하는 방법은 오히려 세간에 전하는 바라 배우기 어렵지 아니하나, 노부에게 있는 병법은 이에 선천비서先天祕書라. 그 사람이 아닌즉 전수치 못하니 그 법술이 전혀 삼재삼생三災三生[5]하고 오행상극五行相克[6]하여 일호一毫 권술權術이 없으나 그 풍운조화지묘風雲造化之妙와 역귀강마지법疫鬼降魔之法이 지정지묘至精至妙하니 네 평생을 수용需用하나 요망한 이름을 듣지 않으리라."

홍랑이 일일이 배워 수월지간數月之間에 무불관통無不貫通하니, 도사 대경 왈,

"이는 천재라. 노부는 당치 못하리니 이만하여도 거의 세간에 무적하려니와 다시 한 무예를 배우라."

하고 드디어 검술을 가르쳐 왈,

"옛적에 서 부인徐婦人[7]은 다만 칼 치는 법을 알고 그 쓸 줄은 모르며 공손대랑公孫大娘[8]은 그 쓸 줄은 아나 그 치는 법을 몰랐으니, 노부의 전하는 바는 이에 천상天上 참창성관槍星官의 비결이라. 그 주선함은 풍우 같고 그 변화함은 운우雲雨를 일으키니 이 비단 만인을 대적할 뿐 아니라, 또 협중篋中에 두어 자루 칼이 있으니 이름은 부용검芙蓉劍이라, 일월 정기와 성두星斗 문장文章[9]을 띠어 돌을 치매 돌이 깨어지고 쇠를 베매

---

2) 마음을 기울임.

3) 합하여 변화한다는 뜻으로, 때에 맞게 변화함.

4) 구궁은 아홉 방위를 말하고 팔문은 구궁에 맞춰 길흉을 점치는 여덟 문.

5) 삼재는 수재, 화재, 풍재요, 삼생은 전생, 현생, 내생.

6) 금목수화토金木水火土라는 오행이 서로 배척하는 이치.

7) 삼국 시대 오나라 왕 손권孫權의 안해.

8) 당나라 때 칼춤으로 유명했던 기생.

쇠가 끊어지니 용천龍泉, 태아太阿와 간장干將, 막야鎮鎁[10]에 비할 바 아니라. 내 범인에게 전치 않으려 하여 두었더니 이제 너를 주노니 잘 쓰게 하라."

홍이 배수拜受하니 자차自此로 밤이면 도사를 모셔 병법과 검술을 강론하고 낮이면 손삼랑을 데리고 산중에 터를 닦아 진법을 사습하며 검술을 공부하여 스스로 소견消遣하니 적막 우량踽凉함을 자못 잊을러라.

일일은 홍이 부용검을 들고 연무장演武場에 이르러 검술을 사습私習하더니 도동 청운이 무슨 책을 들고 와 소 왈,

"사형師兄아, 검술도 배우려니와 이것을 보라. 이는 선천 둔갑 방서先天遁甲方書[11]니 선생이 마침 두신 고로 도적하여 왔노라."

홍이 경 왈,

"사부 나를 사랑하사 아니 가르치신 바 없거늘 이것은 반드시 망령되이 볼 바 아닌가 하노니 빨리 갖다 두라."

청운이 소 왈,

"밤이면 선생의 취침하심을 타 이 방서를 도적하여 보니 가장 신통한 법이라. 내 잠깐 시험하여 보리라."

하고 풀잎을 뜯어 진언을 염송하며 풀잎새를 공중에 던지매 일개 청의동자靑衣童子가 되거늘 청운이 웃고 다시 진언을 염하며 풀잎을 무수히 던지니 채운이 일어나며 그 잎새 낱낱이 화하여 신장 귀졸神將鬼卒과 선관 선녀 되어 분분히 하강하더니, 홀연 신 끄는 소리 나며 도사 청운을 불러 왈,

"청운아, 네 어찌 요탄妖誕[12]한 재주를 자랑하느뇨? 빨리 거두라."

하고 홍을 보아 왈,

"도가의 둔갑은 허황한 술업이라 네게 전코자 아니 하였더니 이미 누설하였으니 대강 배움이 무방하나 타일에 도를 얻어 신명을 더럽히고 크게 낭패할 자는 청운이라."

하더라.

시야是夜 야심 후 도사 홍을 불러 왈,

"세간에 행하는 도 세 가지니 유도, 불도, 선도라. 유도는 정대함을 주장하고 선, 불은 신이한 데 가까우나 그 마음을 닦아 외물外物에 변역變易지 않음은 일반이라. 후세의 승니僧尼, 도사들이 선, 불의 근본을 모르고 황탄한 술업으로 사람의 이목을 현란하니 이 이른바 둔갑이라. 수연雖然이나 둔갑지법遁甲之法이 한번 세상에 유전하매 한갓 정도正道

---

9) 별의 광채.
10) 용천, 태아, 간장, 막야는 다 중국의 이름난 칼의 이름.
11) 하늘에서 전해 내려오는 귀신을 부리며 제 몸을 보이지 않게 하는 술법을 기록한 책.
12) 언행이 괴상하고 허무맹랑함.

로 제어치 못할지니, 네 이제 대강 배워 곤액困厄한 때에 수용受用할지어다."

하고 그중 지정지묘한 병서를 택하여 가르치니, 홍의 총명으로 어찌 해득함이 어려우리오.

도사 대회 왈,

"네 마음이 본디 단정하여 잡되지 아니하니 더 말할 바 아니나 십분 조심하여 이로 종사치 말라. 자고로 길인吉人과 귀인은 배우지 아니하니 이는 다름이 아니라 신기神機를 누설한즉 복록에 해함을 저어함이라."

홍이 일일이 가르침을 듣고 물러나 침소로 돌아갈새 문밖에 나서매 일개 여자가 초당 창밖에서 도사와 홍의 수작을 듣다가 홍의 나옴을 보고 놀라 인홀불견因忽不見[13]하니, 홍이 대경하여 도사에게 고한대, 도사 소 왈,

"이곳은 산중이라. 귀매鬼魅와 호정狐精[14]이 있어 왕왕 이러하니 경동驚動치 말려니와 다만 불행한 바는 우리 둔갑 방서를 수작하는 말을 들었은즉 타일 후환이 되어 잠깐 인간을 소동할까 하노라."

하더라.

일일은 홍이 손삼랑과 다시 부용검을 들고 연무장에 나아가 검술을 사습하다가 신기 곤뇌困惱하매 칼을 거두고 언덕에 올라 멀리 바라보니 청산은 첩첩하고 백운은 용용溶溶한데, 향양向陽[15]한 꽃나무와 동구의 버들빛이 타향 풍광을 재촉하니, 홍이 망연히 바라보고 무단한 눈물이 소매를 적시며 손삼랑을 보아 왈,

"우리 산중에 들어온 지 이미 주년周年[16]이라. 고국산천이 몽중에 아득하고 이역 춘광이 심사를 요동하니 아지 못게라, 어느 때에 만 리 중원의 문물을 다시 보며 십 리 전당錢塘의 경개를 다시 대하리오?"

삼랑이 소 왈,

"노신은 강남 있을 제 종일 노력하여 물속으로 다니며 두어 낱 구슬과 두어 마리 생선을 얻은즉 여득천금如得千金하여 구복口腹을 꾀하더니, 이곳에 온 후로 열 손가락을 꼼짝 않고 일신이 안한安閑하여 배불리 먹고 등 덥게 자매 비린 몸이 청청하고 검은 얼굴이 희어 오니 구태여 고향 생각이 없나이다."

홍이 미소 왈,

"사람이 세상에 나매 반드시 칠정七情이 있고 칠정이 있으매 또한 정근情根이 생기니 정근이라 하는 것이 한번 부딪치매 그 단단함이 혹 화하여 돌이 되며 그 이리함이 혹 견강堅剛하여 쇠도 끊으니, 내 노랑으로 더불어 동시 강남 사람이라. 서호, 전당의 청수한 멧

---

13) 홀연 보이지 않음.
14) 도깨비와 여우의 넋.
15) 햇빛을 받음.
16) 일 년.

부리와 곡방曲房 청루의 아름다운 물색이 낱낱이 정들고 일일이 생각남은 인지상정이요 이게 이른바 정근이라. 이로 본즉 산천물색도 오히려 정근을 머물러 생각나거든 하물며 친척 붕우와 지기를 원별遠別함이리오?"

삼랑이 그 양 공자를 생각함인 줄 알고 추연惆然 개용改容하더라.

홍이 즉시 초당에 들어와 잠을 이루지 못하니, 도사 홍을 불러 일러 왈,

"산중에 있을 날은 적고 나갈 날은 불원不遠하니 무비無非 일시 연분이라. 초창悄愴하여 말라."

하고 협중篋中의 일개 옥적을 내어 친히 수곡數曲을 불고 홍을 가르쳐 왈,

"한나라 장자방張子房이 계명산鷄鳴山에 옥소玉簫를 불어 초나라 군사를 흩었으니, 네 옥적을 배워둔즉 쓸 곳이 있으리라."

홍이 본래 음률에 생소치 않은지라 삽시에 곡조를 얻으니, 도사 대희 왈,

"이 옥적이 본래 한 쌍으로 일개는 문창성군에게 있으니 네 타일 고국에 돌아갈 기회가 여기 있을까 하노니 잃지 말고 잘 두라."

하더라.

광음이 홀홀하여 홍이 입산한 지 장근將近 이 년이라. 일일은 도사 홍을 데리고 초당 앞에 배회하며 달을 구경하다가 죽장竹杖을 들어 천상을 가리켜 왈,

"네 저 별을 알쏘냐?"

홍이 보며 한낱 큰 별이 자미원紫微園[17]에 들었거늘 대 왈,

"이는 문창성인가 하나이다."

도사 이연히 웃고 남방을 가리켜 왈,

"근일 태백太白이 남두南斗를 범하니 남방에 병화兵火가 있을 것이요 문창이 광채 휘황하여 제원帝園[18]을 호위하였으니 중국에 인재 나 칠십 년 태평지치太平之治를 이룰까 하노라."

홍이 소 왈,

"이미 병화가 있은즉 어찌 태평지치를 이루리까?"

도사 미소 왈,

"일란일치一亂一治는 순환지리循環之理라. 일시 병화를 어찌 족히 말하리오?"

하더라.

야심 후 홍이 돌아와 잠깐 잠이 들었더니, 신혼神魂이 표탕飄蕩[19]한 중 한 곳에 이르니 살기 등천殺氣騰天하고 풍우대작한대, 일개 맹수가 크게 소리하며 한 남자를 물고자 하거

---

17) 북두성 북쪽에 있는 성좌로 궁궐을 뜻함.

18) 자미원과 같은 말.

19) 넋이 흩어져 떠도는 것.

늘, 그 남자를 자세히 보니 이에 양 공자라. 홍이 대로하여 부용검을 들어 그 맹수를 치며 소리치니 손삼랑이 옆에 누웠다가 깨어 왈,

"낭자는 무슨 꿈을 꾸시뇨?"

하거늘, 홍이 인하여 깨어 전전불매輾轉不寐하며 심중에 생각하되,

'우리 공자에게 반드시 무슨 액회厄會 있음이라. 내 이제 만 리 밖에 망연히 소식을 모르니 비록 구코자 하나 어찌 구하리오?'

은근한 염려와 무궁한 생각이 밤새도록 분분하더라.

일일은 홍이 도사를 모셔 병법을 강론하더니 홀연 삼문 밖에 말소리 나며 동자 창황히 보報 왈,

"남만왕이 문외에 와 청알請謁하나이다."

하거늘, 도사 홍을 보며 미소하고 즉시 나탁을 나가 맞아 예필禮畢에, 나탁이 피석재배避席再拜 왈,

"과인이 선생의 고명을 우레같이 듣사오나 정성이 천박하와 이제 와 보니 그윽이 불민하여 하나이다."

도사 대 왈,

"대왕이 어찌 산중山中 한인閑人을 이같이 심방하시나이까?"

만왕이 또 재배 왈,

"남방 오대 동천은 과인의 세세상전世世相傳하는 구기舊基라. 이제 무단히 중국에 잃게 되었으니 선생은 불쌍히 여기소서."

도사 소 왈,

"산야山野 노객老客이 다만 산을 대하며 물을 구경할 따름이라. 무슨 계교 있어 대왕을 도우리꼬?"

만왕이 눈물을 흘려 왈,

"과인은 들으매 월나라 새는 남녘 가지를 생각하고 되땅 말은 북녘 바람을 사랑한다 하니, 선생이 또한 남방 사람이라. 그 땅에 처하사 환난을 구치 않으시니 어찌 의기義氣리까? 복망伏望 선생은 과인의 실소失巢[20]함을 불쌍히 보사 그 회복할 방략을 지시하소서."

도사 소 왈,

"노부 다시 생각하여 보리니 왕은 밖에 잠깐 쉬소서."

나탁이 대회大喜하여 외당外堂으로 나가니, 도사 홍을 불러 집수執手 초창怊悵 왈,

"금일은 낭이 고국으로 돌아갈 날이라. 노부 낭으로 더불어 수년 사제지의를 맺어 서로 적막한 회포를 위로하더니 이제 길이 이별함을 당하니 어찌 창연치 않으리오?"

---

20) 둥지를 잃음.

홍이 차경차희且驚且喜하여 그 곡절을 물은대, 도사 왈,

"노부는 별인別人이 아니라 서천 문수보살이러니, 관세음의 명을 받아 그대에게 병법을 전코자 옴이라. 이제 그대의 액운이 진하고 길운이 돌아오니 고국에 돌아가 영화를 누리려니와 오히려 미미眉 위에 반년 살기殺氣 있어 병화로 때울지니 십분 조심하라."

홍이 함루含淚 왈,

"제자는 일개 여자로 비록 약간 병법을 배웠으나 고국에 돌아갈 길을 알지 못하니 밝히 가르치소서."

도사 소 왈,

"그대는 본래 세상 사람이 아니라. 천상 성정天上星精으로 문창과 숙연宿緣이 있어 인간에 적강謫降하였으니 금행今行에 상봉하여 타일 부귀를 누릴 것이니 이는 다 관세음의 지도하신 바라. 자연 주합周合하여 인력으로 할 바 아니니 근심치 말라."

또 일러 왈,

"나탁은 역시 천상天上 천랑성신天狼星辰이라. 그대 만일 구하지 아니한즉 의 아닐까 하노라."

홍이 재배 수명再拜受命하고 눈물이 영영盈盈 왈,

"선생을 금일 배별拜別[22]한즉 어느 때에 다시 뵈오리까?"

도사 소 왈,

"평수봉별萍水逢別은 미리 정치 못하나 길이 달라 천상 극락을 같이 즐거함은 칠십 년 후에 있을까 하노라."

설파에 만왕을 다시 청하여 왈,

"노부는 병들고 늙어 제자 일인을 대행代行하노니 그 이름은 홍혼탈紅渾脫이라. 마땅히 대왕의 구기舊基를 영실永失치 않을까 하나이다."

나탁이 사례하고 산문에 나가거늘, 홍이 도사께 하직하며 눈물을 금치 못하니 도사 또한 창연 왈,

"불가佛家 계율戒律이 정연情緣을 맺지 아니하니, 노부 부질없이 낭으로 더불어 서로 만나 그 재주를 사랑하매 자연 허심許心하고 허심하매 또한 정연이 깊었으니, 이제 비록 청산백운에 봉별逢別이 무정하나 옥경 청도玉京淸道[23]의 후약이 있을지니, 바라건대 인간 속연을 빨리 맞고 상계 극락으로 돌아오라."

홍이 눈물을 뿌리며 고 왈,

"제자 만왕을 구한 후 고국에 돌아가는 날 다시 산문에 이르러 선생께 배알하고 다시 배

---

21) 한곳으로 모임.
22) 절하고 작별한다는 뜻으로, 존경하는 사람과 헤어짐을 이르는 말.
23) 신선 나라 서울 백옥경의 맑은 길.

별할까 하나이다."

도사 소 왈,

"노부 또한 서천으로 갈 길이 바쁘니 그대 비록 바삐 오나 보지 못하리라."

홍이 울며 차마 떠나지 못하니 도사 위로하며 재삼 가기를 재촉한대, 홍이 하릴없어 배사拜謝하고 청운과 악수 상별한 후 손삼랑을 데리고 만왕을 따라가니라.

차시, 나탁이 홍을 데리고 돌아올새 심중에 생각하되,

'내 정성을 다하여 구원을 청하러 왔다가 일개 잔약한 소년을 데려가니 어찌 제장의 조소를 면하리오? 다만 그 용모 자색은 여자에도 없을지라. 만일 남자가 아니런들, 내 오대 동천을 헌 신같이 버리고 오호五湖 편주扁舟로 범 대부范大夫[24]를 효칙하리로다.'

하더라.

차설且說, 홍이 손삼랑과 진에 이르매 종적을 감추니, 짐짓 일개 소년 명장이며 일개 건장健壯 노졸老卒이라. 홍이 만왕을 데리고 동중洞中 지형을 자세히 보매 동편에 일좌 소산小山이 있으니, 이름은 연화봉蓮花峰이라. 홍이 봉상峰上에 올라 사면을 둘러본 후 만왕을 보아 왈,

"내 명진明陣을 먼저 구경코자 하노라."

하고 시야是夜에 화과동花果洞에 이르러 지형을 보고 탄 왈,

"만일 명진 원수 진을 동중에 쳤던들 한 군사도 생환치 못할 것이어늘 이제 생왕방을 얻었으니 졸연히 파치 못할지라. 명일 다만 대진對陣하여 그 용병用兵함을 보리라."

즉시 명진에 격서檄書를 전하니, 격문에 왈,

남만왕은 명국 도원수에게 격서를 보내니, 과인은 들으매 선왕은 덕으로써 비추고 힘으로 싸우지 아니하니 이제 대국이 십만 웅비지사熊羆之士로 편방누지偏邦陋地에 임하시니[25] 그 위태함이 조불려석朝不慮夕이라. 군령을 어기지 못하여 잔병을 수습하여 태을동太乙洞 전전前前에 다시 뵈올까 하노니 귀병貴兵을 거느려 욕식래회蓐食來會[26]하심을 바라나이다.

양 원수 격서를 보고 경 왈,

"그 글이 간략한 중 뜻이 다하여 남만의 강한한 풍기 없고 중화의 문명한 기상이 있으니 어찌 괴이치 않으리오?"

하고, 즉시 답격答檄 왈,

---

24) 항우의 군사軍師였던 범증范增. 항우가 그의 뜻을 따르지 않자 모든 것을 버리고 떠났다.

25) 곰같이 날쌘 군사가 멀리 보잘것없는 땅에 오시니.

26) 이른 아침, 밥을 먹고 모임.

명국 도원수는 남만왕에게 답하노니, 우리 황제 폐하 만방萬方을 자시子視[27]하사 비록 문덕으로 탄부誕敷[28]하시나 유묘有苗의 내격來格[29]함이 더딘 고로 천병을 조발하사 공모貢茅의 불입不入[30]함을 문죄問罪코자 하시니, 대군 소도所到에 뇌려풍비雷厲風飛[31]하여 준이만형蠢爾蠻荊[32]이 토붕와해土崩瓦解함을 볼 것이로되, 특별히 호생지덕好生之德을 베푸사 인의로 감화하고 위무威武로 숙살肅殺치 않아 명일 마땅히 대군을 거느려 기약에 나아갈지니, 차이 만왕嗟爾蠻王은 계이사졸戒爾士卒하고 수이과모修爾戈矛하여 칠금七擒의 뉘우침이 없게 하라[33].

홍이 답격答檄을 보고 초연愀然 왈,
"내 만맥 지방에 수년을 칩복蟄伏하여 고국 문물을 다시 보지 못할까 하였더니, 이 글을 대하매 이미 중화 문장을 알지라. 어찌 반갑지 않으리오?"
하더라.

익일 홍이 일량一輛 소거小車를 타고 만병蠻兵을 거느려 태을동 전에 진을 베푼대 양 원수 또한 대군을 거느려 수백 보 밖에 결진結陣하니, 홍이 수레를 몰아 전에 나아가 명진을 바라보니 기치旗幟 정정整整하고 고각鼓角이 흔천掀天한 중 일위 소년 대장이 홍포 금갑으로 대우전을 차고 손에 수기를 들고 전후좌우에 제장이 옹위하여 높이 앉았으니, 홍이 그 명 원수임을 알고 손삼랑으로 진전에 외쳐 왈,
"소국이 남방 벽루僻陋한 데 있어 문무쌍전文武雙全한 자 없으나 금일 진법으로 싸우고자 함은 대국의 용병하심을 보고자 함이니, 명진 원수는 먼저 한 진을 치소서."
하거늘, 양 원수 그 사령辭令이 옹용雍容하여 삼대三代 전국지풍戰國之風이 있음[34]을 보고 심중에 경의하여 만진蠻陣을 바라보니, 일 개 소년 장군이 초록금루협수전포草綠金縷陜袖戰袍를 입고 벽문원앙쌍고요대碧紋鴛鴦雙股腰帶를 띠고 머리에 성관星冠을 쓰고 허리에 부용검을 차고 거중車中에 단정히 앉았으니 선연한 태도는 추소명월秋宵明月이 창해

---

27) 자식처럼 여김.
28) 다스림.
29) 유묘씨가 찾아옴이 더딘 까닭에. 순舜임금 때 남방 오랑캐 유묘씨가 순종하지 않자 순임금이 이들을 정벌하였다.
30) 공물을 바치지 않음.
31) 대군이 이르는 곳은 우레가 치듯 금세 부서짐.
32) 하찮은 오랑캐들이 수선거리는 모습.
33) 아, 오랑캐 왕이여. 네 군사를 징계하고 네 무기를 수리하여 맹획이 제갈공명에게 일곱 번 사로잡히고 일곱 번 풀려난 뒤에야 후회했던 것 같은 일이 없게 하라.
34) 중국 고대 좋은 정치가 펼쳐졌던 하, 은, 주 세 나라 때와 전국 시대의 풍속이 있음.

에 돋았고 돌올突兀한 기상은 추풍 호응秋風豪鷹이 벽공에 내림 같거늘[35], 양 원수 대경하여 제장을 보아 왈,

"이는 반드시 남방의 인물이 아니라. 나탁이 어디 가 저 같은 인물을 청하뇨?"

하고 북을 치며 수기를 쓸어 진세를 변하여 육류삼십륙 여섯 방위를 나눠 육화진六花陣을 치니, 홍이 웃고 또한 북을 치며 만병을 지휘하여 쌍쌍 이십사 기를 열둘 떼어 나눠 호접진蝴蝶陣을 쳐 육화진을 충돌하며 손삼랑으로 외쳐 왈,

"육화진은 승평昇平 유장儒將[36]의 한가한 진법이라. 소국에 호접진이 있어 족히 대적할까 하오니 다른 진을 치소서."

양 원수 북을 치며 수기를 쓸어 육화진을 변하여 팔팔육십사 팔방을 나눠 팔괘진을 치니, 홍이 또한 북을 치며 만병을 지휘하여 대연大衍[37] 오십오의 다섯 방위 방위진을 이루어 팔괘진을 충돌하여 생문生門으로 들어 기문奇門으로 나오며 음방陰方을 쳐 양방陽方을 엄습하며 손삼랑으로 외쳐 왈,

"한나라 제갈 무후 육화진과 양의진兩儀陣을 합하니 차소위此所謂 팔괘진이라. 생사문生死門과 기정문奇正門이 있고 동정방動靜方과 음양방陰陽方이 있으니 소국에 대연진大衍陣이 있어 족히 대적할까 하오니 다른 진을 치소서."

원수 대경하여 급히 팔괘진을 거두고 좌우익을 이루어 조익진鳥翼陣을 치니 홍이 또한 방원진方圓陣을 변하여 한줄기 장사진長蛇陣을 이뤄 조익진을 뚫으며 외쳐 왈,

"조익진은 전국을 대하여 시살廝殺하는 진이라. 소국이 마땅히 장사진으로 충돌하리니 다른 진을 치소서."

양 원수 기를 바삐 쓸어 좌우익을 합하여 학익진鶴翼陣을 이루어 장사진 머리를 치며 뇌천풍으로 외쳐 왈,

"남방 아이 장사진으로 조익진을 뚫음만 알고 조익진이 변하여 학익진이 되어 장사진 머리를 침은 어찌 생각지 못하느뇨?"

홍이 미소하고 북을 치며 장사진을 나누어 두어 곳 어린진魚麟陣을 치니 이는 적국을 속이는 진이라. 원수 대로하여 대군을 열 떼에 나눠 어린진을 가운데 두고 십면으로 에워싸니, 홍이 웃고 외쳐 왈,

"이는 회음후淮陰候의 십면 매복十面埋伏이라. 구태여 진법이 아니니 소국에 오히려 한 진이 있어 방비할까 하노니 보소서."

---

35) 가을바람에 호기로운 매가 푸른 하늘에서 내려온 듯.

36) 평화로운 시절의 선비 장수.

37) 숫자 중 오십을 이르는 말로, 《주역》 계사繫辭 상上에 "대연의 수가 오십이요 쓰는 것은 사십구이다. 이를 나누어 둘로 만들어서 천지를 본뜨고, 하나를 손가락 사이에 걸어서 삼재三才를 본뜨고."라고 한 데서 온 말이다.

하고 어린진을 변하여 다섯 떼에 나눠 오방진五方陣을 치니 그 동방을 친즉 남북방이 좌우익이 되어 방비하고 북방을 친즉 동서방이 좌우익이 되어 방비하니, 양 원수 바라보고 탄왈,

"이는 천하 기재奇才로다. 이 진법은 고금에 없는 바라. 오행 상극지리相克之理를 응하여 스스로 창개創開한 진이니 비록 손빈孫臏, 오기吳起라도 파치 못하리로다."

하고, 그 진법으로 이기지 못할 줄 알고 즉시 쟁을 쳐 진을 거두고 뇌천풍으로 외쳐 왈,

"금일 양진이 진법을 이미 보았으나 다시 무예로 싸울 자 있거든 나오라."

철목탑이 창을 들고 나가 뇌천풍과 대전 십여 합에 자주 몸을 피하거늘, 손 야차 창을 들고 나가며 책 왈,

"네 이미 진법으로 졌으니 다시 무예로 져 보라."

뇌천풍이 대로 왈,

"늙은 수염 없는 오랑캐 당돌치 말라."

하고, 또 수합을 싸울새 명진 중 동초, 마달이 일시에 나와 뇌천풍을 돕거늘 손 야차 적적抵敵지 못하여 말을 빼어 달아나니 홍이 손 야차의 패함을 보고 대로하여 수레에 내려 말께 올라 진전에 나서며 쟁을 쳐 철목탑을 부르고 외쳐 왈,

"명장은 호란胡亂한 창법을 자랑치 말고 먼저 내 살을 받으라."

언필에 공중에 나는 살이 들어와 뇌천풍의 투구로 맞혀 땅에 떨어지니 동초, 마달이 대로하여 일시에 창검을 춤추어 곧 홍을 취코자 하더니 홍이 옥수를 번득이며 시위 소리 나는 곳에 흐르는 살이 뒤를 이어 들어와 동, 마 양장의 엄심갑掩心甲을 일시에 맞혀 쟁연히 깨어진대 양장이 싸울 뜻이 없어 말을 돌려 본진으로 돌아오매 뇌천풍이 투구를 집어 고쳐 쓰고 벽력부를 두르며 대책大責 왈,

"요마么麽 만장蠻將은 조고만 재주를 믿고 무례치 말라."

하고 또 홍에게 달려들더니, 홀연 번신낙마翻身落馬[38]하니 아지 못게라, 무슨 곡절인고? 하회를 보라.

---

38) 몸이 날아 말에서 떨어짐.

제14회 옥퉁소는 자웅률로 수창하고
구슬거문고는 산수 줄이 단속하다
玉笛酬唱雌雄律　瑤琴斷續山水絃

각설, 뇌천풍이 분기등천憤氣騰天하여 도채를 두르며 홍에게 달려드니, 홍이 천연히 웃고 마상馬上에 부용검을 짚고 박은 듯이 서서 요동치 않거늘, 천풍이 더욱 노하여 한마디 소리를 지르고 진력하여 도채를 둘러 홍을 치매 홍이 홀연 쌍검을 흔들며 몸을 반공에 솟으니, 천풍이 허공을 치고 도채를 거두려 하더니 머리 위에 쟁연錚然한 소리 나며 나는 칼이 공중에 떨어져 투구 깨어지니 천풍이 황망하여 번신낙마翻身落馬한대, 홍이 다시 돌아보지 아니하고 다만 칼을 거두니, 원래 홍의 칼 쓰는 법이 천심淺深이 있어 다만 투구를 깨칠 따름이요 사람이 상치 않았으니, 노장이 이미 정신을 수습치 못하여 그 머리 없음을 의심하니 어찌 다시 싸울 뜻이 있으리오? 급히 말을 돌려 본진으로 오니, 양 원수 진상에 바라보다가 대로 왈,

"입에 젖내 나는 일개 만장蠻將을 세 장수가 대적지 못하니 내 마땅히 친히 나아가 이 장수를 생금生擒하리라."

하고 말게 올라 진전陣前에 나서거늘, 소 사마 간諫 왈,

"원수의 체중體重하심으로 어찌 일개 만장과 경솔히 접전하시리오? 소장이 비록 무용하나 한번 나가 싸워 만장의 머리를 휘하에 바치리다."

하고 즉시 말을 놓아 나가니, 원래 소유경이 소년 예기銳氣로 진법을 자부하여 한번 겨루어 보고자 함이라. 이에 방천극을 들고 바로 홍을 취하려 하니, 홍이 말을 돌려 접전 수합에 소 사마의 창법이 정묘함을 보고 말을 빼어 십여 보를 물러서며 공중을 향하여 우수右手에 들었던 부용검을 던지니 그 칼이 날아 소 사마 머리 위에 내려지려 하거늘, 소 사마 말위에서 몸을 피하며 창을 들어 막고자 하더니, 홍이 다시 좌수左手로 나는 칼을 받고 말을 달리며 수중 쌍검을 일시에 던지거늘, 소 사마 연하여 황황히 피하여 싸움에 겨를치 못하더니, 홍이 다시 공중을 향하여 쌍수로 쌍검을 받아 들고 바람같이 굴러 사방으로 돌아다니며 마상에 춤추니, 백설이 분분하여 공중에 나부끼고 낙화 편편翩翩하여 풍전風前에 날리는 듯 홀연 한줄기 푸른 기운이 안개같이 일어나며 인마人馬를 점점 보지 못할지라. 소사마 대경하여 방천극을 들고 동으로 충돌한즉 무수한 부용검이 공중에 떨어지며 서로 충돌한즉 또 무수한 부용검이 공중에 떨어지니 소 사마 황망하여 하늘을 우러러보며 하늘에도 천백 부용검이 흩어졌고 땅을 굽어보매 땅에도 천백 부용검이 미만彌滿[1]하여 검수도

---

[1] 천 개 백 개나 되는 부용검이 널리 가득 참.

산검수도산水刀山[2]에 헤어날 길이 없거늘 정신이 미란迷亂하고 진퇴무로進退無路하여 운무 중에 싸임 같으니, 소 사마 앙천仰天 탄탄 왈,

"내 이곳에서 죽을 줄 어찌 알았으리오?"

하고 다시 방천극을 들고 청기靑氣를 헤치고자 하더니, 홀연 공중에서 낭랑한 소리로 외쳐 왈,

"천조天朝 명장을 내 손으로 죽임은 의 아니라 일조一條 생로生路를 빌리노니 장군은 돌아가 원수께 전하여 삼군을 거두어 빨리 돌아가라 하라."

설파說罷에 청기 차차 거두며 그 장수 다시 부용검을 들고 웃으며 표연히 본진으로 돌아가니, 소 사마 감히 따르지 못하고 돌아와 원수를 보고 천식喘息이 미정未定하여 망연자실 왈,

"소장이 비록 용렬하나 조금 병서를 읽고 약간 무예를 배워 진상에 오른즉 겁함이 없고 적국을 대한즉 용맹이 나더니 금일 만장은 반드시 사람이 아니라 귀물鬼物인가 하노니, 그 빠름은 바람 같고 그 급함은 번개 같으며 그 현황炫煌[3]함은 운무 같고 그 난측難測함은 귀신 같으니 붙들고자 한즉 잡히지 아니하고 도망코자 한즉 회피치 못할지라. 사마양저司馬穰苴[4]의 병법과 맹분孟賁, 오획烏獲의 용맹이 있으나 이 장수의 앞에는 쓸데없을까 하나이다."

양 원수 이 말을 듣고 심중에 가장 근심 왈,

"금일은 일모日暮하였으니 명일 다시 싸워 만일 이 장수를 생금치 못하면 내 맹세코 회군치 않으리라."

하더라.

나탁이 홍의 병법과 검술을 보고 바야흐로 대희 왈,

"하늘이 과인을 불쌍히 보사 장군을 주시니 타일 마땅히 남방 절반으로써 장군의 공을 갚을까 하나이다."

인하여 자기 군중에 쉼을 청하니, 홍이 소 왈,

"산인山人이 한적함을 좋아하며 군중이 요란하여 괴로우니 일간 객실을 고요한 데 얻어 수하 노졸老卒과 조용히 쉬고자 하노라."

하니 나탁이 거스르지 못하여 동중 객실을 별로 치워 주니, 홍이 손삼랑을 데리고 경야經夜할새 심중에 생각하되,

'내 비록 아녀자나 어찌 대의를 모르고 만왕蠻王을 위하여 고국을 저버리오? 만일 내 손으로 일개 명장明將과 일개 명졸明卒을 살해하면 의 아니나 사부의 명으로 나탁을 구

---

2) 물 같은 검과 산 같은 칼. 병장기가 가득하다는 말.
3) 어지럽게 설렘.
4) 춘추 시대 제나라의 군사를 책임지는 사마司馬를 지낸 양저. 유명한 장수이며 병법가.

하러 왔다가 그저 감도 도리 아니니 어찌하면 양편兩便5)하리오.'

하더니 홀연 한 계교를 생각하고 손 야차를 명하여 왈,

"금야 월색이 가장 아름다우니 내 동구에 나가 연화봉에 올라 명진明陣 동정을 구경하리라."

하고 야차와 월색을 띠어 백운도사의 주던 옥적을 품에 품고 연화봉에 올라 명진을 바라보니, 고각鼓角이 적요寂寥하고 등촉이 명멸明滅한대, 경점更點은 삼 점을 보하거늘, 홍이 회중懷中 옥적玉笛을 내어 일 곡을 부니 차시 서풍이 소슬하고 성월星月이 명랑한데, 영상嶺上에 돌아가는 기러기와 동중의 슬픈 잔나비 타향 객회를 무한히 돕는지라. 하물며 만리 절역에 부모를 떠났으며 천애天涯에서 처자妻子를 꿈꾸는 군사리오? 찬 이슬이 갑옷에 가득하고 명월이 진중에 조요하니 혹 창을 베고 무료히 누웠으며 혹 칼을 치며 처창히 앉았더니 홀연 풍편에 일성一聲 옥적이 반공에 적요하여 곡조의 처량함은 철석鐵石을 녹이고 소리의 오열嗚咽함은 산천이 변색커늘, 시야是夜 명진의 십만 대군이 일시에 잠을 깨어 노자老者는 처자를 생각하고 소자少者는 부모를 사모하여 혹 눈물을 뿌려 허희탄식歔欷歎息하며 혹 고향을 노래하여 일어 방황하니, 자연 군중이 요란하여 부오部伍가 착란錯亂한대, 마군대장馬軍大將은 채찍을 잃고 망연히 섰으며 군무도위軍務徒尉는 방패를 안고 강개 오열하니, 소 사마 대경하여 동, 마 양장을 불러 군중을 조속操束코자 하더니 양장이 또한 기색이 처량하고 거지擧止 수상하거늘, 소 사마 급히 원수께 고하니, 차시 양 원수 마침 병서를 베고 잠이 들어 하늘에 올라 남천문에 들려 하니, 일개 보살이 백옥 여의如意6)를 들고 길을 막거늘 원수 대로하여 칼을 빼어 여의를 때리니 그 소리 쟁연하여 땅에 떨어져 한 송이 꽃이 되니 붉은 광채와 이상한 향내 천지 진동하거늘, 원수 대경하여 잠을 깨니 한 꿈이라.

심중에 의아하더니 소 사마 황망히 장중에 들어와 군중 동정을 보報커늘 원수 놀라 장밖에 나아가 앉아 밤을 물으니 이미 사오 경에 가깝고 삼군이 서설樓屑7)하여 진중이 물 끓듯 하며 일진서풍一陣西風이 수기手旗를 불며 풍편에 일성 옥적이 애원 처절하여 영웅의 회포도 비창함을 이기지 못할지라. 원수 귀를 기울여 한 번 들으매 어찌 그 곡조를 모르리오. 제장諸將을 보아 왈,

"옛날 장자방張子房이 계명산鷄鳴山에 올라 옥소玉簫를 불어 초병楚兵을 흩었으니8) 아지 못게라, 이곳의 어떠한 사람이 능히 이 곡조를 아는고? 내 또한 어려서 옥적玉笛을 배

---

5) 두 편에게 좋도록 함.

6) 법회나 설법을 할 때 승려가 손에 드는 물건.

7) 한곳에 머물러 있지 않고 왔다 갔다 하며 떠들썩함.

8) 한나라 고조를 도와 항우를 멸한 장량張良이 밤에 통소를 불어 초나라 병사가 싸울 뜻을 잃고 뿔뿔이 흩어지게 했음을 말한다.

워 두어 곡조를 기억하더니 이제 한번 시험하여 삼군의 처량한 심회를 진정케 하리라."

하고 갑중匣中의 옥적을 내어 장을 높이 걷고 서안을 의지하여 한 곡조를 부니, 그 소리 화평, 호방하여 천 리 장강長江에 봄 물결이 흐르는 듯 삼월 꽃다운 나무에 화신풍花信風9)이 일어나는 듯 한 번 불매 처량한 심사 이연怡然히 풀어지며 두 번 불매 호탕한 마음이 유연히 생기니 군중이 자연 안온하거늘, 원수 다시 음률을 변하여 일곡을 부니 그 소리 웅장 뇌락雄壯磊落하여 도문 협객屠門俠客이 가축을 화답하고 출새 장군出塞將軍이 철기鐵騎를 울리는 듯10) 장하帳下 삼군이 기색이 늠름하며 북을 어루만지며 칼을 춤추어 한번 싸우고자 하니, 원수 웃고 옥적을 그친 후 도로 장중帳中으로 들어가 전전불매輾轉不寐하며 생각하되,

'내 비록 천하에 널리 놀아 인재를 다 보지 못하였으나 어찌 만맥지방蠻貊之邦에 이렇듯 초군절륜超群絶倫11)한 인재 있을 줄 알았으리오? 이제 만장蠻將의 무예와 병법을 보매 짐짓 국사무쌍國士無雙이요 천하기재天下奇才라. 옥적이 또한 범인이 불 바 아니니 이는 반드시 하늘이 우리 명나라를 돕지 않으시고 조물이 나의 대공大功을 저희沮戲하여 인재를 내어 만왕을 도움이로다.'

잠을 이루지 못하고 소 사마를 다시 장중으로 불러 문 왈,

"장군이 작일 진상陣上에서 만장의 얼굴을 자세히 보았나뇨?"

소 사마 왈,

"가시덤불 속의 꽃다운 풀이 분명하고 와력瓦礫 구덩이12)의 보배 구슬이 완연하니 비록 잠깐 보았으나 어찌 잊으리꼬? 당돌한 기상은 당세 영웅이요 그 선연한 태도는 천고 가인佳人이라. 약한 허리와 가는 눈썹은 남자의 모양이 적고 표일飄逸한 거동과 효용驍勇한 태도는 또한 여자에 없을 거니, 대개 남자로 의논하면 고무금무古無今無한 인재요 여자로 의논한즉 경국경성傾國傾城할 자색일가 하나이다."

원수 묵묵무어默默無語하더라.

차시, 홍이 사부의 명으로 만왕을 구하러 왔으나 부모지향父母之鄉을 또한 저버리지 못하여 조용한 옥적으로 장자방을 효칙하여 강동 자제를 스스로 흩어지게 하려더니 의외에 명진 중의 일개 옥적이 소리를 화답하여 비록 곡조 부동不同하나 음률이 틀리지 아니하고 기상이 현수하니 의사 다름이 없어 조양채봉朝陽彩鳳이 웅창자화雄唱雌和13)함 같으니 홍이 옥적을 멈추고 망연자실하여 머리를 숙이고 이윽히 생각 왈,

---

9) 꽃이 피려 할 때 부는 바람, 곧 봄바람.
10) 도문 협객은 푸줏간에서 일하던 협객이며, 출새 장군은 변방으로 출전하는 장군.
11) 여럿 가운데서 두드러지게 뛰어남.
12) 기왓장이나 자갈 무더기.
13) 아침 햇볕 아래 아름다운 봉황새가 수컷이 노래하매 암컷이 화답함.

'백운도사 말하되 이 옥적이 본디 일 쌍으로 일개는 문창에게 있어 고국에 돌아갈 기회 여기 있다 하더니 이제 명 원수가 혹 문창성정文昌星精이 아닌 줄 어찌 알리오? 그러나 하늘이 옥적을 내실 제 어찌하여 한 쌍을 내시며 이미 쌍이 있은즉 어찌하여 남북에 짝을 잃고 그 합함이 더디게 하시나뇨?'

또다시 생각 왈,

'이 옥적이 이미 정한 짝이 있은 즉 그 부는 자 반드시 짝이 될지니, 황천이 부감俯鑑하시고 명월이 조림照臨하시니 강남홍의 짝이 될 자는 양 공자 일인이라. 혹 조물이 도우시고 보살이 자비하사 우리 공자가 금일 명진明陣 도원수 되어 오시니이가? 내 작일 진전陣前에 진법을 보고 금일 월하에 적성笛聲을 들으매 금세 무쌍한 인재라. 내 마땅히 명일 도전하여 원수의 용모를 자세히 보리라.'

하고 즉시 객실에 돌아와 밝기를 고대하여 만왕을 보고 왈,

"금일은 마땅히 도전하여 자웅을 결단하리니, 대왕은 먼저 만병을 거느려 동전洞前에 진을 치소서."

나탁이 응낙하고 군사를 거느려 나가거늘 홍이 수레를 버리고 말께 올라 손 야차를 데리고 진전에 나가니, 양 원수 또한 이르러 결진結陣한 후 홍이 권모설화마捲毛雪花馬를 타고 부용검을 차고 궁시弓矢를 띠어 진문陣門 앞에 완연히 나서며 손 야차로 크게 외쳐 왈,

"작일 싸움은 나의 무예를 처음 시험하기에 용서함이 있거니와 금일은 자량自量하여 능히 당할 자 있거든 나오고 만일 당치 못할 자는 부질없이 나와 전장 백골을 보태지 말라."

하니, 좌익장군 동초 대로하여 창을 들고 나가니, 홍이 말고삐를 거슬러 잡고 요동치 않아 왈,

"필부는 돌격하는 장수라. 나의 적수 아니니 다른 장수 나오라."

동초 더욱 대로하여 창을 춤추며 충돌코자 하더니, 홍이 웃고 책責 왈,

"필부 종시 물러가지 않을진대 내 마땅히 네 창끝에 달린 상모象毛[14]를 쏘아 떨어뜨릴 것이니 네 능히 피할쏘냐?"

언미필言未畢에 동초의 번개같이 두르는 창끝에 살촉 소리 쟁연錚然하며 상모 떨어져 마전馬前에 나부끼니, 홍이 다시 외쳐 왈,

"내 다시 네 좌편 눈을 맞출지니 능히 피할쏘냐?"

언미필에 시위 소리 나거늘 동초 황망히 마상에 엎디어 본진으로 돌아오니, 뇌천풍이 바라보고 분함을 참지 못하여 도채를 두르며 또 나오거늘, 홍이 소 왈,

"노장은 부질없이 쇠로한 정력을 허비치 말지어다. 내 마땅히 성명性命을 용서하리니 노장은 갑옷 위의 칼 흔적을 보아 내 수단을 보라."

---

14) 군사들이 사용한 전립戰笠 꼭대기에 달린 털과 같은 것.

언미필에 부용검을 춤추어 접전 수합에 뇌천풍이 굽어보니 십여 처 칼 흔적이 이미 난만한지라. 감히 다시 싸울 뜻이 없어 말을 빼어 돌아오니 명진 제장이 서로 돌아보며 즐겨 나갈 자 없거늘, 양 원수 대로하여 분연히 일어나 청총사자마靑驄獅子馬를 타고 장팔탱천 이화창丈八撑天李花槍을 들고 홍포 금갑紅袍金甲에 궁시를 차고 진전에 나서니, 소 사마 간왈,

"원수 황명을 받자와 삼군을 동독董督하시니 국가의 안위 일신에 달렸으며 종사의 중대함이 진퇴에 매였거늘 이제 필마단기匹馬單騎로 위태함을 무릅쓰고 일시지분一時之憤으로 승부를 겨루고자 하시니, 이 어찌 몸을 보중하사 국가에 도보圖報하시는 뜻이리꼬?"

차시, 양 원수 소년 예기로 홍의 무에 절륜함을 보고 한번 겨루어 보고자 하여 간함을 듣지 아니하고 말을 놓아 나가니, 홍이 원수의 스스로 나옴을 보고 또한 말을 놓아 부용검을 들고 서로 맞아 싸움이 일합一合이 못 되어 홍의 총명으로 어찌 양 공자를 모르리오? 반김이 극하매 눈물이 앞서고 정신이 황홀하여 아무리 할 줄 모르나 다만 양 원수의 지기지심知己之心함으로도 오히려 황천 야대黃泉夜臺에 영결永訣[15]한 홍랑이 만 리 절역絶域에 접전하는 만장蠻將 됨을 어찌 알리오?

차시 양 원수 창을 들어 홍을 취하려 하거늘, 홍이 급히 허리를 굽혀 피하며 수중 쌍검을 땅에 떨어치고 소리쳐 왈,

"소장이 실수하여 칼을 놓았으니 원수는 창을 잠깐 멈추사 집기를 허하소서."

양 원수 그 성음이 귀에 익음을 듣고 급히 창을 거두며 용모를 자세히 살피더니, 홍이 나는 듯이 말께 내려 칼을 집어 도로 말께 오르며 원수를 보아 왈,

"천첩 강남홍을 상공이 어찌 잊으시니이까? 첩이 이 길로 상공을 따를 일이로되 수하 노졸이 만진蠻陣에 있으니 금야 삼경에 군중으로 기약하나이다."

언필言畢에 말을 채쳐 본진으로 표연히 돌아가니, 양 원수 창을 안고 어린 듯이 서서 양구良久히 바라보다가 또한 진중으로 돌아오니, 소 사마 맞아 문 왈,

"금일 만장이 재주를 다하지 아니함은 무슨 곡절이니이꼬?"

원수 소이부답笑而不答[16]하고 급히 진을 물려 화과동으로 오니라.

홍이 만왕을 보고 왈,

"금일 명 원수를 거의 생금할 것을 신기身氣 불평不平하여 퇴진하였으니, 금야 조섭하여 명일 다시 싸우리라."

나탁이 대 왈,

"장군이 신상이 불평하신즉 과인이 마땅히 좌우에 모셔 의약을 친심親審[17]할까 하나이

---

15) 황천은 저승, 야대는 무덤. 곧 서로 영원히 헤어짐.
16) 웃기만 할 뿐 대답은 하지 않음.

다."

홍 왈,

"대왕은 물려勿慮하시고 다만 고요히 조섭調攝함을 허하소서."

나탁이 즉시 객실을 옮겨 더욱 한벽한 곳에 정하니라.

시야是夜에 홍이 손삼랑을 대하여 진상에서 양 공자를 만나 금야 삼경에 명진으로 가려하는 뜻을 말하니 삼랑이 대희하여 가만히 행구를 수습하더라.

차설, 양 원수 본진에 돌아와 장중에 누워 생각하되,

'금일 진상陣上에서 만난 자 참 홍랑인즉 비단非但 끊어진 인연을 이으니 기이할 뿐 아니라 국가를 위하여 남만을 평정하기 또한 쉬울지니 어찌 기쁘지 않으리오마는 홍이 능히 세상에 생존하여 이곳에서 다시 만남은 몽매夢寐에도 기약지 못할 바라. 아마도 홍의 원혼이 흩어지지 아니하고 남방은 자고로 충신 열녀의 익수溺水[18]한 자 많으니 초강청풍楚江清風과 소상반죽瀟湘斑竹[19]의 고혼孤魂이 상종相從하며 왕래 소요하다가 내 이곳에 옴을 알고 그 평생의 원통한 정회를 설원說冤코자 함이 아닌가. 제 이미 금야 삼경에 군중으로 기약하였으니 다만 기다려 보리라.'

하고 촛불을 돋우고 서안을 의지하여 경점更點을 헤며 앉았더니 아이오 삼경 일점을 보報하거늘, 원수 좌우를 물리고 장을 걷어 맥맥히 고대하더니 홀연 한풍寒風이 촉촉燭을 불며 한줄기 청기青氣 장중으로 들어오니, 원수 정신을 차려 찬찬히 보니 일개 소년 장군이 쌍검을 짚고 표연히 날아 들어 촉하燭下에 서거늘, 원수 일변 놀라 자세히 보니 완연한 유유 구원悠悠九原에 생리사별生離死別하고 경경일념耿耿一念에 오매불망寤寐不忘하던 홍랑이라. 어린 듯이 말이 없다가 양구良久에 문 왈,

"홍랑아, 네 죽어 영혼이 옴이냐 살아 진면眞面이 옴이냐? 내 그 죽음을 알고 살아옴을 믿지 못하노라."

홍랑이 또한 허희오열歔欷嗚咽하여 말을 이르지 못하여 왈,

"첩이 상공의 애휼하심을 입사와 수중 원혼이 되지 아니하고 만 리 절역에 그리던 용광容光을 다시 뵈오니 흉중의 무한한 말씀을 창졸간 다 못할지라. 좌우에 이목이 번다하오니 첩의 행색이 탄로할까 저어하나이다."

원수 즉시 몸을 일어 장을 내리고 홍랑의 손을 잡아 좌에 앉히며 눈물을 금치 못하거늘, 홍이 원수의 손을 받들고 맥맥 추파秋波에 누수涙水 영영盈盈 왈,

"상공이 첩의 생존함을 몽매 밖으로 아셨으나 첩은 상공이 금일 이곳에 이르심을 또한 꿈인가 하나이다."

---

17) 친히 살핌.

18) 물에 빠짐.

19) 물에 빠져 죽은 초나라 굴원屈原과 순임금 부인인 아황娥皇과 여영女英을 가리키는 말.

원수 탄 왈,

"장부의 행장行藏은 정함이 없거니와 낭은 불과 혈혈孑孑 여자라. 잔약한 몸이 풍도의 환난을 당하여 이곳에 이름도 기이하거든 하물며 소년 명장이 되어 만왕을 구하러 옴은 의외로다."

홍랑이 이에 항주서 액운을 당하여 윤 소저가 손삼랑으로 구하던 말과 표박漂泊 종적蹤跡이 도사를 만나 백운동에 의탁하여 도사가 병법과 검술을 가르치던 말과 만왕을 위하여 사부의 명으로 출산出山한 곡절을 일일이 고하니, 원수 또한 별후別後 사고를 세세히 말하고 윤 소저를 취함과 벽성선을 데려옴과 황명을 받자와 황 씨를 취한 전후 설화說話를 일일이 말하니, 그 미미한 정화情話를 형용치 못할러라.

원수 촉하에 홍랑의 얼굴을 보매 맑은 눈썹과 파리한 뺨이 일점 진애塵埃 기상이 없어 선연하고 아리따움이 전일에 일층 더하거늘, 새로이 사랑하여 전포를 끄르고 장중에 연침連枕[20]할새 고정古情의 견권繾綣함과 신정의 은근함은 원문 고각轅門鼓角이 효색曉色을 재촉함을 한하더라.

하늘이 밝고자 하니 홍랑이 놀라 몸을 일어 다시 전포를 입으며 소 왈,

"첩이 상공을 항주서 만날 제 변복하여 서생이 되었더니 금일 이곳에 다시 변복하여 장수 되오니 가위可謂 문무겸전한 자라. 정남도원수의 소실 됨이 부끄럽지 않으나 다만 규중 여자의 본색이 아니라. 다시 산중에 자취를 감추어 원수의 남만을 토평討平하신 후 후거後車를 따라갈까 하나이다."

원수 청파聽罷에 악연愕然 왈,

"내 이역에 들어와 심복이 없고 군무에 생소함이 많거늘 만일 돌아보지 아니한즉 이 어찌 백년지기의 환난을 같이하는 뜻이리오?"

홍랑이 소 왈,

"상공이 첩을 장수로 부리고자 하실진대 세 가지 약속을 정하노니 약조에 왈, 환군하시는 날까지 첩을 가까이 마시며 첩의 종적을 숨기사 제장에게 누설치 마시며 남방을 평정한 후 나탁을 저버리지 마소서."

원수 쾌락快諾하고 다시 미소 왈,

"두 가지 약속은 어렵지 않으나 다만 제일건사第一件事는 혹 실신失信함을 허물치 말라."

홍랑이 소 왈,

"첩이 이미 원수의 명을 받자와 장수 되었으니 상공이 비록 석일 홍랑으로 대접코자 하시나 영令이 서지 못할까 하나이다."

인하여 몸을 일며 고 왈,

"첩이 금야에 상공을 모심은 사정私情이라. 군중이 절엄切嚴하여 출입을 반드시 광명히

---

20) 동침. 남녀가 잠자리를 같이함.

할지니, 첩이 이제 돌아가 여차여차할 것이니 상공은 또한 여차여차하소서."

설파에 다시 쌍검을 들고 표연히 나가니 아지 못게라, 홍랑이 돌아가 어찌한고? 하회를 보라.

〈옥루몽〉의 주제 사상

김춘택[■]

　이 작품은 18세기 이후 많이 씌어진 국문 장회체 장편 소설의 하나이다. 창작 연대와 작가에 대해서는 구체적인 역사 기록이 없으므로 확정하기 어렵다. 그러나 이 소설의 내용과 문체 그리고 그 이야기가 17세기 후반기에 창작된 〈구운몽〉과 유사한 점을 가지고 있다는 것 들을 고려할 때 대체로 18세기쯤 창작되었다고 추정할 수 있다.

　이 소설의 작가에 대해서도 17세기 말부터 18세기 초에 활동한 남익훈이 썼다고도 하고 혹은 홍 진사(이름 모름)의 작품이라고도 하는 설이 있다. 또한 활판본 〈옥루몽〉에서는 그 작가를 옥련자(남영로南永魯)라고 밝히고 있다. 〈옥루몽玉樓夢〉을 일명 〈옥련몽玉蓮夢〉이라고 하는 것으로 보아 이 소설의 작가를 남영로로 보려고 하는 설이 어느 정도 타당하다고 본다.

　〈옥루몽〉은 다른 국문 소설들과 마찬가지로 국문본과 한문본을 가지고 있다. 이러한 사정으로 하여 종전부터 일부 문예사가들 속에서는 이 소설이 본디 한문으로 창작된 것을 나중에 누가 국문으로 번역하였다는 설이 나오게 되었다. 그러나 이미 문예사가들 속에서 정당하게 논의된 바와 같이 이 소설은 한문본이

■ 김춘택은 조선민주주의인민공화국의 국문학자이다. 이 글은 김춘택이 쓴 박사 논문을 책으로 펴낸 《조선 고전 소설사 연구》(김일성종합대학출판사 1986년 1월 25일 발행)에 실려 있던 글이다.

아니라 국문본을 원본으로 하고 있다고 보아야 한다. 무엇보다도 이 장편 소설이 17세기 국문 장편 소설인 〈구운몽〉의 내용과 문체를 꽤 많이 계승하고 있는데, 〈구운몽〉이 그러한 것처럼 이 소설도 그 언어 표현을 보면 처음부터 국문으로 씌어진 것을 알 수 있다. 〈옥루몽〉의 국문본에 우리 나라 민족 시가인 민요, 가사, 시조 작품들을 방불케 하는 '가' '가사' 라는 이름으로 된 시 작품들이 적지 않게 들어가 있는 것이다.

배 저어라, 배 저어라, 노화는 날아가고 강천에 달 돋는다.
은린옥척 꿰어 들고 행화촌 찾아가자.
배 저어라 무릉도원 어드메뇨 부춘산이 여기로다.
(손야차가 부른 '어부사')

전당호 밝은 달에 채련하는 아이들아
십 리 청강 배를 띄워 물결이 급다 말라.
네 노래에 잠든 용 깨면 풍파 일까 하노라.
(강남홍이 지어 부른 노래)

위 두 수의 시 작품은 다 소설 〈옥루몽〉이 창작된 18세기쯤 많이 창작된 어부사나 시조 작품들과 조금도 다른 점을 보이지 않는다. 음수율로 보나 언어 표현에서 보나 한문시를 우리 말로 번역하였다고 할 수 있는 점은 보이지 않는다.

이런 사실들로 미루어 보아 소설 〈옥루몽〉은 〈사씨남정기〉, 〈춘향전〉 같은 국문 소설들과 마찬가지로 처음에는 국문으로 씌어졌던 것이, 나중에 많은 사람들의 호평을 받게 되면서 양반을 대상으로 하여 한문으로 번역되었다고 보아야 할 것이다.

이야기 줄거리와 주제 사상

〈옥루몽〉은 옥황상제가 맡아본다는 이른바 열두 누각이 있는 천상 세계로부터 현실의 지상 세계에 이르는 시공간적 무대를 배경으로 하고 있다.

칠월 칠석날 밤에 천상 백옥루에 올라가 달구경을 하다가 옥련화 한 가지를 가지고 서로 정을 나눈 것이 인연이 되어 선관인 주인공 양창곡과 선녀들인 강남홍, 벽성선, 일지련, 윤 소저, 황 소저는 지상에 내려와서 각각 다시 인간 세상에 태어난다. 양창곡은 처음으로 강남홍을 사랑했고 그 뒤 의리로써 벽성선, 일지련 들과 다정한 관계를 맺게 된다. 그러나 양창곡의 이러한 사랑은 그때마다 고초와 풍파를 겪는다. 주인공 양창곡과 강남홍의 사랑이 그 보기이다.

양창곡은 강남홍을 사랑하였으나 그것을 시기한 양반 관료배들의 간섭을 받으며, 나중에는 자신의 혼사와 관련해 황제의 명을 거역하였다는 죄로 귀양살이까지 한다. 그 뒤 양창곡은 외적의 침입에 반대하는 수자리에 나가 강남홍과 함께 용감히 싸워 공을 세운다. 전쟁이 끝난 뒤 노균을 비롯한 조정 간신들의 권력 쟁탈을 위한 호상 알력과 부화방탕한 생활은 극도에 이른다. 양창곡은 이들의 비행을 비난했다는 죄로 또다시 유배살이를 한다.

이때에 외적의 침입이 또다시 있었는데 노균을 비롯한 간신들은 나라의 방위에 무관심했을 뿐 아니라 제 한 몸의 안일만 생각한 나머지 끝끝내 나라를 배반하는 데까지 이른다. 그러나 애국의 뜻을 품은 양창곡은 여러 의로운 장수들과 강남홍, 일지련과 함께 용감히 싸워 나라를 지켜 낸다. 소설은 주인공 양창곡이 나중에 벼슬을 그만두고 시골로 내려가 행복하게 여생을 보내는 것으로 끝난다.

〈옥루몽〉의 이야기 줄거리는 그것이 환상적인 천상 세계와 현실 세계를 무대로 하고 있고 인간관계 또한 천상의 선관 선녀들 사이의 관계에서 현실 세계의 사랑 관계로 바뀌면서 복잡하게 엉켜 있다. 따라서 이 소설이 보여 주려고 한 기본 문제, 곧 주제 사상이 무엇인가를 밝히는 것은 결코 쉬운 일이 아니다. 그 어떤 소설이건 작가가 말하려고 하는 기본 문제인 주제와 사상은, 노출된 형태로 논리적으로 제시되지 않는다. 더욱이 작품이 포괄하는 생활 범위가 넓고 복잡하며 등장인물들이 많이 나와 엉켜 있는 큰 형식의 소설은 작가가 보여 주려는 주제 사상이 그만큼 단순하게 밝혀지는 것이 아니다.

지난 시기 〈옥루몽〉의 주제 사상에 대한 논의에서 다주제에 대한 문제를 제기하고 이 소설은 이러한 사상도 보여 주고 저런 문제도 밝혔다고 분석하려는 시도도 이 소설의 이야기 줄거리와 인간관계의 복잡함과도 결부되어 있다. 그러나 다주제 소설이라는 문제 제기만으로는 이 소설의 주제 사상에 대한 문제를 전반적으로 해결하였다고는 볼 수 없다. 더 나아가서 이 소설이 밝히려고 한 기본 문제, 주제 사상의 본질적 내용이 무엇인가를 탐구해야 할 것이다. 이 소설의 주제 사상의 본질적 내용을 밝히는 데 나서는 생활과 인간 성격, 인간관계에서 주목되는 중요한 문제점들을 보면 다음과 같다.

우선 불교의 '윤생설'과 결부되어 인간 생활이 천상 생활의 연장이라는 점을 들 수 있다. 주인공 양창곡은 처음에 옥황상제가 산다는 옥경에서 선관으로 있을 때는 문창이라고 하였고 다섯 여인들도 그때는 제방옥녀, 제천선녀, 홍란성, 천요성, 도화성이라는 이름으로 불린 선녀들이었다. 그들 여섯 선관 선녀들은 칠석날 밤에 백옥루에 올라가 달구경을 하다가 석가세존이 귀중히 가꾸어 오던 옥련화 한 가지를 꺾어 정을 나누며 '옥루풍월玉樓風月'을 하던 끝에 흥에 취하여 그 자리에서 잠들어 버린다. 마하지摩訶池에 핀 연꽃 한 송이가 없어졌다는 소식을 들은 석가세존은 관음보살을 통해 그 꽃 한 가지가 백옥루에서 정을 나누던 선관 선녀들 곁에 놓여 있음을 알게 된다. 그리하여 석가세존은 관음보살로 하여금 그들 여섯 선관 선녀들을 인간 세상에 내려 보내게 한다.

관음보살이 한 손에는 옥련화 한 가지를 들고 또 다른 손에는 선관 선녀들이 주고받은 시 구절이 변하여 된 구슬 다섯 알을 들고 남천문에 올라가 공중에 던진다. 그 순간 구슬은 사방에 흩어지고 옥련화 한 가지는 인간 세상에 떨어져 한 명산으로 변했다. 이렇게 되어 천상에서는 선관이었던 양창곡은 남방의 명산인 옥련봉 기슭에 사는 처사 양현의 아들로 인간 세상에 태어났다. 그리고 다섯 선녀들은 제가끔 항주의 기녀 강남홍, 윤 상서의 딸 윤 소저, 황 각로의 딸 황 소저, 강주의 기녀 벽성선, 남방 오랑캐 축융의 딸 일지련으로 인간 세상에 태어났다.

다음으로 주인공 양창곡을 한쪽으로 하고 강남홍, 벽성선, 일지련, 윤 소저, 황 소저를 다른 쪽으로 하는, 일부다처 관계로 맺어진 인간관계에서 보는 기구한 사랑을 들 수 있다. 양창곡은 봉건 도덕규범과 신분 차이에 얽매임 없이 강남홍, 벽성선, 일지련 등을 사랑한다. 조정 관료인 황 승상이 황제의 힘을 빌려 자기 딸 황 소저를 양창곡한테 시집보내려고 꾀하였을 때, 창곡은 남녀간의 성례는 "비록 여대 하천興儓下賤이라도 은의恩義로 합하고 위세威勢로 겁박지 못할 바이어늘" 하며 반대한 탓으로 한때 강주 땅에 귀양 가기도 하였다.

다음으로 양창곡, 강남홍, 일지련의 형상에서 보는 반침략 애국 사상, 양창곡을 비롯한 긍정인물들과 노균, 동홍, 한응덕, 황 각로 등 간신들 사이의 갈등을 통하여 보여 준 봉건 통치배들 내부의 호상 알력과 세력 다툼, 황제를 비롯한 관료들의 부패 타락과 부귀공명에 대한 비판, 양창곡의 운명선에서 보는 '입신양명'과 '부귀영화' 등을 들 수 있다.

그런데 위에서 본 문제들은 서로 연관이 없는 별개 이야기로 엮인 것이 아니라 하나의 기본 문제, 곧 주인공 양창곡과 강남홍, 벽성선, 일지련 등 여인들과의 사랑 이야기와 맞물려 있다. 양창곡과 여러 여인들이 '천상 옥경'에서 지상으로 내려오는 것도 이른바 불도를 어기고 '옥루풍월'을 즐긴 죄 때문이기는 하나, 사실은 그들 사이의 연분과 계기를 말해 주는 것이다. 말하자면 불교의 계율로 하여 천상 옥경에서는 마음대로 이룰 수 없는 사랑을 현실의 인간 세상에 내려와 이룰 수 있게 하려는 것이다. 양창곡과 간신들 사이의 알력과 양창곡, 강남홍, 일지련 등의 반침략 애국 투쟁에 대한 인상 깊은 묘사들은 그들의 정의로운 성격적 특성과 순결한 사랑 관계를 보여 주려는 의도와 떼어 놓고 생각할 수 없다.

이렇게 놓고 볼 때, 〈옥루몽〉의 주제 사상적 내용의 중심은 하나의 기본 문제, 곧 양창곡과 여인들 사이의 사랑에 관한 문제라고 볼 수 있다. 소설은 바로 이러한 이야기를 엮어 나가면서, 그들의 사랑을 가로막는 사회적 악덕과 봉건 위정자들의 전횡을 비판하는 동시에 사람은 봉건적 구속과 인습, 신분 관계의 엄격한 한계에 매임 없이 서로 의리를 지켜 사랑해야 한다는 사상을 밝히고 있다.

그러므로 작품에 반영되어 있는 불교의 이른바 '계율'에 대한 이야기, 봉건적인 '왕도 사상'과 '입신양명' '부귀영화' 등 낡은 관념은 위와 같은 주제 사상을 밝혀 나가는 과정에서 드러난 역사적 또 계급적 제한성의 표현이라고 보아야 할 것이다. 그리고 불교의 '윤생설' 같은 것은 주제 사상을 밝혀 나가는 과정에 드러난 제한성인 동시에 이야기를 전개시켜 나가기 위한 방편이다.

사실 양창곡을 중심으로 하는 인간관계에서 보는 축첩 관계만 놓고 보아도 이러한 인간관계 설정 자체가 제한성을 띠고 있다는 것은 논의할 여지조차 없는 문제이다. 천상의 선관이었던 양창곡은 역시 선녀들이었던 강남홍, 벽성선, 일지련, 윤 소저, 황 소저 다섯 여인들을 다만 가까운 사이로서만이 아니라 첩 또는 처로 대한다. 이러한 설정은 단적으로 이 소설의 작가 자신이 축첩을 거리낌 없이 하던 당대 양반들의 향락적인 생활양식에서 벗어나지 못했다는 것을 보여 주는 동시에 그러한 인간관계의 설정이 작품의 주제 사상의 본질적 내용에 부정적인 작용을 하였다는 것을 말해 준다.

그런데 여기에서 문제로 나서는 것은 작가가 무슨 까닭으로 양창곡과 여인들 사이의 관계를 이렇게 축첩 관계로 설정하게 되었는가 하는 것이다. 소설이 보여 주는 것처럼 작가는 그들 사이의 관계를 통하여 당대 양반들의 일부다처 축첩 제도를 적극 합리화하고 설교하려고 한 것은 아니다. 이 점은, 황제가 "옛적에 일인이 양처兩妻를 둔 자 많으니 구애치 말고" 하면서 이미 윤 소저와 혼인한 양창곡에게 황 소저와 혼인하라고 강박하였을 때, 창곡이 "부부는 오륜의 중함이 있고 가도家道의 비롯는 바라."고 항변하다가 끝내 귀양살이까지 하는 대목을 보아도 잘 알 수 있다.

이것은 작가가 바로 축첩이라는 인간관계의 형식을 방편으로 이용하여 작품의 주제 사상적 내용의 중심인 그 어떤 봉건적 구속과 신분 관계에도 매이지 않는 사랑에 관한 문제를 밝히려고 하였다는 것을 보여 준다. 다시 말하여 소설은 현실 생활을 반영한다는 점에서는 어느 정도 거슬리는 점이 있기는 하나, 주제 사상의 본질적 내용을 형상적으로 끝까지 밝혀 나가기 위하여 축첩이라는 가상적인 인간관계를 방편으로 설정한 것이다. 이 소설이 인간 생활과 현실을 반영하는 데서나 주제 사상을 밝혀 나가는 데서 다분히 낭만주의적 경향을 띠고 있는 중요한 원인의 하나도 바로 이와 같은 비정상적이며 가상적인 인간관계 속에서 주인공의 성격과 운명을 밝혀 나간 데 있다.

작품의 주제 사상을 밝히는 데서 주인공을 중심으로 한 인간관계를 비정상적이며 가상적인 축첩 관계로 설정한 경우는 〈옥루몽〉이 처음이 아니다. 17세기 후반기 장편 소설인 〈구운몽〉은 〈옥루몽〉보다 적어도 백여 년 전에 씌어졌으나 거기에도 비정상적이며 가상적인 인간관계 속에서 주제 사상의 본질적 측면을 밝히려는 시도가 명백히 나타나고 있다.

차이점은 〈구운몽〉의 주인공 양소유가 육관대사의 제자인 도승으로서 불교의 도에 반발심을 품고 인간 세상에 내려와 팔선녀를 사랑하였다면, 〈옥루몽〉의 양창곡은 도승이 아니라 선관으로서 '옥루풍월'을 즐기다가 석가세존에게 '죄'를 받아 인간 세상에 내려와 다섯 선녀를 사랑한다는 것이다. 그리고 천상에서 지상의 인간 세상으로 내려온 등장인물들의 생활을 놓고 볼 때, 〈구운몽〉에는 양소유와 여덟 여인들의 생활과 성격에 환상적인 측면이 적지 않게 남아 있으나 〈옥루몽〉에는 양창곡과 다섯 여성들이 〈구운몽〉에서보다 현실적인 인간으로 묘사되어 있다. 이러한 차이가 있기는 하나 〈구운몽〉도 양소유와 여덟 여인들의 관계를 처첩이라는 인간관계 속에서 보여 주는 형식으로 그들이 그 어떤 봉건 도덕 규범에도 매이지 않고 서로 사랑하는 것을 보여 준다. 만일 그들이 봉건 도덕의 규범대로 사고하고 행동하였더라면 그들 사이의 관계는 작가 자신도 말한 바와 같이 "고기가 물에 헤엄치며 새가 구름에 나는 듯하여 서로 따르고 서로 의지하는"(〈구운몽〉) 그러한 다정한 사이로 될 수 없었을 것이다.

그러므로 〈옥루몽〉은 〈구운몽〉이 처음으로 탐구한 이와 같은 독특한 인간관계 설정의 경험을 이어받아 주제 사상을 당대 봉건 사회의 부정면을 더욱 깊이 비판하는 각도에서 밝힘으로써 사랑에 관한 문제를 반봉건적인 비판 정신과 결부시켜 제기할 수 있었다.

주인공과 주요 등장인물들의 형상

주인공 양창곡은 17세기 국문 장편 소설 〈구운몽〉의 주인공 양소유와 마찬가지로 환상적인 선관에서 현실 세계의 인간으로 다시 태어난 독특한 형상이다. 그리고 그가 여러 선녀들과 의리로 서로 사랑하였다는 것도 양소유와 별다른 점이 없다. 이러한 점에서는 두 장편 소설의 주인공은 공통점을 가지고 있다. 그렇다고 하여 이것이 두 주인공들의 성격과 운명이 똑같다는 것을 의미하지는 않는다. 이러한 각도에서 〈옥루몽〉의 주인공 양창곡의 형상을 살펴보기로 한다.

주인공 양창곡은 부패 무능한 봉건 통치배들과는 달리 어지러워진 사회 현실을 바로잡아야 하며, 이를 위해서는 관리 등용을 공정하게 하고 인민들의 생활고를 없애야 한다고 주장하는 의로운 인물로 묘사되어 있다. 뿐만 아니라 나라를 지키는 싸움에서 용감하고 지략이 있는 인물로, 외적의 침입으로부터 대대로 지켜 오던 나라를 수호하기 위해서는 제 한 몸의 부귀공명을 버려야 한다는 지향을 지닌 인물로 형상화되어 있다. 주인공 양창곡의 형상에 구현된 이러한 지향은 인민들에 대한 무제한한 수탈과 억압을 없애고 사회적 병집을 고침으로써, 썩을 대로 썩은 조선 말기의 현실을 바로잡으려는 당대 진보적 작가들의 바람을 반영한 것이다.

소설에 등장하는 강남홍, 벽성선, 일지련 등 여러 여인들은 주인공 양창곡과 애정 관계를 맺고 있는 인물들이다. 그들의 애정 관계에는 소설 〈구운몽〉과 마찬가지로 당대 양반들의 향락적인 기분이 반영된 제한성이 있기는 하나 사람들의 성실한 사랑을 가로막는 고루한 봉건 도덕의 구속에서 벗어나려는 지향이 반영되어 있다. 소설에서 강남홍과 일지련이 용감하고 지혜로운 여인으로, 외적을 물리치는 싸움에서 양창곡과 함께 큰 공을 세우는 의로운 인간으로 묘사되어 있고, 벽성선이 외유내강의 성격을 지닌 여성으로 묘사된 것도 이와 같은 지향과 결부되어 있다.

노균, 황 각로 부자 등은 양창곡, 강남홍, 벽성선 등과 갈등 관계에 있는 전형적인 간신의 형상이다. 〈옥루몽〉은 다양한 등장인물들과 복잡하게 엉켜 있는 사건들의 전개를 통하여 조선 말기의 사회 현실, 특히 봉건 통치배들 상층부의 부패 타락상을 폭로 비판하고 있다. 소설은 주인공 양창곡, 강남홍, 벽성선 등과 갈등 관계에 있는 간신들인 노균, 황 각로 부자 등의 죄행을 하나하나 드러내 보여 주는 방법으로 양반 상층부의 부정면을 비판하고 있다.

이들의 패덕과 전횡은 소설의 앞부분인 양창곡의 과거 급제 때부터 드러나기 시작한다. 양창곡이 과거에 장원 급제하였다는 소식을 들은 황의병, 노균은 그를 사위로 맞이하기 위하여 서로 암투하며 모략을 꾸민다.

소설은 이들의 죄행을 더욱 생동하게 보여 주기 위하여 외래 침략자들을 용감히 물리치고 돌아온 양창곡이 직접 이들과 맞서 싸우는 극적 장면을 설정하고 있다. 외래 침략을 반대하는 싸움에서 교훈을 찾을 대신에 조정에서는 황제를 중심으로 청당과 탁당으로 갈라져서 밤낮 권력 다툼만을 벌이고 있다. 뿐만 아니라 황제는 간신들의 아부 아첨에 걸려 풍류와 주색으로 부화방탕한 생활을 계속한다. 나라의 정사는 어지러워질 대로 어지러워지고 인민들은 도탄 속에서 신음한다. 소설은 바로 이러한 정황 속에서 주인공 양창곡이 황궁에 들어가 조정의 비행을 논죄하는 감동적인 장면을 설정하고 있다.

간신 노균과 동홍 등은 양창곡이 자기 세력을 보호하고 늘쿠기 위하여 황제를 공갈하니 이 "차습此習을 징계치 않으신즉 조정에 군신지분君臣之分이 없어질까 하나이다." 하고 꾸며 대면서, 간신들의 농간으로 풍월에 빠져 정사는 염두에도 두지 않는 황제가 대바르고 의로운 양창곡을 가까이하지 않도록 하기 위하여 온갖 흉계를 다 쓴다.

그러나 조정의 내막과 간신들의 흉책을 잘 알고 있는 양창곡은 그들의 흉계를 물리치고 황궁의 후원문을 거쳐 황제 앞에 나타난다. 양창곡은 황제의 면전에서 간신들인 노균과 동홍의 정체를 발가놓은 다음 조정에 충신이 한 사람도 없으니 "임금이 누구를 믿으시리오?" 하고 통탄하면서, 황제가 "다시 정사를 힘쓰시고 간신을 멀리하신즉 천하 만민이 좋아하여 왈, '밝으시도다! 우리 임금이여.' 하리니." 할 것이라고 간한다. 소설은 이러한 극적인 장면을 통하여 부패 무능한 황제와 그 측근들의 추악한 생활과 간신들의 죄행을 그 내막부터 들춰내 보이고 있다.

〈옥루몽〉은 양창곡과 강남홍, 일지련 등의 형상을 통하여 반침략 애국 사상도 생동하게 보여 주고 있다. 주인공 양창곡은 일신의 위험을 무릅쓰고, 국방에 무관심한 간신들을 비판하며 나라의 질서를 바로잡고 나라의 방위력을 강화하기 위하여 애쓰는 인물이다. 소설은 이러한 애국적인 인물을 추상적으로 소개한 것이 아니라 외적의 침입을 당하여 직접 군사를 거느리고 수자리에 나가 용감히 싸우는 인물로 묘사하고 있다. 뿐만 아니라 소설에서는 주인공의 애국적 형상을 부각하기 위하여, 양창곡이 나라를 배반하고 원수에게 투항한 간신들을 직접 단죄하도록 하고 있다.

이러한 애국적 경향은 강남홍, 일지련의 형상에도 뚜렷이 나타나고 있다. 강남홍, 일지련은 여성의 몸이지만 원수를 물리치는 싸움에서 용감하고 지혜로운 인간들이다. 특히 아름다운 용모에 지략을 지닌 강남홍은 도술적인 환상이기는 하나 무예를 애써 배우며 피리를 불어 적군을 그 내부부터 와해시키는 기발하고도 대담한 행동까지 한다. 지배 계급에 의하여 남존여비의 봉건사상이 널리 퍼진 당시 역사적 조건에서 여성의 몸으로 나라를 위한 싸움에서 지혜와 용감성을 발휘한 인물의 형상은 귀중한 것이다. 강남홍의 이러한 애국적 형상을 바탕으로, 뒤에 소설 〈강남홍전〉이 나온 것도 결코 우연한 일이 아니다.

창작적 특성

장편 소설 〈옥루몽〉은 인간 형상 창조와 현실 반영에서 사실주의적 묘사 방법과 낭만주의적 묘사 방법을 서로 배합하여 쓰고 있는 특성을 보여 준다. 이 소설 창작에서의 낭만주의적 경향은 주로 긍정인물들인 주인공 양창곡과 여러 여인들의 형상에서 찾아볼 수 있다.

주인공 양창곡은 황제를 비롯한 여러 간신들에게 불만을 품고 있으며 그들의 그릇된 처사를 크게 꾸짖는다. 바로 이러한 반항 정신으로 하여, 그는 처음부터 황제, 노균, 황 승상 등과 대치 관계에 놓여 있다. 양창곡은 주위에서 벌어지는 반동적인 봉건 통치배들의 비행에 반항할 뿐 아니라 비록 양반의 입장에서나마 '어진' 정치를 베풀고 사회적 악덕을 없애려는 이상과 지향을 품고 있는 인간이다. 바로 이러한 낭만적인 지향을 지니고 있는 까닭으로, 그는 간신들과 악질 관료들이 판을 치는 그 어마어마한 조정에서도 그들의 죄행을 눈앞에서 폭로하고 자기의 염원을 버리지 않는다. 작가는 이러한 주인공의 형상을 창조함으로써 당대 사회의 불합리를 바로잡으려는 자기의 낭만주의적 지향을 형상적으로 구현할 수 있었던 것이다.

주인공 양창곡의 형상 창조에서의 낭만주의적 특성은 또한 그의 애국적 투쟁과 함께 강남홍, 일지련, 벽성선 등 여인들과의 사랑 관계에서도 뚜렷이 나타나고 있다. 양창곡은 엄격한 봉건적 신분 관계에 매이지 않고 천한 신분인 강남홍, 벽성선 들과 인연을 맺으며 그들을 사대부 집안 출신인 황 소저와 윤 소저보다 정신 도덕적으로 더욱 우월한 인물로 대한다. 강남홍, 벽성선은 천한 신분이기는 하나 재능과 아름다운 마음씨, 예의범절이 사대부들의 자녀와는 비할 바 없이 뛰어난 여인들이다. 뿐만 아니라 그들은 원수를 반대하여 용감히 싸울 줄 아는 의로운 인간들이다. 그러므로 주인공 양창곡은 그들을 한갓 첩으로 대하기보다는 의리와 예의로 맺어진 다정한 인간으로 대하는 것이다.

양창곡과 여인들 사이의 의로운 관계는 일상생활 속에서도 찾아볼 수 있으나 특히 의로운 것을 위한 어려운 생활 과정에서 더욱 뚜렷하게 나타난다. 양창곡이 황제를 면전에서 부당하게 충고하였다는 죄로 멀리 남방에 귀양살이를 가게 되었을 때 강남홍이 남복을 입고 가동으로 따라가는 대목이 그 좋은 보기가 된다.

양창곡이 부모와 집안 사람들과 헤어지고 유배지로 떠나려고 하자 강남홍은 몸에 평민이 입는 푸른 옷을 걸치고 따라나선다. 양창곡이 "어찌 저같이 적객謫客을 좇아가고자 하느뇨?" 하고 말리자, 강남홍은 "첩이 어찌 평안히 앉아 홀로 위지危地에 들어가심을 보리이꼬? 이제 비록 적객으로 가시나 일개 가동은 데려가실지니, 첩의 구구한 정을 막지 마소서." 하면서 행장을 재촉한다. 가동으로 변복한 강남홍은 "낮이면 기거 음식을 몸소 받들고 밤이면 침선의복을 친히 가음알아 연왕의 물 한 번 마심과 발 한 번 옮김을 그림자같이 따라" 잠깐도 곁을 떠나지 않았다.

유배지로 떠난 지 한 달이 되는 날 저녁 어느 고을 황교점이라는 객점에 들었을 때였다. 오래간만에 양창곡이 즐기는 생선을 얻어 국을 끓이다가 잠깐 사이에 방에 들른 뒤 부엌에 나온 강남홍은 먼저 맛을 보리라고 마시다가 그릇을 땅에 던지고 엎드러지며 "상공은 잡숫지 마소서." 하고 소리친다. 간신인 노균이 유배지로 쫓겨 나가는 양창곡을 마지막까지 해치려고 자기 심복인 창두를 딸려 보냈는데 그놈이 잠깐 사이에 국그릇에 독약을 뿌린 것이다. 금시까지 그렇듯 "옥모화용玉貌花容이 찬 재 같고 영발潁發한 기상과 총혜聰慧한 재주 돈연頓然히 사라져 온기 끊어 오래거늘", "만 리 객지에 평생 총애하고 지기지심知己知心하던 홍랑이 자기를 위하여 비명 중독非命中毒함을 보고" 난 양창곡의 심정은 그 무엇으로도 진정하기 어려웠다.

소설은 양창곡의 심정을 다음과 같은 독백으로 표현하고 있다.

"괴이하도다! 조물이 사람을 농락함이여. 내 저를 우연히 만나 무한 풍파와 무궁 환난을 겪고 끊어진 인연을 공교히 다시 이어 수년 풍진에 고초를 같이하고 진정 부귀를 한가지로 누릴까 하였더니 어찌 이곳에 와 비명 원혼이 될 줄 알았으리오?"

"이의己矣로다! 내 차마 너를 이곳에 버리고 가리오? 청산에 옥을 묻고 수중에 구슬을 잃음은 자고로 차석嗟惜하는 바라. 하늘이 내 수족을 베시고 지기를 앗으시니 그 모르는 자는 나를 이르되 연연한 정근情根이 운우 풍정雲雨風情을 사모한다 하려니와 그 아는 자는 반드시 백아伯牙의 산수금山水琴이 있으나 종자기鍾子期의 귀 없음을 슬퍼하리로다."

보는 바와 같이 억울하게 유배당한 양창곡에 대한 강남홍의 지극한 마음이 있고 만 리 객지에서 불의의 운명에 처한 강남홍에 대한 양창곡의 사랑이 있으므로 그들 사이의 관계는 의리로 굳게 맺어진 것이다. 소설은 바로 이러한 인간들 사이의 애정 관계를 보여 줌으로써 사람들의 모든 건전한 사고와 행동을 구속하는 봉건 도덕의 질곡을 비판하는 동시에 그 어떤 고루한 도덕규범에도 매이지 않는 사랑에 관한 낭만주의적 지향을 밝히려고 한 것이다.

이 소설이 처음부터 천상 옥경에 살던 선관과 선녀들이 지상에 내려와서 생활하는 그러한 비현실적이고 환상적인 형식을 가지고 이야기를 엮어 나간 것도 이러한 낭만주의적인 창작 의도와 관련되어 있는 것이다. 다시 말하여 소설의 작가는 선관과 선녀들 사이의 사랑 관계, 비현실적인 관계를 통하여 봉건 도덕의 불합리함과 그러한 구속에서 벗어나려는 지향을 낭만주의적으로 보여 주려고 한 것이다.

〈옥루몽〉은 이상과 같은 낭만주의적 특성과 함께 사실주의적 특성도 보여 주고 있다. 특히 주인공 양창곡과 갈등 관계에 있는 많은 부정인물들의 형상 창조에서 뚜렷이 나타난다. 작가는 당시로서는 제법 날카로운 사실주의적 필치로 봉건 황제를 비롯한 사대부들의 생활 내막을 까밝히고 있으며 폭넓은 일반화와 생동한 개성화를 통하여 그들 부정인물들의 성격을 전형화하고 있다.

소설에서 부정인물들인 황제, 노균, 황 승상 등은 봉건 통치 계급의 전형으로 묘사되어 있다. 황제는 "그 다스릴 도를 알지 못하노라." 하고 말하는 무능력한 존재이다. 그러므로 조정 안에서는 양창곡과 같은 의리가 밝고 애국의 뜻을 품고 있는 사람들은 배척당하고 노균, 황 승상 등 간신들만이 득세하고 있다. 이러한 틈을 타서 밖으로는 남북으로 외적의 침입이 계속된다. 그러나 간신들의 농락물로 떨어진 황제는 이에 아랑곳하지 않고 '태평성대'를 부르짖으며 풍류와 주색에 빠져 있다. 통치배들의 추악한 생활 내막을 드러내 보이는 이러한 장면들은 사실주의적 묘사 정신이 없이는 도저히 보여 줄 수 없는 것이다.

〈옥루몽〉의 작가는 생활과 언어에 대한 해박한 지식을 가지고 다양한 생활과 인간 성격을 묘사하는 데서 언어 구사의 솜씨를 보여 주었다. 작가는 수많은 인물들의 각이한 성격과 정황에 따라서 때로는 정서적으로 우아하게, 때로는 격동적인 정론적 필치로, 그리고 필요에 따라서 분석적으로 치밀하게 언어를 구사함으로써 다양하고 인상적인 화폭을 그려 내고 있다. 물론 이 소설도 다른 적지 않은 고전 소설들처럼 주로 봉건 상층의 생활을 묘사한 데부터 작품에는 한문투와 까다로운 말투가 많이 쓰인 제한성을 가지고 있다. 그러면서도 작품은 인물들의 처지와 성격에 맞게 말을 가려 씀으로써 인물들의 개성을 어느 정도 생동하게 보여 주고 있다.

윤 소저의 어머니인 소 부인이 양씨 집에 사람을 보내 혼사를 탐지하려고 유모 설파를 불러들이는 장면에는 다음과 같은 대화들이 나온다.

"낭이 양부楊府에 가 능히 중매의 수단을 부려 의향을 탐득探得할쏘냐?"

설파 왈,

"노신이 세상을 칠십 년을 겪었으니 설마 남의 눈치를 모르리까?"

연옥이 소 왈,

"파파婆婆 어찌 눈치를 보려 하느뇨?"

설파 왈,

"세인이 반가운 말은 눈으로 듣고 괴로운 말은 코로 대답하니, 내 어두운 눈을 씻고 남의 큰 눈을 한번 본즉 귀신같이 짐작하리라."

남의집살이로 평생을 보낸 유모 설파의 언어는 순박하면서도 소탈하고 해학적인 자신의 성격적 특성을 그대로 드러낸다. 노파의 말에는 조그마한 꾸밈새나 까다로운 표현이 없으며 당대 인민들 속에서 주고받던 입말 그대로 소박하면서도 개방적인 표현이 있을 뿐이다. 반면에 사대부의 안해인 소 부인의 언어는 "능히 중매의 수단을 부려 의향을 탐득할쏘냐?" 하는 말투에서 보이는 것처럼 양반들한테나 통하는 한문투와 까다로운 표현으로 이루어져 있다. 이른바 학식과 예의범절을 자랑하는 당대 사회 귀족 부인들의 성격적 특성이 표현되어 있다.

〈옥루몽〉은 역사적 제한성과 작가 자신의 계급적 제한성으로 하여 일정한 약점을 가지고 있다. 무엇보다도 황제의 무능력과 부패 타락한 생활을 비판하면서도 황제의 실책을 다만 간신들의 책동에서 오는 일시적인 것으로 보고 있다. 이러한 봉건적인 왕도 사상은 또한 주인공 양창곡을 충신으로 내세운 데서도 나타나고 있다. 다음으로, 묘사에서 '도술'이나 '운수'와 같은 환상적이며 미신적인 요인을 개입시켜 작품의 진실성을 약화시키고 있으며 언어 표현에서도 이해하기 어려운 한문투를 적지 않게 쓰고 있다.

이러한 제한성이 있기는 하나 〈옥루몽〉은 조선 말기 우리 나라 국문 장편 소설의 대표적 작품의 하나로 문학사적 의의를 가지고 있다. 이 소설은 무엇보다도 종전의 애정 윤리 소설의 문학 전통을 이으면서도 장회체의 큰 형식을 통하여 사랑에 관한 문제를 봉건 사회 말기의 현실, 특히 상층 양반 통치배들에 대한 비판과 결부시켜 밝힘으로써, 이 시기 애정 윤리 주제의 장편 소설에서 비판적 경향을 강화하였다. 또한 현실의 예술적 반영과 인간 성격 창조에서 사실주의적 그리고 낭만주의적 묘사 정신을 비교적 높이 발양함으로써 조선 말기 소설에서 현실 반영의 형상적 기능을 높이게 하였다.

글쓴이 남영로(南永魯, 1810~1857)

남쪽 학자들은 〈옥루몽〉을 남영로가 썼다고 보고 있다. 북의 학계에서는 확정을 못 내리고 있는 듯하다.
전하는 말에 따르면, 남영로가 과거에 거듭 낙방한 뒤 소설에 관심을 두었는데, 그러던 중 소실 조 씨가 병으로
눕자 위로차 이 소설을 썼다고 한다. 헌데 조 씨가 병이 나은 뒤 본디 한문본이던 것을 국문으로 옮겼다는 말도
전한다. 이 소설이 둘이 함께 쓴 합작품이라는 의견도 있다.

고쳐 쓴 이 리헌환

북의 학자이자 작가. 전설이나 소설 같은 옛이야기를 지금 세대에게 전하는 일을 해 왔다.

겨레고전문학선집 31

옥루몽 1

2008년 1월 25일 1판 1쇄 펴냄 | 2009년 6월 12일 1판 2쇄 펴냄 | **글쓴이** 남영로 | **고쳐 쓴 이** 리헌환 |
편집 김성재, 남우희, 전미경, 하선영 | **디자인** 비마인bemine | **영업** 김지은, 백봉현, 안명선, 이옥
한, 이재영, 조병범, 최정식 | **홍보** 조귀성 | **관리** 서정민, 유이분, 전범준 | **제작** 심준엽 | **인쇄** 미
르인쇄 | **제본** (주)상지사 | **펴낸이** 윤구병 | **펴낸곳** (주)도서출판 보리 | **출판 등록** 1991년 8월 6일 제
9-279호 | **주소** 경기도 파주시 교하읍 문발리 파주출판도시 498-11 우편 번호 413-756 | **전화** 영업
(031) 955-3535 홍보 (031) 955-3673 편집 (031) 955-3678 | **전송** (031) 955-3533 | **홈페이지**
www.boribook.com | **전자 우편** classics@boribook.com

ⓒ 보리, 2008 | 이 책의 내용을 쓰고자 할 때는 보리 출판사의 허락을 받아야 합니다. | 잘못
된 책은 바꾸어 드립니다. | 값 22,000원

ISBN 978-89-8428-512-5 04810
ISBN 978-89-8428-185-1 04810(세트)

이 책의 국립중앙도서관 출판시도서목록(CIP)은 e-CIP 홈페이지(http://www.nl.go.kr/cip.php)에서 볼 수 있습니다.
(CIP 제어 번호: CIP2007004122)